그녀를 지키다

KB194881

그녀를 지키다

Veiller sur elle

장바티스트 앙드레아
장편소설
정혜용 옮김

AMBASSADE
DE FRANCE
EN RÉPUBLIQUE
DE CORÉE
Liberté
Égalité
Fraternité

주한
프랑스
대사관

문화과

Cet ouvrage, publié dans le cadre du Programme d'aide à la Publication Sejong,
a bénéficié du soutien de l'Institut français de Corée du Sud – Service culturel de
l'Ambassade de France en Corée.
이 책은 주한 프랑스대사관 문화과의 세종 출판 번역 지원프로그램의 도움을 받아 출간되었습니다.

VEILLER SUR ELLE
by JEAN-BAPTISTE ANDREA

일러두기
이탈리아어의 독음은 국립 국어원의 외래어 표기법을 따르되, 실제 발음과 판이하게 다른 경우
절충하여 표기했다.

베레니체에게

그들은 서른둘이다. 1986년의 이 가을날, 여전히 수도원에 기거하는 서른두 명. 수도원은 낯빛이 허옇게 질릴 정도로 아찔한 길이 끝나는 곳에 자리했다. 천 년이 흐르도록 아무것도 변하지 않았다. 길의 깎아지름도, 그 아찔함도. 서른두 개의 굳건한 마음과 — 허공을 굽어보는 곳에서 살려면 그래야만 한다 — 젊어서는 마찬가지로 굳건했던 서른두 개의 육신. 몇 시간 뒤면 그 수가 하나 줄 터이다.

수도사들이 세상을 뜨려는 이 주위로 둘러서 있다. 사크라 수도원이 그들 키를 훌쩍 넘는 담장을 올린 이래로, 이처럼 빙 둘러서서 수도 없이 작별을 치러 왔다. 은총의, 의심의 순간을, 다가오는 그림자에 맞서듯 활처럼 휜 육신의 순간을 수도 없이 맞았다. 또 다른 떠나감이 있었고 있을 터라서, 그들은 지긋하게 기다린다.

지금 죽어 가는 이는 다른 수도사들과 같지 않다. 그는 이곳에서 유일하게 서원하지 않았다. 하지만 40년간 이곳에 머무르는 일이 허용되었다. 그에 대한 논의, 의문이 생겨날 때마다, 사람은 달라졌지만 매번 자주색 사제복 차림의 사제가 와서 단칼에 잘랐다. **그 사람은 여기 머뭅니다.** 그는 수도원과 그곳의 로마네스크풍의 기둥이나 기둥머리만큼이나 확실하게 그 장소의 일부이며, 그것들의 완벽한 보존 상태는 그의 재능에 크게 빚진 것이다. 그러니, 불평하지 맙시다. 그이는 숙박비를 현물로 내는 셈이니까.

머리 양옆에 놓인 두 주먹만이 갈색의 모직 모포에서 빠져나와 있다. 악몽에 시달리는 여든두 살 난 아이. 살갗은 누렇고 갈라질 지경인 것이, 뾰족하게 튀어나온 뼈에 대고 바싹 잡아당긴 독피지 같다. 고열로 번질거리고 번들거리는 이마. 어느 날인가부터 그에게서 힘이 빠져나가고 말았다. 그가 수도사들의 질문에 미처 답하지 못했다는 게 아쉽다. 사람이란 저마다의 비밀을 갖기 마련 아닌가.

게다가 수도사들은 뭔가 알고 있는 모양이다. 전부는 아니지만 중요한 것을. 가끔 의견들이 갈린다. 그들은 지루함을 달래기 위해 입방아를 열심히 찧어 댄다. 범죄자라는 둥, 환속 수도사라는 둥, 정치적 난민이라는 둥. 어떤 이들은 그가 억류된 거라고 말하고 — 이 설은 맞지 않는 것이, 그가 나갔다가 제 발로 돌아오는 것을 봤으니까 — 또 다른 이들은 그가 본인의 안전을 위해 머무른다고 확언한다. 그 밖에, 가장

인기 있지만 가장 비밀스러운 — 왜냐하면 이곳에서는 몰래가 아니라면 낭만을 끌어들일 수 없으니까 — 설도 있다. **그녀를 지키려고** 여기에 있다는 설. 협소한 그 독실로부터 몇백 미터 떨어진 곳에서 대리석의 어둠에 갇혀 기다리고 있는 그녀, 40년 전부터 인내심을 발휘하고 있는 그녀를. 사크라 수도원의 수도사들 모두는 그녀를 본 적이 한 번씩은 있었다. 모두 그녀를 다시 볼 수 있으면 좋겠다는 생각이다. 수도원장인 빈첸초 신부에게 허락을 구하기만 하면 될 테지만, 감히 그러는 수도사는 거의 없다. 사람들 말로는 그녀에게 너무 가까이 다가간 자들에게 찾아든다는, 그런 불경한 생각들이 두려워서가 아닐까. 어둠에 휩싸인 채 천사의 얼굴을 한 꿈에 쫓기다 보면, 수도사들은 진력이, 그런 불경한 생각에 진력이 난다.

죽어 가는 이가 버둥거리다가 눈을 떴고, 그러고는 다시 감는다. 수도사 중 한 명은 그 눈에서 기쁨을 읽었노라고 맹세한다 — 그가 틀렸다. 누군가가 그의 이마와 입술에 차가운 물수건을 조심스럽게 내려놓는다.

환자가 다시 버둥거리고, 이번에야말로 모두의 의견이 일치한다.

무슨 말인가를 하려고 하네요.

물론 나는 무슨 말인가를 하려고 한다. 나는 인간이 점점 더 빠르게, 점점 더 멀리 나는 걸 보았다. 나는 양차 대전도, 여러 민족이 침몰하는 것도 보았고 선셋 대로에서 오렌지도 따봤으니, 내게 뭔가 이야깃거리가 있을 거라는 생각이 들지 않는가? 미안, 내가 배은망덕하게 굴고 있군. 내가 당신들 사이에서 숨어 지내겠다고 결심했을 때 당신들은 지닌 게 아무것도, 아니, 거의 없으면서도 나를 입혀 주고 먹여 줬지. 그런데 나는 너무 오랫동안 입을 닫고 살았다. 덧창을 내리게나, 햇빛에 눈이 부시군.

버둥거리네요. 덧창을 내립시다, 형제님. 햇빛이 불편한가 봅니다.

피에몬테의 태양을 등지고 역광을 받은 채 나를 지켜보는 어렴풋한 형체들, 잠이 밀려들면서 점점 희미해지는 목소리들. 모든 일이 급작스럽게 일어났다. 고작 일주일 전만 해도 사람들은 내가 텃밭에서 움직이거나, 늘 뭔가 고칠 게 있기 마련이어서 사다리에 올라가 있는 모습을 보곤 했다. 나이 먹어 느려지긴 했지만, 내가 태어났을 당시 그 누구도 내게 별다른 희망을 걸지 않았을 거라는 점을 고려하면 그 모습에는 감탄을 자아낼 만한 구석이 있었다. 그러다가 어느 날 아침, 일어날 수가 없었다. 사람들의 시선에서 이번에는 내 차례가 되었음을, 곧 조종이 울릴 테고 나를 산과 마주한 작은 정원으로, 여러 세기에 걸쳐서 왔다가 간 사제와 장식사와 성가대원과 성당지기 들의 안식처로, 개양귀비꽃이 돋아나는 그곳으로 옮기리라는 것을 읽었다.

위독합니다.

덧창들이 삐걱거렸다. 40년 동안 여기 있었는데, 그 덧창들은 늘 그랬다. 드디어, 어둠. 마치 영화관에서처럼 — 나는 영화의 탄생을 목도했다 — 어둠이. 텅 빈 지평선. 처음엔 아무것도 없다. 아무것도 보이지 않는 너른 평면을 뚫어져라 바라보고 있으니, 나의 기억이 그곳을 그림자들, 형체들로 채워 나가고, 곧 그것들은 도시와 숲과 사람과 가축이 된다. 그들이, 나의 배우들이 걸어 나와 무대 전면에 자리한다. 그 가운데 몇몇은 알아보겠는데, 그들은 전혀 변하지 않았다. 숭고한 동시에 우스꽝스럽고, 한 도가니에 들어가 녹아 버린 바람에 서로 떨어질 수 없는 그들. 비극이라는 동전은 금과 싸구려 금속이 만난 희귀한 합금이다.

이젠 시간문제겠군요.

시간문제라고? 웃기지 마라. 난 죽은 지 오래다.

차가운 습포 한 개 더요. 좀 진정이 되는 듯합니다.

그런데 도대체 언제부터 망자들이 자신들의 이야기를 들려줄 수 없다는 거지?

일 프란체제.[1] 사람들은 내게 그보다 더 고약한 별명도 붙여 줬지만, 난 그 별명이 늘 증오스러웠다. 나의 모든 기쁨, 나의 모든 비극은 이탈리아에서부터 온다. 아름다움이 늘 궁지에 몰리는 땅에서 내가 왔다. 아름다움이 잠깐만이라도 눈을 붙여 봐라. 추함이 가차 없이 그 목을 따리라. 여기에서는 천재들이 잡초처럼 돋아난다. 한쪽에서 살인을 저지르듯 다른 쪽에서는 노래하고, 한쪽에서 사기를 치듯 다른 쪽에서는 그림을 그리고, 지나가던 개는 성당 담벼락에 오줌을 갈긴다. 메르칼리라는 어떤 이탈리아인이 파괴의 등급에, 그러니까 지진의 세기를 나타내는 등급에 자신의 이름을 붙였던 데에 아무런 이유가 없는 건 아니다. 한 손이 세운 걸 다른 한 손은

1 il Francese. 프랑스인을 뜻하는 이탈리아어. 이하 모든 주는 옮긴이의 주이다.

부수는데, 감동은 동일하다.

대리석과 오물의 왕국, 이탈리아. 내 나라.

하지만 사실 나는 1904년에 프랑스에서 태어났다. 그보다 15년 전에, 나의 부모는 결혼한 지 얼마 되지 않아 한 재산 만들 생각으로 리구리아를 떠나왔다. 그러나 한 재산은 어림도 없었고, 사람들은 그들을 리탈[2]로 취급하며 그들에게 침을 뱉고, 그들이 r을 굴려서 발음하는 방식을 비웃었더랬다 — 그런데 내가 아는 한, 굴리다rouler라는 프랑스 말 자체가 r로 시작한다. 아버지는 1893년에 발생한 에그모르트 인종 차별 폭동[3]을 아슬아슬하게 피해 갔지만, 아버지의 친구 둘은 그러지 못했다. 사람 좋은 루치아노와 오랜 친구 살바토레. 이런 꾸밈말을 이름 앞에 붙이지 않고서 그 둘을 떠올리기란 어렵다.

이탈리아 이민 가정에서는 〈리탈처럼 굴지〉 말라고 아이들에게 자기 나라 말을 사용하지 못하게 했다. 또 조금은 희어질지도 모른다는 희망을 품고서 마르세유 비누로 아이들을 박박 문질렀다. 비탈리아니 집안에서는 그러지 않았다. 우리는 이탈리아어로 말하고 이탈리아 음식을 먹었다. 우리는 이

2 rital. 이민 온 이탈리아인을 지칭하던 행정 용어로, 〈마카로니〉나 〈스파게티〉처럼 이탈리아 이민자들을 조롱하는 의미로 사용되었다.
3 프랑스의 지중해 연안에 자리한 에그모르트 염전에서 이탈리아 노동자들이 프랑스 노동자들을 죽였다는 소문이 돌면서, 1893년 8월 17일에 이탈리아 노동자들이 대거 학살당하는 사건이 발생한다. 1백여 명에 달하는 사상자를 낸 이 사건으로 이탈리아와 프랑스 사이에 전운이 감돌았으나, 평화 유지라는 명분을 내세워 양국 정부는 책임자 처벌 없이 사건을 무마하고 만다.

탈리아인으로서 사고했는데, 그러니까 툭하면 죽음을 들먹이는 과장된 언사를 사용하고, 걸핏하면 눈물을 펑펑 쏟고, 말을 하면서 두 손을 가만히 놔두는 법이 거의 없었다. 우리는 소금을 건네듯이 아무렇지도 않게 저주를 뱉었다. 우리 가족은 법석을 떠는 서커스단 같았고, 우리는 그걸 자랑스러워했다.

루치아노와 살바토레와 그 밖의 이탈리아 노동자들을 보호하는 데에는 거의 열의를 보이지 않았던 프랑스 정부는 1914년에, 나의 아버지가 한 치의 의심도 없는 훌륭한 프랑스 국민이라며, 어떤 공무원이 실수로 그랬는지 장난으로 그랬는지 모르겠지만 출생 증명서를 옮겨 적으면서 10년을 젊게 만들어 놓았던 만큼, 징병 대상임을 통보했다. 아버지는 총구에 꽃을 꽂기는커녕 낙심한 얼굴을 한 채 전장으로 떠났다. 할아버지는 1860년에 천인대[4] 원정에 참가했다가 목숨줄을 놓아 버렸다. 논노[5] 카를로가 가리발디와 함께 시칠리아를 정복하고 난 뒤였다. 그를 죽인 것은 부르봉 왕가의 총알이 아니라 마르살라 성문에서 일하던 위생이 수상쩍은 몸 파는 여성이었는데, 집안에서는 자세한 이야기를 피하며 쉬쉬하

4 1860년, 이탈리아에는 여전히 오스트리아의 통치를 받고 있던 베네치아, 교황령, 사르데냐 왕국, 양시칠리아 왕국이라는 네 개의 세력이 존재했다. 1천 명의 군대를 이끌고 출발한 공화주의자 가리발디는 시칠리아 반군 패전병들과 합류하여 정규군을 격파하고 시칠리아를 정복하면서, 이탈리아 통일 운동의 초석을 놓는다. 천인대는 그 군대를 가리킨다.
5 nonno. 이탈리아어로 할아버지를 뜻한다.

려 들었다. 어쨌든 할아버지는 죽었고 거기 담긴 메시지는 분명했다. 전쟁은 사람을 죽인다.

전쟁이 나의 아버지를 죽였다. 어느 날, 우리 집이 있던 모리엔 계곡 아래쪽에 자리 잡은 공방으로 헌병이 찾아왔다. 어머니는 날마다 공방을 열었는데, 혹시 주문이 들어오면 남편이 돌아와서 처리하면 되고, 언제고 다시 돌을 깎고 석루조를 복원하고 분수대를 파야 할 시기가 돌아오리라는 생각에서였다. 상황에 맞는 적절한 표정을 짓고 있던 헌병은 나를 보자 더욱 안타까워하는 듯했고, 잔기침을 몇 번 하고는 폭탄이 터졌노라고 설명하더니 그걸로 끝이었다. 어머니가 아주 의연하게 시신이 언제 본국으로 돌아오는지 물었고, 헌병은 전장에는 말들도, 그리고 다른 군인들도 있으며 폭탄, 그건 피해가 막심하고, 따라서 누가 누군지, 심지어는 어느 것이 사람이었고 어느 것이 말이었는지도 알기 힘든 법이라고 더듬대며 설명했다. 어머니는 헌병이 울음을 터뜨릴 것 같다는 생각이 들자 그에게 아마로 브라울리오[6] — 나는 프랑스인이 얼굴을 찡그리지 않고서 그걸 마시는 모습을 본 적이 없다 — 한 잔을 권하지 않을 수 없었고, 정작 어머니는 시간이 좀 흐르고 난 뒤에야 울음을 터뜨렸다.

물론 나는 그 모든 일을 기억하지 못하고, 아니 제대로 기억하지 못한다. 단지 관련 사실들은 알고 있어서 그 사실들을 복원하는 김에 약간의 색채를 더했을 뿐, 40년 전부터 내가

6 amaro braulio. 이탈리아에서 생산되는 전통적인 허브 리큐어의 한 종류.

차지하고 있는 피르키리아노 산꼭대기 독실에서 이제는 내 손가락 사이로 슬며시 빠져나가는 그 색채들. 오늘날에도 여전히 — 적어도 내가 여전히 말을 할 기력이 있었던 며칠 전까지만 해도 — 나는 프랑스어가 서툴다. 1946년 이래로는 프란체제라고 불린 적이 없다.

헌병이 방문하고 나서 며칠 뒤 어머니가 나를 붙잡고 프랑스에서는 내게 필요한 가르침을 받게 해줄 수 없다는 설명을 했다. 남동생 혹은 여동생 — 태어나 보지 못한, 어쨌든 살아서는 그랬던 — 으로 인해 배가 이미 둥글게 부푼 어머니는 나 잘되라고 떠나보내는 것이며 나를 믿기에, 아직 어린 나이임에도 돌에 대한 나의 애정이 보이기에, 내가 장차 큰일을 하리라는 것을 알기에 그 나라로 돌려보내는 것이라고, 그리고 그런 이유로 내 이름을 그렇게 지었던 거라고 설명하면서 내게 마구 입맞춤을 퍼부었다.

나의 삶이 짊어졌던 짐 두 개 가운데 나의 이름은 아마도 가벼운 쪽이었으리라. 그렇지만 나는 그 이름을 격렬하게 증오했다.

어머니는 남편이 일하는 모습을 보려고 종종 공방까지 내려오곤 했다. 아버지가 망치로 끌을 내려칠 때 내가 소스라치는 바람에 어머니는 아이를 가졌음을 깨달았다. 어머니는 그때까지도 수고를 아끼지 않고서 아버지가 거대한 원석을 옮기는 일을 도왔었는데, 아마도 그것이 훗날 영향을 미치지 않앗을까.

「애는 조각가가 될 거야.」 어머니가 장담했다.

아버지는 툴툴거리며 손과 등과 눈이 돌보다도 더 빨리 닳게 되는 고약한 직업이니, 만약 미켈란젤로처럼 되지 못한다면 그 모든 일을 피해 가는 게 차라리 낫다고 응수했다.

어머니는 그 말에 고개를 끄덕이며 선수를 치기로 결심했다.

내 이름은 미켈란젤로 비탈리아니가 된다.

나는 1916년 10월에, 주정뱅이 한 명과 나비 한 마리와 동행하여 내 나라를 발견했다. 주정뱅이는 아버지와 알고 지냈던 사람으로, 간이 안 좋아서 징집을 피했지만 돌아가는 전황을 보건대 간경화로 보호받는 일도 더 이상 오래가지 못할 것 같았다. 어린이, 노인, 절름발이 등을 가리지 않고 징집하는 상황이었다. 신문에서는 우리가 이긴다고, 독일 병정은 곧 옛이야기에나 나올 거라고 떠들어 댔다. 지난해에, 이탈리아가 동맹군에 합류했다는 소식을 우리끼리는 승리의 보장으로 받아들였다. 그런데 전선에서 돌아온 사람들은, 적어도 아직 뭔가를 떠들고 싶은 마음이 남아 있는 사람들 이야기지만, 완전히 다른 이야기를 했다. 다른 리탈들처럼 에그모르트 염전에서 소금을 긁어 대다가, 비록 쌓아 둔 포도주의 상당량이 그의 입으로 들어가긴 했지만 사부아에 식료품점을 열었던 인제니에레[7] 카르모네는 죽음을 무릅쓰고 귀국할 결심을 했다. 두려움을 떨쳐 내기 위해 마신 몬테풀치아노 포도주로 입술이 빨개져서는, 어차피 죽는다면 이탈리아에 가서 죽겠다며.

그의 고향, 그곳은 아브루초주(州)[8]였다. 그는 친절했고, 가는 길에 치오 알베르토에게 나를 데려다주기로 했다. 나를 조금은 불쌍히 여겼고 또한, 이건 내 생각이긴 한데, 어머니의 눈에 넘어가서 그 일을 수락했다. 어머니들의 눈이란 종종 특별한데, 나의 어머니는 기이한 푸른색, 거의 보랏빛에 가까운 홍채를 가졌다. 어머니의 그런 눈 때문에 주먹다짐이 벌어졌던 게 한두 번이 아니었는데, 아버지가 나타난 뒤로 그 모든 난장판이 말끔히 정리됐다. 석공의 두 손은 위험한데, 그렇지 않다고 말할 수 있는 사람이 나는 아니다. 어머니를 둘러싼 경쟁은 빠르게 잦아들었다.

어머니는 모단역 플랫폼에서 보랏빛 굵은 눈물을 쏟아 냈다. 역시 조각가인 삼촌 알베르토가 나를 돌봐 주기로 했다. 어머니는 공방을 팔아 돈이 조금 마련되면 곧장 내게로 오겠다고 맹세했다. 몇 주면, 기껏해야 몇 달이면 끝날 일 — 어머니에게는 20년이 걸렸다. 기차가 기적을 울리며 검은 연기를, 아직도 그 냄새가 코끝에 감도는 검은 연기를 내뿜더니 얼근

7 ingeniere. 엔지니어를 뜻하는 프랑스어 ingénieur를 이탈리아식으로 표기한 말.
8 이탈리아 중부 지역.

히 취한 인제니에레와 그의 외동아들로 보이는 나를 싣고 출발했다.

남이야 뭐라 할지 모르겠으나 열두 살의 슬픔이 아주 오래 가는 법은 없다. 내가 탄 기차가 무엇을 향해 덜컹거리며 나아가는지는 몰랐지만 내가 기차를 타본 적이 없다는 건 알았다 — 아니면 내가 기억을 못 하든가. 모든 것이 너무나 빠르게 지나갔다. 전나무든 집이든, 뭔가를 응시하려고 하자마자 곧 사라져 버렸다. 풍경, 그건 움직이기 위해 생겨난 건 아니지 않은가. 나는 속이 울렁거림을 느끼고는 인제니에레에게 내 상태를 알리고 싶었지만, 그는 입을 벌린 채 코를 골아 댔다.

다행히도 나비가 있었다. 나비는 생미셸드모리엔에서 들어왔고, 줄지어 지나가는 산들과 나를 갈라놓은 유리창에 내려앉았다. 나비는 유리창을 상대로 잠깐 투쟁하다가 포기하고는 더 이상 움직이지 않았다. 훗날 봄철이면 보게 될, 화려한 색채와 황금빛이 어우러진 영광스러운 자태를 지닌 아름다운 나비는 아니었다. 그저 회색빛에, 눈을 잔뜩 찌푸리고 보면 살짝 푸른빛이 감도는 보잘것없는 나비, 햇살에 지친 자벌레나방이었다. 내 나이 또래 남자애들이 그러듯이 나비를 괴롭혀 볼까 하는 생각을 아주 잠깐 했고, 그러다가 날뛰는 세상에서 유일하게 차분한 요소인 나비를 응시하고 있으면 울렁거림이 사라진다는 사실을 깨달았다. 나를 안심시키려고 어떤 우호적인 힘이 보내 준 나비는 여러 시간 동안 그곳에 머물렀고, 그 덕분에 그 무엇도 정말이지 보이는 그대로인 것은 아니라는 사실을, 나비는 나비가 아니라 하나의 이야기로서 아주 작은 공간 안에 웅크린 거대한 무언가라는 사실을 그때 처음 직관적으로 깨달았던 것 같다. 이러한 깨달음은 몇십 년 뒤에 최초의 원자 폭탄에 의해 확인될 테고, 어쩌면 그보다도, 죽어 가는 내가 이 나라에서 가장 아름다운 수도원의 지하 공간에 남겨 두고 가는 것이 바로 그러한 깨달음이리라.

인제니에레 카르모네는 잠에서 깨자 나를 상대로 자신의 계획을 자세히 늘어놓았으니, 그에게는 목표가 하나 있었다. 그는 공산주의자였다. **너 공산주의자가 뭔지는 아니?** 나는 저쪽 프랑스에서 살 때, 리탈 공동체에서 공산주의자라고 욕하는 소리를 이미 여러 차례 들었던 터였고, 우리는 이자가 혹은 저자가 그렇지 않을까 궁금해했었다. 내가 대답했다. 「에이, 물론이죠, 남자들을 좋아하는 남자죠.」

인제니에레가 웃음을 터뜨렸다. 그래, 어떻게 보면, 공산주의자는 인간을 좋아하는 인간이다. 「게다가, 인간을 좋아하는 데에 나쁜 방식이란 없단다, 무슨 말인지 알겠지?」 나는 그가 그렇게 진지한 모습인 걸 본 적이 없었다.

카르모네 집안은 라퀼라 지역에 토지를 소유했는데, 지형적으로 그곳은 두 가지 부당한 조건을 안고 있었다. 하나는 아브루초에서 유일하게 바다와 면하지 못한 지역이라는 점이고, 또 다른 하나는 주기적으로 지진이 나 파괴되곤 한다는 점인데, 이 점은 나의 조상들이 살던 리구리아와 마찬가지지만, 그 고약한 리구리아는 바다와 닿아 있다는 것이 달랐다.

그 집안의 토지에서는 스카노 호수의 매력적인 모습을 볼 수 있었다. 인제니에레는 그곳에다가 거대한 볼 베어링 위에 고층 건물을 지어 같은 고장의 프롤레타리아들을 거주시킬 생각이었는데, 그 모든 게 자신이 반듯하게 살 수 있을 정도의 저렴한 집세만 받으면서였다 ― 훌륭한 공산주의자로서, 자신을 위해서는 맨 꼭대기 층을 잡아 뒀다. 열두 시간마다 교대하는 두 개 조로 나뉜 말들 덕분에 그 건물은 하루 내내 제자리에서 돌아갈 것이다. 그럼으로써 그곳의 거주민들은 예외 없이, 착취하는 자도 착취당하는 자도 없이, 하루에 한 번 호수가 보이는 풍경을 누리리라. 어쩌면 어느 날엔가는 전기가 말들을 대체할지도 모른다. 비록 카르모네는 전기가 그렇게 멀리까지 들어오지는 못할 거라고 속내를 털어놓긴 했지만, 어쨌든 그는 꿈꾸기를 좋아했다.

또한 베어링은 지진이 일어난다면 건물을 땅에서 떼어 놓는 이점을 가질 터이다. 메르칼리 ― 이 이름을 내게 가르쳐 준 사람이 그였다 ― 진도 등급으로 12등급일 때, 그가 지은 건물은 보통 방식으로 지은 건물보다 최대 30퍼센트 더 저항력을 갖는다. 30퍼센트라고 하면 별것 아닌 것 같지만 12등급은 장난이 아니라서 그만해도 엄청난 거란다, 하고 그가 두 눈을 크게 뜬 채 설명했다.

나는 나비에게 눈길을 고정한 채 반쯤 잠에 빠져들었고, 인제니에레가 내게 지진 피해에 대해서 자상하게 이야기해 주는 동안 기차는 이탈리아로 들어갔다.

이탈리아와 나, 우리는 첫 번째 만남에서 오랜 친구처럼 포옹을 나눴다. 기차가 토리노역에 정차하자, 나는 빨리 내리려고 서두르다가 발판에 걸려 비틀거렸고, 플랫폼 바닥에 십자 모양으로 철퍼덕 엎어졌다. 나는 울겠다는 생각도 없이 그대로 잠시 길게 엎드린 채 서품을 받는 신부처럼 지극한 행복을 느꼈다. 이탈리아에서는 총포의 부싯돌 내가 났다. 이탈리아에서는 전쟁 냄새가 났다.

인제니에레는 삯마차를 타기로 결정했다. 걷는 것보다야 더 비싸지만 어머니가 돈이 든 봉투를 맡긴 터이고, 포도주는 마셔 줘야 하는 것처럼 돈은 써줘야만 하는 거니 네가 괜찮다면 길 떠나기 전에 4분의 1리터들이 포산(産) 포도주 한 병을 사러 가자꾸나, 하고 그가 말했다.

나는 기꺼이 그럴 생각이었고, 새로 발견하게 된 모든 것이 나의 감탄을 자아냈다. 휴가 나온 군인, 출발하는 군인, 짐꾼, 기관사 등, 당시 어린애였던 내게는 수수께끼 같은 직책과 야망을 지닌 듯한 무수한 그 모든 수상쩍은 사람들. 나는 살면서 수상쩍은 사람들을 본 적이 한 번도 없었다. 나는 그들이 나의 끈질긴 눈길을 호의를 갖고 되돌려준다는 느낌이 들었는데, 마치 **너도 우리 과란다**라고 말해 오는 듯했다. 어쩌면 그들은 그저 내 이마 한가운데에 생긴 시퍼런 혹을 바라봤던 걸지도 모른다. 행복에 취한 나는 크레오소트와 가죽, 금속과 대포 냄새에, 어스름과 전장의 향기에 홀린 채 빽빽한 다리들을 뚫고 나아갔다. 그리고 소리가, 대장간에서 들을 법한 시끄러운 소리가 존재했다. 삐걱대고 끽끽대고 부딪는 소리들이, 글을 깨치지 못한 사람들이 연주하는 실생활의 음악이 연주회장과는 거리가 먼 곳에서 울려 퍼졌는데, 훗날 쾌락에 물린 유명인들이 몰려가 그런 음악을 감상하는 시늉을 하게 될 터였다.

나는 얼떨결에 미래주의의 한복판에 도달했다. 세상은 오로지 속도, 발걸음과 기차와 총알과 전운(戰運) 혹은 동맹의 변화가 빚어내는 속도였다. 그에 반해 이 모든 사람, 이 무리 전체는 한껏 뻗대는 듯했다. 열광에 휘감긴 육체들이 열차와 참호와 철조망이 쳐진 지평선을 향해 다급히 몰려갔다. 하지만 두 가지 움직임 사이에서, 두 가지 격정 사이에서 뭔가가 아우성을 쳤다. **난 아직은 조금 더 살고 싶어.**

훗날 나의 직업적 명성이 생겨나기 시작할 무렵, 어떤 그림 수집가가 최근에 구입했다며 루이지 루솔로의 미래주의 작품 「반란」을 자랑스럽게 보여 줬다. 로마에서였고, 1930년대로 들어서는 길목이었지 싶다. 그 남자는 자신을 추상 예술을 열렬히 사랑하는 식견이 훌륭한 예술 애호가로 여겼다. 사실은 멍청이였다. 그날, 포르타누오바역에 있지 않았다면 그 누구도 그 작품을 이해할 수 없다. 그 작품에 추상이라고는 전혀 없음을 이해할 수 없다. 그것은 구상화다. 루솔로는 바로

25

우리 눈앞에서 터져 나오는 것을 그렸다.

물론 그 어떤 열두 살짜리 사내애도 그런 생각을 말로 표현하지는 않는다. 당시 나는 그저 두 눈을 활짝 뜨고 주변을 둘러보는 걸로 만족했고, 그러는 동안 인제니에레는 역사 끝의 싸구려 식당에서 목을 축였다. 하지만 난 그 모든 걸 보았다. 이는 내가 다른 사람들과 완전히 같지는 않다는 표시. 굳이 그런 표시가 필요한지는 모르겠지만.

우리는 가볍게 흩날리는 눈을 맞으며 역에서 빠져나왔다. 밖으로 나오자마자 헌병 하나가 앞을 가로막더니 내 서류를 보자고 했다. 내 동행인의 서류는 말고, 오로지 내 서류만. 추위와 포도주 기운으로 둔해진 손가락으로 인제니에레 카르모네가 내 통행증을 내밀었다. 상대방은 의심쩍다는 표정으로, 원래 그런 표정을 갖고 태어난 게 아니라면 아침에 일 나갈 때 둘러쓰고 저녁에 벗어 놓을 게 틀림없는 그런 표정으로 나를 내려다봤다.

「꼬마 프란체제구나?」

나는 사람들이 나를 〈프랑스인〉이라고 부르는 게 싫었다. 〈꼬마〉라고 부르는 건 더 싫었다.

「꼬마 프란체제는 너나 해, 카치노[9]야.」

헌병은 숨이 턱 막힌 듯했는데, 카치노는 내가 자라난 뒷골목에서는 즐겨 쓰는 욕설이었지만, 헌병들이 그들의 수컷다

9 cazzino. 이탈리아어로, 작은 크기의 남성 성기를 가리키는 속어.

움의 크기에 대한 욕설을 들으려고 그렇게 근사한 제복을 입는 직업을 택한 것은 아니지 않은가.

훌륭한 엔지니어로서 인제니에레는 주머니에서 어머니의 돈봉투를 꺼내어 꿈쩍 않는 기계에 기름칠을 했다. 우리는 곧 다시 출발할 수 있었다. 나는 삯마차 타기를 거부하고 전차를 가리켰다. 카르모네는 꿍얼거리면서 지도를 보고 몇 가지 질문을 던졌고, 가야 할 장소에서 너무 먼 곳에 전차가 우리를 내려놓지는 않을 거라는 점을 확인했다.

전차의 나무 벤치에 엉덩이를 붙이고서 나는 생애 최초의 대도시를 가로질렀다. 나는 행복했다. 이미 아버지를 잃었고 이제 어머니도 언제 다시 볼지 몰랐지만, 그랬다, 나는 행복했고 여전히 내 앞에 놓인 그 모든 것에, 타고 올라가야 하고 나에게 맞게 깎아야 할 그 미래라는 덩어리에 취해 있었다.

「있잖아요, 시뇨르[10] 카르모네?」

「응?」

「전기가 뭔가요?」

그가 당혹스러운 표정으로 내 얼굴을 찬찬히 들여다봤고, 내가 인생 초반의 10여 년을 사부아 지역의 시골에서 보냈으며 그곳을 떠난 적이 없음을 떠올린 듯했다.

「저거란다, 애야.」

그가 꼭대기에 아름다운 황금 구가 올라가 있는 가로등을 가리켰다.

[10] signor. 이탈리아어로, 남성에게 붙이는 경칭.

「그러니까 촛불 같은 건가요?」

「그렇긴 한데, 멈춰 서는 법은 절대 없어. 두 개의 탄소 막대 사이를 도는 전자들이란다.」

「전자가 뭐예요? 요정 같은 건가?」

「아니, 그건 과학이란다.」

「과학은 뭔가요?」

눈송이가 맴을 돌며 나풀나풀 내려오는 모습이 여자아이의 원피스 같았다. 인제니에레는 짜증이나 거만함이 전혀 없는 태도로 질문에 답을 해줬다. 우리는 곧 건축 중인 거대한 건물 앞을 지나가게 됐다. 링고토였는데, 몇 년 뒤면 그곳에서 조립된 피아트 자동차들이 시운행을 하게 될 장소인 지붕을 향해 나선형 경사로를 따라서 올라가게 될 터였다 — 기계공학에서의 사크라 디 산미켈레 수도원이랄까. 변두리 마을들이 갈수록 띄엄띄엄 나타나다가 도로가 비포장길에 자리를 내주더니 전차가 벌판 같은 곳에 정차했다. 마지막 3킬로미터 거리는 걸어서 가야만 했다. 추위를 무릅쓰고 어수선한 시절임에도 불구하고 그렇게 멀리까지 나를 데려다줬던 그 사람, 카르모네에게 고마움을 느낀다. 우리는 진창을 걸었고, 그래서 나는 이미 그의 기억 속에서 어머니의 눈은 색이 바래기 시작했을 거라는, 그러니까 덜 보랏빛으로 보이기 시작했으리라는 생각이 들었다. 하지만 그는 어김없이 치오 알베르토의 문간까지 나를 데려다줬다.

종을 마구 흔들고 문짝을 여러 번 두드리고 나서야 털실로

짠 더러운 조끼를 걸친 알베르토가 겨우 문을 열어 주었다. 인제니에레와 똑같이 혼탁하고 실핏줄이 얼기설기 돋은 눈. 그 두 남자는 포도에 대한 무절제한 사랑을 공유했다. 어머니가 내가 간다고 알리는 편지를 이미 부쳤기에 설명할 것이 딱히 없었다.

「자, 여기 새로운 도제가 왔소. 이름은 미켈란젤로, 안토넬라 비탈리아니의 아들이오. 그쪽 조카고.」

「난 미켈란젤로라는 이름이 싫어요.」

치오 알베르토가 나를 내려다봤다. 나는 그가 뭐라고 불러 주면 좋겠냐고 물어 올 테고, 그러면 〈미모〉라고 대답해야겠다고 생각했다. 오래전에 부모님이 내게 붙여 준 별명, 그리고도 70년 동안 사람들이 나를 부를 때 여전히 사용하게 될 그 별명을.

「난 저 아이 필요 없는데.」 알베르토가 말했다.

이번에도 또 한 번 자질구레한 사실 하나를 잊고 있었다. 그렇다, 그건 그런 거, 자질구레한 사실이니까.

「무슨 말인지. 안토넬…… 아니, 비탈리아니 부인이 미리 편지를 보내어 합의한 거라고 생각했소만.」

「편지를 쓰긴 했소. 하지만 난 원치 않는데, 저런 도제는.」

「아니, 대체 이유가 뭐요?」

「난쟁이라는 얘기를 아무도 해주지 않았으니까.」

C'è un piccolo problema(작은 문제가 있어). 노파 로자, 폭풍우가 몰아치던 밤 어머니의 해산바라지를 했던 이웃은 그렇게 말했다. 난로에서 탁탁 소리가 났고, 맞바람이 불기운을 돋우어 지옥의 불길로 벽면이 불그레했다. 마을의 아낙 몇이 자신의 남편들을 꿈꾸게 만드는 그 단단한 속살을 엿보고 싶은 생각에 출산 구경을 왔다가, 이미 오래전에 성호를 긋고 il diavolo(악마 같은)라고 중얼거리며 빠져나가고 난 뒤였다. 두려움을 모르는 노파 로자는 계속해서 노래를 흥얼거리고 닦아 주고 격려했다. 콜레라나 추위, 그러니까 그저 불운이, 술을 덜 마셨더라면 휘두르지 않았을 칼이 이미 그녀에게서 자식과 친구와 남편 들을 앗아 가 버렸다. 그녀는 늙었고, 추했고, 잃을 게 아무것도 없었다. 그래서 악마는 그녀를 괴롭히지 않고 내버려뒀다. 악마는 골칫거리가 될 만한 인간을 식

30

별할 줄 알았고 그에게는 보다 쉬운 먹잇감이 있었으니까.

그래서 노파는 나를 안토넬라 비탈리아니의 태로부터 뽑아냈고, C'è un piccolo problema(작은 문제가 있어)라고 말했다. 모든 것이 그 말 piccolo(작은)에서 비롯됐고, 내가 평생 어느 정도 piccolo(작은)로 남으리라는 것은 누가 보든 확연했다. 로자는 나를 기진한 어머니 위에 엎어 놨다. 아버지가 부리나케 달려 올라왔고, 로자가 훗날 이야기해 주길, 아버지는 나를 보고는 눈썹을 찌푸리더니 다른 것을, 그러니까 이 만들다 만 작품 말고 자신의 진짜 아들을 찾듯이 주위를 둘러보고는 고개를 주억거렸단다. **알겠소, 뭐, 그런 거지.** 원석 한가운데 숨어 있던 균열을 때리는 바람에 몇 주 동안 해온 작업이 산산조각 나버리고 말았을 때처럼 말이다. 돌을 원망할 수는 없지 않은가.

아닌 게 아니라, 사람들은 나의 다름에 대해 돌을 탓했다. 튼튼한 두 팔을 지닌 동네 남자들이 얼굴을 붉힐 정도로, 어머니는 공방에서 줄곧 커다란 원석을 옮기며 쉬는 법이 없었다. 이웃 아낙들의 말을 믿자면, 가여운 미모가 그로 인해 손해를 봤다. 훗날 이렇게들 말하리라. 연골 형성 저하증이라고. 사람들은 나를 단신의 인간으로 규정할 텐데, 사실 그것이 치오 알베르토가 내뱉은 〈난쟁이〉보다 더 나은 표현도 아니었다. 사람들은 나의 키가 나를 규정하지는 않는다고 설명하리라. 그 말이 사실이라면 왜 나의 키에 대해 말을 하는가? 나는 〈중키의 인간〉이라는 언급은 들어 보지 못했다.

나는 부모를 원망한 적이 없었다. 돌이 지금의 나를 만들었다 해도 흑마술이 작용했다 해도, 돌은 내게서 앗아 간 그만큼 나를 채워 줬다. 돌은 늘 내게 말을 걸었는데, 석회암이든 변성암이든 땅속에 누운 자들의 이야기를 듣기 위해 내가 곧 몸을 뉘일 묘석이든 간에, 모든 돌이 그러했다.

「이건 예정에 없던 일인데.」 인제니에레가 장갑 낀 손가락으로 입술을 톡톡 두드리며 중얼거렸다. 「난감하군.」

이제 눈이 빽빽하게 내리고 있었다. 치오 알베르토는 어깨를 으쓱하더니 우리 코앞에서 문을 닫아걸려고 들었다. 인제니에레가 발을 끼워 넣어 막았다. 그는 낡은 모피 외투의 안주머니에서 어머니가 맡긴 돈봉투를 꺼내어 삼촌에게 내밀었다. 그 안에는 비탈리아니 집안의 저금이 거의 고스란히 들어 있었다. 타국살이, 노동, 태양과 소금기에 그을린 피부, 여러 번의 재출발로 점철된 세월이 통째로 말이다. 나의 탄생을 지켜보던 그 애정은 어쩌다가 살짝 내비치면서, 손톱 밑에 대리석 가루가 박히도록 노동으로 채우던 세월이. 바로 그런 이유로 그 더럽고 구겨진 지폐가 소중했다. 치오 알베르토가 다시 문을 빼꼼 연 것도 바로 그 때문이었다.

「이 돈은 이 꼬맹이를, 아니, 그러니까 미모를 위한 거였소.」 그가 얼굴을 붉히며 말을 고쳤다. 「미모가 당신에게 그돈을 주는 데 동의한다면, 미모는 이제 도제가 아니고 동업자가 되는 거요.」

치오 알베르토가 느릿느릿 고개를 끄덕였다.

「음, 동업자라.」

그는 여전히 망설였다. 카르모네는 최대한 기다렸고, 그러다가 한숨을 쉬면서 자신의 짐 보따리에서 가죽 주머니를 꺼냈다. 인제니에레가 지닌 모든 것이, 나달나달 헤지고 덧대어 기운 것을 찬양하며 흘러가는 시간의 미학을 보여 줬다. 하지만 그 주머니의 부들부들한 새 가죽은 그 가죽을 둘러썼던 짐승의 격노로 여전히 전율하는 듯했다. 카르모네는 여기저기가 갈라진 가죽 장갑을 낀 손으로 그 위를 쓸더니 주머니를 열고는 내키지 않는 마음으로 그 안에서 파이프를 꺼냈다.

「내가 상당한 비용을 치르고 갖게 된 파이프요. 두 세계의 영웅, 위대한 가리발디 장군이 우리의 아름다운 이탈리아 왕국에 로마를 병합하기 위해서, 비록 실패로 돌아가긴 했지만, 고귀한 군사적 행동을 할 당시 히스 그루터기에 앉았다던데, 바로 그걸 깎아서 만든 거라오.」

에그모르트에서 멍청한 프랑스인들을 상대로 팔려 나가던 그런 파이프였는데, 내가 본 것만 해도 10여 개는 되었다. 어쩌다가 그런 파이프가 카르모네의 손에 들어갔는지, 어쩌다가 그가 속임수에 넘어갔는지는 알 수 없었다. 카르모네와 전 이탈리아를 대신해 살짝 부끄러웠다. 그는 순박하고 너그러운 남자였다. 그는 마지못해 파이프를 내놨는데, 나는 그가 나를 돕기 위해서 진실한 마음으로 그런 행위를 했지, 어서 집에 돌아가려고 혹은 신체 비율이 별난 열두 살짜리 남자애가 거추장스러워질까 봐 두려워서 그랬던 것이 아님을 안다.

알베르토가 제안을 받아들였고 두 사람은 그 일을 마무리하는 의미로 독주를 한 잔씩 들이켰는데, 독주에서 풍기는 코를 찌르는 시큼한 냄새가 오막살이 안을 떠돌았다. 카르모네는 몸을 일으켜 남은 여정을 위해 마지막으로 한 잔을 더 마셨고, 곧 그의 비틀거리는 형체는 눈을 맞으며 멀어져 갔다.

그가 마지막으로 돌아보면서, 빈사 상태에 빠진 세계의 노르스름한 인광 속에서 한 손을 치켜들며 내게 미소를 지었다. 아브루초는 멀었고 그는 더 이상 새파란 청춘이 아니었으며 시절은 험악했다. 나는 훗날 스카노 호수에 가지 않았는데, 볼 베어링 위에 지은 건물이 없다는 것을, 그런 건물이 세워진 적이 아예 없다는 것을 확인하게 될까 봐 두려워서였다.

나는 흔히 말하는 〈타락한〉 여인들에게 많은 빚을 지고 있는데, 나의 삼촌 알베르토는 그런 여자들 가운데 한 명의 아들이었다. 제네바의 항구에서 분노나 부끄러움 없이 남자들 아래 몸을 누였던 용감한 여자의. 그 여인은 삼촌이 존경심을 품고, 거의 숭배에 가까운 열정을 뿜으며 입에 올렸던 유일한 인물이었다. 하지만 골목길의 성녀는 멀리 떨어진 곳에 살았다. 그리고 알베르토는 읽을 줄도 쓸 줄도 몰랐기 때문에, 그의 어머니는 하루 또 하루가 지남에 따라 점점 더 신화적인 존재가 되었다. 나로 말하자면 글씨를 잘 쓰는 편이었고, 삼촌은 그 사실을 알았을 때 반색했다.

알베르토는 친삼촌이 아니었다. 우리는 피 한 방울 섞이지 않았다. 사건의 전모를 밝혀내지는 못했지만 알베르토의 할아버지가 나의 할아버지에게 빚을 진 모양이었고, 그 빚을 갚지 못했기에 도덕적 책무가 대를 이어 전해졌다. 알베르토는 나름의 비틀린 방식으로 정직했다. 어머니의 부탁을 받고서 나를 받아들이기로 했으니까. 그는 토리노 근교에 작은 공방을 갖고 있었다. 미혼이었고 사치스러운 성향이 거의 없었기에 여기저기서 몇 차례 고용되는 정도로도 먹고살기에는 충분했다. 아니, 내가 도착하기까지는 그랬다. 스스로는 〈시인〉혹은 〈철학자〉라는 명칭을 더 선호했던 그 시절의 수많은 〈열광자〉는 발전을 불러올 전쟁을 찬양해 마지않았는데, 전쟁을 계기로 돌보다 더 저렴하고 가벼우며 생산하기도 작업하기도 쉬운 자재가 대중화되었다. 바로 강철인데, 그것이 알베르토에게는 최악의 적이어서 그는 자면서도 강철에 대한 욕설을 내뱉었다. 그는 오스트리아-헝가리인이나 독일인보다도 강철을 더 증오했다. 프랑스인이 독일인에 대해 〈보슈〉[11]라는 멸칭을 사용했다면 이탈리아인은 독일인을 크루코[12]라고 불렀는데, 강철에 비하면 크루코들에게는 정상을 참작해 줄 요소들이 있었다. 그들의 요리나 강철 뿔이 달린 군모 등이 조롱거리가 되었으니, 그들로서는 화를 낼 만한 이유가 있지 않은가. 사람들이 강철로 뭔가 짓겠다는 생각을 하고 있지 않다

11 boche. 프로이센-프랑스 전쟁(1870~1871) 때 등장하여 제1차 세계 대전 당시 널리 퍼진 말로, 독일인의 우둔함을 부각시킨 멸칭. 〈나무 대가리〉를 의미하며, 우리말 〈돌대가리〉에 상응한다.
12 crucco. 세르보크로아트어로 〈빵〉을 의미하는 〈kruh〉에서 유래한 말. 제1차 세계 대전 당시 이탈리아인들이 독일의 거친 식문화에 대한 조롱을 담아 독일인을 가리키는 멸칭으로 사용하게 된다.

면, 그것은 강철로 지은 모든 게 붕괴될 텐데, 그때가 되어 최후로 웃는 자가 진정 웃는 자이기 때문이리라. 알베르토는 이미 모든 것이 붕괴됐다는 것을 이해하지 못했다. 알베르토 편을 들어 보자면 강철은 정말이지 붕괴의 주범인 무시무시한 대포들을 이미 만들어 냈다.

알베르토는 늙어 보였지만 실제로 그런 건 아니었다. 서른다섯 살이었고, 공방에 딸린 작은 방에서 혼자 살았다. 샤워하고 대리석 가루를 씻어 내고 단벌 의상을 걸치고 나서면 봐 줄 만했던 터라, 그가 혼자 산다는 게 놀라웠다. 그는 토리노에 있는 한 유곽을 늘 드나들었는데, 그곳의 여자들을 대하는 정중한 태도는 전설이 될 정도였다. 피아트의 링고토 공장과 산살바리오 사이의 남쪽 구역에서는 〈알베르토처럼 처신하다〉라는 표현이 1920년대 초에 유행하다가, 알베르토가 자신의 대리석들과 노예, 그러니까 나를 데리고 이사를 가면서 사그라들었다. 내가 동업자라고, 언제 들어도 웃기는 소리다.

사람들은 내게 그가 그다음 과정에서 어떤 역할을 했는지 종종 물었다. 〈다음 과정〉이라는 말이 내 경력을 뜻하는 거라면, 아무런 역할도 못 했다. 반면에 내 마지막 작품을 의미하는 거라면, 그로부터 온 부서진 몇 조각 정도가 그 안에 포함되었을 수는 있다. 아니, 〈부서지다〉라는 동사는 햇살을 떠올리게 할 수도 있으니 그냥 **부스러기** 정도라고 하겠다 — 나는 사람들이 그가 하루라도 빛난 적이 있지 않을까 하는 생각조차 하지 않으면 좋겠다. 치오 알베르토는 얼간이였다. 괴물은 아니고 그저 불쌍한 인간이랄까, 결국은 같은 소리겠지만. 그를 생각할 때면 아무런 증오심도 없고, 그렇다고 연민이 있는 것도 아니다.

거의 한 해 동안, 나는 그 남자의 그늘에서 살았다. 요리를 했고, 청소를 했다. 돌을 나르고, 배달을 했다. 1백 번도 넘게 전차에 치이거나 말에 차이거나 내 키를 비웃는 남자에게 두들겨 맞을 뻔했는데, 그 작자에게 부러 그의 애인이 보는 앞에서 내 키가 작다고 해서 piano di sotto(아래층)에, 그러니까 아랫도리에 문제가 있는 건 아니라고 대꾸해 줬다. 고향에 전기가 들어오기를 꿈꿨던 인제니에레 카르모네가 우리 동네 분위기가 얼마나 찌릿찌릿한지 보았더라면 황홀해했을 텐데. 두 사람만 스쳐도 매번 벼락이 내려칠 가능성이 농후했으니, 무슨 결과를 촉발할지 결코 알 수 없는 전자의 이동인 셈이었다. 우리는 독일인, 오스트리아-헝가리인, 우리 자신의 정부, 우리의 이웃과 전쟁 중이었고, 이는 우리가 우리 자신을 상대로 전쟁 중이라는 말이나 마찬가지였다. 한쪽이 전쟁을 원하면 다른 쪽은 평화를 원했고, 그러다 보면 언성이 높아졌고, 결국 평화를 원하는 쪽에서 먼저 주먹을 날리는 것으로 끝이 났다.

치오 알베르토는 내가 자신의 공구에 손대는 것을 금지했다. 내가 이웃한 베아타 베르지네 델레 그라치에 교구에서 주문한 작은 성수반을 손보다가 그에게 들킨 적이 있어서였다. 알베르토는 일주일에 한두 번은 곤드레만드레 크게 취하곤 했는데, 마지막 한 번이 조각상에 흔적을 남기고 말았다. 그가 만든 성수반은 조잡하고 거의 모독이었고, 열두 살짜리 어린애도 그보다는 더 잘할 수 있을 정도라서, 바로 그 열두 살짜리 남자애가 상대방이 취기로 허우적대는 동안 그 일을 했다. 나는 끌질을 하다가, 잠에서 깨어난 알베르토에게 그 자리에서 발각되었다. 그는 깜짝 놀라서 내 작업을 꼼꼼히 들여다보다가 나로서는 이해할 수 없는 언어인 제노바 사투리로 욕을 해대며 내게 주먹질을 퍼부었다. 그러고 나서 다시 잠이 들었다. 눈을 떴을 때 그는 팔다리를 제대로 쓰지 못하고 멍투성이가 된 나의 모습을 발견했고, 그러자 무슨 일이 벌어졌던 건지 모르는 척했다. 그는 곧장 성수반으로 향했고, 자신의 작업물이 불만스럽지 않음을 깨닫자 관대함을 발휘해 자신이 직접 배달하겠노라고 제안했다.

알베르토는 정기적으로 내게 구술하여 어머니에게 편지를 보냈고, 동시에 나도 어머니에게 편지를 보내도 된다고 허락했다 — 그는 우표를 사는 값은 아끼지 않았다. 어머니는 한 주, 그리고 또 한 주를 버틸 수 있게 해줄 일자리를 쫓아 계속 길 위를 떠도느라 꼬박꼬박 답장을 해주지는 못했다. 어머니의 보랏빛 눈동자가 그리웠다. 아버지, 내 어설픈 첫 끌질을 이끌어 줬던 사람, 톱니형 끌과 줄과 날의 차이를 가르쳤던 사람은 희미해졌다.

1917년 한 해 동안 일거리는 점점 더 드물어졌고, 알베르토의 기분은 점점 더 음울해졌으며, 술주정은 더 폭력적이 되었다. 가끔 황혼을 배경으로 군인들이 종대로 행군을 했고 신문에서는 오로지 그 이야기, 전쟁, 전쟁 이야기만 했지만, 우리는 전쟁에서 그저 막연히 거북하고 내 자리에 있지 않은 듯한 느낌, 우리를 둘러싼 환경과 분리된 듯한 느낌만을 받았다. 전장에서는 추악한 짐승이 미래로 열린 지평을 함부로 다뤘다. 하지만 우리는 거의 평소의 삶을, 우리가 먹는 모든 것에서 살짝 죄책감의 맛이 나게 하는 비전투 부대원의 삶을 살았다. 어쨌든 8월 22일이 되기 전까지는 그랬는데, 그날 드디어 빵이 떨어지면서 먹거리가 완전히 동나고 말았다. 토리노는 폭발했다. 레닌의 이름이 도시 이곳저곳의 담벼락에 나타났고, 바리케이드가 올라갔으며, 어떤 혁명주의자는 심지어 24일 아침 길거리에서 나를 멈춰 세우고는 조심하라며 그들이 쌓은 바리케이드에 **전기가 통하노라고** 경고했는데, 그 어떤 것보다도 세상이 변하고 있다는 것을 확실하게 알려 준 말이었다. 그 남자는 나를 〈동무〉라고 부르며 내 등을 툭툭 쳤다. 여자들이 바리케이드 위에 올라서서 어쩔 줄 모르는 병사들에 맞서거나 장갑차 위로 기어올라 가 분노로 가득한 가슴을 의기양양하게 내놓는 모습이, 병사들이 차마 거기에 대고 총을 쏘지 못하는 장면이 보였다. 어쨌든 그 당장에 쏘지는 않았다.

폭동은 3일간 지속되었다. 사람들은 합의에 이르지 못했지만 모두 다 전쟁에 질렸다는 점에서는 한마음이었다. 정부는 결국 기관총을 쏴대어 모두에게서 합의를 이끌어 냈고, 사망자가 쉰 명이 나오자 열기가 식었다. 나는 공방에 틀어박혔다. 이제 평온이 다시 찾아오고 빵도 조금씩 도는가 싶던 어느 저녁, 치오 알베르토가 평소보다 유쾌한 기분으로 돌아왔다. 그는 손을 쳐들어 나를 한 대 치는 시늉을 했고, 내가 다급하게 테이블 밑으로 몸을 던지는 모습을 보며 킬킬거리더니 펜을 들라고 명령해, 어머니에게 보내는 편지를 구술했다. 그에게서는 길모퉁이에서 따라 주는 싸구려 포도주 냄새가 풍겼다.

맘미나,[13]

엄마가 보내 준 우편환은 잘 받았어요. 덕분에 성탄절 때 말했던 그 작은 공방을 살 수 있을 거예요. 그건 리구리아에 있으니, 그렇게 되면 엄마에게 더 가까워지죠. 토리노에는 이제 일거리가 없어요. 하지만 거기엔 성이 하나 있거든요. 뭔가 늘 수리할 거리가 있을 테고, 그리고 가톨릭 당국이, 그들이 애지중지하는 성당도 하나 있어요. 일거리가 있겠죠. 전 여길 별로 비싸지 않게 팔았어요. 뭐, 괜찮아요. 방금 그 쥐새끼 같은 놈 로렌초와 서류에 서명했고, 그리고 또 꼬맹이 풋내기 미모를 데리고 곧 출발할 거예요. 피에트라달바에서 또 편지 보낼게요. 사랑하는 아들이.

「근사한 서명 하나 만들어 봐, 페초 디 메르다.[14] 치오 알베

---

13 mammina. 엄마를 뜻하는 이탈리아어 mamma에 친밀한 뉘앙스를 더한 말.
14 이탈리아어로 똥 덩어리라는 뜻.

르토가 말을 맺었다. 「내가 성공했다는 걸 잘 보여주는 서명으로.」

그 시절을 돌이켜 보면 이상하다. 나는 불행하지 않았으니까. 나는 혼자였고, 아무것도, 아무도 없었다. 사람들은 유럽 북쪽의 숲들을 갈아엎고, 그곳에 금속이 박힌 살덩어리들과 몇 년 뒤에 무고한 산책객들 코앞에서 폭발하게 될 포탄들을 살포했고, 자신이 만들어 낸 그 볼품없는 지진계에 고작 12등급만을 주었던 메르칼리조차 창백하게 질릴 만한 황폐함을 만들어 냈다.

하지만 나는 불행하지 않았다. 살아오는 내내 바뀌었으며 나중에는 오페라 가수들과 축구 선수들까지도 포함하게 될 나만의 우상들을 모신 만신전에 기도를 올리면서 저녁마다 그 사실을 확인했다. 어쩌면 내가 젊었고, 나의 하루하루가 아름다워서 그랬을지도 모른다. 한낮의 아름다움이 밤의 예지에 무엇을 빚지고 있는지, 나는 오늘에서야 헤아린다.

사제는 사무실을 나와 망자들의 계단, 마침맞게 명명된 그
계단을 통해 아래로 내려간다.[15] 잠시 뒤면, 별채에서 죽음의
고통을 겪고 있는 남자의 머리맡에 가 있을 거다. 수도사들이
때가 가까웠다고 그에게 알려 왔다. 그가 그의 입술에 성체를
가져다 대리라.

파드레[16] 빈첸초는 벽화에는 눈길도 주지 않고 성당을 가
로질러 황도 12궁 문을 넘어 피르키리아노산 정상에 자리한
테라스로 나가는데, 그곳에서 수도원은 피에몬테를 꼬나보
고 있다. 그의 눈앞에 펼쳐진 탑의 잔해. 전설에 따르면, 옛날
에 아름다운 시골 처자 알다가 성 미카엘의 도움으로 하늘을

---

15 최근까지도 계단 옆 벽감에 실제로 수도사들, 유명 인사들의 유해를 안치
했다.

16 padre. 이탈리아어로 아버지라는 뜻으로, 가톨릭에서는 신부를 가리키는
존칭으로 사용된다.

날아 적군에게서 빠져나갔다고 한다. Vanitas vanitatis(헛되고 헛되도다), 알다는 마을 사람들에게 강렬한 인상을 주려고 그들 앞에서 그 위업을 재연하려 들었고, 그러다가 아래로 떨어져 박살이 나고 말았다. 그 지역은 정기적으로 발생하는 지진으로 수없이 타격을 입었는데, 그녀의 이름을 딴 그 탑의 일부도 14세기에 발생한 지진으로 인해 마찬가지로 박살이 나리라.

조금 더 나아가면, 쇠사슬과 〈통행금지〉 푯말로 막아 놓은 몇 개의 계단이 지하로 파고 내려간다. 사제는 그 나이를 생각하면 칭송받아 마땅한 유연한 몸짓으로 쇠사슬을 훌쩍 넘어간다. 그곳은 죽어 가는 사람이 그를 기다리고 있는 별채로 가는 길이 아니다. 바로 **그녀**를, 사제는 그를 만나기 전에 그녀를 보려고 하는 것이다. 사제에게 가끔씩 편치 못한 잠을 안겨 주는 그녀를. 사제는 불법 침입이나 혹은 그보다 더 안 좋은 일이 발생할까 염려하고 있다. 15년 전, 바르톨로메오 수도사가 그녀를 보호하는 마지막 철책 앞에서 누군가와 맞닥뜨렸던 그때처럼, 무슨 일이 벌어질지 결코 알 수 없다. 그 남자는 미국인으로, 자신을 길 잃은 방문객으로 보이게 하려고 애를 썼다. 사제는 즉각 거짓의 냄새를 맡았는데, 그는 그 냄새를 속속들이 알고 있었으니, 그건 바로 고해실에서 나는 냄새였으니까. 그 어떤 관광객도 사크라 디 산미켈레 수도원의 지하 공간까지 어쩌다가 우연히 깊숙이 내려갈 수는 없다. 천만에, 그 남자는 소문을 들었기 때문에 거기에 있는 거였다.

사제가 정확히 본 거였다. 5년 뒤, 바로 그 남자가 바티칸의 유력자가 서명한 정식 허가증을 들고서 다시 왔다. 그래서 그에게 문을 열어 줬고, 그녀를 찬찬히 살펴본 사람들의 명단이 그렇게 조금 더 길어졌다. 레너드 B. 윌리엄스, 그것이 캘리포니아의 스탠퍼드 대학 교수인 그의 이름이었다. 윌리엄스는 사크라 수도원에 잡혀 있는 그녀의 비밀을 꿰뚫으려고 애썼고 그 일에 자신의 삶을 바쳤다. 그는 그와 관련하여 연구서 한 권, 소논문 몇 편을 발표하더니 그 뒤로 침묵을 지켰다. 그의 연구 결과물들은 탁월한데도 사람들로부터 잊힌 채 서가 위에서 잠자고 있다. 바티칸은 자신들이 숨기는 게 아무것도 없다는 듯이 그에게 문을 열어 줌으로써 멋진 한 방을 날렸다. 그 뒤로 평온이 되돌아왔고 여러 해 동안 지속되었다. 하지만 몇 달 전부터 수도사들이 관광객이 아닌 관광객들이, 염탐꾼들이 보인다고 알려 왔다. 그런 사람들은 1천 명 속에 섞여 있어도 알아볼 수 있다. 압박감이 상승했다.

수 분에 걸쳐서 계단을 내려간 사제는 미로처럼 얽힌 복도를 거침없이 나아간다. 자신이 가야 할 길, 그 길을 하도 많이 오갔기에 어둠 속에서도 찾아내리라. 그가 걸음을 내디딜 때마다 딸랑거리는 소리가 뒤따른다 — 손에 들린 열쇠 꾸러미가 내는 소리. 이 빌어먹을 열쇠들. 정말이지 볼품없는 문 뒤에서마저도 신비가 팔딱거리고 있다는 듯 수도원의 문마다 열쇠가 하나씩, 가끔은 둘씩 존재한다. 그들을 그곳에 모이게 한 신비, 성체만으로는 충분하지 않다는 듯.

그는 목표에 도달한다. 흙, 습기, 그들 자체의 무게로 으스러진 수십억 화강암 원자의 내음에다가, 심지어 주위 경사면 초목의 내음까지도 조금 느껴졌다. 드디어 철책 앞. 이전의 철책은 교체되어 5중 걸림쇠 잠금장치를 갖춘 지금의 철책으로 바뀌었다. 리모컨이 재깍 작동하지 않자, 파드레 빈첸초는 고무로 된 버튼들을 마구 눌러 본다. **매번 똑같군. 진보를 말해 대지만 지금은 1986년인데도 제대로 작동하는 리모컨 하나 생산하지 못하잖아?** 그는 마음을 가라앉힌다. **주여, 저의 인내심 부족을 용서하소서.**

드디어 빨간색 경고등이 꺼지면서 경보 시스템이 해제된다. 마지막 통로는 신발 상자보다 더 크지 않은 최신 카메라 두 대의 감시를 받고 있다. 누군가가 들어오면 경보가 울리지 않을 수 없다. 심지어 침입자가 여기까지 들어온다고 한들 그게 무슨 소용일까? 그는 그녀를 데리고 떠나지 못할 것이다. 그녀를 이곳까지 내리는 데 남자 열 명이 필요했으니까.

파드레 빈첸초는 부르르 몸을 떨었다. 두려워해야 하는 것은 절도가 아니다. 그는 그 미친놈 라슬로 토스를 잊지 않고 있다. 그는 다시금 스스로를 책망한다. 〈미친놈〉은 자애로운 말은 아니지, 〈심신 미약자〉라고 하자. 그들은 아슬아슬하게 비극을 스쳐 지나갔다. 하지만 지금 이 순간에 그 헝가리인의 음울한 얼굴과 광신적인 번쩍이는 눈길을 떠올리고 싶지 않다. 어쨌든 비극은 피하지 않았는가.

우리는 그녀를 보호하기 위해 유폐하는 겁니다. 사제는 그 말에 담긴 아이러니를 놓치지 않는다. 그녀는 거기 있으니 걱정하지 마세요, 놀라울 정도로 잘 지내고 있죠. 그녀를 볼 권리가 아무에게도 없다는 점만 제외한다면야. 파드레 그 자신과 그녀를 보고 싶다고 요청해 오는 수도사들, 아직 살아 있으며 40년 전 그녀를 그곳에 유폐한 몇 안 되는 추기경들, 그리고 어쩌면 고급 관료 몇 명은 예외다. 기껏해야 전 세계에서 서른 명 남짓. 그리고 물론 자신만의 열쇠를 지닌 그녀를 창조한 인물도 예외다. 그는 마음 내킬 때면 아무 때나 찾아왔는데, 그녀를 돌보고 정기적으로 씻기기 위해서다. 그래, 그녀를 씻겨야 하니까.

사제는 마지막 잠금장치 두 개를 연다. 그는 늘 위쪽부터 시작하는데, 어쩌면 일종의 강박 신경증을 드러내는 버릇이리라. 그런 버릇을 떨쳐 내고 싶은지라 다음번에는 아래 잠금장치부터 풀리라고, 지난번 방문에서도 그랬듯이 다짐한다. 문은 아무런 소리도 내지 않고 열린다 ― 경첩의 품질을 자랑한 열쇠업자는 거짓말을 하지 않았다.

그는 불을 켜지 않는다. 철책을 교체하면서 처음의 네온 불빛 역시 보다 온화한 조명으로 교체했는데, 그게 훨씬 나은 것이 그 네온 조명은 그녀에게 너무 거칠었다. 하지만 그는 어둠 속에서 그녀를 보는 걸 더 좋아한다. 사제가 앞으로 나아가 습관적으로 손가락 끝으로 만져 본다. 그녀는 그보다 키가 살짝 더 크다. 둥근 방, 천장이 로마네스크 양식의 궁륭인 소박한 성소 한가운데에, 돌의 꿈에 빠진 그녀가 초석 위에 살짝 구부린 자세로 있다. 통로에서 들어온 유일한 불빛에 얼굴 두 개와 손목의 패인 곳이 드러난다. 사제는 두 눈이 닳도록 샅샅이 탐색했던 만큼, 어두움에 잠겨 잠이 든 그 조각의 구석구석을 파악하고 있다.

우리는 그녀를 보호하기 위해 유폐하는 겁니다.

사제는 그녀를 거기에 가둬 둔 자들은 스스로를, 그들 자신을 보호하려고 했던 게 아닌지 의심스럽다.

사보나시(市)는 이탈리아에 두 명의 교황을, 식스토 4세와 율리오 2세를 안겨 줬다. 거기에서 북쪽으로 고작 30킬로미터 떨어진 피에트라달바가 세 번째 교황을 배출할 뻔했다. 나는 그 일의 실패에 내 책임이 조금은 있다고 생각한다.

　1917년 12월 10일 아침에, 누군가가 내게 교황청 역사의 흐름이 치오 알베르토 뒤에서 발을 끌며 걸어가는 사내애 때문에 바뀌게 될 거라고 얘기해 줬더라면 한바탕 웃었을 거다. 우리는 거의 멈추지 않고 사흘 내내 이동했다. 오스트리아-헝가리 제국군이 카포레토 전투에서 우리에게 대패를 안겨 준 다음이라, 나라 전체가 전선에서 들려오는 소식에 매달렸다. 베네치아에서 멀지 않은 곳에서 전선이 고착되었다고들 했다. 어떤 이들은 정반대로, 적군이 상륙하여 우리가 잠잘 때 목을 딸 거라고 혹은 더 심하게는 그 시큼한 양배추 요리 사우어크라우트를 먹게 강요할 거라고 했다.

동이 터오면서, 피에트라달바가 바위투성이 봉우리 위로 깎아지른 모습을 드러냈다. 내가 파악한 그 지형은, 한 시간 뒤에야 깨닫게 됐는데, 착각이었다. 피에트라는 산의 돌출 지대 위에 올라앉은 게 아니라 고원의 가장자리에 자리했다. **정말로** 가장자리인데, 그러니까 마을의 성곽과 절벽 가장자리 사이에 남자 둘이 나란히 겨우 지나갈까 말까 한 통로가 있었다. 그 바깥으로 50미터의 허공이, 아니, 보다 정확하게는 송진과 백리향 에센스로 가득한 청정한 공기가 있었다.

마을 전체를 가로질러야만 그 마을의 명성을 만들어 낸 것을 발견할 수 있었다. 그러니까 피에몬테를 향해 물결치는 거대한 고원을, 지질 구조의 변덕으로 그곳으로 옮겨 온 토스카나의 작은 일부를. 동쪽과 마찬가지로 서쪽으로는 리구리아가 지켜보면서 편하게 너부러져 있지 말라고 그 고장에 주의를 줬다. 그곳은 산, 그곳에서 돌아다니는 짐승들과 마찬가지로 거의 검은빛이 감도는 푸르른 숲으로 덮인 산비탈이었다. 피에트라달바는 약간 장밋빛이 도는 — 수천의 여명이 그곳에 켜켜이 박혀 있었다 — 특유의 돌 때문에 아름다웠다.

지쳤더라도, 기분이 좋지 않더라도, 그곳의 방문객은 즉각 유명한 건물 두 채를 알아볼 수밖에 없었다. 첫 번째 건물은 바로크 양식의 전설적 성당으로, 수호성인 덕분에 이런 오지에서는 뜻밖일 정도의 규모와 붉은색, 녹색으로 치장된 대리석 전면을 자랑했다. 성 베드로는 훗날 프랑스 영토가 될 거친 시골뜨기들의 고장에 복음을 전하기 위해 떠난 길에서 이 곳에 잠시 멈췄는데, 산피에트로 델레 라크리메 성당은 바로 그 장소에 들어섰다. 전설에 따르면, 그날 밤 그는 자신이 그리스도를 세 차례 부인하는 꿈을 꾸고서 눈물을 흘렸다. 그의 눈물이 바위를 뚫고 들어가는 바람에 땅 밑에 수원이 만들어졌고, 거기에서 흘러나온 물이 조금 떨어진 곳에 호수를 이루었다. 교회는 1750년경에 그 수원 바로 위에 건축되어서, 지하 납골당 안에 수원이 존재한다. 사람들은 그 물이 기적을 일으킨다고 주장했고 성금이 밀려들었다. 기적은 일어난 적이 없었지만, 어쩌면 그 물 덕분에 황량하던 고원이 토스카나처럼 바뀌게 된 점은 예외로 쳐야 하지 않을까.

운전사는 알베르토의 끈질긴 부탁에 우리를 성당 바로 앞에 내려놓았다. 그는 사보나에서 들어올 때, 시골뜨기들처럼 낡은 마차가 아니라 정복자처럼 차를 타고 싶어 했다. 그건 시대를 앞선 홍보 활동이었지만 대실패로 돌아갔다. 사자상 목에 목도리처럼 감긴 채 아직도 분수대에서 펄럭이는 현수막과 돌풍이 불 때마다 바람이 밀어 올리는 잘게 찢은 색종이 조각들로 미뤄 보건대, 마을은 전날 광란의 축제를 벌였던 듯했다. 알베르토가 운전사에게 경적을 울리라고 부탁했지만, 멧비둘기 몇 마리만 화들짝 놀랄 뿐이었다. 화가 난 알베르토는 남은 여정은 걸어서 마치기로 결정했다. 그가 구입한 공방은 마을 바깥에 위치했다.

피에트라를 벗어나서야 우리는 바로 두 번째 건물을 보았

다. 아니, 그 건물이 우리를 보았다고나 해야 할까. 제법 거리
가 있음에도 불구하고 그 건물이 우리를 꼬나본다는 느낌을
받았는데, 왕자, 총독, 술탄, 왕, 경우에 따라서는 후작 정도는
되어야지 그게 아니라면 방문객들에게 부적격이라는 딱지를
붙일 것만 같았다. 내가 오랜 기간 자리를 비웠다가 피에트라
달바로 되돌아올 때마다 오르시니 저택은 매번 똑같은 효과
를 발휘했다. 그 건물은 늘 같은 장소에서, 마을의 마지막 샘
과 큰길이 고원의 낮은 쪽을 향해 곤두박질치는 지점 사이에
서 나의 발걸음을 멈춰 세웠다.

그 저택은 마을 끝자락의 집들에서 2킬로미터쯤 떨어진 지
점에, 숲의 가장자리에 우뚝 솟아 있었다. 저택 뒤편으로는
깎아지른 거친 지맥들이 내려오다 초록의 거품을 이루며 저
택 담에 부딪혀 좌초했다. 고도가 높고 샘들이 산재한 고장으
로, 그 안의 오솔길들은 사람의 발길이 닿으면 사라져 다른
곳에서 생겨난다고 사람들이 쑤군댔다. 벌목꾼, 숯쟁이, 사냥
꾼 들만이 그 안으로 깊숙이 들어갔다. 그곳에서 길을 잃고
헤매다가 일주일 뒤 해쓱하고 덥수룩한 엄지 동자가 되어 숲
에서 빠져나온 그들이 자존심을 챙길 목적으로 오솔길들이
움직인다고 이야기해 대는 바람에 그런 말이 돌았다.

저택 앞쪽으로는 오렌지나무, 레몬나무 그리고 잡종 오렌
지나무 들이 아득히 펼쳐졌다. 해풍이 해안에서부터 이 고원
지대를 향해 상상조차 할 수 없는 감미로움을 실어 나르면,
그 바람으로 세공되어 반들거리는 오르시니 가문의 황금. 점

묘파의 그림 같은 알록달록한 풍경, 밀감, 멜론, 살구, 미모사, 유황꽃, 절대 사그라지지 않는 불꽃놀이에 넋이 빠져 멈춰 서지 않을 수 없다. 집 뒤편의 숲과 이루는 대조로 인해 그 집안의 문장(紋章)에 새겨 놓은 문명 전파의 임무, Ab tenebris, ad lumina(어둠에서 빛으로)가 더욱 빛을 발했다. 암흑으로부터 멀어져 빛을 향해. 만물은 자신의 자리를 갖고 있고 그 자리는 한결같이 오르시니 가문의 자리 밑에 있다는 확신, 그러라는 명령. 오르시니 가문은 오로지 신의 우위만을 인정했지만, 자신들의 사업은 신의 부재를 틈타 관리하기를 마다하지 않았다. 그리하여 피에트라달바의 유명한 두 건물은 돌이킬 수 없이 서로 연결되어 있고 마지막까지 그러할 텐데, 서로에게 말을 거는 일은 거의 없지만 서로를 존중하는 두 형제처럼 짝을 이뤘다.

그날 아침, 호기심 어린 시선들이 우리를 따라오는 가운데 오렌지나무들이 줄지어 선 길을 걸어가던 내 모습이 여전히 눈에 선하다. 오래된 농가인 공방과 옆의 헛간, 그 사이의 커다란 풀밭과 풀밭 한가운데 서 있던 호두나무 한 그루와 처음 만나던 나의 모습 역시. 어머니를 모셔 올 수 있을 만큼 돈을 충분히 벌게 되면 어머니는 이곳에서 잘 지내실 거라고 생각했던 일이 떠오른다. 속눈썹에 서리가 들러붙은 알베르토가 허리춤에 두 주먹을 올린 채 주위를 둘러봤다. 그는 만족한 표정으로 고개를 주억거렸다.

「이제는 좋은 돌을 찾기만 하면 되겠군.」

1983년, 프랑코 마리아 리치가 자신의 잡지 『FMR』에 인터뷰를 몇 페이지 싣겠다며 나를 졸라 댔다. 그는 살짝 돈 인물이어서 수락했다. 그게 나의 유일한 인터뷰다. 리치는 나의 예상과 달리 **그녀**에 대한 질문은 하지 않았다. 하지만 그녀는 바로 거기, 그 인터뷰 안에 암묵적으로, 코끼리만큼이나 은밀하게 떡하니 있다.

그 기사는 세상과 만나지 못했다. 고위급 인사들이 그 소식을 풍문으로 들었고, 발행 부수가 얼마 안 되는 그 잡지가 출간도 되기 전에 인쇄소에서부터 사들였다. 1983년 6월에 간행된 『FMR』 14호는 평소보다 일주일 늦게, 몇 페이지가 덜어진 채 나왔다. 아마도 그게 더 잘된 일일지도 모른다. 프랑코는 폐기 처분된 물량에서 한 부를 빼돌렸다가 보내 주었다. 내가 떠나고 나면, 내 독실 창문 아래에 놓여 있는 작은 여행 가방 안에서 그 잡지를 발견하겠지. 70년 전에 피에트라달바에 도착할 당시 들었던 바로 그 가방에서.

인터뷰에서 나는 이런 말을 했다.

나의 삼촌 알베르토는 위대한 조각가였던 적이 단 한 번도 없어요. 내가 그다지도 오랜 시간 동안 형편없었던 이유죠. 삼촌 때문에, 좋은 돌이란 존재하지 않는다고 말하는 유일한 목소리에는 귀를 막은 채, 그런 돌이 존재한다고 생각했으니까요. 좋은 돌은 없답니다. 제가 잘 알아요. 그런 돌을 찾느라고 수많은 세월을 보내 봤으니까. 몸을 숙여 내 발치에 있는 돌을 들어 올리는 걸로 충분하다는 사실을 깨달을 때까지.

54

이전 석공인 에밀리아노 영감은 빵 한 입 값에 알베르토에게 공방을 팔아넘겼다. 알베르토는 그 거래를 떠올릴 때마다 두 손을 비벼 댔다. 그는 토리노에서 두 손을 비벼 댔었고, 여행하는 내내 두 손을 비벼 댔고, 피에트라달바와 공방과 헛간을 발견하자 또 두 손을 비벼 댔다. 두 손을 비비기를 그친 것은 그곳에서 보낸 첫날 밤, 누군가가 자기 침대로 들어와 얼음장 같은 두 발을 자신의 발에 가져다 댔음을 느끼고서였다.

　알베르토는 내가 헛간에 자리 잡는 것을 허락했는데, 공방과 거기 딸린 방은 자신의 처소라고 말한 셈이었다. 그런 식의 조율은 내 맘에 들었다. 열세 살 적에 그 누군들 짚 더미에서 잠들기를 꿈꿔 보지 않았겠는가? 나는 자정 조금 지나 울부짖는 소리를 듣고 한달음에 달려갔다. 알베르토는 내가 처음에 또 다른 어떤 남자라고 착각했던 대상을 상대로 완력을 쓰려는 참이었다.

「대체 여기서 뭐 하는 거지, 이 쪼그만 개자식이?」

「전 비토리오예요!」

「그게 누군데?」

「비토리오요! 계약서 별항 3!」

새됨과 중후함 사이에서 춤을 추던 그 아이의 겁에 질린 목소리가 아직도 귀에 선하다. 그 아이는 정확하게 **비토리오, 계약서 별항** 3이라는 말로 자신을 소개했다. 그렇게 별명을 갖다 바치는데도 모른 척하면 그건 죄를 범하는 것이리라.

〈별항〉은 나보다 세 살 더 많았다. 늘 돌보아야만 하는 그 땅과 착 붙다시피 한 딱 바라진 남자들이 우글대는 이 고장에서 그 아이는 키 때문에 튀었다. 그것이 그 아이의 아버지가 아들에게 물려준 유일한 것이었는데, 그 아버지는 지나가던 스웨덴 농학자였고 그가 무엇을 하러 이곳에 왔는지는 그 누구도 알지 못했다. 그 인물은 마을의 젊은 여자에게 아이를 배게 했고, 여자가 그 소식을 알려 오자 미적거리지 않았다.

에밀리아노 영감이 별항을 고용했고, 그는 늘 늙은 주인 곁에 꼭 붙어서 자왔음을 이해하는 데는 잠깐의 시간이 필요했다. 그 고장에서는 겨울에 금이 가득한 자루와 활활 타는 불 사이에서 골라야만 할 경우, 늘 금을 택하지는 않는다는 격언이 있었다. 따뜻한 열기는 집에서나 사람들의 마음에서나 희귀한 것이었다. 알베르토로서는 남자 둘이 함께 자다니, 그건 있을 수 없는 일이었고, 나아가 그런 이야기를 들어 본 적은 더더욱 없었다. 별항은 어깨를 으쓱하더니 헛간에 가서 자겠노라 알렸는데, 그 때문에 삼촌은 더욱 언짢아했다 — 그는 공증인이 보내 왔던 증서를 자세히 읽지 않았던 걸 후회하기 시작했다. 약간 앙큼한 데가 있던 나는 그가 전혀 읽을 줄 모른다는 점을 일깨웠지만, 그는 화를 내지 않았다. 공증인이 알려 줬어야 했는데. 게다가 이제 생각해 보니 도르디니 영감과 자신이 목수 조합의 사내들과 어우러져 진탕 마셨던 그날 저녁, 어쩌면 도르디니 영감이 알려 줬던 것도 같았다. 그 뒤에 편지를 주고받은 결과 별항은 빵 한 입의 가격으로 양도된 집의 일부라는 사실이 확인됐는데, 별항 3에 계약 체결 뒤 만 10년 동안 그 젊은이를 고용한다는 조건이 명시되어 있었다.

내 전 생애를 통틀어서 별항만큼 돌을 다루는 일에 재주가 없는 사람은 거의 만나 보질 못했다. 하지만 그는 우리에게 아주 소중한 도움이 되었다. 그는 힘든 일 앞에서도 끄떡없었고 보잘것없는 임금을 받으면서도 요컨대 잠자리와 먹거리가 해결되어 만족했다. 알베르토는 얼마 뒤 나의 또 다른 판본인 두 번째 노예, 더 튼튼하고 덜 오만하며 특히 재능이라고는 없는 노예를 마음대로 부리게 됐음을 깨닫고는 별항에게 거의 애정이라고 할 만한 것을 품게 되었다.

그다음 날, 짐수레와 김이 오르는 말이 뒤죽박죽 뒤섞인 기다란 행렬이 연보랏빛 황혼을 배경으로 나타났다. 토리노에서 온 알베르토의 장비들이었다. 마부들은 삼촌과 같이 한잔 걸치자마자 곧장 다시 떠났다.

우리는 첫 번째 고객을 맞을 준비가 되었다. 이 마을에서는 성당과 오르시니 가문, 이 둘을 빼면 고객이라고는 존재한 적이 없었다. 알베르토는 그 두 곳에 경의를 표하러 가기로 결정했고, 의전에 맞는 순서, 그러니까 어느 곳에 먼저 가야 할지를 놓고 이러니저러니 떠들어 댔는데, 양쪽 다 그럴듯한 논리가 있었다. 오르시니 가문이 승리했다. 알베르토는 거짓말일지언정 자신에게는 해결해야 할 어음이 있다고 줄곧 말해 왔던 만큼, 조금 지나치다 싶게 청빈을 강조하는 교회는 그의 취향이 아니었다. 공방은 그의 어머니가 현금을 내고 사줬고, 그는 우리에게 임금을 지급하지도 않았다. 그런 연유로, 삼종기도 시간이 조금 지난 무렵 우리, 그러니까 알베르토와 별항과 나는 저택의 뒷문에 모습을 드러냈다. 하녀 한 명이 문을 열었고 무슨 일로 왔는지 우리에게 묻기 전에 잡다한 구성원으로 이뤄진 삼인조를 찬찬히 살폈다.

「석공 장인 알베르토 수소인데, 토리노에서 왔습니다.」알베르토 삼촌이 굽신굽신 머리를 조아리며 과장을 섞어 소개했다.「제 이야기는 들어 보셨겠죠. 에밀리아노 영감에게서 공방을 사들였는데, 훌륭하신 오르시니 후작 부부에게 경의를 표하고 싶군요.」

「여기서 기다려요.」

하녀의 뒤를 이어 집사가 나타났는데, 그는 곧 우리가 집사의 관할이 아니라 비서의 관할이라 판단했고, 뒤이어 비서가 문간에 모습을 드러냈다. 저택을 둘러싼 담장 뒤로 눈부신 초록의 정원이, 아침 공기 속에서 김이 피어오르는 연못이 무딘 광채와 함께 드러났다.

「후작 부처께서는 장인들의 예방을 받지 않습니다.」 비서가 설명했다. 「할 말이 있으면 집사에게 해요.」

우리는 우리 주위로 비처럼 쏟아붓는 그의 업신여김을 뒤집어썼는데, 이 세상 곳곳에서 미래의 혁명가들을 흠뻑 적셔 대는 업신여김과 동일한 종류였다. 천상의 왕국도 오르시니 저택보다는 경비가 허술했다. 정원의 조각상 여럿이 눈에 들어온 나는 여전히 정원에 정신이 팔려서 비서는 거의 관심 밖이었다. 하인들이 그 조각상 가운데 두 개 사이에 걸어 놓은 현수막을, 우리가 도착해서 마을의 분수대에서 봤던 것과 흡사한 현수막을 떼어 내는 중이었다.

「누구 생일이었어요?」

눈썹이 완벽한 활 모양을 그리면서 집사가 나를 꼬나보았다.

「아니다, 젊은 후작님이 전선으로 떠나게 되어서 그 일을 축하했지. 가문과 이탈리아 왕국의 가장 커다란 영예를 위해 프랑스 연대에 합류하셨단다.」

나는 사람들이 내게서 기대하는 반응을 보여 주는 대신에 울음을 터뜨리고 말았다. 비서와 알베르토는 당혹스러움과 몰이해를 서로 겨루며 얼굴을 일그러뜨렸는데, 두 사람 모두 오스트리아-헝가리 제국의 유산탄이 쏟아지는 카포레토 전장에 있는 게 더 마음이 편했으리라. 남자 어른 쪽으로 기울

면서 유년의 대지를 저버리기 시작한 별항마저도 갑자기 문
설주에 관심이라도 생긴 듯이 그것을 살핀답시고 게걸음을
쳤다. 우리에게 문을 열어 줬던 하녀가 잠시 의전을 잊어버렸
다. 그녀는 뻣뻣한 비서를 밀쳐 버리더니 내 앞에 무릎을 꿇
었다.

「이런, 우리 꼬맹이, 그래, 무슨 일이니?」

나는 화가 나지 않았으니, 그 〈꼬맹이〉라는 말이 내 키가
아니라 내 나이에 관한 것이라고 느꼈으니까. 나는 내가 알지
도 못하는 사람에 대해서 왜 눈물을 흘렸는지 전혀 몰랐다.
열세 살짜리가 마음 깊숙이 묻어 둔 슬픔에 대해 무엇을 알았
겠는가? 나는 그저 이렇게 더듬거릴 수 있을 뿐이었다.

「그분이 돌아오기를 바라요.」

「자, 자.」하녀가 중얼거렸다.

그녀는 자신의 가슴에 내 머리를 기대게 했는데, 가슴이 풍
만했고, 그때 기분이 좋았다는 말을 하자니 창피하다.

일주일 뒤, 한껏 차려입은 마을 사람이 총출동해 산피에트
로 델레 라크리메 성당에 입장했다. 알베르토는 꼭 참석해야
한다고 주장했지만 — **사업에 좋은 거야, 꼭 그 자리에 나가야
해** — 마지막 줄이 우리 차지였다. 신자석은 사람들로 터져
나갈 지경이었다. 사보나와 제노바에서까지 사람들이 왔다.
첫째 줄에는 오르시니 가문 사람들이 앉았다. 바로 뒷줄은 부
자들, 그 고장의 명문가인 주스티니아니 가문, 스피놀라 가

문, 그리말디 가문이 차지했다.

젊은 후작, 피에트라달바의 영웅인 그 역시 영예로 둘러싸인 채 거기, 가로 회랑과 세로 회랑이 만나는 중앙 교차부에 있었는데, 그는 자신에게 부여된 그 영예를 조롱했다. 바로 그의 장례식을 거행하는 자리였다. 내가 저택의 하녀 품에 안겨 눈물을 흘리던 그때로부터 이틀 전인 1917년 12월 12일에 그는 이미 사망했다. 자신의 부대원들을 이끌고 목숨을 내던져 가며 자랑스럽게 적군을 무찌르다가 전선에서 맞은 죽음이 아니었다. 그랬다. 그는 프랑스에서 발생한 열차 사고 중 가장 피해 규모가 컸던 것으로 (군대가 수십 년 뒤 그 사실을 인정하기로 했을 때) 밝혀진 사고로 인해, 남자들 대부분이 그러듯 바보같이 목숨을 잃었다.

그러니까 12월 12일에, 장교에게 어서 신고하고 부대 배치를 받고 싶어 안달이 난 젊은 후작은 한 무리의 휴가병들과 함께 바사노발 모단행 열차에, 그다음에는 샹베리행 ML3874에 올라탔다. 길이는 350미터에 달하고, 크리스마스를 맞으러 집으로 돌아가게 되어 행복에 취한 소년들과 강철의 무게가 도합 5백 톤에 달하는 기관차는 생미셸드모리엔 경사지에서 그 기다란 행렬의 중량을 제어할 수가 없었다. 그들의 기쁨이 무겁게 내리눌렀고, 자동 제동 장치는 작동되지 않았다. **수동으로 제동을 걸면 되지.** 하지만 천만에, 그렇게 되지 않았다. 차량들이 선로에서 벗어나 처박히며 뒤의 차량이 줄줄이 앞 차량 위로 올라탔는데, 거대한 금속 기둥들이 철사처럼 비틀렸고 몽땅 불에 타버렸다. 충돌의 순간 튀어 나간 젊은 후작은 말끔한 상태로 발견된 몇 안 되는 희생자 중 하나였다. 4백 명이 넘는 탑승객 대부분은 살덩어리가 철강과 뒤섞이고 말았다.

그 뒤로, **만약**은 운명이 촘촘하게 잘 짜놓은 조직을 풀 능력이 없지만, 그래도 **만약**이 불쑥불쑥 솟구쳤다. 만약 젊은 후작이 전장으로 떠나지 않았다면? 부자들은 징병을 손쉽게 피했으니까. 그리고 만약 그가 전선에 보다 빨리 도착하려고 그 열차를 타는 일을 하지 않았더라면? 하지만 비르질리오 오르시니는 그 기차를 타고 말았다. 그는 자원입대했다. 그래서 모두 눈물을 흘렸고, 울 일 만이 남았다. 아니, 오르시니 가문 사람들은 예상대로 입꼬리는 처졌지만 턱을 치켜들고 시선은 저 멀리 가문의 미래에 둔 채 의연히 처신했으니까, 적어도 마을 사람들은 눈물을 흘렸다.

제복을 입은 남자들이 환한 밖으로 관을 운반하자 대형 오르간 소리가 울려 퍼지며 배웅했고, 장례식에 참석했던 이들이 뿔뿔이 흩어졌다. 사람들은 잔뜩 몰려들었고 나는 키가 작은 데다 성당 맨 뒤쪽에 있기도 하여, 그날 검고 흐릿한 형체들 말고는 오르시니 가문 구성원이라곤 보지 못했다. 모였던 사람들이 흩어졌기에 혼자라고 생각한 나는 조각상을 보느라 뭉그적댔다. 무언가가 나를 그쪽으로 끌어당겼다.

「마음에 드니?」

나는 소스라쳤다. 산피에트로의 사제로 갓 부임한 돈 안셀모가 뜨거운 시선으로 내 얼굴을 찬찬히 들여다보았다. 40대 초반에 벌써 머리가 벗어진 그는 열성과 온화함이 뒤섞인 표정으로 사람을 불편하게 했는데, 그 뒤로 수많은 사제에게서 그런 표정을 보았다.

「〈피에타〉란다. 그게 뭔지는 아니?」

「아뇨……」

「Mater dolorosa(슬픔에 잠긴 어머니)를 표현한 거야. 십자가 아래에서 죽은 자식을 안고 눈물을 흘리는 어머니지. 17세기의 이름 없는 장인이 만든 작품이란다. 그래, 네 마음에 드니?」

나는 더 가까이서 어머니의 얼굴을 살폈다. 슬픔에 젖은 어머니들, 그런 어머니들은 많이 봤고, 나의 어머니만 본 건 아니었다.

「자, 어서. 말해 보렴, 애야.」

「어머니는 슬픈 것 같지 않아요. 이건 엉터리예요.」

「엉터리?」

「네. 그리고 예수의 팔, 저기요, 팔이 너무 길어요. 그리고 외투 자락도 저렇게 길게 내려오면 안 돼요. 그러다가는 성모님이 걷다가 옷자락에 발이 걸릴걸요. 저건 **진짜**가 아니에요.」

「아, 네가 그 석공과 함께 일하는 어린 프랑스인이구나.」

「아니에요, 신부님.」

「거기서 도제로 있는 게 아니니?」

63

「맞아요. 하지만 전 이탈리아인이에요, 프랑스인이 아니라.」

「이름이 뭐지, 얘야?」

「미모요, 신부님.」

「미모, 그건 이름이 아닌데.」

「미켈란젤로지만 전 미모가 더 좋아요.」

「그래, 미켈란젤로, 넌 영리한 아이인 것 같구나. 하지만 우린 지금 교만의 죄에 대한 아주 좋은 예와 맞닥뜨린 것 같다. 성모님이 외투 자락에 걸려 비틀거릴 거라고 가정하는 건 신성 모독까지도 저지르는 거란다. 우리의 주님께서는 그분이 그런 종류의 우발성을 겪게 하지 않으셨단다. 성모님은 기품이지 추함이 아니란다. 고해를 해보는 건 어떨까?」

나는 기꺼이 받아들였다 — 신부님은 놀란 듯했다. 나의 어머니는 열렬히 고해 성사를 했던 분이고, 그 당시 나도 덩달아 그러겠다고 주장했지만, 어머니의 말을 따르자면 나는 그러기에는 너무 순수했다. 따라서 실망감을 안겨 주지 않으려고 나는 알베르토가 저지른 몇 가지 죄를 나의 것으로 돌렸고, 그 죄악들은 돈 안셀모에게 극도의 경악을 불러일으켰지만, 중간에서 나를 위해 저 높은 곳에 계신 분께 말씀드린다는 황홀감도 안겨 줬다. 나는 멍하니 오르시니 가문에 대한 생각을 다시 이어 가면서 그들이 어떤 모습일지 궁금해했다. 얼굴이 고귀할지 혹은 정반대로 추할지. 나는 그들에게 매혹됐는데, 마치 이미 표면적 질서 뒤의 혼돈을, 구세계를 뒤엎기 위해 표면 바로 아래에서 들끓는 새로운 세계를 감지하기라도 한 듯했다.

고해가 끝나자 안셀모는 회랑으로 난 문을 열고 나를 내보냈고, 나를 데리고 회랑을 지나 제의실을 거쳐 그곳과 이어진 바로크풍 경내로 나갔다. 그 한가운데에 자리한 낮은 돌담으로 둘러싸인 정원에는 종려나무, 사이프러스, 바나나나무와 부겐빌레아가 빼곡하게 들어차 있었다. 이 작은 에덴동산을 지켜보는 종루가 겨울에는 바람을, 여름에는 태양을 막아줬다.

「신부님?」

「응?」

「그게 무슨 말인가요, 우발성이?」

「일상에서 발생 가능한 우연적이고 예측할 수 없는 상황들을 말한단다.」

나는 알아들은 표정을 지었다. 정원 뒤편으로 경내의 외벽을 등지고 자리한 조개껍질 모양의 분수대에서 물이 찰랑였다. 3백 년 전부터, 저마다 돌고래 위에 올라탄 세 명의 아기 천사가 옆구리에 낀 물병에서 물을 흘려보내 분수대를 채웠다. 네 번째 돌고래는 자신의 아기 천사를 잃어버렸다. 안셀모는 물에 손가락을 담갔다가 이마에 성호를 그었다.

「이곳은 베드로 성인이 눈물을 흘린 곳이란다.」 그가 설명했다.

「정말 그분이 흘린 눈물인가요?」

신부가 미소를 지었다.

「나도 모르지. 대신 내가 아는 건, 이게 이 고원의 유일한 수원이라는 거야. 이게 없으면 피에트라달바도 존재하지 않을 테고, 과실수들도 그렇겠지. 그러니까 일종의 기적이지.」

「다른 기적들도 만들어 내나요?」

「다른 기적들이 일어난 적은 없었지만, 한번 해보렴.」

나는 물에 손을 담갔다 — 발돋움을 해야만 했다. 나의 소원은 평범하고 당연했는데, 그다지 믿는 것은 아니었지만 그래도 알 수 없는 일이지 않은가. **키가 커지게 해주세요.** 아무런 일도 일어나지 않았다. 이는 바로 그 순간, 아담 라이너라는 어떤 오스트리아인(그러니까, 적)이 내가 기원했던 그런 변화를 겪을 참이었던 만큼 더더욱 부당했다. 왜소증이었다가 거인이 되는 바람에 유명인으로 역사에 이름을 남기게 된 유일한 사람. 그가 어떤 샘에 손가락을 담갔는지는 알지 못한다.

안셀모가 기사를 잃은 돌고래, 외톨이 돌고래를 가리켰다. 사실은, 그의 설명에 따르자면, 조각가가 서른 살에 사망하는 바람에 그 분수대를 마치지 못했단다.

「네 스승이 네 번째 아기 천사를 만들어 줄 수 있을까? 최근에 후원금이 후하게 들어온 터라 이런저런 공사들을 고려해 볼 만하거든.」

나는 물어보겠노라고 약속하고 작별 인사를 했다. 어둠이 내리는 중이었다. 나는 마을 어귀로 빠져나와 고원의 경사지가 시작되는 곳에 잠시 멈춰 서서 오르시니 저택을 뚫어져라 바라봤다. 창가에서 어떤 움직임을 본 듯했지만, 그것이 무엇이든 제대로 보기에는 너무 멀었다. 높은 천장 아래서 식탁을 차리는 중일 테고 모든 것이 금은이겠지. 그런데 아들을 땅에 묻고 난 뒤인데도 배가 고플까? 어쩌면 접시는 건드리지도 않고서 그저 눈물을, 금은으로 아롱거리는 눈물을 흘리리라.

도착해 보니 치오 알베르토는 벌써 빈 술병을 앞에 놓고 고개를 끄덕이고 있었다. 그의 설명은 이랬다. **오늘 하루 종일 기분이 말이야, 어쨌든, 스물둘에 가는 거, 그건 아니지.** 나는 그에게 돈 안셀모의 요청을 자랑스럽게 알렸는데, 이는 그 뒤로 내가 다시는 저지르지 않을 실수였다. 그는 미친 듯이 성을 내며 내 뺨을 쳤고, 오로지 한구석에서 식사하던 별항의 눈썹이 찌푸려진 덕에 토리노에서처럼 얻어맞지는 않았다. 치오 알베르토는 길길이 날뛰며 내가 자신의 등 뒤에서 딴 주머니를 찬다고 비난했다. **그래, 네 생각엔, 내가 돈벌이도 못 할 놈으로 보이냐? 네가 그렇게 재능이 많으면, 해봐, 네가 직접 조각해 보라고, 그 염병할 아기 천사인가 뭔가.**

그러고는 잠이 들어 버렸다. 나는 눈물을 참으며 망치를 들어, 맞춤해 보이는 크기의 대리석에 끌을 갖다 대고 앞으로도 오래도록 이어 갈 행위를 여는 첫 번째 망치질을 했다.

알베르토는 이웃 마을들로 여러 날에 걸친 여행을 떠났다가 몇 건의 계약을 체결한 뒤 돌아왔다. 그는 곧장 공방으로 들어와 내가 마무리 중인 아기 천사를 살폈다. 그는 피로해 보였지만 술기운은 없었는데, 이는 그저 그가 마실 기회를 발견하지 못했다는 의미였다.

「이걸 한 게 너라고?」

「예, 치오.」

그 아기 천사를 다시 보고 싶다. 젊은 날의 서투름에 아마도 웃음이 나겠지. 어쨌든 봐줄 만했다고 생각한다. 알베르토가 고개를 젓더니 손을 내밀었다.

「톱니형 끌을 다오.」

그는 손에 내 도구를 들고서 아기 천사 주위를 돌며 사소한 부분을 고치려고 들다가 포기하고, 또 다른 사소한 부분을 건드리려다가 포기하더니, 다시 나를 바라보며 한 말을 또 했다.

「이걸 한 게 너라고?」

「예, 치오.」

계속 나를 주시하면서 그는 술을 한 병 찾으러 갔다가 이로 마개를 뽑고는 길게 한 모금 마셨다.

「이렇게 조각하는 법을 누가 네게 가르쳤지?」

「아버지요.」

열세 살 적의 나는 조숙했지만, 조숙이라는 단어는 아직 존재하지 않았다. 당시 세계는 좀 더 단순했다. 사람들은 부자이거나 가난하거나, 죽었거나 살았다. 그 시절은 복잡 미묘하지 않았다. 일곱 살 적에, 아버지가 자신이 조각 중이던 장식 거울에 끌을 갖다 댔을 때 내가 「아니, 여기 말고요」라고 말했던 날, 아버지도 치오 알베르토와 똑같이 뿌루퉁한 표정을 지었다.

「제법 하네, 그건 그래. 하지만 너 같은 애들, 그런 애들은 토리노에서는 쌔고 쌔서 허리만 굽히면 주워 올 수 있었거든. 그러니 잔뜩 흥분해서 착각하지 마라. 그리고 더럽게 더럽네, 공방이. 깨끗이 치우기 전에는 자러 가지 않는 게 좋을걸.」

그러더니 내 작업의 결과물을 엎어 놓고는 거기에 자기 이름의 첫 자들을 찍었다. 미모 비탈리아니의 첫 작품, 「물병을 든 아기 천사」에는 〈알베르토 수소〉라는 서명이 되어 있다.

나는 고약한 기분으로 내 짚 침대에 가서 몸을 눕혔다. 별항이 조금 뒤에 계단을 비틀거리며 올라와 헛간으로 따라 들어왔다. 그는 욕설을 내뱉고 웃음을 터뜨리더니 네발로 기어서 내가 있는 구석 쪽으로 다가왔다. 치오 알베르토의 싸구려 포도주를 몇 잔 얻어 마실 권리를 누렸던 거였다.

「이봐, 주인 말인데, 그 천사 건 때문에 영 기분이 좋지 않았어. 네가 네 똥구멍에 비해 방귀 소리가 너무 크다고 계속 말하더라고.」

「난들 어쩌라고, 똥구멍이 작게 태어난걸.」

「엉?」

「아냐, 아무것도. 잘 자.」

「이봐, 미모.」

「응?」

「묘지에 갈까?」

〈묘지〉만큼 수많은 모험을 보장하는 단어는 거의 없다. 적어도 열세 살 적엔 그렇다. 나는 팔꿈치로 몸을 괬다.

「묘지에?」

「응. 각자 혼자서 묘지를 한 바퀴 완전히 돌고 오기. 발뺌하는 사람이 조르다노네 딸과 입을 맞춰야 해.」

조르다노, 여인숙 주인이다. 온갖 것에 호기심이 들끓는 그 집 딸은 열네 살이고 농염한 미인이었다. 그 아이와 입을 맞추는 것 그 자체로는 벌이 아니었고 오히려 그 반대였지만, 조르다노가 딸과 멀리 떨어져 있는 법이 없었고 장전된 총이 조르다노로부터 멀리 있는 법 또한 없었다.

묘지로 가려면 피에트라달바를 향해 다시 가야 했는데, 마을로 향하는 오르막이 시작되기 직전에 오른쪽으로 돌면 바로 거기에 큰길을 가로지르는 샛길이 있었다. 숲속에 난 길을 잠깐 걷고 나면 그늘진 평지가 나오는데, 그곳에 자리한 묘지는 주민이 5백 명밖에 되지 않는 마을에 비해 그 규모가 놀라웠다. 하지만 그 지역에 버글대는 명문가들은 지저분한 해안가에서 멀리 떨어진 그곳을 매력적이라고 여겨 예로부터 거기를 영원한 휴식의 장소로 선택해 왔다. 보잘것없는 묘지들과 나란히 늘어선 호화로운 능들은 자신의 거주자들이 누리는 막강한 권력을 찬양했지만, 어쨌든 그 거주자들 역시 살아생전 가졌던 가장 소중한 것을 상실한 뒤였다. 그 누구도 그러한 모순에 개의치 않았다. 죽은 자들은 기만적이다.

숲길을 걷는 동안 내 신경은 호된 시련에 처했다. 하루 종일 비가 온 뒤라 흙에서 살짝 습기가 피어올랐다. 가운데가 불룩 나온 벽들이 가까스로 붙잡아 둔 두 흙더미 사이로 난 길은 마치 참호 같았다. 별항은 수시로 내게 겁이 나는지 물었는데, 자신이 겁을 집어먹었음을 숨기기 위한 허풍이었다. 나 역시 겁이 났다. 아버지를 따라서 수없이 묘지에 갔었고, 아버지를 무덤까지 — 아버지가 좋아하던 물품 몇 가지를 넣은 빈 관이었지만 — 배웅하기도 했었다. 하지만 어쩌랴, 이제는 아버지가 내 옆에서 손을 잡아 줄 수도 없는데.

우리가 입구 가까이에 도달했을 때 어떤 형체가 덤불에서 튀어나왔다. 나는 기절할 뻔했다.

「걱정 마, 엠마누엘레야.」

엠마누엘레가 입고 있는 제복에보다는, 우선 둘 사이의 닮음에 깜짝 놀랐다. 스웨덴 농학자가 뜬 것은 잘한 일이었다. 그러지 않아도, 그가 남긴 것은 아들 하나가 아니라 둘이었으니까. 엠마누엘레가 쌍둥이 형의 뒤를 이어 나타난 때는 그의 어머니가 하느님, 남자들, 그리고 스웨덴에 한바탕 욕을 퍼붓고 난 뒤 정신이 들기 시작할 무렵이었다. 탯줄에 목이 감겨 새파랗게 질린 엠마누엘레는 오로지 산파가 불어넣은 숨 덕분에 살아났는데, 어쨌든 노파의 숨, 헐떡이는 그 숨이 작은 몸뚱어리를 다시 살아 움직이게 했다. 어머니는 이탈리아 왕에게 경의를 표하기 위해서 아들들에게 비토리오와 엠마누엘레라고 왕의 이름을 따서 붙이고는 그 사실을 알리고자 로마의 왕실로 서한까지 보냈다. 그녀는 하급 비서관으로부터 군주가 고마워한다고 밝힌 답장을 받았고, 그 서한을 액자에 넣어서 자신의 수예점에 근 40년간 걸어 두고 있었다.

이렇게 파란만장하게 태어나는 바람에 엠마누엘레에게는 가혹한 흔적들이 남게 되었다. 동작은 발작적이었고 때로는 뜻대로 통제되지 않았다. 말은 가까스로 했다 — 오로지 그의 쌍둥이 형과 어머니만이 이해했다. 사람들이 깜짝 놀라게도 그는 아무런 도움 없이 읽기를 깨쳤는데, 그런가 하면 신발 끈은 제대로 묶기 힘들어했다. 모험 소설과 제복, 바로 그의 두 가지 취미였다.

나는 제복을 입지 않은 엠마누엘레의 모습을 본 적이 없다. 당파적 구석이 조금도 없는 그는 시대는 말할 것도 없이 민간과 군인(적대 관계인 파당들을 포함하여)과 종교(적대 관계인 분파들을 포함하여)의 요소들을 아무렇지도 않게 뒤섞었다. 스웨덴 농학자와의 사건에 그 뒤로 왕의 서한이 합쳐지면서 서글픈 일시적 사랑은 서사시로 변모했고, 남쪽으로는 사보나, 북쪽으로는 피에몬테의 경계에 이르기까지 모두, 아니, 거의 모두가 엠마누엘레를 알았다. 죽어 가는 노인이 있거나 헛간을 비워야 하는 집들에서 그에게 꾸준히 제복을 보내 줬는데, 온전한 한 벌인 경우는 드물었지만 그 수량은 엄청났다. 전쟁은 횡재였고, 엠마누엘레는 대기업들만큼이나 그 기회를 한껏 누렸다.

그날 저녁, 엠마누엘레는 양쪽 어깨에 프랑스 제2제국의

견장을 달고, 황금빛 모표와 수탉 깃털로 장식한 가죽과 펠트천이 섞인 이탈리아 저격병의 모자를 쓰고, 우체국 직원의 상의에 원주민 군부대원의 널찍한 허리띠를 두르고, 기병의 바지에 장화를 신은 차림새였다. 그는 내 손을 잡고 열렬히 악수한 뒤 대뜸 이해할 수 없는 말을 길게 쏟아 내기 시작했고, 그러자 그의 형이 대답했다. **천만에, 허튼소리는 그만해.**

묘지의 철책 문은 늘 열어 뒀다. 그 누구도 밤에 그곳으로 들어가지 않았고, 그 누구도 그곳에서 나오지 않았다. 별항이 먼저 한 바퀴를 돌았다. 그는 무덤들 사이로 사라졌다. 죽은 자들을 지켜보는 거대한 사이프러스들이 달빛을 부분적으로 가렸다. 한낮에 군림하던 확실함과 분명한 윤곽선이 물러난 자리에 흐릿한 경계선과 흑갈색 그림자의 세계가 들어섰고, 거기에서는 모든 것이 흔들렸다. 5분 뒤, 별항이 두 손을 주머니에 넣고 휘파람을 불면서 나타났다. 하지만 새빨간 두 뺨이 그가 비장을 제거당한 사냥개처럼 빠르게 달렸음을 알려 줬다. 그다음으로 엠마누엘레가 출발했고 형과 마찬가지로 차분한 태도로 돌아왔는데, 그는 달리지 않았다는 점이 달랐다. 그러고는 내 차례였다. 나는 머뭇거렸다.

「어서.」 별항이 말했다. 「무서워할 건 전혀 없어. 물론 누가 무덤을 여는 것처럼 끽끽거리는 소리는 들었지만, 그것 말고는 아무것도 없어. 아니, 그새 폭삭 쪼그라든 거야?」

내 키가 이런데 쪼그라들 구석이 어디 있는가. 나는 늘 다른 사람들보다 두 배는 더 해야 했다. 나는 묘지로 들어섰다. 그곳은 조금 더 서늘했는데, 어쩌면 그저 그렇게 느낀 건지도 몰랐다. 어떤 소리가 들린 듯하여 몸이 굳어 버렸다. 사이프러스 향을 맡으니 사부아에 살 때 현악기를 만들던 이웃 공방에서 나던 향이 떠올랐다. 그 향내 덕분에 조금 안심이 되었다. 나는 땅바닥에 눈길을 고정한 채 다시 걸음을 옮겼다. 소리가 점점 더 명확해지면서 차가운 공기 위로 튀어 올랐다. 바스락 소리, 한숨 소리, 긁는 소리. 사이프러스의 싱그러운 향이 죽은 것들이 풍기는 사악한 곰팡내로 더러워져 사라졌다.

나는 한숨 돌리려고 다시 멈춰 섰다. 달의 한 귀퉁이가 드러나면서 마주 보는 곳에, 어떤 영묘의 전면에 장식된 나팔 부는 천사의 얼굴이 또렷이 드러났다. 영묘의 문은 열려 있었고, 이것만으로도 나는 냅다 도망쳐야 했으리라. 눈에 보이지 않는 어떤 힘이 내가 움직이지 못하게 붙들었다. 사이프러스들 뒤편에서 달이 자신의 오래된 톱니바퀴 위를 끽끽거리며 움직이자, 영묘의 내부와 화강암 포석의 반들거리는 검은색이 환히 드러났다. 그러고는 그 모습이 눈에 들어왔다.

그 형체는 포석에서 몸을 떼어 내어 천천히 일어서더니 머뭇거리는 발걸음으로 나를 향해 다가왔다. 고개는 숙이고 얼굴은 검은 베일로 가린 채였다. 그 형체는 문턱에서 얼굴을 쳐들더니 거대한 눈구멍 깊숙이 박힌 유령 같은 두 눈으로 나를 응시했다. 나보다 더 큰 키는 아니었다. 피부는 몹시 창백했지만, 입술은 그녀가 무덤의 차가운 포옹을 떨쳐 내고 보나 마나 밤마다 들이마실 산 자들의 피로 통통했고 생기 넘치는 장밋빛이었다.

　나보다 훨씬 더 용감한 사내들이라도 기절했으리라. 그리하여 내가 한 일이 바로 그것이었다.

눈을 떠보니 나는 혼자였고, 영묘의 문은 다시 닫혀 있었다. 고약한 바람에 사이프러스 가지들이 휘청거렸다. 나무들이 어둠 속에서 탁탁 튀며 떠들어 댔고, 나는 그런 은밀하고 불길한 나무의 말에 귀를 기울이느라 시간을 낭비하지 않았다. 축축한 손이 내 이마에 놓이는 것을 느끼고 울부짖었는데, 그건 젖은 밤나무 이파리였다. 다시 몸을 일으킬 수 있게 되자 나는 걸음아 날 살려라 마구 내달렸다. 엠마누엘레와 별항은 이미 사라지고 없었다.

나는 냅다 달려 침대로 뛰어 들어갔고, 옷을 입은 채 이불을 덮고 덜덜 떨었다. 헛간을 같이 쓰는 내 동료가 머리카락에 지푸라기를 붙인 채 두 눈에 졸음이 가득한 모습으로 물었다.

「어디 있었어? 기다렸는데.」

「너희도 봤지, 그 여자?」

「누구 말이야?」

「그 여자! 죽은 여자!」

「죽은 여자를 봤어?」

「검은색으로 휘감고 무덤에서 나왔다니까. 맹세해!」

별항은 눈썹을 찌푸리고서 나를 바라보다가 웃음을 터뜨렸다.

「이봐, 친구, 조르다노네 딸하고 입을 맞추고 싶은 거구나.」

밤새도록 바람이 불어 댔다. 나는 해가 돋아 두려움을 가라앉혀 준 새벽이 되어서야 잠이 들었다. 두세 시간 뒤, 누군가가 나를 발길질로 깨웠다.

「아직도 코를 골며 뭘 하고 있는 거냐? 내가 왜 네게 돈을 주겠니? 서둘러, 일거리가 있다.」

치오 알베르토가 계단을 구르듯 내려갔다. 나는 그의 뒤를 쫓았고 기적의 샘이 땅 밑을 흐르다 다시 솟아나며 물을 대주는 생수터에 얼굴을 담갔다. 바다와 면한 리구리아의 내륙 지역에서는 바람이 물이나 불처럼 생명 혹은 파괴의 원천이었다. 전날 밤 불어닥친 바람으로, 오르시니 저택의 지붕을 장식한 조각상 하나가 지붕의 한쪽 경사면 위로 떨어지며 깨져 버렸다. 어젯밤에 돌풍이 두 차례 불어오는 사이에 비가 내렸기에, 다락방들로 물이 스며든 것 말고 다른 피해는 없었다. 목수는 나중에 온다고 했다. 명색이 오르시니 가문인 만큼 저택 정면의 좌우 대칭을 복원하고 조각상을 다시 세우는 것이 무엇보다도 시급했다. 저택의 하인 한 명이 새벽부터 삼촌을 찾아와 통보했다.

삼촌이라……. 그를, 그 늙은 얼간이를 다르게 부르겠다고 결심해 본 적은 단 한 번도 없었다.

일꾼들이 벌써 감귤밭에서 분주하게 움직이고 있었다. 그로부터 수천 킬로미터 떨어진 곳, 내가 방문할 날이 있으리라고는 상상조차 되지 않는 대서양 저편의 나라에서는, 대지가 뱉어 내는 검은 기름, 전쟁을 촉발하여 돈을 벌게 해줄 끈적이는 원유 덕분에 사람들이 부자가 되어 가는 중이었다. 피에트라달바에서 재물은 태양과 함께 바뀌어 가는 색채에서, 달콤 쌉싸름한 맛 혹은 추운 아침 날 느껴지는 달콤함에서 왔다. 나는 그런 오렌지 세상이 그립다. 그 누구도 오렌지를 놓고 싸운 적은 없었으니까.

이번에는 정문으로 들여보내졌고, 나는 마침내 오르시니 저택을 제대로 보았다. 나는 그 시절에 잔디밭을 본 적이 없었고 조경술은 더더욱 접한 적이 없었다. 한가운데로 돌계단이 난 두 개 층을 이룬 계단식 정원이 그 끝자락에 저택이 있음을 알리며 경사를 완만하게 만들었다. 융단을 깐 듯 풀로 덮인 첫 번째 층은 조약돌처럼 동글게 깎은 월계수들과 짤막한 원뿔 모양의 주목들로 장식이 되었는데, 거인들이 내가 모르는 규칙의 놀이를 하다가 말들을 버려두고 간 듯했다. 저택과 더 가까운 두 번째 층의 오른쪽에는 회양목으로 이루어진 미로가, 왼쪽에는 짙푸른 색을 띤 기다란 분수대가 있었다.

집사가 정문 앞 계단에 나와 우리를 기다리고 있었다. 상인방 위쪽에 천연석으로 만든 오르시니 가문의 문장이 자리했는데, 원형의 저부조 형식이었고 다색 장식 흔적이 남아 있었다. D'oro, al orso di verde sormontato dalle due arancie dallo stesso.

황금빛 바탕에 녹색 곰 한 마리와 그 위에 똑같은 색의 오렌지 두 개. 바로 거기에서부터 그 가족의 전설이 시작됐고, 나의 가장 커다란 고통과 가장 커다란 기쁨, 한마디로 저물어 가는 내 삶 전체가 그 가족에게서 비롯된다.

그 누구도 오르시니 가문의 유래를 알지 못했다. 제노바의 명문가들을 다룬 역사 속에서 그들의 자취는 발견되지 않았다. 하지만 그들은 엄연히 거기 있었다. 오르시니 저택은 18세기 말에 피에트라달바에 모습을 드러냈고, 그 장려함으로 인해 이전에는 존재하지 않았다는 사실이 빠르게 잊혔다. 누군가가 마을 사람들에게 물어보면, 그 저택은 늘 거기에 있었노라는 대답을 듣곤 했다.

심심해서, 시기심에, 혹은 그저 꾸며 낸 이야기를 좋아해서 사람들은 오르시니 가문에 대한 수도 없이 많은 전설을 지어 냈다. 그들은 시칠리아 출신이고 합법성을 추구하는 오노라타 소치에타[17]의 구성원이래. 하지만 훗날 사람들이 마피아라

---

17 Onorata Società. 〈명예로운 단체〉라는 뜻으로, 마피아 조직이 스스로를 존중받을 만한 사회적 단체로 묘사할 때 사용한 표현.

고 부르고, 그 단체에 들어간 사람들끼리는 코사 노스트라[18]
라고 불렀다는 사실이 알려지게 될 그 문제의 명예로운 단체
는 오르시니 저택이 건축되었을 당시에는 존재하지 않았다.
그러니까 그들은 부자들에게서 빼앗아서 가난한 사람들에게
주었다던 반(半)전설이 된 시칠리아의 당파 베아티 파올리의
후손들이라니까. 비록 부자들을 털기 위해서일지언정 그들
과 교류하는 바람에 그만 안락함의 유혹에 넘어가고 말았지
만. 다른 이들이 받아쳤다. 웃기는 소리, 그들이 감귤을 재배
한다고 해서 시칠리아 출신인 건 아니야. 게다가 그들의 문장
에는 곰이 한 마리 있고, 오르시니라는 이름 자체에도 orso,
곰이라는 말이 들어 있지 않은가. 따라서 진짜 진실 — 이것
이 이 계곡에서는 가장 대중적인 설명이었다 — 은 이렇다.
오르시니 가문은 오르산티, 그러니까 곰을 다루는 아리에주
의 서커스 단원들부터 미국의 쇼맨에 이르기까지, 전 세계에
조련된 동물들을 팔던 아브루초 출신의 서커스 단원들이자
곰 사육사들의 후손이다. 마을의 술집 카운터에서 누군가가
그런 이야기를 꺼낼 때면 반발의 합창 소리가 울려 퍼졌다.
곰을 팔아서 부자가 됐다는 사람은 본 적이 없는데. 하룻저녁
의 이야기꾼이 그 반박을 받아들인다. 그건 그렇지, 그런데
그들이 부자가 된 건 그런 식으로는 아닐세. 그들은 곰을 팔
려고 출발했다가 피에트라달바 근처에서 야영을 하던 어느
날 밤, 우연히 땅에 묻어 둔 재물과 맞닥뜨렸는데, 그게 바로

18 Cosa Nostra. 이탈리아어로 〈우리의 일〉이라는 뜻.

성당 기사들의 재물이었던 거야. 아니면 알비 이단들의 것이 거나, 혹은 이교도들을 단칼에 베어 버리고자 십자군 원정을 떠나게 된 어떤 고관대작이 그 전에, 그것이 더 신중한 행동이라고 판단해 묻어 뒀던 것이거나. 어쨌든 한 세기 조금 더 걸려 그들이 부와 우아함의 동의어가 되게 해준 재물이지.

한 시간 뒤 나는 조심스러운 발걸음으로 바로 그 수많은 이야기와 전설 위를 걸어 다녔다. 집사가 하인들이 사용하는 살짝 습기 찬 통로를 지나서 지붕을 향해 열리는 빛들이 창으로 우리를 데려다준 터였다. 후작의 비서는 우리와 함께 올라가겠노라고 고집을 피우다가 갔다. 저택은 사실 두 겹 구조였다. 고전주의와 팔라디오 양식이 뒤섞인 눈에 보이는 바깥 구조는, 아니스그린색으로 칠한 외벽에 박공 장식이 된 창들이 뚫려 있었다. 그 안쪽 구조는 바깥 구조보다 조금 더 작을까 말까 했다. 기껏해야 폭이 60여 센티미터에 불과한 그 두 구조 사이의 공간은 응접실과 방과 거실로 이어지는 진정한 미로였다. 하인들은 오르시니 일원의 눈에 거슬리지 않게 가능한 한 그 사잇길을 이용하도록 권고받았다.

지붕은 어젯밤에 내린 폭우로 니스 칠을 한 듯 번들거렸다. 무너진 조각상은 자신이 기와에 뚫어 놓은 구멍 안으로 3분의 1이 사라진 상태였다. 알베르토와 별항과 나, 이렇게 셋이 들러붙었는데도 조각상을 다시 바로 세우는 데 시간이 걸렸다. 조각상은 추락하면서 팔 하나가 깨진 상태였다. 토가를 두른 여인상으로, 오른팔을 우아하게 자신의 왼쪽 어깨 위에 올린 자세였다. 별항과 나 사이에 잠깐의 토론이 있었다. 방금 옷을 입은 걸까 아니면 벗으려던 참일까? 어쨌든 그녀는 무거웠고, 여자가 듣기 좋아할 말은 아니었기에 나는 그 여인상이 죽은 당나귀만큼 무게가 나간다는 지적을 할 때 예의 바르게 목소리를 낮췄다.

「좀 더 잘 서 있게 철근을 넣어야겠어.」 치오 알베르토가 설명했다. 「팔은 말이야, 조금 손보면 멀리서 봐서는 전혀 티가 나지 않을 거야.」

우리는 ferri(철제 부품)를 가져오고 회반죽과 석회 자루를 끌어 올리느라 지붕을 오르락내리락하면서 아침나절을 보냈다. 좀 더 정확히 말하자면, 별항과 내가 짐을 졌다. 치오는 물받이 덮개 위에 앉아서 우리에게 명령만 내렸고, 옥외인지라 갈증이 났기에 손에는 술병을 들고 있었다. 작업에는 나름의 장점이 있었는데, 어젯밤 유령을 만났던 사실을 잊게 된다는 거였다.

햇볕 아래에서 두 시간을 일하고 나니 그 만남은 내 상상이 꾸며 낸 거라는 확신이 들 정도였다. 정오에 우리는 조각상을 좌대 위에 다시 세우고 연결 부위를 보강했다. 나는 필요할 때마다 지붕의 이 끝에서 저 끝까지 오갔다. 나는 고작 열세 살이었지만 치오는 여느 사내를 부리듯 내게 일을 시켰다. 그는 마치 무슨 말인가를 하려다가 참는 것처럼 두툼한 아랫입술을 푸들거리며 내가 녹초가 되어 가는 것을 적의에 찬 눈길로 지켜봤다. 그는 평생을 그랬다 — 나는 그가 내게 무슨 말을 하고 싶었던 것인지 결코 알지 못했다.

우리의 직업은 위험했다. 전쟁이 나의 아버지를 죽이지 않았더라면, 옥살산 이전에 대리석 연마를 위해 우리가 사용했던 주석 연마제가 아마도 그리했으리라. 주석이라, 말은 좋지만 그건 가루로 된 납이었다. 내가 죽은 뒤에 내 폐를 살피다가 수많은 석공의 운명을 검게 얼룩지게 했던 그런 얼룩 중 하나를 발견한다 해도 나로서는 전혀 놀랄 일이 아니다. 내가 사교계에 출입하던 시절, 천재적 산악인인 리카르도 카신과 이야기를 나눈 적이 있었다. 우리 둘 다 하루 종일 암벽과 싸우는 직업이었기 때문에, 혹은 그 역시 아버지를 여의었기 때문일 수도 있었겠지만, 우리는 서로에게 우정을 느꼈다. 그리고 그 사람은 겸손했기에 나의 직업이 자신의 직업보다 더 위험하다고 설득하려 들었다. 우리는 똑같은 위험에 노출되어 있어서, 너도 언제든지 떨어질 수 있어, 하고 그가 말했다.

그 사건이 벌어진 것은 오후로 들어선 지 제법 됐을 때였다. 나는 조각상을 붙이는 데 쓰일 풀 10킬로그램을 막 이긴 참이었다. 희미한 구역감에 위가 뒤틀렸다. 태양이 쨍쨍 내리쬐는 가운데 아무것도 먹지 못하고 치오가 우리에게 넉넉히 나눠 준 포도주 한 모금 말고는 아무것도 마시지 못한 채, 지붕 위에서 수 킬로미터를 오가고 난 뒤였다. 나는 잠시 쉬면서, 자전거를 탄 우편배달부가 저 멀리 지나가는 모습을 지켜보았다. 그의 뒤로 누군가가 멀찌감치 떨어져서 종종거리며 쫓아오다가, 우체부가 멈춰서 돌아보며 주먹을 휘두를 때마다 그 자리에 우뚝 멈춰 섰다. 나는 한참 동안 두 사람의 그런 이상한 짓거리에 한눈을 팔았다. 뒤에서 달려오던 사람에게서 햇빛이 부서지며 황금빛 광채가 번쩍거리자, 나는 그가 엠마누엘레일 거라는 생각이 들었다.

「이봐, 별항!」

「어, 왜?」

「저 아래를 봐. 쟤 아마 네…….」

내 다리가 아무런 경고도 없이 그냥 그렇게 휘청였다. 나는 곤두박질치며 반사적으로 양동이를 움켜쥐었다. **양동이는 특히 놓치지 마, 그랬다간 치오가 몽둥이질을 할 거야, 이렇게 만들어 놓은 회반죽을 몽땅 날릴 테니.** 그 양동이가 나를 아래로 끌고 내려가는 바람에 가속이 붙었다. 어수선하게 외마디 소리들이 들렸지만, 그 소리들은 내게서 점점 멀어지면서 점점 덜 중요해졌다. 나는 기와에 낸 환기구에 걸려 붕 날았다가 양철 홈통 위로 엉거주춤 내려앉았다. 내 손가락들이 찰나의 순간 홈통을 움켜쥐었지만 무슨 소용이랴, 나는 몽롱한 상태였다. 결국, 두 손을 놓았고 두 팔을 벌린 채 10미터 아래 허공으로 추락했다.

실신 상태는 고작 1초 정도였다. 나는 완벽한 호를 그리면서 추락한 뒤 건물 전면에 정통으로 부딪히는 순간 정신이 번쩍 들었다. 밧줄이 버텨 줬다. 그러한 조심성을 남자답지 못하다고 여기는 치오나 별항과는 달리, 나는 높은 곳에서 일할 때면 늘 안전을 확인했다. 아버지 덕분에 갖게 된 신중함인데, 그 내용은 다음의 격언으로 요약되었다. **성당이 올라갈 때면 조각가들이 비처럼 떨어진다.**

겁에 잔뜩 질린 별항의 얼굴이 바로 내 위쪽 홈통 너머로 나타났다. 잠시 뒤 치오도 합류했는데, 걱정보다는 호기심이 더 많은 표정이었다. 별항이 밧줄 끝에 내가 매달린 걸 보고선 웃음을 터뜨렸다.

「너 때문에 식겁했잖아!」

「끌어 올려 줘, 염병!」

「못 해. 네 오른쪽 창문으로 들어가. 흔든다.」

별항이 밧줄을 흔들었다. 덕분에 창문 문지방에 매달렸다 — 창문은 열려 있었다. 나의 동료는 엄지를 척 들어 보이더니 사라졌다. 밧줄이 느슨해졌기에 방 안으로 몸을 들이밀며 바닥에 철퍼덕 쓰러졌는데, 상큼한 초록의 색조가 지배적인 그곳에서는 잠과 오렌지꽃 향기가 희미하게 떠돌았다. 다시 일어서려고 반사적으로 테이블을 잡았더니, 그 위에 있던, 오렌지를 담아 올려놓은 그릇이 내게로 기울어졌다. 기적적으로 그릇은 잡았지만 흩어진 과일들이 가구 아래까지 굴러 들어간 바람에 그것들을 주우러 쫓아다녔다. 마침내, 후들거리며 침대 가장자리에 걸터앉았다. 동작 하나하나가 불경이었고, 내가 이곳에 있다는 사실만으로도 신성 모독이었다. 내 평생을 통틀어 이렇게 푹신한 매트리스는 만져 본 적이 없었고 닫집이라고는 본 적도 없었다. 시트들은 흐트러져 있지는 않았지만, 누군가가 그곳에 누워 있었던 듯 구겨져 있었다. 나는 여기 있으면 안 되었다.

머리맡 테이블에 카드가 하나 반쯤 열린 채 세워져 있었다. 스펜서체로 쓴, **생일 축하한다**라는 글귀로 시작되는 카드였다. 집사는 분명하게 알려 줬었다. 우리는 그 어떤 구실로도 집 안으로 들어가서는 안 되었다. 그는 이 집안 사람들의 서신을 읽는 자에게 어떤 처벌이 마련되어 있는지에 대해서는 아무런 언급도 하지 않았지만, 그것이 불쾌하리라는 짐작은 갔다. 그런데도 나는 글씨체의 아름다움에 홀려서 카드를 집어 들고 〈우리는 선물이 네 마음에 들기를 바란다〉라는 몇 줄짜리 축하의 말을 읽고 또 읽었다. 나는 카드의 냄새를 맡았다 — 종이에서 살짝 향기가 풍겼는데, 오렌지 향과 뒤섞인 이국적이며 여성적인 향기였다. 그러니까 이게 그거였다, 바로 귀족이라는 것. 그저 **생일 축하한다**는 말을 주고받기 위해서 펜을 잉크에 적셔 기울인 글씨체로 카드를 작성해 서로에게 보내는 사람들.

나는 카드를 내 가슴에 꼭 댄 채 길게 누워 몽상에 잠겼다. 사람들이 바로 내게 이런 카드를 보내온 거다. **사랑하는 미모야, 우리는 새 옷이 네 마음에 들기를 바란다. 그리고 네가 그렇게 원하던 뿔 손잡이 칼도.** 오늘 저녁 구름처럼 푹신한 깃털과 양털과 말총 침구에서 자는 사람도 나다. 비록 시늉에 그칠지라도, 잠깐이나마 이 세계에 속해 보기.

그저 1분만. 제발, 자비를. 그 누구에게도 해를 끼치지 않을

86

1분, 모든 것이 너무나 빠르게 지나가는 시대로부터 정말로
너무나 짧은 1분을 훔쳐 낼 수 있기를.

파드레 빈첸초는 사크라 성당의 지하층에서부터 천천히 올라간다. 계단이 예전보다 더 가파르게 느껴진다. 숨이 가쁘고 다리 근육이 아픈 것을 보니 후계 문제를 생각해야 하리라. 그는 소속 수도회를 위해 아낌없이 온 힘을 쏟아부었고, 가능한 한 최선을 다해 자신에게 맡겨진 비밀을 수호했다. 거짓말을 하지 않고 이렇게 말할 수 있었더라면 좋았겠지만. **이곳에는 거주하는 사람들의 신앙 말고는 그 어떤 보물도 없습니다.** 그는 이미 은퇴할 자격이 충분했다. 드디어, 자신이 늘 꿈꿔왔던 것을 할 수 있을 거다. 그러니까, 예를 들자면……. 지금은 머릿속에 아무런 생각도 떠오르지 않는다. 아마도 피로 때문이겠지.

사제는 그 작은 남자가 인생의 40년을 보낸 독실로 들어간다. 〈작은 상자〉는 그의 생각에 교만은 전혀 섞여 있지 않다.

오히려 사제는 미켈란젤로 비탈리아니와 마주할 때마다 마치 그가 거대한 그림자를 늘어뜨리기라도 한 듯 웅대함과 마주해 찌부러지는 느낌을 받는다.

심지어 누워 있는데도, 남은 생에 고작 거미줄 한 가닥으로 붙어 있는데도 이 남자는 압도한다. 그는 퉁퉁거렸고 솔직히 무례했지만, 두 사람은 서로 마음이 잘 맞았다. 둥글게 둘러섰던 수도사들이 물러선다. 그런 광경에는 안심이 되는 뭔가가 있다. 그 역시, 어느 날엔가는 그런 둥근 원을 누릴 수 있으리라. 사람들은 그가 혼자 떠나게 내버려두지 않겠지.

이런, 이제야 기억이 난다! 은퇴하고 나면, 자신이 지녔던 수천의 열쇠를 후계자에게 넘기고 나면 폼페이로 가고 싶다. 아말피 해안을 쭉 돌아보고 싶다. 그곳 풍경은 환상적인 색채를 자랑한다던데. 하지만 그에게 무슨 일인가가 일어난다면? 그러다가, 은퇴하자마자 갑작스레 죽음을 맞이하는 사람들처럼 거기에서 바보같이 죽는다면? 둥글게 둘러선 수도사들은 없으리라. 그의 손을 잡아 주고 저세상으로 넘어가게 도와주려고 지켜볼 사람 하나 없으리라. 결국, 그는 이곳에 남을 것이다. 여기도 그렇게 나쁘진 않다.

그가 침대 옆에 무릎을 꿇는다. 며칠 전만 해도, 비탈리아니는 82세인데도 정정한 편이었다. 하룻밤도 채 안 되는 동안 임종의 시간은 그의 뺨을 움푹 패게 했고 닳고 닳은 관절이 비쳐 보일 정도가 되었으니, 이제 기계가 곧 멈출 것이다.

「형제님, 뭔가 할 말이라도?」

수많은 사람이 죽음의 문턱에서 비밀을 밀어낸다. 수십 년 전부터 이 조각가의 비밀은 바티칸의 회랑을 들쑤셔 놓고 추기경들의 밤을 어지럽혔다. 수련 수도사가 꼬박꼬박 입술 위에 얼음을 올려놓는데도 움직거리는 입술이 바싹 말라붙었다. 사제가 귀를 갖다 대나 목소리가 희미하여 거의 유령이나 한낱 메아리 같다. 사제가 몸을 일으키더니 눈썹을 찌푸리고서 독실을 훑어본다.

「비탈리아니 씨가 악기를 연주했나요?」

「아닙니다, 파드레, 왜 그러시죠?」

「방금 비올롱,[19] 비올롱, 비올롱이라고 한 것 같아서.」

---

19 violon. 프랑스어로 바이올린을 뜻한다.

비올라, 비올라, 비올라.

깊이 자고 있다가 누군가가 있다는 느낌이 들기 시작했다. 그저 조금 더 강렬해진, 바로 그 오렌지꽃 향기. 내가 투덜거리는데도 그 존재는 끈질기게 그 자리에 머물렀고 나는 한쪽 팔꿈치로 몸을 괴었다. 자다가 놓친 생일 축하 카드가 바닥에 나뒹굴었다.

나는 내가 방금 얼마나 엄청난 짓을 저질렀는지 퍼뜩 깨달았다. 침대에서 잠을 자고 말았다. 오르시니 가문의 침대에서. 하지만 그건 아무것도 아니었다. 내가 고개를 돌렸을 때 나를 기다리고 있던 것에 비하면 가벼운 죄랄까.

바로 **그 여자**였다. 전날 만났던 죽은 젊은 여자가 초록색 비단 드레스를 입고 침대 옆에 서 있는 게 아닌가. 귀신이 내게 들러붙었고 앞으로도 결코 나를 떠나지 않으리라. 나는 비명을 지르려고 입을 벌렸다가 눈썹을 찌푸렸다. 죽은 여자가 옷을 갈아입고 오렌지꽃 향기를 풍기다니, 이상하지 않은가.

「그러니까 어제 묘지에서 봤던 게 바로 너로구나.」그녀가 두 눈을 찌푸리며 말했다.

죽은 사람들은 말을 하지 않았다. 아니, 이런 일상적인 이야기를 나누려고 말을 하지는 않았다. 저절로 결론이 내려졌다. 유령이 아니었어. 그 여자애는 내 나이 또래였다. 그 애 침대에서 잠을 잔 것에 대해 자비를 베풀어 달라고 빌어야 할지 혹은 안도감으로 다시 정신을 잃어야 할지 알 수 없었다.

「또 기절할 건 아니지? 너 때문에 정말 겁이 났었거든, 어제는.」

「제가, 제가 겁이 나게 했다고요? 그거야 죽은 사람인 줄 알았으니까!」

그 애는 마치 내가 미친 사람이라도 된다는 듯이 내 얼굴을 찬찬히 들여다봤다.

「내가 죽은 사람 같아?」

「지금은 아니지만요.」

「어쨌든 말도 안 되는 소리. 왜 죽은 사람들을 두려워하지?」

「어…… 죽은 사람들이니까?」

「전쟁을 저지르는 사람들이 죽은 사람들이라고 생각해? 길가에 매복하는 사람들이? 너를 강간하고 네게 폭력을 휘두르는 사람들이? 죽은 사람들은 우리 친구들이야. 산 사람들을 두려워하는 게 더 나을걸.」

나는 입을 헤벌리고 그 아이 얼굴을 뚫어져라 쳐다봤다. 누군가가 이런 식으로 말하는 걸 들어 본 적이 없었다. 게다가 여자와 이렇게 오랫동안 이야기를 나눠 본 적도 없었고. 물론 어머니는 예외지만, 어머니는 진짜 여자는 아니고 어머니이지 않은가.

「다시 지붕으로 올라가야 해요.」

「그보다 우선, 여기 내 방에서 뭘 하는 거지? 어떻게 들어왔지?」

「창문으로요.」

「왜?」

「날아 보려고 했어요. 제대로 되지 않았지만.」

그 아이의 반응은 나의 허를 찔렀다. 그 애가 내게 미소를 지었고, 그 미소는 30년 동안 계속되어 나는 그 미소 한 귀퉁이에 매달려서 수많은 심연을 건너왔다. 여자아이는 그릇에서 오렌지를 하나 집어 들더니 내게 내밀었다.

「자, 너 먹어.」

나는 살면서 오렌지를 먹어 본 적이 많지 않았다. 그 애는 나를 지켜본 것만으로도 그 사실을 이해했다. 그 순간 문이 열렸다.

「애야, 우리 모두 널 기다리고 있는데…….」

후작 부인과 나의 첫 번째 만남. 키가 크고 말랐으며, 새까만 머리카락을 단정하게 틀어 올린 여성. 겉모습에서 드러나는 엄격성은 몇 가닥 빠져나와 어깨 위로 늘어졌으며 우연이라기에는 너무나도 매끄럽게 반짝거리는 머리카락에 의해 부인당했다. 후작 부인은 나의 존재로 인해, 시멘트와 땀과 횟가루로 뒤덮인 채 자신의 거처를 더럽히고 있는 그 존재로 인해 기가 막혀서 나를 응시했다. 건물 전면에 부딪히면서 이마에 맺혔던 피 한 방울이 바닥에 깔린 어두운 색조의 쪽마루로 일부러 그러는 듯 느릿하게 떨어져 내렸다.

「저 아이는 대체 뭘 하고 있는 거지, 여기서?」

「하늘에서부터 왔어요, 엄마. 아니, 지붕에서부터.」

후작 부인은 커튼 근처에 매달려 있는 줄을 잡아당겼다.

「일꾼들은 집 안에서 작업해야 하는 경우가 아니라면 들어와서는 안 된다. 네 아버지가 아니라 나한테 걸린 게 다행이지.」

벽의 널판 — 비밀 문 — 이 열리며 검은색 제복을 입은 하인이 나타났다. 후작 부인이 내 쪽을 향해 손짓했다.

「이…… 젊은이가 길을 잃었네. 지붕 위에서 일을 한다는군. 실비오에게 말해서 바깥으로 내보내도록.」

내가 후작 부인 앞을 지나가는데, 그녀가 내 손에 들린 오렌지를 낚아챘다.

「그건 내놓고, 어린 좀도둑 녀석.」

벽의 널판이 우리 뒤에서 닫히고 저택을 빙 둘러 만들어 놓은 미로 속으로 걸음을 내딛는데, 이미 희미해진 후작 부인의 목소리가 들려왔다.

「오 하느님, 저 작달막한 끔찍한 피조물은 대체 뭐지?」

물론 그 말은 내게 상처를 줬다. 나의 어머니는 내게 늘 내가 매력적이며 나의 신장도 그 사실을 바꾸어 놓지는 못한다고 확언했었다. 하지만 예전에 내 소중한 친구가 말했듯이, 자기 어머니의 말을 듣는 사람은 아무도 없다.

다시 지붕에 올라가 보니 치오 알베르토는 입가에 한 줄기 침을 달고서 굴뚝에 기대어 자고 있었다. 별항이 조각상의 팔 수선 작업을 이미 시작해 놓았다. 꾀병을 부리는 것처럼 보이지 않기 위해 그를 도우려고 서둘렀다. 별항이 준비해 놓은 반죽은 덩어리가 졌고 대리석 가루는 충분하지 않고 물은 너무 많아서 형편없었다. 우리는 전부 다 다시 시작해야 했다.

「네 동생을 본 듯했거든.」 나는 반죽 한 동이를 새로 이기면서 별항에게 말했다. 「지붕에서 미끄러지기 전에. 우체부 뒤를 쫓아서 달리는 것 같던데.」

「아, 그거 맞아. 엠마누엘레는 우체부가 가는 데마다 쫓아다녀. 우체부 제복을 좋아하거든. 안젤로 영감은 성을 내는 척하지만 사실은 내 동생을 아주 좋아해. 가끔 하루 일과를 마칠 때쯤 다리가 아프면 편지 몇 통은 동생에게 돌리라고 주기도 하니까.」

해가 넘어갈 때쯤 알베르토가 깨어났다. 입이 바싹 마른 그는 기와 위에 침을 뱉더니 목이 마르다고 투덜거렸다. 그는 자취를 감춰 버렸고, 장비를 내리는 일은 우리 차지가 되었다. 짐수레에 짐을 싣는 데 반 시간이 더 걸렸고, 그러고는 지붕을 살펴보고 장비를 내리는 데 사용했던 밧줄을 거둬들이려고 다시 돌아갔다. 빌라 뒤쪽을 마지막으로 한 바퀴 돌아보고 길을 되짚어 나오다가 녹색 드레스를 입은 그 여자애와 맞닥뜨리는 바람에 소스라쳤다. 그 애는 갑자기 **나타나는** 그런 희한한 재주가 있었다. 두 뺨이 발갛고 새까만 머리카락에 나뭇가지들이 걸린 걸 보니 숲에 들어갔다가 나온 모양인데, 숲은 저택 뒷담에서 겨우 몇 미터 떨어진 곳에서 시작되었다.

「미안. 어머니가 이제부터는 너랑 말을 섞지 말래. 잘 자란 여자애는 노동자들과 어울리는 게 아니라나. 내가 강간당하지 않은 건 정말 운이 좋았던 거라고 그러면서.」

「하지만 저는……..」

「우리는 같은 사회적 계층에 속하지 않아, 너도 이해하겠지만. 결론, 우리는 친구가 될 수 **없다.**」

「저도 알아요.」

「오늘 밤 10시, 묘지에서?」

「뭐라고요?」

「오늘 밤 10시에 묘지에서 볼까?」

그 애는 부러 참을성을 보여 주며 한 번 더 말했다.

「하지만 그쪽 어머니가 하신 말씀도 있고, 제 생각엔…….」

「자기 어머니 말을 듣는 사람은 아무도 없어.」

그 애는 뛰어가다가 갑자기 멈춰 섰다.

「이름이 뭐니?」

「어, 미모예요.」

「난 비올라.」

96

나는 몽유병자 같은 발걸음으로 짐수레로 가서 뒤쪽에 올라탔고, 가는 내내 입을 열지 않았다. 알베르토조차 나의 혼란스러움을 알아챘다.

「무슨 일 있냐?」 그가 걸쭉한 목소리로 물었다.

「아무 일도 없어요.」

하지만 내게 무슨 일인가가 일어나 버렸고 그 애의 이름이 머릿속에서 노랫가락처럼 계속 맴돌았으니, 어른들이 술을 진탕 마시면 불러 대는 그런 가락, 그들에게 20대의 눈동자를 돌려주는 그런 노래와 같았다.

비올라, 비올라, 비올라.

그날 저녁, 남포등 불빛에 의지해 침대에서 어머니에게 편지를 썼다. 나는 매일 어머니에게 나의 하루를 이야기해 주는 편지를 썼다. 그러고는 불태웠다. 한 달에 한 통만 부쳤다. 편지 첫머리에서 〈다 큰 우리 애〉라고 나를 부르는 어머니, 그런 어머니에게 걱정을 끼치고 싶지 않아서였다. 어머니는 나 때문에, 돈 때문에, 그리고 내가 먹는 것 혹은 먹지 않는 것 때문에 걱정이 너무 많았다. 어머니가 쓴 편지들은 전부 다 글씨체가 달랐는데, 아버지처럼 어머니도 글자를 몰라 남의 도움을 받아야 해서였다. 가장 최근 소식에서, 어머니는 사부아를 떠나서 프랑스 북부로 갔고, 그곳의 농장에서 일자리를 구했다고 알려 왔다. 주인들은 친절하단다. 곧 휴가를 받을 수 있을 거야. 나는 이렇게 답했다. 치오는 제게 아주 잘 대해 주고요, 어머니를 모셔 오기 위해서 돈을 모으고 있어요. 우리는 사랑으로 서로에게 거짓말을 했다.

　마을 종탑에서 9시 반을 알리는 종소리가 울렸다. 나는 비올라의 제안을 어찌해야 할지 몰랐다. 묘지는 말할 것도 없고 그 어느 곳으로도 초대를 받아 본 적이 없었으니까. 별항의 지혜로움이 내게는 도움이 되었을 테지만 집으로 돌아오자마자 그 애는 즉각 사라져 버렸다. 위험을 무릅쓰고 조르다노의 딸에게 짓궂게 수작을 부리러 간 게 아닌가 싶었다. 별항 역시 짐수레에서 꿈꾸는 듯한 표정이었는데 피에트라달바에서 꿈을 꿀 이유는 극히 적었다. 나는 예의상 길을 나서긴 했지만 가는 내내 계속 갈까 아니면 집으로 돌아갈까를 놓고 나 자신과 토론을 벌였고, 한 번 더 죽은 사람들을 방해하는 것은 절대적으로 사리에 어긋나는 일이라고 결정을 내렸을 때에는 이미 어둠 속에서 묘지의 열린 철책 문이 나타났다. 마을의 커다란 종이 다시 한번 울렸다. 그 순간 비올라가 숲에서 튀어나왔는데, 내 눈에는 어떤 길도 보이지 않는 곳이었다. 그 애는 눈길도 주지 않고서 내 앞을 지나쳐 갔고, 내가 그 자리에서 꿈쩍도 안 하고 있음을 확인하자 몇 걸음 가다가 멈춰 서더니 내게 짜증 어린 눈길을 던졌다.

　「올 거야, 말 거야?」

　그 애는 전날 밤 그 애가 나오는 것을 보았던 장소, 바로 그 영묘를 향해 걸어갔다. 비올라는 한자리에 가만히 있는 법이 없었다. 그 애를 관찰하고 묘사하기가 어려울 정도였다. 그 애는 자기 나름의 방식으로, 그러니까 조르다노의 딸과는 반대되는 방식으로 아름다웠다. 그 애의 여성성은 여성적 몸매가 아니라 그것의 부재에서 비롯된 관능적 검소함 속에, 그러니까 팔꿈치와 무릎을 놀려 늘 눈에 보이지 않는 장애물들을 피하듯이 움직이며 보여 주는 그 각진 자세 속에 있었다. 마구 헝클어진 새까만 머리 타래 아래 지나치다 싶게 커다란 두 눈, 바로 뼈에 대고 두들긴 듯한 윤곽, 짙은 황금색 피부를 보면 오르시니 가문의 기원이 지중해 쪽이라는 설에 힘이 실렸다.

「여긴 우리 집안 납골당이야. 지금은 비르질리오가 여기 있지.」

「그쪽 오빠인가요?」

「존댓말 좀 그만 할래, 짜증 나니까. 맞아, 내 오빠야. 비르질리오는 지적으로 아주 뛰어났었지. 나는 그만큼 머리 좋은 사람은 만나 본 적이 없어.」

「내 아버지도 전쟁에 나갔다가 돌아가셨어.」

「빌어먹을 전쟁이야.」 비올라가 툴툴거렸다. 「넌 어떻게 생각하니?」

「전쟁에 대해서?」

「응. 난 미국의 개입이 판을 바꿀 거라고 생각해. 카포레토 전투는 육군 참모 총장 카르도나의 준비 미흡과 기상 조건에 따른 것으로 일시적 패배일 뿐이었어. 하지만 우리를 삼국 협상에 끼게 해준다는 약속은 믿지 않아. 무슨 말인고 하니, 프랑스인들이 우리에게 이탈리아 민족 통일주의자의 땅을 약속했잖아, 그 제안은 친절하긴 하지만 미국의 윌슨 대통령도 자기 할 말이 있을 거라고 생각지 않니? 안 좋게 끝날 가능성이 농후해, 안 그래?」

「어, 그렇지.」

「〈어, 그렇지〉?」

「난 잘 몰라, 그런 일은 아무것도 몰라.」

「뭘 기다리는데, 그럼? 성령의 방문?」

「넌 그런 걸 다 어떻게 아니?」 난 살짝 기분이 상해서 물었다.

「다른 사람들과 마찬가지지. 신문을 읽는다고. 그러면 안 되지만. 어머니는 젊은 여자가 신문을 읽으면 낯빛이 우중충해진다고 말하거든. 하지만 아버지가 『코리에레 델라 세라』를 다 읽고 던져 버리면 정원사가 그걸 불태우지 않고 몇 푼 받고 내게 넘겨줘.」

「넌 돈이 있니?」

「부모에게서 훔치는 거지. 다 그들 잘되라고 그러는 거야. 무식한 딸을 갖지 않게. 내가 책 좀 빌려줄까?」

「뭐에 관한 책을?」

「넌 뭘 잘 아니?」

「조각.」

「그러면 조각을 제외하고 전부 다 빌려줘야겠네. 그렇긴 한데…… 미켈란젤로 부오나로티의 생몰년은 언제지?」

「흠…….」

「1475년, 1564년. 넌 조각에 대해서도 아는 게 하나도 없구나. 실상은 조각뿐만 아니라 그 어떤 것에 대해서도. 내가 도와줄게. 내겐 아주 쉽거든. 뭔가를 보거나 들으면, 난 그걸 기억하니까.」

나는 두 눈을 비볐다 ─ 모든 것이 너무 빨리 지나갔다. 비올라도 결국 미래주의자였다. 그 애와 대화를 나누는 것, 그건 목숨을 내놓고 산길을 전속력으로 굴러 내려가는 거였다. 난 그 애와 이야기를 나누고 나면 늘 피로와 두려움과 흥분을 느끼며, 혹은 그 셋이 뒤섞인 채 돌아왔다.

밤의 차가운 대기와 만난 우리의 숨결이 하얗게 뭉쳤다. 비올라가 드레스를 매만졌다.

「네 어머니는 어디 계셔?」 비올라가 다시 입을 열었다.

「멀리.」

「네 어머니에게서는 무슨 향이 나?」

「응?」

「어머니들은 말이야, 늘 무슨 향인가를 풍기잖아. 그분은 무슨 향이 나냐니까, 네 어머니는?」

「아무 향도 안 나. 아니, 그래, 빵 냄새. 그리고 카네스트렐리[20]를 만들 때 나는 바닐라 향도. 그리고 아버지가 어머니 생일에 선물로 준 장미수 향도 난다. 그리고 살짝 땀 냄새도. 그럼 네 어머니는, 그분은 어떤 향이 나는데?」

20 canestrelli. 이탈리아 사람들이 먹는 전통적인 디저트의 한 종류. 달고 고소하다.

「슬픔. 자, 이제 돌아가야 해.」

「벌써?」

「자정 미사에 늦으면 난리 날걸.」

「무슨 자정 미사?」

「성탄 미사지, 바보야.」

가족과 떨어져서 보내는 두 번째 크리스마스. 이번에는 크리스마스임을 완전히 잊어버리는 게 낫겠다고 판단했었다.

「선물로 뭘 달라고 했어?」 비올라가 알고 싶어 했다.

나는 즉석에서 지어냈다.

「칼. 뿔 손잡이가 달린 걸로. 그리고 장난감 자동차도. 넌?」

「프라 안젤리코에 관한 책. 못 갖겠지만. 내게 충분한 옷이 없다는 듯이 또 옷을 주겠지. 프라 안젤리코는 좋아하니?」

「그럼, 좋아해.」

「그 사람이 누군지 모르는 거지, 그렇지?」

「응.」

「길까지 배웅해 줄래?」

비올라는 손을 내밀었고 나는 그 손을 잡았다. 그렇게, 관습과 계급의 장벽이 파놓은 깊이를 가늠할 수 없는 심연을 한 걸음에 건너뛰면서. 비올라는 손을 내밀었고 나는 그 손을 잡았다. 그 누구도 말한 적 없는 위업이자 말 없는 혁명. 비올라는 손을 내밀었고 나는 그 손을 잡았다. 그리고 바로 그 찰나에 나는 조각가가 되었다. 물론 당시에는 그러한 변화를 의식하지 못했다. 하지만 바로 그 순간에, 낮은 초목들과 올빼미가 공모하는 가운데 우리의 손바닥이 합쳐지자 뭔가 조각해야 할 것이 있다는 본능적 깨달음이 생겼다.

우리는 신호를 정했다. 마을로 가는 길과 묘지로 가는 길이 만나는 지점에서 살짝 벗어난 곳에 속이 빈 그루터기가 하나 있다. 그곳을 우체통으로 사용하자. 그곳에 쪽지를 넣어 뒀다는 신호로 비올라가 붉은 천을 덮은 등잔을 창가에 놓아두면, 1킬로미터 떨어진 공방에서도 알아볼 수 있다. 비올라는 내게 곧 만날 약속을 잡겠다고 약속했다. 묘지에서 다시 만나자, 한밤중에 거기에 올 생각은 아무도 안 하니까. 큰길과 교차점에서 비올라는 손을 흔들며 ciao caro(안녕, 친구야)라는 말을 던졌다. 그러고는 그 애는 오른쪽으로, 나는 왼쪽으로 출발했다.

매일 잠자리에 들기 전, 나는 어둠에 잠긴 오르시니 저택의 거대한 형체를 지켜보았다. 하룻밤, 그리고 또 하룻밤이 지나도 건물 서쪽 모퉁이에 자리한 비올라의 방 창문은 텅 빈 채였다. 나는 잠이 쏟아져야만 헛간으로 갔다. 1917년이 느릿느릿 1918년의 해변으로 밀려가 좌초했고, 마을 광장에서는 인간들이 서로 죽여 대는 전쟁 중인 하나의 세계에서 인간들이 서로 죽여 대는 전쟁 중인 또 하나의 세계로 옮겨 감을 축하하기 위한 축제가 열렸다. 적과 내통했다고 총살당한 군인, 폭동, 출정 거부, 자해 등에 관한 이야기가 돌았다. 피에트라달바에서는 전쟁이 먼 곳의 일인 것 같았지만, 비르질리오 오르시니를 데려갔던 운구차의 흔적이 아직 묘지 입구에 선명하게 남아 그 반대임을 보여 줬다.

돈 안셀모는 치오 알베르토의 낙관이 찍힌 아기 천사를 본 뒤로 반색하며 성당 경내의 수많은 자잘한 일거리를 우리에게 맡겼다. 그곳의 돌은 석회질이었고, 바람과 바다의 소금기는 지나가면서 어김없이 석회암을 잡아먹었다. 1917년의 성탄절과 1918년의 1월 말 사이에 우리는 교체, 청소, 복원과 관련해 여러 차례 작업했다. 알베르토는 그해를 기분 좋게 시작한 듯했고 — 그는 새해 첫날 저녁에 싹싹한 과부를 만났다 — 포도주 소비도 줄였다. 그러나 그로부터 2주 뒤, 그 과부가 〈자신의 친절〉에 대한 비용을 청구했고, 마을 사람들은 몰래 킬킬거렸다. 사방 몇 리에 걸쳐서 유일한 직업여성에게 걸린 거였다. 그녀는 이제는 젊음과는 거리가 멀었으나 기교를 부릴 줄 알았고, 그래서 백작이나 남작이 때때로 사보나에서부터 온다고들 수군거렸다. 그다음 날, 알베르토는 누렇게 뜬 낯빛과 시큼한 입냄새를 풍기며 성당에 나타났다. 나는 조심스럽게 성인 조각상을 손보는 중이었다. 그가 내게서 망치와 끌을 낚아챘으나 두 손이 떨렸다. 그가 애를 쓰고 욕을 하고 뻘뻘 땀을 흘려 봤자 소용없었으니, 두 손이 지그 춤을 춰댔다. 그는 도구를 내버리고 투덜거리면서 돌아갔다. 그날 이후로 그가 현장에서 일하는 모습은 이제 거의 볼 수 없었다. 그가 내게 가르침을 쏟아붓는 시늉을 하는 동안 나는 마음껏 조각할 수 있었다. 쉬는 시간이면 가로 회랑과 세로 회랑이 만

나는 중앙 교차부의 피에타상을 연구하며, 동판에 기록으로 남은 그 **무명의 장인**이 어디서 엇나갔는지를 이해하려고 애쓰면서, 결함을 고쳐 보려고 머릿속에서 그 조각상을 깎고 또 깎았다.

비올라의 창문은 안타깝게도 계속 침묵을 지켰다. 헛간으로 가려다가 어둠 속에서 흔들리는 붉은빛을 본 2월의 그날 밤까지는. 우리의 신호다! 곧장 출발한 나는 어둠 속을 달려 교차로에 도착하고서야 멈춰 섰다. 그루터기에는 천에 싸인 꾸러미가 들어 있었다. 두근거리는 가슴을 안고 왔던 길을 되짚어 곧장 헛간으로 간 나는 꾸러미를 열어 보았다. 편지 한 통과 책이 한 권 들어 있었다. 편지에는 이렇게 적혀 있었다. 〈목요일, 11시. 다 읽고 와야 해.〉녹색 마분지로 만든 책 표지에는 〈유명 화가들 제17권, 프라 안젤리코, 피에르 라피트사(社)〉라고 적혀 있고, 그 아래 사도 한 명과 수도사들의 모습이 박혀 있었다. 책을 열자 갑자기 어질거렸는데, 한밤중에 격렬하게 뛰었기 때문인지 아니면 책 내용 때문인지 그 원인은 여전히 모른다. 나는 그렇게 많은 색채를, 그렇게 많은 감미로움을 본 적이 없었다. 나는 젊고 오만했고 내게 재능이 있음을 알고 있었다. 망치와 끌만 있으면 나보다 나이가 세 배는 많은 어른에게 내가 더 낫다는 걸 보여 줄 수 있었다. 하지만 그 인물, 프라 안젤리코는 내가 모르는 뭔가를 알고 있었다. 즉각 그가 싫어졌다.

목요일 아침, 하늘이 바뀌어 폭풍우가 몰아쳤다. 우리는 성당 내부에서 작업 중이었는데, 채색 유리창 뒤쪽에서 번개가 칠 때마다 검붉은색, 황금색, 자주색이 우리 몸을 덮었다. 비가 계속 온다면 비올라를 만나러 갈 수 있을지 확신이 서지 않았다. 우리는 이런 뜻밖의 상황은 예상하지 못했다. 날씨가 어떠하든 그 애는 올까? 나는 갓 생겨난 우정이 요구하는 예절에 대해 아는 게 전혀 없었다.

다행히도 서풍이 구름을 쓸어 갔다. 나는 11시, 한밤중에 묘지 철책 문 곁에 모습을 드러냈다. 5분 뒤 비올라가 도착했는데, 이전과 같은 곳에서, 숲에서 튀어나왔다. 그 애는 마치 우리가 한 시간 전에 서로 본 듯 간단히 고개만 까딱여 보이고는 나를 지나쳐 갔다. 나는 무덤 사이를 지나 벤치까지 그 애를 따라갔고, 그 애는 거기 앉았다.

「프라 안젤리코는 언제 죽었지?」 비올라가 물었다.

「1445년 2월 18일.」

「어디서?」

「로마.」

「진짜 이름은?」

「귀도 디 피에트로.」

드디어 비올라가 내게 미소를 보였다. 비록 나뭇가지가 조금만 바스락거려도 소스라치기는 했지만, 그 애와 함께 있으니 묘지도 덜 위협적으로 보였다.

「책을 읽었구나. 좋아. 넌 벌써 조금 덜 어리석게 된 거야.」

「다시는 못 만날 줄 알았어. 몇 주 동안이나 네 창문을 지켜봤지만, 붉은색 불빛이 없었거든.」

「아, 그랬구나. 너한테 몹시 화가 났었거든.」

「어…… 내가 뭘 했는데?」

그 애가 나를 향해 얼굴을 돌렸는데, 놀란 표정이었다.

「정말 모른다고?」

「어, 몰라.」

「너는 거의 모든 말을 〈어〉로 시작하는구나. 그건 정말 흉하다고.」

「그래서 내게 화가 난 거야?」

「아니. 지난번에, 우리가 교차로에서 헤어질 때 기억나? 넌 돌아보지도 않고서 가버렸잖아. 그래서 화가 난 거라고.」

「아니, 무슨 소리야?」

비올라가 한숨을 쉬었다.

「자신이 좋아하는 누군가에게 또 보자고 인사를 할 때엔, 몇 걸음 가다가 마지막으로 한 번 더 보려고 혹은 살짝 손짓을 하려고라도 돌아보게 되거든. 난 돌아봤다고. 넌 마치 벌써 나를 잊은 듯이 그냥 쭉 걸어갔잖아. 그래서 다시는 만나지 말아야겠다고 결심했어. 그러다가 생각을 해봤고, 어쩌면 네가 촌뜨기이고 배운 게 없어서 그랬을 수도 있겠다는 생각을 하게 됐지.」

나는 격렬하게 고개를 끄덕였다.

「그럼 그럼! 바로 그거야. 와줘서 고마워. 그리고 책도 고맙고. 이제부터는 돌아볼게, 맹세해.」

「책은 말이야, 그루터기에 다시 갖다 놓기만 하면 돼. 그러면 내가 다른 책을 또 줄게. 서재에서 가져오는데, 한 번에 하나 이상은 슬쩍할 수 없거든. 거기 들어가서도 안 된다고 하는 판이니……. 어머니는 내가 죽은 사람들에 대한 어리석은 이야기나 읽으면서 시간을 낭비한다고 그러셔. 죽은 사람들 이야기가 나와서 말인데, 가볼까?」

「어디로?」

「죽은 사람들의 말을 들으려고지, 바보야. 아니면 대체 우리가 여기서 뭘 한다고 생각하는 건데?」

비올라는 두 세계 사이에 그어진 불안한 경계선에서 균형을 잡는 줄타기 곡예사였다. 어떤 사람들은 이성과 광기 사이라고 말했다. 나는 그녀가 미쳤다고 말하는 사람들에 맞서서 여러 번, 가끔은 육체적으로도 싸움을 치렀다.

죽은 사람들의 이야기를 듣는 것, 그건 그 아이가 가장 좋아하는 기분 전환 방법이었다. 다섯 살 적에 할머니를 매장하는 동안 어떤 무덤 위에서 우연히 잠이 들었고, 그 뒤로 그 일에 빠져들었어, 하고 비올라가 알려 줬다. 잠에서 깨어나 보니 머리에는 자신의 것이 아닌 이야기들, 결과적으로 아래에서 속삭여 줬다고 생각할 수밖에 없는 이야기들이 가득했다. **마귀 들림**이라고, 돈 안셀모 이전에 산피에트로 델레 라크리메 성당을 맡았던 사제 돈 아스카니오가 선언했다. **아동 히스테리**라고, 몇 주 뒤 부모가 데리고 간 비올라를 진찰했던 밀라

109

노의 의사는 진단했다. 그는 얼음물 목욕을 권했다. 만약 얼음물 목욕이 효과가 없으면 좀 더 엄격한 치료법을 고려할 것이다. 비올라는 미치지 않았기 때문에, 처음 얼음물 목욕을 하고 나서 다 나았다고 단호히 주장했다. 그러고는 자신의 침실 옆을 지나가는 집 뒤편의 장석 우수관을 타고 내려가 밤마다 외출하기 시작했다. 가끔은 우연에 맡기고, 가끔은 그 주인을 알았기 때문에 고른 무덤 위에 몸을 뉘었다. 그녀 스스로 고백한 바에 따르면 그 어떤 죽은 사람도 자신에게 다시 말을 걸지는 않았단다. 하지만 그녀는 혹시라도 그들 중 한 명이 다시금 속내를 털어놓아야 할 필요성을 느낄지도 모르니 자신이 거기에 있어야 한다고 고집했다. 안 그러면 누가 그들의 말을 들어 주겠는가? 그것은 그녀 나름의 봉사 방식이었다. 내가 그 애를 유령으로 착각했던 그날 밤에도 그 애는 오빠의 묘지 위에 몸을 뉘러 왔다. 그 둘은 이전처럼 말없이 통하는 침묵 속에서 거기 그렇게 있었다. 그들은 굳이 서로에게 말을 할 필요가 없었으니까.

나는 무덤 위에 눕기를 단호하게 거절했지만 그렇다고 비올라가 기분 나빠한 건 아니었다. 그 애는 그저 이렇게 물었다.

「뭐가 무서운데?」

「다른 사람들이나 마찬가지로 유령이지, 뭐. 와서 내게 들러붙을까 봐.」

「네게 들러붙는다고? 넌 네가 그렇게 흥미로운 존재라고 생각하니?」

그 애는 어깨를 으쓱하더니 자신이 제일 좋아하는 무덤으로 향했다. 무덤을 덮은 자그마한 석회암 판석에는 군데군데 이끼가 끼어 있어서, 비올라가 무덤 주인의 이름을 읽어 줬다. **톰마소 발디, 1787~1797.** 어린 톰마소는 이제 마을에 내려오는 전설의 일부였다. 1797년, 피에트라달바의 주민 한 명이 자기네 지하실 저 밑에서부터 들려오는 피리 소리를 들었노라고 이야기했다. 사람들은 그가 미쳤다고 생각했지만, 그다음 날과 그 뒤로도 계속, 다른 주민들 역시 길 아래나 거실 바닥 아래나 미사가 거행되는 동안 성당 아래에서 들려오는 아름다운 피리 가락을 들었노라고 맹세했다. 그러던 중 서커스단이 몹시 지친 상태로 나타났다. 단원 중 한 명인 어린 톰마소가 숲에서 길을 잃어버려서, 며칠 전부터 그 단원을 찾는 중이다. 그 아이는 종종 그러듯이 피리 부는 연습을 하러 갔다. 그런데 거의 일주일이 다 되어 가도록 모습이 보이지 않는다는 것이다.

마을 남자들이 수색을 개시했다. 사람들은 그 아이가 길을 잃었을 수도 있는 동굴, 천연 우물의 입구를 수색했다. 피리 소리는 여전히 아주 멀리서부터, 한 번은 샘 아래에서, 한 번은 마을 입구 조금 못 미친 곳에서 들려왔다. 그러고는 더는 아무 소리도 들리지 않았다. 다음 주 토요일, 사냥개 한 마리가 맹렬하게 짖어 대며 주인을 숲속 공터로 이끌었다. 어떤 소년이 입술이 일그러져 허연 잇몸을 드러낸 채, 공포감을 불러일으킬 정도로 마른 상태로 풀밭에 누워 있었다. 아이가 나무로 만든 피리를 어찌나 꼭 쥐고 있는지 손아귀를 풀 수 없었다. 사람들이 아이를 급하게 마을로 데려갔고 커다랗게 열린 아이의 두 눈은 대낮의 햇빛에 시큰거렸다. 아이는 자정을 넘어서자마자 정신을 차리더니 미안하다고, 땅 아래 대도시에서 길을 잃었노라고 속삭이고는 숨을 거뒀다.

비올라는 그 아이가 헛소리를 한 것이 아니라고 확신했다. 은밀하며 신비로운 대륙이 우리 발밑에 깔려 있다. 우리는 그런 줄도 모르고 황금 신전과 궁궐 위를 걸어 다니는데, 그곳에는 두 눈이 희고 피부가 창백한 주민이 흙 하늘과 뿌리 구름을 이고 살아간다. 새로운 대륙을 발견하고 싶지 않은 사람이 누가 있겠는가? 비올라는 톰마소가 자신에게 지하 세계로 가는 길을 알려 주리라는 희망을 품고서 그의 묘지 판석 위에 — 비올라의 두 발이 판석 밖으로 빠져나왔다 — 몸을 뉘고 많은 시간을 보냈다.

나는 그 애가 내게 시범을 보이는 동안 가까운 벤치에 앉아 인내심을 발휘했다. 그 애는 거의 반 시간 동안 추위도 아랑곳하지 않고서 꼼짝을 안 했다. 비올라의 톡톡 튀는 말과 생각들이 앞다퉈 쏟아질 때면 비올라의 존재로 포화 상태였던 나의 상상의 세계가 이제는 새로운 소리들로 밤의 어둠을 채웠다. 무덤 사이로 기어가는 소리, 내 시야의 끝자락에서 펼쳐지는 죽음의 무도. 마을에서 자정을 알리는 종소리가 울려 퍼졌다. 눈꺼풀이 없는 눈들이 나뭇가지 뒤에서 나를 지켜본다. 비올라가 몸을 일으켰을 때 하마터면 안도의 눈물을 흘릴 뻔했다.

「톰마소가 네게 말을 했어?」

「이번엔 아니야.」

우리는 다시 철책 문을 통과했다. 호기심에 나는 문턱에서 걸음을 멈췄다.

「넌 늘 숲에서 나오던데. 길이 있니?」

「네게는 없지.」

그러고는 그게 다였다. 그 애는 우리가 교차로에 도착할 때까지 나의 호기심 어린 눈길을 모른 척했다.

「다른 책도 가져다줄게. 그러다가 들키면 재수 없는 거고. 이해가 되지 않아도 그냥 읽어. 그런데, 넌 몇 살이니?」

「열셋.」

「나도. 몇 월인데?」

「1904년 11월.」

「오, 나도! 혹시 우리가 한날에 태어났을까? 그렇다면 우리는 우주적 쌍둥이일 텐데.」

「그게 무슨 말이야?」

「우리가 시간과 공간을 가로질러서, 우리를 능가하며 그 무엇도 절대 부술 수 없는 힘에 의해 서로 연결되어 있을 거란 말이지. 자, 셋까지 센다, 셋에 다 같이 자신의 생일을 말하는 거야. 하나, 둘, 셋……..」

우리는 한목소리로 말했다.

「11월 22일.」

비올라는 기뻐 날뛰며 나를 끌어안고는 잠깐 춤으로 이끌었다.

「우리는 우주적 쌍둥이야!」

「어쨌든 믿기지 않네. 같은 해, 같은 달, 같은 날이라니!」

「난 그럴 줄 알았어! 곧 보자, 미모.」

「또 두 달을 기다리게 하는 건 아니지?」

「우주적 쌍둥이를 기다리게 하는 법은 없지.」 비올라가 심각하게 말했다.

그 애는 오른쪽으로, 나는 왼쪽으로 출발했다. 그 아이의 행복이 내 발걸음을 가볍게 했고 어둠을 밝혔다. 나는 그 애에게 거짓말한 것을 심하게 후회하지는 않았다. 나는 11월 7일에 태어났다. 하지만 내가 그 애의 침실에서 잠이 들기 전에 읽고 또 읽었던 생일 축하 카드에서 본 날짜가 갑자기 생각났다. 기쁨을 안겨 주는 작은 거짓말은, 내 생각엔 거짓말이 아니었다. 어쩌면 돈 안셀모에게 고해를 할 수도 있으리라. 고해 성사를 볼 훌륭한 기회.

멀어져 가면서, 나는 아주 신경 써서 세 번 뒤돌아봤다. 한 번은 저번에 못 한 것, 또 한 번은 이번 것, 그리고 마지막은 참을 수가 없어서였다.

성당에서 받아 온 일들을 끝마치자 작업장은 다시 어려운 시기를 겪었다. 일거리가 드물었고, 그로 인해 알베르토는 이웃 마을마다, 골짜기마다 일일이 찾아가 두드려 보기라도 하려고 다시 길을 나서야 했다. 그는 나아가 오르시니 가문을 상대로까지 시도해 봤고, 그쪽에서는 집사를 통해 필요한 경우에는 틀림없이 그에게 의뢰할 거라는 의사를 밝혀 왔다.

　일거리가 없어진 별항과 나, 우리 둘은 우리가 할 수 있는 일로 시간을 보냈다. 치오가 가진 돌의 재고는, 혹시나 모를 대규모 주문을 위해 남겨 둔 아름답고 거대한 대리석 통돌을 제외하면 바닥을 드러냈다. 그래서 나는 자연 한가운데에서, 바위가 허락하는 곳에다가 얕은 돋을새김으로 조각을 하며 즐겼다. 어쩌면 그러한 습작들 가운데 몇 개는 오늘날에도 여전히 눈으로 볼 수 있게 형상이 남아서, 오솔길을 돌아 나가던 어떤 산책객을 놀라게 할지도 모른다. 별항은 마을 사람들이 가져다준 낡은 가구들을 고치면서 시간을 보냈고 자신이 놓친 소명을 발견했다. 그는 조각가로서 형편없는 만큼 목공일에는 재능이 있었다. 나는 1918년 봄에 비올라를 세 차례 보았는데 여전히 묘지에서였다. 그 애는 애를 썼지만, 나를 설득하여 강신술 실험에 참가하게 하는 데 이르지는 못했다 — 나는 무덤 위에 드러눕는 것을 거절했다. 어쨌든 죽은 사람들은 여전히 비올라에게 말을 걸어오지 않았다. 만약 그들이 그랬다면 나는 걸음아 날 살려라 도망갔을 거다.

비올라는 네 명의 자녀 중 막내였다. 장남 비르질리오, 그녀가 가족 중 유일하게 아낌없이 사랑한 것으로 보이는 그는 스물두 살에 그 유명한 열차 사고로 목숨을 잃었다. 나는 그를 알 기회가 없었던 것이 아쉽다. 「오빠는 너와 살짝 비슷했어.」 어느 날, 비올라가 내게 설명했다. 「내가 뭔가 말을 하면 믿었다니까.」

그다음이 스무 살 스테파노로, 비올라는 그에 대해 말할 때면 마치 그가 수풀에서 튀어나올까 봐 무서워하는 것처럼, 늘 야릇하게 두 눈을 찌푸렸다. 스테파노는 어머니가 가장 아끼는 자식으로, 키가 크고 입담이 좋고 자동차 경주와 사냥에 환장했다. 아들 가운데 막내인 프란체스코는 열여덟 살이었다. 우리가 크리스마스 이후 성당에서 일할 당시, 누군지 전혀 모른 채 성당에서 여러 번 스쳤던 진중하고 창백한 낯빛의 젊은이가 바로 그였다. 그는 돈 안셀모와 종종 대화를 나누거나 피에타상, 내가 그토록 비판적인 견해를 밝혔던 그 조각상 앞에서 기도로 오랜 시간을 보냈다. 비올라는 그에 대해서는 일종의 애정을 품은 듯했지만, 그 애정은 거의 늘「그 오빠는 높이 올라갈 거야」라는 환멸 섞인 말에 의해 미묘한 색조를 띠었다. 프란체스코는 부모가 몹시 기뻐하게도, 성직으로 나아갈 예정이었다. 그는 나라는 장애물에 부딪히긴 했지만 높이 올라갔다.

후작과 후작 부인, 그들로 말하자면 비올라의 삶에서는 그림자들이었다. 한집에서 살고 있지만 그 아이의 관심사와는 동떨어진 두 어른은, 가끔씩 회랑에서 비올라와 마주치면 그 애로서는 이해가 되지 않는 말을 했다. 비올라의 부연 설명에 따르자면, 나쁜 사람들은 아니었다. 그들은 그 애가 끔찍한 말썽을 부릴 때조차도 손찌검은 하지 않았다. 열 살 적에, 그 애는 미모사 증류물을 주재료로 삼은 자신만의 향수를 제조하기 위한 실험을 하다가 망치는 바람에 저택을 홀라당 태워 먹을 뻔했다. 혼합물이 폭발했는데, 그 이유는 여전히 모른단다. 비올라는 커튼이 불타는 동안 별채로 도망가 숨어 있었다. 불을 끄고 나서 하인들이 그 애를 찾아내어 엄숙한 표정의 아버지 앞으로 데려갔고, 서재에서 빼낸 화학 실험 관련 서적이 재난으로 이어졌기 때문에, 아버지는 그날부터 서재에 접근하는 것을 금지하고 말았다. 비올라는 아버지 앞에서는 복종하겠다고 맹세했지만, 속으로는 그럴 일은 절대 없다고 다짐했다. 자신의 실험이 부분적으로 성공했다고 생각한 만큼 더욱 그러했다. 그도 그럴 것이, 폭발(그 애의 눈썹을 태워 버린)의 결과, 일주일 동안이나 미모사 향기를 맡을 수 있었으니까. 그저 배율의 문제였고, 잘되어 가는 중인데 왜 중단하겠는가?

「오로지 나를 위한 향수를 만들어 줄 수 있어?」 어느 날 저녁, 그 애가 제노바 귀족의 무덤 위에 누워 있을 때 내가 물어보았다.

「오, 난 이제 향수는 관심 없어. 그 이후로 다른 것들로 옮겨 갔거든. 내연 기관, 전기, 시계의 움직임 그리고 의학의 몇 가지 초보 지식, 그리고 물론 예술도. 나는 전부 다에 대해서 전부 다를 알았던 르네상스 시대의 사람들처럼 되고 싶어.」

「전부 다 알고 나면?」

「사람들이 아직 모르는 것을 공략해 보려고.」

비올라는 저주의 희생양이었는데, 그 애의 부모는 처음엔 그것이 재미있다고 생각했다. 그 애는 한 번 읽거나 보거나 들었다 하면, 전부 다 기억했다. 그 애가 다섯 살 적에, 술이 몇 순배 돌면 잠시 묵어 가는 손님들에게 그 광경을 보여 주겠다고 한밤중에 아이를 침대에서 끄집어냈다. 두 눈이 커다란 삐삐 마른 어린아이가 자신이 방금 읽은 오비디우스의 시구를 암송하는 것을 보는 일은 얼마나 황홀하겠는가! 문제가 불거진 것은 비올라가 그 일에 취미를 붙이고 내용을 이해하려고 들면서부터였다. 그러자면 더욱더 많이 읽어야만 했다. 한 권의 책은 늘 또 다른 책을 불러왔고, 그 애 어머니의 표현을 따르자면 그건 **악마적 악순환**으로, 절정은 그 애가 제조한 미모사 향수의 폭발이었다. 후작 부인은 자주색의 높다란 불꽃이 집어삼키던 커튼을 떠올리지 않고서는 더는 미모사 향기를 맡을 수 없게 되었는데, 불꽃에서 악마들의 얼굴을 보았다고 철석같이 믿은 그녀는 정원의 미모사아카시아들을 전부 다 뽑아 치우게 했다.

차츰차츰, 점점 더 많은 책이 쏟아졌다. 가끔은 그루터기 안에서 세 권이나 되는 책을 발견했고, 나는 그 자리를 지난주에 읽은 책들로 채웠다. 나는 해가 지자마자 그 책들을 읽어 치웠고 이름, 날짜, 수도, 이론, 개념 들을 외웠으니, 햇볕 아래 내놓고는 잊어버렸다가 물에 담근 스펀지 같았다. 나는 별항 몰래 외출하곤 했지만 별항은 바보가 아니었다. 어느 날 저녁, 이해할 수 없는 공학 관련 서적에 빠져 있다가 별항에게 들켰다. 약속한 대로 나는 처음부터 끝까지 빼놓지 않고 전부 다 읽었다. 놀랍게도, 가장 난해한 논문에서조차 늘 뭔가를 배웠다. 비올라는 영리하게도 쉬운 책과 어려운 책, 삽화가 있거나 혹은 없는 책들을 번갈아 가져다줬다. 그 애는 내게 〈상상력의 심각한 결핍〉을 진단하고는, 심지어 소설도 가끔씩 목록에 끼워 넣었다.

「뭘 읽어?」 별항이 물었다.

「1856년에 태어난 엔지니어 루이지 루이지가 쓴 제노바 항구 확장에 관한 논문.」

「저녁마다 그런 일을 하면서 보내는 거야? 엠마누엘레가 왜 네가 더는 묘지에 가려고 하지 않는지 궁금해했어. 나는 네가 항구를 짓고 싶어 하는지 몰랐고.」

「항구를 짓고 싶은 게 아니야. 이 책을 빌려준 건 비올라야.」

「비올라? 비올라라니, 누구?」

그러더니 얼굴이 창백해졌다.

「비올라 오르시니?」

「어, 맞아.」

「비올라 오르시니?」

「응. 내 친구야.」

「곰으로 변하는 그 여자애?」

별항은 오르시니 가문에 관련된 다양한 전설들로 나를 즐겁게 해준 적이 이미 여러 번이었다. 오르시니 가문은 너무나 부유해서, 그들 가운데 한 명이 손수건에 대고 재채기를 하면 하인들은 거기에서 금가루를 끄집어내려고 몰래 그 손수건을 슬쩍한다고 별항이 이야기했다. 하지만 이번 이야기는 내가 처음 듣는 거였다. 이전 이야기들이 그를 매혹하거나 즐겁게 해준 듯했다면, 이번 것은 그에게 두려움을 안겨 주는 듯했다.

「그 애를 만나면 안 돼.」

「왜?」

「마녀니까. 아무한테나 물어봐. 마을 사람들에게 물어보라고.」

적어도 그 가문에 당연히 보여야 할 존중이 허용하는 선에서, 마을 사람들이 실제로 비올라를 피한다는 것을 나는 나중에야 알게 될 터였다. 사건은 몇 년 전으로 거슬러 올라간다. 외지의 사냥꾼 무리가 마을에 와서 며칠 묵은 적이 있었다. 이곳에서 〈외지의〉라는 말은 보통 〈리구리아, 피에몬테 혹은 롬바르디아가 아닌 지역에서 온 사람들〉을 의미했다. 이야기꾼의 인종 차별주의와 환상이 뒤범벅된 결과, 사냥꾼들은 크로아티아인, 흑인, 프랑스인, 시칠리아인, 유대인 혹은 최악의 경우 신교도들이었다. 어쨌든 사냥꾼들이 있었고, 못돼 먹게 행동했고, 매일 저녁 술을 마셨으며, 손놀림은 어찌나 가볍고 재빠른지 피에트라달바의 젊은 여자들을 더듬기 일쑤라는 데에 모두 입을 모았다. 출발 전날, 그들 가운데 오로지 둘만이 사냥을 하러 갔다. 그들은 숲에서 홀로 산책 중이던 비올라와 맞닥뜨렸고, 심지어 비올라를 노루로 착각해서 쏠 뻔하기까지 했다. 호기심이 발동한 그들은 멀리서 비올라를 지켜보았다. 비올라는 돌멩이들을 주워 올려, 햇빛에 비춰 가며 그 동그란 형체를 평가했다. 그들은 해를 끼치겠다는 생각 없이 따라갔는데, 그 애가 예뻐서였다. 그들 가운데 하나가 끝내 이런 말을 입 밖에 내었다. 「제법 예쁘네, 안 그래?」 다른 한 명이 놀려 댔다. 「닥쳐, 몇 살이나 됐겠어, 열두 살, 열세 살?」 그 말에 처음 말을 꺼낸 사냥꾼이 그 나이면 충분하고도 남는다고, 이렇게 혼자 숲을 거니는 걸 보면 쟤도 그걸 원할 게 틀림없다고 대꾸했다. 그가 어린 비올라를 덮쳤고, 비올라는 겁에 질려서 비명을 질렀다. 「닥쳐, 그만해, 널 아프게 하려는 게 아니야.」 최선을 다해 상대방을 안심시킬 만한 표정을 지은 채 사냥꾼이 바지 단추를 풀며 말했다. 비올라는 기적적으로 빠져나와서 덤불 속으로 자취를 감췄다. 나머지 다른 사냥꾼이 웃음을 터뜨렸다. 「네 마누라 같네.」 첫 번째 사냥꾼이 한 손으로 바지를 붙잡고서 비올라의 뒤를 쫓아 덤불 속으로 들어갔다. 「쪼그만 잡년이, 무슨 꼴을 당할지 두고 보라지.」 그는 숲속 공터로 급하게 달려갔고, 그러고는 사보나까지 들렸을 법한 비명을 내질렀다.

곰과 맞닥뜨렸던 것이다. 그 짐승은 뒷발로 섰고 — 사냥꾼보다 머리통 하나는 더 컸다 — 귀가 먹먹할 정도로 포효했고, 그 바람에 짐승의 생고기 맛이 도는 침이 그에게 튀었다.

「그래, 좋아. 그 남자가 곰과 맞닥뜨렸다는 거지.」 내가 하늘을 향해 눈을 치켜뜨면서 답했다. 「그렇다고 해서 그게 비올라가 곰으로 변한단 소리는 아니잖아.」

「기다려 봐, 아직 다 말한 게 아니야.」

별항이 내게 해준 말, 그리고 곰보다도 더 사냥꾼들을 공포에 떨게 한 것, 그건 그 짐승이 갈가리 찢긴 비올라의 드레스를 입고 있었다는 거였다. 그 애의 모자가 거기 솔잎들이 두툼하게 깔린 바닥에 떨어져 뒹굴고 있었다. 사냥꾼은 여전히 한 손으로 바지춤을 붙든 채 다른 한 손을 단검으로 가져갔다. 하지만 비올라는, 왜냐하면 이렇게 부를 수밖에 없으니까, 무심하게 단 한 번 앞발을 놀려서 사냥꾼의 멱을 땄다. 뜨거운 피가 솟구치며 그에게서 빠져나갔고, 그는 믿기지 않는다는 표정으로 바지춤을 놓고 말았어, 하고 별항이 마무리했다. 걸음아 날 살려라 달아났던 그의 동료 사냥꾼은 반쯤 미쳐 마을로 돌아가서는 겪은 일을 전부 다 이야기했다. 처음에는 주인 잃은 신발 한 짝 말고는 사라진 사냥꾼에게서 남은 것이 하나도 없었던 만큼, 그 누구도 그의 말을 믿지 않았다. 하지만 살아남은 자의 공포가 입방아들을 찧게 했다. 그 누구도 그러한 공포를 흉내 낼 수는 없었다. 마치스테[21] 역을 맡아서 이탈리아를 홀렸던 위대한 제노바 사람, 바르톨로메오 파가노처럼 대단한 배우조차 못 할 일이었다. 살아남은 사냥꾼이 그런 이야기를 지어낼 수는 없었다. 이제 와 생각해 보니, 오르시니 가문의 재력에는 뭔가 아주 불가사의한 점이 있었는데, 심지어 그들의 문장에는 곰이 있지 않은가? 그 모든 것에서 마법의 냄새가 강하게 풍겼다. 따라서 비올라와 마주치는 사람들은 미세하게 몸이 굳고 입술이 파들거렸는데, 그들은 자신들의 딸이 곰으로 변했다는 사실을 아예 모르고 있는 오르시니 부부에게 불쾌감을 주지 않으려고 서둘러 그런 모습들을 숨겼다. 그 가문은 전 지역을 통틀어서 가장 막강한 고용주였던 만큼, 사람들은 그 정도 대수롭지 않은 사실은 침묵하고 넘어가는 것이 좋다고 판단했다.

나는 그런 이야기를 단단히 믿는 듯한 별항을 비웃었다. 엠

---

21 Maciste. 이탈리아 영화에 1910년대부터 1960년대까지 등장한 캐릭터로, 헤라클레스와 유사한 전형적인 영웅.

마누엘레가 경기병의 윗도리를 풀어 헤친 사이로 벗은 가슴을 내보이고 머리에는 식민지 주둔군의 군모를 쓰고 무릎까지 내려오는 면직 바지를 입은 모습으로 우리에게 합류했다. 그의 형은 그를 증인으로 내세우며 자신의 이야기가 사실임을 확인해 달라고 부탁했다. 엠마누엘레가 갑자기 흥분하며 나로서는 단 한 마디도 알아들을 수 없는 장광설을 늘어놨는데, 그 말이 끝나자 별항이 의기양양한 표정으로 나를 바라봤다.

「봤지? 내가 그랬잖아.」

여명의 빛이 진종일 지속되는 피에트라달바의 봄만큼이나 감미로운 건 다시 만나 보지 못했다. 마을의 돌들은 여명의 장밋빛을 낚아채어 반사할 수 있는 모든 것들, 그러니까 타일, 금속, 암석 노출지에 끼어든 운석, 신비의 샘, 심지어 주민들의 눈에까지 그 색채를 넘겨주었다. 여명의 장밋빛은 마지막 사람이 잠이 들어야만 진정되었으니, 가끔은 어둠이 내리고 나서도 초롱 불빛 아래에서 여자애를 바라보는 사내애의 시선 속에 살아남기 때문이었다. 그다음 날이 되면 모든 것이 다시 시작되었다. 피에트라달바, 여명의 돌.

치오 알베르토는 2주간 집을 비웠다가 돌아왔는데, 이런 행동은 그 뒤로도 여러 해 동안 반복되었다. 그는 피에몬테 한복판에 있는 아퀴테르메까지 갔고, 가는 길에 마을마다 들러 일거리를 찾았지만 허사였다. 아무도 석공을 찾지 않았다.

반면에 조국 수호를 위해 입대하라는 암시는 여러 차례 받았다. 그가 행운을 만난 곳은 돌아오는 길에 들린 사셸로에서였다. 앙상하고 초라한 행운이지만, 기근의 시기에는 없는 것보다 나았다. 임마콜라타 콘체치오네 본당에서 천사상 네 개와 장식 물병 두 개를 다시 손봐 달라고 맡겼고, 봉헌물도 하나 받아 왔다. 그렇게 치오는 짐수레 뒤 칸에 실추한 천사들을 싣고 도착했는데, 짐을 내리면서 우리의 도움을 거절했다. 그는 곧장 작업에 들어갔고, 당장 그날 밤 첫 번째 천사의 밑 작업을 해놓고는 자신의 작업이 만족스러워서 밤새 술을 마셨다. 그다음 날에는 별항과 내가 그의 뒤를 이어 작업해야만 했는데, 그가 앓아누워서였다.

삼촌은 꼬박 한 주를 거의 하루 종일 누운 채 아무 일도 하지 않고 보내며 음울한 생각에 시달렸고, 그런 잡념들을 쫓아내려고 이제는 대부분의 사람들이 쓰지 않는 사투리를 사용했는데, 어쩌면 제노바 항구로 이어지는 골목들에서는 여전히 쓰는지도 모르겠다. 그 시기 동안 놀랍게도 그는 술을 절제했다. 치오 알베르토는 우선은 기분이 좋을 때 술을 마신다고 자신 있게 말할 수 있다. 취기가 오르면 슬며시 행복에 균열이 생기며 어둠의 긴 뱀들이 기어 나온다고도. 그러면 그는 나를 때렸다. 나는 교묘하게 피하는 요령이 생겼고, 그가 습관적으로 아무런 열의도 없이 그랬기에 많이 힘들지는 않았다. 가끔 생기는 멍 하나둘쯤이야 없는 사람이 있을까?

천사상들을 마치기까지 두 달이 걸렸다. 망치는 게 거의 불가능한 봉헌물은 별항이 맡았다. 그가 봉헌물을 두 동강 내버렸기 때문에 다시 시작해야 했다.

나는 의기양양해서 치오에게 내가 만든 천사상들을 보여 줬고, 치오는 꼼꼼하게 살폈다.

「네 이름 자체가 저주다.」 그가 말했다. 「넌 스스로가 부오나로티라고 생각하나 본데, 넌 정말이지 페초 디 메르다, 더도 말고 그저 딱 그거, 페초 디 메르다처럼 조각하는 놈이야.」

그가 나를 두드려 팰 동안, 나는 구석에 웅크리고서 〈미켈란젤로 부오나로티, 1475~1564〉라고 생각하는 스스로를 알아챘다.

나는 사람들이 주로 웅얼거리는 세계에서 자랐다. 말하기는 기껏해야 사치였고 아주 흔하게는 경박한 짓이었다. 사람들은 감사를 표하기 위해서도 웅얼거렸고, 만족을 표하기 위해서도 웅얼거렸고, 웅얼거리려고 웅얼거렸다. 웅얼거리지 않을 때에는 눈짓이나 손짓으로 〈소금 다오〉라고 의사 표현을 했고, 그 때문에 말을 해야 할 필요가 없었다. 나의 아버지가 그랬고, 치오도 그랬다. 남자들의 장기. 비올라, 그 애는 종종 「정확히 이 경우에」 혹은 「그럼에도 불구하고」라고 말했다. 그 애는 내게 어감의 무한한 차이라는 세계를 열어 줬다. 만약 내가 「바람이 부네」라고 언급하면, 그 애는 「바람이 아니라 리베치오야」라고 받아쳤다. 비올라는 바람의 명칭을 전부 다 알았다.

1918년 6월 24일, 성 요한 축일을 맞아 그 애가 묘지에서 만나자고 했다. 도깨비불을 보기 가장 적합한 밤. 늘 그렇듯이 그 애는 숲에서 나왔고, 나는 미리 대낮에 와서 그 장소를 조사해 봤지만 길이라고는 없었다고 장담한다. 나는 즉각 도깨비불을, 특히 그것이 고통받는 영혼들일 경우 잡는 게 내키지 않는다고 설명했다. 비올라는 여전히 말을 하는 중인 나의 입에 손을 갖다 댔다.

「도깨비불은 잊어버려. 내가 놀라운 발견을 했거든.」

「정말?」

비올라는 촌뜨기라면 모를까, 〈아 그래?〉라고 말하는 게 아니라고 알려 줬다.

「내가 시간 여행을 할 수 있다는 걸 발견했어.」 그녀가 흥분해서 말했다. 「방금 과거에서 도착했단다.」

「어떻게 말이야?」

「그러니까, 나는 1초 전에서 온 거야. 만약 T가 지금 이 순간이라면, 1초 전인 T-1일 때에는 아직 여기 없었지. 그런데 지금 여기 있잖아. 그러니까 나는 T-1에서 T로 여행한 거지. 과거에서 현재로.」

「네가 진짜로 시간 여행을 할 수는 없어.」

「있다니까. 자, 난 방금도 그걸 다시 했는걸. 난 1초 전에서 온 거라니까.」

「하지만 그리로 돌아갈 순 없잖아.」

「없지. 왜냐하면 과거는 아무 소용도 없으니까. 그래서 사람들은 과거에서 미래를 향해 여행을 하는 거야.」

「네가 10년 앞으로 갈 순 없잖아.」

「당연히 갈 수 있지. 여기에서 10년 뒤, 1928년 6월 24일에 같은 시각에 만나자. 두고 봐, 난 거기 있을걸.」

「순간 이동을 하는 게 아니라 그곳까지 가는 데 10년이 걸린다면, 그건 제외해야지.」

「그런들 뭐? 네가 프랑스에서 왔을 때, 네가 탄 기차가 1분이 걸렸든 하루가 걸렸든 무슨 상관이야. 넌 프랑스에서 이탈리아를 향해 여행을 했잖아, 안 그래?」

나는 눈썹을 찌푸린 채 그 애의 논리에서 허점을 찾으려고 애를 썼다. 하지만 비올라에게 약점은 없었다.

「마찬가지라고. 1928년 6월 24일에 난 거기 있을 텐데, 미래로의 여행을 마친 다음일 테지. 이상 증명 끝. 자, 가자. 죽은 사람들이 우리를 기다린다고.」

「네가 곰으로 변신할 수 있다는 말이 사실이야?」

그 애는 이미 묘지를 향해 몇 걸음 옮긴 참이었다. 비올라가 심각한 표정으로 다시 내게로 왔다.

「누가 그런 말을 해줬어?」

「별하…… 비토리오.」

「엠마누엘레의 형?」

「응.」

「난 걔가 좋아. 어렸을 때 함께 놀았어. 귀족 집안 아이라도 다섯 살 때까지는 그 누구하고 놀든 예법에 어긋나지 않거든.

그 애가 네게 뭔가 또 다른 말도 했어?」

「어떤 사냥꾼이 널…… 널…… 그러니까…….」

「맞아. 그자가 뭘 하려고 했던 건지 알아.」 그 애가 갑자기 얼굴이 굳어서 말을 끊었다.

「그러니까 진짜야? 그 곰 이야기가? 내 말은, 그게 불가능하다는 건 알지만…….」

「진실을 말해 줄게. 네게는 절대로 거짓말을 하지 않을 거니까. 너도 내게 거짓말하지 않겠다고 약속해.」

「약속할게.」

「그리고 이 이야기는 우리만의 비밀로 남긴다고.」

「약속해.」

「사람들이 나에 대해 이러쿵저러쿵하는 게 그렇게 좋진 않아. 하지만 정확히 이번 경우엔, 비토리오가 옳아.」

「네가 곰으로 변할 수 있다고?」

「그래.」

「날 놀리는구나.」

「내 말을 안 믿을 거면 그런 질문은 왜 해?」

「그래, 네 말 믿어. 그러니까 넌 곰으로 변한다고. 보여 줄 수 있니?」

달콤한 미소를 지으며 비올라는 내 이마 한가운데를 손가락으로 짚었다.

「상상력을 써먹으라고. 네가 상상력을 발휘하면, 너한테 입증할 필요가 없잖아. 너한테 입증이 필요 없어질 때, 어쩌면 그때 보여 줄지도 모르지.」

　내가 이미 알고 있던 사실을 인정하기까지 82년의 세월이, 위선의 80년과 긴 임종의 순간이 필요했다. 비올라 오르시니가 없으면 미모 비탈리아니도 없다. 하지만 그 누구도 필요 없이, 비올라 오르시니는 존재한다.

빈첸초는 망설인다. 그는 사무실 구석에 세워 둔 목재 수납장, 그를 제외한 다른 어느 누구에게도 접근 권한이 없는 수납장 앞에서 망설인다. 그러다가 몸을 돌려 창가 앞에, 산을 바라보기를 좋아하는 그가 — 성직에 있는 그 오랜 세월 동안 대체 몇 번이나 그랬던가? — 즐겨 찾는 그 장소에 가서 선다. 가파른 판석 지붕 아래, 저 아래쪽에는 그가 방금 떠나온 독실이 있다. 그는 이제고 저제고 소식을 알려 오기를 기다린다. **자, 파드레, 끝났습니다.** 하지만 비탈리아니는 끈질기다. 어떤 환영들이 살짝 지나치게 크다 싶은 그 이마 아래에서 불타오르는지, 어떤 기쁨과 후회가 약간 지나치게 짧다 싶은 그 팔다리를 버르적거리게 하는지 그 누가 알랴? 사제는 기이한 직관으로 그 거주자가 자신에게 뭔가 말하려 한다는 것을 알아차린다. 더는 말을 할 수 없는 바로 그 순간에, 어쩌면 더는 말을 할 수 없기 때문에 말하려 한다는 것을.

　사제는 자신도 모르는 새 수납장을 향해 되돌아간다. 그 목재 수납장은 평범해 보이고 위로가 되는 게, 이 존엄한 벽과 잘 어울리는 조모의 것 같달까. 수납장은 실상은 금고로, 그가 늘 열쇠를 지니고 있다. 그는 그 안의 내용물을 수도 없이 훑어봤지만, 그러한 조처를 정당화할 만한 이유를 전혀 발견하지 못했다. 물론 수납장 안에 보관한 서류를 읽으면 몇 가지 질문이 생겨난다. 아마도 바로 그게 문제일 것이다. 교회는 질문을 좋아하지 않는다 — 교회는 이미 모든 질문에 답하지 않았는가.

　빈첸초는 수도원장의 직무를 수락하면서 그 서류들이 바티칸에 보존되지 않고 사크라에 있다는 사실을 알고 놀랐었다. 그게 더 안전하니까요. 그런 설명을 들었다. 지식은 강력한 무기이니 그 서류들을 손에 넣었다면 하느님의 도시에 있는 너무나 많은 모사꾼들이 그 서류를 통해 얻은 지식을 정치적 목적에 이용했을지도 모른다. 그리고 실제로 정치적 목적에 이용**했다**. 최고의 자리에 앉게 될 거라고 사람들이 예언했던 오르시니 추기경의 눈부신 경력이 바로 그 서류들 때문에 멈춰 서지 않았던가? 그 뒤로 곧 서류들을 사크라로 옮겼고, 이는 터무니없지 않은 것이, **그녀도** 여기 있었으니까.

　사제는 최근 몇 년 동안 수도 없이 그랬듯이 수납장을 열어 보기로 결심한다. 복제가 불가능한 열쇠가 소음 없이 작동되는 복잡한 장치를 푼다. 내부가 거의 텅 빈 것이, 그가 보기에는 늘 살짝 우스꽝스럽다. 선반에 흰색 마분지로 만든 바인더 네 개, 보기 안쓰러울 정도로 평범한 바인더 네 개뿐. 제본, 금속 장식, 금박 등 평소라면 바티칸이 환장하는 그 모든 겉치레를 동원하여 보다 나은 대우를 받았어야 할 주제인데도 고작 공무원들이 사용하는 바인더, 회계사들이 사용하는 바인더다. 하지만 결국, 다이너마이트라고 해서 더 근사하게 포장하지는 않는다.

바인더들은 모두 똑같은 제목을 달고 있다. **비탈리아니의 피에타.** 그 안에는 그에 관해 작성된 거의 모든 것이 담겨 있지만, 따지고 보면 대단한 건 아니다. 최초의 증언들, 처음에는 평사제들이, 그다음에는 주교들이, 그다음에는 추기경들이 작성한 공식 보고서들이 있다. 물론 스탠퍼드 대학의 윌리엄스 교수가 작성한 완벽한 연구서도 있다. 빈첸초는 과거에 자신이 했던 생각을 떠올린다. **별것도 아닌 일에 소문만 무성하군.** 그는 그 조각상에 대해 사람들이 뭐라고 했는지 알고 있고, 관련된 증언들을 읽고 또 읽었으며, 자기 밑의 수도사들이 그 조각상을 본 뒤 야릇한 꿈들이 잠을 어지럽힌다고 고해 성사 중에 털어놓는 말을 들었다. 하지만 자신에게는 그 조각상이 아무런 영향도 미치지 않았기에 — 어쩌면 그에게는 상상력이 부족했는지도 모른다 — 그는 그 사안을 진지하게 여기지 않았다. 감식안이 있던 그는 피에타상이 그저 아름답다고, 심지어 지나치게 아름답다고 생각했다. 그 밖의 것들은? 떠도는 시시한 이야기들일뿐.

그가 처음으로 그 저주받은 이름을 듣게 된 1972년 성신 강림 대축일까지는 그랬다. 라슬로 토스. 그 뒤로 그의 밤들을 어지럽히고, 하루에도 열 번씩 가죽끈에 매달아 놓은 복제 불가능한 열쇠가 대롱거리는 가슴 부위를 더듬게 할 이름.

1918년 여름은 불타올랐다. 시로코 바람이 고원을 불태웠고, 나무들은 고통스러워했으며, 사람들도 그랬다. 푸르러지기는커녕 어안이 벙벙하게 백열의 하늘이 이어지는 나날들. 대포들이 뿜어낸 숨이지. 사람들의 평이었다. 그렇게도 대포들을 쏘아 대니 대기가 하도 후끈 달아오른 바람에, 아침에 일어나면 지끈거리는 머리와 조금만 움직여도 땀으로 젖는 등에서 전쟁이 느껴졌다. 세상의 끝에 다다른 듯한 그러한 분위기 속에서 남자들은 벌거벗은 상반신을 내놓고 다녔고, 여자들은 돌풍이 불어 치마가 쳐들릴 때면 조금 지나치게 늦다 싶게 치맛자락을 붙잡았으며, 열기는 맹렬했다. 1919년에는 수많은 목숨이 태어났다.

돈은 귀했고, 식량은 아끼고 또 아껴야 했다. 벌항은 점점 더 많은 목공 일을 맡았고, 그러고는 알베르토의 등 뒤에서 자신이 벌어들인 것을 마치 그게 세상에서 가장 자연스러운 일인 듯 나와 나누면서, 어떨 때는 빵을 또 어떨 때는 치즈를 주었다. 알베르토는 나의 어머니가 내게 준 돈을, 적어도 그 돈에서 아직 남아 있는 것을 술값으로 날리면서 우리가 거머리들이라고 투덜거렸다. 그는 내 손을 빌려서 자신의 어머니에게 편지를 쓰기로 결심했다.

　맘미나,
　여기 사업은 그저 그래요. 하지만 어떻게든 굴러가겠죠. 돈이 많이 드는 건, 거머리들 때문이죠. 그것도 하나가 아니니, 내가 선한 하느님께 뭔 짓을 했다고. 어쨌든 불평을 하거나 엄마한테 돈을 달라고는 않으려고요. 어떻게든 꾸려 보려고요. 정말이지, 그저 조금 더 허리띠를 졸라매는 거죠. 이러니저러니 해도, 전쟁 통이니. 사랑을 담아, 아들이.

7월 말, 지평선이 먼지구름으로 뿌옜고, 그 구름은 평소처럼 길이 오르시니 소유지로 휘어지는 곳에서 사라지지 않았다. 계속해서 우리를 향해 달려왔는데, 그러자 치오 알베르토가 이상한 부산스러움에 사로잡혔다. 삼촌은 물통에 머리를 처박더니 머리카락을 곱게 매만지고 셔츠도 갈아입었다. 우리는 태양 때문에 눈살을 찌푸린 채 길 한가운데에 우뚝 서 있었다. 과수원들 사이로 자동차 한 대가 굽이치며 다가왔고 그 모습이 점점 선명해졌다. 진짜 자동차, 기다란 황금색 보닛과 위풍당당한 흙받기를 자랑하는 취스트 25/35가 한증막 속에서 나와 우리 앞에 멈춰 섰다. 운전사가 내리더니 문을 열었는데, 모피 외투를 걸친 풍만한 몸매의 여성이 나타났다. 35도의 날씨였는데. 그 여인이 다가오는 동안, 운전사는 걸레로 무장한 채 보닛의 번쩍거리는 광채에 먼지가 가한 모욕을 제거했다.

「넌 여전히 제일 잘생겼구나.」그 여인이 알베르토의 뺨을 꼬집으면서 말했다.

나는 그녀가 그의 어머니임을 알아차렸다. 알베르토가 못생기지는 않지만 당연히 제일 잘생기지도 않을 뿐만 아니라 그런 적도 없었으니까. 맘미나는, 그녀는 우리보고 자신을 맘미나로 부르라고 집요하게 요구했는데, 더는 항구의 흔한 윤락녀가 아니었다. 그녀는 유명한 — 어쨌든 어떤 계층에서는 — 업장을 운영했다. 전쟁이 그녀를 화류계의 여왕으로 만들었는데, 그녀는 그곳의 어두운 골목들을 오랫동안 성큼성큼 누벼 왔다.

운전사가 곧 아이스박스에 보관해서 가져온 들놀이용 음식을 펼쳤다. 가끔 현물로 비용을 치르는 국제적인 고객층 덕분에 진정한 향연이 차려졌는데, 사마르칸트에서 토리노에 이르는 미식 여행이었다. 아직 열네 살도 안 된 가난뱅이인 내가 난생처음 캐비아를 맛봤으니까. 치오는 조신하게 굴면서, 말을 안 듣고 이마 위로 늘어지는 머리카락들을 고정시키려고 손에 자꾸 침을 뱉었다. 그의 어머니는 당연히 우리, 별항과 나도 같이 먹자고 초대했고 그도 반대하지 않았다.

「돈이 필요하니, 애야?」 그녀가 딸기 한 사발을 먹고 나서 트림을 참으며 물었다.

「아니요, 엄마. 다 괜찮아요.」

「하지만 그래야 맘미나가 기쁘다면?」

「그렇다면, 그래야 엄마 마음이 좋다면, 그건 다르죠. 고집하시면 거절할 수 없죠.」

그의 어머니가 손가락을 튕겼다. 운전사가 자동차로 돌아가 여행 가방을 들고 돌아왔다. 지폐가 빠져나온 — 알베르토가 곧 침을 흘리기 시작할 것 같다는 생각이 들었다 — 커다란 봉투가 나타났다. 그 봉투를 그에게 건네기 전에, 그녀는 지폐 몇 장을 꺼내어 별항과 내게 나눠 주었다.

「애들에게 주는 거다. 봐라, 애들이 봄철 뻐꾸기처럼 빼빼 말랐구나. 그리고, 너, 거기, 넌 키가 충분히 자라지 않았는데, 잘 먹지 않으면 키가 안 큰단다.」

「난쟁이에요, 엄마.」 치오가 부연했다.

「무엇보다 잘생긴 사내애네.」 그녀가 내게 눈을 찡긋해 보이며 말했다. 「말해 보렴, 무화과는 좋아하고?」

「그럼요, 부인, 하지만 이곳에 많지는 않아요. 성당 정원을 빼면.」

모두, 치오까지도 웃어 대기 시작했다. 별항은 땅바닥에서 데굴데굴 굴렀는데, 나는 그들이 말하는 무화과가 나무에서 자라는 과일이 아니라 여자의 속살을 의미한다는 것을 깨달았다. 폴체베라 계곡에서 생산된 포도주 두 병을 해치우고 취기가 오른 맘미나는 살짝 비틀거리면서 일어섰다.

「자, 이 일만 하고 있을 수는 없지, 업장이 저절로 돌아가는 건 아니거든. Ciao tutti(안녕, 모두들)!」

그녀는 반지를 낀 손을 흔들며 다시 차로 갔다. 나는 그녀에게 문을 열어 주러 가려고 서둘렀고, 그러는 동안 운전수가 크랭크 핸들로 취스트에 시동을 걸었다. 맘미나가 미소를 짓더니 내게 몸을 기울이며 속삭였다.

「다정하기도 하지. 언젠가 제노바에 올 일이 있으면, 날 보러 오너라. 잘 대접할게. 맘미나가 직접.」

자동차가 마지막으로 구릿빛 광채를 번뜩이며 사라지자마자 치오가 우리를 향해 돌아서며 손을 내밀었다. 우리는 그의 어머니가 준 돈을 돌려줬다.

그 시기 동안 비올라는 꿈을 품었다. 비올라는 그에 대한 말은 한마디도 안 했지만, 나는 딴 데 정신이 팔린 그 애의 모습을 점점 자주 발견했다. 그 애는 더 이상 내 말을 끊지 않았고 더 이상 스스로 던진 질문에 답하지 않았으며, 우리 사이에는 침묵의 **순간들**까지도 생겨났다. 나는 내가 뭔가 잘못을 저지른 모양이라고 생각했다. 그래도 헤어질 때마다 신경 써서 돌아보곤 했는데. 우리는 점점 더 자주 만났는데, 가끔은 한 주에 두세 번이 되기도 했다. 우리는 서로 뗄 수 없는 사이가 되었다. 나는 그 애가 너무나 손쉽게 외출해서 놀랐는데,

저택에서는 누구도 그 애에게 신경을 쓰지 않았다. 그 애 아버지는 위협적인 가뭄 때문에 소유지 관리가 까다로워지자 온통 그 문제에 신경이 가 있었다. 그는 기후와 관련된 난해한 자료들을 뒤적였고, 매일 제노바에 파발꾼을 보냈으며, 토속적 믿음을 늘 조롱했었지만 비를 내리게 해준다는 오래된 주문 몇 가지를 마지못해 웅얼거리는 일까지 시작했다. 그녀의 어머니로 말하자면, 그녀는 오르시니 가문이 이탈리아 유수의 가문들이 참여한 장기판 위에서 이뤄 낸 진전을 지도에 나타내고 관리하고 평가하는 데 자신의 삶을 보냈다. 이제 장남이 된 아들 스테파노는 그녀가 놀리는 말 중 하나였다. 그는 정기적으로 나라 전체를 여행하며 〈친분이 두터운 가문〉에서 묵었고 〈주요 인사들〉을 만났다. 늘 전시일 리는 없으니 전시 이후를 생각해야 했다. 차남 프란체스코는 로마에서 신학교에 다녔다. 오빠 둘이 그렇게 집을 비우는 사이사이, 비올라는 마음 내키는 대로 돌아다녔다. 그녀의 유일한 두려움은 아버지에게만 한정된 영역인 서재에 있다가 들키는 거였다.

하지만 책들은 계속해서 쏟아져 들어왔다. 그리고 책들과 함께 우주가 확장되었다. 조각을 하다가 어느 결엔가 나의 행위가 외톨이의 것이 아니라는 막연한 생각을 평생 처음으로 하게 됐다. 그 행위는 내 이전의 수많은 다른 사람들에 의해 정련되었듯이, 내 뒤에 올 수많은 다른 사람들에 의해서도 그리되리라. 망치질 하나하나는 먼 곳에서부터 왔고, 그것들은 오랫동안 서로의 소리를 듣게 되리라. 나는 별항에게 그런 이야기를 해보려고 시도했다. 그는 휘둥그레진 두 눈으로 나를 바라봤고, 그러더니 벨라도나 열매를 그만 빨아 먹으라고 충고했다.

비올라의 기분 변화는 내게 처음에는 당혹감을, 그 뒤로는 걱정을 불러일으켰다. 내가 저지른 허구의 잘못을 용서받기 위해서 여름이 끝나 갈 무렵에는 무덤 위에 드러눕는 일을 받아들였다. 비올라는 깜짝 놀란 듯했고 내가 잘 아는 예의 그 태평한 웃음을 터뜨렸다. 그 애는 나란히 붙어 있는, 우리가 손을 잡을 수 있을 정도로 가깝게 붙어 있는 무덤 두 개를 찾아냈다. 나는 미신과 비이성적 두려움 — 내가 나 자신의 죽음에 추근대고 있는 건가? — 에 갉아먹히면서도 무덤 위에 눕자니, 나로서는 안간힘을 써야 했다. 그러고 나자 밤하늘에, 그다음에는 별들의 권역에 내던져진 드높이 치솟은 사이프러스들에 사로잡혔다. 비올라의 손이 내 손안에 폭 잠겼다. 나는 비올라의 손을 다시 잡는 즐거움을 맛보려고 손을 잡고 조금 있다 다시 놓기를 반복했다.

「겁나니?」 한참 뒤 내 친구가 물었다.

「아니. 너와 함께라면 겁이 안 나.」

「확실해?」

「그럼.」

「잘 됐네. 사실 네가 잡고 있는 건 내 손이 아니거든.」

나는 비명을 내지르며 무덤 위에서 펄쩍 뛰었다. 비올라가 눈물까지 흘려 가며 웃어 댔다.

「얼씨구, 웃기기도 하겠다! 우린 남들처럼 잠깐이라도 좋은 시간을 보낼 수는 없는 거야? 넌 조금 덜 이상할 순 없니?」

눈물이 계속 흘러내리고 있었다. 비올라는 더 이상 웃고 있는 게 아니었다.

「무슨 일이야? 미안해, 그런 말을 하려던 거 아니었어. 맞아, 정말 재밌었어! 내가 펄쩍 뛰는 거 봤지? 멍청하기는! 내가 보기 좋게 당했어!」

그 애는 여러 차례 숨을 들이쉬더니 손을 들고 선언했다.

「너 때문이 아니야. 문제는 나야.」

「어째서?」

그 애는 소맷부리로 쓱 눈물을 닦더니 무덤 위에 일어나 앉아서 두 팔로 무릎을 감쌌다.

「넌 꿈이 없니, 미모?」

「아버지는 그건 아무짝에도 쓸모없다고 하셨어. 꿈은 실현되지 않잖아, 그래서 꿈이라고 부르는 거지.」

「그런데 꿈은 있고?」

「그럼. 아버지가 전쟁터에서 살아 돌아오시면 좋겠어. 아름다운 꿈이지, 그건.」

「그리고 또?」

「위대한 조각가가 되는 것.」

「그게 실현될 수 없다고?」

「날 봐. 난 주정뱅이 밑에서 일해. 그리고 짚 더미에서 잠을 자지. 돈이라고는 있어 본 적이 없고, 대부분의 사람들은 내 모습을 보면 웃고 싶어 한다고.」

「하지만 넌 재능을 타고났잖아.」

「그거에 대해 네가 뭘 안다고?」

「돈 안셀모가 오빠 프란체스코에게 그렇게 말했으니까. 작업장에서 일은 네가 다 하잖아, 신부님도 알고 있다고.」

「어떻게?」

「비토리오가 모두에게 그 이야기를 하고 다녀.」

「비토리오는 말이 너무 많아.」

「돈 안셀모는 네게 대단한 재능이 있다고 자신 있게 말하던데. 비정상적으로 재능이 뛰어나다고.」

내가 처음으로 받아 본 칭찬이었는데, 그는 굳이 수고스럽게도 〈비정상〉이라는 말을 붙여 줬다.

「난 널 위한 대단한 꿈을 갖고 있어, 미모. 네가 프라 안젤리코처럼 아름다운 뭔가를 만들면 좋겠어. 아니면, 미켈란젤로나. 네 이름이 그분과 같잖니. 모두가 네 이름을 알게 되길 바라.」

「그럼 넌, 꿈이 있어?」

「난 공부를 하고 싶어.」

「공부라고? 뭘 하려고?」

비올라는 주머니에서 종이를 한 장 꺼내어 내게 내밀었다. 저녁 내내 그 질문을 기다려 왔던 거다.

그 기사는 여전히 창가 아래에 놔둔 여행 가방 안에, 출간되지 못한 잡지 『FMR』의 책장 사이에 끼워져 있다. 종이가 누렇게 바랜 데다가 오래전부터 펼쳐 본 적 없으니, 어쩌면 누군가가 손을 댄다면 바스러지리라. 1918년 8월 10일 자 『라 스탐파』의 기사다. 가브리엘레 단눈치오가 제87전투 비행 중대인 세레니시마를 이끌고 최근에 빈까지 갔다. 1천 킬로미터가 넘고 7시간 10분이나 걸렸던 불가능에 가까웠던 비행으로, 오스트리아인들의 허를 찔렀다. 도시에 폭격을 퍼붓는 대신 단눈치오는 빈 주민들에게 항복을 권하는 선전물을 살포했다. 우리 이탈리아인들은 노인과 어린이, 여성을 상대로 전쟁하지 않는다. 우리는 여러 민족의 자유를 침해하는 당신들의 정부를 상대로, 평화도 빵도 주지 못하고 증오와 환상만을 심어 주는 맹목적이고 완고하고 잔혹한 당신들의 정부를 상대로 전쟁한다.

단눈치오는 시인이고 모험가였지 조종사는 아니었다. 무사히 목적지에 도착하고 살아서 돌아올 수 있었던 것은 나탈레 팔리 덕분이었다. 바로 그 나탈레 팔리가 그로부터 몇 달 뒤, 비상 착륙을 한 뒤 걸어서 계곡으로 되돌아가려다가 몽푸리산 사면에서 잠이 든다. 그는 다시 깨어나지 못한다. 그는 최초로 중력에서 스스로 빠져나왔던 사람들로 이루어진 전설의 영원한 일부가 된다. 그리고 비올라는 간단히 말해 같은 일을 하고 싶어 했다.

비올라가 날고 싶어 한 건 아주 어려서부터다.

「날고 싶어?」

「응.」

「날개를 달고서?」

「응.」

「내 평생 비행기를 본 적이 없어. 사람이 나는 걸 본 적도 없고. 어떻게 할 생각인데?」

「공부하려고.」

「부모님에게도 말해 봤어?」

「그럼.」

「동의하셔?」

「아니.」

비올라는 나의 진을 빼놓았다. 기묘한 구름이 동글동글 뭉쳐서 묘지 위로 손가락 모양 그림자를 드리우며 흘러갔다.

「공부는 해야 하고 너의 부모님은 원치 않는다면, 어떻게 날겠다는 거야?」

「내 부모는 늙었다고. 나이를 말하는 게 아니야. 그들은 다른 세상 사람들이지. 그들은 앞으로 우리는 말을 타듯이 날게 되리라는 것을 이해하지 못해. 여자들은 수염을 달고 남자들은 보석으로 치장하리라는 걸. 내 부모의 세계는 죽었어. 넌 좀비를 무서워하지만 네가 무서워해야 할 건 바로 그 **세계**라고. 그 세계는 죽었는데도 여전히 움직이거든. 누구도 그것을 보고 죽었다고 말하지 않았으니까. 바로 그런 까닭에 그건 위험한 세계야. 그 세계는 저절로 무너져.」

145

「우리 다른 데로 가는 게 어떨까? 구름이 영 이상한데.」

「그저 〈구름〉이 아니라 고적운이야. 부모에게 간청한들, 내가 대학에 가게 해달라고 설득할 수는 없을 거야. 어머니가 그러시더라. 〈난 공부를 안 했지만, 봐라, 내가 오늘날 어떤 위치에 있는지.〉 어머니는 남작 신분으로 태어나 후작 신분으로 마치겠지. 그런 게 무슨 야망이야. 아니, 난 그들에게 보여 줘야만 해. 내가 진지하다는 걸 증명해야 한다고. 난 **지금** 날고 싶어. 어쨌든, 가능해지자마자.」

「어떻게?」

「그 문제를 연구한 지 2년째야. 내가 찾아낼 수 있었던 모든 걸 다 읽었고, 레오나르도의 초기 크로키들도 보았는데, 내 생각엔, 날게 해주는 일종의 날개를 만들 수 있을 것 같아. 멀리까지 날아갈 필요는 없어. 핵심은 내가 난다는 거야, 1백 미터이든 2백 미터이든. 그러면 그들도 입을 닫겠지. 사람들은 나에 관한 이야기를 듣게 될 테고. 그러면 남자들의 학교에 내가 들어가게 둘 것 아냐.」

「다른 선택은 할 수 없어? 조금 더 단순한 걸로? 그러니까, 넌 이미 시간 여행도 하고, 곰으로 바뀔 수도 있잖아. 그걸로는 충분치 않아?」

「그게 그거지. 모든 건 연결되어 있어.」

「난 이해가 안 가.」

「내게 필요한 건 그저 네가 나를 돕는 거야. 너도 나중에 이해하게 될 거야.」

「난 조각가야, 비올라. 널 돕고 싶긴 한데…….」

「비토리오가 나무를 다룬다고 했지? 내 날개는 나무와 천으로 만들어야 해. 딱딱함과 가벼움 사이의 적절한 조화를 찾아내고, 보조 및 보정 시스템을 고안해야 해. 도르래와 끈으로.」비올라는 기겁을 한 내 얼굴에 대고 설명했다.「레오나르도의 설계에는 결점이 있는데, 그 설계들을 구상하면서 초인적인 힘을 가정했다는 거지. 해부학을 그렇게나 잘 알았던 인물치고는 이상한 일이지. 우리가 만들 날개는 제작하기가 훨씬 더 쉬울 거야. 내가 가벼우니까. 넌 내가 가볍다고 생각하지 않니?」

「아주 가볍지. 하지만 네 생각은…… 그건 완전히 미친 짓이야.」

「언론에서는 단눈치오의 비행을 〈미친 비행〉이라고 부르더라. 그래서, 날 도울 거지? 내가 나는 걸 도울 거지?」

「응.」난 한숨을 쉬었다.

「맹세해.」

「맹세해.」

「한 번 더.」

「맹세한다니까. 침도 뱉을까? 효력을 발휘하게 우리 둘의 침을 섞길 바라?」

「어른들은 늘 침을 섞어. 그런다고 해서 그들이 하루가 가기 전에 서로를 배신하고 서로에게 칼을 꽂지 못하는 건 아니잖아. 우린 다르게 하자.」

그 애는 내 손을 잡더니 자기 가슴 위에 놓았다. 그때가 내 인생에서 가장 가슴 벅찬 순간 중 하나였다. 그 애는 가슴이 없었고 정말로 가슴이라고 할 만한 걸 갖게 되지도 않겠지만, 그 빈약한 가슴이 내가 훗날 관계를 맺게 될 몇몇 여자들의 것만큼이나 확실하게 내 손바닥을 가득 채웠다. 그 애는 내 가슴 위에 자신의 손을 갖다 댔다.

「미모 비탈리아니, 만약 신이 존재한다면 신 앞에서, 비올라 오르시니가 날도록 도울 것이며, 결코 추락하게 놔두지 않겠노라고 맹세합니까?」

「맹세합니다.」

「그리고 나, 비올라 오르시니, 나는 미모 비탈리아니가 그와 같은 이름을 지닌 미켈란젤로에 필적할 만큼 세상에서 가장 위대한 조각가가 되도록 도울 것이며, 그가 결코 추락하게 놔두지 않겠노라고 맹세합니다.」

찰나 동안, 비올라와 나는 키가 같아진다. 우리는 거의 열네 살이다. 정확히, 똑같은 키. 이 상태는 지속되지 않을 테고, 그 애는 그 사실을 알고 있고 나도 그러니, 우리 둘 다 알고 있다. 나는 우리라고 말하기를 좋아하니까. 이 순간이 지나면, 비올라는 계속해서 키가 자라서 하늘을 향해 솟구치겠지. 나는 여기, 땅바닥에 붙어 있을 테고. 그 순간 우리는 오랫동안 서로를, 서로의 눈을 똑바로 바라보았다. 묘지의 밤, 대낮의 열기에 그을린 색채로 가득한 밤에, 이러한 만남, 예기치 못한 동등함에 거의 놀라다시피 하며. 찰나 동안, 나는 어느 결엔가 그 무엇도 변하지 않을 거라는 생각을 하고 있다. 하지만 벌써 그 애를 쑥쑥 크게 하는 힘들이, 그러니까 쌓여 가는 세포들과 늘어나는 뼈들이 작동하고 있고, 분자가 하나씩 하나씩 늘어날수록 비올라는 나로부터 멀어진다.

성인(聖人)이 눈물을 흘린다. 사실, 아직은 진짜로 성인은 아니다 — 이건 자잘한 사실에 지나지 않지만. 그는 자신이 지나왔던 골짜기들과는 몹시도 다른 고원에 멈춰 섰으니, 어쩌면 피로 혹은 안도이리라. 그는 그들이 자신의 가장 좋은 친구를, 그를 위해서라면 목숨이라도 내놓을 준비가 되어 있었는데, 그 친구를 데려가 버린 그 밤 이래로 눈물을 흘린 적이 없다. 목숨을 내놓을 준비라고, 그렇다. 단지 그날 밤에만은 그러지 못했으니, 그는 수탉이 울기 전 그 친구를 세 번 부인했다.

그가 흘린 눈물이 지면의 균열 새로 스며든다. 그는 아무 사내가 아니어서, 그가 배신한 친구가 아무나가 아니어서, 그가 흘린 눈물은 그의 이름이기도 한 돌을 가로질러 기적의 샘으로 변모한다. 돌들만이 살아가던 이 고원에 곧 인간과 감귤

나무가 자라나리라. 좀 더 과학적으로 접근한다면, 하층토가 끊임없이 변화하며 샘이 없던 곳에 갑자기 샘이 생겨나기에 적합한 카르스트 지질임을 강조해야겠지만, 그래도 과학은 기적에서 무엇 하나 앗아 가지 못하며, 과학은 그저 자신만의 시적 언어로 기적에 대해 말할 뿐이다. 결론은 여일하다. 고원에 대한 수리학(水理學)적 접근은 피에트라달바를 이해하기를 바라는 사람에게 필수다. 물은 조바심 내는 법 없이 고원과 그곳에 거주하는 사람들의 운명을 만들어 나갔다. 이곳 주민들에게 물이 어디에 쓰이는지 아느냐고 물으면 그들은 〈사람들이 마시고 식물에 물을 주는 데〉라고 대답했겠지만, 올바른 대답은 이랬다. 〈시기와 번민을 불러일으키는 데.〉

다른 곳에서와 마찬가지로 피에트라달바에서도, 물을 이해하는 자가 인간을 이해한다.

우리가 묘지에서 서약을 하고 난 다음 날, 나는 그의 도움이 필요하다는 사실을 알리려고 별항을 찾아 나섰다. 공방에는 없었다. 그는 꼬박 두 시간이 지난 뒤에야, 가장 좋은 옷을 — 그러니까 깨끗한 셔츠를 — 차려입고 조르다노의 딸인 안나와 동반하고 나타났다. 그는 그날 하루 안나와 외출하겠다고 정식으로 요청해 허락을 받아냈다. 나는 둘이 어딜 가는지 알고 싶어 했고, 그러자 그들이 웃음을 터뜨렸는데, 물론 나는 소식을 전혀 몰랐다. 나는 〈일 프란체제〉였으니까. 내가 별항의 목을 조르려고 달려들었다. 「어디, 그 말을 또 하면 어떻게 되는지 볼래, 프란체제는 너야.」 우리는 안나가 초조하게 지켜보는 가운데 건초 더미에서 붙안고 뒹굴었고, 그러다가 벌항이 나를 짚단 속으로 내던져 버렸다. 꿍한 마음이 오래가는 법 없는 두 사람은 날 보고 따라오라고 했다.

「아니, 어디로 따라오라는 거야?」

「호수지, 멍청아.」

기적의 샘은 5킬로미터 정도 땅 밑으로 흘러가는 사이사이 몇 군데 지표를 뚫고 솟아올랐고, 우리 헛간 앞의 생수터 역시 그중 하나였는데, 계곡 동쪽 사면의 발치에 이르러서는 천연 호수를 형성했다. 호수는 오르시니 가문의 소유였다. 9월 15일이 되면 오르시니 가문은 그곳에서 물놀이를 즐기라고 마을 사람 전부를 초대하곤 했다. 아주 단순하게 그저 즐거운 하루. 이탈리아와, 무엇보다도 피에트라달바에서는 그 무엇도 결코 단순하지 않았다는 점을 제외한다면.

나는 무대에 선 카루소[22]를 볼 기회가 없었다 — 그는 나폴리의 고향 마을에서 3년 뒤 죽음을 맞게 된다. 하지만 갓 걸음마를 뗀 기술, 그러니까 녹음 기술이 부린 마법 덕분에 그가 아내에게 배신당하고 어릿광대의 옷 뒤에 자신의 불행을 숨기려 애쓰는 팔리아치오[23] 역으로 분해 부르는 아리아를 나중에 들을 수 있었다. Vesti la giubba. **의상을 입어라**, 고통을 감

---

22 Enrico Caruso(1873~1921). 이탈리아의 유명 테너 성악가.
23 pagliaccio. 광대라는 뜻의 이탈리아어로, 이어서 본문에 등장하는 이탈리아어는 오페라 「광대들Pagliacci」에 등장하는 노래의 가사이다.

추기 위한 미소를 지어라, 모든 것이 잘되리라. 나는 레온카발로가 오르시니 가문을 알았던 게 아닌지 궁금증을 참을 수 없었다. 그가 그 아리아를 쓰기 전에 그 빌어먹을 호수에서 물놀이를 했던 게 아니었는지. Ridi, Pagliaccio, e ornun applaudirà. 웃어라, 팔리아치오, 그러면 모두가 박수를 치리라.

9월 15일의 물놀이, 그것은 슬픈 광대의 웃음이었다. 관중을 즐겁게 해주려고 얼굴에 온통 밀가루를 뒤집어쓴. 진한 녹색이 아름다운 수면과 10미터에 달하는 수변을 자랑하는 그 호수는 물론 오르시니 가문의 소유였지만, 사방에 인접한 밭들은 옆 계곡의 또 다른 집안, 그들의 공공연한 적인 감발레 집안의 것이었다.

자신들의 명성에 충실하게 피에트라달바의 주민들은 두 가문 사이의 분쟁을 설명하기 위해 창의력을 다퉜다. 이전에는 오르시니 가문의 반타작 소작인이었던 감발레 집안이 파렴치하게도 오르시니 가문의 재물을 훔쳤다더라. 오르시니 가문은 감발레 집안의 피로 자신들의 오렌지나무를 키워 냈다더라…… 그 밖에도 강간, 살인, 배신 등에 관한 말이 나왔다. 이유는 중요하지 않았으니, 선조 때부터 내려오는 해묵은 경쟁이 바로 거기 있었고, 이 부근 계곡의 단단한 바위들이 닳을 지경으로 경쟁은 지속되었다. 오르시니 가문은 호수를 소유했지만 호수에서 물을 끌어와 자신들의 재배지에 물을 댈 수는 없었다. 감발레 집안에서 자신들의 땅을 통과할 그 어떤 권리도 허용하지 않았기 때문이었다. 그들은 고작해야 숲에서부터 내려오는 그들 소유의 길을 따라서만 그 호수에 접근할 수 있었다. 유일한 해결책은 그 접근로, 터무니없이 돌아가는 길을 따라 관개 시설을 만들어 물을 끌어다 쓰는 것이리라. 어느 날 비올라는 그 방식이 〈기술적으로는 가능하지만 경제적으로는 어리석다〉고 설명해 줬다. 펌프 유지, 연료 공급, 경사의 각도 때문에 그러한 해결 방식은 지나치게 복잡했다. 따라서 오르시니 가문에서는 자신들의 과수원에 물을 대기 위해 자신들의 소유지에서 다시 솟아나는 기적의 샘물과 빗물을 받아 두는 저수조로 만족해야 했다. 가장 부조리한 일은 이웃 계곡에서 꽃을 재배하는 감발레 집안은 호수를 활용할 수 없다는 거였다. 그들은 심지어 호수 주변에 있는 자신들의 밭을 그냥 놀렸는데, 그 밭의 유일한 기능은 오르시니 가문을 비웃는 것이었다. 오르시니 가문에서는 주위의 평판을 얻기 위해 마을 사람 전부가 행렬을 지어 숲길을 지나 참여하는 연례 물놀이로 응답했다. 그날, 감발레 진영의 여러 구성원은 총으로 무장을 하고 자신들의 밭을 침범하는 자가 한 명이라도 있는지, 그리고 마을 사람들이 호수 주위 10미터 내에만 머무르는지 확인하려고 순찰을 돌았다. 그보다 더 많은 수의 오르시니 가문의 고용인들 역시 무장을 한 채 감발레 집안의 고용인들을 감시했다. 그러한 전통은 고작 20여 년 전으로 거슬러 올라갔다. 기적적으로, 그 전통이 폭력 사태로 변질된 적은 없었다.

1918년의 가뭄으로 상처는 더 크게 벌어졌다. 오르시니 가문 소유지에서 솟아나던 샘물이 말라 버렸고, 두 진영 사이의 끝없는 이면 거래에도 불구하고 양측은 끝내 합의를 볼 수 없었다. 세상이 전쟁 중이니 이곳에서도 전쟁을 벌이는 것이 적절했다. 감발레 집안에서는 자신들이 살아 있는 한 오르시니 가문의 물은 단 한 방울도 자신들의 토지를 가로지르지 못하리라고 맹세했다. 만약에 바람에 실려서 한 방울이라도 날아갈 것 같다 싶으면, 사이프러스들을 심어서 울타리를 만들리라. 그 지역 명문가들의 지지를 등에 업은 오르시니 가문에서는 그 누구라도 제노바와 사보나의 도매 시장에서 감발레 집안의 꽃을 구입한다면 귀족 계층의 고객을 잃게 될 거라는 경고로 보복을 대신했다. 꽃들은 광에서 썩어 나갔고 오렌지들은 수확도 하기 전에 말라 죽었다. 하지만 양쪽 진영 모두의 명예는 무사했다. 그리하여 9월 15일만 되면, 모두가 웃고 모두가 물에 들어가고 모두가 서로에게 물을 튀기고 모두가 물속에서 다정한 애무를 주고받았다.

우리가 도착했을 때, 오르시니 가문의 구성원 거의 전부가 이미 거기 나와 있었다. 물론 그들은 물놀이를 하지 않았다. 관대한 표정으로 그 광경을 지켜보면서, 은총을 혹은 실총을 의미하는 신호를 이곳저곳으로 보냈다. 청록색의 꼭 끼는 드레스를 입은 비올라는 뿌루퉁해서 약간 뒤로 물러나 있었다. 비올라의 모습이 눈에 들어오자마자 그 애는 이 물놀이 행사가 창피해서 내게 말해 주지 않았다는 짐작이 섰다. 13년짜리 인생 경험의 높이에서 ─ 나는 이 〈높이〉라는 말에 내가 살면서 늘 보여 주었던 자조를 실었다 ─ 내려다보는 나는 그때까지만 해도 그 익살극 뒤에서 어슬렁거리고 있는 폭풍우를 알아차리지 못했다.

나는 옷가지를 벗어 던지면서 달리기 시작했고, 태어날 때부터 끌고 다니는 이 평범하지 않은 몸뚱어리에 마음 쓰지 않고 물로 뛰어들었다. 그 물, 기적의 샘물은 기적을 낳는 게 틀림없었다. 일단 물에 잠기자 나도 다른 사람들과 같아졌으니까. 머리 하나만 물 밖으로 나온 나도 물 아래에서는 키가 크고 힘이 세고 우람했다. 더위에도 불구하고 물은 여전히 시원했다.

오르시니 가문 사람들은 커다란 양산 그늘 아래서 우리를 지켜보며 포도주를 홀짝이고 과일을 깨물었다. 비올라는 숲의 경계에서, 매 순간 점점 더 벗어나고 있는 유년기의 경계에서 맴돌았다. 그 애의 아버지인 후작은 장신의 남자였고, 얼굴은 윗부분에 무성하게 남겨 둔 회색 머리카락과 양옆을 바싹 자른 머리 모양 때문에 길쭉해 보였다. 장남인 스테파노, 의복이 꽉 낄 정도로 살집이 좋은 그 젊은 사내는 배출구를 찾지 못한 힘을 내보내기 위해서인 듯 반복해서 주먹을 쥐었다 풀었다. 그는 콧수염을 여봐란듯이 기르고 있었는데, 몇 달 뒤 그의 어머니는 〈남부 이탈리아인〉처럼 보인다는 구실로 콧수염을 밀게 하리라. 짙은 검은색을 띤 그의 머리카락은 여자애처럼 꼬불거렸는데, 그는 그의 평생 불행인 곱슬머리를 감춰 보려고 포마드를 꼼꼼하게 듬뿍 발라 댔다. 둘째인 프란체스코만이 부름에 응하지 않았는데, 그는 거기에서부터 6백 킬로미터 떨어진 바티칸에서 법열에 빠져 있었다.

나는 그때까지 팔리아치오, 레포렐로, 돈 조반니를 알지 못했고 오페라에 관한 지식도 전무했다. 사람들이 웃는 것은 오로지 비극을 빛나게 하려는 것임을 알지 못했다. 알베르토가 현명하게도 자신만의 방식으로 내 머릿속에 주입하려고 시도했던 것으로, **네 엉덩이보다 더 높이 방귀 뀌지 말라**는 것이었다. 바로 그 알베르토가 굴러 떨어지듯 숲에서부터 뛰어 내려오는 모습이, 어떤 젊은 여자의 미소를 받으며 그 옆에서 헤엄치던 내 눈에 들어왔다. 별항과 나, 우리 둘이 치오에게도 함께 가자고 권했지만, 그는 작업실 한가운데 놓인 의자에 너부러져서는 음울한 생각에 잠긴 채 우리를 손짓으로 내쫓았었다. 멀리에서도 그는 즐거워 보였다. 그는 허리가 꺾일 정도로 연신 굽실거리면서 후작에게 다가갔는데, 보나마나 스테파노의 짜증을 돋웠을 것이다. 스테파노가 그의 목덜미를 움켜쥐고 자신의 아버지 앞으로 끌고 갔다. 치오는 뭔가를 들고 있다가 그것을 후작에게 내밀면서 손짓발짓을 해댔다. 그러고는 두 사람 다 손을 눈썹 위에 갖다 대고 호수를 살폈다. 그리고 나, 어리석은 나는 거기에 대고 손을 흔들었다.

스테파노가 곧장 호숫가로 이어지는 완만한 경사로를 내려와 손가락으로 나를 가리켰다.

「거기, 너!」

나는 물에서 나왔다. 내게 시선들이 와서 꽂히자 내가 들어가 사는 몸뚱어리가 상상 속에서 누렸던 크기에서 실제 크기로 줄어들었다. 스테파노는 무지막지하게 내 귀를 잡아당기면서, 작은 언덕 정상에 내다 놓은 버들가지 의자에 앉아 아래를 굽어보는 자기 아버지에게로 나를 데려갔다. 나는 즉각 그의 무릎에 놓인 물건을 알아봤다. 비올라가 최근에 내게 가져다주었던 책으로, 16세기의 바이에른 출신 식물학자 레온하르트 푹스가 쓴 식물사, 『식물학 역사에 관한 주목할 만한 논평』이었다. 삽화가 너무나 아름다워서 말문이 막혔던 책이다. 그래서 라틴어를 전혀 이해하지 못하면서도 즉각 돌려주지 않고 있었다.

「저놈의 소지품들 사이에 이게 있지 뭡니까.」 알베르토가 설명했다. 「저놈이 각하에게서 쌔볐음이 틀림없다고 생각했습죠. 우리 집에는 책이 없고 제가 아는 그 누구도 책은 없으니, 각하 댁의 지붕을 고치는 작업을 할 때였겠죠.」

「그런가? 네가 우리 집에서 이 책을 훔쳤나?」

숲 가장자리에 있던 비올라는 낯빛이 창백하게 질렸다.

「예, 어르신.」

「각하.」 스테파노 오르시니가 내게 발길질을 날리며 고쳐줬다.

「예, 각하. 나쁜 생각은 아니었어요. 훔치려고 그런 게 아니라 그저 읽어 보려고요.」

어느새, 마을 사람 전부가 이 광경을 보려고 호숫가에 몰려

들어 있었다. 개흙 냄새 속에서 느껴지는 축축한 호기심. 감 발레 사람들조차 시치미를 떼고서 사건의 추이를 지켜보려 고 다가와 있었다. 후작은 턱을 문질렀다. 그의 아내가 그의 귀에 대고 열띠게 뭔가를 속삭였지만 그가 짜증이 묻은 손길 로 잘라 버렸다.

「지식을 통해서 자신의 신분에서 벗어나려고 하는 것은 비 난받을 일이 아니다.」그가 의견을 내놓았다. 「반면에, 타인의 재물을 점유하는 것은 일시적일지라도 처벌을 받을 일이지. 따라서 이번 행위는 처벌받아야만 한다.」

그는 이 마지막 말을 훨씬 크게 말했는데, 감발레 사람들의 귀에까지 잘 들리게 하려는 의도였다. 오르시니 부부는 얼마 나 가혹한 벌을 내려야 할지를 놓고서 작은 목소리로 의견을 교환했고, 후작 부인과 스테파노는 몽둥이질 마흔 대를, 후작 은 열 대를 제시했다. 후작은 전국 방방곡곡에 흩어져 있는 상인들로부터 정기적으로 서적을 공급받고 자신이 인내심을 발휘해 가며 모아 놓은 장서에 내가 관심을 기울여서 으쓱한 기분이 들었던 것 같다. 비올라의 말을 들어 보면, 그가 서재 에 들어가는 일은 드물었다. 하지만 귀족들, 제노바의 부유한 가문들은 장서의 규모가 걸린 경우 농담하지 않았다.

감발레 사람들 앞에서 본보기를 보여야만 했기 때문에 스 무 대로 의견이 모아졌다. 나는 다리에 철썩 들러붙은 바지 하나만 입고 있었는데, 스테파노가 불쑥 내 바지를 벗겨 버렸 다. 비올라가 눈물을 글썽이며 내게 미소를 건네고는 돌아섰다. 스테파노가 낭창거리는 가지를 하나 꺾어 껍질을 벗기더니 손바닥에 침을 뱉고는, 내 엉덩이와 등허리에 매질을 시작했다. 다행스럽게도 그곳에는 소나무밖에 없었는데, 이 나무로는 좋은 매가 나오지 않는다. 나는 군말 없이 매를 맞으며 겉으로 드러나지 않는 상처에 맞서 싸웠다. 이미 수천 번도 넘게 다른 이들에게 내 몸을 대가로 내준 적이 없었던 듯, 내 몸이 이 시골의 콜로세움을 메운 게걸스러움에 노출되었음을 깨닫는 데서 오는 상처. 스테파노는 중간에 세다가 잊어버렸다는 핑계로 스물다섯 대를 때렸다. 나는 치오에게서 시선을 떼지 않았다. 그는 의기양양한 웃음을 지었다. 어쨌든, 적어도 처음에는 그랬다. 그러다가 턱을 신경질적으로 움찔대기 시작했다. 매질이 막바지에 이르렀을 때에는 맞는 사람이 그인가 싶은 생각이 들었다.

침묵이 다시 내려앉았다. 정사 뒤의 피로감. 사람들은 동시에 이런 생각들을 했다. **고작 이것 때문에 그 난리를 쳤나. 어서 빨리 다시 시작되길.** 이제 아무도 움직이지 않았다. 첫 번째 걸음을 뗀 사람, 그러니까 막이 내려와서 풀려난 관중이 다음 막이 오를 때까지 기침도 하고 서로 간지러운 곳도 긁어 주다가 다시 좌석에 앉을 수 있게 무대에서 먼저 내려간 사람은 바로 나였다.

나는 어금니를 앙다물고 바지를 다시 올렸다. 아주 잠깐 울고 싶었음을 고백한다. **웃어라, 팔리아치오, 그러면 모두가 박수를 치리라.** 그러고는 스테파노의 교활한 눈길과 마주쳤고, 복수를 다짐했다. 감발레의 진영에 합류하거나 오르시니 가문의 누군가에게 칼을 꽂거나 밤에 그들의 소중한 오렌지나무를 잘라 버리거나 그들이 마실 물에 독을 풀 수도 있었으리라. 하지만 비올라가 옳았다. 이 세계는 이미 죽었다. 나의 복수는 20세기의 것, 나의 복수는 현대적이리라. 나는 나를 내몰았던 사람들의 식탁에 함께 앉으리라. 나는 그들과 동등한 자가 되리라. 가능하다면, 그들을 넘어서리라. 나의 복수는 그들을 살해하는 데 있지 않으리라. 그것은 그들에게 미소를 짓는 데, 오늘 그들이 내게 보여 줬던 내려다보는 듯한 너그러운 미소를 짓는 데 있으리라.

결국, 피에트라달바에서 엉덩이를 내보인 사건 덕분에 내가 경력을 쌓게 된다.

전 시대를 통틀어 가장 아름다운 조각상 중 하나 — 어떤 이들의 말에 따르면 가장 아름다운 조각상 — 가 한 명도 빼놓지 않고 모든 방문객에게 미소를 보낸다. 따라서 1972년 5월 21일, 그 조각상은 바티칸의 자신을 찾아와 방금 앞에 멈춰 선 헝가리 지질학자 라슬로 토스에게도 미소를 보냈다. 이 순간, 그들이 주고받은 시선 속에는 뭔가 기이한 것이 있다. 마치 그녀는 다 **알고** 있는 듯하다. 그리고 그로 인해 성신 강림 대축일인 그날 그녀의 얼굴에 감도는 미소는 좀 더 불안을 자아낸다.

한때 그녀가 단순한 산이었다는 상상을 하기는 힘들다. 그 산은 폴바치오 채석장이 된다. 누군가가 거기에서 대리석 덩어리를 끄집어내어, 시기하는 동료와 맞붙어 싸운 흔적이 남아 있는 억센 얼굴의 사내에게 넘겼다. 자신의 철학에 충실한 그 남자는 이미 그 안에 들어 있던 형체를 풀어 주기 위해 돌을 쪼았다. 엄청난 아름다움을 지녔으며 죽음의 잠에 빠져 자신의 무릎 위에 늘어진 아들을 굽어보는 여인이 그렇게 나타났다. 한 남자, 끌, 망치, 속돌. 이탈리아 르네상스가 낳은 가장 위대한 걸작의 탄생에 필요한 것은 이토록이나 얼마 안 되는 것들이었다. 전 시대를 통틀어 가장 아름다운 조각상, 그 조각상은 그저 돌 저 안쪽에 숨어 있었다. 그 뒤로, 미켈란젤로 부오나로티가 여기저기 찾아다니고 소리쳐 봤자 소용없었으니, 아무리 작은 대리석 덩어리에서도 그와 비슷한 형체들을 더는 발견하지 못했다. 그 뒤로, 그가 만든 피에타들은 최초의 피에타의 밑그림들과 흡사하다.

라슬로는 대성당의 어스름 속에서 세속 피에타를 바라본다. 그는 옷차림새가 반듯한데, 오늘, 이 기회는 중요하다. 그는 어깨까지 내려온 머리카락을 매끄럽게 폈고, 턱수염은 빗질했다. 거기에 나비넥타이까지 매면 계시받은 자와 살짝 흡사해진다는 사실을 인정하지 않을 수 없다. 하지만 천만에, 그는 계시받은 자가 아니다. 그는 고작 며칠 전부터 로마에 머무르고 있다. 그는 교황 접견 허락을 얻어 내려고 여러 차례 시도했지만, 바오로 6세는 계속해서 이해할 수 없는 침묵으로 그를 대한다. 라슬로는 그저 교황을 만나서 중요한 정보를 나누고자 한다. 자신이 부활한 그리스도라는 사실을. 직책에 값하는 교황이라면 그 어느 누가 그런 소식을 마다하겠는가?

목격자에 따라서 어떤 이는 급작스럽다고 혹은 어떤 이는 침착하다고 묘사할 동작으로, 그는 호주머니에서 지질학자의 망치를 꺼내 든다. 그러고는 〈Io sono il Christo(내가 그리스도다)!〉라고 외치고는 473년 전부터 자신을 찾아온 사람들에게 미소를 건네던 그 조각상, 초자연적 아름다움을 지닌 그 작품에 달려들어 열다섯 차례 망치로 내려친다. 열다섯 번의 망치질, 그건 긴 시간이고, 어안이 벙벙해서 보고만 있던 목격자들이 결국 그를 제압하게 되는데, 그 일에 최소한 일곱 명의 사람이 필요하다. 미켈란젤로의 피에타는 팔 하나와 코와 눈꺼풀을 잃고, 여기저기 곰보처럼 상흔이 남게 된다. 군중 가운데 다수는 즉각 대처할 정신이 없었다. 희생물의 대리석 조각들을 주워 자신의 집으로 가져갈 정신은 있었다. 일부는 후회에 사로잡혀서 그것들을 되돌려 보내리라 — 다수는 아니다.

라슬로 토스는 행위의 책임을 물을 수 없는 자라는 판정을 받고 처벌을 면하겠지만 이탈리아의 병원에서 2년을 보낸 뒤에야 본국으로 인도된다. 사건 종결. 어쨌든, 대중에게나 그렇다. 왜냐하면 전문가들은 스스로를 그리스도로 생각한다는 사실과 피에타에 대한 공격 사이에 무슨 관계가 있는지 의문을 품었으니까. 교황이 라슬로를 무시했으니, 라슬로가 그를 원망할 수는 있다. 하지만 대리석 귀부인과 그녀의 죽은 아들은 라슬로에게 아무 일도 하지 않았잖은가. 다만 한 가지 고려할 점은 라슬로 토스는 작품을 통해 마주하게 되는 절대적 천재성보다 더 신에 가까이 다가갈 수는 결코 없으리라는 것이다. 라슬로가 그처럼 비열한 경쟁심, 자신이 저지른 사기에 대한 증거 — 그 누가 신의 아들보다 더 신과 가까울 수 있겠는가? — 가 거기 있음을 알아차리고 그것을 파괴하고 싶어 했다면 역시 말이 달라진다.

바로 그 지점에서 대중에게 알려지지 않은 사건의 일부가 시작된다. 관심은 느슨해지고, 피해자는 돌로 된 존재이며, 결국 누구도 자신의 삶을 바쳐 가며 조사 보고서를 읽지는 않는다. 특히 바티칸의 고위급 인사 몇몇이 경찰청의 고위급 인사 몇몇을 불러서 문제의 보고서 내용 중 일부는 전혀 관심거리가 아니라고 말했다면 말이다. 라슬로 토스가 방금 이탈리아로 들어온 것이 아니라 열 달 전부터 들어와 있었다는 사실과 그가 북부 지역을 오랫동안 돌아다니면서 토리노 부근의 수많은 성당을 방문했다는 사실을 밝힌 부분. 그의 이동 경로에 대한 조사로부터, 그가 정확한 위치를 알지 못하는 뭔가를 찾아다니기라도 한 것처럼 사크라 디 산미켈레 성당 주위를 맴돌았다는 추정이 나왔다. 마치 그 역시 **그녀**, 자신을 본 수많은 사람을 혼란에 **빠뜨린다**는 그 작품에 대해 들었던 것처럼.

바티칸의 피에타는 복원과 세척을 거쳤다 — 지금은 보수된 부분을 보려면 그 위에 바싹 얼굴을 들이대야만 한다. 이제는 헝가리 지질학자 때문에, 방탄 처리된 유리 진열창을 통해서만 피에타상을 감상할 수 있다. 이렇게 비극적 사건은 역사로 편입된다. 하지만 소식에 밝은 사람들은 그 피에타상이 처음부터 과녁은 아니었을 걸로 의심한다. 신성을 내세우는 자신의 주장과 경쟁하는 모든 것을 제거하려는 시도 속에서, 토스는 비탈리아니의 피에타를 공격하고 싶어 했던 거라고. 그러다가 그 피에타를 발견하지 못하자 미켈란젤로의 피에타로 급선회했다고. 차선으로.

진정 그렇다면, 지상에 미켈란젤로의 피에타보다 더 신성한 작품이 존재한다면, 그렇다면 그 작품은 하나의 흉기이다. 그리고 바티칸의 남자들은 보나 마나 이렇게 생각할 것이다. **그걸 숨기기를 정말 잘했군.**

비올라와 나는 열다섯 살이다. 우리와 마주한 별항과 엠마누엘레는 열여덟 살. 그리고 물론, 헥토르도 있다. 이제 우리의 시간이다. 가벼움을 꿈꾸는 젊음의 시간. 비상할 시간.

10월인데도 아직 덥다. 공기 중에 소금기가 떠도는 듯하다. 리베치오가 바다로부터 불어와 아찔한 절벽을 타고 올라 피에트라달바의 성벽까지, 허공으로부터 몇 센티미터 떨어진 곳, 우리가 버티고 선 성벽 위 순찰로까지 도달한다. 해적질과 숙덕공론으로 보낸 하룻밤. 야간작업, 연구, 무한한 인내로 보낸 몇 달. 우리가 제작한 날개를 개시하는 첫 번째 비행. 나는 비올라가 직접 시험해 보는 건 너무 위험하다고 거부했고, 우리 둘은 별항이 보는 앞에서 다퉜다. 아마도 비올라가 곰으로 변할까 봐 두려워서겠지만 별항은 불안한 기색을 내비쳤다. 비올라는 곰으로 변하지 않았고 자신의 것인 조종사

자리를 양보하기로 수락했다. 우리에게는 헥토르가 있으니까. 늘 쾌활한 기분이고, 늘 도울 준비가 되어 있는 용감한 녀석. 헥토르는 아무것도 두려워하지 않았고, 심지어 50미터 깊이의 허공으로 뛰어내리는 일조차도 그랬다. 50년이 채 흐르지 않아서, 그러니까 여전히 금세기일 때, 음속보다 여섯 배 빠른 로켓과 비행기를 반반 섞은 기구를 몰게 될 조종사들의 강인한 기질을 가졌다. 가브리엘레 단눈치오의 복엽기에서 노스 아메리칸 X-15까지, 50년이 채 안 되는 시간. 속도의 세기 ― 미래주의자들이 제대로 봤던 거다.

우리는 마지막으로 시선을 교환하고 헥토르에게 행운을 빈다.

헥토르가 난다.

공개적으로 엉덩이에 매질을 당한 뒤, 그루터기는 며칠 동안 텅 비었다가 곧 다시 책들로 채워진다. 비올라의 말로는, 그녀의 아버지는 3천 권에 육박하는 장서 가운데 몇 권이 비더라도 절대 알아차리지 못할 거란다. 핵심은 그 책들을 더는 치오의 집에 두지 않는 거였다. 한밤중에 비올라는 고원의 서쪽 사면 숲 한가운데에 방치된 헛간으로 나를 데리고 갔다. 비올라는 기이한 방식으로 숲에서 이동했는데, 초록의 오솔길들이 잠자코 내버려두어서 그 애는 물 흐르듯 그 사이를 지나갔다면, 같은 길들이 나는 계속 찔러 대며 붙잡아 두고 검사하고 탐색했다. **이자는 누구지?** 비올라는 나를 가둬 두는 가

시덤불, 찔레나무 혹은 야생 아스파라거스에서 나를 떼어 내려고 참을성 있게 되돌아왔다. 「놔줘, 나랑 함께 왔어.」 차츰 차츰, 나는 빽빽한 숲속을 자유롭게 돌아다니게 되었다. 묘지의 음산한 고요가 거의 그리울 지경이었다.

헛간은 지면 위로 드러난 바위를 뒷벽 삼고 나머지 삼면에 거친 솜씨로 돌을 쌓아 벽을 올린 형태였다. 기와를 얹은 지붕은 바윗돌이 떨어지면서 한 군데 구멍이 난 곳을 제외하면 상태가 좋았다. 비올라가 나뭇가지와 방수 천으로 구멍 난 곳을 막아 놓았다. 우리가 묘지에 있지 않을 때면 그곳이 우리의 사령부이자 내가 책들을 놔두는 보관소가 될 것이다. 특히, 우리의 공동 계획 〈날자〉에 대해 토의하고 그 계획을 다듬어 나가려면 필요한 장소가.

별항 없이는 그 어떤 일도 가능하지 않았다. 내 친구는 치오의 헛간에 자신의 목공소를 열었는데, 사업이 잘됐다. 치오는 아무런 말도 하지 않았는데, 별항이 그에게 수입의 일부를 주어서 생겨난 너그러움이었다. 그 뒤로 사람들이 드물게 우리에게 맡기는 석공 일 대부분은 내가 처리했다. 알베르토는 나를 증오했고 나는 그를 싫어했지만, 우리는 넘어지지 않기 위해 서로가 서로의 버팀목이 되었다. 내가 없으면 공방은 끝이었다. 그가 없으면 나는 피에트라달바를 떠나야만 했을 텐데, 피에트라달바, 그것은 바로 비올라였다. 그래서 가혹 행위도, 모욕도, 〈페초 디 메르다〉도, 「네 이름을 미켈란젤로로 짓다니 네 어머니도 참 잔인해」도 별로 중요하지 않았고, 단

한 번도 쥐여 준 적 없는 월급에서 뜯어 가는 돈도 별로 중요하지 않았다. 심지어 어쩌면, 마을의 부부 가운데 족히 절반, 아니 보나 마나 그 이상일 텐데, 그런 부부들처럼 우리는 우리의 방식대로 행복했는지도 모른다.

별항에게 비올라의 계획에 대해 알렸을 때, 친구는 정확하게 내가 예상했던 대로 내 면전에 대고 대놓고 비웃었다.

「미쳤어? 내가 마녀를 위해서 일하는 일은 절대 없을 거야.」

「비올라는 네가 응낙한다면 정말 감사할 거라고 말했어. 네게 그런 일은 별것 아니잖아, 그리고 넌 나무 다루는 일에 재능이 있고.」

「다른 사람 찾아보라고 해. 그리고 날다니, 정말로? 만약 나는 게 당연하다면, 선한 하느님께서 우리에게 날개를 주셨겠지. 안 그래?」

「비올라에게 네 답변을 전해 줄게. 하지만 내가 그 애를 좀 알잖아. 죽어라 화를 낼걸. 그리고 최근에 그 애가 누군가에게 죽어라고 화를 냈을 때, 이 얘기는 네가 네 입으로 한 건데, 그 사람의 신발 한 짝만 나왔다나…….」

별항은 신경질적으로 비웃다가 내 음울한 낯빛을 보고는 그쳤다.

「정말 그 애가 내게 나쁜 짓을 할 수 있을 거라고 생각해?」

「아니.」나는 서둘러서 그를 안심시켰다.「물론 아니지. 하지만…….」

「하지만 뭐?」

「그러니까, 내가 너라면 앞으로 숲에 갈 일은 피할 거야. 그저 미리 조심하자는 거지. 내가 알기로는, 안나와 숲에 가는 걸 좋아하던데……. 그리고 또 밤 나들이도 피할 테고. 혼자서 나가는 일도. **정말로** 혼자 나가야 할 일이 있다면, 네가 어디 가는지를 누군가에게 말해 둬. 혹시 모르니까. 어쨌든, 네가 위험할 일은 없어. 단순히 조심하자는 거지. 난 그만 비올라를 보러 가야겠다. 이건 정말이지 네 잘못이 아니고, 넌 그저 마녀와는 일하고 싶지 않은 것뿐이라고 잘 설명해 볼게.」

「기다려! 좋아, 좋아, 그걸 그런 식으로 받아들일 것까지야. 너희를 도울게. 목재를 대준다면. 그리고 너희들이 좋아하든 말든 간에, 엠마누엘레도 함께할 거야.」

우리는 일주일에 한 번 헛간에 모이기로 결정했다. 처음에 경계하던 별항은 곧 비올라에게 애정을 갖게 되어서 한 달 뒤에는 곰 사건의 진실성에 대해 의심하기 시작했노라고 털어놓았다. 「저 애는 너무 작고 저토록 연약한데, 어떻게 곰을 품고 있을 수 있겠어?」 나는 비올라를 잘 알았고, 나는 그 애가 곰 여러 마리, 동물원 전체, 서커스단과 그 천막까지, 그리고 화약고도, 여러 대의 비행기도, 넓은 바다와 산도 전부 다 품을 수 있다는 걸 알고 있었다. 비올라는 우리의 삶을 만드는 조물주였고, 손가락 한 번 튕기거나 미소 한 번 짓는 것으로 우리의 삶을 자기 마음대로 움직였다.

비올라는 이론을 담당했고, 난 설계, 그리고 별항과 엠마누엘레는 제작을 담당했다. 우리의 첫 번째 날개는 여러 단계와 축소 모형들을 거쳤다. 열다섯 살이 다 되어 가는 비올라의 지식은 우리 모두를 깜짝 놀라게 했다. 비올라는 이탈리아어 말고도 독일어와 영어를 했다. 그 애는 우리에게 자신이 가정 교사 여러 명을 나가떨어지게 했고, 좀 더 자격을 갖춘 교사들을 요구하여 부모에게 공포심을 안겨 주었노라고 털어놓았다. 피에트라달바에는 제대로 학위를 갖춘 교사가 없었고, 그러자면 비올라를 대학에 보내야 했겠지만, 그러지 않았기에 우리 사이의 결탁이 존재했다. 비올라는 손에 닿는 과학책 전부를 탐독했고, 우리가 만든 모형 비행기 중 하나가 나는 데 실패하면 가끔은 서성이며 혼잣말을 했다. 그 애는 새의 비행이 글라이더 제작에 미친 영향을 다룬 오토 릴리엔탈의 책 『항공술의 기본 원리인 새들의 비행』을 읽고 또 읽었다. 릴리엔탈은 1890년대에 수백 미터에 달하는 거리를 수도 없이 여러 번 비행하는 데 성공한 인물이다. 그가 그러다가 목숨을 잃었다고 비올라가 알려 줄 때까지는 우리 모두 그 이야기에 열광했다. 그 애는 우리를 안심시켰다. 그런 일이 자신에게는 일어나지 않을 텐데, 왜냐하면 자기는 릴리엔탈이 제작한 날개의 약점을 파악했으니까. 즉 한가운데 뚫어 놓은 조종사의 자리 때문에 양력(揚力)이 감소한 것이다. 따라서 우리가 제작할 날개는 다빈치의 것과 릴리엔탈의 것을 섞은 형태가 될 터였다. 구조적 완결성이 중단되지 않음으로써 양력이 최대치로 유지되는, 반면 작동은 따로 물리력을 필요로 하지 않고 조종사의 몸짓에 의해 이루어질 것이다. 날개는 가볍고 단단해야 한다. 해결책을 만들어 내는 것은 별항의 몫이었다. 헛간에서 모임을 갖고 나면 매번 비올라는 자신의 세계로, 우리는 우리의 세계로 다시 출발했다.

보름달이 뜬 밤, 우리 노력의 결과물을 감상할 수 있기까지는 거의 1년에 걸친 작업이 필요할 터였다.

전쟁이 끝났다!

어느 가을 저녁, 엠마누엘레가 손짓발짓해 가며 공방에 들이닥쳤다. 그는 마을의 집들을 전부 다 돈 뒤였고, 그가 택한 진로에서 오르시니 저택과 우리가 마지막이었다. 처음으로 별항은 알아들을 수 없는 동생의 말을 다시 옮겨 줄 필요가 없었다.

전쟁이 끝났다!

치오 알베르토는 그 소식에 별다른 흥미가 없는 것처럼 보였다. 어쩌면 다시 사업이 일어날지도 모른다는 의견을 내놓자 그가 받아쳤다.

「그 모든 인간들이 전선에서 돌아오면 그들에게, 아직 일할 수 있는 사람들에게 일자리를 찾아 줘야 할 텐데, 그때가 되면 너도 알게 되겠지만, 우리에게 일거리를 챙겨 주는 일까지 신경 쓸 사람은 거의 없을 거다. 먹고살기도 버거운데 누가 돌을 깎아 달라고 할까?」

그날 치오 알베르토는 그로서는 드물게 통찰력을 보여 줬다. 하지만 우리는 그의 말을 비웃었고, 11월의 추위를 뚫고 마을로 달려가 춤추고 광장에서 소리 지르고 노래하고 또 노래했다. **전쟁이 끝났다**고. 모두가 그렇게 믿었으니까.

1919년 여름, 첫 번째 시험 비행이 있기 몇 달 전, 고함 소리가 마을 주민을 깨웠다. 커다란 불길이 오르시니 저택 쪽에서 타올랐다. 벌항과 나는 급하게 옷을 입고 그곳으로 달려갔다. 밭의 오렌지나무들이 불타고 있었고 군중이 저택 정문 앞에 잔뜩 몰려 있었다. 담과 문에는 오물을 투척한 흔적이 뚜렷했다. 우리는 얼마 안 가 브라찬테[24] 여러 명이, 날품팔이꾼들이 그 고장의 농부들을 부추기고 선동해서 고용주에게 반기를 들게 했음을 이해했다. 우리는 여기저기에서 폭동이 발생했다는 소식을 풍문으로 들어 왔는데, 그 뒤로 우리의 시골 마을 역시 상이군인들의 마음속 깊이 도사리고 있던 분노에 전염되었다. 노동자들은 토지 분배와 더 나은 월급을 요구했다. 저택 문간에 나와 선 후작과 양손에 총을 들고 악의 가득한 눈빛을 띤 그의 아들 스테파노가 사회주의의 열정 앞에서 물러서지 않고 버텼다. 그들은 둘이서 군중을 제압하기에 이르렀는데, 대대손손 물려받은 굴레, 권력자에게 복종하게 하는 굴레로 인해 주눅 든 상태만 아니었어도 군중은 조금의 노력을 기울일 필요도 없이 오르시니 가문을 쓸어버렸으리라. 그 두 사람 뒤에 후작 부인이 아주 의젓하나 핏기 가신 얼굴로 서 있었다. 그들 곁에서, 호기심 어린 표정으로 뒷짐을 쥔 비올라가 불길에 휩싸인 오렌지나무들로 인해 얼굴을 붉게

24 bracciante. 날품팔이, 막벌이꾼을 의미하는 이탈리아어

물들인 채 그 광경을 빤히 지켜보았다. 사람들은 탄내와 야릇한 오렌지 껍질 향내에 취했다.

사람들은 시장을 부르려고 했다 — 시장은 그 누구의 편을 들지 않아도 되게 이미 도주한 뒤였다. 새벽 2시에, 누군가가 말을 타고 저택 뒤로 빠져나와 전속력으로 제노바를 향해 내달렸다. 그동안 폭동 가담자들과 후작과 스테파노 사이에서는 요구 사항을 놓고 의견이 오갔다. 후작은 약간의 월급 인상을 받아들일 마음이 있었지만, 스테파노는 자기 가문은 단 한 푼도 내놓지 않을 테고 자신은 반기를 든 자들을 모두 이끌고 지옥으로 갈 준비가 되어 있다며 아무나 들으라고 고래고래 소리를 질렀다. 한쪽에서는 상대방을 후방 부대원, 자본가 취급을 했고, 또 다른 쪽에서는 상대방을 볼셰비키의 버러지 취급을 했다. 동이 트기 전 격렬한 분위기가 살짝 가라앉았으니, 혁명은 피곤한 일이어서 잠을 푹 자야만 했다. 새벽에 협상이 다시 시작되었다. 50여 그루의 나무들이 불에 타버렸고, 마을 사람들은 전소된 뒤 남은 재의 색깔에 관한 소식을 신문을 통해서만 접해 오다가 실제로 그 색을 발견하고 깜짝 놀랐다. 감발레 집안의 아버지 아르투로와 그의 두 아들이 도착했고, 중재자로 나섰다. 스테파노 오르시니는 감발레 집안과 논의하느니 차라리 뒈지겠다는 답을 보냈다. 장남 오라치오가 앞으로 나서며 도울 수 있으면 기쁘겠노라고 주장했다. 교섭은 지평선에서 먼지 폭풍우가 일면서 중단되었다.

그때 나는 잠깐 쉬었다가 다시 돌아와서 그 자리에 있었다. 피에트라달바에 도착한 이래로 나는 그곳을 엉성한 천국으로, 공개적으로 매질을 당하기는 했지만 전 세계를 찢어발기는 격동으로부터 어느 정도는 보호받을 수 있는 곳으로 여겨왔다. 그날 아침 나는 나의 실수를 깨달았다. 결국, 나의 어머니와 나는 우리가 생각했던 것만큼 서로 멀리 떨어져 있는 게 아니었다. 우리의 창문은 동일한 불길을 향해 나 있었다.

먼지구름이 길게 꼬리를 끌면서 한 줄로 늘어선 10여 대의 자동차들이 나타났다. 그 모습을 보자 감발레 집안은 달아나 버렸다. 그 대열은 저택으로 올라오는 길에서 양쪽으로 나뉘어 군중을 향해 돌진했다. 첫 번째 자동차가, 가로막으려고 시도한 폭동 가담자 한 명을 들이받았다. 그는 옆으로 굴렀고 다시는 일어서지 못했다.

남자들이 자동차에서 튀어나왔는데, 몇몇은 어두운 색상의 셔츠를 입었다. 초기 **스콰드레 다치오네**[25] 중 하나로, 파시스트, 미치광이, 승리를 도둑맞았다고 생각하는 퇴역 군인으로 구성되었으며 곧 이탈리아 전역에 공포가 맹위를 떨치게 만들 그런 분대들 중 하나였다. 최근 2년 동안 스테파노는 아주 착실하게 작업을 했다. 그가 지닌 재주 하나는 인정하지 않을 수 없었다. 훌륭한 친분을 쌓아 놓은 것.

---

25 squadre dàzione. 〈작전 팀〉이라는 뜻의 이탈리아어로, 파시스트 운동 당시 정적을 공격하거나 폭력적인 활동을 벌이던 파시스트 대원들을 가리키던 말.

스콰드리스타[26]들이 총검으로 돌파하며 항의하는 군중 속으로 들어갔다. 사람들이 다시 울부짖었고, 여기저기서 총 쏘는 소리가 일었다. 나는 남아서 그 뒷일을 마저 보지는 않았다. 다음 날, 마을 사람들은 여덟 명이 죽었는데 모두 날품팔이였다고 수군댔다. 그들의 시신은 찾지 못했다. 몇몇 사람들이 슬며시 내놓은 의견에 따르면, 숲으로 가져가 곰의 먹이로 줬단다. 별항은 며칠 동안 다시 이상하게 비올라를 바라봤지만, 그런 태도는 곧 지나갔다. 시장은 광장에 나와 전 세계가 갓 야만 행위를 털고 일어선 마당에 이런 용납할 수 없는 사건이 벌어졌다고 통탄하는 연설을 했다. 전쟁을 겪은 우리는 적어도 보다 의젓한 사람들이, 올바름에 심취한 사람들이 되었다, 하고 서장이 고함을 질러 댔다. 조사가 이뤄질 것이고, 정의가 구현될 것이다.

전쟁은 끝났다! 전쟁은 끝났다!

조사는 단 한 번도 이뤄지지 않았다.

비올라와 나는 열다섯 살이 되었다. 우리와 마주한 별항과 엠마누엘레는 열여덟 살. 그리고 물론, 헥토르도 있었다. 막 몸을 날린 헥토르, 그 무엇도 두려워하지 않으며 살짝 어리석어 보이는 커다란 미소를 띤 용감하고 또 용감한 헥토르. 헥토르는 기쁨의 함성을 내지르는 우리의 격려를 받으며 날았고 비행에 속도가 붙었다. 그러더니 날개가 흔들렸고, 갑자기

---

26 squadrista. 이탈리아 파시스트 행동대원을 가리키는 말.

곤두박질치다가 뒤집어졌다. 헥토르는 가죽띠에 옭매여 날개 속으로 떨어졌다. 우리는 소리를 질렀다. 「다시 일어서! 다시 일어서!」 그래 봤자 무슨 소용이랴? 헥토르는 귀가 들리지 않았고, 비올라는 훌륭한 공학 기술자로서 자신이 만든 날개로는 날지 못한다는 사실을 이미 알아차렸다.

우리는 다음 날에야 시신을 발견했다. 운 좋게도 그날은 일요일이었으니, 일주일 중 유일하게 비올라가 대낮에 우리와 어울릴 수 있는 날이었다. 일요일에는 누구도 그 애에게 신경을 쓰지 않았다. 아버지는 자신의 소유지를 돌아보았고 어머니는 서신을 작성했다. 스테파노는 이 도시 저 도시로 돌아다니면서 자신처럼 화가 난 남자들과 어울려 음모를 꾸몄다. 그가 무엇에 대해 혹은 누구에 대해 화가 났는지 말해 줄 수 있는 사람은 아무도 없었다. 스테파노는 화가 많게 태어났다.

날개는 세 동강이 나고 가죽끈은 갈기갈기 찢긴 상태로 너부러져 있었다. 헥토르는 버섯과 이끼의 냄새를 맡으며 두 팔을 십자 모양으로 벌린 채 누워 있었다. 그 광경은 보기 좋지 않았다. 머리통이 돌에 부딪혀 박살이 났다. 희미하게 팡파르 소리가 들려왔다. 어디선가 사람들이 모여서 첫 번째 종전 기념일을 축하하기 위해 계속 팡파르를 울렸다 — 고인을 위해 급조한 진혼곡. 우리 그룹의 다섯 번째 구성원, 헥토르. 그 불굴의 용기 말고도 그가 지닌 특질 가운데 하나가 가만히 있는 것이긴 하지만, 그가 그렇게 있는 모습을 보니 슬펐다. 우리는 인체의 무게와 균형에 대한 모의 실험을 하려고 헥토르를 제작했다. 비올라가 지하 저장실에서 훔쳐 낸 호박으로 만든 사랑스러운 머리를 단 채 그는 헛간 구석에 앉아 몇 주 동안 우리의 작업을 지켜보았다. 그의 몸은 낡은 옷가지들과 대충 얽어 놓은 판자들로 이루어졌다.

　1년 작업이 허사로 돌아갔네, 하고 별항이 말했다. 뜻밖에도 비올라는 흥분한 어조로 가장 위대한 실험은 늘 실패로부터 시작된다는 의견을 내놓았다. 비올라는 따라서 우리는 헥토르에게서 착상을 얻는 게 좋을 거야, 하고 선언했다. 호박을 갈아 끼우고 다시 시작하기.

치오가 정확하게 보았으니, 1920년이 되고 몇 달 동안은 일거리가 거의 없었다. 승전국들은 패전국의 시신을 놓고 다툼을 벌였다. 작년에 겪었던 긴장이 페스트처럼 전국으로 퍼져 나가며, 그때 내가 목격했던 바로 그 도식을 따랐다. 정의 실현의 요구가 터져 나오면 가차 없는 진압이 바로 뒤따랐는데, 한때 사회주의자였던 인물이 밀라노에서 창설한 이탈리아 전투 파시 정당 소속의 새파랗게 어린 젊은이들이 그런 일에 돈을 받고 나섰다. 비올라와 우리는 그 애의 가족 코앞에서 거의 매일 밤 만났다. 비올라는 어느 날 밤 정원에 있다가 어머니에게 들키자, 몽유병이 있다고 둘러댔다.

오르시니 가문 사람들은 처음에는 다른 시대의 유물처럼 살짝 고지식해 보였지만, 비올라가 나의 생각을 고쳐 줬다. 그들은 위험했다. 나는 비올라가 자기 가족을 증오하는지 혹은 그 속에서 겉돈다고 느끼는지 결코 알지 못했다. 이쪽 세계의 귀족들에게서 나타나는, 오르시니 가문 사람들에게서 보이는 의도치 않은 희극성은 불안을 자아내는 강력한 흐름을 가려 줬다. 비올라가 저택의 하인들 사이에서 유명한 일화를 감정의 동요 없이 이야기해 줬다. 어느 날 그 애의 아버지가, 사용하지 않는 방에 들어갔다가 후작 부인과 성관계 중인 정원사를 발견했다. 비올라는 자질구레한 사실까지 잔뜩 곁들여서 그 장면을 묘사했는데, 자기 어머니는 드레스를 허리까지 올리고 작은 체스 테이블을 두 손으로 짚은 자세였고, 그녀 뒤에 서 있는 정원사는 흙투성이 바지가 발목에 걸린 상태였다. 두 사람은 후작을 보자 몸이 굳었다. 후작은 상냥한 미소를 띠면서 그저 이렇게 말했다.

「아, 다미아노, 여기 있었군. 그 일을 마치고 나면 오렌지나무 온실로 나를 보러 오게나. 아무래도 몇몇 나무에서 그을음병 증상이 보이는 것 같아 걱정일세.」

후작의 태평스러움에 관한 소문이 후작의 소유지를 빠르게 한 바퀴 돌았다. 그날 저녁 술집에서 사람들은 어릿광대극을 하듯 그 장면을 재연했다. 술 몇 잔이 들어가자 정원사는 스스로 나서서 여주인을 대신하는 테이블에 대고 자신의 역할을 다시 해 보였고, 모두가 그 사건이 우스꽝스럽기 짝이 없다는 데 의견의 일치를 보았다.

그로부터 일주일 뒤, 도로에서도 아주 잘 보이게 소유지 입구의 오렌지나무에 목이 매달려 있는 다미아노가 발견되었는데, 성에로 뒤덮인 상태였다. 그의 주머니에는 돈 문제로 인한 것이라고 스스로의 행위를 정당화하는 편지가 한 통 들어 있었고, 그가 글씨를 쓸 줄 모른다는 사실은 중요하지 않았다. 그건 그저 메시지였으니까.

「오르시니 가문 사람은 절대 믿지 마.」 비올라가 경고했다.

「너마저도?」

「아니, 나야 전적으로 신뢰해도 되지. 넌 날 믿지, 그렇지?」

「물론.」

「그러니까 내가 방금 네게 들려준 이야기를 하나도 이해하지 못했구나.」

그해는 공방에서 띄엄띄엄 하는 일과 우리에게 말을 걸기를 고집스럽게 거절하는 죽은 자들이 있는 묘지에서 보내는 밤들과 날개를 다시 제작하기 위한 우리의 노력 사이에서 천천히 흘러갔다. 비올라는 피리를 든 채 지하 왕국에서 길을 잃었던 어린 톰마소 발디가 언젠가는 그곳으로 들어가는 입구를 귀띔해 주리라고 믿으며, 이제는 묘지에서 그 아이의 무덤 위에만 몸을 뉘었다. 가끔 비올라가 나를 설득하는 데 성공하면, 나도 그 애 옆에 가서 누웠다. 우리가 가장 가까워지는 그곳에서 우리는 서로에게 몸을 바싹 붙인 채 석회암 뗏목을 타고 정처 없이 흘러갔다. 심지어 비올라는 그곳에서 잠이든 적도 있었다. 내게 몸을 붙인 채 선잠이 든 그 애를 느낄 때면, 죽은 자들의 분노에 대한 두려움도 거의 잊곤 했다.

숲속의 헛간은 여전히 작업실로 사용되었다. 비올라는 이

전 날개를 대체하는 다른 날개를 발명했고, 별항은 통짜 목재를 구부리는 새로운 방법을 알아냈다. 헥토르는 두 차례 더 시험 비행을 감행했고, 매번 죽음을 맞았고, 그 즉시 부활했다. 늙은 우체부 안젤로가 우편물을 점점 더 많이 엠마누엘레에게 넘겼기 때문에, 하루 종일 우체부 뒤를 쫓아다니느라 녹초가 된 그는 가끔 헛간 구석에서 입가에 황홀한 미소를 띤 채 잠이 들었다.

비올라는 그해에 키가 부쩍 자라서 곧 나보다 머리 두 개는 더 커졌다. 별항은 곰에 대한 두려움은 모두 잊고서 비올라의 2층 발코니석에는 사람이 빽빽하게 차지 않았다고, 특히 안나 조르다노와 비교하면 그렇다고 지적했다. 비올라는 — 그 애의 표현을 정확히 옮긴다 — 그런 종류의 발코니는 골칫거리만 끌고 올 뿐이고 세월이 흘러감에 따라 필연적으로 붕괴하기 마련이며, 사실은 그러한 붕괴조차 그중 가장 작은 골칫거리에 불과하다고 대꾸했다. 별항은 그 애는 왜 다른 사람처럼 말할 수 없는지 물었다.

발코니석에 빗댄 농담이 나올 정도로 비올라가 가슴이 없다는 것은 사실이긴 했지만, 그 애는 청소년기와 각진 몸 선에서 벗어나는 중이었다. 조각으로 치면 윤내기 작업이 진행되는 연마의 단계, 조각에서 가장 중요하다고 할 만한 단계였다. 비올라가 헛간에서 가만히 앉아 곰곰이 생각에 잠길 때에도 이제는 팔꿈치, 무릎이 튀어나오지 않았다. 그 애의 몸짓에는 곡선의 시적 정취가 묻어났다. 반대로 그 애의 기분은 거친 산악 지대 같았다. 까다롭게 굴다가 안달을 내다가 아양을 떨다가 성을 내다가 애원을 했다. 그 애는 사람을 지치게 했다.

1920년 여름, 비올라는 우울해했다. 이제 우리는 쌍둥이들과 서로 떨어질 수 없는 한 팀을 이루었다. 심지어 비올라는 엠마누엘레의 말을 알아듣기까지 하여 나의 짜증을 돋우었다. 우리는 최선을 다해 그 애의 기분을 풀고 즐겁게 해주려고 애썼지만 허사였다. 어느 날 저녁, 비올라는 황송하게도 우리에게 그 이유를 설명해 줬다.

「난 곧 열여섯 살이 돼. 그런데 여전히 날지 못하고 있지. 난 절대 마리 퀴리가 될 수 없을 거야.」

「그게 뭐가 중요한데? 넌 너야, 비올라. 그게 훨씬 더 좋은 거야.」

비올라는 짜증이 난 듯 하늘을 한 번 올려다보고는 헛간의 문을 닫아 주는 수고도 하지 않고 휑하니 나가 버렸고, 남은 우리는 그 불가사의한 마리 퀴리라는 것의 난해한 덕목에 대해 머리를 굴렸다.

공방의 재정 상태는 점점 꼬여 갔다. 애원하는 편지를 몇 통 보낸 덕분에 치오는 자신의 어머니에게서 세 차례 돈을 알겨낼 수 있었지만, 그 뒤로 돈줄이 말랐다. 그 시절, 우리가 다시금 마을 사람들의 인심에, 이곳저곳의 채소밭에서 훔친 것들에 혹은 긴급한 작업 덕분에 뜻하지 않게 들어온 수입에 의

존해야만 하던 때, 알베르토는 결심한 표정으로 도구를 다시 잡고서 이제부터 일을 하겠노라고 알렸다. 본격적으로. 그는 카라라산(産) 대리석 원석 앞에 버티고 섰는데, 제노바의 조각가들로부터 여러 번 팔라는 제안이 있었지만 모두 거부하고 별도로 보관해 오던 돌이었다. 왜냐하면, 그가 단언컨대 그 대리석 무늬 속에 그의 opera maxima(최고의 작품)가 존재했으니까. 그는 단호한 표정으로 원석 주위를 돌고, 또 돌고, 하루 종일 돌았다. 한 번씩 돌 때마다 그의 어깨는 점점 더 처졌고, 그는 술병을 따서 병째 마셔 대면서 계속 그 주위를 돌았다. 그는 웅얼대고 희미하게 저주를 내뱉었는데, 심지어 어느 날엔가는 나뒹구는 술병들을 청소하려고 공방으로 들어갔다가, 그가 그 **늙은 창녀**라고 말하는 소리를 들은 듯했다.

「왜 날 그렇게 보는 거냐!」 그가 나를 보자 고함을 질렀다. 「넌 네가 모두보다 너무 잘났다고 생각하지, 그런 거지? 네 이름이 미켈란젤로라서, 그리고 뭘 조각한 건지 사람들이 얼추 알아볼 정도는 된다고?」

나는 그가 내게 던진 술병을 아슬아슬하게 피했다. 그 안에 아직 포도주가 남아 있는 걸 보니 그가 정말로 화가 났다는 신호였다. 술병은 치오가 시작했다가 버려둔 지 한 달째 되는 고래에 부딪히면서 산산조각이 났는데, 나의 삼촌은 고래를 만들어 달라는 돈 안셀모의 주문을 받아 놓고는 그 계약을 이행하지 않기로 일찌감치 결정한 뒤였다. 사실 그는 뼛속 깊이 반교권주의자였는데, 그가 젊은 시절을 보냈던 제노바의 산

루카 본당 신부가 줄기차게 그의 어머니는 음몽 마녀, 영벌을 받을 여자, 타락한 영혼이라는 말을 하고 또 했기 때문이었다. 어쩌면 그가 조각가로서 겪는 모든 장애는 바로 그 조그마한 요인으로부터 빚어진 게 아닐까. 그의 정신은 자신이 경배하는 어머니의 이미지 그리고 다른 사내들과 속계와 종교계의 권력 기관이 예전부터 그의 면전에 들이밀었던 이미지, 그 둘 사이에서 늘 조화를 시도했다. **맘미나 혹은 더러운 창녀, 더러운 창녀 혹은 맘미나.** 그 둘 사이에서 기진하거나 현명함이 찾아든 순간에, **결국 엄마가 음몽 마녀라 한들 무슨 상관이랴,** 이런 생각이 떠오르면 그는 조각을 하거나 가장 가까운 유곽으로 가서 여자들을 여왕처럼 대했다.

대번에 차분해진 그가 종이를 넣어 둔 작은 가구로 재게 걸어가더니 내게 잉크병을 내밀었다.

「자, 받아써. 맘미나, 겨울은 다가오고, 이곳 작업장에서는 조금 배를 곯고 있어요. 특히 두 마리 거머리를 데리고 있으니. 그 난쟁이가 얼마나 먹어 대는지 엄마는 상상도 못 할걸요. 그 많은 음식이 다 어디로 들어가나 싶다니까요. 자, 그래서, 이번에도 조금만 도와 달라고 부탁드려요. 이번이 마지막이에요, 확실해요. 1921년에는 나아질 테니까요, 느껴진다니까요, 다시 일어서려고요. 카라라산 근사한 원석이 하나 있는데, 그건 아마 로물루스와 레무스가 될 것 같다는 느낌이 확 들어요. 잘 생각해 봐야 하지만요. 하지만 잘 생각해 보려면 잘 먹어야 하는데, 그러니 제발, 심통 사나운 노파 노릇은 그만하고 마녀처럼 움켜쥔 손을 조금 풀어 보라고요. 늘그막에 쓸 돈은 충분하잖아요. 내가 엄마가 일할 때 옆방에 있었고, 손님이 들고 나는 사이에 누가 청소를 했는지 떠올려 본다면 바로 나였으니, 나야말로 엄마가 어떻게 그 돈을 벌었는지 가장 잘 알 만한 위치에 있죠. 당신을 사랑하는 아들이.」

2주 뒤, 우리가 모르는 주소로부터 우편물이 도착했다.

수소 씨에게.

귀하의 어머니 안눈치아타 수소 부인이 1920년 9월 21일, 예순셋의 나이로 갑작스럽게 사망했음을 알려 드리게 되어서 유감입니다. 일 벨 몬도 영업장의 전 주인인 고인은 귀하를 유일한 상속인으로 지정하신 바, 고인의 재산 상속을 최대한 신속하게 진행하기 위해 최단시간 내에 우리 공증 사무실로 연락하시기를 당부드립니다.

맘미나는 새벽에 영업장에서 귀가하다가 전철에 치였다. 거의 두 동강이 나다시피 하는 바람에 그녀는 이미 너무나도 많은 것을 바쳤던 길거리를 자신의 피로 흠뻑 적셨다. 치오는 두 눈을 휘둥그레 뜨고는 떨리는 목소리로 내게 말했다.

「엄마가 돌아가시기 전에 내가 보낸 편지를 읽지 않았기를 바라. 그렇게 못되게 굴려는 건 아니었는데. 엄마는 친절했지, 맘미나……」

그 의문은 그가 죽는 날까지 뇌리에서 떠나지 않았고, 이제 치오에게는 조각에 쓸 시간이 많지 않았다.

다음 날 알베르토는 제노바로 출발했다. 바로 그날 저녁, 비올라가 매우 흥분해서 숲 한가운데의 헛간 안으로 구르듯 뛰어 들어왔다. 우리는 길을 잘못 들었어, 하고 그녀가 알려 왔다. 공기 흐름과 사람의 힘에만 의존하는 기구라면 무게는 우리의 적이고 늘 그럴 것이다. 비올라의 새로운 우상은 이름 이 파우스토 베란치오였다. 모르는 게 없는, 그 애의 마음에 쏙 드는 남자였다. 그는 1616년에 초보적인 낙하산, 비올라가 우리에게 보여 준 삽화들에 나와 있는 〈호모 볼란스〉를 고안했다. 새로운 지식으로 자신만만해진 내가 다빈치는 그보다 먼저 유사한 기구를 고안했다고 일깨웠다. 비올라는 비웃더니, 그 대단한 레오나르도가 만든 기구 역시 무게 문제가 있었고, 그 기구는 제대로 작동한다 해도 착륙할 때 조종사 위에 떨어지면서 80킬로그램에 달하는 무게로 조종사를 박살 낼 게 틀림없다고 반박했다. 내가 알기로, 오만해 보이지 않으면서도 르네상스가 배출한 가장 위대한 천재를 비판할 수 있는 유일한 사람은 비올라였다. 게다가 내가 알기로, 르네상스가 배출한 가장 위대한 천재를 비판한 유일한 사람이 그 애였다.

비올라는 호모 볼란스와 릴리엔탈의 날개, 이 두 개념을 섞어서 즉각 날개를 제작하고 싶어 했다. 오르시니 저택의 지하실은 소파의 천갈이나 의상 제작을 위해 구입했다가 유행이 바뀌면서 방치된 여러 필의 옷감이 넘쳐흘렀다. 자신의 아들들을 술집에서 떼어 놓은 이 모든 일을 좋게 봐오던 쌍둥이의 어머니가 우리에게 낡은 재봉틀을 빌려주었다. 비올라가 고안한 캐노피는 원과 직사각형 사이였고, 줄과 도르래 시스템을 통해 통제되었다. 그것은 접을 수 있으며, 무게는 10킬로그램 안쪽이 될 것이다. 내 친구 비올라는 다른 사람들보다 40년 앞서서 패러글라이딩의 초기 형태를 창안했다.

우리는 한 주 내내 밤을 틈타 여러 필의 옷감을 날랐다. 공방에 일이 없었기에 매일 자르고 조립하는 데 시간을 몽땅 바칠 수 있었다. 비올라는 자신에게 남은 시간이 카운트다운되는 것처럼 조바심을 냈다. 그러던 중, 10월 중순경에 접어들면서 갑자기 별항이 더는 헛간에 오지 않았다. 별항은 다양한 피치 못할 사정들을 둘러댔고, 나는 그런 변명을 망설임 없이 곧이곧대로 받아들였지만, 비올라는 별항이 감히 모습을 드러낸 어느 날 저녁 목덜미를 잡고는 자기보다 머리 하나는 더 큰 그 애를 벽에 밀어붙였다.

「일주일치 작업을 망쳤어! 그럴듯한 변명을 대는 게 신상에 좋을 거야.」

별항은 전부 다 불었다. 안나 조르다노가 질투를 한다. 비올라는 수긍하더니 다음 날 저녁에 안나와 함께 오라고 명령했고, 별항은 그대로 따랐다. 안나는 비올라를 꼬나보았고, 비올라는 안나를 꼬나보았다. 비올라는 사과같이 발그레한 귀여운 뺨과 아무리 해도 지워지지 않는 삶의 즐거움을 내보이는 안나가 나쁜 여자가 아님을 깨달았다. 가슴을 훤히 드러내 엠마누엘레와 별항과 내가 흘끔거리게 만든 안나 쪽에서는 비올라가 위협이 되지 못한다고 판단했다. 비올라는 긴 머리와 커다란 눈을 빼면 차라리 사내애 같았으니까. 그래서 안나는 우리의 형편없는 바느질 솜씨를 보고는 캐노피 제작에 손을 보탰고, 그렇게 팀의 일원이 되었다.

11월 초가 되었는데도 치오는 여전히 공방에 나타나지 않았다. 나는 어머니로부터 재혼 소식을 알리는 편지 한 통을 받았다. 그 사람은 나보다 나이가 조금 많긴 하지만 친절하고 나를 함부로 대하지 않아. 어머니는 얼마 전부터 브르타뉴에 살았다. 어머니가 보내온 편지들은 늘 내게 똑같은 효과를, 기쁨과 슬픔이 뒤섞인 감정을 일으켰는데, 거기에 은밀한 원한의 감정이 점점 더 섞여 들어갔다. 어머니의 철자법 실수와 보잘것없는 꿈에 대한 원한이. 그리고 비올라가 나를 자신의 세계로, 우리가 내뻗은 손에서 그리 멀지 않은 곳에 별들이 박힌 그 애의 열렬한 삶으로 나를 끌어당기고 있으니, 진정한 미모는 점점 더 거리를 두려고 하지만 여전히 그의 육신에 들러붙어 있는 출신 배경에 대한 원한이.

어느 날 밤, 비올라는 죽은 자들과 소통할 확률을 높이겠다는 바람을 품고 어느 가족무덤에 누워 있다가 돌아갔고, 나도 묘지에서 돌아온 길이었는데, 그 애의 방 창가에서 반짝이는 붉은빛이 보였다. 하지만 우리는 방금 헤어졌는데. 나는 곧 다시 출발했고 우리의 그루터기 안에서 녹색 리본을 두른 봉투를 하나 발견했다. 최상의 품질을 자랑하는 세련된 직물 무늬의 종이 위에 녹색 잉크로 적힌 내 이름이 삐죽 보였다. 안에는 단순한 메시지. **내일 정오, 목매달린 자들의 떡갈나무에서.**

일요일에만 낮에 비올라를 만나 왔는데, 내일은 목요일이었다. 그 때문에 밤에 잠을 이루지 못했고 일찍 출발했다. 내게는 다행이었으니, 가던 중에 오르시니 가문에서 새로 심은 오렌지나무들에 축성을 하고 돌아오는 돈 안셀모와 맞닥뜨렸다.

「아, 미켈란젤로. 안 그래도 너와 말을 나누고 싶었는데. 네 삼촌은 아직도 제노바에서 돌아온 것 같지 않더구나.」

「그렇습니다, 신부님.」

「넌 재능이 있어, 너도 알지.」

비정상적인 재능. 나는 하고 싶은 말을 삼켰는데, 약속에 늦을 위험을 무릅쓰고 싶지 않았다.

「고맙습니다.」

「앞으로 그 재능을 갖고 뭘 할 생각이니? 넌 알베르토와 지내면서 시간을 버리고 있구나.」

「모르겠어요. 전 이곳이 좋아요.」

돈 안셀모가 미소를 짓고는 주위를 둘러보았다.

「그래, 사람들은 이곳에서 잘 지내는 것 같더구나. 각자에게는 저 높은 곳에서 정해 준 자리가 있지 않겠니? 만약 네 자리가 여기 이곳이라면, 내가 뭐라고 그렇지 않다고 하겠니?」

운 좋게도, 형이상학적 기질이 발동한 돈 안셀모는 마을 쪽으로 방향을 틀었고, 나는 숲을 향한 길로 접어들었다. 서쪽에 위치한 묘지 쪽이 아니라 동쪽으로. 나는 오르시니 가문의 가장 먼 밭과 마을에서 가장 가깝지만 가장 덜 비옥한 토지를 따라 걷다가 숲으로 올라가는 길로 들어섰다. 목매달린 자들의 떡갈나무는 두 개의 큰길이 교차하는 지점이었고, 보통 짐승 몰이를 할 때 출발 장소로 사용되었다. 맞춤한 높이에서 뻗어 나가는 그 길고 곧은 가지들은 실제로 누군가의 목을 매달 계획이라면 이상적이다. 비록 마을 사람들이 기억하는 한 그 누구도 그런 시도를 한 적은 없었지만. 나는 한 시간 일찍 도착해서 나무 몸통에 기대어 앉았다가 한 시간 뒤 비올라가 어깨를 건드려서 눈을 떴다. 그 애는 조롱하는 표정으로 나를 보았고 내 벌어진 입에서 흐르는 침 한 줄기를 가리켰다.

「완벽하게 역겨운데.」그 애가 지적했다.

「후작 부인 노릇은 그만하지. 넌 밤에 자면서 보나 마나 코를 골 거야. 남편감도 절대 못 찾을 거고. 너랑 같이 잠잘 사람은 아무도 없을걸.」

「완벽하네. 난 이도 저도 찾고 있지 않으니까. 이제 기분은 좀 나아졌어? 널 위한 선물이 있어.」

「선물? 날 위한?」

비올라는 매번 그러듯이 길 따위는 무시하고 곧장 숲으로 들어갔다. 내가 그 애 뒤를 따라가게 놔두는 걸 보면, 나무들은 자기들끼리 말을 주고받는 게 틀림없었다. 그곳에서는 여름이 가지들에 매달린 채, 나무 몸체에 커다란 호박색 방울로 맺힌 송진에 들러붙은 채 떠나지 않고 뭉그적거렸다. 10분 뒤에 다시 하늘이 나타났다. 막 숲속 공터에 도착한 것이다.

「여기서 나를 기다려.」 비올라가 말했다. 「이 선물은 말이야, 우리가 우주적 쌍둥이라서, 그리고 우리 생일이 다가오기에 준비한 거야. 열여섯 살, 그건 중요하니까.」

그 애는 말을 하면서 공터의 가장자리를 향해 뒷걸음질을 쳤다.

「명심해. 특히, 움직이면 안 돼.」

나무들이 비올라의 모습을 삼켜 버렸다. 1분이 지나고, 또 5분이 지났다. 그 애가 나를 여기 멀거니 세워 둔 건 내가 다시 길을 찾을 수 있는지 보려는 그 애의 장난 중 하나라는 생각이 들기 시작할 즈음에 바스락거리는 소리가 났다. 그러더니 그 애가 불쑥 숲에서 나왔다.

나는 살면서 단 두 번 기절했는데, 그 두 번이 전부 다 비올라 때문이다.

첫 번째는 그 애가 그 집의 영묘에서 나오는 모습을 보고 죽은 여자로 착각해서였다.

두 번째는 내 생일 기념으로 그 애가 곰으로 변했을 때였다.

그 곰은 거대했다. 키가 작은 나보다 훨씬 더 키가 큰 사람에게조차 거대했다. 네 발을 치켜든 곰은 무시무시했다. 그 곰은 나를 보고는 멈춰 섰고, 공기 중에 떠도는 냄새를 맡더니 땅바닥에 엉덩이를 내렸다. 거의 3미터에 달하는 갈색 털과 그 밑의 근육, 그리고 어깨에는 비올라가 변신하는 과정에서 찢어진 드레스가 걸려 있었다. 우리는 오랫동안 서로를 응시했는데, 비올라는 적대적으로 보이지는 않았다. 그 애는 거대한 누런 이를 드러내며 하품을 했고, 바로 그 순간 나는 정신을 잃었다.

내가 다시 정신을 차렸을 때, 비올라는 정상적인 모습으로 나를 내려다보고 있었다.

「난 너만큼 기절을 잘 하는 사람은 본 적이 없어. 아니, 너를 만나기 전에는 누군가가 기절하는 모습을 아예 본 적이 없다고.」

그 애는 나를 일으켜 앉혔다. 팔다리가 벌벌 떨렸다.

「나는 네가 이 정도로 곧이곧대로 받아들일 거라고는 생각지 않았어.」 그 애가 다시 말을 이어 갔다. 나는 넋이 나간 두눈으로 그 애를 바라봤다. 비올라가 내 뺨을 때렸다.

「어이, 이봐! 또 눈 돌아가는 건 아니지? 어쨌든 내가 정말 곰으로 변신했다고 믿는 건 아니지?」

그 애가 입고 있는 드레스는 멀쩡했다. 나의 이성이 기운을 차렸다. 전모를 알아차린 건 아니지만 나는 장난의 성격을 이해하기 시작했다.

「따라와. 살살 걸어.」

비올라는 이번에는 내 손을 잡더니 숲으로 이끌었다. 보다 단련이 된 나의 눈에, 쓰러진 관목들과 부러진 가지들이 들어왔다. 땅바닥이 급경사를 이루며 내려가다가 단번에 올라가더니 소나무가 빽빽하게 둘러싼 동굴 입구로 이어졌다. 그중 몇 그루는 쓰러진 모습이 통나무 장작을 쌓아 올린 것 같았다. 강렬한 사향내가 엄습했다. 동굴 입구에 찢어진 드레스를 걸친 곰이 앉아서 몸을 긁적이고 있었다. 우리가 다가가자 몸을 일으키더니 다시금 뒷발로 일어섰다. 비올라는 내 손을 놓고 곰을 향해 뛰어가더니 그 배에 얼굴을 묻었다. 곰이 하늘을 향해 주둥이를 치켜들며 포효했다. 내 발이 딛고 선 땅이 흔들렸다.

82세. 한마음으로 나의 인생이 길었다고들 하겠지. 예술과 여러 나라의 수도들과 음악과 강렬한 아름다움이 지나갔던 인생. 하지만 그 무엇도 곰의 양발 사이에 파묻힌 그 열정적인 여자애의 모습에 근접하지 못했다. 비올라의 전부가 그 순간에 담겼다.

「비안카를 소개할게. 비안카, 미모에게 인사하렴.」

곰은 치켜들었던 앞발을 내렸다. 비올라가 어깨로 곰의 엉덩이를 치자 곰이 내게 다가왔고, 비올라는 곰을 지나쳐 내 옆에 와서 섰다. 곰은 코를 내 얼굴에 갖다 대고 냄새를 맡고 내 뺨을 핥았다. 그러고는 다시 동굴 입구로 돌아가 등을 대고 뒹굴면서 햇빛을 향해 배를 드러냈다.

「앉아. 몹시 창백한걸.」

마침내, 비올라가 이야기를 해줬다. 비올라는 여덟 살 때 숲을 거닐다가 고통에 겨운 울부짖음을 들었다. 비올라는 바로 이 동굴에서 혼자 있는 새끼 곰 한 마리를 발견했다. 일주일 전에 사냥꾼이 곰을 한 마리 죽였는데, 아마도 어미였던 모양이었다. 비안카 옆에는 굶주림으로 죽은 쌍둥이 남동생이 있었다.

「곰들은 종종 쌍둥이를 낳거든.」비올라가 설명했다.「이런 이야기를 해주면 엠마누엘레와 비토리오가 재미있어할 텐데. 하지만 그러지 않을 거야. 누구도, **절대로** 알아서는 안 돼.」

비올라는 아버지의 서재에서 척행(蹠行) 동물에 관한 책들을 전부 찾아내어 읽었다. 그 애가 비안카를 키웠다. 새끼 곰이 잘 있는지 확인하려고 하룻밤 새에 두 차례나 집에서 빠져

나가기까지 했다. 비올라는 비안카와 함께 울었고, 비안카의 어설픈 몸짓에 웃었고, 비안카가 기이한 열병에 걸리자 어머니에게서 어느 병에 듣는지도 모르고 훔쳐 낸 알약을 먹여 열병을 물리쳤다. 기적적으로 비안카는 살아남았다.

「쟤가 새끼였을 때, 내 낡은 원피스를 입히면서 놀았거든. 내 유일한 친구였어.」

세월이 흐름에 따라 비올라는 비안카와 거리를 유지하려고 애썼다. 너무 많은 시간을 함께 보내면 비안카를 위험에 빠뜨리게 되니까. 그리되면 비안카는 인간을 경계해야 한다는 것을 배우지 못하고 사냥하는 법도 배우지 못한다. 비안카가 여덟 살이 되자 그때부터 비올라는 1년에 두세 차례 이상은 방문하지 않으려고 조심했다. 3년 전, 그런 방문 중에 바로 그 전설이 탄생했다. 비올라는 비안카와 놀면서 오후를 보냈다. 비올라는 비안카의 은신처 저 안쪽에서 찢어진 자신의 낡은 드레스 하나를 찾아내어 비안카가 얼마나 자랐는지 보려고 그 옷을 입혀 봤다. 그 모습을 본 비올라는 웃음이 터졌고, 목걸이를 만들어 주려고 동글동글한 돌을 찾아 나섰다. 그러다가 사냥꾼들과 맞닥뜨렸고, 그중 한 명이 비올라를 붙잡으려 들었다. 비올라는 아무 생각도 못 한 채 달리고 또 달려서 비안카에게로 갔다.

「그때 네 곰이 그 사람을…… 그 사람을…….」

「내 곰이 아니야. 그래, 비안카가 그 사냥꾼을 죽였어. 그리고 이거 알아? 그 일이 난 아무렇지도 않아. 그건 자연의 법칙

이야. 포식 동물 한 마리가 그 애의 영역에 들어왔으니까. 그래서는 안 되는 거였어.」

곰은 비올라의 드레스와 똑같은 옷을 입은 것도 아니었지만 사냥꾼들은 아무것도 알아차리지 못했다. 나 역시 동일한 착각의 희생자였다. 모든 현란한 마술 기술이 그렇듯이 우리는 봐야 할 것은 보지 못했다.

비올라가 입술에 손가락을 갖다 댔고 우리는 말없이 곰을 지켜봤다. 비안카가 두 눈을 반쯤 감고 코를 골았다. 지평선이 붉게 물들자, 곰은 몸을 길게 늘이더니 검은색 주둥이를 불어오는 바람을 향해 돌렸다. 비올라가 다가가 곰의 목에 팔을 두르고 ― 곰의 목을 한 바퀴 감지는 못했다 ― 그 귀에 대고 뭔가를 속삭였다. 비안카는 으르렁거리고는 몸을 좌우로 흔들며 나무들 사이로 멀어졌다.

「짝꿍이 생긴 게 틀림없어.」 비올라가 한숨을 쉬었다. 「이제는 내 충고를 점점 더 듣질 않아. 하지만, 내가 좋은 엄마였다는 소리이겠거니 해.」

「비올라…….」

「응.」

「난 너 같은 사람은 만나 본 적이 없어.」

「고마워, 미모. 나 역시 너 같은 사람은 만나 본 적이 없어.」

나는 목청을 가다듬었다.

「널 많이 좋아해.」

「나도 널 많이 좋아해.」

「아니, 내가 하려는 말은……」

「네가 무슨 말을 하려는 건지 알아.」

그 애는 내 손을 잡고 자기 가슴 위에 가져다 놓았다. 여전히 밋밋하며, 여전히 토스카나의 언덕처럼 감동적인 가슴 위에.

「우리는 우주적 쌍둥이야. 우리가 가진 건 유일무이한데, 그걸 왜 복잡하게 만들겠니? 나는 이런 식의 대화가 흔히 가닿는 결말에는 조금도 관심 없어. 안나가 방에 들어오면 비토리오의 표정이 멍청해지는 것 봤지? 안나가 훤히 드러낸 가슴팍의 옷끈을 잡아당길 때면 걔 눈이 커지는 것 봤지? 그런 일은 물론 그렇게 멍청해질 만큼 기분 좋은 거겠지. 하지만 나는 바보가 되고 싶지 않아. 바로 그거야. 난 할 일이 있어. 위대한 운명이 우리를 기다린다고. 내가 네게 왜 비안카를 소개했는지 알지?」

「내 생일이라서.」

그 애는 웃음을 터뜨렸는데, 웃을 때면 보여 주는 그 유일하고 희귀한 방식으로, 그러니까 마치 높은 도 음을 내지를 준비가 된 것처럼 두 손은 가볍게 몸에서 떼어 내고 머리는 뒤로 젖힌 채 웃어 젖혔다.

「아니야, 미모. 나는 네게 한계가 없다는 걸 보여 주고 싶었어. 위로도 아래로도, 큰 걸로도 작은 걸로도. 모든 경계는 만들어 낸 거야. 그 점을 이해한 사람들은 그걸, 그런 경계를 만들어 낸 사람들을 몹시 불편하게 하고, 나아가 그걸 믿는 사람들은 더욱더 불편하게 만들기 마련이야. 그러니까 거의 모두가 불편해진다고 할 수 있어. 마을 사람들이 나에 대해 뭐라고 하는지 알아. 내 가족조차 나를 이상하게 여기는 것도 알고. 난 상관 안 해. 모두가 네게 반대하면 네가 올바른 길에 들어선 것임을 알게 될 거야.」

「난 모두를 기쁘게 해주는 편이 더 낫겠어.」

「물론 그렇겠지. 바로 그런 이유로 네가 오늘날 아무것도 아닌 거야. 생일 축하해.」

그날 밤 별항은 작업실에서 눈을 번쩍이며 치오의 소중한 대리석 원석 앞에 버티고 서 있는 나를 발견했다.

「뭘 그렇게 보는 거야?」

「비올라의 생일 선물.」

그는 눈썹을 찌푸렸다. 그의 시선이 대리석에서 내게로, 내게서 대리석으로 오갔고, 그러다가 두 눈을 휘둥그레 떴다.

「오, 안 돼, 안 돼, 안 돼, 미모. 치오가 널 죽일 거야. 이 대리석 안에는 걸작이 들어 있다고.」

「나도 알아. 내 눈에 그게 보여.」

나의 표정에 별항은 겁에 질린 모양이었다. 입을 헤벌리고 나를 응시했으니까. 그러더니 어깨를 으쓱하고는 대리석에서 시선을 떼지 않은 채 뒷걸음질로 물러났다. 대리석은 가로 1미터, 세로 2미터의 평행 육면체였다. 나의 구상을 실현하기에 완벽했다. 하지만 비올라의 생일인 11월 22일까지는 고작 열흘이 남았다. 나는 제일 좋은 도구를, 치오가 날은 닳고 자루는 갈라져서 손가락에 가시만 남기는 도구들을 쓰게 하고는 만져 보는 것조차 단 한 번도 허락하지 않던 도구를 집어 들었다. 그러고는 한 치의 망설임도 없이 그래야만 할 바로 그 장소를 쪼았다. 별항이 커다란 한숨을 내쉬었다.

그날부터 열흘 동안 밤에 겨우 두세 시간 눈 붙인 걸 제외하면 거의 잠을 자지 않았다. 비올라에게 아프다고 말하라고 시킨 덕에, 새로운 날개 제작이 끝을 향해 가는 중임에도 헛간에서의 모임을 빠질 수 있었다. 의혹을 자아내지 않으려고 어느 날 밤 묘지에서 비올라와 만나기로 했고, 나는 피리 불던 어린 톰마소 발디의 무덤 위에서 곧장 잠이 들었다. 내 친구는 웃으면서 나를 깨웠다 — 나는 죽은 자들이 깨어날 정도로 코를 골았다. 한밤중에 공방으로 돌아오자마자 다시 조각을 시작했다.

비올라의 생일 전날, 자신이 제일 좋아하는 경기병 윗도리를 걸친 엠마누엘레가 이른 아침부터 손에 편지 한 통을 들고 공방으로 들어왔다. 그는 별항에게 편지를 내밀고는 내가 경석 조각으로 악착스레 연마 중인 조각상으로 다가갔다. 이틀 전부터 윤을 내고 있었다. 대리석은 물집이 터지면서 묻은 피와 이마에서 떨어진 땀방울로 뒤덮여 있었다. 엠마누엘레가 내 손목을 잡더니 내 눈을 똑바로 바라보면서 뭐라고 중얼거렸다. 그 애 입에서 나온 말 중 가장 짧은 말이었다.

「다 끝났다고 하네.」 별항이 설명해 줬다.

나는 한 걸음 뒤로 물러났고, 꾐목에 걸려 비틀거리다가 길게 나가떨어졌다. 하지만 나를 덮칠 듯 우뚝 선 곰을 감상하느라 곧장 일어나지는 않았다. 곰은 대리석의 중간 높이에서부터 모습을 드러냈는데, 돌을 누르고 있는 한쪽 발은 거기서 떼어 내려는 듯했고 다른 발은 하늘을 향해 뻗었다. 으르렁거리듯 벌어진 아가리 역시 두드러졌지만, 살짝 갸우뚱한 고개 때문에 덜 위협적으로 보였다. 나는 허리쯤에서부터 시작해 위로 갈수록 점점 더 세밀하게 대리석 위쪽 절반에만 조각을 했다. 그래서 관객의 시선은 받침대 아래쪽에서부터 곰의 주둥이가 있는 꼭대기로 이동하면서 거칢에서 섬세함으로, 부동성에서 움직임으로 나아가는 여행을 했다. 사람들은 나의 작업에 대해 말하고 싶은 대로 말하겠지만, 나는 거기에는, 그 대리석상의 탄생에는 뭔가 신성한 것이 있었다고 생각한다. 처음에는 아무것도 아닌 각진 부분들과 무가치의 응축물이었던 것이 순백색의 폭발 속에서 쪼개지며 격렬하고 부드럽고 요동치는 세상이, 또 다른 버림받은 새끼 곰에게 인사하는 버림받은 새끼 곰이, 다정히 으르렁대며 비올라를 부르는 비안카가 탄생했다. 조각된 부분을 보고 나면 사람들은 원석 그대로 내버려둔 나머지 절반의 반투명 속살에 여전히 깊이 파묻힌 형체를 꿰뚫어 본 느낌을 받았다.

치오가 옳았으니, 이 대리석은 특별했다. 삼촌이 내가 한 짓을 알게 되면 나를 죽일 터였다. 그런데 그렇다 해도 나쁘지 않았다. 잠을, 깨어나지 않고 잠을 자고 싶었으니까.

누군가가 내 얼굴에 차가운 물 한 동이를 끼얹고 양쪽 뺨을 치는 바람에 그 계획은 끝장이 나버렸다. 어느새 별항과 엠마누엘레가 나를 생수터까지 끌어다 놓았다.

「지금이 잘 때라고 생각해? 그가 도착한다고!」

별항이 내 코밑에서 편지를 흔들어 댔다. 다시 눈을 감으려고 하자 다시 물 반 양동이가 쏟아졌고 나는 딸꾹거리며 일어섰다.

「알베르토! 그가 도착한다고, 염병!」

「뭐라고? 언제?」

「나야 모르지. 편지에서 며칠 뒤라고 했고, 이 편지는 주초에 제노바에서 출발했을 테니, 그러면 아마도 오늘 저녁, 혹은 내일, 혹은 모레겠지.」

비올라의 생일은 내일 아침이었다. 1920년 11월 22일, 열여섯 살이 되는 날. 나의 모든 작업, 쪼아 낸 돌의 양과 윤내기 작업에 쓴 시간은 모두 그 날짜를 기준으로 한 거였다. 나는 그날 중으로 동네 사람 몇 명의 도움을 받아서 나의 진정한 첫 번째 작품, 그 조각상을 비올라에게 가져다줄 생각이었다. 내일까지 기다리는 위험을 감수할 수는 없었다. 하지만 내가 덜어 낸 그 모든 돌의 양에도 불구하고 조각상은 최소 2톤은 나갔다. 나는 별항의 소매를 잡았다.

「오르시니 저택으로 뛰어가. 치오가 보냈다고 하고 직접 후작을 만나서 말하겠다고 해. 후작에게 그의 딸 비올라를 위한 선물이 공방에 있다고 전해.」

203

별항이 고개를 끄덕이고는 후다닥 뛰어나갔다. 이번에는 엠마누엘레가 1초 정도 머뭇거린 뒤에 고개를 끄덕이더니 그 뒤를 쫓아 달렸다. 나는 다리를 질질 끌며 공방으로 가서 도구들을 제자리에 갖다 두고 가능한 한 최선을 다해 청소를 하려고 애썼다. 한 시간 뒤 쌍둥이들이 나타났다.

「후작이 내일 아침 오겠대.」

「내일 아침? 그러면 너무 늦어! 알베르토가 그 전에 도착할지도 몰라.」

「미모, 후작을 만나 말하는 것만으로도 그 집 고용인들 절반에게 애걸해야 했다고. 그 사람들은 누군가가 문을 두드리면 또 다른 폭동을 일으키려고 온 줄로 알더라. 그 집 아들은 심지어 총을 들고 나왔어. 그 사람들에게 엄청난 가치를 지닌 선물이 공방에 있다고 말했지만 후작에게 마침 손님들이 있더라고. 내일 아침에 오겠대.」

피곤했지만 밤새 잠을 이루지 못했다. 새벽부터 일어나서 지평선을 살폈다. 공기는 맑고 거의 매서웠다. 태양이 떠오르며 지면에서 옅은 안개가 피어났지만 미스트랄이 불자 곧 사라졌다. 바람이 부는 날이었다.

작은 형체가 수평선에 가물거리다가 길이 굽은 곳에서 사라지더니 황금빛으로 반짝거리며 가까이 다가왔다. 엠마누엘레였다. 10분 뒤, 그가 숨이 턱에 차서 내 앞에 와서 섰다. 그는 열기에 들뜬 손가락으로 마을을 가리키고, 얼굴을 찡그리고, 운전하는 흉내를 내고, 그러고는 어깨를 건들거리며 제

자리에서 걸었다. 그러다가 다시 얼굴을 찡그리고 다시 운전 대. 나는 별항을 깨우러 달려갔고, 별항이 동생과 대화를 나눴다.

「엠마누엘레가 그러는데 알베르토가 자동차를 타고 왔대. 마을 광장에 멈춰 서서 모두에게 자랑을 했다는데.」

우리 셋 모두는 먼지구름이, 피에트라달바 특유의 그 투박한 전보가 이제나저제나 나타나길 기다렸다. 북쪽에서 남쪽으로 고원을 가로지르는 그 긴 길은 한쪽은 오르시니 저택으로, 다른 한쪽은 묘지로 통하는 길과 수직으로 교차했는데, 읽을 줄 아는 사람에게는 수많은 정보를 제공했다. 아침에 이는 먼지는 밭에 가는 노동자들이 일으켰다. 풍성하게 이는 먼지구름은 속도를, 그러니까 먼지를 몰고 다니는 자의 사회적 지위를 가리켰다. 10시경에 두려워하던 메시지가 나타났다. 마을에서 내려오는 기다란 갈색 꼬리가 잦아들지 않고 빠르게 길어졌다. 자동차였다.

치오는 농가 앞에서 급정거를 했다. 고인이 된 맘미나의 것이 아닌, 반짝거리는 빨간색 모델의 자동차에서 내렸다. 그가 차 문을 쾅 닫고는 보닛을 탁탁 쳤다.

「안살도 티포 4, 직렬 4기통에 싱글 오버헤드 캠축이지. 공장에서 막 출고된 거야. 그 공장에서 비행기 모터를 만들던 게 2년도 채 안 된 일인데. 이 차에 부족한 건 날개뿐이라고!」

다시금 그는 보닛을 쓰다듬었고 그러다가 얼굴이 확 어두워졌다.

「너희들, 그 더러운 손가락으로 내 차 만졌다간, 알지?」

그는 정장을 차려입었고, 재봉사가 몹시 애를 썼지만 부르주아처럼 보이게 하지는 못했다. 조끼에 엄지를 끼우고 휘파람을 불면서 부엌으로 들어간 치오는 낡은 커피 메이커를 꺼내서 불 위에 올려놓았다. 별항은 이미 사라지고 없었다. 나는 치오와 수다를 떨어 보려고, 그를 붙잡아 보려고 해봤다 — 심지어 내 목숨이 달린 일인데도 그에게 할 말이 하나도 없음을 깨달았다.

「이 지저분한 집구석은 대체 뭐냐?」 그가 주위를 둘러보면서 소리를 질렀다. 「여기에도 곧 변화가 있을 거야. 제노바에 있는 내 아파트는 완전히 다르거든. 그 집을 빌렸는데, 사람들이 만족해하면서 나를 수소 씨라고 부르더군. 새로 다시 칠했어. 여기도 그렇게 해야겠어. 봐라, 내가 없는 동안 너희들이 개판으로 어지르지만 않아도 벌써 훨씬 낫잖아.」

그는 손에 커피잔을 들고 공방으로 향했다. 나는 곰 조각상을 낡은 방수포로 덮어 뒀는데, 어쩌다 그렇게 된 것처럼 카라라산 대리석 위에 아무렇게나 걸쳐 놓았다. 치오는 곧 얼굴이 굳었다.

「방수포 치워 봐.」

「먼지가 잔뜩 묻어 있어서…….」

「방수포 치워 보라고.」

나는 더 이상 버티지 못하고 천을 잡아당겼다. 치오는 헉 소리를 내며 숨을 들이켰다. 그는 곰 주위를 돌며 모든 각도에서 꼼꼼히 살피다가 고개를 내둘렀다.

「페초 디 메르다……. 널 위해 내가 그 모든 일을 다 해줬는데. 널 받아들이고, 먹이고, 그런데 내가 등을 돌리자마자…….」

그러더니 그가 고함을 지르기 시작했다.

「넌 네가 누구라고 생각하는 거냐, 엉? 넌 네가 나보다 낫다고 생각하지, 그렇지? 내가 보여 주마, 누가 더 나은지.」

그는 재빨리 망치를 집어 들고는 조각상을 향해 달려갔다. 말하기 수치스럽지만, 나는 가로막지도 않았고 조각상을 보호하지도 않았다. 격분한 치오는 곰을 빗맞히는 바람에 받침대를 쳤고, 그에게로 파편이 튀었다. 그가 다시 망치를 들었다.

「수소 장인?」

치오는 문간에 등장한 후작을 보고는 몸이 얼어붙었다. 비올라와 수단을 입은 젊은 남자가 같이 왔는데, 나는 그가 차남인 프란체스코임을 알아보았다. 역시 검은색 수단을 입고 허리에 보라색 허리띠를 맨, 보다 나이 많은 인물이 그들을 따라왔다. 정신을 추스른 치오가 망치를 놓고 허리를 굽혔다.

「각하, 신부님…….」

「예하.」 후작이 허리띠를 맨 인물을 돌아보며 온화한 목소리로 고쳐 줬다. 「이루 말할 수 없이 기쁘게도, 이번 주말에, 프란체스코를 가르치는 교수님 중 한 분인 파첼리 예하께서 프란체스코와 함께 오셨다네. 오르시니 가문으로서는 영예가 아닐 수 없지.」

「저로서는 장래가 촉망되는 학생을 가르친다는 게 영예입니다.」 주교가 프란체스코의 어깨를 친밀하게 토닥이며 대답했다.

나는 치오가 입을 열기 전에 방문객을 향해 한 걸음 내디뎠다.

「여기 계신 제 스승님께서 영애의 생일을 기념하여 오르시니 가문을 기리는 이 작품을 조각해 보라고 말씀하셨습니다. 제 스승님께서는 귀히 여기던 카라라산 대리석 원석을 너그럽게도 제게 내주셨죠. 저는 귀댁의 문장에도 나와 있는, 곰이라는 주제를 골랐습니다.」

치오는 그 작은 무리가 다가오는 동안 당혹스러워 입을 헤벌렸다.

「이걸 조각한 사람이 바로 너라고, 얘야?」

「예, 예하.」

「몇 살이지?」

「열여섯 살입니다, 예하.」

「비올라와 같군. 봐라, 얘야, 이 젊은이가 널 위해 한 일을.」

비올라는 고개를 숙였다. 나는 즉각 그 애가 기분이 안 좋은 그런 날임을 알아차렸다.

「정말 아름답네, 고맙다.」

주교는 안경을 쓰고는 작품에 다가갔다.

「경이롭군. 이렇게 젊은 조각가가 말이야. 물론 르네상스

208

시대의 위대한 조각가들도 젊어서 시작했지. 형체와 움직임이 이렇게 완벽하다니, 그저 놀라울 뿐이군. 게다가 이 현대성이라니……. 그 어떤 조각가라도 이 대리석의 아랫부분까지 조각해서 곰의 전신을 표현하고 싶어 했을 텐데. 생략하니 그 효과가 더욱 놀랍군. 브라보, 젊은이. 자네는 멀리까지 나아갈 걸세. 그리고 어쩌면 자네가 그 길을 가는 데 우리가 도움을 주지 않을까, 누가 알겠나.」

비올라가 내가 뭐랬어라는 의미로 가득한 슬픈 눈을 하고 느릿느릿 고개를 끄덕였다. 프란체스코는 뒷짐을 진 채 상냥한 표정으로 우리를 지켜보았다.

「오후로 접어들 때 사람들을 보내어 조각상을 옮기는 걸 돕도록 하겠네. 파티는 점심때 시작되어 저녁까지 이어질 거야. 그러면 비올라가 선물도 감상하고 어디에 놓을지도 정할 수 있겠지. 수소 장인, 이 관대한 행위는 물론 보상받을 걸세.」

「이 젊은 조각가도 제 파티에 올 수 있지 않겠어요?」 비올라가 제안했다. 「정말이지 엄청난 재능을 타고났네요.」

후작은 눈썹을 찌푸렸고 나를 잠시 살피다가 재빠른 눈짓으로 아들의 의견을 물었다. 거의 눈에 띄지 않게 프란체스코가 동의했다.

「물론이지, 왜 안 되겠니. 결국 오늘은 너의 날 아니냐. 네 손님은 우리 손님이다.」

1920년 11월 22일, 나는 오르시니 저택에 당당하게 입성했다. 물론, 고용인 전용 문으로 들어가긴 했지만, 천국의 입구라도 내게는 그보다 더 아름다워 보이지 않았으리라. 우리는 오후에 조각상을 실어 날랐고, 저택을 따라서 설치된 분수대 근처, 거실 바로 앞에 세웠다. 수많은 손님 가운데 비올라와 나이가 같은 사람은 아무도 없었다. 나는 그런 신분의 여자에게 열여섯 살이 된다는 것은 친구끼리 파티를 열 기회 정도가 아님을 그때만 해도 알지 못했다. 그것은 정치적 행위였다.

주눅이 든 나는 부엌에 숨었다. 후작이 나를 거기에서 끄집어냈다.

「이런, 거기 그렇게 멀거니 서 있지 마라, 애야. 너는 비올라의 손님이니 네 맘대로 거닐어도 된단다.」

거닐다. 나는 보통은 이곳에서 저곳으로 가기 위해서, 뭔가를 갖다 놓거나 가져오기 위해서 걸었다. 나의 걸음은 실용적이었다. 거닌다는 것은 사회적 특권, 내가 전혀 알지 못하는 분야의 예술이었다. 나는 여자들이 조금 떨어진 곳에서 새하얀 양산을 쓴 채 웃고 있는 동안, 입술에 시가를 물고 서로 한담을 나누며 잔디밭을 성큼성큼 걷는 그런 남자들의 여유로움을 갖지 못했다. 손님 중에는 고위 성직자 여럿과 사제 몇이 있었다. 그들은 고개를 숙이고, 백작 혹은 남작 부인이 자신들의 귀에 속삭이는 속내를 들어 주면서 걸음을 옮겼다. 내 평생 처음으로 오르시니 저택의 드높은 천장 아래에서 스스로 작다고 느꼈다. 손님들은 내게 호기심 어린 눈길을 보냈고 가끔은 재미있다는 눈길을 보냈는데, 베로네제가 그린 축연 광경에 어릿광대들이 등장하듯이, 어쩌면 내가 이번 기회에 오르시니 가문에서 고용한 어릿광대라고 생각한 모양이었다.

베로네제. 1528~1588.

나는 주머니에 손을 넣고 커 보이려 애쓰면서 이 방에서 저 방으로 돌아다녔다. 녹색이 주조를 이루었고 벽지, 커튼, 커튼 줄, 샹들리에 줄의 피복, 담녹색 계열의 술 달린 안락의자, 석영, 청자에 그 색이 배어 있었다. 이틀 전에 제작을 마친 우리의 날개도 당연히 같은 계열의 색조 혼합을 보여 줬는데, 우리는 어서 시험 비행을 해보고 싶어서 몸이 달았다. 나는 비올라가 이 그룹에서 저 그룹으로 옮겨 다니며 허울뿐인 우아함으로 손님들에게 인사하는 모습을 보았는데, 그러한 상냥함을 부인하는 것은 바로 그 애의 시선으로, 그 눈길은 아주 자그마한 관심거리 하나 붙잡지 못하고 계속 움직이며 방황했다. 그 애는 뼛속 깊이 지겨워했는데, 거기 모인 사람들은 산 사람들이고, 따라서 이야깃거리가 하나도 없었다.

하인들이 쉼 없이 돌아다니면서 쟁반에 받쳐 든 샴페인을 권했다―내게는 권하지 않았다. 거실 모퉁이를 돌다가 스테파노와 부딪혔다. 살짝 유행이 지난 의상을 걸치고 머리를 민 어떤 남자가 함께 있었는데, 어렴풋이 산악 지역 거주자의 느낌이 묻어났다.

「아, 걸리버!」 스테파노가 커다란 목소리로 말했다. 「넌 처음에는 우리 책을 훔치더니, 그다음엔 내 동생을 위한 조각상을 만들고, 그러고는 이곳에 초대받는 데 성공했어. 수완은 좋군, 그 점은 인정해야지. 나는 수완 좋은 남자들이 좋아.」

나는 두려움과 증오 사이를 오가며 아무런 대꾸 없이 그를 응시했다. 스테파노가 내 쪽으로 몸을 숙이더니 그 두툼한 손으로 내 턱을 잡았다.

「우리 모두 네 엉덩이를 봤다는 사실을 잊지 마, 알겠어?」

비올라가 갑자기 내 옆에 나타나 거칠게 오빠를 밀어냈다.

「가만히 내버려둬!」

그 애는 내 셔츠 소매를 쥐고서 군중 사이로 나를 끌고 들어갔다. 우리는 갈수록 휑한 방들을 여럿 지나고 덧창을 닫아 둬 곰팡내가 나는 규방을 하나 지나갔다. 그러고는 서재로 들어갔는데, 서가에 매료당한 나는 우뚝 멈춰 섰다. 지식은 가죽과 떡갈나무 내를 풍겼다. 방 한가운데에 팔각형 테이블이 있고, 라틴어 지명으로 덮인 오래된 지구의가 거기 박혀 있었다. 내가 지구의를 관찰하려고 하자 비올라는 다시 내 손을 잡고 벽 쪽으로 끌고 갔다. 나무 패널이 회전했다. 우리는 고용인 전용 복도로 들어섰고, 그곳은 섬기기 위해서 태어났거나 그렇다고 믿는 사람들만이 허리를 숙이고 걸어가는, 세상과는 동떨어진 세계였다. 그들은 또한 그곳의 구석진 곳에서 축축하고 열에 들뜬 정사를 통해 주인들이 잠자는 동안 새끼도 쳤다. 비올라는 나를 벽에 밀어붙이고 강렬한 눈빛으로 내려다보다가 내게 몸을 붙였다. 창문이 없었고, 아주 작게나마 열린 부분도 없었다. 어디서 들어온 것인지 알 수 없는 잿빛의 불빛 덕분에 어둠이 그 애의 얼굴까지 탐욕스럽게 삼키지는 못했다.

「곰 선물 고마워, 미모. 사람들이 내게 준 적 없는 가장 아름다운 선물이야.」

저택 어디에선가 종소리가 울려 퍼졌다. 비올라가 부르르 몸을 떨었다.

「우리에겐 시간이 많지 않아, 그러니 잘 들어. 내가 생각했던 것보다 더 빠르게 상황이 진전되고 있어. 내 잘못이야, 신호들을 알아봤어야 했는데. 암시적인 말들이라든가 손님들 규모라든가…… 널 그냥 놔버리지는 않을 거야, 알아듣지? 우리 맹세했잖아. 그저 내가 하고 싶은 말은…… 네가 듣게 될 내용은…… 그런 일은 일어나지 않을 거란 거야, 알겠지? 늘 너와 나, 미모와 비올라가 있을 거야. 조각하는 미모와 하늘을 나는 비올라가.」

나는 그 애가 그런 상태에 빠진 걸 본 적이 없었다. 비올라는 다시 문을 열고 뛰어서 가버렸다. 나는 그 뒤를 쫓으려다가 그만 시야에서 놓치고 다시금 길을 잃어버렸고, 줄줄이 걸린 잔금이 간 초상화 속 선조들의 시선을 받으며 그 음험한 미로에서 헤맸다. 그러다가 덧문을 여는 데 성공하여 집 뒤편으로 빠져나왔고, 건물을 돌아서 프랑스식 창들이 정원을 향해 난 큰 거실로 수월하게 다시 들어갔다. 눈에 띄게 흥분된 분위기 속에서 손님들은 위층에서 아래층으로 이동하는 참이었다. 어둠이 내리는 중이었지만, 하인들이 커다란 홰에 차례로 불을 붙인 덕분에 어둠은 문제가 되지 않았다. Ab tenebris, ad lumina(어둠에서 빛으로). 오르시니 가문은 그들의 가훈에 충실했다. 어둠을 벗어나 빛을 향해.

이제는 무도장이 사람들로 빽빽했다. 연단 위의 후작 부처는 머리를 민 작은 키의 남자와 함께 서 있었는데, 내가 조금 전에 본, 스테파노 옆에 있던 자였다. 그 아내는 그 사람보다 머리 하나는 더 큰 빼빼 마른 여자로, 그의 옆에 서 있었다. 그들 사이에는 청소년기가 남긴 흉터로 얼룩진 두 뺨에 각진 얼굴을 한 내 나이 또래의 남자애가 자리 잡았다. 그는 자신의 아버지와 똑같이 두터운 트위드 양복을 입고 있었다. 하인 한 명이 종을 울리자 침묵이 내려앉았다.

「친애하는 여러분, 제 딸 비올라의 생일을 맞아 오르시니 저택에 이렇게 다 같이 모인 모습을 보게 되어 얼마나 기쁜지 모르겠습니다.」 후작이 큰 소리로 말했다.

박수. 비올라가 창백한 얼굴로 연단에 올랐다. 그새 옷을 갈아입어서 지금은 크림빛 무도복 차림이었다.

「근사한 드레스야, 안 그래?」 프란체스코가 중얼거렸다.

어느샌가 내 옆에 나타난 그는 자신이 가장 좋아하는 자세, 뒷짐을 진 자세로 서 있었다. 그는 20세의 젊은이로, 매력도 없고 결함도 없는 용모를 지녔지만 흔하게 볼 수 없는 파란색의 두 눈에 타오르는 불길이 매 순간 그 평범함을 없애 주었다. 그의 시선은 온화했는데, 그 스스로 그러한 온화함을 기른 건지, 그리고 그것이 진지한 것인지, 아니면 누이와 마찬가지로 몹시 긴 속눈썹 때문에 그저 그렇게 보이는 건지는 결코 알 수 없었다.

「아니요.」내가 대답했다. 「끔찍한 드레스예요.」

내가 왜 그런 솔직함을 내보였는지 지금도 모르겠다. 어쩌면 나의 미적 감각이 갓 태어나기 시작해서였는지도. 비올라는 야생의 독초 같은 여자였지 막 무대 위로 올라간 저런 빈풍 제과 같은 느낌은 아니었다. 그 무엇도 비주류라고 할 수는 없으며 모든 것이 예술의 반열에 오를 수 있다는 설명과 함께 내 머릿속에 재봉이니 유행이니를 욱여넣던 비올라도 아마 나와 같은 의견이었을 거다. 기분 상해 하는 대신 프란체스코는 웃음을 터뜨렸고, 그러다가 연단을 바라보고는 눈썹을 찌푸리며 나를 다시 살펴봤다.

「네가 옳다는 생각이 드네. 저 드레스는 쟤와 안 어울려.」

이렇게 오랜 세월 동안 우리 둘을 이어 줄 야릇한 친분이 생겨났다.

「제 막내딸은 이제 더 이상 어리지 않답니다.」후작이 말을 이어 갔다. 「오늘 저녁, 여러분에게 두 명문가의 결합이 임박했음을 알리게 되어 정말 기쁘군요. 우리는 6개월 뒤에 비올라와 에른스트 폰 에르첸베르크의 약혼을 거행할 겁니다!」

「안 돼…….」내가 중얼거렸다.

환호성이 울려 퍼지는 가운데, 트위드 양복을 입은 젊은이가 어설프게 한 걸음 앞으로 나오며 비올라에게 손을 내밀었다. 비올라는 힘겹게 숨을 몰아쉬면서 그를 응시하다가 몹시 불안한 시선으로 사람들을 훑었다. 그 순간 그 애가 나를 찾았다고 생각하고 싶다. 다정한 미소를 띤 그 애의 아버지가 여전히 손을 내밀고 있는 젊은 에른스트에게로 비올라를 밀었는데, 그 젊은이라고 해서 더 기쁜 표정은 아니었다. 비올라는 그를 바라보지도 않고 손을 잡았다.

「종종 무능력자들의 손아귀에 운명이 맡겨졌던 나라에서, 이 결합 덕분에 우리 자녀들의 자녀들이 속할 미래 세대는 이 나라의 가장 강력한 가문들 가운데 하나가 될 것인 만큼, 이 결합은 더더욱 소중합니다.」

나는 프란체스코를 향해 얼굴을 돌렸다.

「동생분을 저 사람과 결혼시킬 건 아니죠?」

「왜 안 되지?」

「고작 열여섯인데! 다른 할 일들도 있고요!」

「미안하지만, 넌 겨우 오늘 아침에야 비올라를 알게 된 게 아닌가, 내가 틀렸나?」

「아닙니다. 동생분을 모릅니다. 그저…… 그저 그런 인상을 받아서요.」

「알지, 알아. 비올라는 늘 강한 인상을 주니까.」

「이 결합으로 고무되었기에, 그리고 두 가문 공동의 야망을 보여 주는 상징으로서, 길어야 2년 뒤에는 전기가 피에트라달바까지 들어올 거라는 소식을 여러분에게 전할 수 있게 되어 몹시 기쁩니다!」

다른 상황에서였더라면, 대부분이 전기 보급이 이미 이루어진 전국의 다른 대도시들에서 왔기에 이 소식에 예의 바르게 박수를 보내는 손님들과 입을 헤벌린 하인들 사이의 대조를 보면서 재미있어했을지도 모르겠다. 그 사람들에게 스위치는 더 이상 기적이 아니었다. 그 사람들은 그토록 외진 마을에 전기를 보급한다는 것이 얼마나 대단한 기술적 도전인지 가늠하지 못했다. 어쩌면 결국 그들은 전기에 대해서 하나도 이해하지 못한 건지도 몰랐다.

「하느님께서는 받은 만큼 되돌려주라고 우리 두 가문을 보호하시고 부유하게 만드셨습니다.」후작이 연설을 마무리했다.「우리가 빛을 밝히도록, 그저 수사(修辭)에 그치는 것이 아니라, 우리가 책임진 영혼들을 위해 빛을 밝히도록……..」

「자칫하다간 자신이 하느님인 줄 착각하겠어, 우리 아버지.」프란체스코가 한쪽 눈을 찡긋하면서 내 귀에 속삭였다. 「따라서 2년 뒤면 바로 이 정원에서 우리의 첫 번째 가로등이 불을 밝히게 될 겁니다. 지금은, 우리 딸 비올라와 젊은 에른스트를 축하하는 의미로 마시고 춤추고 즐기시길! 오늘 저녁에는 그 유명한 루지에리 가문[27]에서 준비한 불꽃놀이 공연이 벌어질 겁니다.」

나는 밖으로 나가 정원에 앉았다. 거실에서 악단의 사무적인 연주 소리가, 왈츠 리듬의 요란한 반복적 선율이 흘러나왔

---

27 이탈리아의 볼로냐에 뿌리를 둔 가문. 18세기에 프랑스에 정착하여 왕실의 공식 불꽃 제조업자가 된 루지에리 5형제는 화려한 불꽃놀이 공연을 통해 명성을 얻게 된다.

다. 트위드 양복을 입는 가족에게 경의를 표하기 위해 연주되는 야만적이고 역겨운, 다뉴브강 주변의 장터 음악. 나는 그 결합이 미칠 영향에 대해 아무것도 이해하지 못했다. 그저, 결혼하게 되면 비올라가 대학에 가지 못하리라는 것 말고는. 그리고 날지 못하리라는 것 말고는. 더는 죽은 자들의 말을 들으러 가지 못하리라는 것 말고는. 우리를 왕처럼 열렬히 맞아 줄 그런 강변이 아주 가까이에 있다는 기대감으로 내가 계속 머리를 물 밖에 내놓고 헤엄치게, 조금 더 헤엄쳐 나가게 격려해 주지 못하리라는 것 말고는. 벌써, 나는 가라앉는 중이었다.

고원에 내려앉은 밤이 장원의 담벼락을 밀어 댔다. 비올라의 방 안으로 뛰어들었던 그때를 제외하면 그 방과 그렇게 가까이에 있은 적은 없었다. 그 방 창문이, 지면보다 3층 더 높은 곳에 있는 시꺼멓고 텅 빈 그 방 창문이 나를 압도했다.

「죄송하지만 신부님, 비올라를 보셨나요?」 나는 프란체스코가 다시 내 앞을 지나갈 때 물었다.

「난 아직 〈신부님〉이 아니야, 고작 신학생이란다. 그리고 아니, 못 봤어, 조금 전부터 보이지 않던데.」

그가 집사에게 손짓했다.

「실비오, 오르시니 양을 봤나?」

「못 봤습니다, 나리. 부모님과 함께 계시지 않을까 싶습니다만.」

그 애와 말을 해봐야겠다는 마음을 먹고서 거실들을 돌아다니는데, 폭음이 들리면서 유리창이 흔들렸다. 겁먹은 침묵이 내려앉았고, 불꽃이 하늘에 화관을 수놓자 곧 그 뒤를 이어 환성이 터져 나왔다. 막 불꽃놀이가 시작되었다. 모두가 정원으로 몰려 나가는 바람에 나도 어쩔 수 없이 사람들에게 휩쓸려 나갔다. 세계에서 가장 유명한 불꽃 제조업자 루지에리 가문의 일원들이 백열하는 꿈들로, 자줏빛 꽃가루를 날리는 빛의 꽃들로, 파랗고 붉고 초록인 수술들로 어두운 밤을 수놓자 별들이 빛을 잃을 지경이었는데, 지금과 똑같은 그 화약을 대포에 사용했던 게 채 1년도 안 된 일이었다. 그런데, 화려한 꽃다발이 쏘아 올려진 순간 어떤 사람이 소리를 질렀다.

「지붕에 누가 있어요!」

다음번 폭죽이 터지면서 어떤 형체가 드러났다. 내가 가장 좋아하는 형체. 비올라가 용마루 기와보다 조금 아래쪽에, 사람들이 결코 본 적 없을 가장 괴상한 야회복을 휘감고 서 있었는데, 녹색 계열의 색으로 범벅된 그 야회복의 거대한 꼬리는 하늘에서 계속 폭죽이 터짐에 따라 군데군데 어른거리며 반짝거렸다. 그 애의 날개였다. 언제 그랬는지 모르겠지만, 아마 전날일 텐데, 헛간에 가서 찾아 둔 날개였다. 그것이 거기 모인 모든 사람에게 자신이 더 나은 존재임을 보여 주고, 그들에게 자신이 비범한 운명을 타고났음을 알려 줄 수 있는 그 애의 유일한 기회, 마지막 기회였다.

어안이 벙벙해진 손님들이 서로 돌아봤다. 불안과 화약이 뒤섞인 고약한 냄새가 그 광경을 엄습했다. 후작의 목소리가 울려 퍼졌고, 뒷부분의 말은 황금빛으로 물들이는 폭발음에 끊겨 버렸다.

「비올라, 당장 내려오너라, 어…….」

비올라는 알아들을 수 없는 무슨 말인가를 외치고는 지붕을 내달렸다. 줄들이 팽팽해졌고, 그 애의 뒤쪽에서 캐노피가 기와 위를 미끄러졌다. 그 날개는 그렇게 낮은 높이, 건물 앞 대지의 원래 경사도를 감안해도 기껏해야 15미터, 어쩌면 20미터 정도의 높이에 맞게 고안된 게 아니었지만, 아침부터 조용히 불던 미스트랄이 이 용감한 선각자에게 경의를 표하려는 듯 갑자기 거세게 불었다. 캐노피의 천이 팽팽하게 부풀었다. 비올라가 함석 홈통에 한 발을 내딛더니 허공으로 몸을 내던졌다.

캐노피가 그 애의 머리 위에서 대번에 펼쳐졌고, 그것 역시 볼거리 중 하나라고 생각한 손님들이 아래에서 〈오!〉와 〈아!〉를 연발했다. 비올라는 꼬리를 끄는 불꽃들과 위로 솟구치는 불꽃들 사이에서, 불꽃놀이 전문가들은 그 애를 못 봤을 터이기에 불꽃의 소용돌이 한가운데에서 녹색의 낙하산에 매달려 날았다. 그 애는 밤하늘을 미끄러졌고, 침묵하는 군중 위로 심지어 고도까지 높이며 떠올랐다. 그 애의 여드름투성이 예비 약혼자는 얼이 빠져서 리넨, 벨벳 그리고 새틴 천을 조각조각 이어 붙여 만든 그 괴상한 나비를 눈으로 좇았다. 기쁨의 눈물이 내 뺨 위로 흘러내렸지만, 전보다 더 심하게 불어온 미스트랄 돌풍에 곧 말라 버렸다. 바로 그 돌풍이 비올라를 뒤흔들면서 저택의 한쪽 끝에서 다른 쪽 끝까지 옆으로 쭉 밀어 버렸고, 그러더니 거칠게 제자리에서 맴돌게 했다. 그 애는 하늘 높이 떠 있었지만 우리에게 그 외침 소리가 들렸다. 공포의 외침이 아니라 분노의 외침이. 간밤을 쫓아내기 위해 아침에 불어오는 바람에 털어 대는 시트처럼 펄럭거리는 소리가 났다. 날개의 줄들이 꼬였고, 캐노피 천은 뒤이은 두 번째 돌풍에 갈가리 찢겼다.

비올라는 대번에 추락했다. 격분한 이카로스는 회오리를 일으키며 30미터 아래의 녹색 더미 속으로, 오르시니 가문의 녹색, 숲의 녹색 속으로 곤두박질쳐 나무들 사이로 사라졌다.

비탈리아니의 피에타라고 표기된 바인더들은 파드레 빈첸초의 보안 장치가 달린 수납장 안에 들어 있었고, 다음과 같이 분류되어 있었다.

—**라슬로 토스 사건**, 하나의 바인더.

—**증언들**, 두 개의 바인더.

— **비탈리아니의 피에타**, 연구서, 레너드 B. 윌리엄스, 스탠퍼드 대학 출판부, 하나의 바인더.

이 마지막 바인더에는 **보고서 C.A.**라는 제목의 조금 더 작은 문서도 함께 들어 있었다. 파드레는 어떤 익살꾼이 윌리엄스 같은 신비주의 성향이라고는 거의 없는 대학교수와 그 무시무시한 C.A., 즉 칸디도 아만티니, 바티칸의 수석 구마 사제를 나란히 한 바인더에 넣어 둘 생각을 했는지 늘 궁금했다.

윌리엄스가 알아낸 자전적 요소들은 간략하다. 조각가를 아버지로 둔 미켈란젤로 비탈리아니는 1904년 11월 7일 프랑스에서 태어난다. 아마도 아버지가 사망한 여파일 텐데, 비탈리아니는 1916년에 토리노에 도착한다. 부모의 친구, 혹은 삼촌, 혹은 사촌이 그를 받아들인 뒤, 그를 데리고 피에트라달바로 간다. 비탈리아니는 이곳에서 조각가로서의 경력 대부분을 쌓게 되는데, 두 번의 예외적 시기가 있다. 필리포 메티가 운영하는 공방에 잠시 있었다는 사실을 제외하면 거의 알려진 것이 없는 피렌체 체류 시기, 그리고 정반대로 너무 많은 사실이 알려진 로마 체류 시기. 소문으로는 미국에 체류한 시기도 있다지만 그것을 뒷받침할 만한 증거는 사소한 것조차 없다. 비탈리아니는 연골 형성 저하증을 앓고 있다. 의심스러운 몇몇 출처에 따르면 사람을 끌어당기는 매력이 있는 사내다. 어떤 사람들은 순진함에 가까운 극도로 온화한 성격이라고 묘사하고, 다른 이들은 까다로우며 가끔은 폭력적인 성향으로 묘사한다. 따라서 이러한 묘사들은 그 어느 것도 신뢰할 수 없다. 비탈리아니는 그의 직계 선배들이나 동료 조각가들에 비해서 작품을 아주 적게 생산했다. 로댕, 무어, 혹은 자코메티는 수천 점의 작품을 생산한 데 비해, 조사한 바에 따르면 비탈리아니는 진품이 80점이 채 안 된다. 비탈리아니의 작품 대부분은 사라졌는데, 작품이 만들어졌을 당시의 정치적 분위기가 그 원인일 것으로 추정된다. 예술가 본인에 의해서든 그의 이름을 역사에서 지우거나 최소한 그를 망각으로 밀어내기를 갈망하는 어떤 최고 기관들에 의해서든, 의도적 파괴가 있었을 거라는 추정은 비현실적이지 않다. 그러한 희귀성이 조각가를 둘러싼, 환상이라고까지는 말하지 않겠지만, 신비의 아우라를 증폭시킨다. 비탈리아니는 그 어떤 예술 운동에도 속한 적이 없고 그 어떤 파벌도 내세운 적이 없다. 말런 브랜도가 배우들에게서, 파바로티가 가수들에게서, 사비카스가 기타리스트들에게서 가질 법한 의미를 그는 자신의 분야에서 가졌다. 전대미문의 천부적 재능을 타고났으며 설명할 길 없는 — 여기에는 그 자신에 의한 설명도 포함된다 — 직관적인 예술가. 비탈리아니의 예술은 자코메티의 경우와는 다르게 이론으로 정리된 적이 없고, 비탈리아니와 자코메티 사이의 논쟁은 아직도 유명하다.

1948년부터 미모 비탈리아니는 완전히 자취를 감춘다 — 이리하여 그의 피에타, 그 마지막 작품이 촉발한 충격파에 대한 결정적인 답을 얻을 가능성이 전부 제거된다. 이 연구서가 발간된 시점을 기준으로(1972년도에 나온 초판과 윌리엄스 교수가 사망하기 직전에 나온 1981년도 개정판) 그 누구도 비탈리아니의 생존 여부를 알지 못한다. 그리고 만약 생존해 있다면 그의 은신처가 어디인지도.

파드레 빈첸초는 그 두 가지 질문의 답을 안다. **비탈리아니는 별채 2층 계단 오른편 독실에 거주하며, 아직 살아 있지만 더는 오래가지 못할 것이다.** 그는 자신이 쥐고 있는 이 특종감이 돈이 될 거라는 생각을 아주 잠깐 하다가, 그러한 유혹의 공격을 ― 정말이지 악마는 일을 쉬는 법이 없다 ― 얼른 물리친다. 그가 입을 여는 일은 없을 거다. 비탈리아니의 생명이 저녁 미풍에 가물거리다가 자신의 비밀을 품고 조용히 꺼지게 내버려둘 터이다. 신비보다 더 아름다운 것은 아무것도 없고, 뭐니 뭐니 해도, 자신의 평생을 모든 비밀 가운데에서도 가장 위대한 비밀에 바친 파드레 빈첸초야말로 그 사실을 아주 잘 알 만한 위치에 있다.

비올라는 고용인 전용 문을 통해 집으로 옮겨졌고, 손님들은 그들이 타고 온 차나 그들이 묵고 있는 곳까지 정중한 배웅을 받았다. 에르첸베르크가는 사건이 일어나자마자 한마디 말도 없이 곧바로 떠나갔다. 전언은 명백했다. 눈에 넣어도 아프지 않을 소중한 아들 에른스트, 그 여드름투성이는 정신 나간 여자와, 문제의 그 여자가 아직 살아 있다면 말이지만 결혼하지 않을 것이다.

소문에 의하면 사람들이 발견했을 당시 비올라는 여전히 숨이 붙어 있었지만, 부인들은 저택으로 데리고 온 비올라를 보고 정신을 놓았다고 했다. 사람들이 그 모습은 차마 보기 힘들었다고 중얼거렸다. 자동차들이 넘쳐 났기에, 이웃 마을의 알코올 의존증 의사이나마 데리러 갔다. 나는 불안에 시달리며 공방으로 돌아가야만 했다. 별항은 19세라는 나이의 자

226

부심으로 눈물을 억누르고 있었다. 그다음 날, 안나가 — 안나는 오르시니 가문에서 손님을 맞을 때면 임시 하녀로 그곳에서 일했다 — 우리에게 비올라는 아직 의식을 회복하지 못했다고 알려 줬다. 비올라는 막 제노바의 병원으로 실려 간 참이었다.

치오는 불꽃놀이가 있던 그날부터 계속 나를 째려보는 중이었다. 3일이 지났지만 여전히 아무도, 아무런 소식도 듣지 못했다. 이제 오르시니 가문 사람이라고는 한 명도 보이지 않았고, 모든 명령은 집사 실비오를 거쳤다. 고용인들 역시 입도 뻥끗하지 않았다 — 그리고 싶다 하더라도 그들 역시 아주 자질구레한 소식 하나 알고 있는 게 없었다. 그저, 후작 부처가 그들의 명성을 회복하고자 장기적인 외교적 이면공작에, 피에트라달바에는 아직 전화가 개통되지 않았기에 오로지 서신에 의존하는 그 활동에 몰두한 상태임이 알려졌다. 서신들이 도착했고 곧 다시 떠났으니, 이 근방에서 일찍이 본 적 없는 난리법석이었다.

어느 날 아침, 치오가 자동차를 가리키며 가방을 꾸려서 자기와 함께 가자고 명령했다.

「어디로 가는데요?」

「가면서 설명하마. 나를 위해 심부름을 하나 하거라.」

궁금증이 인 나는 프랑스에서부터 가져왔던 작은 가방에 소지품 몇 가지를 쑤셔 넣고 곧장 안살도의 뒷좌석에 올라탔다. 그는 전속력으로 내달려 피에트라달바를 향해 올라갔고,

경적을 울리면서 마을을 통과하더니 사보나로 가는 길을 택했다.

「피렌체로 갈 거야!」 그가 엔진 소음을 누르며 외쳤다.

「피렌체로 가고 싶지 않아요! 비올라 곁에 남고 싶어요!」

「엉? 뭘 하고 싶다고?」

「피렌체로 가고 싶지 않다고요!」

「넌 필리포 메티의 공방으로 가서, 품질 좋은 카라라산 대리석 두 덩어리를 골라서 갖고 오거라! 후작이 네가 사용한 대리석 가격의 세 배를 지불했고 일도 맡겼다. 그런 짓을 다시 저지르지 않는 것이 네 신상에 좋긴 하겠지만, 어쨌든 밑지는 장사는 아니었어. 필요한 만큼 충분히 시간을 들여서, 사기당하지 않게 해!」

그는 나를 사보나 레팀브로역에 내려놓고, 메티라는 이름의 인물에게 보내는 봉투를 맡기더니 차를 몰고 가버렸다.

「그 사람에게 줄 지불 어음이야. 대리석 원석들이 그럴 만한 가치가 있을 때**만**이야. 그 안에는 돌아올 때 필요한 기차표가 들어 있다. 아무 기차에나 다 쓸 수 있어. 그러니까 빡빡하게 굴지 말고 하루 더 필요하다 싶으면 하루를 더 써. 대리석에 균열이 없나 잘 보고, 속아서 프랑스산 대리석을 떠안지 말고.」

당시는 역사가 아주 아름다운 시절이었다. 이 역사 역시 몇 거리 떨어진 곳에서 바다가 시작되는 만큼 더더욱 아름다웠다. 4년 전만 해도 지중해는 내겐 넓게 펼쳐진 파란 물이었다.

비올라 덕분에 이제는 바다가 점선으로 표시된 해로들로 덮이고 생명을 주고 생명을 앗아 가고 돌풍과 지진을 품게 됐는데, 비올라는 지진의 강도를 표시한 그 유명한 메르칼리 진도의 12등급을 암기할 수 있었다. 비올라는 아르바시아 릭술라와 트립네우스테스 벤트리코수스의 차이를 알았다. 「검은색 성게와 흰색 성게야, 바보야.」 그 애가 없으면 세상은 물론 훨씬 단순했다. 생각해 보면, 그런 세상은 그다지 보기 아름다운 건 아니었다.

사람들이 닫집 아래 침대에 누워, 규방에서, 크레이프 천 부채 뒤에 숨어 입을 삐죽거리고 눈살을 찌푸려 가며 뭐라고 중얼거렸을지 쉽게 짐작이 간다. **오르시니 집안의 딸은 여드름투성이 오스트리아-헝가리 남자애와 결혼하느니 차라리 죽는 쪽이 나았나 봐.** 우선, 그 여드름쟁이는 이제는 오스트리아-헝가리 사람이 아니라 이탈리아인이었는데, 1년 전에 트렌티노와 알토아디제가 이탈리아에 병합되었으니까. 그리고 나는 그 누구보다도 오르시니 집안의 딸을 잘 알았다. 우리는 우주적 쌍둥이니까. 뛰어내리는 순간, 비올라에게는 자신이 날 거라는 확신이 있었음을 안다.

여덟 시간의 여정 끝에 피렌체에서 내렸다. 그 누구도 나를 마중 나온 것 같지 않았다. 나는 몸을 덥히기 위해 발을 동동거리며 역 앞에서 참을성 있게 기다렸다. 지붕들은 그을음으로 얼룩진 성에로 뒤덮였다. 피에트라달바에서는 벌써 덧문들을 닫아걸고 시원찮은 불가에 웅크리고 있겠지만, 이 도시는 피에트라달바와는 황홀한 대조를 보이며 시끄럽게 웅성 댔다. 내 눈앞에서, 자동차와 삯마차가 그랜드 호텔 발리오니 앞을 줄지어 지나갔다.

어떤 동작이 내 관심을 끌었다. 전차 선로 바로 건너편, 발 리오니 호텔의 화려함이라고는 전혀 없는 어떤 카페 테라스 에서 외투에 파묻힌 어떤 애가 내 쪽을 향해 손을 흔들어 댔 다. 나는 주위를 둘러보고 나서는 묻는 얼굴로 나를 가리켰 다. 상대방은 맹렬하게 고개를 끄덕였다. 나는 경계심을 품고 거리를 건넜다. 그 아이는 아이가 아니었다. 쉰 줄에 접어든 남자로, 듬성듬성 난 잿빛 수염이 여드름 자국을 엉성하게 가 렸다. 그리고 무엇보다도, 그는 나와 같았다. 익살꾼 신이 그 가 태어날 때, 성장을 방해하려고 그에게 손가락 하나를 갖다 대었다.

「메티 사부님?」

「엉?」

「필리포 메티세요?」

「그런 이름 들어 본 적 없다. 앉아라, 애야.」

「그럴 순 없어요. 역 앞에서 누군가를 기다리던 중입니다.」

「우리는 역 앞에 **있는** 거야. 그러니 앉아서 기다리는 편이 낫다. 뭘 마실래? 뱅쇼?」

「마시지 않겠습니다.」

「나는 뭔가를 더 마셔도 되겠지?」 그가 빈 잔 세 개를 옆으 로 밀어 놓고 종업원에게 손짓하며 말했다. 「어쨌든 앉으렴.」

나는 역 입구에 눈길을 고정한 채 의자 가장자리에 엉덩이를 걸쳤다. 종업원이 자극적인 냄새의 김이 나는 잔 하나를 가져와서는, 우리를 거들떠보지도 않고 테이블 위에 놓았다.

「일자리를 찾니, 애야?」

「아닙니다. 저는 내일 다시 떠나요.」

「흠, 유감이군. 나는 알폰소 비차로야. 맞아, 내 진짜 이름이다. 알폰소 비차로, 스페인 출신 아버지와 이탈리아 출신 어머니 사이에서 태어난 사생아, 그리고 비차로 서커스의 단장이자 예술 감독 그리고 주연 배우지. 어제 분 돌풍에 역 뒤쪽 공터에 세워 둔 서커스단 천막이 무너지지 않았더라면 네 눈에도 보일 텐데. 그런데 너는?」

「미모. 비탈리아니.」

「그래, 피렌체에 뭘 하러 온 거냐, 미모 비탈리아니?」

「일 때문에 왔어요. 그리고 시간이 된다면, 프라 안젤리코의 프레스코화들을 보고 싶어요. 보고 나서 친구에게 이야기해 주려고요. 그 애는 본 적이 없으니까.」

「그게 누군데, 프라 안젤리코가?」

「수도사이고 르네상스 시기의 위대한 이탈리아 화가예요. 태어난 날짜는 모르고 사망일은 1455년.」

「내일 떠난다니 유감이구나. 난 너 같은 사람들이 필요해서.」

「뭘 하는데요?」

「내 공연이지, 당연히. 인간과 공룡 사이의 싸움을 재연하는 거야. 공룡들은 공룡 의상을 입은 배우들이고 위기에 빠진 인간은 나와 너 같은 사람들이 맡는 거고. 신장 차이 때문에 아주 강렬한 인상을 주지. 매일 밤 sold out(매진)이란다.」

4년이라는 기간 동안 비올라는 나를 저 깊은 곳에서부터 변화시켰다. 프란체제인 나, 문맹자의 아들인 나, 그런 나는 대답을 하고 나서야 그 변화가 어느 정도였는지를 가늠하게 되었다.

「공룡과 인간은 동시대를 살지 않았어요.」

비차로는 야릇한 표정으로 나를 보더니, 입에서 휘파람 소리를 냈다.

「이런, 그러니까 넌 교육받은 난쟁이로군.」

나는 성이 나서 벌떡 일어섰다.

「저는 난쟁이가 아니에요.」

「아, 그래? 그럼 뭔데?」

「조각가요. 위대한 조각가. 언젠가는 그렇게 될 겁니다.」

「명심하지. 네가 위대해지기를 기다리는 동안, 혹시 마음이 바뀐다면 어디 가면 나를 찾을 수 있는지는 알지? 계산은 네게 맡길까?」

그는 남은 술을 단숨에 끝내고는 주머니에 손을 넣고 멀어져 갔고, 어안이 벙벙해진 나는 그저 지켜봤다. 종업원이 곧 나타나서 손을 내밀었다.

「1리라다.」

나는 돈이 없었고, 돈이 있어 본 적이 없었고, 필요한 적도

232

없었다. 그가 그런 사실을 알아차리자 내 멱살을 움켜쥐었다.

「미모 비탈리아니?」

전차 선로를 건너온 어떤 남자가 다가왔다. 채 마흔 살이 안 된 아직 젊은 남자였지만, 나이보다 몇십 년은 더 되는 세월이 눈 속에 켜켜이 쌓였다. 이전에는 옷소매 안에 들어 있었을 튼튼하고 건강한 팔뚝은 사라지고 오른쪽 소매가 텅 비어 덜렁거렸다. 그는 전선에서 돌아왔고, 전쟁은 그의 육신에, 그 나이대의 남자에게는 뜻밖이라고 할 주름 속에, 그가 깨어 있을 때조차 몰려와 소용돌이치면서 그가 아주 미세하게라도 목을 움츠리게 만드는 악몽들 속에 깊이 박혔다.

「나는 필리포 메티다. 역 앞에서 기다렸어야지.」

「죄송합니다, 사부님. 전……..」

「1리라요.」 종업원이 다시 한번 말했다.

메티는 테이블 위에 놓인 네 개의 술잔을 살피고는 비웃듯 한쪽 눈썹을 치켜올렸다.

「시간 낭비를 안 하는 타입이군.」

「아니, 전……..」

「됐다. 어쨌든, 내가 늦은 거니. 하지만 미리 말해 두는데, 공방에서 술은 안 돼.」 그가 술값을 치르며 못 박았다.

나는 그 사람 공방에는 전혀 관심이 없었다. 우선 나는 이 도시를 떠나고 싶었다. 어쨌든 이번 여행 덕분에 비올라로부터, 그 누구라도 그런 추락을 겪고 다시 일어설 수 없다는 사실로부터 잠시 생각을 돌릴 수 있긴 했지만, 돌아가서 그 애

233

의 소식을 알고 싶었다. 나는 피렌체와는 인연을 끊고 싶었다. 마치 그 일이 가능한 것처럼. 피렌체는 비올라였고, 나는 머지않아 그 사실을 깨닫게 되리라. 상처 입고 열광적이며 다정한 그 둘. 언제 끝낼지를 결정하는 것은 바로 **그녀**였다.

우리는 추위를 뚫고서 전차들과 애처로운 눈빛의 말이 끄는 삯마차들 사이로 요리조리 피해 걸으며 도시를 가로질렀다. 건물 하나하나가, 골목 하나하나가, 건물들이 일렬로 들어선 거리 하나하나가 나를 빨아들이는 바람에 갈지자가 된 나의 걸음걸이에 메티의 나무라는 시선이 꽂혔다. 한 걸음 한 걸음 나아갈 때마다 열 가지의 아름다움의 형식과 열 가지의 서로 다른 서사 사이에서 선택을 해야 했다. 교차로 하나하나는 매번 쾌락의 포기였다. 도시가 내 안으로 미끄러져 들어왔고 이제 나를 떠나지 않으리라. 로마의 위대함도, 베네치아의 마법도, 혹은 나폴리의 격정도 절대로 피렌체를 잊게 하지 못했다. 그곳은 이탈리아의 도시들 가운데에서 가장 아름다운 도시가 아니라 그냥 가장 아름다운 도시였다. 비올라는 더더욱.

「괜찮은 거, 맞니?」 메티가 물었다.

「예, 사부님.」

「표정이 이상한데. 마치……. 곧 울 것 같아서.」

「그저 친구 생각을 했어요. 병원에 있거든요.」

그가 소스라치더니 〈병원〉이라고 중얼거리고는 부르르 떨었다.

「유감이구나. 자, 서두르자, 밤이 되어 가니.」

「대리석 원석들은 어디 있나요?」

「대리석 원석들?」 그가 놀라며 되물었다. 「어, 그거야……
공방이지.」

그는 내게 호기심 어린 시선을 던지고는 다시 걷기 시작했
다. 우리는 루바콘테 다리를 통해 아르노강을 건넜다 ―
1944년에 독일군이 이 다리를 파괴하면서 베키오 다리는 피
렌체에서 가장 오래된 다리가 되는 엄청난 기쁨을 맛보게 된
다. 강 건너편에 도착한 우리는 강변을 따라 동쪽으로 약 2킬
로미터를 걸었고, 도시의 분위기에서 벗어나 창백하게 서리
내린 들판으로 들어갔다. 흙길 끝에 군데군데 벗어진 벽을 내
보이는 어떤 건물이 따분한 들판을 꼬나보고 있었다. 장엄한
아치를 통과하니 수많은 창문이 굽어보는 마당이, 창고로 변
한 마당이 나왔다. 질서와 균형의 느낌이 방치의 달콤 쌉싸름
한 향과 뒤섞인 채 그 장소를 압도했다. 끌과 정이 만들어 내
는 선율이 2층의 여러 창문에서 새어 나왔고, 이 주선율을 장
식하는 부주제는 바깥에서는 보이지 않는 복도를 거치면서
확대되어 들리는 부르고 질문하고 명령하는 소리들이었다.

드디어 메티는 북쪽 동으로 들어가서 무거운 걸음으로 3층
까지 올라가 누추한 작은 방의 문을 열었고, 그곳에는 침대와
물이 채워진 구리 대야가 놓여 있었다.

「자, 여기서 지내거라.」

「대리석 원자재는 언제 볼 수 있나요? 가능한 한 빨리 출발

하고 싶어서요.」

「도대체 그 원자재 이야기는 뭐지?」

「제 삼촌이 이곳에서 구입하기로 한 것들요.」

메티가 미친 사람 보듯 나를 봤고 나 역시 마찬가지 행동을
했다.

「네 원자재 이야기는 무슨 말인지 하나도 이해를 못 하겠
다, 애야. 네 삼촌과는 전부 다 이야기가 됐어. 내가 그 양반
공방에서 네 노동력을 빌려 온 거란다. 두오모 현장 때문에
일손이 필요하거든. 네 월급은 그 양반이 전처럼 계속 줄
거다.」

나는 깨달았다. 전부는 아니지만, 자세하게는 아니지만, 사
건의 핵심을. 치오가 나를 떼어 내버렸다.

「전 여기 있을 수 없어요.」

「너 원하는 대로 하렴. 여기서 하룻밤 보내도 돼. 만약 남을
거면, 내일 7시부터 본채 바로 뒤편 작업장에서 대리석 절단
일을 하면 된다.」

그는 약간 몸이 기울어져서 멀어져 갔다. 한 걸음 내디딜 때
마다 팔의 부재를 메우려는 것처럼 오른쪽 어깨를 앞으로 내
미는 바람에 균형을 잃은 상체가 기이하게 뒤틀렸다. 나는 어
안이 벙벙해서, 짚 매트리스 위에 털썩 주저앉았다. 그러자 알
베르토가 메티에게 보낸다던 서신이 떠올랐다. 봉투 안에는
위오WIWO라고 적힌 또 다른 봉투가 들어 있었다. 알베르토
가 내 이름을 쓰려다가 M 자를 뒤집어서 W 자를 쓴 모양이었

다. 안에는 달랑 종이 한 장이 들어 있었고, 그 위에 그려 놓은 것은 ─ 그 늙은 개자식이 어찌나 그림을 잘 그렸는지, 르네상스에 어울릴 우아미가 풍겼다 ─ digitus impudicus(음란한 손가락)이었다. 생동감이 넘치는 움직임을 보이며 솟구친 빳빳한 손가락을 보자 절로 분노의 고함이 터져 나왔다. 동시에 수천 가지 생각이 엄습했다. 치오는 비범한 화가가 됐을 텐데 왜 조각을 택했을까? 그에게 보기 좋게 당했고, 최악은 이런 음모를 그가 돌아오고 나서 바로 그다음 주에 꾸밀 수는 없다는 거였다. 그는 내가 곰을 조각한 사건 때문에 복수하려고 나를 떼어 낸 게 아니었다. 그의 계획은 오래된 거였으니, 그저 나를 좋아하지 않아서였다. 이 세상에 나를 사랑해 줄 사람은 많이 남지 않았고, 그중 한 명은 병원에 있으며, 내가 그런 생각을 하는 지금 이 시각에 그 애는 나를 사랑하기를 그만뒀을지도 몰랐다.

나는 남을 수 없었다. 비올라는 나를 필요로 했다. 치오의 모든 천재성이 거기 있었다. 남을 수도 떠날 수도 없는 이 상황에. 나는 돈이 없었다. 메티는 내 노동에 대한 대가를 치오에게 치를 텐데, 치오는 내게 결코 봉급을 주지 않을 터였다. 나는 죄수였다. 사실 나는 늘 그래 왔는데, 비올라가 거의 매일 밤 나의 사슬을 부쉈다. 나는 스스로에게 약속하고 흑주술을 걸었다.

알베르토 수소, 창녀의 자식. 언젠가 내가 너를 죽이겠다.

그 약속은 다른 수많은 약속과 마찬가지로 지키지 못했다.

피렌체, 암흑의 시기. 나의 전기 작가에게는 썩 구미가 당길 서두. 어느 날엔가 사람들이 나의 삶에 관심을 가지리라고는 생각하지 못했지만. 하지만 누군가가 내 삶에 관심을 갖는다 해도, 그 일에 훼방을 놓기 위해서 내가 할 수 있는 모든 일을 다하리라고는 더더욱 생각하지 못했다.

나의 형제들이여, 아직은 내게 숨이 남아 있지만, 내가 마지막 숨을 몰아쉬고 나면 나를 정원으로 옮겨 다오. 나를 묻고 내가 그토록 사랑했던 카라라산 대리석을, 새하얀 아름다운 돌을 그 위에 올려 다오. 거기에 이름은 절대 새기지 마라. 그 돌은 천연 그대로, 그 위에 드러눕기 좋게 매끈한 채로 내버려둬라. 나는 잊히기를 바란다. 미켈란젤로, 비탈리아니, 1904~1986, 이걸로 그는 해야 할 말을 다 했다.

절단 작업장. 골판 함석지붕을 인 헛간으로, 본채 뒤편에 기대어 지어 놨다. 7시에 그곳으로 가보니 벌써 톱들이 돌아가고 있었다. 아무도 내게 관심을 보이지 않았다. 나는 이리저리로 옮겨 다니며 일을 도왔고, 다른 여섯 명의 직원과 마찬가지로 곧 대리석 가루로 뒤덮인 유령 꼴이 되었다. 일꾼들이 대리석 원석 위에 앉아서 무릎에 팔꿈치를 괴고 허공에 시선을 던진 채 담배를 피우려고 멈출 때를 제외하면, 그런 굉음 속에서 이야기를 나누는 것은 불가능했다. 무리에서 우두머리 직책을 맡은 듯한, 마우리치오라고 부르면 대답하는 창백한 남자가 내게 토스카노 한 대를 내밀었다. 나는 애연가의 동작으로 담배에 불을 붙였고 ── 그때까지 담배를 피워 본 적이 없었다 ── 눈물을 글썽이며 터져 나오는 기침을 삼켰다. 마우리치오가 내게 빈정거리는, 그렇지만 악의는 없는 시선을 던졌다. 그는 담배를 피우는 것에 만족하지 못하고 갈색 연기를 **호흡했는데**, 입에서 연기가 나오자마자 들이마심으로써 한 개비의 담배를 두세 번 피우는 셈이었다. 담배와 대리석 가루가 그의 혀와 입과 수염을, 아마 몸의 내부도 마찬가지일 텐데, 누런 더께로 뒤덮었다. 나는 명예를 걸고 나의 첫 번째 토스카노를 끝까지 피웠고, 곧장 건물 밖으로 나가서 게워 냈다.

그날 하루 종일 메티를 보지 못했고 그 주 내내 마찬가지였다. 우리는 예전에 구내식당 ─ 본채는 궁전이었다가 수도원으로 바뀌었고, 방치되다가 창고로 사용되더니, 지금은 필리포 메티의 공방으로 쓰였다 ─ 이던 곳에서 다 함께 식사를 했다. 북쪽 동의 2층에 엄밀한 의미에서의 조각이 이루어지는 공방이 자리 잡았고, 그곳에서는 피렌체의 정예 조각가들이 일했다. 메티는 카포레토 전투에서 폭격으로 팔 하나를 잊고 놓고 오기 전까지는 그 도시에서 가장 눈에 띄는 예술가 중 한 명이었다. 그리고 그 일은 정말로 그 말 그대로 벌어졌다. 그는 지휘 중이던 돌격 작전을 포탄이 터지자 중단시켰고 그의 소대는 쏟아지는 진흙을 뒤집어쓰며 후퇴할 수밖에 없었다. 은신처에 도달한 그가 말했다. 「아슬아슬하게 피했어, 상황이 아주 끔찍하게 끝날 뻔했는데.」 그의 말은 어떤 병사가 그에게 팔 하나가 어디 갔냐고 물으면서 중단되었다.

절단 작업, 그것은 지옥, 배의 화물창과 마찬가지여서 가장 보람 없는 작업이었다. 우리는 건물 전면에 사용될 대리석 외장재들을 다시 자르고 짜맞췄다. 가끔은, 채석장에서 작업이 미리 이루어지지 않은 경우, 조각에 쓰일 원자재들을 대강 다듬기도 했다. 메티는 그 지역의 가장 근사한 계약 중 하나를, 그러니까 두오모 성당 일부의 개보수 작업을 막 따낸 참이었다. 일이 너무 많아 그는 외지에서까지 사람을 고용했다. 구내식당에서는 정예 조각가들, 음식을 놓고 기꺼이 다툼을 벌이는 쾌활한 그들과 머리끝에서 발끝까지 먼지를 뒤집어쓰고 아무 말 없이 각자의 접시에 코를 박고 있는 〈절단 작업자들〉 사이의 대조가 선명했다. 조각가들이 아무리 오만하더라도, 실제로 오만했지만, 우리에게 시비를 걸려고 들지는 않았다. 절단 작업장은 거친 사내들, 전과자, 탈영병, 징집 회피자 등의 소굴이었고, 세상은 그런 모든 것을 하찮은 비열함이라고 여겼지만 사실 그런 비열함을 안고 살자면 대단한 용기가 필요한 법이었으니까.

그 첫 주에 나는 우표를 하나 얻어 낼 수 있었다. 나는 별항에게 (치오가 내 편지를 가로채리라는 건 쉽게 짐작이 가서 그 애의 어머니네로) 편지를 썼고, 같은 편지 속에 비올라에게 가는 편지를 집어넣었다. 매일 아침, 불안으로 뱃속이 똘똘 뭉친 채 여전히 나의 제일 친한 친구를 품고 있는지 알 길 없는 세상을 향해 눈을 떴다. 나는 점술가가 되어, 필요에 따라서 만들어 낸 수많은 전조를 하루 속에서 찾았다. 이 굴뚝 위에 까마귀 세 마리가 앉아 있으면 비올라의 상태가 악화된다. 내가 숨을 쉬지 않고 이 계단의 층계참까지 단숨에 올라간다면 그 애는

살아난다. 저녁이 되면 식사를 마친 뒤 개흙 내와 차가운 공기에 취하고 조토의 종탑에 부서지는 달빛에 매료된 채, 진흙으로 덮인 아르노강 주변을 거닐었다. 단 한 번도 강을 건너지는 않았는데, 그렇게 지극한 아름다움을 누릴 자격이 없다고 느껴져서였고, 비올라와 함께 프라 안젤리코의 작품을 봐야 하는데 어쩌다가 그의 작품과 맞닥뜨리게 되는 일이 벌어지길 원치 않아서였다. 또한 어떤 거리들은 안전하지 않아서 별것 아닌 일로도 목이 잘릴 수 있다는 말도 들은 터였다.

도착하고 나서 일주일이 지난 뒤 다시 메티가 보였다. 정원 저편에서부터 걸음걸이로 그를 알아볼 수 있었다.

「그러니까, 남았구나.」 내가 그에게로 달려가자 그가 한마디 했다.

「예, 사부님. 여쭙고 싶은 게 있었어요……. 제가 왜 절단 작업장에 있는 거죠?」

「그 일에 손이 필요하고, 그리고 네 삼촌이 너는 그런 종류의 일에 적합한 도제라고 했으니까.」

「하지만 전 조각을 할 줄 압니다.」

그는 왼쪽 옆구리에 멀쩡한 주먹을 갖다 댔다.

「물론 그렇겠지. 하지만 봐라, 나는 이곳에서 시골집 장식이 아니라 중요 프로젝트를 이끌고 있단다. 네가 일을 잘한다면, 내 약속하는데, 다른 도제들과 함께 수업을 들을 수 있을 거고, 네가 거기에서도 잘 헤쳐 나간다면 지위도 오를 수 있다. 자, 이젠 썩 가보거라.」

그는 정원 한가운데에 놔둔 군상, 다정한 눈길의 성 프란체스코 주위를 돌며 다시 꼼꼼히 살피기 시작했다. 나는 고개를 숙인 채 절단 작업장으로, 내 유령의 삶으로 되돌아갔다. 동료들이 내게 일종의 존경을 표하기까지는 오래 걸리지 않았다. 생각건대, 그들은 내가 신장이 정상이 아님에도 불구하고 기꺼이 일을 해내는 걸 은근히 높이 산 모양이다. 오히려 나는 명예를 걸고 가장 힘든 일을 함께 했다. 그에 대한 보답으로 그들은 내게 맥주 몇 잔, 담배 등 내가 건드려 본 적 없었던, 금지된 그런 온갖 즐거움을 제공했다. 그리고 우표, 그 몇 주 동안 내게는 화폐나 다름없었던 가장 소중한 우표도.

내가 도착한 지 12일째 되는 날, 별항에게서 편지를 받았다. 그 편지는 내 안쪽 호주머니에서 뜨겁게 달아올랐고, 첫 번째 휴식 시간인 10시가 되어서야 드물게 맛보는 햇살의 따사로움을 누리며 작업장 문턱에서 편지를 열어 볼 수 있었다.

사랑하는 미모.

여긴 별다른 소식 없어. 알베르토는 여전이 멍청하고 안나는 여전히 에쁘지. 우리는 니가 보고 싶어. 비올라에게서는 아무 소식 없고, 하인들도 아는 게 별로 업서. 어떤 사람들은 걔가 죽었다고 하고 다른 사람들은 아니네. 소식이 들어오자마자 네게 싱싱한 소식들 전할게. 니 친구, 비토리오.

추신: 엠마누엘레가 니가 없으니 전과 같지 않다고, 곧 돌아오길 바란다고 그러네.

오르시니가로 직접 편지를 보내기로 마음먹은 나는 저녁 나절을 바쳐 내가 쓸 수 있는 가장 아름다운 글씨체로 정중한 간청을 담은 글을 작성했다. 나는 피렌체의 저명한 공방에서 도제로 있다는 설명과 함께, **제발, 너그러움을 베풀어,** 내게 비올라의 소식을 알려 줄 수 있는지 물었다. 나는 그 편지를 찢어 버리고 다시 작성했고, 비올라를 〈오르시니 양〉으로 바꾸었다.

그다음 날 전기톱이, 절단 작업장의 자랑거리 중 하나가 고장이 났다. 수리가 되기를 기다리는 동안 사람들이 낡은 틀톱을 꺼내 왔고, 우리는 손으로 원자재를 잘라야 했다. 어떤 원자재들은 나보다 더 컸기에 내 키가 문제가 됐다. 나는 원자재 운반과 세척을 도우려고 애썼지만 일이 없어 어쩔 수 없이 정원을 어슬렁거리는 상황이 여러 차례 발생했는데, 그곳에서는 떠나가는 조각상들과 복원을 위해 도착한 작품들이 들고 나고 있었다. 나는 또다시 성 프란체스코의 조각상 앞에서 메티를 만났는데, 조각상 아래에는 목에 붉은 스카프를 매고 허리에 푸른색 앞치마를 두른 젊은이가 방금 갖다 놓은 돌로 만든 새 두 마리가 놓여 있었다. 메티가 내게 손짓을 했다.

「네리가 조각한 이 새 두 마리를 봐라. 네리는 곧 직인이 될 거고, 공방에서 도제들을 이끌 거야. 어떻게 생각하니?」

「아주 아름답습니다, 사부님.」

네리는 그 의견이 어떻든지 간에 절단공의 견해라면 모욕으로 받아들여야 하는 것은 아닌지 자문하면서 눈썹을 찌푸렸다. 어깨를 으쓱하더니 아무런 가치가 없긴 하지만 그 칭찬을 받기로 한 것 같았다. 메티가 네리의 팔을 토닥였고, 네리는 멀어져 갔다.

「아시시 대성당에서 들어온 주문이다.」 메티가 중얼거렸다. 「내가 직접 해야 했지만…….」

「그랬더라면 훨씬 더 잘하셨겠죠.」

「뭐라고?」

「거짓말을 했어요. 저 새들은…….」

나는 고개를 저었다. 메티의 입이 거의 희극적으로 보일 정도로 일그러졌는데, 어쨌든 치밀어 오르는 분노를 드러내고 있었다.

「네 맘에 안 든다고?」

「네.」

「절단공의 뛰어난 식견이 실린 의견을 들어 볼 수 있을까?」

나는 메티를 꼬나보았다. 비록 그러기 위해서 눈을 치켜떠야 했지만. 그 순간 16년간 쌓인 분노가, 가장 친한 친구가 하늘에서 떨어지는 걸 보면서 느꼈던 그 공황이 뒤섞인 삼키고 묵힌 불안이 터져 나왔다. 나 역시 내 몫의 분노를 터뜨릴 권리가 있었다.

「그럼, 수많은 새를 봤던 사람의 뛰어난 식견이 실린 의견을 들어 보시죠. 저 새 두 마리는 절대로 날지 못할 겁니다.」

내가 손가락으로 조각을 가리키며 말했다.

「무슨 소린가?」

「해부학적으로 정확하지 않습니다. 이건 참새 크기의 칠면조들이니까요. 그런데 칠면조는 절대 멀리까지 날지 못하죠. 이건 부수적인 거지만, 저 새들은 성인의 시선을 아래로 끌어당기고 있어요. 그런데 스승님은 그 반대를 원한 게 아닌가요?」

「그러니까 네가 더 잘할 수 있다는 거군.」

「그럴걸요.」

그는 지나가는 도제를 향해 몸을 돌리더니 성난 목소리로 그를 불렀다.

「거기, 너, 도구 가방을 가져와.」

그러고는 나를 향해 말했다.

「이 작은 원석들 보이지? 난 폴바치오 채석장에서 오는 길이다. 이건 대리석 견본 두 개고. 그중 하나를 골라. 그리고 새 한 마리를 만들어 봐. 그 새는 나는지 알 수 있겠지.」

나는 모든 것을 아버지에게, 지구라는 이 마그마 덩어리 위에서 너무나 짧게 스쳤던 우리의 만남에 빚지고 있다. 아버지 이야기를 거의 하지 않는다고 사람들은 가끔 내가 무심하지 않은가 의심했다. 그리고 내가 아버지를 잊었다고 꾸짖었다. 잊었다고? 나의 아버지는 내 동작 하나하나에 살아 계셨다. 내 마지막 작품에까지, 내 마지막 끌질에까지. 내 끌질의 담대함은 아버지 덕분이다. 아버지는 작품의 최종 위치를 고려해야 한다는 것을 가르치셨다. 작품의 비율은 그것에 가닿는 시선에, 정면으로 보는지 올려다보는지 어느 높이에 놓이는지에 달려 있으니까. 그리고 빛도. 미켈란젤로 부오나로티는 자신의 피에타가 어두운 장소에 전시되리라는 것을 알고, 아주 희미한 빛에도 빛나게 하려고 끝도 없이 연마했다. 결국, 나는 내가 받았던 최상의 충고 중 하나를 아버지에게 빚지고 있다.

「네 완성된 작품이 살아 숨 쉬는 모습을 생각해 봐. 그것이 어떤 효과를 낳을까? 네가 지금 작품 속에 응결시켜 놓은 그 순간의 다음 순간에 무슨 일이 일어날지 그려 보고 사람들이 그것을 머릿속에 떠올리도록 해야 해. 조각은 계시야.」

나는 절단 작업장 한구석에 자리 잡고서 메티가 준 대리석 원자재를 쪼기 시작했다. 나의 동료들은 이 못생긴 새끼 오리가 백조처럼 보이자 마음이 사로잡혀 호기심 어린 눈길로 지켜봤는데, 어쩌면 그 백조는 살짝 앙가발이일 수도 있겠지만, 즐길 일이 거의 없던 그들로서는 그 정도 일로 트집을 잡으려 들지는 않을 터였다. 대리석은 전형적인 카라라산으로, 유순하고 꼭 필요한 만큼만 유연했으며 까다로운 구석이라고는 조금도 없었다. 나는 그 안에 숨어 있던 새를 꺼내 줬다. 그 새는 날개를 몸통에서 살짝 뗀 상태였는데, 곧 날아올라 성인의 팔이나 어깨에 내려앉을 참이어서였다. 대리석은 들여다보일 듯한 힘찬 근육과 참새의 연약함을 모두 품고 있었다. 그

247

리고 성인에게 참새 한 마리는 충분하지 않기에, 나는 첫 번째 참새 곁에 꼭 붙어 있는 또 다른 참새를 조각했다. 두 마리 참새가 장난을 치느라고, 혹은 심심해서, 혹은 성인의 총애를 다투기 위해서 서로 붙안고 뒹굴기라도 한 듯, 두 번째 참새는 첫 번째 참새의 깃털 속에 반쯤 파묻혔다. 나는 그날 하루의 뒷부분을 연마 작업에 쏟았고, 드디어 나의 작업 결과물을 바라보려고 뒤로 물러섰다가 내 주위를 둘러싼 일꾼들과 등이 부딪혔다. 메티가 자신을 데리러 갔던 마우리치오의 뒤를 따라 나타났다.

「자, 주인님, 이곳의 절단공이 어떤 능력을 갖고 있는지 와서 좀 보세요. 망설이지 말고 우리 월급도 올려 주시고요.」

웃음소리가 터져 나왔다가 필리포 메티가 좌중에 엄격한 시선을 던지자 곧 잦아들었다. 그가 내 새들을 향해 다가왔고 곧 묘한 반응을 보였는데, 내 작품을 본 사람들에게서 으레 나오는, 내가 평생 봐온 반응이었다. 멈칫하는 순간과 그 뒤로 작품과 나 사이를 오가는 시선. 어쩌면 이 상황은, 이런 말로 표현되지는 않겠지만, 이렇게 말하는 것과 다를 바 없었다. **아니, 이 난쟁이가 어떻게 이런 일을 해냈지?** 그는 내 작업을 꼼꼼히 살폈고, 손가락을 내밀어 만져 보고 이리 쓸고 저리 쓸어 보았다. 살펴보는 동안 그의 얼굴이 점점 붉어졌다. 그러더니 폭발했다.

「착각하지 마, 내 공방에 새로 조각가를 들일 자리가 있을까? 위계가, 전통이 있는 법이고, 이곳에서는 그것들을 지킨다. 그래, 네게 재능이 있다는 건 확실해, 그것도 대단한 재능이. 어쩌면 이제껏 내가 본 적 없던 가장 뛰어난 재능일 수도 있겠지. 하지만 바뀌는 건 아무것도 없다. 왜 네 삼촌이 네가 미숙련공이라고 말했는지는 모르겠지만, 난 너의 집안 문제에 엮이고 싶은 마음은 조금도 없다. 계속 절단 작업장에서 일해.」

그는 납처럼 무거운 침묵 속에서 나가 버렸다. 잠시 뒤에 그가 되돌아와 내 가슴팍을 손가락으로 찔렀다.

「오늘 오후부터 조각 공방에서 일을 시작해라. 미리 경고하는데, 난 월급을 줄 수 없어, 그럴 예산이 없다. 뭐, 어쩌면 내가 네 삼촌에게 다달이 보내는 돈에다가 50리라쯤 더 줄 수는 있겠지. 그 돈은 네게 직접 주마.」

나는 깜짝 놀라서 그가 나가는 모습을 바라봤다. 50리라, 숙련공이 받는 급여의 6분의 1. 내게는 엄청난 액수. 피에트라달바, 비토리오, 오르시니 가문, 내게 비올라의 소식을 전해 줄 수 있는 사람이라면 그 누구에게든 편지를 보낼 수 있게 엄청난 수의 우표를 살 수 있는 액수. 비올라와 내가 멈춰 섰던 바로 그곳에서 언젠가 다시 시작하기 위해, 너무나 아름답고 너무나 가혹한 이 도시를 떠날 때 필요할 돈.

그때까지는 조금 고생을 해야 하리라.

나, 석고 가루를 뒤집어쓴 꼬마 유령은 10여 명의 조각가들이 보내는 불신의 눈길을 받으며 공방에 입성했다. 그들의 우두머리인 네리는 아직 스무 살이 채 안 됐다. 그는 내 새들을 보았고 그 즉시 나를 증오했다. 조금도 빚지고 싶지 않아서, 그리고 증오가 견고한 우정으로 변한다는 요정 이야기를 믿을 나이는 이미 지났기에, 나 역시 똑같이 되갚아 줬다. 그 뒤로 몇 주 동안 나는 네리와 그의 졸개들이 저지르는 은근하지만 다소 심각한 신고식의 대상이 되었다. 나는 점심과 저녁을 계속해서 절단공들과 함께 먹었고, 그 때문에라도 조각 공방에서 나의 인기는 올라가지 않았는데, 공방의 거주자 중 그 누구도 재능이라고는 없었지만 자신들이 마시는 공기는 유일하고 회귀하다고, 재능으로 가득한 공기라고 자부했다. 네리를 빼면 그 누구에게서도 재능은 보이지 않았다. 나는 네리가 만든 새들을 조금 박하게 평가했었는데, 사실 그만하면 성공적이었다. 하지만 내가 그보다 더 잘 만들어 내지 않았는가.

내 도구들은 어김없이 없어졌다. 내 간이 의자는 쓰러졌다 — 누군가가 의자 다리에 톱질을 해둬서였다. 하지만 내게는 제일 고귀하지 못한 일들만 맡겨졌기에 나는 그곳의 기득권에게 큰 위협이 못 되었다. 내게는 소라고둥, 식물, 동물, 분수대의 장식이나 맡겼다. 성인, 사도 등 가깝든 멀든 간에 조금이라도 신성에 접근하는 것은 하나도 맡기지 않았다. 성가족 혹은 성부는 생각해 볼 필요조차 없었다. 그것들은 네리와 두 멍청이의 전유물이었는데, 내가 우노와 두에[28]라고 이름 붙

28 uno, due. 이탈리아어로 각각 1과 2를 의미한다.

인 그 두 멍청이(그들의 진짜 이름은 기억나지 않는다)는 그들의 두목이 말하는 거라면 뭐든지 고개를 끄덕거렸다.

네리는 별로 중요하지 않았다. 나의 분노는 그가 아니라 오르시니 가문을, 어쩌면 비올라를 향했다. 비올라는 살아 있을 수밖에 없으니까. 비올라 같은 여자는 불멸이었다. 왜 사람들은 내게 아무런 소식도 주지 않고 나를 내버려두는가? 비토리오는 꼬박꼬박 편지를 보냈고, 그가 보내 온 편지들은 첫 번째 편지와 흡사했다. **그 인간 알베르토는 정말 멍청해, 나는 연애 중이야, 비올라가 어떻게 됐는지는 아무도 몰라.**

사고가 발생한 지 석 달이 지난 1921년 2월 초, 유난히 혹독했던 겨울이 지나고 잠깐 날이 확 풀리자 피렌체 사람들이 거리로 쏟아졌다. 미풍이 아르노강을 따라 내려가며 아펜니노산맥으로부터 고지 하계 목장의 내음을 실어 나르니 건물이 텅 비었다. 네리는 나의 외출을 금지했는데, 공방을 지켜야 해서였고, 내게는 때마침 잘된 일이었다. 한 시간 뒤, 상단에 오르시니 가문의 주소와 성명이 인쇄된 편지가 도착했으니까. 신학생 오빠인 프란체스코로부터 온 것이었다. 서신용 책상 위에 방치된 나의 편지가 그가 부모 집에 잠깐 머무르는 동안 다행히도 눈에 띈 것이었다. 드디어 그가 내게 자신의 누이에 대해 말해 주려는 듯했다. 나는 숨을 죽인 채 그의 서신을 펼쳤다.

비올라는 두개골, 추골 하나, 갈비뼈 세 대, 두 다리에 골절상을 입었고 한쪽 허파를 찔렸다. 코마 상태로 3주를 보냈다.

유럽 전역에서 온 전문의들이 병상에 누운 비올라를 둘러싸고서 예후에 대해 다양한 예측과 예언을 내놓았고 대체로 불길한 그런 소견들을 비올라는 전력을 다해 좌절시켰다. 그 애는 어느 날 아침 깨어났고, 신경학적 후유증으로는 그날의 사건에 대한 완전한 기억 상실과 지읒과 시옷 계열 발음에 생긴 가벼운 문제만 남았는데, 프란체스코의 의견에 따르면 그 발음 문제마저 점점 사라지는 중이었다. 비올라는 몇 주 내로 고향인 피에트라달바로 돌아가 계속 회복에 힘쓸 예정이었다. 〈비올라는 씩씩하게 지내지만 아무도 만나고 싶어 하지 않아.〉 프란체스코는 〈아무도〉에 밑줄을 그어 강조했다. 그 뒤로 이어진 구절은 여전히 분수대 근처에 서 있는 내가 만든 곰에 대한 이야기였다. 〈파첼리 주교께서는 아직도《작은 키에 커다란 재능을 지닌 젊은 조각가》이야기를 내게 하신다.〉 그러고는 마치 사소한 사항을 잊고 있었다는 듯이 이런 말을 덧붙였다. 〈골절상의 범위로 보아, 비올라가 다시 걸을 수 있을지를 말하기엔 아직 너무 이르단다.〉

비올라는 살아 있었고, 중요한 건 그거였기에 마침내 울음을 터뜨릴 수 있었다. 맞은편 굴뚝에 앉아 있던 까마귀 세 마리가 건방지게 나를 살펴보다가 바람이 불어오자 고개를 움츠리고 아르노강을 향해 날아올랐다.

나는 봄 동안 매주 비올라에게 편지를 썼다. 부서지고 구멍 뚫린, 매시간 매분 없어서 아쉬운 나의 가여운 비올라. 두오모 현장에 공방 전체가 매달렸고, 바람이 도심 쪽으로 불 때면 우리가 두드려 대는 소리가 그곳에서도 들렸다. 강가를 따라서 생겨난 싸구려 술집에서 벌이는 술판보다 내 친구와 가상의 대화를 나누는 쪽이 더 좋았기에 내가 옛 수도원을 벗어나는 일은 드물었다. 나의 반복되는 요청에 굴복하여 메티는 결국 내게 보다 중요한 구성물을, 가끔은 판테온의 중요하지 않은 인물을 맡겼다. 잘 차려입은 사업가들과 고위 성직자들이 여러 차례 우리의 작업 현장을 방문했다. 메티와 네리가 그들을 따라다녔고, 무한한 인내심을 발휘해 가며 돌덩어리에서 예술 작품으로의 이행 과정을 자세히 보여 주고 설명했다.

나를 상대로 한 골탕 먹이기는 계속됐는데, 비루한 데다 야심마저 부족해서 더욱 쓰라리게 다가왔다. 떠밀리고 없는 취급을 당하고 가짜 심부름에 시달려야 했다. 어느 날 밤에는 침대에서 죽은 고양이를 발견했다. 나는 메티에게 이 모든 일에 대해서 털어놓았고, 그는 손을 휘휘 내저으며 그런 〈아이들 장난〉에 뭘 그러냐며 나를 내쳤고, 네리에게는 질서를 잡으라고 명령했다. 네리는 내게 두 배 더 원한을 품었다.

내가 열일곱 살 나던 해였고, 그때부터 사람들은 나를 위험하거나 예측할 수 없는 사람으로 여기기 시작했던 것 같다. 나는 그러한 평판을 평생 끌고 다닐 텐데, 아마 얼마간은 스스로 그 평판을 유지했기 때문이리라. 6월에, 비올라에게 10여 통의 편지를 보내고 난 뒤에, 다음의 사실을 받아들이지 않을 수 없었다. 즉 비올라는 내가 보낸 편지를 받지 못했다는 것. 그것이 다른 가능성, 그러니까 편지를 받았지만 답장하지 않았다는 쪽보다는 훨씬 나았다. 내 보잘것없는 저금을 피에트라달바로 가는 여행에 써야겠다는 생각을 잠깐 했지만, 내가 오르시니 저택에 들여보내 달라고 요구할 수 있는 인물인가? 프란체스코는 그 점에 있어 명확했다. **그 애는 누구도 만나고 싶어 하지 않는다.**

어느 날 아침 작업장에 도착해 보니, 내가 일주일 전부터 시간을 쏟아부었던 조각상의 목이 잘려 있었다.

「누가 이랬지?」

모두 천연스레 작업만 했다. 우노와 두에는 휘파람을 불고 네리는 나를 못 본 척했다. 나는 그에게 다가갔다.

「누가 이랬지?」

「뭘?」

「잘 알잖아.」

「난 전혀 몰라. 애들아, 너희들은 뭐 알고 있는 거 있어?」

「아니.」 우노가 말했다.

「아무것도, 정말 아무것도 몰라.」 두에가 덧붙였다.

나는 우노(혹은 두에)의 사타구니를 걷어찼다. 그가 무너지면서 작업대를 쓰러뜨렸다. 다른 도제들이 우리를 떼어 놓는 동안 우리는 서로의 얼굴에 대고 저주를 퍼부었고, 메티가 작업장으로 들어오자 갑자기 조용해졌다. 30분 뒤, 네리와 나는 그의 사무실, 혹은 사무실로 사용되는 곳으로 불려 갔다.

수도원의 부엌이 있던 곳으로, 거대한 벽난로 앞에 가대가 있고 그 위에 테이블 상판이 올라가 있었다. 그는 예술가의 작업실에서 흔히 볼 수 있는 경쟁심에 관해 건성으로 설교하고는 우리가 하루빨리 그런 경쟁심에서 벗어나기를 바란다며 서로 악수를 나누라고 권했고, 우리는 위선적인 미소를 띠며 시키는 대로 했다.

「걸리기만 해봐.」 같이 나갈 때 네리가 내 귀에 소곤댔다.

「한 번만, 꼭 한 번만 더 더러운 짓 해봐, 죽여 줄게.」

그의 눈 속에 두려운 빛이 퍼뜩 지나갔다. 나는 이제 이 이상하고 경이로운 나라에 도착할 당시의 열두 살짜리 소년이 아니었다. 나는 이탈리아인, 진짜 이탈리아인, 가뭄과 궁핍의 아이, 견딜 줄 아는 아이였다. 하지만 네리에게 두려움을 안겨 준 것, 네리 다음으로 나타난 수많은 다른 사람에게도 마찬가지였는데, 그것은 나 같은 놈은 잃을 게 아무것도 없다는 생각이었다.

며칠 뒤, 메티가 자신을 따라서 시내에 가자고 제안했다. 나는 피렌체에 도착한 뒤로 이런저런 심부름 몇 번을 제외하면 그곳에 제대로 발을 들여놓은 적이 없었다. 메티는 두오모 성당을 구경시켜 줬고, 둥근 지붕 아래 숨어 있는 계단을 따라 정상까지 올라가게 해줬다. 정상에 오르니 무시무시한 바람이 불어왔다. 먼지가 말끔히 씻긴 모습으로, 반짝이는 새파란 하늘을 인 채 우리 발아래에서 피렌체가 빛나고 있었다.

「그래, 무슨 생각이 들지?」

「제게 네리에게 주는 것과 똑같은 작업을 맡겨야 한다는 생각이요.」

메티가 반쯤은 재미나고 반쯤은 짜증 난다는 표정으로 한숨을 쉬었다. 우리는 계단을 내려가 꽁꽁 언 몸으로 아르노강변을 따라 다시 걸었다. 산타트리니타 광장 직전 비아델레테르메가 끝나는 곳, 주차장처럼 보이는 장소에 테이블 몇 개가 놓여 있었다. 나의 스승은 그곳에 종종 들렀던 모양인 게, 우리에게 즉각 커피 두 잔과 작은 병에 담긴 브랜디를 가져다주었으니까.

「네 친구는 어떠니, 미모?」

「제 친구요?」

「네가 도착했던 날 내게 말했잖아. 병원에 있다는 그 친구.」

「오, 많이 좋아지고 있어요. 그럴걸요.」

메티는 단 세 모금에 커피를 마시고는, 찻잔의 빈 바닥을 응시했다.

「네리는 공방의 반장이야. 현실이 그래.」

「저는 그의 자리를 차지하려는 게 아니에요. 그저 제 능력치의 높이에 맞는 작업에 끼고 싶은 거예요.」

〈높이〉라는 말에 그가 미소를 지었다. 그는 자신도 모르게 땅에 닿지 못하고 달랑거리는 내 다리로 눈길을 내렸다.

「네리는 너를 좋게 보지 않았어.」 그가 강조했다.

「네리는 카치노예요.」

「또한 란프레디니 가문의 일원이지. 그 가문은 이 지역에

256

서 가장 힘센 집안 중 하나고, 그 애 아버지는 두오모 성당 개
보수 작업의 주요 후원자 중 한 분이란다. 나는 순진하지 않
아. 내가 이 계약을 따낸 건 그 사람 덕분이지. 그의 아들이 공
방을 이끌고 있으니까. 네리는 그럴 자격이 있단다.」 메티는
내가 입을 열기 전에 덧붙였다.「그 애는 훌륭한 조각가다. 너
와 그 애 사이에서 선택하게 몰아붙이지 마라.」

「제겐 재능이 있어요!」

메티의 표정이 다시 어두워졌다. 그는 빈 찻잔에 브랜디를
조금 따라 입술로 가져갔다가 마시지 않고 테이블에 다시 내
려놓았다.

「나도 한때 내게 재능이 있다고 생각했다. 그 뒤로 사람은
재능을 가질 수 없다는 걸 이해했지. 재능은 소유되는 게 아
니란다. 그건 네가 평생을 바쳐서 붙잡으려고 애쓰는 증기구
름이랄까. 그리고 뭔가를 붙잡으려면 두 팔이 필요하지.」

시선을 땅에 고정시킨 그는 나를 잊은 듯했다. 나는 카포레
토에서 안개가 낀 날 그걸 잃어버렸지. 갑자기 그가 소스라치
더니 열에 들뜬 시선을 내게 다시 던졌다.

「왜 네리가 좋은 반장인 줄 아니? 안정적이어서란다. 그 애
는 거기에 두 발을 딛고 서 있고, 자신이 뭘 하는지 잘 알지.」

「하지만 결코 더 멀리는 못 갈 겁니다.」

「맞아. 그 애는 벽에 도달했어. 하지만 벽의 이점, 그건 거
기 기댈 수 있다는 거지. 너, 반면에 넌, 내리막길에서 가속도
가 붙은 사람처럼 숨이 턱에 차서 내달리지. 단지 너의 내리

막길은 오르막길인 게 다를 뿐. 네 안에는 천재성이 있어. 난 그걸 알아본다. 거짓 겸손 따위는 집어치운다면, 나도 그것을 가진 적이 있다고 생각하니까. 그건…… 예전 일이지만.」

그가 동전 몇 개를 테이블 위로 던졌고, 한마디 말도 없이 너무나 독특한 걸음걸이로 멀어져 갔다. 나는 나만의 너무나 독특한 걸음걸이로 달려가 그와 함께 걸었다. 우리는 베키오 다리까지 침묵 속에서 건들건들 걸어갔다. 그날 강에서는 강물이 늘 생애를 마치게 되는 장소인 지중해의 맛이, 싱싱한 쪽빛의 내음이 미리 났다.

「소소한 작품들만 조각한다면 공방에서 실력이 붙을 일은 절대 없을 겁니다.」 우리가 건너편 강변에 다다랐을 때 내가 말했다.

「중요한 건 네가 무엇을 조각하는가가 아니야. 왜 그것을 하는가이지. 그런 질문을 스스로에게 던져 봤니? 그게 뭘까, 조각한다는 게? 〈형체를 부여하기 위해 돌을 쫀다〉라는 답은 하지 마라. 내가 무슨 말을 하는지 아주 잘 알고 있잖니.」

스스로에게 단 한 번도 물어본 적 없던 질문에 대한 답은 알 수 없었고, 나는 아는 척하지도 않았다. 메티가 고개를 끄덕였다.

「그럴 줄 알았다. 조각을 한다는 게 뭔지 깨닫는 날, 넌 단순한 분수대만으로도 사람들이 눈물을 흘리게 할 거다. 그동안, 미모, 충고 하나 하지. 인내해라. 이 강, 변함없이 고요한 이 강처럼 말이야. 이 강, 아르노강이 화를 낸다고 생각하니?」

1966년 11월 4일, 둑을 터뜨려 버린 아르노강은 강변으로 흘러넘치며 도시를 작살내게 되리라.

피에트라달바의 1919년 여름과 흡사한 숨 막히게 무더운 여름이 찾아왔고, 강의 존재로도 그 열기는 누그러뜨리기 힘들었다. 부서지기 쉬운 휴전이 공방의 삶을 지배했다. 여전히 내게는 소소한 것 위주의 복원과 제작을 맡았고, 네리는 가장 아름다운 돌과 가장 고귀한 주문을 누렸다. 나는 점점 자주 저녁에 외출했고, 절단공들을 따라서 그들이 가는 불법적인 장소를 들락거렸다. 그들과 어울리면 마음이 편했는데, 그들은 반듯한 삶과는 거리가 멀었고 내가 자신들과 같은 부류가 아니라고 놀려 댔다. 가끔은 고작 수상쩍은 술 두 잔을 마시는 새에 난투극과 보복전과 배신이 일어나는 것을 목격하기도 했지만, 신도 버린 그들 가운데 나를 〈난쟁이〉라고 부른 이는 단 한 명도 없었다. 술이 잔뜩 오르면 그들 가운데 이 사람 혹은 저 사람이 장엄하게 일어서는 일이 드물지 않았다. 그러면 좌중은 조용해졌고, 드높이 솟아오른 오페라 아리아가 귀에 들려오면 우리 눈에 눈물이 고였다. 그 남자들은 노래를 불렀는데, 해야 할 말이 있어서였고 내일을 기약할 수 있을지 알 수 없어서였다. 그런 밤이면, 바닥이 끈적이고 해적판 카루소의 노래에 취한 그 장소가 세상에서 가장 아름다운 무대였다. 그곳의 팔리아치오들은 진정 미치광이들이었고 돈 조반니들은 말할 것도 없었으니, 노래하는 사람들 전부가 쉼 없이 사랑하고 살인을 저질렀으니까. 그해 여름 세상을 떠날 카루소에 맞먹을 인물인데도, 방금 시칠리아에서 태어나면서 첫 발성 연습을 한 디 스테파노[29]에 버금갈 인물인데도, 이런 싸구려 술집에서 좌초한 운명들이 얼마나 많겠는가? 한 걸음 잘못 내디뎠다가, 시선을 잘못 돌렸다가, 스칼라 극장이 아니라 술주정뱅이들과 상이군인들과 피로와 지겨운 나날로 멍청이가 된 사람들 앞에서 노래했다. 하지만 스칼라 극장의 관객보다 우리의 감상 능력이 떨어진다고는 생각지 않는다. 자칭 훌륭한 취향의 보유자이자 음정이 조금만 미끄러져도 야유를 보낼 준비가 된 스칼라 극장의 로치오니스티[30]들은 진정한 오페라를 들어 본 적이 없노라고 주장하겠다. 제쏠도[31]는 살인자였

---

29 Giuseppe Di Stefano(1921~2008). 1950년대에 오페라계를 주름잡은 이탈리아의 테너.

30 loggionisti. 가장 저렴한 좌석 로치오네loggione를 점령한 오페라 광팬들을 지칭하는 이탈리아어.

31 Carlo Gesualdo(1566~1613). 이탈리아의 작곡가. 아내와 그 정부를 죽였다고 한다.

다. 카라바조[32] 역시. 예술은 때때로 피투성이 손에서 태어난다.

나의 밤 생활에는 목적이, 비올라에게로 생각이 가는 것을 막으려는 목적이 있었으니, 여전히 그 애에 대한 소식은 아주 사소한 것 하나도 없었다. 어쩌면, 그 애 없이 살아가는 법을 배워야 하리라는 생각이 본능적으로 들어서였는지도 모른다. 별항은 비올라가 피에트라달바로 돌아왔다고 확인해 줬다. 한밤중에 마을 한가운데를 전속력으로 질주하는 앰뷸런스가 목격됐으니까. 하지만 그 뒤로 비올라를 본 사람은 아무도 없었다. 오르시니 가문이 다시 사교계 인사들을 맞이하기 시작한 상황에서, 이제는 저택에서 풀타임으로 일하는 안나 조르다노조차도 비올라를 본 적이 없었다. 비올라는 외출하지 않았고, 사람들 앞에 모습을 보이지도 않았다. 수십 년 전부터 가족의 시중을 들어 오던 하녀 두 명만이 비올라를 돌봤다.

그 애에게서 아무런 답이 없자 나는 그 애의 부모가 서신을 걸러 낸다고 추정했다. 그래서 별항을 통해 안나를 움직여 비올라에게 직접 편지를 전달해 달라고 부탁했다. 어쨌든 가능한 한 직접. 일주일에 한 번 안나는 비올라의 방을 대대적으로 청소하는 일에 참가했고, 그 시간 동안 비올라는 저택의 저 안쪽 어딘가로 사라졌다. 안나는 침대 정리를 마친 뒤 베

---

32 Michelangelo Merisi da Caravaggio(1571~1610). 이탈리아의 화가로, 길에서 시비가 붙어 젊은 귀족을 죽였다고도 하고 테니스 시합 도중 상대인 젊은 남자를 죽였다고도 한다.

개 밑에 내 서신을 놔두기로 했다. 안나는 충성스럽게 자신의 임무를 수행했고 나는 기다렸다. 1주, 2주, 3주. 가을이 으레 끌고 다니는 안개와 고개를 움츠리게 하는 을씨년스러운 세우(細雨)를 데리고 돌아왔고, 강변을 따라 형성된 도시에서는 탁한 강물에 빗줄기가 떨어지는 소리에 귀가 피로했다. 비올라로부터 답은 오지 않을 거다. 그 애는 할 수 없거나 하고 싶지 않은 거였고, 내게는 이거나 저거나 매한가지였다.

고약한 기분으로 마음이 술렁댔고, 나는 맥주를 쭉쭉 들이켜며 원망스러운 감정을 무디게 했다. 이제 사람들은 내가 마우리치오나 또 다른 절단공들을 달고서 우리가 잘 가는 술집 중 한 곳의 문턱을 넘어서자마자 내게 인사를 건넸다. 주문하지 않아도 알아서 내게 맥주 한 잔을 내밀었다. 세 번째 잔을 들이켜고 나면 타고난 나의 후한 인심이 달궈져서 술집 손님들에게 술을 돌리고 또 돌렸다. 두 달 전부터 새로운 단골이, 곰보 자국이 남은 갈색 뺨에 키가 크고 삐쩍 말랐으며 사람들이 코르누토 — 오쟁이 진 놈 — 라고 부르는, 왜 그렇게 부르는지는 몰랐지만 그렇게 불리는 남자가 나타났다. 물론 그런 별명이 왜 유래하는지는 알고 있었지만, 그저 그런 남자에게 오쟁이를 지우고 싶어 한다는 게 머릿속에서 잘 그려지지 않았다. 나는 수많은 악당들과 알고 지냈지만 그 남자는 **정말로** 으스스했다. 하지만 코르누토는 내가 들을 기회가 있었던 가장 아름다운 목소리의 소유자 중 한 명이었다. 그의 전공 분야는 이민자의 노래였고, 가장 큰 성공을 거둔 노래는 이탈리아 남부 칼라브리아의 노래 「리투르넬라」로, 사람들은 그 노래를 불러 주기를 요구했고 빈 술잔으로 계산대를 내려치며 박자를 맞췄다. 그 노래는 떠남과 별리의 슬픔에 대해 말했다 — 우리 모두는 그 노래에서 자신의 모습을 알아보았다. 그 노래를 듣고 있으면 그가 일했던 광산이 붕괴됐고, 그가 타고 가던 배가 난파당했으며, 굶주림과 목마름과 가난으로 그가 이미 수차례 죽었다고 믿지 않기가 힘들었다 — 그는 그런 몰골이기도 했다. 머리는 핑핑 돌고 발음은 새고 평소보다 더 걸음이 건들거리는 그런 밤이면 나는 어머니와 비올라, 내가 겪은 별리의 슬픔을 생각했다. 우리 술꾼들은 영원한 우정을 맹세하며 새벽에 헤어졌다. 나는 7시면 작업장에 나가 뗏목에 매달리듯 끌에 매달렸다.

1921년 가을의 용광로에 우연히 던져진 두 개의 사건은 거의 동시에 발생하여 내 삶을 다시 한번 파괴했다. 내가 열일곱 되던 날인 11월 7일에 무솔리니는 ras들, 그러니까 전국에서 공포가 맹위를 떨치게 만들었던 지방의 소권력자들을 집결시킬 목적으로 국가 파시스트당을 창당했다. 네리는 거기에서 일종의 메시지를 읽었던 모양이다. 내 도구들이 다시 사라지기 시작했고, 식당에서 누군가가 내 뒤를 지나갈 때면 팔꿈치로 맞았으며, 심지어 누군가가 내 침대에 오줌을 누기도 했으니까. 어느 날 우노가 내 뒤에서 걸어오면서 내 앙가발이 걸음걸이를 흉내 내다가 마우리치오에게 걸렸다. 우노의 머리채를 휘어잡고 절단장까지 끌고 간 마우리치오가 그를 반쯤 죽여 놓은 뒤 회전 톱 앞에 던져두고는, 다음번에는 그 밑으로 들어가게 될 거라고 말했다. 메티는 격노하여 우리 모두를 불러 놓고 침을 튀겨 댔다. 다음번에는 아주 사소한 실수일지라도 엄벌을 내릴 테다. 나는 돈이 없었다 — 저녁의 술집 순례에 거의 다 썼다 — 가야할 곳이 어디에도 없었다. 나는 입을 다물어야만 했고 그 누구도 건드리지 못하는 네리는 전투를 계속했다. 우노만이 줄행랑을 쳤고, 다시는 아무에게도 시비를 걸지 않았다. 나는 마우리치오에게 고마움을 느끼는 한편 살짝 원망스러웠다. 그의 개입으로 마치 내가 스스로를 방어할 줄 모른다는 인상을 주었으니까.

그러고는 편지가 도착했다. 어느 날 아침, 아무런 사전 경고도 없이, 석탄 내를 풍기는 찬 기운을 타고. 나의 이름과 주소가 녹색 잉크로, 이 세상에서 단 한 명만이 사용하는 — 비올라는 자신의 잉크를 직접 제작했는데, 〈화학자〉 시절이 남긴 열정이었다 — 박하 색상 잉크로 적혀 있었다. 아침 내내 편지를 품에 넣고 있다가 식사 시간이 되자 내 방으로 달려 올라가 문을 이중으로 잠그고 편지를 꺼냈다.

사랑하는 미모,

네가 보낸 여러 통의 편지는 잘 받았어. 조금 더 일찍 답장을 못 해서 미안해. 이 편지를 나쁘게 받아들이지 않기를 바라지만, 네가 더 이상 편지를 보내지 않으면 좋겠어. 지금으로서는 그러면 좋겠어. 병원에서 성찰할 시간이 무척 많았고, 내가 이

기주의자였다는 걸 깨달았지. 내가 너를 나의 어린애 장난에 끌어들였고, 나를 비롯해 많은 사람들을 대단히 아프게 했어. 이제는 성숙해야 할 시기이고 이 모든 일을 떠나보내야 할 때야. 내가 좀 더 좋아지면, 조만간 너를 다시 만나 이곳 저택에서 커피를 한잔 나눈다면 기쁠 거야. 아마도 예전 우리의 꿈에 대해 웃음 짓겠지. 그동안은 내가 편지를 보내 달라고 청하지 않는데 편지를 보내오는 건 불편해. 너도 이해할 거라고 생각해. 어른이 될 줄 알아야 하니까.

안녕,

비올라 오르시니

　나는 오후가 한창인 시간에 다시 작업장으로 내려갔다. 숙취로 더 심해진 몽롱함 속에서 길고 긴 한 시간을 보냈다. 누군가가 비올라의 글씨체를 흉내 낸 거다. 비올라는 그런 편지를 쓰도록 강요받았다. 하지만 어떤 가정도 성립하지 않았다. 나는 비올라가 그런 편지를 쓸 수 있을 뿐만 아니라 실제로 그렇게 생각할 수 있다는 것을 알아차릴 정도로는 그 애를 충분히 잘 알았다. 이상하게도 내 마음에 가장 큰 상처를 준 것은 그 애가 자기 이름 옆에 붙인 성, 우리가 무덤에서 함께 보낸 시간과 고도를 꿈꾸던 때로부터 너무 멀며 차갑고 냉담한 그 애의 성이었다.

　내가 간이 의자에 앉자마자 네리가 시비를 걸어왔다.

　「어디 갔었지? 꾀병이나 부리라고 네게 돈을 주는 게 아

266

니야.」

「아팠어.」

「그래, 아픈 게 훤히 보이긴 해.」 그가 빈정거리는 웃음을 지으며 인정했다.

평소처럼 했어야, 입을 다물어야 했으리라. 하지만 이미 나는 나를 가둬 둔 둑에서 흘러넘쳤다.

「자, 자, 네리, 결국, 네가 나를 아주 좋아한다는 걸 알겠어.」

「천만의 말씀.」

「자신해?」

나는 일어서서 그가 작업을 마친 사도 조각상, 두오모 오페라 박물관으로 보내져 손상된 원본을 대체하게 될 모사품에 다가갔다.

「두오모 전면의 벽감에 넣을 조각상, 맞지?」

「그런데?」

「그러니까, 넌 원근법이라는 얘기를 한 번도 들어 본 적 없어?」

「뭐라고?」

「이 조각상은 20미터 높이에 놓이겠지. 지상에서 봤을 때 이 조각상의 각 부분이 균형 잡혀 보이기를 바란다면, 그 높이를 감안해서 넌 각 부분의 치수를 인위적으로 늘려야만 해. 이런 표현이 더 좋다면, 잡아당겨야 한다고.」 내가 네리의 작업 결과물을 톡톡 두드리며 말했다. 「그런데 이건, 정면에서 보면 비율이 훌륭하지. 하지만 20미터 높이에 올려놓으면 살짝 눌린 것처럼 보일걸, 나처럼. 이 조각상이 네가 만든 첫 번째 조각상이 아닌 걸로 보아, 네가 두오모 성당 곳곳에 난쟁이들을 뿌려 놓았다고 할 수 있지. 그래서 네가 나를 아주 좋아한다고 생각하는 거야.」

참지 못하고 터진 웃음소리가 들렸다. 네리가 험악한 눈길로 주위를 훑자 다시 조용해졌다. 그가 한 발 앞으로 다가오더니 내게 바싹 몸을 붙였다.

「네 자리로 돌아가. 아니, 돌아가서 네 애인에게 편지나 써.」

편지를 쓸 때면 그것들을 늘 숨겨 뒀다. 편지 중 몇 통이 귀퉁이가 접힌 걸 보았지만, 나의 부주의를 보여 주는 사소한 실수라고 넘겨 왔다.

「너희 내 편지를 읽었어?」

「그렇다면 어쩔 건데?」

나는 그에게 주먹질을 할 수 없었다. 즉각 거리에 나앉게 될 테니까. 내가 할 수 있는 건 아무것도 없었고, 그 사실은 그도 알고 나도 알았기에, 그가 내게 흡족한 웃음을 건넸다.

나는 그의 얼굴 한복판을 머리로 냅다 들이받았다.

필리포 메티는 내가 작은 가방을 들고 그의 사무실로 들어서는 모습을 보고도 눈살을 찌푸리지 않았다. 그는 내가 일을 복잡하게 꼬지 않는 것에 고마워했다. 그는 설명을 요구하지 않았고, 나는 그에게 설명을 해주지 않았는데, 그에 관한 의견 교환은 이미 오래전에 있었으니까.

「앞으로 무얼 할 계획이지?」 그는 그저 이렇게 물었다.

짐을 꾸리면서 그 문제에 대해 생각해 봤지만, 피에트라달 바로 돌아가는 것 말고 다른 해결책은 보이지 않았다. 그곳에서 나를 기다리고 있는 사람은 아무도 없었지만, 우리가 함께 일을 도모할 때 은신처로 사용했던 숲속의 작은 헛간에 머물 작정이었다. 그러면서 미래를 기획할 생각이었으니, 지금으로서는 앞날에 대한 아무 생각도 없었다. 돌아가는 이유는 오로지 재출발을 위해서였다. 비올라를 만나려고 애쓰지도 않을 텐데, 그 공주님은 어른이 되었고 나는 아니니까.

「유감이다.」 내가 아무런 답도 내놓지 않자 그가 다시 말을 이었다. 「지금이 11월 중순이니 한 달 치를 지불할 순 없다.」

「물론이죠.」

나는 짐 가방을 끌면서 문을 향해 갔다. 두 개의 바퀴에서 끽끽 소리가 났다 ─ 바퀴에 기름칠을 해야겠다는 다짐은 이미 했었지만 여태 실행하지 못했다. 겨우 4시였지만 밤의 어둠이 벌써 예전 부엌의 창틀 안에 꽉 들어찼다. 머리 위에서 흔들리는 알전구가 뿜어내는 빛의 섬에 홀로 갇혀 손으로 턱을 쓰는 필리포 메티는 울적해 보였다. 내가 문에 도달한 순간 그가 일어섰다.

「기다려라.」

그는 책상 서랍에서 지폐 몇 장을 꺼냈고, 주춤하다가 몇 장을 더 꺼내서 세더니 몽땅 봉투에 집어넣었다. 그가 다가와 내 주머니에 봉투를 넣었다.

「이번 기회에 잠시 숨 좀 돌려라.」

나는 그에게 고갯짓으로 고마움을 표했다. 그 사람도 나도 감정의 분출을 좋아하지 않았다. 우리는 결핍, 조여 맨 허리띠와 함께 태어난 사람들로, 이런 환경에서는 감정조차 아끼기 마련이었다. 문간에서 마지막으로 돌아보며 커다란 붉은 핏방울을 코에 단 네리의 얼빠진 표정을 떠올렸다. 나는 미소를 지었다.

「어쨌든…… 그럴 만한 가치가 있었어요.」

「나는 그렇게 생각하지 않는다, 미모.」

Addio Firenze bella, o dolce terra pia, sacciati senza compa, gli anarchici van via e partono cantando, con la speranza in cuor(아름다운 피렌체여 안녕히, 오 다정하고 경건한 땅, 아무 잘못 없이 내쫓긴 무정부주의자들은 떠나가고 가슴에 희망을 품고 노래하며 출발하네).

코르누토는 그 어느 때보다도 훌륭하게 노래했는데, 정말로 그랬다. 우리 모두는 그의 강렬한 테너에 휩쓸려 다 같이 위의 구절을 다시 불렀다. 절단장에 작별 인사를 하러 들렀을 때 내 친구들은 나의 출발을 제대로 축하해야 한다고 고집했다. 마지막 sbronza(과음), 더도 말고 그저 소박한 술자리. 내가 탈 기차는 아침에 출발하니, 왜 안 되겠는가. 술집 한 곳, 또 한 곳, 그러다가 세 번째 술집에서 한창 술을 마시고 있을 때 코르누토가 나타났다. 그는 추방당한 무정부주의자들, 자신들의 대지에서 떨어져 나온 용감한 암살자들의 노래인 「아디오 아 루가노」를 특별히 나를 위해 도시 이름을 바꿔 부르기 시작했다.

아름다운 피렌체여 안녕히, 오 다정하고 경건한 땅, 아무 잘못 없이 내쫓긴 무정부주의자들은 떠나가고 가슴에 희망을 품고 노래하며 출발하네.

우리는 마지막 작별 인사를 나눴고, 으레 그러듯이 다시 보자는 약속을 했고, 그러고 나서 나는 역사 문이 열리기를 기다리며, 이 벽 저 벽 부딪혀 가며 쌀쌀한 밤공기 속을 배회했다. 미래가 더는 그렇게 암울해 보이지 않았다. 술에 취한 자 특유의 낙관주의가 불안에 사로잡힌 자들에게 새벽이 속살대기 마련인 저주에 재갈을 물렸다. 나는 멈춰 서서 벽에 대고 오줌을 눴다.

얼굴을 스카프로 가린 다섯이서 나를 덮쳤다. 그들은 우연히 그곳을 지나가던 길이 아니었고, 나를 찾아다닌 거였다. 나는 그들의 예측보다는 훨씬 훌륭하게 스스로를 방어했다. 알코올 덕분에 고통에 둔감해진 데다 분노로 인해 엄청난 힘을 발휘해서 그중 둘을 쓰러뜨렸지만, 나머지 셋을 당해 내지 못했다. 그들은 쓰러진 내게 달려들어 주먹질과 발길질을 해 대더니 자기 편 부상자들을 데리고 갔다. 나는 여러 해가 흐른 뒤에야 네리를 다시 보게 된다.

얼어 죽었을 수도 있었다. 그렇게까지 죽음에 가깝게 다가간 적이 없어서 하마터면 내 영혼을 놓아 버리고 그 영혼이

11월의 밤 속으로 빠져나가 얼음장 같은 강물을 따라 흘러가게 내버려둘 뻔했다. 그 순간 익숙한 향내를, 빵 반죽과 장미와 땀이 뒤섞인 내음을 맡았다. 어머니였다. 어머니가 나를 일으켜 세우더니 모든 것이 괜찮아질 거라고, 내가 엄마를 보지 못해도 자신은 나를 보고 있다고 속삭였다. 정향, 제라늄, 백단, 에델바이스, 아니스, 걱정과 슬픔 등 다른 향내도, 격노한 수많은 어머니, 혼령으로 존재하는 수많은 어머니들의 향내도 떠돌았는데, 자신의 새끼가 학대당하는 일을 겪었던 그들이 내 곁으로 왔다. 잠시 뒤 의식을 되찾은 나는 물에 빠졌던 사람처럼 숨을 깊이 들이쉬었다. 나는 벽에 기대어 앉았다. 여행 가방은 열린 채 나뒹굴었고 옷가지들은 흩어졌다. 곧, 안주머니에 넣어 뒀던 봉투, 나의 전 재산인 1백 리라쯤 되는 돈이 든 봉투를 찾아봐야겠다는 생각이 퍼뜩 들었다. 봉투는 이미 사라지고 없었다. 나는 피에트라달바로 돌아가지 못하리라.

그래서 나는 내가 세상에 도착하고 나서 얼마 지나지 않아 부모님이 가르쳐 줬던 가장 소중한 행위를 했다. 나는 일어섰고, 걸었다.

서커스단의 천막은 그가 가리켰던 바로 그 장소에, 역사 뒤 공터에 있었다. 한쪽은 길가에 면해 있고 다른 쪽은 고철 장수의 안마당과 잇닿은 헐벗은 들판. 그랜드 호텔 발리오니에서 고작 몇 분 걸어가면 벽돌과 메마른 땅과 뒤틀린 고철들로 이루어진 연옥이 있었다. 천막은 한때 최고의 날들을 누렸다 — 아마도 19세기였으리라. 입구 앞에 박힌 장대 꼭대기에 매달린 해진 깃발에는 서커스단 단장의 이름, 그에게 속아 넘어갔다는 것이 그를 안다는 것과 같은 의미라는 전제를 받아들인다면, 내가 피렌체에서 유일하게 아는 그 인물의 이름이 적혀 있었다. **비차로 서커스.**

천막 자락은 양옆으로 넓게 열렸고, 맞은편에는 가시가 일어난 잿빛 목재로 만든 계단식 좌석이 지름 10여 미터에 달하는 무대를 둘러쌌다. 굴러갔던 적이 언제인가 싶은 트레일러 두 대가 서로 조금 떨어진 곳에 자리 잡은 채, 벌레 먹은 굄목 위에서 흔들거렸다. 엉성하게 둘러친 울타리 안에 말 한 마리, 양 한 마리, 라마 한 마리 — 내가 처음 본 라마 — 가 있었고, 통나무로 지은 마사가 하나 있었다. 새벽녘의 그런 경관은 을씨년스러웠고 대공황의 헐벗은 광경을 예고하는 듯했다. 바로 그 순간, 엉망진창인 세계에서 튀어나온 환각에 사로잡힌 예언자랄까, 알폰소 비차로 본인이 트레일러 하나에서 불쑥 모습을 드러내더니 양철통을 이용해 급조한 급수대를 향해 비틀거리며 걸어갔는데, 급수대로 물을 공급하는 호스의 끝은 방치된 풀밭 어딘가로 자취를 감춰 보이지 않았다. 그는 나를 보지 못했다. 얼굴을 씻고 몸을 부르르 떨었고, 하품을 하며 기지개를 켰고, 그러더니 지평선을 응시했다.

「그러니까, 너로구나,」 그가 등을 돌린 채 드디어 입을 열었다. 「난쟁이가 아닌 난쟁이.」

「절 기억하세요? 1년이 지났는데?」

「1년이라고? 그 뒤로 서로 본 적 있는데. 한 달 전 아르노강 근처의 그 소굴에서 저녁 내내 나를 붙들고 얘기했잖아. 그날 거기에서 그 키 큰 남자가 노래도 했고. 기억 안 나나?」

「네.」

「놀랍지는 않다. 사실, 그렇게 마셔 댔으면…….」

여행 가방과 자존심을 내려놓고 이번에는 내가 양철통에 머리를 담갔고, 인상을 찌푸렸다. 온몸이 아팠다.

「저런, 호되게 혼이 났군. 널 이 꼬라지로 만든 게 조각이냐? 아니면 여자?」

「둘 다예요.」나는 잠깐 생각해 보고 나서 대답했다.

「여기 온 걸 보니, 일거리를 찾나 봐?」

「있으면요. 하지만 격 떨어지는 그 공연에는 참여하고 싶지 않아요.」

「아이고, 그러세요. 그래, 넌 어떤 걸 격 떨어진다고 여기는 거지, 왕자님?」

「이거……. 이걸 조롱하는 거요.」나는 손짓으로 우리 둘을 가리키면서 말했다.

「아, 그런데 먼저 나서서 조롱해야 해. 그러고 나면 다른 그 누군가는 바보 취급을 당할 각오를 하지 않고서야 너를 조롱할 수 없지 내가 보장하마.」

「주정뱅이의 사변이에요.」

그가 웃음을 터뜨렸다. 그는 쉰 살인데도 얼굴에는 태양과

274

추위와 다양한 방식의 학대에 의해 1백 년치 모욕의 흔적이 남아 있었다. 하지만 그의 웃음은, 눈에 보이지 않지만 마르지 않는 기쁨의 샘에서 길어 올려 신선했다.

「네가 입에 주정뱅이를 올려? 알코올 증기 속에서 헤엄치는 주제에. 담배에 불을 붙이고 싶지만, 그러다가 몽땅 다 폭발할까 봐 겁난다, 얘야.」

「됐고, 일거리가 있어요, 없어요? 그쪽이 원하는 대로 하죠.」

「How the mighty have fallen(최강자는 어쩌다가 실추했는가)……. 공룡 대 인간의 전투, 그러니까 공연 〈창조〉에 참여하고, 낮에는 청소를 하고 필요한 곳에 가서 일손을 보태거라. 그 대신, 마구간에서 재워 주고 먹여 주고 한 달에 80리라를 받게 될 거야. 거기에 더해, 만약 관중이 만족한다면 팁도 생기겠지. 찬성?」

나는 그와 악수했다. 그는 두 손가락으로 내 턱을 잡더니 얼굴을 돌려서, 드디어 떠올라 이웃집 고철 장수네 벽을 붉게 물들인 태양을 향하게 했다. 오른쪽 눈이 쿡쿡 쑤시기 시작했고, 치아에는 쇠 비린내가 들러붙어 있었다.

「사라가 해결해 줄 거다.」 비차로가 두 번째 트레일러를 가리키며 말했다. 「단, 사라가 깰 때까지 기다려야 한다. 안 그러면 엄청나게 툴툴거릴 거야.」

그렇게 나는 비차로 서커스에 합류했다. 운 좋게도, 그 뒤로 내게 관심을 가졌거나 해를 입히려 했던 사람들 가운데 그 누구도 나를 찾아내지 못했다. 비차로는 전 세계를 수년간 돌아다니고 나서, 어쨌든 그의 말을 믿자면 그러고 난 뒤 피렌체에 자신의 서커스단을 세웠다. 그는 버펄로 빌 와일드 웨스트 쇼[33]의 유럽 순회공연에 여러 차례 참가했으며, 윌리엄 코디와 아는 관계였다고 확언했다. 그는 유럽 전역을 여행했고, 전쟁 동안에는 비밀리에 공연하며 왕족들과 평민들을 즐겁게 해줬다. 나는 그의 이야기 중에 무엇이 지어낸 것이고 무엇이 사실인지 결코 알지 못했다. 반면에, 그가 예닐곱 개 언어를 유창하게 말한다는 것과 천재적인 곡예사라는 건 확인할 수 있었다. 그가 관중이 보는 앞에서 단검들을 독극물 쿠라레(실제로는 빻은 석탄 가루를 섞은 차)에 담갔다가 자유자재로 놀리는 묘기는 관객을 상당히 끌어모았다. 거의 매일 저녁마다, 세상에서 배척당한 사람들과 이웃 발리오니 호텔의 손님들과 쉴 곳을 찾는 걸인들과 상류층 사람들이 몰려와 다같이 한 의자에 어깨를 맞대고 빼곡하게 앉았다.

비차로 서커스의 수익 모델은 모호했다. 엄밀하게 말해 서커스단이라고 할 만한 건 없었고, 그저 비차로가 역 출입구에서 건져 오는, 정처 없이 흘러 다니는 남자들 무리가 있을 뿐이었다. 그들은 허구한 날, 저녁이면 이탈리아 전체가 보고싶어 하는(우리가 입구에서 나눠 주는 홍보물에 따르자면) 그

---

33 버펄로 빌(윌리엄 프레드릭 코디, 1846~1917)은 미국의 서부 개척 시대를 상징하는 인물 중 한 명으로, 카우보이와 인디언의 전쟁을 다룬 와일드 웨스트 쇼로 유명해져 미국뿐만 아니라 영국과 유럽까지 순회공연을 하였다.

공연 「창조」에서 공룡 의상을 둘러썼다. 그 공연에서는 신이 공룡들을, 그다음에는 인간들을 창조했고, 그러고는 둘이 싸우는 것을 지켜봤다. 비올라가 봤더라면 기겁했을 텐데 바로 그 점 때문에, 비올라가 이 사실에 대해 아무것도 모른다고 하더라도 그 애를 거역하는 것이기 때문에 용기를 내어 어설픈 용각류 공룡에게 쫓기는 최초의 인간 역할을 받아들일 수 있었다. 어떤 저녁에는 공룡의 엉덩이 쪽에 들어가 있는 배우가 술에 취해 무시무시한 공룡이 엉덩방아를 찧기도 했다. 이런 예상하지 못한 지점들이 그 공연의 백미였고, 사람들은 그런 사정을 너무 잘 알기 때문에 찾아왔다. 어떤 경우에는 공연이, 이유는 아무도 몰랐지만 모두가 뛰어들어 싸우는 난투극으로 변질하기도 했다.

아마도 공연만으로는 일상을 안정적으로 꾸리기에 수입이 충분하지 못했을 텐데, 사라가 있었다. 사라는 성큼성큼 60대에 다가가고 있었다. 장터에서 살아가는 삶의 고단함에도 불구하고 그녀는 열 살은 젊어 보였다. 살이 포동포동 쪄서 펴진 주름은 웃을 때만 접혔는데, 그녀는 자주 웃었다. 트레일러 정면에 붉은 글씨로 적어 놓은 〈시뇨라 카발라〉라는 이름으로도 알려진 사라는 낮에는 점술가였고, 밤에 혹은 점술을 보아 주는 사이사이에는 치오의 어머니처럼 그 오래된 직업을 수행했다. 그 두 가지 직업은 기가 막히게 잘 맞아떨어졌다. 그녀가 고독에 시달리는 고객에게 「당신의 앞날에 아주 근사한 엉덩이가 보이네」라고 말하는 일은 드물지 않았고,

그러고 난 뒤 고객을 트레일러의 뒤쪽 공간으로 끌고 가 그걸 내주고 돈을 받았다. 고객은 점술과 엉덩이에 대한 비용으로 두 배의 돈을 냈지만 환한 얼굴로 나왔고, 시뇨라 카발라가 진정 미래를 보더라고 아무나 붙잡고 이야기해 댔다.

그날 아침 11시경, 해가 중천에 걸려서야 마침내 트레일러에서 나온 사라가 나를 맞아들였다. 물론 그런 종류의 서비스를 위한 건 아니었다. 그녀는 조금 거칠게 내 상처를 치료했지만 나는 프랑스를 떠난 이래로 맛보지 못했던 즐거움에 나를 내맡겼다. 누군가가 나를 돌보지 않는가.

「얘야, 네 앞날을 읽어 줄까?」

「그럴 것 없어요, 전 시간 여행을 하니까.」

「엉?」

「봐요, 과거에서 왔어요. 1초 전에는 여기 없었는데, 지금 여기 있잖아요.」

「엉?」

「아무것도 아니에요.」

나는 트레일러를 나가기 전 「알폰소보다 더 미친놈일세」라는 중얼거림을 들었다.

광대가, 음울한 광대가, 재미있는 구석이라고는 조금도 없는 그런 광대가 되었다. 나, 미모 비탈리아니, 나의 어머니와 비올라를 포함한 몇몇 사람들은 내게 그토록 커다란 희망을 걸었건만. 하지만 어머니와 비올라는 나를 버렸다. 두 여자는 똑같이 틀렸다. 두 여자가 내 자리가 있다고 말했던 그곳에 나 같은 사람을 위한 자리는 없었다. 내가 태어난 이래로 나를 경멸했던 자들이 옳았다. 나의 자리는 서커스단에 있었다.

나는 서커스단의 정규 단원, 비차로와 사라를 제외하면 유일한 정규 단원이 되었다. 다른 사람들은 왔다가 갔고, 신만이 아실 장소에서 잠을 자고는 다음 날 다시 나타나거나 아예 자취를 감췄다. 사라는 가끔 「창조」 공연에서 이브를 연기했는데, 그 포동포동하고 옷을 걸치지 않은 이브는 종이 불분명한 커다란 날개 달린 붉은색 동물에게 삼켜지고 말았다. 관객은 열광했다. 그 시절에 내가 상대했던 사람들의 절반은 키가 나만 했다. 위안이 되기는커녕 그런 사람들과 어울리는 것이 불편했는데, 그런 일은 서커스단 천막 아래에서만 존재했기 때문이리라. 그들과 있으면 우리가 표준이 되는 대신 유난히 눈에 띄었다. 관객은, 비차로판 복음서를 믿자면 우리 인간을 상대로 이 땅의 지배권을 쟁탈하려는 공룡들로부터 벗어나려고 애쓰다가 우리가 자빠지고 짓밟히는 광경을 보려고 왔다. 매일 저녁 나는 비차로에게 화를 내며 좀 더 품격을 갖춘 공연을 만들라고 요구했다. 그는 무대 뒤편을 가리고 있던 천자락을 열어 늘 꽉 차는 관객석을 보여 주며 빈정거리는 얼굴로 나를 바라봤다. 그렇게 매일 저녁 나는 조금씩 더 품격을 잃고 진창에서 나뒹굴었고, 알코올로 그 더러움을 씻어 냈다.

초기에 사라와 나는 마치 두 마리 야생 동물처럼 주위를 맴돌며 서로를 훑어봤다. 그녀는 사람을 꿰뚫어 보고 불편하게 하는 특유의 시선으로 나를 종종 응시했는데, 마치 밤마다 도시에서 발을 들이지 말아야 할 장소란 장소는 몽땅 섭렵하고는 무시무시한 숙취로 반죽음이 되어 유령처럼 창백한 얼굴로 돌아오곤 하는 젊은이의 이면을 보려고 하는 듯했다. 나는 그녀가 보는 타로점이니 점술 이야기 등, 비올라에게 배워서 경멸하게 된 그런 황당무계한 세상을 대놓고 비웃었다. 하지만 사라가 때때로 비차로와 나, 우리에게 이래라저래라 할 때 보이는 통명스러운 방식과 위안이 되는 그녀의 존재를 높이 샀다. 우리는 서로를 찾아다니는 동시에 서로를 피하며 매일을 보냈다.

어느 날 저녁, 트레일러 안에 장작 쌓는 걸 도와주고 나자 그녀가 나를 붙잡았다. 그녀는 궤짝을 열고 그 안에서 푸른색 마분지 상자를 꺼내더니 조심스럽게 리본을 풀었다. 이상야릇한 과일 두 개가 호박단 깔개 위에 놓여 있었고, 깔개에는 그 과일이 놓였던 10여 개의 흔적이 남아 있었다.

「대추야자를 먹어 본 적 있니? 어떤 고객이 1년에 한 번 내게 가져다준단다. 아주 멀리서 오는 거라, 오래 놔두고 먹고 있지. 안에 아몬드 반죽이 들어 있어. 자, 어서 먹어 봐, 이게 마지막 남은 두 개다.」

「하지만 마지막 남은 거라면서…….」

「어서 먹어 보라니까.」

대추야자를 집어 들어 깨물자 과육이 이에 들러붙었는데, 나는 그 이국적인 귀한 음식을 제대로 씹지도 않고 거의 통째로 삼켰다. 사라가 고개를 젓더니 자기 몫을 절반 깨물어 입속에 넣고 녹기를 기다리는데, 그 얼굴에 나타난 관능적인 황홀감에 내 두 뺨이 달아올랐다. 나는 눈길을 돌렸다. 내 앞에는 향 한 개비가 타오르고 있는 작은 네모난 탁자 위에 카드 한 벌이 놓여 있었다.

내가 고개를 다시 돌렸을 때 대추야자는 이미 사라지고 없었다. 사라가 으레 나를 불편하게 하는 그 표정으로 다시 나를 응시했다.

「너 타로점에 관심이 있구나. 질문 하나 해보렴.」

「좋아요. 정말로 이런 허튼소리를 믿는 거예요?」

사라는 놀란 기색이었고, 그러다가 고개를 끄덕였다.

「태어난 뒤로 우리가 하는 단 하나의 일이 바로 죽는 거란다. 아니면 가능한 한 최선을 다해 그 피할 수 없는 순간을 늦추려고 하거나. 나의 고객들은 모두 같은 이유로 온단다, 미모. 표현 방식이야 제각각일지라도, 그들 모두 겁에 질렸기 때문이지. 나는 카드를 뽑고 위로할 말들을 지어내. 그들 모두 올 때보다는 조금 더 고개를 쳐들고 돌아가고, 아주 짧은 순간이나마 조금은 덜 두려워해. 그들은 그걸 믿으니까. 그게 중요한 거야.」

「그것만 보더라도 분명히…….」

「맞아, 그것만 봐도.」

「그럼 당신은 죽음에 대한 두려움을 어떻게 다스리죠? 스스로에게 거짓말을 할 수는 없잖아요.」

281

「나는 대추야자를 먹지.」

그녀는 이제 비어 버린 상자에 슬프다시피 한 눈길을 던졌고, 한 손을 내 뺨에 갖다 댔다.

「넌 죽음이 두렵지 않지, 그렇지, 미모?」

「네. 어쨌든 제 죽음이라면 그래요.」

「그건 네가 다른 사람들과는 달라서 그렇다.」

「농담하세요? 그런 말은 들어 본 적이 없네요.」

사라는 웃음을 터뜨렸고, 나의 고약한 성격에 즐거워하는 사람들의 명단, 내 친구들의 명단에 합류했다. 내가 마구간으로 돌아가려고 장마당에서 몇 걸음 떼지도 않았을 때 사라가 트레일러 문간에 나타났다.

「어이, 미모!」

「네?」

「네 차례가 되면, 물론 그때가 아직 멀었기를 바라지만, 내 말을 믿어, 너도 겁이 날 거야. 누구나 그러듯이, 겁이 날 거라고.」

1922년은 아르노강의 리듬에 맞춰서, 우리 장마당의 단조롭다고 할 환경 속에서 흘러갔는데, 그곳의 유일한 변화는 흙벽돌의 색깔이었다. 나는 멀리 보이는 탑들과 건물 전면의 대리석에서 가까운 미래를 읽는 법을 배웠다. 번쩍거리면 비가 올 징조였다. 생기가 없을 때면 찌는 듯한 하루를 예고했다. 내가 낮에 서커스단을 벗어나는 일은 거의 없었으니, 누군가가 나를 알아볼까 두려워서였다. 나의 악몽 속에서 그 누군가는 종종 네리나 메티의 얼굴이었다. 내가 전자를 즐겁게 해주는 것과 후자를 실망시키는 것 중 무엇을 가장 두려워하는지는 알기 힘들었다.

밤이면 비차로와 나는 도시를 쓸고 다녔다. 내 고용주는 하찮은 좀도둑질이나 장물 은닉 활동 덕분에 가외의 수입이 있었다. 우리는 이전처럼 싸구려 술집에 들락거렸고, 그곳에서는 모두 그를 아는 듯했다. 그는 가끔 나는 본 적 없는 외국인들을 만나 그가 능숙하게 다루는 수많은 언어, 그러니까 영어, 독어, 스페인어는 물론이고 내게 익숙하지 않은 서너 개의 다른 언어 중 하나로 대화를 나눴다. 그 시절에는 누군가를 신뢰하기가 힘들었지만, 특이한 명예 코드를 지닌 그 무뢰한들 사이에서만큼 편안한 기분이 들었던 적은 이제껏 없었다. 당신이 파시스트든 볼셰비키든, 가톨릭교도이든 무신론자이든, 그 누구도 신경 쓰지 않았다. 간경화에 딸기코에 불쾌해진 얼굴의 우리는 하나의 민족이었고, 밤이 출렁이는 한 새벽까지 서로를 붙잡고 그 시절의 풍랑에서 피신해 있었다.

초봄이 되자 피에트라달바 숲의 내음이 너무나 그리워서, 아침이면 일어나지 못할 정도로 거의 육체적 고통을 느꼈다. 비올라에게 긴 편지를, 모욕으로 점철된 편지를 썼는데, 나는 편지에서 그 애를 유다로 취급하며 우리가 함께 겪었던 모든 것을 부인했다. 그러고서는 당장 그다음 날로 우체국에 가서 내 편지를 다시 찾아내라고, 그리고 절대로 부치지 말아 달라고 부탁하러 시내 외출까지 감행했다. 우체국에서는 나의 면전에 대고 조롱의 말을 했다. 포스테 이탈리아네는 왕국의 자랑인데, 서신을 몇 날 며칠을 기다리게 해서 왕국의 자랑이 된 게 아니다. 그래서 나는 집으로 돌아와 다시 편지를 썼고, 앞의 편지는 잊어 달라고 비올라에게 간청했다. 답장을 받을 주소는 쓰지 않았다 — 내가 무슨 일을 하는지 비올라가 알게 되기를 원하지 않았다.

그해에 있었던 일들은 거의 기억하지 못한다. 밤은 말할 것도 없고 비슷비슷한 나날들이 이어져서, 하루에서 또 다른 하루로 어떻게 넘어갔는지 잘 알지 못한다. 비차로는 기이한 인물로서 친구이자 아버지인 셈이었지만, 그와 함께 있을 때면 방심할 수가 없었다. 공연을 잘 마치고 기분 좋은 저녁나절을 보내고 있을 때 갑자기 그가 나를 〈나의 난쟁이〉라고 부르는 일이 드물지 않았고, 그러면 나는 난쟁이도 아니고 그의 소유도 아니라고 변함없이 대꾸했으니, 우리는 늘 여차하면 치고받고 싸울 판이었다. 술친구들이 우리를 떼어 놓고 억지로 악수를 나누게 하면 우리는 마지못해 그 일을 했고, 서로 미소를 지으면서도 상대방의 손가락이 으스러져라 꽉 잡았다.

7월의 어느 아침, 불쾌한 감정에 시달리다 잠에서 깼다. 공연이 한창인데, 선사 시대 인간으로 분장한 내 눈에 관람석 1열에 앉아 있는 비올라가 들어왔다. 다른 사람들 뒤로 숨으려고 했지만 사방이 깜깜해진 가운데 조명 하나가 내게로 불빛을 쏟아 내며 나의 일거수일투족을 쫓았다. 내가 울적한 건 그 악몽이 기억나서가 아니라 꿈속에서 본 비올라의 얼굴이 약간 흐릿해서였다. 그 애를 보지 못한 지 거의 두 해가 다 되어 갔다. 얼굴은 조금씩 흐려졌고, 1초마다, 1분마다, 우리 사이에 부는 그 모든 시간의 바람에 의해 깎여 나갔다.

조금 뒤 사라가 손에 양철통을 하나 들고 마구간으로 들어왔다.

「일어났군, 좋아. 알폰소를 위해 내겠니?」

사라는 상자를 흔들더니 내게 내밀었다. 알폰소의 생일이 다가왔고, 서커스단 사람들은 그에게 문장을 새긴 반지를 선물하려고 조금씩 돈을 모았다. 비차로는 보석을 좋아했다. 그는 늘 가장 완벽하게 조악한, 가끔은 위험할 정도로 진짜처럼 보이며 출처를 알 수 없는 놀라운 보석들이 섞여 있는 반지나 목걸이를 여봐란듯이 착용했다. 나는 상자에 지폐를 몇 장 넣었지만, 선물에 대한 **내 나름의** 생각이 있었다. 절단장의 사내들, 내가 여전히 만나는 유일한 사람들인 그들이 작은 대리석 덩어리를, 한 면이 30센티쯤 되는 정육면체와 낡은 도구들을 가져다준 터였다. 나는 일주일 전부터 반년 만에 처음으로 다시 조각에 손을 댄 상태였다.

며칠 뒤, 서커스단 사람들이 공연이 끝나고 난 뒤 평소처럼 흩어지는 대신 미적거렸다. 사라가 테이블 위에 올라가서 냄비 바닥을 두드렸다. 그녀를 보고 있으면 윗부분은 풍만하지만 두 다리는 놀랄 만큼 날씬한 것이 거꾸로 세운 서양배가 떠올랐다. 테이블 위에 올라가 있으니 아무런 방해 없이 날씬

한 두 다리가 훤히 보였다. 사라가 짤막한 축하의 말을 했고,
그토록 오랫동안 자신을 견뎌 준 비차로에게 감사를 표했다.
비차로가 반지를 받았고, 그러자 모두가 그것을 구경하려 들
었다. 포도주 몇 병을 열었고, 술이 돌았고, 심지어 술잔도 있
었지만 모두 술잔은 거들떠보지도 않고 직접 술병에 입을 대
고 마셨다. 나는 비차로가 혼자 남는 순간을 기다렸다가 그의
소매를 잡아당겼다.

「드릴 선물이 있어요.」

「또?」

나는 그를 끌고, 닫아 놓는 법이 없는 그의 트레일러로 갔
다. 실내는 늘 그렇듯 먼지 한 톨 없는 것이 공간의 주인과는
완벽한 대조를 이루었다. 비록 그 어떤 낭만적 관계로 사라와
비차로 둘이 엮인 것 같진 않았지만, 사라는 다정하게 신경을
썼다. 나는 테이블 위에 내 조각을 미리 올려놓은 터였다. 비
올라의 곰을 조각할 때처럼 나는 작업에 시간을, 한정된 시간
을 녹여 넣어서 정육면체의 윗부분만을 깎았다. 조각은 멀찌
감치 떨어져 약간 위에서 바라본 우리의 장마당을 보여 줬는
데, 나는 그 작품이 제법 자랑스러웠다. 서커스단 천막의 윗
부분과 트레일러, 그리고 어느 정도 부각된 동물 한 마리를
알아볼 수 있었다. 환조보다는 저부조를 택한 거였다. 움직이
지 않는 짙은 안개로 지면에서부터 1미터 높이까지의 모든
물체가 지워져 버린 어느 겨울 아침에 장마당을 내려다보는
시선이었다. 나는 안개 위로 솟아난 것만 돌을 깎아 표현

했다.

내 신경을 건드리기 시작한 그 시선과, 그것과 짝을 이뤄 입에서 나오는 말을 이번에도 피해 갈 수 없었다.

「이걸 네가 만들었다고?」

「아니요, 교황이 만들었어요. 여기까지 행차하실 수 없어서 미안하다고, 대신 생일 축하한대요.」

비차로는 대리석으로 만든 자신의 서커스단을 뚫어져라 바라봤고, 내 말을 듣고 있는 것 같지도 않았다. 그의 눈이 반짝거렸다. 나는 거북해져서 기침을 했다.

「그래서, 이제 몇 살이에요?」

「2천 살이다, 미모. 2천 살, 뭐, 얼추 그래. 다른 데 가서는 말하지 말고.」

손가락 끝으로 그는 자신의 천막을 쓰다듬었다. 그는 여러 차례 침을 삼키더니, 드디어 내 쪽을 돌아보았다.

「그러니까, 그게 진짜구나.」

「뭐가요?」

「네가 조각가라는 거.」

「역에서 처음 만난 날 말했잖아요.」

「역에서 처음 본 날, 사람들이 내게 무슨 말을 하는지 네가 안다면⋯⋯. 이제 문제는 네가 대체 여기서 뭔 짓을 하고 있는지를 알아내는 거겠지.」

나는 그의 기분이 가시 돋친 쪽으로 기울고 쏠린다는 걸 느꼈다. 그가 그러는 데에 타당한 이유가 있은 적은 없었다. 나도 더는 어린애가 아니었고, 이번 해에 열여덟 살이 될 터였다. 나는 확고하게 현실에 두 발을 붙였으며 최고의 술꾼들처럼 알코올을 잘 버텼다. 더는 사람들이 나를 함부로 짓밟고 가게 내버려두지 않은 지 이미 오래였다.

「내가 떠나기를 바라요? 말만 하시라고.」

「아니, 네가 떠나기를 바라지 않는다.」

「잘됐네요. 이제, 돌아가서 한잔 마실 수 있는 거죠?」

그는 눈을 찌푸리고 내 뺨을 덮기 시작한 아직 보드라운 수염과 내가 깎지 않고 자라게 둔 머리카락을 찬찬히 바라봤다. 그의 입에서 또 다른 질문이 막 나오려는 것 같았지만, 그는 그저 내 어깨를 두드리고 말았다.

「좋은 생각이네. 돌아가서 마시자.」

가끔 헌병들이 서커스단을 급습했다. 그들은 내가 잠을 자는 곳인 마구간과 비차로의 트레일러에 들어가서 짚 매트리스까지 다 들춰 봤다. 그들은 뭔가를 찾아낸 적이 단 한 번도 없었다. 그들은 사라에게는 훨씬 더 예의 바르게 굴어서, 친선 방문으로 만족했다. 아마도, 사라가 그들에게 〈「창조」를 보러〉 오라고 제안하며 그들이 수색을 진행하는 동안 치마를 무릎까지 걷어 올리고 조금 지나치다 싶게 다리를 벌리고 앉아 있어서, 그래서 보여 주는 세심한 배려였을까? 헌병들은 그토록 도톰하고 그토록 털로 덮여 있으리라고는 상상해 보지 못한 우주의 신비에 대한 경외심으로 가득 차서 돌아갔다.

가끔 그들의 대장이 뒤에 남아서 〈추가 뒤짐〉을 하는 일이 있었는데, 어찌나 열성적이었는지 트레일러가 요동쳤다. 그는 돈을 내지 않고 갔고, 이에 대해 사라는 반발하지 않았다. 그 남자는 그녀에게 신세를 진 거였다.

비차로의 서커스단은 거의 자유 도시, 자신만의 윤리와 법을 지닌 국가 안의 국가나 다름없었다. 그런데 이탈리아의 모든 시골이, 모든 마을이 그래서, risorgimento(이탈리아 국가 통일)라는 거창한 약속은 그 실현이 여전히 지체되고 있었다. 통일 왕국 대신에 여전히 토호들, 소두목들, 불한당들, 판관들이 뒤죽박죽 뒤섞여 권력을 휘둘렀다. 그해 10월 28일, 그들 가운데 가장 힘센 자들인 파시스트들, 파시스트 행동대원들, 옛 유격대원들이 자신들의 운을 시험했다. 잡다한 무리가 현 정부를 위협할 작정으로 로마를 향해 진격했다. 나도 목격했던 상황이지만, 그들은 사회주의자들의 소요를 성공적으로 진압했음에도 불구하고 쭈뼛대고 무장은 엉성했으며, 특히 자신들의 한 방이 성공하리라는 확신은 거의 품고 있지 않았다. 어찌나 확신이 부족했던지 그들의 용감한 대장 무솔리니는 옛 사회주의자와 미래의 독재자가 입은 헐렁한 바지속에서 두 다리를 떨어 대느라 정작 자신은 밀라노에 남는 쪽을 택했다. 그는 상황이 잘못 돌아갈 경우 스위스로 달아날 수 있도록 진격에 합류하지 않는 쪽이 더 신중하다고 판단했다. 그 시절은 비겁함의 차지였다. 그 시절이 비겁함의 것이었던 만큼, 정부도 왕도 그들이 하는 대로 가만히 있기로 결정하고, 군대가 움직일 준비가 되어 있는데도 보내지 않았다. 그 밀라노의 탈영병은 순식간에 정부 수반이 된 자신을 발견했는데, 그 일로 가장 먼저 놀란 사람은 본인이었다. 나라 곳곳에서, 학교 운동장과 가게 뒷방과 선박 화물창 등지에서 군림하던 폭군들은 자신들이 옳았음을 깨달았다. 나는 그때까지도 그날의 사건이 내 운명에 어떤 지속적 영향을 줄지 상상도 못 했지만, 어쨌든 그 일은 즉각적 효과를 낳았다. 비차로의 기분을 평소보다 더 고약하게 만드는 효과.

사라는 비차로의 그런 모습은 본 적이 없다고 확언하면서 내게 여러 차례 자신의 불안감에 대해 알렸다. 하지만 서커스단 사업은 팽팽 돌아갔고 수입은 짭짤했다. 사라는 한계 없는 저속함의 소유자였고 바로 그렇기 때문에 거의 전설적인 관능을 자랑했다. 하지만 또한 대단한 통찰력의 소유자로서, 미래를 볼 줄 아는 사람들이 모두 그러듯이 인간 영혼을 정확하게 읽어 냈다. 상당한 시간이 흐른 지금에 와서 봐도, 어떻게 하나의 사건이 또 다른 사건을 촉발하게 되었는지 이해하는 데에는 여전히 어려움이 있기는 하지만, 사라의 불안감은 정당했다.

11월 말, 싸락눈이 내리는 어느 저녁이었다. 비올라와 나는 얼마 전 열여덟 살이 되었고, 나는 온갖 노력을 다했는데도 여전히 그렇게 〈비올라와 나〉를 묶어서 생각했다. 우리는 한 달 전부터 코르누토가 보이지 않아 기분이 살짝 가라앉은 상태였다. 나는 비차로와 함께 우리가 제일 좋아하는 술집에서 나왔다. 그의 목소리가 없어서 술은 썼지만, 그렇다고 해서 우리가 엄청난 양을 들이켜지 않은 건 아니었다. 내가 막 나의 주량을 넘겨 한 잔 더 마시려는 찰나 내 술친구가 「됐다」고 말하면서 나를 밖으로 데리고 나갔다.

서커스단으로 가는 대신 그는 재빠른 걸음으로 북쪽을 향했다.

「아니, 어디 가는데요?」

나는 부드러운 눈을 밟고 미끄러지지 않으려 조심하면서, 툴툴거리며 그를 따라갔다. 우리가 있는 곳은 시내 중심이었지만 내게 익숙한 거리들이 아니었고, 거리 이름은 차가운 눈 폭풍에 지워졌다. 비아데지노리. 비아구엘파. 눈 폭풍이 두 배로 휘몰아칠 때 광장이 나타났고, 눈앞에 이 지역에 와본 적이 없는데도 친근해 보이는 고딕풍 건물의 전면이 보였다. 비차로는 건물 왼쪽으로 돌아가더니 카부오르가(街)로 난 문을 두드렸다. 아무런 반응이 없자 그는 더 세게 두드렸다.

「알았어, 알았어.」 누군가가 억눌린 목소리로 웅얼거렸다. 「나간다고.」

드디어 어떤 남자가 문을 열었다. 우리 같은 작은 키의 사내로, 수도복을 입고 있다는 점만 달랐다. 술과 추위가 합세하자 비올라가 그렇게나 좋아하던 고약한 고딕 소설 속으로 빨려 들어간 느낌이 들었다. 내가 비올라에 대한 생각을 한 건 그게 마지막이었다. 맹세한다.

「아니, 대체 여기서 뭘 하는 건데요?」 내가 성질을 내며 물었다.「하도 추워서 그거 두 짝 떨어지겠네.」

「닥쳐, 따라오기나 해. 고마워, 발테르.」

등잔을 든 수도사가 앞장서서 계단을 올랐다. 2층에 도착하자 그는 복도 앞에서 멈춰 섰고, 등잔을 비차로에게 내밀었다. 우리 머리 위로 어둠에 잠긴 천장이 가뭇없었다.

「한 시간이야, 더는 안 돼. 그리고 특히 소음은 금물이고.」

그가 사라졌다. 비차로가 나를 돌아봤는데, 불꽃의 장난으로 거대해진 그의 이가 놀랄 정도로 새하얬다.

「생일 축하한다.」그가 말했다.

「한 달 전이었다고요, 당신 생일 바로 다음이었는데.」

「나도 알아.」

그가 계속 미소를 지었다. 나는 주위를 둘러봤다. 소박한 복도 양쪽으로 살짝 열어 놓은 문 여러 개가 보였다. 그가 내게 등잔을 내밀더니 반복해서 말했다.

「생일 축하한다.」

나는 열린 문 중 하나를 향해 걸음을 옮겼다. 그가 내 팔을 잡더니 왼편의 다른 문을 가리켰다.

「이쪽으로.」

나는 방으로 들어갔다. 그 즉시 나를 덮치며 강타한 것은 눈앞에 펼쳐진 색채들, 그리고 결코 본 적 없는 온화함을 드러낸 성모의 얼굴이었다. 아니, 이 말은 거짓이었으니, 비올라가 내게 빌려줬던 최초의 책에서 그와 똑같은 성모를 봤으니까.『유명 화가들, 제17권, 프라 안젤리코』. 내 앞에서, 형형

색색의 날개를 단 천사가 어떤 여자아이에게 그녀가 곧 인류의 운명을 바꾸게 될 거라고 알리고 있었다.

나는 말문이 막혀서 비차로를 돌아보았다. 그가 웃으며 고개를 끄덕였고, 내 팔을 잡더니 한 방에서 또 다른 방으로 데리고 갔다. 방마다 6백 년 전에 쏘아 올린 불꽃놀이를, 절대로 멈추지 않는 색채의 향연을 담고 있었다.

「어떻게 알았어요…….」 내가 겨우 물어보았다.

「우리가 처음 만났을 때, 이 프레스코화들을 보고 싶다고 했잖니. 네가 그걸 볼 기회가 있었는지 알 수가 있어야 말이지. 하지만 네 얼굴을 보니까, 아직 못 봤구나 싶다.」

「고맙습니다.」

「감사를 받아야 할 사람은 발테르지. 그이는 10년 전에 나를 도와 일했는데, 그러다가 어떤 목소리들이 들렸지. 어쨌든, 멋진 놈이야. 박물관은 낮에 열긴 하지만, 내 생각에, 이렇게 혼자서 본다는 건…….」

한 시간 뒤, 우리는 거리에 있었다. 눈은 이미 그쳤다. 달빛 아래 도시가 대낮처럼 반짝였다. 은밀한 슬픔으로 뱃속이 따끔거렸고, 우리의 걱정 없던 시절에서 솟아난 유령이 조롱하듯 자신의 쇠사슬을 흔들어 댔다.

「표정이 왜 그래?」

「아니에요, 괜찮아요. 그저 좀 추워서요.」

비차로는 턱을 옷깃 안에 파묻은 채, 꽤 오래 생각에 잠긴 듯했다.

「네가 상처투성이로 서커스단에 도착했을 때, 여자 때문이라고 했지. 네가 지금 이러는 게 그 여자 때문이니?」

「비올라요? 아니에요. 모르겠어요. 걔는 친구였어요.」

「네가 가진 친구라……」

그는 엄지와 검지를 붙여서 동그라미를 만들더니 또 다른 손가락을 그 원 안에 여러 차례 넣었다 뺐다. 나의 표정이 어두워졌다.

「그저 친구라고 했잖아요.」

「왜 〈그저 친구〉라고 하지? 못생겼어? lesbica(레즈비언)야?」

나는 갑자기 멈춰 섰다.

「못생기지 않았고, 그 애가 어떤지는 난 모르겠고, 그 애에 대해서 그런 식으로 말하지 마요.」

「오, 됐어, 그 자존심 강한 난쟁이 짓은 그만하지 그래.」

「두 번 말하지 않겠는데, 난 난쟁이가 아니에요.」

「천만에, 넌 난쟁이야.」그가 자신을 가리키고 나를 가리켰다.「증거, nanus nanum fricat, 난쟁이는 난쟁이와 어울린다.」

「우리는 방금 좋은 시간을 보냈어요. 정말 그걸 망쳐야겠어요? 대체 뭘 노리는 거예요, 싸움?」

「내가? 난 아무것도 노리지 않아. 난 그저 진실을 말해 주는 거란다. 왜인지 알아? 네 그 잘난 태도 뒤에서, **나도 다른 사람들과 같은 사람이다**라는 그 표정 뒤에서, 너 스스로도 진정 그걸 믿는 건 아니니까. 만약 내가 널 다른 행성에서 온 거대한 문어로 취급했다면 넌 웃음을 터뜨리거나 아무렇지도 않게 여기겠지. 하지만 내가 널 난쟁이로 취급하면 넌 화를 내거든. 그러니까 그건 네게 아무것도 아닌 게 아니라는 소리야.」

「좋아요, 그건 내게 영향을 미쳐요, 이제 됐어요?」

「안 됐다면 어쩔 건데? 내 면상에 주먹질이라도 하겠다는 거야? 내게, 네 친구 비차로에게? 어서 해보라고, 뭘 망설여?」

그가 부탁도 했겠다, 둘 다 술도 마셨겠다, 나는 그렇게 했다. 그의 코에서 피가 튀었다. 비차로에게 이게 첫 번째 길거리 싸움은 아니었으니, 그도 예의 바르게 프로 복서의 왼 주먹질로 내게 되갚았다. 반 시간 전만 해도 프라 안젤리코의 작품 앞에서 눈물을 글썽이던 우리가 소리를 지르면서 눈밭을 뒹굴었다.

「어이 거기 두 녀석, 이 난장판은 대체 뭔가?」

네 명의 남자로 이루어진 무리가 우리가 있는 길로 막 접어든 참이었다. 넷 다, 수많은 사람 사이에서도 알아볼 수 있는 검은색 제복을 입고 있었다. 민병대였다.

「애들이 아닌데.」 그들 중 한 명이 말했다. 「난쟁이들이야.」

얼굴이 엉망인 비차로가 입술을 씰룩이며 그들을 돌아봤다.

「네가 난쟁이 취급한 사람이 누군지 알아?」

그가 첫 번째 남자의 발을 짓밟았고, 그 남자가 비명을 지르며 몸을 굽히는 순간 오른 주먹으로 그를 때려눕혔다. 남은 셋 중 하나가 주머니에서 너클을 꺼내더니 손에 끼었다. 순식간에 비차로의 손에 칼이 들렸다.

「놀고 싶어, schweinhund(개자식아)?」 그가 빈정댔다.

칼이 어찌나 빨리 움직였는지 내 눈에는 아무것도 보이지 않았다. 푸른 섬광이 번뜩였고, 너클을 낀 남자, 문제의 그 개자식이 배를 움켜쥐며 쓰러졌다. 나머지 두 놈이 우리를 덮쳤고, 나는 최선을 다해 싸워 보다가 쏟아지는 주먹질을 견디는 걸로 만족했다. 호각 소리가, 그리고 또 다른 고함이 들리더니 곧 헌병들이 나타나 우리를 떼어 놓았다. 한 시간 뒤 우리는, 그러니까 세 명의 민병대원 — 네 번째 민병대원은 병원으로, 혹은 시체 안치소로 떠났다 — 과 비차로와 나는 경찰서에 있었다. 비차로는 잘못을 인정했고, 민병대원들이 나서서 그를 고발했고, 나는 코에는 피가 엉겨 붙고 발목은 접질리고 한 눈은 감긴 상태로 새벽녘에 밖으로 쫓겨났다. 나는 서커스단까지 다리를 절룩거리며 걸었다. 눈에 덮인 우리의 장마당은 요람의 포근함에 감싸인 채 잠들어 있었다. 사라를 깨우기가 망설여졌지만 결국 문을 두드렸다. 사라는 거의 즉각 문을 열어 줬는데, 기다란 비단 반소매 잠옷을 입고 어깨에는 숄을 두른 채였다.

「Santo Cielo(하느님, 맙소사), 너 왜 그래, 무슨 일이야?」

나는 그녀에게 전부 다, 내 생일을 기념해 산마르코를 방문했고 그 직후 알폰소의 기분이 이상하게 바뀌었다고 이야기했다. 사라는 1년 전 내가 도착했을 때처럼 나를 치료해 주고 술을 한 잔 내줬는데, 나는 그걸 마시고는 한참 기침을 해댔다.

「이제 좀 괜찮니? 난 너희 두 사람이 왜 그렇게 싸우고 싶어 하는지 좀체 이해가 안 된다. 아니, 비차로가 이해가 안 된다는 말이지. 너야, 네 문제는 뭔지 알겠으니까.」

사라는 술을 한 잔 따라서 단번에 들이켜더니, 빈 잔을 내 코밑에 대고 흔들었다.

「호르몬이지. 그게 널 가득 채워서 넘쳐흐르고 있으니 그걸 내보내야 한다고. 물은 충분히 자주 빼주는 거지?」

나는 온통 새빨개졌다. 사라는 내 얼굴을 찬찬히 살피더니 믿기지 않는다는 듯 웃음을 터뜨렸다.

「한 번도 해보지 않았다는 말은 하지 마…….」

사라는 고개를 젓더니 나를 침대로 밀었다.

「선물이거니 해, 네 생일이었다며. 이런 일이 또다시 일어날 거라는 생각은 말고.」

사라가 옷자락을 걷어 올렸다. 깜짝 놀란 내 눈에 창조가, 위풍당당하고 자주색을 띤 그것이 들어왔다. 사라가 내 바지를 잡아당겼고, 기겁한 나는 반사적으로 바지를 움켜쥐었다.

「내가 알아서 할게, 멍청아.」

그녀는 내 위에 자리 잡았고, 나는 내 모든 고통을 잊었다. 내 평생 처음, 용감한 사라에게 루지에리에 버금가는 불꽃놀이를 바칠 수 있었더라면 좋았을 텐데. 하지만 기술적 문제, 점화 문제에 가로막혔다. 불꽃 제조업자는 후다닥 마지막 한 방을 날려 보냈다. 나는 울음을 터뜨렸다.

사라가 옆에 누워 내 머리를 품에 꼭 끌어안고 머리카락을 쓰다듬어 줬다. 사라, 맘미나, 그리고 그 둘 이전의 수많은 다른 여인. 우중충하며 다정하던 그날 아침 이래로, 제노바의 항구든 트럭 뒤 칸이든 혹은 장마당에서든 여자가 남자 밑에 몸을 뉘면 그것은 남자의 추락을 늦추기 위한 것임을 이제는 안다.

헌병 대장이 사라에게 품고 있던 우정 덕분에 사라는 다음 날 저녁에 소식을 들고 돌아왔다. 운 좋게도, 비차로가 칼로 찌른 작자는 죽지 않았다. 하지만 네 명이 목격한 살인 시도가 발생했다. 파시스트를 증오하는 헌병 대장은 다행스럽게도 보고서를 왜곡했다. 칼의 소유자는 민병대원들로 둔갑했고, 그들이 먼저 칼을 꺼냈기에 싸우다가 그들의 칼을 빼앗은 비차로는 정당방위였다. 아마도 기껏해야 몇 달 감옥 신세를 지게 되리라.

그 즉각적 결과는 서커스단 폐쇄로 나타났다. 본보기를 보여야 했기 때문에 뒤늦게 두 명의 헌병이 나타나 앞날을 읽는 매춘부와 이제는 조각하지 않는 조각가와 말 한 마리와 양 한 마리와 라마 한 마리가 침통한 눈길로 지켜보는 가운데 서커스단 천막에 상징적 봉인을 붙였다. 카발라 부인은 곡마단의 단골손님이 사라지면 수입도 없어지리라. 그녀의 다른 활동이 적당한 수입을 보장하겠지만, 네 사람 몫을 먹어 치우고 밤이면 또 그만큼을 마셔 대는 열여덟 살 난 젊은 사내를 돌볼 수는 없었다. 영혼의 고결함을 따르자면 내가 먼저 나서서

한 번 더 짐 가방을 싼 뒤 끽끽대는 바퀴 소리와 함께 떠나야만 했다. 하지만 영혼의 고결함은 사라지고 없었고 아무 데도 갈 곳이 없었다. 그래서 비겁하게도, 사라가 나를 문밖으로 내치기로 결심할 때까지 기다렸다.

1923년 1월 1일, 사라가 혹한의 바람을 몰고 마구간으로 들이닥쳤다. 비차로가 체포된 지 이미 한 달이 지났다. 나는 전날 밤의 숙취로 꼼짝 않고 양팔을 십자로 벌리고 누워 있었다. 우리가 막 1922년을 묻으려고 하는 순간, 자정 직전에 코르누토가 다시 모습을 드러냈다. 삐쩍 말랐는데, 만약 내가 그 모습을 직접 보지 않았더라면 그렇게까지 살이 빠지는 것은 불가능하다고 여겼을 터였다. 그로부터 60년하고도 몇 년이 더 흘러 그때의 그와 동일한 교차로에 서 있는 오늘날, 나는 당시 그의 모습에서 임종의 인장을, 저승으로 건너갈 일에 대한 두려움을 알아본다. 하지만 그날 저녁에는 그 누구도 그의 모습에 주의를 기울이지 않았다. 우리는 그저 그에게 노래를 불러 달라고 부탁했고 그는 부탁을 들어줬는데, 목소리가 평소보다 덜 힘차고 덜 완벽하며 여러 차례 갈라졌다. 그래도 그 누구도 그를 놀릴 생각은 하지 않았다. 우리는 한층 더 눈물을 쏟으며 새벽으로 슬그머니 넘어갔다. 우리가 함께 지낸 밤들이 기울어져 갔으니까.

사라가 못마땅한 표정으로 양 옆구리에 주먹을 갖다 댄 채 내 얼굴을 꼼꼼히 뜯어봤다. 말을 하려는 순간, 쓴 물이 울컥 올라와서 입안을 가득 채웠다. 나는 손가락 하나를 들어서 조금만 기다리라는 신호를 보내고는 옆으로 몸을 굴려 짚 더미에 토해 냈다. 머리는 산발이고 얼굴은 누렇게 뜬 나는 팔꿈치에 의지해 겨우 몸을 일으켰다. 밤새도록 소리를 지른 터라쉰 목소리가 났다.

「무슨 말을 하려고 하는지 다 알아요.」

「누가 널 찾아왔어. 지금 내 트레일러에 있어.」

10분 뒤, 나는 사라 집 앞에 나타났다. 물을 끌어오는 호스가 얼어붙어서 씻는 건 포기한 터였다. 사라의 트레일러로 올라가는 네 개의 계단 발치에서 내 나이 또래로 보이는 어떤 젊은이가 발을 동동 구르고 있었다. 그는 내게 고개를 숙여 인사를 했고 마치 왕족에게 하듯 앞장서서 문을 열어 줬다.

사라 앞에 앉아 있는 방문객이 수단을 걸치고 있었는데도 그가 누구인지 즉각 알아차리지 못했다. 내 상태 때문에, 그리고 우리가 마지막으로 만난 이후로 그의 머리가 벗어진 데다가 이제는 귀갑 테의 동그란 작은 안경까지 쓰고 있는 바람에 발생한 일시적 기억 상실이랄까. 프란체스코, 비올라의 오빠였다. 그는 계속 미소를 띤 채 나를 머리끝에서 발끝까지 살펴보았다. 그의 눈길은 어깨까지 내려오는 내 머리카락과어제 먹은 음식물이 여전히 군데군데 붙어 있는 내 수염에 오래 머물렀다. 그는 완벽하게 편안해 보였고, 반면 자신의 벨벳 의자에 앉아 있는 사라는 안절부절못하면서 옴지락거렸다.

「정말로 뭔가 마시고 싶지 않으세요, 신부님?」

「아닙니다, 오래 있지 않을 겁니다. 많이 변했구나, 미모. 떠날 땐 아이였는데, 이제 어른이네.」

「날 어떻게 찾아냈어요?」

「네가 있던 작업장으로 찾아갔지. 네가 어디 있는지 아는 사람이 아무도 없는 듯했어. 그런데 내가 떠나려는 순간 먼지를 잔뜩 뒤집어쓴 어떤 남자가 나를 붙잡더니, 내가 너에게 해를 끼치려는 게 아니라는 걸 확인한 뒤에야 어디에서 너를 만날 수 있는지 말해 줬지.」

「원하는 게 뭐죠?」

「내가 묵고 있는 호텔에서 설명해 줄게. 내 비서가, 오다가 밖에서 봤지? 그 사람, 내가 여기서 조금 더 시간을 끌면 동상에 걸릴지도 몰라. 발리오니 호텔에 묵고 있으니까 짐 싸서 와.」

그가 일어서더니 사라에게 가볍게 허리를 숙였다.

「좋은 하루 보내시길, 부인.」

사라는 휘둥그레한 눈으로 그의 얼굴을 뚫어져라 바라봤고, 그러다가 그가 멀어지려는 순간 그를 쫓아 달려 나갔다.

「신부님, 신부님!」

그녀는 장마당 한가운데에서 그를 따라잡았다.

「저는 신부님과 같은 종교는 아닙니다만, 어쨌든 축복해 주세요, 신부님.」

사라가 눈밭에서 무릎을 꿇었고, 나는 프란체스코가 장갑 낀 손으로 그녀의 이마에 성호를 그으면서 몇 마디 중얼거리는 소리를 들었다. 나는 얼이 빠진 채 메스꺼움을 느끼며 마구간으로 돌아갔다. 프란체스코는 비올라와 닮았다. 그리고 그 단순한 메아리만으로도, 그 희미한 유령만으로도 배가 찢어지는 고통이 느껴졌다. 허리를 반으로 접은 나는 담즙을 게워 냈다. 그러고는 가방에 보잘것없는 소지품을 쑤셔 넣은 뒤 내게 남은 돈을 세어 봤다. 재산은 전부 합해 15리라였고, 그거면 체면을 차릴 정도로는 몸단장을 할 수 있었다. 정오가 되기 직전에 마구간을 나섰다. 사라는 어디에서도 보이지 않았고 트레일러에는 커튼이 쳐져 있었다. 나는 발리오니 호텔의 반대 방향으로 들어서서 산타트리니타 다리를 이용해 아르노강을 건너 마치오가(街)를 올라갔고, 거기서 길을 잃었다가 우연히 산타고스티노가(街)를 찾아내어 내 목적지인 8번지로 갔다. 수많은 내 밤마실 동무들이 찾는 곳으로, 피렌체의 공중목욕탕이었다. 나는 그곳에서 때를 벗겨 냈고, 가장 차가운 물에서 고행을 했고, 내 피부 주름 사이사이에 박힌 악을 쫓아내기 위해 열심히 피부를 문질렀다. 그곳을 나설 때 나는 삶은 가재처럼 벌겠고 추위로 덜덜 떨었지만, 턱은 높이 치켜든 채였다. 나는 왔던 길을 되짚어 가다가 처음 만난 이발소에 들러서 머리를 깎고 수염을 밀었다. 그러고는 향유와 백단향 분가루로 어질어질한 와중에 못 본 지 2년이 넘어가는 얼굴을 응시했다. 보다 단단해졌고, 그렇다고 꼭 더 현명해진 것은 아닌 얼굴. 왜냐하면 눈 속에 새로운 광기가 번쩍였으니까. 하지만 평생 처음으로 스스로를 잘생겼다고 여겼다. 거리에 나선 나는 희끄무레한 태양을 향해 면도한 뺨을 내밀었다. 의복을 살 돈은 없었다. 어쨌든 내게 남은 옷 중 그나마 깨끗한 것에 가까운 유일한 옷을 걸치고 목욕탕에서 나온 터였다.

거의 2년 전부터 호텔 앞을 오가는 나의 모습을 보았던 문지기의 의심에 찬 눈길을 받으며, 마침내 가방을 질질 끌고 발리오니의 문턱을 넘어섰다. 그가 나를 제지하려는 듯한 움직임을 취했지만, 내가 그를 사납게 쏘아보았다. 그가 덜컥 멈춰 섰고, 물러났다. 프란체스코가 옳았다. 나는 남자가, 비단실 한 가닥으로 가까스로 묶어 놓은 폭력과 살의로 똘똘 뭉친 남자가 되어 있었다.

프란체스코는 개인 응접실에서 나를 맞았다. 그의 비서는 휴대용 타자기로 방 한구석에서 타자를 치고 있었다. 천장은 어둠에 잠겨 가뭇없었다. 길 쪽으로 낸, 채색 유리 장식 창문을 통해 호박빛 물결이 밀려들어 왔다. 그랜드 호텔 발리오니는 옛 궁전들처럼 검은 색조의 과도한 호화로움을 보여 줬다. 피란델로, 푸치니, 단눈치오 혹은 루돌프 발렌티노가 묵었거나 묵는 곳이었다. 주눅 들 법한 분위기였지만 그러지 않았는데, 아직 내 핏줄기를 따라 돌면서 기분을 달래 주는 알코올 덕분이었다.

프란체스코가 손짓으로 앉으라고 권했다.

「좋아 보이네, 미모. 널 다시 만나서 반갑다. 커피 한잔?」

난 선 채였다.

「아니, 됐어요. 원하는 게 뭐죠?」

나는 그의 온화함, 떠나지 않는 미소를 늘 높이 샀지만, 이제 그가 여동생과 마술에 대한 재능, 자신이 원하는 곳으로 시선을 돌리게 하는 그 재주를 공유하는 게 아닌지 의심이 들었다. 나는 프란체스코가 야망으로 불타오르는 건지 혹은 단순한 장난기로 그러는 건지 결코 알 수 없었다.

「나는 **원하는** 게 아무것도 없단다, 미모. 어쨌든 이곳 속세에서 내게 주어질 수 있는 거라면 그래. 그건 그렇고, 네게 돌아오라는 제안을 하러 왔다.」

「돌아오라고요? 어디로요?」

「그거야, 피에트라달바지.」

「난 갈 곳이 없는데요.」

「네 삼촌 알베르토가 네게 공방을 물려줬다.」

버티던 내가 그 소식에 소파에 털썩 주저앉았다.

「알베르토가 죽었어요?」

「오, 아니야. 햇볕을 받으며 살러 떠났어, 남쪽 어디라는데. 어머니에게서 엄청난 유산을 물려받은 뒤로 무료했던 것 같아. 우리가 그이 소유지를 살 생각으로 접촉을 해봤지만 팔려고 하질 않더구나. 네게 주고 싶어 했어. 네 친구 비토리오가 그곳에 목공방을 내긴 했지만, 내 확신컨대, 너희 두 사람은 적당한 타협안을 찾아내겠지.」

「잠깐만요. 치오가 내게 공방을 **줬다고요?**」

「그렇다니까.」

그 늙은 개자식이 왜 그런 행동을? 알 수 없었다. 어쩌면 숙취와 숙취 사이에 솟구치는 딸꾹질처럼 올라온 인정의 찌꺼기일지도. 그런데 그를 닮은 주제에 그를 비난하다니, 나는 누구인가?

「그곳에는 조각가가 할 일이 많지 않은데요.」 내가 지적했다.

「바로 그래서 내가 온 거야. 그 공방이 이제 네 소유라는 사실을 알리는 건 공증인도 할 수 있겠지. 내가 직접 온 이유는 우리가 널 고용하기를 원해서란다.」

「그게 누군데요? 그 〈우리〉가?」

「우리, 오르시니 가문. 그리고 신을 섬기는 우리.」 그가 커다란 손동작을 곁들이며 덧붙였다. 「너도 알다시피, 네 조각이 파첼리 주교에게 강한 인상을 줬어. 파첼리 주교는 영향력 있는 사람이고, 바로 그분 덕택에, 그분이 내게 보여 준 신뢰 덕분에, 신부 서품을 받은 지 채 몇 달도 안 된 내가 로마 교황청의 정본 작성자가 될 수 있었지. 나는 지금 바티칸의 외무부에서 그분과 함께 일한단다. 간단히 말해, 바티칸 정원 한복판에 있는 비오 4세의 카지나[34]를 대대적으로 개보수하는 작업이 1930년이 되기 전에 시작될 건데, 우리는 조각을 맡아 줄 신뢰할 만한 예술가가 있으면 해. 다시 제작해야 할 작

34 교황을 위한 여름 별장. 바오로 4세 때 착수하여 비오 4세 때 완공된다.

305

품들도 있고, 복원해야 할 것도 있겠고, 엄청난 공사가 될 테지. 넌 피에트라달바에서 일해도 되고, 아니면 바티칸에 공방이 하나 있는데, 네가 자유롭게 사용해도 되니까 그곳에서 일해도 되고, 우선 시작은 월급 2천 리라에 두 차례 갱신 가능한 1년짜리 계약을 맺는 걸로 하면 어떨까 싶은데.」

「한 달에 2천 리라.」 나는 차분하게 되뇌었다.

장인 월급의 여섯 배, 대학교수의 두 배. 내 평생 본 적 없는 엄청난 금액.

「개인적인 주문을 받으면 가욋벌이도 가능할 텐데, 당연히 그리되겠지. 오르시니 저택을 찾은 수많은 방문객도 네가 만든 곰을 보고 깜짝 놀랐으니까.」

「그런데…… 그 모든 비용을 누가 대나요?」

「바티칸의 하위 기구 중 하나가. 그런데 이번 일은 또한 우리에게는 오르시니 가문을 돋보이게 할 기회이기도 하다는 건 말할 것도 없지. 이번만큼은 우리가 후원자로 나서기로, 그리고 네가 너무 젊긴 하지만 네게 질투를 안길 자리를 제안하기로 했다.」

「질투에는 이골이 났어요.」

「이렇게 네 이름과 우리 이름이 결부되는 만큼, 피렌체에 머물면서 네게 뱄을 수도 있는 그…… 나쁜 습관들은 이제 끊어야 해, 분명하게 알아들었지?」

「알아들었어요.」

「네가 받아들이기로 했다고 추정하면 오만한 일인가?」

306

나는 생각해 보는 척했고, 그는 영원의 관점에서 생각하는 사람들 특유의 인내심을 발휘해 참아 냈다.

「수락하죠.」

「좋아. 내일 피에트라로 돌아가니까 함께 가자. 넌 새 공방을 인수하고, 이 모든 일을 어떻게 진행하면 좋을지 최선의 방법을 함께 상의해 보자꾸나. 오늘 밤에는 여기서 묵을 수 있게 방을 하나 예약해 뒀어.」

그가 일어서서 수단의 주름을 펴고는 물었다.

「질문 있니?」

「없어요. 비오…… 누이분이 나를 고용하라고 부탁했나요?」

「비올라? 아니, 왜?」

「누이분은 어떤가요?」

「정말 엄청나게 운이 좋았어. 그런 사고는 늘 흔적을 남길 텐데, 비올라는 거의 다 회복이 됐단다. 네가 직접 확인할 수 있을 거야. 부모님이 모레 저녁에 저녁을 함께 들려고 우리를 기다리셔.」

나는 자그마한 소리에도 소스라치느라, 문이 열리면서 이런 장소에 내가 있다는 사실에 격분한 군중이 즉각 나를 린치할 것을 요구하거나 혹은 더 고약하게는 어제까지만 해도 내가 뒹굴던 길바닥 시궁창으로 나를 내던지라고 요구할까 봐, 내가 사기꾼이며 그랜드 호텔 발리오니에는 사기꾼들을 위한 자리는 없다고 고함칠까 봐 두려움에 떠느라 잠을 제대로 이루지 못했다.

우리는 다음 날 아침 일찍 출발했다. 50여 킬로미터쯤 달리고 나서야 내가 사라나 평생 친구들이나 혹은 나의 떳떳하지 못한 밤 생활을 함께한 흔들리는 그림자들에게 작별 인사를 하지 않았음을 깨달았다.

레너드 B. 윌리엄스는 비탈리아니의 피에타를 다룬 자신의 연구서 첫머리에서 비탈리아니의 피에타는 그 누구도 본적 없는 만큼 더더욱 유명하고, 솔로몬왕의 인장이나 계약의 궤나 현자의 돌처럼 사람들의 시선에서 벗어난 신화적이고 비의적인 물건의 반열에 오르려 한다고 단언한다. 그는 이러한 상황의 아이러니를 강조하는데, 바티칸이 그 작품을 산 한 복판에 묻어 두면서까지 추구했던 것과 정확히 정반대되기 때문이다. 바티칸의 의도는 그저 소란을 피하고 작품이 촉발하는 기이한 반응들을 이해하려는 데 있었다. 하지만 오히려 신화를 창조하고 환상을 들쑤시기를 원했더라면 취했을 법한 행동을 교회가 하고 말았다. 그러니까 피에타를 사크라와 그 수도사들에게 맡긴 것은, 윌리엄스의 의견에 따르면, 실수였다. 바로 어둠 속에서 흥분이 끓어오르는 법이니까.

처음에 모습을 드러낸 피에타를 맞은 대중의 히스테리에 대해 말하기 전, 윌리엄스는 피에타의 묘사에 짧은 분량을 할애한다. 우선 그는, 그 조각상은 처음에는 발주자들의 이름을 넣어 〈오르시니의 피에타〉라고 불렸는데, 오르시니 가문은 작품을 넘겨받고 난 뒤 몇 년 동안 그러한 결합을 끊어 버리기 위해 할 수 있는 모든 일을 다한 모양이라고 언급한다. 그러한 시도는 성공해서, 오늘날 그 조각상과 연관된 공식 문서에서는 미켈란젤로 비탈리아니라는 창작자의 이름만으로 그 조각상을 가리키고 있다.

그 피에타는 자신의 유명한 선조, 즉 로마의 산피에트로 성당에 전시된 미켈란젤로 부오나로티의 피에타와 수많은 유사점을 보인다. 환조로 조각됐으며, 높이는 1.76미터, 가로는 1.95미터, 깊이는 80센티미터이다. 그런데 이 피에타상과는 반대로, 비탈리아니의 피에타는 높은 곳에 전시할 용도는 아니었던 걸로 보인다. 엄밀히 말해 받침대가 고작 10센티미터에 불과하다.

전통에 충실하게 비탈리아니의 피에타 역시 십자가에서 내려놓은 아들을 안고 있는 성모를 그리고 있다. 그 점에 있어서도 역시 로마에 전시된 피에타와 거리가 멀지 않은 듯하다. 그리스도는 어머니의 무릎에 누워 있다. 비탈리아니는 부오나로티보다 해부학적 정밀함을 한층 더 밀고 나갔다. 아니, 좀 더 정확하게 말하자면 정밀함은 유사하지만 비탈리아니는 자신의 선배와는 다르게 그리스도에게 아름다움을 부여하려고 애쓰지 않는다. 사후에 발생한 젖산 가득한 육신의 경직 속에서 십자가형의 후유증이 드러난다. 역설적이게도 육체의 경직을 대리석처럼 단단한 재질 속에 구현하는 것은 쉬운 일이 아니다. 뻣뻣함을 표현한다는 것은 조각도를 다루는 솜씨가 천재적이라는 소리이다. 그 표현은 대조를 통해서만 드러나기 때문이다. 얼굴의 안도감, 그 입술에 걸린 희미한 미소와의 대조. 비탈리아니는 자신의 그리스도에 아름다움을 부여하려고 애쓰지 않지만, 매끈한 뺨이 임종의 고통으로 움푹 패고 어머니가 방금 위무의 손길로 그 두 눈을 감긴 그리스도는 그의 의도와 상관없이 아름답다. 당황스럽게도 금방이라도 움직일 것 같다는 느낌이 작품에서 흘러나오는데, 부오나로티의 피에타가 풍기는 종교적인 엄숙한 느낌과는 대조를 이룬다. 조금도 비유적이지 않은 실제 느낌으로, 그 작품에 빠져들어 너무 오랫동안 바라봤던 수많은 관객은 그것이 **움직이는** 것을 보았다고 맹세했다.

그러한 대조는 눈부신 마리아의 얼굴에서 절정에 달한다. 어머니는 아들을 다정한 미소로 내려다보는데, 기이하게도 두려움과 고뇌는 찾아볼 길 없어, 많은 사람이 신비로움과 히스테리의 원인을 거기에서 밝혀 내려고 애썼다. 성모는 온화함 그 자체이다. 베일 아래로 왼쪽 뺨에 머리카락 몇 가닥이 내려와 있다. 성모의 얼굴은 방금 자신의 아들을 떠나간 생명력으로 가득하며, 강렬한 평온을 드러낸다. 윌리엄스는 말을 바꾼다. 그 얼굴 표정에서 읽히는 것은 평온이라기보다는 거의 희망, 그런 상황에서 보게 되리라고 가장 기대할 법하지 않은 감정이라고.

윌리엄스는 피에타와 마주한 사람은 누구든 자신이 걸작과 마주하고 있음을 안다고 솔직하게 말하면서, 그의 연구서에서 드는 드물게도 서정적 표현을 아끼지 않는다. 그 자신도 처음 피에타를 찾아가 보고 난 뒤 그것에 관한 글을 쓰기를 망설였음을 고백한다. 그런데 그는 직업상, 예술사에 등장하는 걸작 대부분을 가까이에서 정밀하게 관찰했다. 그 어떤 작품도 그에게서 이런 효과를, 본능적 반응을, 그가 분석해 내지 못한 그런 반응을 낳지 않았다. 이전에, 그의 박사 과정 지도 교수는 **우등** 박사 학위를 수여하면서 이런 놀라운 말을 했다. **윌리엄스, 그대는 오랜 세월 동안 연구했지만 다 헛된 거였어. 예술로, 진짜 예술로 만드는 것에 대한 그 어떤 것도 여기서 설명이 될 수 없으니까. 예술가 그 자신도 자신이 무슨 일을 하는지 모르기 때문이지.**

윌리엄스는 지도 교수가 자신에게 무슨 말을 하려고 하는지 완벽하게 이해했다. 예술은 합리성이 아니다. 하지만 윌리엄스는 다른 연구자들과 같은 연구자가 아니다. 윌리엄스, 그 역시 직관이 있다. 그리고 이러한 직관이 그에게 미모 비탈리 아니는 자신의 피에타를 창조하면서 자신이 무슨 일을 하는지 정확하게 알았다고 속삭인다.

내가 하는 이야기 잘 기억해 둬, 어머니가 호통쳤다. 조금 전에 나는 트집 잡기 잘하는 몇몇 녀석들에게 내가 반쪽이 아니고 온쪽임을 입증하기 위해 싸움박질을 한 바람에 온몸이 멍으로 뒤덮여 학교에서 돌아왔고, 내가 운이 없다고 불평을 늘어놓은 참이었다. 어머니가 말을 이어 갔다. 나는 다르다, 그건 그렇다. 선하신 하느님께서는 나를 키 크고 잘생기고 힘세게 만들어 주는 대신 키 작고 잘생기고 힘세게 만들어 주셨다. 그러니 나의 운 역시 다를 것이다. 그 운은 첫 번째에 따는 것은 결코 아닐 터여서, 모두가 시도하는 족족 따는, 그러니까 결국 아무것도 따지 못한 것과 마찬가지인 싸구려로 넘치는 장터 축제의 운과는 다를 거다. 선하신 하느님은 운의 측면에서 더 좋은 걸 네게 마련해 주셨다. **너는 두 번째 행운의 사내가 될 거야.**

2년을 넘게 비웠다가 피에트라달바로 돌아왔을 때, 나는 그런 헛소리를 거의 믿을 지경이었다. 바람이 시끄럽게 지면을 쓸면서 고원을 지나가자 팬 플루트 소리가, 가끔은 개가 주인을 맞으며 내는 낑낑대는 소리와 흡사한 이상한 울음소리가 지형의 높낮이에 따라 변조되어 났다. 마을 출구에 내려 달라고 부탁하자 프란체스코는 나를 내려놓고는 비서가 모는 차를 타고 오르시니 저택까지 내달렸다. 묘지로 가는 교차로를 지날 때 가슴이 쿡쿡 쑤셨고, 우리 둘의 그루터기가 나오자 반사적으로 그 안을 뒤져 봤다. 풍경은 내 기분과 잘 맞았다. 여전히 안개가 자욱했고 축축했다. 하지만 눈은, 그 흰 너울 뒤에서 초록으로 전율하는 숲이 모습을 드러내려고 햇빛만을 기다리고 있음을 분간해 냈다.

공방이, 전과 같은 동시에 달라진 모습으로 나타났다. 벽돌에는 솔질이 되어 있었고, 집 전면의 이음새들도 새로 메꿨으며, 낡은 기와는 교체되어 있었다. 헛간에서는 목재 벽에 갓 칠한 새까만 역청에서 좋은 냄새가 났다. 본채와 헛간 사이의 황량한 마당은 정비가 되어서, 이웃 밭에서 뽑아 온 돌들을 가지런히 늘어놓아 만든 꽃밭이 생겨났다. 꽃밭은 아직 벌거 벗은 상태지만, 한 달 전에 갈아 놓은 거무스레한 부식토가 곧 코스모스와 봄꽃으로 단장될 터였다. 흰 자갈이 곱게 빻은 점토 위에 깔려 있었는데, 내게 그 점토는 여름이면 메말라 갈라지고 겨울에는 진흙탕이 되던 모습으로 익숙했었다.

내가 부엌으로 들어서자 안나가 공포의 비명을 질렀고, 나를 알아보고서는 웃기 시작했다. 그녀는 배가 둥글게 나왔는데, 그녀를 품에 안아 볼 새도 없이 별항이 손에 망치를 들고 달려 나왔다. 그 역시 나를 보자 웃기 시작했다. 그들은 나를 식구처럼 맞아 줬고, 우리는 콧구멍 속이 따끔거릴 정도의 추위를 쫓아내려고 문간에서 짙고 씁쓸한 커피를 마셨다. 별항은 이제 스물두 살이 다 되어 갔다. 안나와 그는 석 달 전에 결혼했다. 나는 안나의 배의 크기를 보고 결혼이 임신의 원인인지 혹은 그 결과인지를 추정해 볼 정도로 그 방면에 대해 잘 알지는 못했고, 아무려면 어떠랴 싶었다. 두 사람은 행복했고, 치오가 두 달 전에 떠난 뒤로 자신들이 본채로 들어온 것을 사과했다. 나는 본채에 자리 잡기를 거절했다. 며칠 전만 해도 피렌체의 시궁창 냄새를 풍기던 내가 그곳의 주인이 된 모습을 그려 보기가 어려웠다. 앞일은 차츰차츰 생각해 보고, 당장은 헛간에서 자겠다. 별항과 나는 이제부터 동업자가 될 터인데, 그 상세한 조건은 정해야겠지만 한마디로 요약하면 당장은 〈아무것도 변하지 않는다〉이다. 그는 헛간에서 목공 일을 계속할 테고, 치오의 공방은 내가 다시 쓰겠다. 이 지역에서는 그 어떤 계약도 악수 한 번 나누니만 못했다.

즉시 어머니에게 편지를 썼다. 피렌체에서 보낸 두 해 동안 썼던 네 통의 편지 가운데 세 통만 부쳤는데, 한 통은 술에 취한 어느 저녁에 잃어버리고 말았다. 거기에는 나의 영광스러운 일상과 내가 받는 격려와 칭찬이 묘사되어 있었다. 나는 어머니가 보내오는 편지들이, 세상 저 끝에 있는 플로모디에

315

른이라고 불리는 브르타뉴의 마을에서 보내고 있는 평온한 생활에 대한 어머니의 묘사가 덜 거짓이기를 희망했다. 이번 한 번이야말로 정직하게 나는 성공했다고 말할 수 있었다. 내게는 지붕이 있고 일거리가 있었다. 내게로 오고 싶으면 즉시 오시라고 어머니께 제안했다.

저녁이 되자 엠마누엘레가 폴란드 창기병이 입던, 푸른색에 빨간 옆줄이 들어간 진짜 골동품 바지를 입고 카키색 작업복을 걸친 채 들이닥쳤다. 그는 나를 보고 울었다. 그러더니 무릎을 꿇고 안나의 배에 귀를 갖다 대고는 뱃속 아가에게 알아들을 수 없는 말을 길게 늘어놓았고, 그러고 나자 별항이 눈을 부라리며 그 말에 응수했다.

「보자 보자 하니, 못 참아 주겠네!」

우리 넷은 부엌에서 갓 구운 빵과 약간 새콤한 맛이 나는 병조림 토마토와 사보나에서 갓 올라와 살짝만 소금을 친 안초비로 다 같이 저녁을 먹었다. 그러면서 내가 피에트라달바에 없었던 두 해 동안의 역사를 따라잡았는데, 이곳에서는 중요한 일이라고는 정말 하나도 일어나지 않았다. 오르시니 가문과 감발레 집안은 여전히 서로를 증오한다. 비올라는 추락 사건 이후로 사람들 앞에 단 한 번도 모습을 드러내지 않았다. 사람들은 비올라가 불구가 되었고 얼굴이 훼손됐다고 소곤댄다. 만약 그 말이 사실이라면 어차피 내가 다음 날 그녀를 만날 예정이었으니 프란체스코는 아마도 내게 귀띔을 줬을 터였다. 그리고 전기는 오르시니 저택에 들어오지 않았다.

병이 퍼지는 바람에 잡종 오렌지나무의 3분의 1이 고사했고, 네롤리 향은 바람이 남쪽에서 불어오는 데도 전처럼 강렬하지 못하다. 죽은 사람은 아무도 없다. 늙은 안젤로, 그 우체부마저도 죽지 않았지만, 그는 아무나 들으라는 듯 자신의 임종이 다가왔다고 떠벌린다.

어머니에게 그랬듯이 내 친구들에게도 피렌체 시절을 미화해서 소개했다. 그러니까 하나도 아프지 않다는 말을 입에 달고 사는 발치사 저리 가라 거짓말을 한 것이었다. 그 두 해를 담은 사진에서 비차로와 사라와 다른 친구들을 긁어냈다. 그들에 대한 기억을 잘라 내면서 내가 상처 입히고 있는 건 나 자신임을 이해하지 못한 채 가벼운 자책감만 느꼈다. 나는 열여덟 살이었고, 열여덟 살에는 그 누구도 자신의 실제 모습과 닮기를 원하지 않는 법이다.

별항은 길고 곧은 담뱃대로 담배를 피우다가 은하수 아래에서 몇 모금 알싸하게 빨라며 내게도 그것을 권했다. 안나는 자러 올라갔다. 그들이 은밀히 주고받는 시선과, 여전히 권태나 습관과는 아무 상관 없이 서로를 찾는 손길이 부러웠다. 나는 피곤한 상태로 헛간으로 올라가 그다음 날로 시간 여행을 했다.

황금색을 띠었지만 아직은 초목의 망령을 간직한 상쾌한 풀의 향을 맡으며, 새로 간 짚 매트리스에 누워, 최근 두 달 동안의 그 어떤 밤보다도 잠을 잘 잤다. 나는 피렌체 거리의 은빛으로 반짝이는 강물에서 수천 마리씩 몰려다니는 안초비

꿈을 꿨다. 일확천금의 징조야. 다음 날 아침, 아무것도 모르는 사람 특유의 절대적이며 단정적인 확신을 내보이며 안나가 말했다. 나는 은근히 그녀를 놀리면서 징조 같은 건 믿지 않는 척했다. 그러고는 비탈리아니 집안의 전설적 행운 — 부재 덕분에 전설적이 된 — 이 마침내 작동했기를 바라기 시작했다.

오전이 끝나 갈 무렵, 프란체스코의 비서가 공방에 나타났다. 그가 편지 두 통을 내밀었다. 첫 번째 봉투에는 선불금 2천 리라가 들어 있었다. 나는 절반을 별항과 안나에게 주었고, 두 사람은 눈이 휘둥그레져서 지폐를 바라보다가 처음에는 거절했다. 내가 아기를 위해서라고, 집 안 전체를 따뜻하게 해줄 새로운 난로를 설치하라고 주는 거라고 말하자 그제야 받았다. 두 번째 봉투에는 오르시니 가문의 문장이 압형으로 새겨진 서신용 종이에 손으로 쓴 초대장이 들어 있었다. 오르시니 후작 부처와 그들의 아들 스테파노와 프란체스코, 그리고 그들의 딸 비올라는 1923년 1월 3일 8시 30분에 오르시니 저택의 저녁 식사 자리에서 당신을 맞을 수 있다면 더없이 기쁠 겁니다.

비서가 올해에 나를 기다리고 있는 다양한 계획을 알려 줬다. 카지나의 전면에 있는 두 개의 조각상을 복원해야 하고, 부조들을 전부 검사하고 필요할 경우 그것들도 복원해야 하며, 끝으로 사냥의 여신 디아나를 주제로 한 군상을 제작해야

318

하는데, 이 군상은 카지나 확장 계획에 따라 장차 분수로 사용하게 될 예정이다. 그는 로마에 있는 공방 주소를 주었는데, 바티칸에서 멀지 않은 그 공방 위층에 내 전용 아파트가 있었다. 나는 그에게 내 친구들이 살고 있는 피에트라에서 주로 작업을 하려고 한다는 의향을 알렸다.

그는 다시 출발하려다가 자동차 뒷좌석에서 슈트 커버를 꺼냈다. 그 안에는 나에게 맞는 치수의 의상이 보관되어 있었다. 프란체스코가 초대에 대한 나의 대답을 예견했음이 명백했다. 별항과 안나는 내가 그 옷을 걸치자 배를 쥐고 웃어 댔고 하루 종일 나를 **나의 왕자님**, **전하**라고 불러 댔다. 안나가 바느질해서 내 몸에 맞춰 준 자잘한 몇 군데를 제외하면 의상은 내게 맞았다. 내 평생을 통틀어 그런 옷을 입어 본 적은 없었다. 내 옷들은 다시 자르거나, 다시 늘리거나, 다시 줄이거나, 수도 없이 덧댄 청소년용 옷들과 성인용 옷들을 뒤죽박죽 섞어 놓은 거였다. 내 옷장은 바퀴 달린 여행 가방 하나가 다였다.

비서는 8시에 나를 데리러 다시 왔다. 친구들은 놀려 대는 얼굴로 손을 흔들며 내가 출발하는 것을 지켜보았다. 나는 저택까지 가는 그 짧은 여정을 비올라와 나의 재회에 관한 가능한 모든 시나리오를 반복하는 데 사용했다. 비올라는 1년도 더 전에 받은 마지막 편지에서처럼 냉담할까? 만약 그렇다면 그건 자신의 감정을 숨기고 나를 다시 만난 기쁨을 감추기 위해서가 아닐까? 나로서는 그녀의 침묵에 이미 상처받은 뒤였다. 그러니 바티칸에서 고용한 조각가답게, 예의 바르게 거리를 두는 태도를 취하리라. 하지만 만약 비올라가 우리의 멀어짐을 후회하고 잘못을 인정하고 용서를 빌고 싶어 할지도 모르니, 그녀가 화내지 않도록 너무 심하게는 말고.

오르시니 저택에 도착했을 때에는 이미 모든 가능성을 다 고려해 본 뒤였다. 그러나 비올라는 잡히지 않으며, 온갖 가능성과 사냥꾼의 손길과 중력과, 그리고 무엇보다도 정상성에서 벗어나 있다는 사실은 그만 잊고 있었다.

「후작 부처 입장하십니다.」

그곳의 주인들이 우리가 끈기 있게 기다리고 있던 거실로 눈길을 끌며 들어왔다. 후작 부인은 옷깃이 넓은 산딸기색 드레스를 입었고, 후작은 엠마누엘레가 봤더라면 너무 기뻐서 눈물을 흘렸을 법한 견장 달린 제복을 입었다. 발리오니 부근을 지나다니고 서커스단 관객석에서 평민들과 어울리는 상류층을 접해 봤기에 나는 최상품의 옷감에 대한 취향을 키울 수 있었다. 남자들은 구닥다리로 혹은 더 나쁘게는 시골뜨기로 보일까 봐 이제는 파티에서 제복을 입지 않았다. 여자들의 유행은 하도 빨리 바뀌어서 파악하기가 훨씬 더 힘들었다 — 밑단이 오르락내리락하는 속도가 마치 내가 어린 시절에 만화책을 휘리릭 넘겨 보던 속도 같았다. 하지만 지안도메니코와 마시밀리아 오르시니, 그러니까 피에트라달바의 후작 부처는 이전 시대의 아름다운 완고함이 드러나는 의상들을 입었는데도 우아함이 없지는 않았다. 그들은 누더기를 입고서도 존경을 요구할 터였다.

내가 저녁 식사에 초대받은 유일한 사람이 아님을 알고 살짝 실망했다 — 우리는 10여 명은 되었다. 스테파노는 조롱 섞인 미소를 지으며 내게 윙크를 해 보였고, 프란체스코가 나를 다른 사람들에게 소개했다. 공작 부처와 두 명의 정부 인사와 훈장을 잔뜩 달고 있는 군 장성 한 명과 밀라노 출신 변호사와 배우 한 명이었다. 카르멘 보니라는 그 배우의 이름은 아직도 기억에 선명한데, 아주 예뻤고 그녀가 파리 시내에서 자동차에 치여 숨졌다는 기사를 1963년 어느 날 아침에 순전히 우연하게 읽었기 때문이다. 어쩌면 한두 명 더 있었을 수도 있지만 나머지 사람들은 내게 희미한 인상마저 남기지 못했다.

평생 처음으로 샴페인을 마셔도 되었다. 나는 다른 사람들처럼 희미한 권태가 감도는 표정으로, 그러니까 이제 그 어떤 것에도 아무런 감흥을 못 느끼는 사람들 특유의 표정으로 샴페인을 홀짝였다. 기포가 코로 올라오자 기침이 터져 나왔지만, 그럭저럭 억눌렀다. 숨을 고르는 동안, 물의 요정이 강가에 무리 지은 병사들을 엿보는 그림을 감상하는 척했는데, 그 요정은 야성미는 별로 없었다. 저택은 내가 마지막으로 방문했을 때와 별반 달라진 게 없어서, 여전히 녹색 색조에 잠겨 있었다. 하지만 처음으로, 쇠시리에 잔금이 갔고, 소파 위에 쿠션을 놓아 닳은 흔적을 그럭저럭 가려 놓았고, 천창 구석에는 파란 곰팡이가 피었으며, 광택이 사라진 창문 주위에 발라 놓은 퍼티가 부슬부슬 서서히 부서져 나가고 있음을 알아차렸다. 조그마한 틈만 있으면 찬 기운이 비집고 들어왔다. 구석에서 돌아가고 있는 축음기 소리에 끽끽거리고 탁탁거리는 소리가 가끔씩 섞여 들었다. 겨울이 한입에 삼켜 버린 저택은 사방의 벽과 대들보를 총동원해 발버둥 치고 있었다. 이전에 저택이 보여 주던 유연성이나 호쾌한 오연함이 더는 보이지 않았다.

우리는 이제 비올라가 오기만을 기다렸다. 샴페인 석 잔을 들이켰지만 너무 오랫동안 온갖 고통을 치료할 목적으로 피렌체의 독한 증류주를 즐겨 마셨던 터라 취기는 오르지 않았다. 마침내 거실 문이 다시 열렸다. 처음에는 아무도 보이지 않았다. 그러더니 하인이 들어왔고 후작의 귀에 무슨 말인가를 속삭였다.

「비올라는 오늘 저녁 우리와 함께하지 못할 듯합니다.」 후작이 좌중을 향해 알렸다. 「몸이 좀 불편하답니다. 이제 기다릴 필요 없으니, 식사 자리로 옮길까요?」

나는 프란체스코와 눈길을 마주쳤다 ─ 그는 눈썹을 찌푸리고 있었다. 그는 곧 내게 미소를 건네며 어깨를 으쓱했고, 우리는 이중문을 통과해 식당으로 향했다. 그날의 만찬에 대해 제대로 기억나는 것은 없지만, 내가 밀라노 출신 변호사 맞은편에 앉았다는 사실은 기억한다. 눈빛이 살아 있는 잘생긴 남자로 재미있는 편이었지만, 그가 내놓는 일화들이 몽땅 그 자신을 중심으로 돌아간다는 것을 알아차릴 때까지만 그랬다. 그는 「바르톨로메오가 요전 날 내게 이야기하기를…….」이라고 말했는데, 그가 말하는 인물이 우리의 국민적 마치스테, 제노바 항구에서 하역 인부 노릇을 하다가 이탈리아의 사랑을 받는 배우가 된 바르톨로메오 파가노임은 나를 제외한 거기 모인 사람 모두에게 명백했다. 리날도 캄파나라는 이름의 그 변호사는 물려받은 변호사 사무실 이외에도 영화에 투자를 해왔다. 그가 입은 의상의 재단이나 손목시계, 그리고 몇몇 부자들이 풍기는 그 설명할 길 없는 몽롱한 기운으로 판단하건대, 영화는 받은 만큼 그에게 돌려줬다.

식사를 마칠 때쯤 나는 완전히 취했다. 후려 맞은 듯 묵직하고 말 없는 취기여서, 다른 사람들에게는 진중하게 보였다. 프란체스코는 디저트가 나오기 전에 잔을 들어 나를 축하하며, 이날부터 내가 자신의 옆에서 오르시니 가문의 횃불을 들게 될 거라고 알렸고, 정부 인사 두 명에게 그들이 편할 때 나의 공방을 방문해 달라고 권하면서 물론 〈비탈리아니 씨가 동의한다면〉이라는 조건을 붙였다. 비탈리아니 씨는 동의했는데, 너무나 취한지라 사람들이 자신에게 〈씨〉라는 호칭을 부여해도 이제는 놀라지 않을 정도였으니까.

돌아가는 길에 나는 비서에게 좀 걷고 싶다는 구실을 대면서 큰길에 내려 달라고 부탁했다. 비가 오기 시작했기에 고집을 피워야만 했다. 일단 혼자가 되자 나는 뛰어서 들판을 가로질러 오르시니 저택으로 되돌아갔고, 담이 뚫린 곳을 찾아

타고 오른 뒤 비올라의 창문 아래로 스며들었다. 3층의 덧창
은 열려 있었지만, 커튼을 뚫고 새어 나오는 아주 희미한 빛
조차 없었다. 나는 창문을 겨누고 조심스레 조약돌을 던졌고,
빗맞혔다. 조금 더 세게 던진 두 번째 조약돌도 빗맞혔다. 세
번째 조약들은 창문 옆 벽돌에 맞아 튀어 올랐고 곧장 내 머
리 위로 떨어졌다. 조약돌은 크지 않았지만 지독한 아픔을 줄
정도는 되었다. 격분한 나는 덩굴장미에 냅다 발길질을 했고,
장미나무에서 우수수 떨어진 낙엽이 내 머리 위로 쏟아졌다.
두 차례 소나기가 지나가는 사이에 달이 다시 모습을 드러냈
고, 나는 1층 유리창에 비친 나의 모습과 마주했다. 관자놀이
에는 피가 한 줄기 흐르고 갈색의 머리카락은 이마에 들러붙
고 뺨에는 나뭇잎이 한 장 붙어 있었다. 나는 거울을 좋아하
지 않았고 — 내 외모 때문에 — 면도를 할 때조차도 가능한
한 거울과는 덜 마주했다. 하지만 어머니가 옳았다. 나는 잘
생겨서, 뜻밖에도 내 용모는 균형 잡힌 반듯함을 보였으며 눈
에는 어머니가 내게 물려준 그 빛깔이, 거의 보랏빛 도는 푸
른빛이 담겼다. 강인한 남자의 얼굴이었다. 아버지에게서 체
념을 배우지 못한 남자의 얼굴. 그것은 또한 우스꽝스러운 남
자의 얼굴이기도 했으니, 체념이 세상을 돌아가게 하고, 우리
의 꿈들을 살해하는 수많은 죽음을 체념이 감내하게 하지 않
는가. 뼛속까지 비에 젖고 험상궂은 모습으로, 오래전부터 시
끄럽게 알려 대는 자신의 패배를 받아들이기를 거부한 나머
지 이제는 그러한 패배를 정식으로 인정하지 않은 유일한 사

람으로 남은 남자. 나는 순진하지 않았다. 우리가 다시 만나게 되어 있는 바로 그날 저녁에 몸이 불편하다니, 그것은 우연이 아니었다. 전언은 분명했다. 즉, 우리의 이야기는 막을 내렸다.

나의 삼촌이 떠난 뒤로 별항은 공방을 닫아 두고 있었던 만큼, 그 뒤 며칠 동안 석공이 와서 치오의 공방에 다시 생기를 불어넣었다. 벽을 보수하고 회칠을 했으며, 몇 안 되는 유리창들 — 몽땅 금이 간 — 은 교체했다. 별항은 남쪽 벽을 따라 놓아뒀던 거의 5미터 길이에 달하는 낡은 느티나무 작업대를 복구하기를 고집했다. 그러더니 이틀간 사라졌다가 전쟁터에서 살아남은 트럭을 몰고 돌아왔는데, 내가 그에게 준 돈 덕분에 좋은 가격에 구입한 거였다. 이제 별항은 주문받은 물건들을 전 지역에 배달할 수 있을 테니 세상이 조금 더 좁아졌다. 상인이 제노바에서부터 조각 도구 카탈로그를 들고 올라왔는데, 이전에 본 적 없는 선택의 폭이었다. 가장 아름다운 대리석 두 덩어리가 도착했고, 동시에 이름이 알려지지 않은 교황청 비서 한 명이 서명한 최초의 정식 주문서도 도착했다. 프란체스코의 말에 따르면, 파첼리 주교가 카스텔간돌포에 있는 교황의 관저에 나의 조각을 선물로 보내기를 원하여 직접, 하지만 은밀히 낸 주문이었다. 주제는 이랬다. **천국의 열쇠를 받는 성 베드로.** 이 최초의 조각상 덕분에 진정 나의 이름을 본격적으로 알리게 되리라.

그날 밤 저녁 식사를 마치고 밤공기를 마시러 나갔다. 우리의 고원은 증류기인 셈이어서, 수 킬로미터에서 날아오는 향기들이 그 안에서 뒤섞이며 이 세상에서 가장 섬세하고 가장 은은한 향기를 만들어 냈다. **피에트라달바의 겨울.** 쉽게 휘발하는 그 향기는 공기가 북쪽 피에몬테 지역의 산 사면을 거쳐 오는지 혹은 고원 가장자리의 경사면을 타고 오는지에 따라 끊임없이 재조합되며 바뀌었으니, 고개를 살짝 틀기만 해도 향이 달라졌다. 쇠풀과 장작 내의 베이스 노트 위에서 네롤리와 사이프러스, 가끔은 미모사가 춤을 췄다. 나는 별항이 내게 빌려준 파이프에 불을 붙였고 거기에 약간의 내 냄새를, 그러니까 건초 향과 향 냄새와 말똥 내를 더했다. **훈연 향.** 비올라라면 어디선가 몇 년 전에 그 용어를 읽었을 테니까, 그렇게 말했겠지. 비올라는 모든 것을 기억하니까.

난 2년 동안 책을 한 권도 읽지 않았다. 하지만 모든 것이 책 속에 있지는 않았다. 나는 취기를 배웠고, 취기에 젖은 밤의 활동이 기록된 페이지들을 즐거움과 역겨움을 동시에 느끼며 넘겼다. 어쨌든 종이와 오르시니 서재의 마른 나무 내와 먼지내가 그리웠다. 『피노키오의 모험』, 사고가 일어나기 전 비올라가 읽으라고 준 마지막 책. 별생각 없이, 며칠 전부터 거부해 오던 행위를 했으니, 오르시니 저택을 돌아보고 말았다.

비올라의 방 창가에 스카프로 덮은 등잔불에서 새어 나오는 붉은빛이 어둠 속에서 가물가물했다.

그루터기 안에 봉투가 하나 들어 있었다. 언제 공방을 떠나왔는지도 몰랐다. 그저 우리 사이의 신호인 불빛을 보자마자, 숨이 턱에 차서 겨울의 찬 공기에 폐가 따끔거리는데도 어느새 거기에 가 있었다. 봉투 안에 든 소박한 종이, 그 위에 그 어느 때보다도 간결하며 노력을 아꼈으나, 그녀 특유의 거대한 세로획으로 그어 내린 J로 알아볼 수 있는 비올라의 글씨. **내일 저녁, 목요일, 무덤에서.**

오늘은 수요일이었고, 그러니까 오늘 저녁에 이 편지를 갖다 놓은 거였다. 그건 내가 당연히 자신의 신호를 볼 거라고 예상한 비올라 특유의 오만함이 묻어나는 호출이었다. 마치 내가 할 일이라고는 그것밖에, 그쪽에서 행동을 취하길 이제 나저제나 기다리는 일밖에 없다는 듯이.

나는 공방으로 돌아갔다. 별항을 깨워서 사보나역에 내려달라고, 내일 아침 첫차를 타려고 한다고 부탁했다.

「첫차? 어디 가는 첫차?」

「로마.」

비올라가 2년간 나를 잊을 수 있다고 여겼다면, 내가 마침내 돌아왔는데도 아프다는 핑계를 대고는 자신이 원할 때 마음대로 나를 호출할 수 있다고 여겼다면, 착각한 거였다. 나는 1917년의 어느 추운 밤에 조국도 아버지도 없이 어디로 가야 할지를 모르는 채 기차에서 내렸던 그 프란체제가 더는 아니었다. 비올라가 나를 조각하고 세공했다는 점, 그 점은 나도 인정한다. 하지만 나는 그녀의 피노키오가 아니었다. 나는 그녀의 창조물이 아니었다. 이번에는, 그녀가 나를 기다릴 것이다. 나는 떠났다. 정확히 피노키오처럼. 그리고 그 점을 오늘날에야 깨닫는다.

내게 구체적인 계획이 있었던 건 아니다. 어쩌면 한 달 뒤 혹은 두 달 뒤 돌아올 테고, 그러면 우리는 서로 감정을 상하게 했으니까, 우리 둘 다 우정을 짓밟았으니까, 동등한 입장에서 다시 출발할 수 있지 않을까.

나는 돌아올 때까지 5년 넘는 시간이 걸리리라는 건 모른 채 떠났다. 내가 아무 때나 돌아온 게 아니니만큼, 좀 더 정확하게 말하자면, 1991일 하고 17시간이 걸리게 될 터였다.

내가 살았던 곳 도처에서 — 내 생명이 꺼져 가고 있는 수도원, 그리고 물론 피에트라달바도 제외하면 — 내가 살았던 곳 도처에서 동터 오는 새벽을 내쫓아야 할 필요를 느꼈다. 비올라는 늘 있는 곳에 틀어박혀 있고 지금 여기에는 없다는 사실을 일깨워 줄 햇살을 피해야 할 필요를. 나는 쾌락을 맛보려고 술을 마신 적은 없다. 하지만 기껍게 술을 마셨는데, 그러한 밤을 항해하다가 만난 모든 선원, 흔들거리며 한 갑판에서 다른 갑판으로 옮겨 다니던 그 선원들, 아침의 암초에 걸려 피해 갈 수 없는 좌초가 가까워질수록 보다 선명하게 불타오르는 순수한 빛의 피조물인 그들이나 마찬가지였다. 운 좋게도 그러다가 죽지는 않았고, 혹은 즉각 죽지는 않았으니, 다음 날 밤이면 다시 항해에 나섰다. 피렌체의 밤과 로마의 밤이 이제는 내 기억 속에서 뒤섞인다. 목적 없는 밤들, 비올라 없는 나날들이 점점이 박힌 밤들. 로마의 시궁창도 피렌체의 시궁창만큼이나 악취를 풍겼다. 하지만 이제 내게는 향수가 있었다.

나는 우리의 이야기에 이런 빈 구멍들을 만들어 냈다고 비올라를 원망했다. 티끌 한 톨 지나갈 틈 없을 정도로 우리 사이가 가까웠는데, 나를 밀쳐 내고 멀리 보내 버렸다고. 나는 그녀를 원망했고, 그렇다는 것을 그녀에게 이해시키는 가장 좋은 방법으로 떠나는 것 말고 다른 수단을 찾아내지 못했다. 하지만 이제 나는 내 쪽에 잘못이 있다고 느끼기 시작했다. 비올라를 그런 식으로 취급하다니, 나는 비올라가 나의 우정을 누릴 자격이 없는 만큼이나 그녀의 우정을 누릴 자격이 없었다. 비올라는 나의 그림자가 되었다. 나는 비올라에게 욕하고 격노했고, 그 애도 그곳에서, 겨울의 차갑고 짙은 안개가 밀려들면 오렌지에 서리가 내리는 그녀의 고원에서 똑같이 그러고 있을 거라고 상상했다. 똑같은 격분한 몸짓, 똑같은 쓸데없는 비난. 우리는 둘 다 옳았고, 우리는 누가 누구의 거울인지 더는 알지 못했다. 스스로를 탓할수록 내가 스스로를 탓하게끔 만든 비올라를 더더욱 원망했다. 그 애가 사과하지 않는 한 다시 보지 않을 거라고 맹세했다. 착실한 그림자로서, 그 애도 그쪽에서 나만큼 그러고 있을 터였고, 우리는 그 사실을 깨닫지 못한 채 서로의 삶에서 빠져나왔다. 이 끔찍한 악순환, 이 희비극적 우로보로스[35]가 그 뒤로 이어진 여러 해

35 꼬리를 먹는 뱀. 다양한 문명권에서 보이며, 영원성을 상징한다.

를 설명할 수 있는 유일한 방법이다.

　로마에 도착하니 뜨거운 열기를 내뿜지는 않지만 눈부시게 백열하는 태양이 맞아 줬다. 내 작업장은 반키누오비가(街) 28번지에, 보폭이 짧은 내게는 시간이 조금 더 걸리지만 바티칸으로부터 걸어서 15여 분 거리에 있었다. 이 거리는 오르시니가(街)와 직각으로 교차했다. 이 거리 이름이 내 은인들에게서 유래한 것인지는 결국 알아내지 못했는데, 그들은 내가 그 질문을 던질 때마다 비밀스럽고 만족스러운 표정으로 그저 어깨를 으쓱할 터였다. 건물의 후원과 면한 공방에는 네 명의 수습생이 차렷 자세로 인내심을 발휘 중이었다. 프란체스코는 내가 도착하고 나서 이틀 뒤에 나타났는데, 내가 마지막 순간에 내린 결정에 놀란 게 확연했지만 왜 마음을 바꿨는지는 묻지 않았다. 대리석 원자재가 언제든 사용될 수 있는 상태로 이미 거기 놓여 있어서, 첫 주문인 「천국의 열쇠를 받는 성 베드로」에 매달렸다. 석재를 대강 다듬는 일은 수습생들에게, 그리고 애벌 깎기는 그들 가운데 가장 재능이 있어 보이는 열네 살짜리 사내애 야코포에게 맡겼다. 나는 그 애를 사내애라고 불렀지만 나는 그 애보다 겨우 네 살 더 많았다.

　내가 거주하는 아파트는 공방 바로 위에 있었는데, 그 규모가 오르시니 저택이나 그랜드 호텔 발리오니와 견주어도 모자랄 게 없었다. 그곳에서 며칠을 보내고 난 뒤 그 공간이 내게서 불안감을 자아냄을 깨달은 나는 내 몸집보다 조금만 더 큰 공간에서 잠들기 위해 그 누구도 원하지 않는 골동품인 닫집 침대를 배달시켰다. 도료와 그을음이 서로 어깨를 겨루는 천장 아래, 거의 비어 있다시피 한 공간 한복판에 뗏목처럼 떠 있는 그 침대는 내 연애에 성공이라 할 만한 것을 가져다 줬다. 어느 날, 아파트에 들렀던 어떤 독일인 고객은 내 침실을 〈퇴폐적 바우하우스, 하지만 어쨌든 바우하우스〉 같다고 묘사했다.

제일 중요한 주문받은 작품에 힘을 쏟으면서도, 산피에트로 대성당의 돔 그늘 아래 자리한 르네상스 시기의 저택 비오 4세의 카지나를 복원하고 수리하는 작업도 감독했다. 교황의 여름 별장으로 사용할 생각으로 만들었으나 방치되고 용도 변경된 그 저택은 끈기 있게 자신의 새로운 운명을 기다렸다. 파첼리 주교는 그곳을 오로지 과학을 연구하는 장소로 삼고 싶어 했는데, 교황청에 있는 그의 경쟁자들 가운데 몇 명은 서민이 필요로 하는 과학은 〈**한 처음에 하느님께서 하늘과 땅을 창조하셨다**〉에서 시작해서 〈**하느님께서 보시니 손수 만드신 모든 것이 참 좋았다**〉로 끝난다고 주장하며, 파첼리 주교의 시도를 흰 눈으로 보았다.

첫해에 나는 현장을 방문하고 공급업자를 만나고 한 달에 한 번씩 프란체스코와 함께 점심을 들기 위해서만 공방을 벗어났다. 우리는 거의 친구가 되었고, 서로를 〈미모〉, 〈프란체스코〉라고 친근하게 불렀다. 우리는 이러니저러니 해도 피에트라달바를 공유했고, 그곳에서 멀어진 만큼 서로에게 상대방이 더욱 소중했다. 프란체스코에게서는 누이에게 있는 무언가, 가령 상대방에게 말을 하면서 고개를 숙이는 독특한 방식이라든가 갑자기 멍해지는 눈길 등이 보였다. 프란체스코가 몽상가가 아니라는 사실에 눈감는다면, 스물세 살 청년답게 몽상에 잠긴 태도라고 믿을 법했다. 하지만 그건 전나무 꼭대기에서 생쥐 열 마리의 공포에 질린 달음박질을 동시에 쫓아가며, 그들이 그릴 궤적을 예측하고 열 수 앞서 자신의 먹잇감을 고르는 독수리의 자세였다. 그는 목소리에 그 시퍼런 날을, 고통 없이 목숨을 앗아 가는 그 예리한 날을 갖고 있었다. 그는 어조를 높이는 법 없이 위기의 뇌관을 뽑아 버렸다. 나는 거친 짐승 같은 작자들이 그의 앞에서 머리를 조아리는 것을 보았다. 하지만 그는 나를 대등하게 대했다. 그리고 오늘날 허풍 없이 말하건대, 나는 실제로 대등했다. 이 세상에서 단 한 사람만이 지성과 야망에 있어서 우리를 고갯짓과 어깻짓으로 지배했지만 우리는 절대 그 사람 이름을 입 밖에 내지 않았다.

로마에 도착하고 나서 1년이 지난 무렵, 드디어 발주자에게 「천국의 열쇠를 받는 성 베드로」를 넘겼다.

공방을 찾은 파첼리 주교는 족히 10분 동안 작품 주위를 돌았다. 나는 초조하게 기다리고 있었고, 네 명의 수습공은 내 뒤에 정렬한 채였다. 바티칸과 무척 가까운 곳이어서 사람들은 고위 성직자를 보아도 별반 놀라지 않았지만, 밖에서 기다리고 있는 자동차와 아가리처럼 보이는 라디에이터 그릴과 파첼리 주교에게서 풍기는 뭐라 꼬집어 말하기 힘든 그 무엇이, 1924년 2월의 로마를 쓸고 다니는 차가운 바람에도 불구하고 사람들을 불러 모아 작은 무리가 생겨났다.

여러 번, 파첼리는 입을 열려다가 마음을 바꿨다. 나는 그가 무슨 감정을 느끼는지 알았다. 내가 만든 성 베드로는 그의 머릿속에 있는 것과 닮지 않았다. 사람들이 기대하는 것을 만드는 게 무슨 소용이랴? 사람들은 엎은 맥주로 바닥이 끈적거리는 중이층의 공간을 거치며 다시 태어나거나 혹은 죽거나 하기 마련인데, 나 역시 그런 곳을 들락거리며 보낸 피렌체의 밤들에서 가벼운 자살 성향 ── 직업적 성향을 말한다 ──을 간직하게 되었고, 이런 성향은 조각가로서 내 평생의 경력에 도움이 되었다. 그런 밤에는, 가능한 한 가장 세차게 타오르는 것 말고는 그 무엇도 중요하지 않았다. 우리는 아무것도 두렵지 않았고, 그다음 날이 모든 것을 지워 줬다. 나의 성 베드로는 어디서나 볼 수 있는 수염 기른 혈색 좋은 현자가 아니었다. 그는 코르누토의 이목구비를 가졌다. 자신의 가장 친한 친구를 세 번이나 부인했던 남자라면 그럴 수밖에 없듯이, 살면서 고통스러워했으니까. 1년 내내 세계의 온갖 교회에서 그가 저지른 배신에 관한 성경 구절을 읽어 댔으니, 아무도 그가 아픈 과거를 잊고 살게 놔두지 않았다. 또한 그는 다른 성 베드로들이 보여 주는 그런 대가연하는 표정으로 천국의 열쇠를 쥐고 있지도 않았다.

「열쇠가,」 드디어 파첼리가 중얼거렸다. 「내가 잘못 본 건지 모르겠지만 어디에…….」

「잘못 보신 게 아닙니다.」

열쇠, 성 베드로는 그걸 놓쳐 버렸다. 열쇠는 그것을 받으려고 벌린 베드로의 경직된 손과 땅바닥 사이 어딘가의 허공에 걸려 있었다. 나는 베드로의 외투와 스치듯 닿은 상태의 열쇠를 거의 눈에 띄지 않는 금속 지지대로 연결해 놓았다. 그 효과는 강렬했다. 하느님은 자신의 교회를 올릴 반석으로 자신의 아들을 세 번 부인했던 남자를 골랐다. 죄인. 만약 코르누토가 천국의 열쇠를 받았더라면 그는 너무 놀라서 열쇠를 놓쳤을 거라고 상상했다. 내가 창조한 성 베드로는 법열에 빠진 성인, 이제 은퇴한 건강하고 권태로 가득한 종교인이 아니라, 자신의 임무 앞에서, 그의 늙은 두 손이 감당하기에는 너무 무거운 물건 앞에서 두려움에 떨고 있는데 안 그래도 그 두 손은 그걸 막 놓쳐 버렸다. 어쩌면 그는 혹시 열쇠가 깨지는 건 아닐까, 자신이 벼락을 맞는 건 아닐까 자문할지도 몰랐고, 그러면서 공포에 질려 열쇠가 떨어지는 것을 지켜보고 있었다. 나는 그 표정의 강렬함을 포착하는 데 전혀 어려움이 없었다. 나 역시 소중한 무언가가 떨어지는 것을 예전에 본 적이 있으니까.

「난 이걸 카스텔간돌포에 가져다 놓을 수가 없네.」 파첼리 주교가 말했다. 프란체스코의 얼굴에서 핏기가 사라졌다. 그러더니 주교가 나를 돌아봤다 — 그는 두 눈에 눈물을 글썽이고 있었다.

「하지만 나를 위해 간직하려고 해. 사비로 값을 치르겠네. 이 작품은 너무…… 우리 가운데 어떤 이들이 보기에는 너무 대담할 거야. 난, 이 작품이 이해가 가. 난 **그대도** 이해하네, 비탈리아니 씨.」

그러더니 그는 아무 말도 더 하지 않고 발길을 돌렸다. 프란체스코가 내게 가벼운 고갯짓과 희미한 미소를 건네고는 바로 주교를 뒤쫓아 나갔다.

주문 대장이 폭발했다. 파첼리 예하는 친구들과 방문객들에게 기꺼이 나의 작품을 보여 주었는데, 나는 그가 허세를 부리려고 그런 게 아니라고 생각한다. 고객 명단이 늘어나는 바람에, 비오 4세의 카지나 공사만으로도 작업장의 인원을 두 배로 늘려 일정을 맞춰야 했고, 6개월 뒤에는 새로 들어오는 주문은 모두 거절하지 않을 수 없었다. 대형 작품 열여섯 건을 수락했고, 그걸 다 제작하자면 6년이 걸릴 터였다. 대부분 종교적 조각상들이었고, 그게 아니면 가문의 문장이나 이런저런 가문의 역사에 기반을 둔 창작품이었다. 내 밑의 수습생들이 애벌 깎기를 하면 그다음에는 야코포가 내 지도를 받으며 작업했고, 그러고 나면 내가 한 작품에서 또 다른 작품으로 옮겨 다니며 작업을 마무리했다. 더 이상 주문을 받지 않는다는 말이 돌자 나의 인기는 치솟았다. 드디어 나는 탐나는 존재가 되었다. 사람들은 내게 침을 뱉으며 무시했고, 나는 일거리를 구하기 위해 평생 간청해야만 했다. 그런데 하루 아침에 꼭 소유해야만 하는 작품을 만드는 작가가 되었다. 이 모든 것이 새로운 말을 하나 배웠기 때문이었다. **아니요.** 이 세 음절의 말이 갖는 권력은 상식에서 벗어난 것이었다. 내가 거절할수록, 심지어 차갑게 거절할수록, 사람들은 나를 **오르시니 가문의 조각가**라고 부르기 시작하면서 나의, 즉 **오르시니 가문의 조각가**가 만드는 작품을 더더욱 원했다.

어느 날 아침 작업장에서 나오는데, 운전기사 제복을 입은 남자가 느닷없이 다가왔다. 그가 조금 떨어진 곳에, 길 한복판에 세워 둔 번쩍거리는 새 차 알파 로메오 RL을 가리켰다. 뒷좌석에서 프란체스코가 손짓을 했다.

「우리 어디 가는데?」 내가 그 옆에 앉으며 물었다.

「저런, 나야 전혀 모르지.」

「뭔 소리야, 신부님이 전혀 모른다니?」

「나야 전혀 모르지, 자네 차니까. 그리고 리비오는 자네 운전기사야. 오르시니 가문의 선물.」

그는 어안이 벙벙한 내 표정을 보고 웃음을 터뜨리더니 어깨를 다독여 주고는 차에서 내렸다. 그날 밤으로 어머니에게 아주 짤막한 편지를 썼다. **사랑하는 엄마, 저는 올해에 스무 살이 됐고 자동차와 운전기사까지 생겼어요. 두 분을, 아빠와 엄마를 이 차에 태우고 로마를 한 바퀴 돌 수 없는 게 아쉬워요.**

공방에서 오랜 시간을 보내긴 했지만, 다시 책을 읽기 시작했다. 아파트에서 멀지 않은 곳에 도서관이 하나 있었고, 나는 도서관장에게 어떤 책이라도 좋으니 읽을 책을 골라 달라고 부탁했다. 도서관장은 당혹스러워했고 비올라처럼 탁월하게 수행한 적은 없었지만 어쨌든 최선을 다해서 임무를 해냈다. 드물게나마 나는 신문이나 잡지를 읽었는데, 고객들이나 수습공들이 — 프란체스코는 그런 적이 한 번도 없었지만 — 하루 종일 화젯거리로 삼는 시사 문제에서 벗어나는 것은 어쨌든 불가능하기 때문이었다. 1924년 국회 의원 선거에서 파시스트당이 압도적 다수가 되었고, 이는 파시스트 행동대원들이 야당 전체를 상대로 맹위를 떨치게 했던 공포로 보건대 예상되는 결과였다. 감히 그 누구도 입을 열지 못했다. 그 누구도. 선거 무효를 주장한 마테오티라는 이름의 젊은 국회의원만 제외한다면. 6월 말에 그는 실종되었다. 8월 중순에 로마 근교의 숲에서 부패한 그의 시신이 발견되었다. 그의 시신을 운반하는 헌병대원들과, 다른 시신들을 여럿 봤을 텐데도 손수건을 코에 댄 앞줄 왼쪽 경찰관의 모습이 찍힌 그 사진이 기억난다. 사진에서 악취가 풍겨 오는 것만 같았는데, 60년이 지난 지금에도 그 감각이 생생하다. 파시스트들은 자신들이 의심받는 상황에 기분 나빠했고, 1925년 1월에는 무솔리니가 이렇게 선언했다. 〈파시즘이 범죄자들 단체라 하더라도, 나는 그 범죄자 단체의 수장이다.〉 그리고 나니 사람들은 더욱더 입을 굳게 닫았고 그들에게 변명거리를 찾아내 줬는데, 그러고자 한다면 핑곗거리는 많았다. 마테오티가 자초했으며, 어쨌든 파시스트들을 이해해 줘야 하는 게, 그 정치인이 그들의 이름을 진창에 끌고 다니지 않았는가.

나는 그러한 사건들에서 한 발자국 떨어져 있었다. 나는 예술가였고 1미터 40센티미터의 신장으로 굽어보는 주제에 그것이 무엇이든 그 흐름의 방향을 바꿀 수 있는 사람은 아니었으니까. 나는 조각상을 하나, 둘, 그리고 셋을 넘겨줬다. 내 밑의 수습공들은 이제 나의 감독하에 보다 정교한 복원 작업을 책임질 능력을 갖췄고, 나는 내가 받을 수 있는 주문에 두 개의 빈자리가 생기자 그 자리를 누구에게 줄지를 프란체스코에게 일임했는데, 프란체스코는 자신에게는 돈이나 다름없는 영향력을 행사하는 것으로 보상을 받았다. 스물 남짓 되는 잠재적 고객들이 내 주문 대장에 오르는 특권을 놓고 무섭게 다퉜다.

물론, 여자들도 있었다. 우선, 내가 읽을 책들을 골라 줬던 도서관장 안나벨라. 조심스럽고 말랐으며 얼굴이 살짝 뾰족한 여자로 결국 내 구애에 넘어왔다. 나는 안나벨라가 나를 진지하게 사랑했다고 생각한다. 사라의 넓적한 허벅지 사이에서 그 세계로 들어선 뒤 여자와 접촉한 적이 없는 상태였고, 두 번째라고 더 잘해 낸 것도 아니었다. 안나벨라에게는 특이점이 있었으니, 나의 닫집 아래에만 누우면 사회생활을 할 때 병적일 정도로 수줍어하던 만큼이나 야생적으로 변했다. 나는 그녀의 품에서 전부 다 배웠다. 우리의 이야기는 2년 동안 지속됐다. 작업장에서 점점 더 자주 그녀의 모습을 볼 수 있었고, 집에서 멀리 떠나온 가장 어린 수습공들 가운데 몇 명에게는 그 유일한 여성의 존재가 위안이 되었다. 그러던 어느 날 그녀가 사무실 문을 두드렸는데, 노크 소리가 들릴까 봐 두려워하는 것처럼, 그녀의 버릇대로 조심스럽게 내는 작은 소리였다. 우리는 식당에 가기로 한 상황이었다.

「늦어서요.」 그녀가 들어서면서 눈길을 바닥에 고정한 채 말했다.

「천만에, 아직 7시 안 됐어.」

「아니요, 좀 늦어서요.」 그녀가 배에 손을 갖다 댄 채 다시 말했다.

내 얼굴에서 핏기가 가신 모양이었다. 그녀가 곧 고쳐 말했으니까.

「이 일을 해결해 줄 수 있는 사람을 알아요.」

나는 문을 닫았고, 그날 밤 그녀에게 무슨 말을 했는지 더는 기억하지 못하지만, 누군가가 그 일을 해결해 주기를 원하지는 않는다고 말한 건 기억한다. 그렇다고 해서 아이를 원하지도 않았는데, 그 아이에게 내 유전자를 물려줄까 봐 두려워서였다. 우리는 결정을 내리지 않기로 결정을 내렸다. 일주일 뒤 안나벨라가 그 문제가 〈저절로 빠져나갔다〉고 알려 줄 때 내가 느낀 비겁한 안도감이 기억난다. 그날부터 나는 도서관 출입을 그만두었고, 그녀를 만나기에는 너무 중요한 일이 있다는 구실을 댔다. 안나벨라는 내 삶에 들어올 때와 마찬가지로 발끝으로 걸어서 내 삶에서 빠져나갔다.

그러고는 카롤리나, 안나마리아, 루치아가 있었고, 또 다른 여자들 한두 명이 더 있을 테지만, 내 지갑을 들고 떠나간 루치아를 제외한다면 내가 그들의 마음을 찢어 놓았다는 사실을 떠올려야만 할 테니, 그들에 대해서 기억하고 싶지 않다.

1925년 8월의 어느 날, 프란체스코가 저녁 식사를 하자며 나를 데리고 그란 카페 파랄리아로 갔다. 실내의 격자 천장 아래 10여 명의 손님을 위한 테이블이 차려져 있어서 깜짝 놀랐다. 몇 분 뒤, 스테파노 오르시니가 한 무리의 친구들을 데리고 들이닥쳤는데, 파시스트 행동대원의 제복을 입은 남자 둘을 제외하고는 모두 정장 차림이었다. 그들은 소란스럽게 자리에 앉았다. 스테파노는 동생과 악수를 했고, 「걸리버!」라고 외치더니 오랜 친구처럼 나를 친근하게 툭 치며 인사를 건넸다. 행동대원 한 명이 내 옆에 자리를 잡는 바람에 바짝 몸이 굳었지만, 곧 그가 식사 자리에서는 유쾌하고 재미있는 친구임이 드러났다. 조금 뒤, 그는 언론이 자신의 동료들을 다루는 방식을 두고 불평했고, 볼셰비키들은 비열하게 자신들의 벨트 아래를 치지만 본인들은 그럴 생각이 전혀 없으며 폭력은 자신들 쪽이 아니라 그쪽 일이라고 설명했다. 파시스트 행동대원들, 그들은 그저 스스로를 방어할 뿐이다. 마테오티 사건? 그들은 그 일과는 아무런 관련이 없다. 아마도 몇 가지 요소가 그런 주장과 들어맞지 않을 수도 있겠지만, **비록, 어쨌든 마테오티가 조금은 자초한 면이 있긴 하지만. 그렇지 않은가?**
자정 무렵, 우리 모두 취기가 상당히 올랐다. 종업원들은 귀가하고 싶어서 발을 동동 구르며 안달을 했지만, 우리 같은 회식자인 경우 식당 마음대로 영업을 끝낼 수 없었다. 식당 직원들은 그런 사실을 알고 있었고 스테파노와 그의 친구들 역시 알고 있어서, 그들은 새로이 한 잔씩 돌리라고 주문을 냈다.

「좋아, 그리고 이게 다가 아니야.」스테파노가 큰 소리로 떠들었다. 「자, 어찌 됐건, 신부를 위해 건배를 들자고!」

「무슨 신부?」내가 물었다.

「아니, 비올라지! 아직 얘기 안 해줬어, 프란체스코?」

「응. 그 생각은 미처 못 했네. 아닌 게 아니라, 우리 동생 비올라가 결혼해. 심지어, 약혼자는 자네도 아는 사람인데. 리날도 캄파나라고.」

그 이름과 결부된 얼굴을 떠올리기까지 몇 초가 필요했다. 영화를 좋아하는 밀라노 출신의 변호사로, 두 해 전에 오르시니 저택에서 만찬을 가졌을 때 만난 인물이었다. 얼마 전부터 더는 일상적으로 비올라를 떠올리지 않게 되었다. 무덤을 보거나 봄 향기가 느껴질 때도 더는 곧바로 피에트라달바로 생각이 미치지 않았다. 결혼 소식이 그 망각의 너울을 찢어발겼다. 갑자기 모든 것이 전과 같이 되어 버렸다. 우리의 서약, 맞잡은 손, 불타는 화주를 조금씩 할짝거리듯이 차가운 공기를 받아들이던 그 겨울밤들, 그 밖의 모든 것.

샴페인 여러 병이 나왔다. 마개가 튀어 올랐고, 스테파노가 그중 한 병을 흔들더니 샴페인으로 행동대원들을 흠뻑 적셨다. 한 명은 입을 열어 받아 마셨다. 다른 한 명, 내 옆에 있던 이는 성이 난 것 같았지만 감히 아무런 말도 하지 못했다. 스테파노가 잘나가고 있다는 신호였고, 그것은 살이 붙고 살짝 딸기코가 된 그의 모습에도 고스란히 드러났다. 이제 그는 공안부에서 일했다. 좀 더 정확히 말하자면, 식사하는 내내 스스로 자랑했듯이 무솔리니가 마피아 척결을 위해 임명한 팔레르모의 지사 체자레 모리를 도왔다. 곱슬머리를 감추기 위해서 바싹 친 머리 때문에 그는 너무 빠르게 성장한 어린아이처럼 위험해 보였다.

술을 마시지 않은 유일한 사람인 프란체스코가 일어나더니 먼저 떠나서 미안하다는 말을 했다 ― 그는 다음 날 아침 일찍 미사를 집전해야 했다.

「가는 길에 내려 줄까, 미모?」

「천만의 말씀, 내버려둬!」 스테파노가 고함을 질렀다. 「이제 겨우 재미있어지려는데. 안 그래, 걸리버? 우리 가문의 영광인 분이니, 밖으로 좀 끄집어내서 놀게 해줄 거야!」

「남을게.」

프란체스코는 눈살을 찌푸리더니 어깨를 으쓱하고는 사라졌다.

「자, 이제 훌륭하신 신부님이 자러 돌아갔으니…….」 스테파노가 외쳤다.

그가 주머니에서 작은 사탕 상자를 꺼내어 여니 흰 가루가 나타났다. 그 가루가 식탁을 한 바퀴 돌았다. 나는 〈약〉을 본 적은 없었는데, 그 시절 밤 문화의 신상품이었다. 그들 모두 손톱 위에 놓고 들이마셨다. 나는 그들을 흉내 냈는데, 그저 정상이 되기 위해서, 그들처럼 키도 크고 비율도 완벽해지기 위해서였다. 그러고는 로마를 떠들썩하게 들쑤셔 놓으려고 출발했으니, 내 기억에는 존재하지 않는 밤이었다. 내 삶에서 빠져나간 하룻밤으로, 그 밤이 지나고 콜로세움 앞의 쓰레기 통에 기댄 채 깨어나 보니, 나는 그 어느 때보다 더 작은 존재였다.

전화 교환원이 곧 연결해 줬다.

「오르시니 저택입니다. 말씀하세요.」

한참을 망설인 것은 아니었다. 바로 그날 저녁, 아직도 어제의 취기로 입안이 텁텁한 상태로 바티칸의 우편 전신 전화국으로 갔다. 최근에 함께 점심 식사를 하다가 프란체스코가 얼마 전부터 저택에 전화가 생겼다고 알려 줬다. 먼 거리에도 불구하고, 언제라도 절단할 기세인 나뭇가지들과 다람쥐들의 장난스러운 이빨도 무릅쓰고, 내가 태어난 세계의 느림에 구리선이 이번에도 한 방 먹였다. 그렇게 오래전도 아닌데, 오르시니 가문이 생미셸드모리엔에서 장남이 사망했다는 소식을 알기까지 근 일주일이 걸렸더랬다. 그 사망 소식은 사후 강직이 일어나고 부패하기 시작한 시신보다 가까스로 먼저 도착했다. 이제는, 비올라의 결혼 소식을 듣고 채 몇 시간도 되지 않아서 전화를 걸 수 있었다. 아주 편했다. 나는 곧 스물한 살이 될 터였고, 이는 이전이 더 좋았다고 생각할 나이는 아니었다. 나중에 가서야 그리워하게 될 그 이전을 지금 살아가고 있었다.

「안녕하세요, 오르시니 양과 통화할 수 있을까요?」

「누구시라고 알려 드릴까요?」

「미모 비탈리아니 씨라고 전해 주세요.」

나는 나 자신에게 〈씨〉라는 호칭을 붙이는 게 우스꽝스럽게 여겨졌지만 집사장을 기세로 제압해야 했다.

「끊지 말고 기다리세요. 전화를 받으실 수 있는지 보고 오죠.」

나는 피에트라달바의 뭔가를, 8월이니만큼 만약 창문이 열려 있다면 가지 사이로 지나가는 바람 소리라도 포착할 수 있을지 모른다는 희망을 품고 귀를 쫑긋 세운 채 기다렸다. 하지만 종소리, 차임벨 소리, 포스타가(街)에서 경적을 울려 대는 자동차 소리 등 바깥의 소음이 나를 로마에 굳건히 묶어 두었다. 부스 안에서 사람들의, 미끄러운 대리석 바닥에서 우아하게 춤추듯 움직이는 속인과 성직자의 오고 감을 관찰하고 있자니 숨이 막혀 왔고, 수화기에 갖다 댄 귀가 축축해졌다.

바스락거리는 소리와 얌전한 기침 소리가 나더니 하인의 목소리가 다시 들려왔다.

「비탈리아니 씨? 죄송하지만 오르시니 양은 전화를 받지

346

않으시겠답니다.」

나는 그런 대답을 스스로에게 너무 세뇌시킨 바람에 정작 하인은 그런 말을 입 밖에 내지도 않았는데 들은 듯했다. 하마터면 전화를 끊을 뻔했다.

「비탈리아니 씨?」그가 다시 불렀다.

「네, 미안합니다, 말씀하세요.」

「끊지 마세요, 오르시니 양과 연결해 드리겠습니다.」

달그락 소리, 유령 같은 변형된 목소리가 연달아 케이블 선을 타고 흘렀다. 그러고 들려온 비올라의 목소리.

「여보세요?」

살짝 쉰 듯하고 어쩌면 조금 더 낮은 듯하나, 어쨌든 그 목소리에 비올라가 통째로 들어 있어서, 피에트라달바가 여름의 열기와 태양 아래에서 지글거리는 들판의 향기를 몰고 전화 부스를 덮쳤다. 나는 부스 벽을 따라 몸을 미끄러뜨리며 바닥에 주저앉았다.

「비올라, 나야.」

「알아.」

송진과 강렬한 기쁨과 두려움으로 묵직한 침묵이 길게 이어졌다.

「너와 통화할 수 있어서 기뻐, 미모. 하지만 시간이 많지 않아. 한창 결혼 준비 중이어서.」

「안 그래도 바로 그것 때문에 전화했어.」

「그래?」

「전화한 이유는 네게 묻고…….」

「그래?」 비올라가 반복했다.

「네가 하는 일에 확신이 있니? **정말로 확신하는 거야?**」

다시 새롭게 침묵이 생겨났지만, 이번에는 아주 짧았다.

「날 믿어도 돼, 미모.」

그러더니 비올라는 수화기를 내려놓았다.

로마, 나의 처음을 함께한 도시. 내가 처음 본 영화는 그해 상영한 「지옥에 간 마치스테」로, 두려움에 떨게 한 그 영화를 본 뒤 다시는 무덤 위에 눕지 않겠다고 맹세했다. 처음 본 오페라인 베르디의 「오텔로」는 지겨웠다. 그리고 물론 내 첫 코카인 흡입과 세속의 권력이 발주한 첫 주문도 있었다. 로마 시청에서 로물루스와 레무스의 조각상을 제작해 달라고 요구하며 갑자기 내게 접촉해 왔다. 이제 피에트라달바로 돌아가지 않으리라는 걸 알았기에 나는 그 주문을 받아들였다.

프란체스코와는 계속해서 정기적으로 만났다. 그가 알려주길, 1926년 초에 비올라는 결혼했고, 남편이 사업상 결혼 직후 미국에 가야 할 일이 생기는 바람에 신혼여행은 아직 가지 못한 상태였다. 피에트라에 전기를 보급하려는 계획이 다시 살아났다 — 그 변호사의 재산이 그 일과 아무 연관이 없지는 않을 터였다. 나는 그런 소식을 들으면서 건성으로 고개를 끄덕였고, 프란체스코는 그런 일이 전혀 나의 관심사가 아니라고 넘겨짚었던 모양인 게, 그 뒤로 누이에 관한 소식을 전하는 일이 점점 드물어졌으니까.

　더욱더 놀라운 건 내가 스테파노를 꾸준히 본다는 거였다. 그를 좋아하지 않았지만 스테파노는 제대로 파티를 열 줄 알았다. 정부에서 그의 직급은 꾸준히 올라갔고, 1926년과 1928년 사이에는 자그마치 연달아 세 개의 직위를 맡았는데, 매번 이전보다 더 중요한 자리였다. 그는 그 사실을 대놓고 자랑했고, 그가 그러는 이유를 이해하게 된 것은 어느 저녁에 상당히 취해 내게 속마음을 털어놓았을 때였다.

　「형제가 없다니, 넌 운이 좋아, 걸리버. 우리가 꼬맹이였을 때 들었던 말은 비르질리오, 비르질리오, 비르질리오가 다라고. 비르질리오가 이런 말을 했다, 비르질리오가 저런 말을 했다, 진짜 천재다, 걔에게는 모든 게 다 허용됐지. 하지만 말해 봐, 비르질리오, 걔가 정말 그렇게 영리했다면, 대체 왜 얼간이처럼 전쟁에 나가서 뒈졌겠어, 심지어 전쟁터나 되면 말도 안 해, 빌어먹을 열차 사고로 말이야? 오늘날, 집안에 돈을 벌어다 주는 사람이 누군데? 오르시니라는 이름이 들리면 차렷 자세를 취하게 만든 게 누군데? 바로 나, 그리고 프란체스코, 그리고 이젠 매제도 우리 집안 사람이니까, 캄파나라고. 우리는 말라비틀어진 오렌지나무나 키우는 농투성이들이 이젠 아니야. 그리고 곧, 내 말 잘 들어 두라고, 오렌지나무들도 더는 마르지 않을 거야. 감발레 집안은 이제 전력을 다해 버티는 일 말고는 달리 별수가 없을걸.」

　나는 동틀 무렵부터 저녁까지 일했고, 그러고는 외출해서 새벽까지 놀았다. 1927년 초에 나의 군상 「로물루스와 레무스」를 넘겼다. 그 작품은 군상을 주문했던 시청 공무원의 즉각적 해고를 불러왔다. 나의 「로물루스와 레무스」에는 로물루스도 레무스도 없었다. 암늑대 역시 없었다. 오로지 강물만이 있었다. 나는 물결을, 테베레강의 격랑을 조각했고, 그 파고 속에서 쌍둥이가 담겨 있는 바구니, 그 바구니의 손잡이를 겨우 알아볼 수 있었다. 내가 조각했던 건 기적, 언제라도 집어삼킬 수 있는 강물에 버려진 두 아기가 살아남은 기적이었다. 피에트라를 봐도 알 수 있듯이, 바로 물에서 모든 것이 시작되니까. 테베레강이 없으면 로마도 없다. 아르노강이 없으면 피렌체도 없다. 나는 그 가여운 공무원의 해고에 기여했기에 조금 자책했지만, 무솔리니의 정부이자 조언자인 마르게리타 사르파티가 두 달 뒤 나의 작품을 보았던지 이렇게 선언했다. 「신(新)인간 전부가, 파시스트 예술가가 저 안에 있다.」그 공무원은 복직했고 훈장을 받았으며 승진했다.

로마는 제대로 된 파티 장소를 제공하지 못한다는 특이성이 있었는데, 아마도 지하의 세 개 층이 각각 지옥, 연옥, 그리고 천국을 상징하던 디아볼로 카바레는 예외일 것이다. 처음 그곳을 방문했을 때 나는 〈과도한 취기〉를 이유로 쫓겨났다. 과도한 취기라는 그 중복법 자체가 그들이 취기에 대해서도 지옥에 대해서도 아는 게 하나도 없음을 증명했다. 늦게까지 여는 술집도 클럽도 거의 없는 로마는 노부인이었다. 우리는 도시의 훌륭한 레스토랑에서, 파지아노나 카페 파랄리아 ―

「Liberty(자유)」라는 작품명의 프레스코화 때문에 우리가 가장 좋아하던 식당 — 혹은 호텔 퀴리날레나 엑셀시오르의 식당에서 종종 식사를 했다. 그러고 나면 사적인 살롱에서 파티가, 진짜 파티가 벌어졌다. 그곳에서는 방탕이 꽃피웠다. 대부분의 사람과는 달리 나는 그곳에서 영향력이나 재물을 추구하지 않았다. 내게는 내 몫이 있었고, 적지만 나로서는 그것으로 족했다. 그곳에서도 다시 한번, 부자들은 〈아니요〉라는 말을 듣는 것만큼 좋아하는 건 그 무엇도 없음을 확인할 수 있었다. 나는 새로운 주문을 따내려고도, 새로운 고객을 만들려고도 애쓰지 않았다. 사람들은 그저 대기자 명단에 이름을 올리려고 내게 간청했다. **전 그저 술을 마시고 싶을 뿐입니다.** 그런 대답에 나의 인기는 더욱 치솟았다. 세르비아의 공주 알렉산드라 카라페트로비치를 알게 된 것도 바로 그런 파티에서였다. 그 여자는 곧바로 내 매력에 굴복했는데, 나의 명성과 자동차와 은행 계좌, 심지어 사람들이 생각하는 만큼 그렇게 꽉 찬 것도 아닌 계좌가 발휘하는 매력에 빠졌다는 소리와 같다. 풍족하게 쓸 만큼 벌었지만 나와 어울리던 후계자나 기회주의자나 사기꾼 들과 비교하면 아무것도 아니었다. 비록 알렉산드라가 마지막 날까지 자신은 공주라고 맹세했지만, 아마 그녀가 공주였다면 나는 왕자였을 거다. 하지만 알렉산드라는 자기 집안의 역사와 가계에 대한 질문을 받아도 허를 찔린 적이 없었다. 그녀는 말이 안 될 만큼 엄청나며 복합적인 아름다움의 소유자였다. 우리가 함께 파티에 도착하면, 매번 사람들의 눈이 휘둥그레지고 우리를 모르는 사람들의 머릿속에 몇 마디 말이, 너무나 명확해서 그들이 입 밖으로 외치는 것과 다름없었던 그 말이 생겨나는 걸 지켜보는 게 좋았다. **저런 여자가 저런 남자랑?**

알렉산드라는 모든 점에서 안나벨라와 반대였다. 사회생활에서는 암호랑이였지만 침대에서는 나무토막이었다. 그녀는 그저 **그것**을 혹은 나랑 하는 것을 좋아하지 않았다. 이때까지 본 적 없는 가장 아름다운 여자였지만 그렇다고 그녀에게 더 많은 욕구가 일지는 않았다. 고되고 삐걱댔던 서너 번의 시도를 끝으로, 우리는 방을 따로 쓰고 우리를 가장 즐겁게 해주는 일을 함께 하는 쪽이 더 낫겠다는 결정을 내렸다. 나는 상류층 사회의 기분을 상하게 하는 것, 그녀는 주로 자신이 소중히 여기는 그리스 출신 보석 세공사 소티리오스 불가리스의 매장에서 나의 돈을 쓰는 것. 우리는 둘 다 거리낌이 없었다.

여러 차례, 어머니를 보러 갈 계획을 세웠다. 그러고는 오만가지 그럴듯한 이유를 대고서 계속 그 계획을 미뤘는데, 일이 있어서, 거리가 멀어서, 그러다가 결국엔 이런 변명까지 했다. 모든 비용을 다 대주면서 나 있는 곳으로 오라고 제안까지 하지 않았던가. 진짜 이유는 빼놓은 온갖 그럴듯한 이유. 어머니가 우리 사이에 만들어 놓은 그 구렁, 1916년 이래로 삐죽삐죽한 가장자리가 점점 더 벌어지고 있는 그 갈라진 땅을 건너기 위한 첫걸음을 먼저 내디뎌야 하는 건 어머니라는 생각이었다.

피렌체에서 보낸 세월을 후회한다고 주장할 수 있으리라. 로마에서 보낸 세월은 더더욱 그러하다고. 내 영혼의 짐을 덜고, 스틱스강 가에서 나를 기다리고 있는 그 능숙한 늙은 사공 카론을 구슬려서 보다 편안한 저승길을 보장받기 위해 그런 척할 수 있으리라. 하지만 나무가 나이테를 떨쳐 낼 수 없듯이, 나는 내 과거를 떨쳐 낼 수 없다. 피렌체와 로마는 여기, 기우는 햇살을 받으며 네 명의 수도사가 지켜보는 가운데 열에 들떠 투덜거리는 이 몸뚱어리 안에 들어 있다. 피렌체와 로마는 이 안에 있고, 나의 심장이나 신장 혹은 보나 마나 상태도 그다지 좋지 않을 간이나 마찬가지로 뽑아낼 수가 없다.

나의 지나친 행동은 1928년에 돌아올 수 없는 지점에 가닿았다. 어느 날 저녁, 스테파노가 술자리에 모인 난폭한 행동 대원들에게 내가 호숫가에서 채찍으로 얻어맞은 일화를 이야기해 주더니 **걸리버, 걸리버, 보여 줘 네 엉덩짝**이라는 짤막한 노래를 만들어 불렀고, 곧 거기 모인 모두가 이 노래를 따라 불렀다. 상황이 요구하는 대로 의연하게 떠나는 대신 그들에게 엉덩이를 보여 줬다. 나도 그들과 같다는 것을 보여 주기 위해서. 내 지위에 맞는 처신을 한다는 것을 보여 주려고. 내가 그들에게 엉덩이를 드러내자 스테파노가 외쳤다.

「털을 기른 모양인데 그런다고 못 알아보는 건 아니지!」

로마의 다양한 장소에서 깨어나는 일은 어김없이 발생했고, 가끔은 누구의 침대인지도 모르는 곳에서, 입에서 술 냄새를 풀풀 풍기며 나와 마찬가지의 공포를 담고 내 얼굴을 뚫어져라 바라보는 중년 부인의 곁에서 깨어나기도 했다. 어느 날 아침, 동이 튼 지 얼마 안 된 시각에 아피아가(街)를 따라서 비틀거리며 걷다가, 벽돌담이 무너진 두 개의 공원 사이에 박힌 폐허 한 귀퉁이에 작은 규모의 서커스단이 자리 잡은 것을 발견했다. 나이를 추정하기 힘든 대머리의 남자가 임시로 울타리를 치고 그 안에서 젊은 말을 조련하는 중이었다. 나는 그를 소리쳐 불렀다.

「안녕하세요, 혹시 비차로 서커스를 아십니까?」

「들어 본 적 없어.」

「피렌체에, 역사 뒤에 있는 건데…….」

「들어 본 적 없다고 했지. 네 생각에는 우리끼리 서로 다 알 것 같아? 난쟁이는 다 알아, 넌?」

그 사람은 가죽끈 달린 수통을 말뚝에 걸어 뒀더랬다. 나는 그걸 빙빙 돌리다가 그 사람을 향해 날려 보냈다. 초심자에게서 나타난다는 그 믿을 수 없는 불운이 작용해 그 사람 얼굴을 정통으로 맞히지만 않았더라면, 그저 단순한 분풀이에 그쳤을 텐데. 나는 냅다 뛰어서 도망쳤지만 아피아가는 길었다. 30분 뒤 그와 그의 친구 세 명이 트럭을 타고 나를 따라잡았고 곧장 덮치더니 마구 두들겨 팼다. 입술은 부풀고 눈가에는 누런 멍이 든 내가 옆구리를 부여잡고 공방으로 들어서자 아무도 입도 뻥긋 안 했다. 장미처럼 산뜻한 알렉산드라 공주가 내게 커피를 만들어 주고는 우리의 사교 일정을 재조정하는 일에 나섰다. 이 사건 직후 프란체스코가 나를 자신의 사무실로 불러 한바탕 훈계를 했다. 그는 내가 한 약속, 그러니까 의젓하게 오르시니 가문의 이름을 대리하겠다던 약속을 상기시켰다. 나는 그런 사고는 다시 일어나지 않을 거라고 맹세했다. 고자질한 사람이 내 운전기사이기에 집에 오자마자 리비오를 해고하고 미카엘이라는 이름의 다른 사람을 고용했는데, 한동네 사는 에티오피아인으로 운전을 매우 잘했고 질문은 하지 않았다. 내 키와 그의 피부색 사이 어디쯤에서, 우리는 곧 로마에서 가장 눈에 띄는 팀이 되었다. 은밀히 움직이기는 틀려먹었지만, 어쩌랴.

어느 날 또 다른 파티에서, 술에 취한 남작이 베르디에 대한 자신의 영원한 사랑을 부르짖었다. 내가 베르디는 서커스용 음악이나 만든다고 주장하자, 그가 서커스단에서 일해 보지도 않은 주제에 그에 대해 뭘 아냐고 반문했다. 나는 명예가 없는 사람들이 그러듯이 열을 내어 나의 명예를 방어하며 사죄를 요구했다. 그날 파티는 부유한 기업가 남편을 먼저 보낸 뒤, 주요 부처 장관의 정부가 된 여성의 집에서 열렸다. 어떤 사람이 거실에 전시된 결투용 구식 피스톨을 사용하자는 낭만적 제안을 했다. 아무도 18세기에 사용되던 결투용 피스톨에 장전해 본 경험이 없었고, 우리는 다툼도 잊은 채 저마다 이래라저래라 충고를 쏟아 내면서 무기를 갖고 씨름을 했고, 그러다가 우연히 발사된 총알이 과부의 팔을, 비록 다행스럽게도 살집이 있기는 했지만, 그 팔을 맞힐 때까지 그러고들 있었다. 피를 보고 과부는 기절했다. 모두 뿔뿔이 흩어져서 1분도 채 안 되어 밤의 어둠 속으로 사라졌다.

나는 마지막 작품을 넘기기 직전이었다. 그 작품은 latifondista(대지주), 그러니까 이탈리아 남부의 대규모 농장주들 중 한 명을 위한 것이었다. 그 남자는 앞날을 대비하느라, 묘와 관련된 작품을 주문했다. 무덤의 네 귀퉁이에서 네 천사가 어느 모로 보나 그들이 방금 닫아 버린 묘석을 지켜보는 모습이었다. 나의 가장 아름다운 작품 가운데 하나이자 나의 예술 활동의 정점이었다. 하지만 너무 자주 놀러 다니느라, 마지막 천사의 얼굴을 마무리하는 작업을 야코포에게 맡겨 두었다. 주문품 인도는 이미 1년이 늦어져 버린 터였다. 고객은 팔레르모 사람이고 거기 사람들은 평균보다 화를 더 잘 내는 만큼 그보다 시일을 늦출 수는 없었다. 작품 인도 이틀 전, 야코포가 자신이 한 작업을 보여 줬다. 나는 의아한 눈길로 그가 만든 천사를, 그 새침한 표정과 딱딱하게 굳은 얼굴 표정을 뚫어져라 바라봤다. 해부학적 요소들은 정확했다. 하지만 무덤을 덮다가 3백 킬로그램이나 나가는 묘석에 방금 손가락이 낀 표정을 떠올리게 하고 싶었던 게 아니라면, 그렇게 해서는 안 되는 거였다.

나는 폭발하여 야코포에게 온갖 욕을 퍼부었다. 공방의 명예를 더럽혔다, 나의 신뢰와 동료들과 조각가들과 예술 일반을 배반했다……. 분노로 시뻘게진 채 장시간 고함을 질러 댔고, 정원을 굽어보는 아파트들에서 호기심이 동한 사람들이 고개를 내밀었다.

마침내 진정이 되자 공방 식구 모두가 내가 잘 아는 표정으로 나를 응시하는 모습이 눈에 들어왔다. 바로 내가 치오를 바라볼 때의 그 표정이었다.

많은 사람들이 미켈란젤로 부오나로티가 만든 피에타의 아름다움을 묘사하려고 옷 주름의 완벽함, 해부학적 정확성, 몸짓의 우아함, 그 밖의 이런저런 것들을 강조하는 일에 전력을 다했다. 전문가들이야 불쾌하든 말든, 미켈란젤로의 천재성은 **얼굴**에 있다. 성모가 그런 얼굴을 하고 있는 한, 그는 자신의 성모를 곱사등이로 만들어도 괜찮았을 거다. 거의 패배한, 피로와 포기의 순간, 영혼을 내맡긴 그 순간에 포착된 여인의 얼굴. 〈포착된〉이라는 말에 모든 게 다 들어 있다. 조각가가 그 모습에 생명을 불어넣는 데 3년의 시간이 걸렸다는 사실만 제외한다면 미켈란젤로는 스냅 사진을 찍은 거였다. 단순한 끌과 대리석 덩어리만으로 무장하고 전투를 치러 낸 3년. 그저 눈에 보이는 것만이 그 얼굴의 전부는 아니다. 그 얼굴에는 자신에게 벌어졌던 모든 일이, 앞으로 곧 일어나려고 하는 모든 일이 담겨 있다. 그 지점으로 데리고 온 시간과 다가옴을 예고하는 시간이, 수백만 초의 죽음과 또 다른 수백만 초의 약속이. 그런데 나는 삶에 대해 아무것도 모르는 열아홉 살 소년에게 천사의 얼굴이라는 불가능한 임무를 맡긴 거였다……. 야코포에게는 재능이 있었지만 그 정도는 아니

357

었다. 부오나로티 같지는 않았다. 비탈리아니 같지도 않았다.

사무실로 야코포를 불러 사과했다. 그러고는 주문 대장을 펼쳤다. 얼굴을 다시 손보는 법은 없으니, 머리만 다시 만들든가 아니면 천사 전체를 다시 만들든가 해야 했다. 머리만 따로 제작하는 것은 받아들일 수 없는 타협으로, 나답지 않은 메리 셸리식 괴물이 될 터였다. 어쩌면 원래 구상이 그랬던 거라고 주장하면서 천사 셋이 조각된 능묘를 배달할 수도 있었다. 하지만 그런 식으로 구상하지 않았더랬다. 각각의 천사는 나머지 세 천사에 따라서 존재하고 **움직였다.** 천사 셋을 먼저 넘겨주고 네 번째 천사를 곧 보내 주겠다고 말할 수는 있었다. 하지만, 언제? 못지않게 까다로운 밀라노 출신의 실업가가 낸 주문을 그만큼 늦춰야 하리라…….

그 시절의 나라는 남자에게 가장 좋은 해결책은 아무 조치도 취하지 않는 거였다. 그날이 저물 무렵 취하도록 퍼마실 생각으로 스테파노와 다시 만났다. 하지만 처음으로, 카페 파랄리아에서 내온 첫 잔을 마시지 않았다. 바로 내 맞은편 벽에 달력이 하나 걸려 있었다. 나는 1928년 6월 21일이라는 날짜를 보고서 온몸이 굳어 버렸다.

「어이, 친구들, 걸리버가 희한한 얼굴을 하고 있는데. 친구, 괜찮지?」

1928년 6월 21일. 내가 우연히 거기 있는 게 아니었다. 모든 것이 나를 이 벽 앞으로 데리고 온 거였다. 추잡한 그림들이 그려진 싸구려 종이로 만든 이 일력 앞으로.

「유령이라도 본 거야, 뭐야?」

「맞아.」

대홍수가 격렬하게 휩쓸고 지나가듯 밀려든 추억에 망각의 여러 해가 무릎을 꿇었다. 타락하고 싶은 욕망, 성공에 대한 무관심, 술과 약과 세르비아의 공주 같은 부류의 여자들에 빠진 나태함이 격노한 강처럼 내 눈앞을 지나갔다. 앞으로는 지금에 달려 있다. 만약 내가 제때 도착한다면.

의자를 박차고 일어나 뛰기 시작했다. 한 시간 뒤, 나는 뒤도 돌아보지 않고 로마를 떠났다.

운전사 미카엘이 북쪽을 향해 울퉁불퉁하고 먼지가 뿌옇게 이는 길을 전속력으로 내달렸다. 왜 이렇게 났는지에 대한 합리적 설명이 늘 가능하지는 않은 골목길들과 도로들, 그리고 처음 가본 길에서 헤매기를 즐기던 시절의 유물로서 그 어디로도 통하지 않는 울퉁불퉁한 오솔길들이 이탈리아 전역에 잎맥처럼 퍼져 있었다. 직선과 소음과 지저분함을 찬양하는 간선 도로들은 밀라노 부근에서만 겨우 모습을 드러낸 상태였다. 그러한 매력에는 대가가 따랐다. 우리가 탄 차는 세 차례 퍼졌는데, 바퀴가 두 번, 라디에이터가 한 번 말썽을 부렸다. 오로지 미카엘의 재주 덕분에 다시 출발할 수 있었다. 함께 여행을 하면서, 그가 에티오피아의 군주인 메넬리크 2세의 정부에서 요직을 맡았고 그 왕국의 권문세가 중 한 곳과 관련된 한심한 간통 사건을 벌인 결과 그의 머리에 현상금이 내걸리면서 고국을 떠나게 됐다는 사실을 알게 됐다. 1913년에 로마에 도착한 그는 그때그때 걸리는 대로 일하면서 먹고살았다. 그는 백과전서적 교양을 갖고 있었다. 루카와 마사 사이의 어딘가에서 내가 나의 운전사보다 지식도 교양도 많지 않다는 사실을 깨달았다.

1928년 6월 24일, 우리는 사보나를 떠나 줄곧 북쪽을 향해 달렸다. 저녁 어스름이 내렸고, 두 번째 바퀴가 터진 것은 〈피에트라달바, 10킬로미터〉라고 적힌 경계석이 나타났을 때였다. 여러 차례 나는 죽는가 보다라는 생각을 했고, 시간을 흘려보냈지만, 어쨌든 다시 출발했다. 우리는 전속력으로 피에트라달바를 통과했다. 미카엘은 내 명령이 떨어지자 교차로에, 마을을 지나 고원으로 내려가는 경사로 초입에 차를 세웠다. 거의 23시가 다 된 때였다. 나는 달리기 시작했다.

23시 5분, 나는 여행으로 녹초가 된 채 숨은 턱에 닿아 무덤 앞에 주저앉았다. 낮은 돌담에 등을 대고 머리는 돌에 기댄 채 선선하고 친숙한 공기를 들이마셨다. 내가 저지른 일이 미친 짓으로 보였지만, 나는 평생을 본능에 따라 행동해 왔다. 그러니까 이성이 내 삶의 훌륭한 가늠자는 아니었다. 나는 있어야 할 곳에 있었고, 중요한 것은 그게 전부였다.

처음으로 비올라가 늦었다. 비올라는 평소 다니던 길로 10분 뒤에 숲에서 나왔고, 나를 보고 그 자리에서 굳어 버렸다. 비올라는 나보다 덜 먼 곳에서, 어쨌든 겉보기로는 그런 곳에서 왔다. 그녀의 여행은 덜 영웅적이고 고난도 덜했을 테니까. 바싹 둘러싼 숲이 무덤 앞에 자연스럽게 남겨 놓은 작은 평지 한가운데에서, 우리는 서로에게 조심스럽게 다가갔다.

마지막 만남으로부터 흘러간 8년이라는 긴 세월. 비올라는 더는 청소년이 아니었고 완전한 여자였다. 얼굴 윤곽이 더 확실해졌다. 그녀를 창조한 조물주의 둥근 끌이 몇 번 더 오가면서 아직도 드러나게 될 비밀이 있을지도 모른다는 의심조차 없이, 비올라의 열여섯 살 적 얼굴이 완성된 형태에 도달한 거라고 맹세할 뻔했다. 비올라는 조각 교본이었고, 그런 만큼 멀리 떨어져서 지낸 8년 세월을 더욱더 후회했다. 한 해 한 해 드러나는 그러한 변화를 지켜보고, 어느 날 변화를 조각으로 표현할 수 있게 분석해 뒀더라면 좋았을 텐데.

비올라의 머리카락은 기억하는 것보다 더 길었고 전처럼 검었지만, 이제는 완벽하게 손질이 되어 있었고, 피부는 거무스레했다. 이마 윗부분의 희끄무레한 상처는 흘러내린 머리카락에 가려져 보이지 않았다. 비올라는 키가 컸고 늘 아주 날씬했다. 예쁘기도 했지만 세르비아 공주처럼은 아니었다. 비올라에게는 스테파노와 그의 친구들 — 한두 번은 나도 그랬음을 인정한다 — 이 로마의 사창가에서 찾던 그런 풍만한 몸매는 없었다. 비올라를 뚫어져라, 진짜로 바라봐야만 이해할 수 있었다. 그 애의 두 눈은 다른 세상으로, 광기와 인접한 지식으로 열리는 문이었다.

「네가 올지 몰랐어.」 마침내 그녀가 입을 열었다.

「잊지 않았으니까. 1918년 6월 24일에 10년 뒤에 보자고 약속했잖아. 네가 옳다는 걸 인정해. 너는 시간 여행을 하는구나.」

「맞아. 하지만 난 그 일에 10년은 걸릴 거라고 생각했어.」

그녀는 내 얼굴을 찬찬히 살폈고, 3일 치 수염에 한 손을 갖다 대며 덧붙였다.

「10분이 걸렸어. 그 10분 동안 넌 남자가 됐구나.」

「비올라…….」

비올라는 손가락 하나를 내 입술에 갖다 대며 말을 끊었다.

「남을 거지?」

입술에 향기로운 비올라의 손가락이 놓여 있고 오렌지나무 향기가 아련히 코를 감도는 가운데, 나는 생각해 볼 필요도 없이 고개를 끄덕였다.

「그럼 시간은 충분하네.」

말없이 우리는 갈림길로 들어섰다. 나는 어둠 속에서 기다리는 알파와 뒷좌석에서 차창 밖으로 두 발을 내놓고 잠에 빠진 미카엘을 가리켰다.

「데려다줄까?」

「고맙지만 걷는 게 더 좋아.」

「나도.」

비올라는 오른쪽으로, 나는 왼쪽으로 갈라졌다. 몇 걸음 걷다가 뒤돌아보았다. 저만치에서 비올라가 미소를 보냈다.

「아빠, 아빠, 헛간에서 어떤 난쟁이 땅의 요정이 자고 있어.」

나는 별항과 안나의 아들 초초와 안면을 텄고, 그리고 얼마 안 되어 곧 그들의 딸인 마리아가 난쟁이 땅의 요정은 어떻게 생겼는지를 보려고 뛰어왔다.

「난쟁이 요정이 아니야, 애들아. 사실은 거인이라고. 그저 작은 거인이지.」

우리는 포옹했다. 안나는 스물네 살, 나와 같은 나이였고, 별항은 스물여덟 살이 다 되었다. 둘 다 살짝 튼실해졌다. 둘의 아이들은 사랑스러웠지만, 두 마리 게처럼 내 옆에 달라붙어 진을 빼놨다.

「미모 삼촌 좀 가만히 내버려둬. 너희들이 짜증 나게 하는 것 안 보여?」

「게가 뭐야, 미모 삼촌?」

「갑각류.」

「갑각류가 뭐야, 미모 삼촌?」

오랫동안 나 없이 혼자 공방에서 지낸 뒤이니만큼 별항이 내가 돌아온 것을 탐탁하게 여기지 않을까 봐 걱정이 됐다. 하지만 안나와 별항은 이런 날이 오리라고 내다보고 본채 뒤편에 집을 지어 살고 있었다. 사업은 잘 굴러갔고, 그들에게는 이제 수습공이 두 명이나 있었다. 안나는 고급 가구점 경영을 전적으로 맡았다. 치오의 옛 공방은 내가 버려둔 상태 그대로여서, 보수되고 관리되고 정기적으로 청소도 된 상태였다. 내 물건들을 그곳에 갖다 두기만 하면 되었다.

「여기에 전화는 있어?」

「넌 나를 뭘로 아는 거냐? 록펠러?」

나는 미카엘을 깨웠고, 아이들을 떼어 놓기 위해 자동차로 한 바퀴 돌게 해주겠다고 약속하고는 나를 오르시니 저택에 내려 달라고 부탁했다. 미카엘이 출발하려는 순간 별항이 나를 붙잡았다.

「그런데, 비올라의 아버지에 대한 소식을 들었는지 모르겠네……..」

2주 전에 후작이 마을 광장에서 발가벗은 상태로 발견되었다. 아들 비르질리오가 집으로 돌아온다고 알려 주려고 밤에 자신과 말을 나눴다며, 자신은 아들 비르질리오를 기다린 것이다, 하고 그가 단언했다. 사람들이 집으로 후작을 데려다줬고 아들은 죽었다고 이치를 따져 줬지만, 후작은 고집을 피웠다. 아니야, 아니야, 정말 내 아들이었어. 내가 아직은 내 아들을 알아볼 줄 알아, 말 해골을 탔는데. 저기 온다, 저기 와. 그러고는 의식을 잃어버렸다. 의사가, 이번에는 이웃 마을의 의사가 아니라 진짜 의사가 왔다. 뇌졸중이라는 진단이 내려졌다. 후작 부인은 자신의 남편을 병원으로 보내기를 거부했고, 후작은 집에서 보살핌을 받았다.

실비오가 문을 열어 주며 나를 알아보고 미소를 지었는데, 전에 없던 일이었다. 나는 습관적으로 고용인 전용 출입문의 종을 울렸지만, 실비오는 나를 데리고 정원을 가로질러 정문으로 들어가게 했다. 비올라를 위해 조각했던 곰은 여전히 분수대 근처에 군림하고 있었다. 그 앞을 지나가면서 열여섯 살

미모의 선택 몇 가지를 비판하지 않을 수 없었다. 움직임은 생생히 드러났지만 과장됐다. 이제 나는 더 적게 보여 주면서 더 풍부하게 말할 수 있었다.

「후작 부인에게 알리겠습니다.」

주름살이 몇 개 더 늘었을 뿐 머리는 여전히 검은 후작 부인이 모습을 드러냈다. 오르시니 집안 사람들은 배은망덕하지는 않아서, 자신들의 명성이 내 덕분임을 알고 있었다.

「비올라를 찾으러 갈게요. 내 딸 기억하죠, 비탈리아니 씨? 정원에 있는 곰을 조각해서 그 애에게 주었잖아요.」

이 순간보다, 후작 부인의 눈에 내가 자신의 소중한 아이를 강간할지도 모르는 〈작달막한 끔찍한 피조물〉의 지위에서 가장 훌륭하고 찬란한 살롱들에 출입할 자격이 있는 예술가의 지위로 옮겨 간 그 찰나의 순간보다 더, 나의 성공을 입증한 것은 없었다.

「기억합니다. 따님을 다시 뵐 수 있다면 몹시 기쁘겠죠. 기다리는 동안 전화를 좀 사용할 수 있을까요? 아드님 프란체스코와 통화를 해야 해서요.」

후작 부인이 〈통화실〉로 나를 데려다주고는, 그곳의 천장 쇠시리 아래에 나를 홀로 두고 나갔다. 연결을 기다리면서 벽을 새로 했다는 것을 깨달았다. 균열도, 축축한 얼룩도 더는 보이지 않았다. 창문에 바른 퍼티는 새하얗고 말랑거렸다. 갓 잘라 화병에 한 아름 꽂아 둔 작약은 새로 갈아 낀 유리창을 통해 쏟아져 들어오는 햇살 아래서 벌써 시들했다.

프란체스코는 화가 잔뜩 나서 대화를 시작했다. 무슨 일이냐, 아무런 예고도 없이 자취를 감춰 버렸느냐, 어디 있는지 아는 사람이 아무도 없어서 온 로마를 뒤져서라도 찾아내라고 사람을 풀었다……. 나는 피에트라에 자리 잡고 일하려고 한다는 계획을 알렸고, 그는 곧 진정이 되었다. 로마의 유혹에서 멀어짐으로써 끌어낼 수 있는 이점을 나만큼이나 잘 알았다. 바람이 내게 유리하게 돌아선 것을 느낀 나는 전화선을 놓아 달라고 부탁했고, 향상된 생산성을 약속했다. 또한 내게 새로운 대리석 원자재들을 보내 줘야 할 거다 — 카라라가 여기서 멀지 않았다. 끝으로, 수습공 한 명과 야코포가 필요하다. 두 작업장 사이에서 일을 진행할 테고, 필요한 경우에만 로마의 공방에 가려고 한다. 시칠리아의 발주자가 차분하게 기다릴 수 있게 조치를 취해 달라. 네 번째 천사를 넘겨주려면 몇 달은 필요할 거다. 만약 고객이 만족하지 않는다면 이자까지 쳐서 갚아 줄 테고, 그가 주문한 영묘 장식은 두 배의 값으로 다른 사람에게 팔 생각이다…….

「미모?」 전화를 끊으려는 순간 그가 말했다.

「응?」

「아버지가 편찮으신 건 알지?」

「들었어. 유감이야.」

「아버지는 자리에서 일어나실 거야. 하지만…… 장애가 남겠지. 스테파노가 실질적인 가장이 될 거야. 그가 가장이니 너는 보고도 그쪽에 하겠지. 하지만 조금이라도 묻고 싶은 게 있으면, 조금이라도…… 의심이 생기면, 그건 내게 말해야 해, 알았지?」

「알았어.」

「곧 저택에서 만나자. 그동안, 파첼리 주교님과 내가 널 위해 일하고 있다는 걸 분명히 알아 둬.」

「나는 오르시니 가문을 위해 일하잖아.」

「아니야, 미모, 너는 높은 곳에 계신 하느님의 영광을 위해 일하는 거고, 우리 모두는 그분의 비천한 종복이지.」

「하지만 그분의 영광 중 아주 소량은 이 가문에도 미치잖아, 안 그런가?」 내가 빈정거렸다. 프란체스코의 진지함은 내 성질을 건드리는 재주가 있었다.

프란체스코가 한숨을 쉬었다.

「네 말대로 그렇다면, 내가 뭐라고 그분의 의지에 맞서겠어?」

비올라는 큰 거실에서 나를 기다렸는데, 몇 년 전 비올라의 약혼식 공표가 있던 바로 그곳이었다.

「비올라, 이분은 비탈리아니 씨야. 기억하지? 네 열여섯 살 생일에 받은 곰을 만들어 준 젊은 조각가 아니니.」

「기억하죠, 그럼요.」 그녀의 딸이 예의 바른 미소를 띠면서 답했다.

「당연한걸, 나도 어리석기는. 분명히…….」

후작 부인은 하마터면 〈알아볼 수 있다〉라고 말할 뻔했다.

하지만 별 볼 일 없는 시골 귀족의 딸을 후작 부인으로 만들었던 능란함을 발휘해 숨도 돌리지 않고서 한달음에 문장을 맺었다.

「······재능이 있으니까.」

「바깥바람 좀 쐬고 싶어요, 엄마. 정원으로 산책 가려고요. 원하신다면 저와 함께 가실래요, 비탈리아니 씨?」

비올라와 처음 만난 지 11년이 지나서야, 나는 비올라와 함께 있는 모습을 공개적으로 드러냈다. 은밀했던 11년. 살을 저미듯 아렸고 뒤뚱거렸던 우리의 우정, 야행성의 우정이 마침내 햇볕에 의해 복권되고 그 위로 처음으로 햇살이 환히 부서졌다. 밖으로 나가려고 가벼운 망토를 걸치고 다시 나타난 비올라는 단장에, 그러니까 둥근 은제 손잡이가 달린 나무 지팡이에 의지했다. 나는 못 본 척했다.

「내 지팡이 보는 거지, 안 그래?」 비올라는 정원에 나서자마자 물었다. 「나도 지팡이가 싫어. 필요한 경우에만 사용해. 날이 춥거나 오늘처럼 대기 중에 습기가 좀 있으면 다리가 아프거든······.」

비올라는 고개를 저었다.

「높은 곳에서 떨어졌잖아.」

비올라가 앞장서서 담벽에 난 비밀 문을 향해 걸었는데, 우리가 저택 지붕을 고치러 왔을 때 나는 그 문을 통해 처음으로 정원으로 들어왔다. 비스듬히 비치는 햇살이 안개와 뒤섞여 이전에는 무성했으나 지금은 앙상한 오렌지나무의 가

369

지에 장밋빛 줄무늬로 걸려 있었다. 공기는 침묵에 어쩔 줄 모르며, 잎이 떨어진 거무스레한 오렌지나무의 줄기들 사이로 전장의 강아지처럼 뱅글뱅글 돌았다. 어떤 나무들에는 아직 열매가 달려 있었지만, 한 걸음 옮길 때마다 방치의 새로운 신호들이 눈에 띄었다. 고랑은 더는 예전만큼 경계가 뚜렷하지도, 청소가 되어 있지도 않았고, 나무들이 늘어선 이랑역시 이제는 잡초를 뽑아 주지 않았다. 나무들 가운데 거의 3분의 1이 죽었다. 죽지 않은 나무들은 오래전부터 전지가위 코빼기도 보지 못한 터라 가지들이 미친 듯이 뻗어 나갔다. 나는 비올라에게 눈에 띄는 그런 모습들을 지적했다.

「아, 오렌지는 이제 우리의 주 수입원이 아니야.」

「하지만 여기서 맛본 오렌지가 최고였는데…….」

비올라가 주위를 둘러보더니 어깨를 으쓱했다.

「그럴지도. 하지만 일꾼 찾기가 힘들어. 어쩌겠어, 도시가 사람들을 훨씬 더 끌어당기게 됐잖아. 그리고 어리석게도 감발레 집안과 다투고 있으니, 장기적 전망이라든가 투자 가능성 등을 전혀 고려해 볼 수가 없어. 두 번 중 한 번은 여름에 가뭄으로 고생을 하는데도, 분별 있는 모습을 보여 주고 협의점을 찾으면 될 텐데, 하지만…….」

다시, 비올라는 어깨를 으쓱했다. 그 애에게서 보지 못했던, **난들 뭘 어쩌겠어**를 의미하는 몸짓이었다. 그런데, 내가 아는 비올라는 못 하는 일이 없었는데.

「그럼 돈은 어디서 나와? 집수리를 싹 했던데.」

「남편한테서. 그 사람이 금고를 다시 채워 줬어. 그이는 대형 변호사 사무실 대표고, 특히 영화에 대규모로 투자를 했지. 그 사람 말로는 그게 미래래. 그 말이 맞는 모양이야, 거기에서 수익이 나니까. 그에게 부족했던 유일한 건 귀족과의 결합, 세상의 부를 다 동원해도 살 수 없었던 체면이었어. 이제 우리가 결혼했으니 그 일도 이룬 거지. 한마디로, 모두가 만족하고 있어.」

「그럼 넌, 넌 만족해?」

또다시 으쓱거리는 어깨.

「물론이야. 리날도는 친절해.」

비올라는 오솔길의 지면이 울퉁불퉁한데도 두 밭 사이로 난 그 길로 접어들었다. 길은 숲으로 이어졌다.

「지금 네 남편은 어디 있는데?」

「미국에, 사업 때문에. 나머지 시간에는 밀라노에 거주해.」

「너희 둘은 같이 안 살아?」

「아니야, 하지만 그 사람이 출장이 하도 잦으니까, 나는 밀라노보다는 여기에 있는 게 더 좋아. 그 사람은 주말이면 종종 내게로 와서 같이 지내. 그리고 아이를 가지려고 애쓰는 중인데, 쉽지가 않네. 의사들은 시골 공기가 도시 공기보다는 내 건강에 더 좋을 거라고 생각해.」

우리는 잠시 말없이 걸었다. 비올라가 내게 곁눈질을 했다 — 나는 비올라에게 말을 하려면 그렇게까지 고개를 쳐들어야 하는 데에 아직 익숙해지지 않았다.

「뭔데?」

「아무것도 아냐.」나는 거짓말을 했다.

「난 널 알아, 미모. 넌 네 생각을 말하지 않는 남자였던 적이 한 번도 없잖아. 이번에도 네 생각을 말하게 될 테니, 그냥 지금 바로 말하는 게 더 낫지 않을까?」

「잘 모르겠어. 이 모든 게 너답지 않아서 그래.」

「〈이 모든 것〉?」

「결혼을 하고, 아이들을 갖고 싶어 하고…….」

「아, 그런데 무솔리니가 말하지 않았던가? 여성의 역할은 생산이고 가족을 간수하는 거라고?」

「무솔리니가 뭐라고 했는지 알지도 못할 뿐만 아니라 관심도 없어. 난 정치는 안 해. 하지만 이젠 네가 알던 그런 바보도 아니야. 처음에, 네 가족은 웬 여드름투성이 사내애랑 너를 결혼시키려고 했고, 그 애는 하필 마치 우연인 양 부유한 집안의 자제였지. 넌 그 계획을 망가뜨렸고 그로부터 몇 년이 지난 지금, 에이스 카드를 잔뜩 쥔 또 다른 부유한 사내와 결혼했잖아. 그리고 저택에는 이제 균열도 없고 곰팡이 얼룩도 없어…….」

「나 역시 네가 예전에 알던 사람이 아니야. 내 꿈이 나를 어디로 데려갔는지 너도 알잖아? 여러 달 입원하고 여러 바늘을 봉합하고 거의 그만큼의 골절을 겪었어. 성장할 줄 알아야 해. 이미 말했잖아. 그리고 리날도는 친절하고 내게 잘 대해 줘. 언제고 나를 미국으로 데려가겠다고 약속했어.」

「하지만…….」

우리는 어느덧 숲의 가장자리에 닿았고, 바로 그 순간 비올라가 우뚝 멈춰 섰다.

「내게 필요한 건, 네가 나의 선택에 대해 비난하는 게 아냐. 네가 날 지지하든가 혹은 최소한 그런 척이라도 해 보이는 거지.」

비올라는 예전과 똑같이 편하게 숲으로 들어갔지만, 숲속으로 파고들진 않고 길을 따라서만 걸었다. 몇 분 뒤, 비올라는 소나무 숲 앞에서 멈춰 섰고 나를 돌아봤다.

「자, 여기야.」

「뭐가?」

「내가 추락한 곳.」

우리 머리 위로 소나무가 구름을 간질이고 있었다. 갈색 껍질과 위풍당당한 초록으로 덮인 30미터에 달하는 높이.

「이 나무 덕분에 살았어.」비올라가 줄기를 쓰다듬으며 중얼거렸다. 「내가 부딪혔던 나뭇가지 하나하나가 추락의 충격을 덜어 준 대신 흔적을 남겼지. 제일 우스운 건 내가 아무것도 기억하지 못한다는 거야. 지붕에 있었는데, 그다음에 눈을 뜨니 병원이었거든…….」

말을 하면서 비올라는 자기 몸의 여러 곳을, 팔과 다리와 이마를 건드렸는데, 무의식적이었던 듯하다. 나는 어제 벌어진 일처럼 그 장면을 기억했다. 폭죽이 만들어 낸 불꽃 사이로 들려오던 분노와 도전의 외침. 빙글빙글 돌면서 떨어져 내리던 그 추락. 마침내 그 뒤로 여러 달 동안 이어지던 불안감과 더는 자신에게 편지를 보내지 말라고 알리던 비올라의 편지. 비올라는 그 모든 것을 내 얼굴에서 읽어 냈다.

「여러 날 코마 상태에 빠져 있다가 깨어났을 때 널 보게 해 달라고 부탁했어. 네가 내 입에서 나온 첫 번째 이름이야. 다행스럽게도 그날 병상 곁에는 프란체스코만 있었어. 다른 그 누구도 별항과 네가 날개 제작을 도왔고 우리가 친구였다는 걸 몰라.」

「프란체스코가 안다고? 늘 널 모르는 척했는데. 그러면 그는 그 말을 믿는 기색이었어.」

「프란체스코가 무슨 장난을 치는지는 아무도 몰라.」 비올라가 옅은 미소를 띠며 대답했다. 「프란체스코 본인도 그런 사실을 아는지 의심스럽지만. 넌 그가 안다는 걸 너도 알고 있다고 그에게 말하면 안 돼. 그래야 네가 우위에 서게 돼.」

「정치를 해야 할 사람은 넌데……. 대체 왜 나를 여기로 데려왔어?」

「내가 나쁜 선택을 했으니까. 첫째, 하늘을 난다는 미친 생각에 널 끌어들였지.」

「그건 미친 생각이 아니야! 단눈치오 그 사람도…….」

「알아, 알고 있어.」 비올라가 짜증을 내며 내 말을 끊었다. 「하지만 난 단눈치오가 아니고 비올라 오르시니야. 사실, 병원에서 깊이 생각해 봤어. 모르핀을 맞고 있었으니 어쩌면 완전히 제정신인 건 아니었을 수도 있지만. 너를 실망시켰다는 걸 깨달았지. 하늘을 날겠다고 약속을 해놓고 실패했잖아. 난 너의 영웅이었는데. 두려웠던 건…… 잘 모르겠지만, 네가 날 덜, 혹은 다른 방식으로 좋아하는 거였어. 그래서 더는 편지를 쓰지 말라고 부탁했고. 네 동정을 원치 않았어. 다리는 금속 틀에 넣고 턱뼈는 이어 붙인, 여기저기 부러진 내 모습을 보는 걸 원치 않았어. 같은 이유로, 그로부터 2년 뒤에 네가 돌아왔을 때, 저녁 식사 자리에서 너와 만나지 않기로 결심했지. 난 공포에 사로잡혔으니까. 그러고는 이성적으로 생각을 해봤고, 그래서 내 방 창문에 붉은색 불빛을 켜뒀지. 그랬더니, 떠난 건 너였어.」

나는 목이 메어 와 주위를 둘러보고 허공을 쳐다보고는 머리를 다시 매만지는 시늉을 하면서 소맷자락으로 눈가를 훔쳤다. 학교 운동장에서 진가를 발휘했던 기술.

「네 곰은 여전히 만나고?」

「비안카? 5년 전부터는 못 봤어. 가끔 동굴에 가보는데 비어 있더라. 비안카는 자기 삶을 사는 거고, 그걸로 된 거지.」

나는 고개를 끄덕이고 헛기침을 했다.

「정확히, 원하는 게 뭐지?」

「그러는 넌 10년이 지나서 무덤으로 다시 돌아오면서 원했던 게 뭔데? 내가 시간 여행을 했는지가 알고 싶어서만은 아니겠지.」

「모든 게 이전처럼 되돌아가면 좋겠어.」

「우리는 더 이상 전과 같지 않아. 하지만 나란히 여행할 수

375

는 있지. 영웅주의 없이, 이번에는.」

「영웅주의가 없는 삶을 누가 원하는데?」

「보통은 영웅이 다 그렇지.」

비올라가 내게 손을 내밀었다.

「계약 체결?」

「계약 조항들도 확실히 모르는데…….」

「그건 가면서 만들어 내자.」

나는 웃으면서 비올라의 손을, 예전보다 더 가늘어진 손을 잡았고 너무 세게 쥐지 않으려고 조심했다. 내 손이 두 배는 커져 버렸으니까.

「네가 그리웠어, 비올라.」

「나도.」

우리는 말없이 집으로 돌아갔다. 피에트라알바 특유의 장밋빛이 갈색과 녹색과 오렌지색을 한데 엮은 풍경 위로, 옅어진 안개가 흩어지고 있었다. 오르시니 저택 앞에서 비올라가 돌아봤다.

「그런데 말이야, 더 이상 편지 보내지 말라고 네게 편지를 부쳤을 때…….」

「응?」

「네가 그 말에 복종할 의무는 없었지.」

비올라는 조용히 문을 닫았다. 바람이 일면서 마지막 남아 있던 몇 조각의 안개들을 몰고 갔다. 그런데 무슨 바람이지? 시로코인가? 포넨테인가, 미스트랄인가, 그레크인가? 혹은 비올라가 말해 준 적이 없기 때문에 내가 모르는 또 다른 바람일 수도? 나는 비올라를 다시 만나면 모든 것이 보다 단순해지리라고 믿었다. 하지만 바람에도 수도 없이 많은 이름을 붙이는 세상에 단순한 것이 무엇이 있을까?

나는 스물네 살이다. 나는 부유하지 않다. 이는 앞으로 내가 얼마나 부유해질지를 말하는 방식에 불과한 것이, 12년 전 이곳에 도착했던 사내애와 비교해 보면 나는 마하라자[36]니까. 자동차가 있고, 직원들이 있고, 모든 것이 멈춰 선다 해도 네다섯 해는 먹고살 게 있다. 나는 정문을 통해 오르시니 저택으로 들어간다. 1929년이 시작되려 하고, 그러고 나서 찾아올 새로운 10년은 내가 겪었던 세월 중 가장 평온한 시간이 될 것 같다. 발전에 의해, 민족들 사이의, 그리고 보다 놀라운 것은 비올라와 나 사이의 평화에 의해 황금빛으로 물들 10년.
    그럴 리가, 웃기지 말길.

36 산스크리트어로 〈위대한 통치자〉, 〈대왕〉이라는 뜻.

「파드레! 파드레! 그분이 웃기 시작했어요.」

파드레 빈첸초는 수련 수도사의 사무실 난입에 아침부터 들여다보고 있던 문서에서 고개를 든다. 그가 그 수납장을 열 때마다 이렇게 된다. 똑같은 불가사의에 또다시 사로잡혀서 자료들을 낱낱이 해부하고 열정적으로 그 서류들을 조사한다. 마치 탈무드의 각각의 말은 하나를 의미하는 동시에 그와 반대되는 것을 의미할 수 있지만 하나의 진실, 올바른 조합이 존재하기에 그것을 발견하기만 하면 갑자기 모든 것이 이해가 된다는 사실을 깨달은 예시바의 랍비 혹은 초창기 신학자 같다.

수련 수도사는 숨이 턱에 닿아 책상 앞에서 멈춰 선다. 결국, 그 계단은 모두들 오르기 힘든 거로군, 하고 파드레는 생각한다.

「누가 웃기 시작했다고요?」

「비탈리아니 형제요.」

비탈리아니는 서원한 적이 없지만 모두 그를 〈형제〉라고 부르고 빈첸초는 그냥 내버려둔다.

「그가 웃었다고요?」

「예, 마치 방금 누군가가 재미있는 이야기를 한 것처럼요.」

「의식을 회복했나요?」

「아닙니다. 의사 소견으로는 활력 징후가 나빠지고 있답니다.」

파드레 빈첸초는 손짓으로 수련 수도사를 내보내고, 날씨가 쌀쌀한데도 부주의하게 열어 놓은 채 내버려뒀던 창문을 닫는다. 궤짝 ── 모두 수도사들이 동일한 궤짝을 갖고 있고 그 안에 개인 소지품을 정리해 둔다 ── 에서 커다란 체크무늬 모직 담요를 꺼내어 몸을 감싼다. 그러고는 장롱에 정리되어 있던 문서들 가운데 당연히 가장 호기심을 자극할 수밖에 없는 것을 꺼낸다.

증언들.

눈 속의 불길은 생기가 덜했고 설교단에 오를 때면 관절이 삐그덕거렸다. 남아 있던 얼마 안 되는 머리카락들은 빠져 버렸다. U 자 모양으로 남은 잿빛의 거친 머리카락들 덕분에 완전한 대머리는 면했다. 하지만 50세가 지난 지금도 여전히 그 현학적 목소리로 사람들을 주눅 들게 했고 한결같은 그 야릇한 유머 감각으로 사람들을 놀라게 했는데, 바로 그런 특성 덕분에 여러 해 전에 보통 키가 아닌 가난뱅이에게 애정을 품었던 거였다. 내가 산피에트로 델레 라크리메 중앙 홀로 걸어 들어오는 걸 보면서 돈 안셀모가 보여 준 진실된 기쁨은 가슴을 뜨겁게 달구었다. 그는 한마디 말도 없이 나를 꼭 껴안은 뒤 내 얼굴을 찬찬히 살펴보고 흡족하게 고개를 끄덕이는 걸로 만족했다.

피에트라의 푸른 하늘 아래서 —— 그 어떤 테크니컬러도, 물감 장수도 그 푸른색에 대한 특허는 절대 따내지 못할 것이며, 이제 그런 색채는 존재하지 않는다 — 수도원 경내에 자리 잡고서 오래 이야기를 나눴다. 돈 안셀모는 교구의 재정이 말라붙었다고 한탄했다. 평화의 10년이 흐른 뒤, 그를 따르던 양들은 죽음에 대해 덜 생각하게 됐고 따라서 헌금도 덜 했다. 그리고 바티칸은 멀리 떨어져 있었다. 그는 부모를 보러 왔을 때 자신을 방문하기 위한 시간까지는 이제 내지 못하는 프란체스코에게 말 좀 넣어 달라고 부탁했다. 몇 가지 장식물의 교체나 건물 이곳저곳의 수리가 긴급하게 필요하다고. 나는 수습공들이 합류하자마자 무보수로 그 일을 맡겠노라고 약속했다.

돌아가는 길에 감정이 북받쳤다. 12년 전, 이와 비슷한 날에 이곳에 도착했다. 놀려 둔 들판이 가벼운 바람에 살랑살랑 흔들렸다. 마을을 벗어나니 그때와 똑같이 천사 같은 장밋빛 지평선이 나를 맞았다. 하지만 나는 열 사람 몫에 버금갈 삶을 살고 난 뒤였다.

등 뒤에서 비명이 들리고 그 뒤를 이어 미끄러지는 소리가 났다. 돌아볼 새도 없이 사람이 타지 않은 자전거가 나를 지나쳐 언덕에 가서 부딪혔다. 그러고는 누군가가 나를 끌어안았고, 여러 차례 나를 들었다 놨다 했다. 엠마누엘레가 기쁨의 함성을 질러 댔다. 그는 내 뺨을 꼬집고 이마에 입을 맞췄다. 그는 헌병의 열병식 제복을 입고 포스테 이탈리아네의 제모를 쓰고 있었다. 종잡을 수 없는 그의 말은 여전히 알아들을 수 없었지만, 동작은 웅변적이었다. 이제 그는 피에트라달 바의 우체부였다.

한 달 뒤, 전기가 마을에 들어왔다. 좀 더 정확히 말하자면 오르시니 저택에 들어온 거였지만 그런 건 그다지 중요하지 않았고, 모두들 전자(電子)가 피에트라 전역에 미칠 테고 각자 자신의 몫을 갖게 될 거라고 생각하였다. 지금으로서 전기는 정원 한가운데 세워 놓은 유일한 가로등에 사용되었고, 1929년 1월 20일, 16시 22분에, 그러니까 태양이 지평선 너머로 사라지는 바로 그 시각에 장엄하게 불이 켜졌다. 이 사건을 기념하기 위해 마을 전체가 초대되었다. 처음의 흥분이 가시자 어떤 당혹스러움이 뒤를 이었는데, 가로등에 마침내 불이 켜졌다지만 기름 등잔도 똑같은 일을 해냈으니, 그렇다면 대체 전기란 게 어디에 소용이 있는지 궁금해진 것이다. 후작은 처음으로 대중 앞에 다시 모습을 드러냈는데, 하인이 미는, 등판이 버들가지로 만들어진 휠체어에 앉은 채였다. 그는 우측 얼굴과 몸이 마비되었다. 그가 어눌한 말투로 연설을 했고, 그 연설이 끝나자 엠마누엘레가 우리를 돌아보며 선고를 내렸는데, 별항이 번역해 줬다.

「뭔 이야기인지 하나도 못 알아듣겠다는군.」

바로 그날 저녁에 저택에서 만찬이 열렸다. 나는 당연히 초대받았는데, 그게 오르시니 가문의 조각가, 그들의 번영과 신앙심과 너그러움의 상징인 조각가에게 어울리는 대접이어서였다. 야코포와 어린 수습공 한 명이 작업에 합류하기 위해

382

이미 이곳에 온지라, 며칠 전부터 로마의 공방과 피에트라의 공방 사이에서 내 사업은 다시금 전속력으로 돌아갔다. 그 두 사람은 마을에, 집주인이 이런저런 대도시로 떠난 뒤 빈 채로 남아 있던 집에 묵었다. 여러 차례 비올라와 만나 오랜 시간 들판을 산책했다. 우리는 예전보다는 의견을 덜 나눴다. 비올라는 주위의 과수원들처럼 겨울의 창백함으로 낙인 찍힌 듯 보였고, 오로지 그녀와 그녀의 머리카락에서 떠나지 않는 네롤리 향만이 내 어린 시절의 야성적 소녀를 떠올리게 했다. 비올라는 여전히 예전만큼 책을 읽었지만, 이제는 책 내용에 관해 이야기하지 않았다. 나는 가끔 의도적으로 「남반구에서는 사람들이 거꾸로 서서 다니는 것 같던데」 같은 말도 안 되는 소리를 뱉었고, 그런 말은 비올라의 눈에 다시 분노의 순수한 불덩어리를 살려 내어, 나는 코페르니쿠스에서 뉴턴을 지나 아인슈타인에 이르기까지의 역사와 물리 수업을 누렸다. 그러다가 비올라는 말을 뚝 끊고는, 과다한 지식 속에 갇힌 자신이 내가 방금 제공해 준 배출구 덕분에 가뿐해졌음을 고마워하는 눈길을 보냈다.

그날 만찬은 비올라의 남편인 아보카토[37] 리날도 캄파나를 다시 볼 기회였다. 그는 방금 미국에서 돌아온 참이었고, 예전의 그 매력이 사라지기 시작하고 있다는 점만 제외한다면, 내가 기억하고 있던 대로 매력과 자만을 뒤섞어 가며 사람들을 만난 이야기를 늘어놓았다. 그는 살이 많이 붙었고 돈 이

---

37 avvocato. 이탈리아어로 변호사라는 뜻.

야기를 할 때면 신이 났다. 수많은 이름이 그의 입술에서 툭 툭 튀어나왔는데, 매번 똑같이 무심한 태도였다. 〈찰리가 이렇게 말했지, 찰리가 저렇게 말했지.〉 그러다가 누군가가 찰리가 누구냐고 물으면 그는 놀란 표정을 지으며 대답했다. 「채플린이지, 당연히.」 다른 손님 두 명도 만찬에 참석했는데 둘 다 검은 셔츠를 입고 있었고, 그리고 이번 기회에 로마에서 돌아온 스테파노와 프란체스코가 있었다. 테이블 상석에서 후작이 품격에 맞게 식사하려고 애를 썼고, 우리는 예전에는 자신의 연적들을 오렌지나무에 목매달았던 그 남자를 음식물이 떨어져 내리면서 더럽히는 모습을 못 본 척하려고 애를 썼다.

손님들은 모두, 프란체스코는 당연히 예외지만, 부부 동반으로 왔다. 여자들은 우아하고 잔뜩 멋을 부렸는데, 나는 비올라가 그 여자들 쪽을 여러 차례 흘끔거리고는 곧 다시 자세를 고쳐 앉는 모습을 포착했다. 검은 셔츠를 입은 남자 중 한 명 — 그의 이름은 루이지 프레디였다 — 이 처음에는 캄파나의 계획에 열광했다. 그는 이탈리아가 미국 영화에서 영감을 받아 소비에트의 프로파간다가 보여 주는 과도함 없이, 미국의 상업적 방식을 활용하여 파시스트형 신인간을 찬양할 수 있을 거라고 시사했다. 그 나름의 뒤틀린 방식으로 그는 정말로 영화를 사랑하는 것처럼 보였고, 내가 본 적 없는 여러 영화의 장면들을 끄집어냈다. 캄파나는 건성으로 그의 말에 귀를 기울이며 수익을 가져다주기만 한다면 자신은 모든 계획에 열려 있다고 확언했다. 「파시즘에서 전기를 끌어오는 비용이 나오는 건 아니니까요.」 캄파나가 넌지시 말했고, 이 발언은 그에게 스테파노와 프레디의 성난 눈길을 안겨 주었다. 그러더니 그 사람은 재빨리 이탈리아에 영화 제작 전용 도시를 만드는 백일몽으로 다시 빠져들었다.

아마도 오랫동안 프란체스코와 어울리면서 영향을 받았기 때문이겠지만 나는 이야기에 끼지 않고 듣고만 있었다. 프란체스코 역시 테이블 다른 편에서 나와 마찬가지로 처신하며 포도주를 아주 조금 마시고는 냅킨 한 귀퉁이로 조심스럽게 입술을 닦았고, 가끔씩 내게 공모의 미소를 보내곤 했다. 스테파노는 여전히 세 사람 몫은 마셨고 동시에 내 잔을 채웠다. 비올라는 놀란 표정으로 나의 술 마시는 모습을 관찰했고, 그러고는 으레 그러듯이 보일 듯 말 듯 어깨를 으쓱해 보였다. 하지만 루이지 프레디가 예술과 정치를 뒤섞어 가며, 나로서는 들어 본 적이 한 번도 없는 소리를 떠들어 대자 비올라는 오소소 몸을 떨더니 계속해서 무슨 말인가를 하려고 하는 듯했다. 그도 그 사실을 알아차린 모양인 게, 디저트 직후에 비올라를 향해서 물었다.

「그런데 부인, 부인께서는 이 모든 것에 대해 어떻게 생각하시나요?」

캄파나가 비올라의 손에 자기 손을 갖다 댔다.

「친애하는 루이지, 당신 매너는 다 어디다 두고 그래요? 우리 아내들은 정치에 관심이 없다니까. 왜 우리의 논의로 아내들을 질리게 하겠어요?」

「맞아, 그건.」 스테파노가 끼어들었다. 「거실로 자리를 옮겨서 마지막으로 한 잔, 아니 여러 잔 듭시다. 그리고 선물로 받은 시가가 몇 개 있는데, 사람들 말이, 두체[38] 그분을 위해서 만 거라고 하더군! 여기 부인들께서는 자신들의 관심사에 대해 함께 이야기를 나누시면 되겠네.」

남자들이 옆의 거실로 통하는 문으로 다가갔다. 프란체스코가 자신은 자러 가겠다고 알렸다.

「넌 올 거지, 걸리버?」 스테파노가 물었다.

다른 사람들과 합류하기 전 나는 비올라에게 마지막 눈길을 주었고, 비올라는 상냥한 태도로 내게 미소 지었다. 우리가 나가고 하인이 문을 닫으려는 순간 프레디의 아내, 삐쩍 마른 적갈색 머리의 여자가 비올라에게로 몸을 수그리며 물었다.

「입고 있는 드레스의 호박단 천이 기가 막히네요. 어디서 구했어요?」

거실에서 스테파노는 셔츠 깃을 풀었고, 그러더니 안도의 숨을 내쉬며 바지도 풀어 놓았다. 그는 의자에 철퍼덕 몸을 부렸고, 술을 덜 마셨던 프레디가 똑같이 따라 했고, 늘 맨 마지막에 말한 사람에게 동조하기 위해서만 입을 여는 또 다른 파시스트 행동대원이 그 뒤를 따랐다. 캄파나는 다양한 술이

---

38 duce. 총통, 수령 등을 의미하는 이탈리아어. 여기서는 무솔리니를 지칭한다.

사람들의 손길을 기다리고 있는 상감 세공된 술 보관장에 기대어 생각에 잠긴 채, 하인이 불을 붙여 준 시가를 빨았다.

잔에 든 위스키를 절반쯤 마신 뒤 스테파노가 그곳에 모인 몇 안 되는 사람들을 음흉한 눈길로 훑었다.

「그런데, 솔직히 말해서, 영화에 대해 온갖 이야기들을 떠들어 대던데, 그건 싱싱한 젊은 살 좀 만져 볼 수 있지 않을까 해서가 아닌가, 안 그래?」

루이지 프레디가 나무라는 듯이 눈썹을 찌푸렸다. 캄파나는 입꼬리로 슬며시 미소를 지었다.

「그런 생각은 말게. 로돌포가 죽기 전에 그와 잘 알았거든…….」

「로돌포?」 스테파노가 끼어들었다.

「아, 그렇지, 미안. 루돌프 말이야, 본인이 그렇게 부르라고 했으니까. 사실 루돌프 발렌티노, 그쪽이 로돌포 디 발렌티나보다야 어쨌든 훨씬 더 수컷답지. 간단히 말해서, 루돌프가 처음 결혼했을 때, 젊은 아내는 그이를 신혼여행 기간 동안 호텔방으로 들어오지 못하게 했다고 해. 알고 보니 그 아내가 여자들만 좋아했다는 거야.」

「나라면, 남자들을 좋아하게 만들었을 텐데.」

「암, 그랬겠지.」 캄파나가 빈정거렸다.

스테파노가 즉각 눈썹을 찌푸리고는 벌떡 일어서는 바람에 잔에 남아 있던 위스키가 쏟아졌다.

「정확히, 무슨 말이 하고 싶은 거지?」

「아무것도 아냐. 그저 발렌티노가 그러지 못했다면 그건…….」

「자네가 그런 말을 해? 내 누이에게 애새끼도 배게 하지 못하는 자네가?」

「자, 자, 여러분…….」 프레디가 내게 불안한 시선을 던지며 끼어들었다.

나는 그보다도 못한 일로 격분하는 스테파노를 10여 차례 보아 왔다. 하지만 캄파나가 짜증 나게 하는 인물이어서, 그리고 나 역시 술을 제법 마셨다는 이유만으로 그냥 내버려뒀다. 게다가 변호사는 자기방어는 할 만한 체격이었다.

「자네 누이가 그 일에 조금 더 열의를 보인다면, 자네 말대로 자네 누이가 애새끼를 배게 해줄 텐데.」

「비올라에 대해서 조금 더 존중하는 태도로 말해야 할 텐데. 두 사람 다.」

스테파노와 캄파나가 내 개입에 깜짝 놀라 돌아봤다.

「오.」 변호사가 말했다. 「비올라를 섬기는 기사가 있군.」

그는 내가 아주 잘 아는 그런 눈길로, 내 머리끝에서 발끝까지의 얼마 안 되는 거리를 한 차례 오가는 눈길로 나를 훑었다.

「뭐야, 비올라를 점찍은 거야, 작은 인간?」 그가 한술 더 떴다.

「어찌 되는지 보고 싶으면, 한 번만 더 작은 인간이라고 불러 봐.」

388

불쑥 스테파노가 웃음을 터뜨리며 빈 잔을 흔들었다.

「아, 여자들이란! 말썽꾸러기들! 젖통 두 짝 때문에, 그것도 내 누이 걸 놓고 다투려는 건 아니겠지!」

「실제로 다툴 것도 없네.」 비웃는 어조로 캄파나가 말했다.

프레디는 내 손이 한껏 잔을 움켜쥔 것을 보았다. 그는 지적인 남자였고, 내 앞에 제공된 온갖 가능성, 가령 캄파나의 얼굴을 향해 잔을 내던질 가능성, 그리고 그로부터 무한대로 파생되는 다른 가능성, 가령 내가 던진 잔에 그가 얼굴을 벨 가능성, 내가 제대로 맞히지 못하고 그 일을 마무리 지으려고 그에게 달려들 가능성, 기타 등등의 가능성을 예상했다. 그의 손이 내 팔에 놓였고, 그의 시선이 내가 의자에서 움직이지 않게 했다. 하인이 다시 술을 따랐고, 그동안 스테파노는 불을 쑤셔 댔다. 확연히 안심한 프레디가 내게 미소를 보냈다.

「대단히 위대한 조각가라고 사람들이 그러더군요, 비탈리아니 씨.」

「그러더군요.」 나는 툴툴댔다.

「정부는 선생과 같은 사람들을 필요로 합니다. 민중에게는 상상력이 없어요. 그들에게 볼거리를 주어야 합니다. 그들이 신인간을 감상하고 만져 볼 수 있게요. 무선 전신기의 천재적 발명가인 위대한 마르코니와 함께 기획하는 게 하나 있어요. 아직은 선생께 아무런 말씀도 드릴 순 없지만, 제 생각에는 선생도 국위 선양에 기여할 수 있을 겁니다. 우리를 위해 일하는 데 흥미가 있나요? 두체께서는 나라의 과학자들과 예술가들에게 너그러운 모습을 보일 줄 아시는 분이죠.」

어쩌면 취했기 때문에 혹은 돈을 좋아해서, 어쩌면 프레디에게 나름의 통찰력이 있어서, 어쩌면 그가 캄파나를 좋아하는 것 같지 않고 나 역시 그를 좋아하지 않아서, 혹은 어쩌면 그런 이유와는 무관한 다른 이유로 나는 답했다.

「왜 안 되겠어요?」

그다음 날, 점심 식사 직후 비올라가 들이닥쳤다. 별항과 내가 각자의 일로 돌아가기 전에 커피 한잔을 나누고 있던 공방으로 다급하게 들어왔다.

「미모를 보려고. 혼자서.」

별항은 조용히 잔을 내려놓고 걸음을 옮겼다. 그는 비올라의 등 뒤에서 내게 놀리는 눈길을 던지더니, 손으로 칼날을 만들어 목을 긋는 시늉을 해 보이고 사라졌다.

「이번엔, 내가 또 뭘 했는데?」

「그러니까 뭔 짓을 했다는 건 아네?」 그녀가 빈정거렸다.

「어제저녁 네 남편과 다툰 것 때문이라면, 난 그 작자가 무례하다고 생각했어. 무례한 것만이 아니라 천박했지.」

「너도 술을 많이 마셨고, 네가 그다지 모범이 될 만하지 않았다는 건 알 것 같아. 네가 술을 마실 날이 있으리라는 생각은 해보지 못했지만. 네 삼촌을 겪고도…….」

「훈계하러 왔어?」

비올라가 입을 열었다가 다시 닫더니 한숨을 내쉬었다. 그녀의 어깨가 조금 내려앉았다.

「우리를 봐. 네가 돌아온 지 한 달 정도 됐을 뿐인데 벌써 다투잖아.」

「네 남편이 나를 함부로 대했어. 그리고 너도.」

「미모. 난 네가 필요해. 하지만 나를 방어하기 위해서가 아니야, 이해하겠어?」

뾰루퉁한 내 표정을 마주한 그녀의 얼굴에 불안한 표정이 스쳐 지나갔다. 열두 살의, 열여섯 살의 비올라가, 모든 것이 불안과 열광 등의 흔적을 남기던 그 존재가 갑자기 내 앞에 서 있었다.

「내 남편과 너 사이에서 선택하게 하지 마.」

「알았어, 걱정하지 마.」

「그러면, 그 사람한테 사과하러 찾아갈 거지?」

「내가 사과한다고? 차라리 죽고 말겠다.」

하루가 끝나 갈 무렵, 나는 오르시니 저택으로 가서 리날도 캄파나에게 비열하게도 진심이라고는 없는 사과를 했다. 그 역시 특별한 위선으로 사과를 받아들였고, 우리는 악수를 나누고 헤어졌지만 그 어느 때보다도 더욱 서로를 증오했다.

루이지 프레디는 약속을 지켰다. 1929년 5월, 내가 로마의 공방에 체류하는 틈을 타 스테파노와 함께 그곳으로 나를 찾아왔다. 모두가 하루 종일 신인간에 대한 이야기로 나를 피곤하게 했고, 신인간도 구인간 못지않게 술 마시고 오줌 누고 사람을 죽이는 것으로 보아 나로서는 대체 새로운 점이 무엇인지 결코 알지 못했지만, 정부는 팔레르모에 그들의 야망과 신인간을 상징하는 화려한 건축물을 짓기 시작했다. 팔라초 델레 포스테, 콘크리트와 시칠리아의 대리석을 사용하고 30미터 높이의 원주들로 둘러싼 건축물로, 건축가 마초니가 건축을 맡고 내부 프레스코화는 베네데타 카파, 바로 미래주의의 창시자 마리네티, 그의 아내가 맡았다. 프레디는 그 건물 측면에 전시할 예정인 5미터짜리 파스케스[39] 제작을 보수

39 fasces. 나무로 된 몽둥이 다발에 묶인 도끼로, 권력과 사법권, 결속을 통

5만 리라와 함께 제안했는데, 1년을 편하게 살 만한 금액이었다. 내가 로마에서 6년 동안 작업했던 게 헛되지는 않았다. 내 대답은 이랬다.

「난 관심 없어요.」

프레디 뒤에 있던 스테파노의 얼굴이 일그러졌다.

「하지만…… 다른 조각가들은 이런 특혜를 따내기 위해서라면 목숨도 내놓을 텐데!」

「더할 나위 없이 잘됐군요, 내 거절로 선생이 곤란해졌다면 아주 불편했을 겁니다. 그 조각가들에게 의뢰하세요. 이 나라에는 훌륭한 조각가들이 많으니까. 아니, 어쨌든, 유능한 조각가들이.」

「이해가 안 되는군요. 우리가 함께 저녁 식사를 했을 때, 관심 있다고 말하지 않았던가요…….」

「그거야, 선생이 섬기는 정부가 야망을 품고 있다고 생각해서였죠. 왜 단 한 개의 파스케스죠? 선생이 섬기는 체제는 권위에 있어서 최상의 것과 겨루기를 소망하는 듯하니, 삼위일체처럼 세 개는 필요합니다. 파스케스 각각은 5미터가 아니라 20미터는 되어야 할 테고, 그러지 못할 경우 현 정부의 상징은 건축물에 비해 가소로워 보일 겁니다. 비용 얘기를 하자면, 선생에게 권한이 있는지 모르겠군요. 15만 리라고, 대리석 비용과 부대 비용은 제외한 가격입니다.」

프레디는 입을 헤벌리고 내 얼굴을 뚫어져라 바라봤는데,

한 힘을 상징한다.

393

나는 그의 시선에 어린 감탄의 빛을 읽은 듯했다. 그는 단독으로 결정을 내릴 수가 없었고 어딘가로 전화를 해야만 했다. 그는 내 사무실로 올라갔고, 그사이에 스테파노는 내 코밑에서 주먹을 흔들어 댔다.

「미쳤어? 이 일을 망쳐 놓으면, 걸리버, 널 죽여 버리겠어.」

그는 서슴지 않고 기꺼이 그런 짓을 저질렀을 텐데, 그런 게 우리 우정의 성격이었다. 우리의 우정은 허공에 서 있었고, 아무것도 아닌 일로도 언제든지 와해될 수 있었지만, 하루살이 특유의 반짝거림과 가벼움 또한 지니고 있었다. 스테파노는 돼지처럼 상스러운 인간이었다. 그는 나를 퇴화된 비정상적인 인간으로 여겼다. 우리는 상대방에 대해 인간쓰레기들의 상호적 존중을 보여 줬다.

드디어 프레디가 다시 나타났고, 내게 심각한 눈길을 보내다가 웃기 시작하더니, 아이처럼 열광하며 내 손을 쥐고 흔들었다.

프란체스코는 이 발주 소식을 접하고도 기대하던 흥분을 보이지 않았다. 그에게 물었다. 오르시니 가문의 영예를 드높이기에 좋은 방법이 아닌가? 깍지 낀 두 손 위에 턱을 고인 채로, 아직 젊은 그의 관자놀이께에 여기저기 생겨난 몇 가닥 잿빛 머리카락 덕분에 덜 우스꽝스러워 보이는 엄숙함을 보여 주며, 그가 성좌와 현 체제 사이의 관계가 미묘하다고 설명해 줬다. 서로가 서로를 필요로 하지만 필요가 사랑을 의미하지는 않는다. 파첼리 주교는 막 추기경에 임명되었는데, 이는 사람들의 눈에 이미 가장 높은 곳에 올라간 것으로 보이는 사람으로서는 거대한 한 걸음을 내딛은 셈이다. 내가 한 선택은 오르시니 가문의 충성 표현으로 검토되고 분석될 것이다. 그런데 오르시니 가문은 하느님에 대해서만 충성을 바친다. 그렇게 그가 일깨웠다.

나는 피에트라달바로 돌아가서 운영 방식을 수립했는데, 1년에 서너 번 로마로 이동하고 현장 방문도 그만큼 하는 것이 앞으로의 방식이 될 터였다. 작업의 대부분은 피에트라달바에서, 별항과 안나와 그리고 물론 비올라의 곁에서 행할 생각이었다. 내 오른팔이 된 미카엘은, 비밀스럽게라고 말하기는 그러하니 조심스럽게 두 공방의 관리를 맡았다. 그 시절에는 어두운 피부색을 지니고 있을 때가 키가 1미터 40센티미터일 때보다 권위를 세우기가 더 쉬웠다.

나는 팔레르모 부근에서 생산되는 회색 대리석 빌리에미세 덩어리를 배달받아, 넉 달 동안 세 개의 파스케스를 세밀하게, 하지만 각각 1미터 크기의 축소된 모델로 조각했다. 그 뒤 이 모형들과 함께 20미터짜리 파스케스 제작을 위해 어떻게 원석을 절단해야 하는지에 관한 지침을 로마로 보냈고, 지침대로 절단된 원석은 수습공들이 애벌 깎기를 하게 될 터였다. 그러는 동안 야코포는 프란체스코를 통해 우리에게 들어오는 주문들을 전부 도맡았다. 예전에는 그런 주문들이 벌이가 되는 것으로 보였지만, 밑그림만으로도 루이지 프레디를 매혹했던 나의 파스케스들을 기점으로 전례 없는 사업 번창의 시기가 도래하게 되었다. 10월부터 신문에는 대단히 파괴적인 금융 위기에 관한 기사만 줄곧 실렸던 만큼 나의 사업 번창은 더더욱 부적절했는데, 어쨌든 금융 위기는 오르시니 가문에 영향을 주지 못하는 듯했고, 세속 혹은 종교계에 있는 나의 발주자들에게는 더더욱 그랬다.

나는 오랜 시간 과수원을 산책하곤 했는데, 그때마다 꾸준히 비올라와 만났다. 1930년에 비올라는 몇 달 동안 자리를 비웠는데, 밀라노에 체류하며 가임 능력을 끌어 올리기 위한 치료를 장기간 받았다. 비올라는 눈가가 거무스레 무리지고 체중은 10킬로그램 불어난 모습으로 돌아왔는데, 늘어난 체중은 길쭉한 몸 전체에 골고루 자리 잡지 못했다. 1930년 말, 비올라는 다시 그 어느 때보다도 날씬해졌는데, 커다란 두 눈이 동공을 물들인 느른한 보랏빛으로 강조되어 나의 어머니와 흡사해졌다.

비올라는 파스케스를 제작한다는, 아니 내가 루이지 프레디에게 협조한다는 소식에 프란체스코만큼이나 떨떠름한 표정을 지었다. 비올라는 파시스트 체제의 정치를 세세하게 꿰고 있었고 그러한 정치를 거부했다. 후작이 뇌졸중으로 쓰러지고 나서 신문을 읽을 수 없게 되자 피에트라에서는 『코리에레』지 구독이 중단되었고, 몰래 비올라에게 신문을 공급하려고 내가 구독해야만 했다. 나는 비올라가 노발대발할 새로운 이유를 매일 가져다주었으니, 그 일을 함으로써 스스로의 명분을 깎아내리는 셈이었다. 하지만 고백하지 않을 수 없는데, 들끓는 상태가 지속되던 예전에 그랬듯이, 그 눈에 불길이 활활 타오르고 그 입이 앙다물리는 등 격분해서 혹은 안달해서 슬슬 끓어오르는 상태를 보는 게 좋았다. 따라서 나는 팔레르모의 계획을 거론할 때마다 경멸이 어린 그 시선을 감수했다. 가끔은 말다툼이 터졌다.

「팔레르모 건 다음에 그 개자식들을 위해서 더 이상 일하지 않는다면…….」

「그들 모두가 개자식이지는 않아. 오히려 그와는 거리가 멀지. 이번 정부는 일을 아주 잘하고 있어.」

「그렇고 말고, 자신에게 반대하는 사람들을 살해한다든가.」

「네가 말하는 대상이 마테오티라면, 그건 오래된 이야기고, 입증된 건 아무것도 없잖아. 내가 틀린 게 아니라면, 1919년에 폭동이 발생했을 때에는 그들이 네 집안을 곤경에서 구해 줬다고 아주 만족하지 않았던가?」

우리는 몇 주 동안 서로 보지 않았다. 그러고 나면 서로 상대방에게로, 그러니까 비올라는 공방으로, 나는 저택으로, 그럭저럭 그럴싸한 구실을 내세워 어슬렁거리며 찾아갔고, 그러고는 다시 이전처럼 시작했다. 두 달마다 오르시니 저택에서 만찬이 개최되었고, 그 자리에서 그 가문의 사회적 성장을 가늠할 수 있었다. 점점 더 영향력 있는 정부 측 인사들이 그곳에 모습을 나타냈다. 프란체스코도 참석했지만 말은 거의 하지 않았다. 식탁이 추기경의 자주색 사제복으로 꽉 차서 서로 뒤질세라 하느님을 찬양했지만, 통속적이긴 하나 그 중요성이 하느님 못지않은 사업에 대한 논의 역시 절대 빠지지 않는 저녁 만찬이 여러 차례 있었다. 리날도 캄파나는 가끔 모습을 비쳤는데, 가능한 한 내게서 멀리 떨어진 곳에 앉았다. 비올라는 남편을 보기가 힘들었는데, 그는 자주 미국 출장으로 바빴고 수없는 그 모든 약속에도 불구하고 여전히 비올라를 그곳으로 데려간 적이 없었다. 커피를 내오자마자 두 사람은 스테파노의 놀려 대는 시선을 받으며 내 가장 친한 친구의 가임 능력을 시험하기 위해 먼저 자리를 떴고, 나는 토하고 싶어졌다.

1929년 말에 무솔리니 정권은 이탈리아 왕립 아카데미를 창설하고 1930년에 그 원장직을 굴리엘모 마르코니에게 맡겼다. 마르코니는 발언했다. 〈무솔리니가 이탈리아의 위대함을 위해 정치 분야에서 국가의 건강한 에너지를 한 다발로 묶어 낼 필요성을 최초로 알아봤듯이, 나는 무선 전신 분야에서 최초의 파시스트였다는, 그러니까 전자 빔을 한 다발로 묶어 내는 일의 유용성을 알아본 최초의 파시스트였다는 명예를 요구한다.〉 내가 아직도 이 구절을 기억하는 것은 비올라와 말다툼을 벌일 때 느물거리며 써먹기 위해 암기했기 때문이다. 과학과 발전과 속도를 사랑하는 비올라는 마르코니를 부정할 수 없었다. 그리고 만약 파시즘이 마르코니에게 상당히 좋은 거였다면 그건 내게도 그랬으니, 루이지 프레디가 귀띔해 준 바에 따르면 나의 이름은 왕립 아카데미의 잠재적 후보로 거론되었고, 스물여섯 살인 내가 아직 너무 젊기는 하지만 쥐고 있는 카드들을 잘 놀린다면 어느 날엔가는 그들이 나를 그곳에 합류하라고 초청할 터였으니 더더욱 그랬다. 나를, 그토록 작은 나를.

비올라는 평소처럼 발언할 때 조심성을 발휘해 나는 멍청이이고 마르코니는 얼간이임을, 그리고 우리 둘이 합해서 민족의 집단 지성을 깎아 먹고 있음을 알려 줬다. 무솔리니는 오로지 린체이 아카데미[40]와 경쟁하기 위해서 왕립 아카데미를 창설했을 뿐이다. 3세기 앞서 세워졌고 무솔리니조차 감히 해체하지 못하는 그 기관에는 아인슈타인이라는 사람을 비롯해 세계에서 가장 영리한 사람들이 모여 있다. 스라소니들은 지적이며 파시스트적인 데라고는 손톱만큼도 없다. 나는 얼굴이 벌게지도록 화가 나서 석 달 동안 비올라를 피했다. 그러다가 팔레르모에 홍수가 발생해서 1931년 2월 21일, 팔라초 델레 포스테 공사 현장이 물에 잠겼다. 하마터면 그로 인해 우리가 작업을 마치고 배송까지 완료하여 세우기 시작한 첫 번째 파스케스가 무너질 뻔했다. 얼마 안 돼, 심하게 바람이 불던 어느 날 기중기가 쓰러졌다. 기중기는 옆 건물을 덮쳤고, 그로 인해 미신을 믿는 나의 기질이 되살아났다. 비올라는 그런 쉬운 무기를 사용하고 싶은 마음과 어떤 형태를

---

40 Accademia dei Lincei. 〈스라소니처럼 눈이 밝은 자들의 아카데미〉라는 의미. 일명 스라소니 아카데미라고도 하며, 이 과학 아카데미의 학자들을 스라소니라고 부르기도 한다.

띤 것이든 비이성적인 믿음에 대한 경멸 사이에서 갈팡질팡하는 모습을 보였다. 그 양극단 사이에서 그녀의 두뇌는 작동이 정지됐고, 비올라는 1934년의 개관식 때까지는 더 이상그 현장에 대해 언급하지 않았다.

물론 다른 여자들도 있었다. 마치 그 문제가 중요하기라도한 듯이 종종 질문들을 하니까. 나는 그 여자들을 로마와 팔레르모로 출장을 갈 때 만났지만, 그런 권태로운 육체적 관계중 언급될 만한 가치가 있는 건 전혀 없다. 작업이 내 시간의대부분을 차지했고, 비올라가 나머지 시간을 차지했다.

우리 사이의 다툼이 없었다면, 어쩌면 나는 비올라가 변화해 가는 모습을 보지 못했으리라. 은밀히 진행되는 마모를 받아들였을 테고, 돈 안셀모가 대머리이고 안나가 통통한 것처럼 비올라도 늘 그랬다는 인상을 받았을지도 모른다. 싸운 뒤떨어져 있곤 하는 바람에 비올라를 다시 만났을 때 정신을 딴데 파는 일이 점점 더 많아진다는 걸 알아차렸다. 비올라는종종 마치 긴 잠에서 깨어난 듯이 소스라치며, 무슨 질문을했는지 되묻곤 했다. 밀라노에서 받은 치료가 실패로 돌아가고, 그 뒤를 이어 다른 여러 가지 치료가 진행됨에 따라서 비올라의 몸무게와 눈가의 그늘이 들쭉날쭉해졌지만, 비올라는 젊은 나뭇가지의 예리함을, 비록 조금 더 마모된 상태로이긴 했지만 늘 되찾았다. 캄파나는 주말을 보내러 점점 더 자주 왔는데, 밀라노 출신으로 엉덩이가 널찍한 자신의 여동생과 그녀가 낳은 두 살부터 여섯 살 사이의 사내아이 셋을 달고 왔다. 그가 털어놓은 — 우리가 시가를 피우려고 식사 자리에서 물러났을 때 어쨌든 스스로 말한 — 그런 행위의 목적은 아내에게 본보기를 보여 주고 완벽한 행복의 모델을 눈 밑에 들이밀어 결국에는 〈쓸쓸한 배〉에 자극을 주는 것이었다. 그가 그런 표현을 했던 저녁 새로운 싸움이 벌어지지 않은 이유는 오로지 프란체스코가 자리에 있어서였다. 비록 점점 더 시들하기는 했지만 남편이 달마다 공략했는데도 비올라의 배는 절망적으로 납작한 채였다. 1930년대 중반에는 아직 이르지 못한 어느 해의 어느 날, 비올라는 자기네 부부가 아이 갖는 일을 포기했다고 알렸다. 몇몇 의사들의 소견대로라면 비올라는 추락하면서 아마도 돌이킬 수 없는 손상을 입은 것 같았다. 그날부터 캄파나는 호감과는 점점 더 먼 존재가 되었는데, 적어도 내게는 그렇게 보였다. 그래도 그의 여동생은 꼬박꼬박 1년에 서너 차례 오르시니 저택에 체류했다. 그때부터는 비올라가 무엇을 놓쳤는지를 깨우쳐 주려는 게 목적이었다. 그 사내아이 셋이 버르장머리 없고 어리석고 참아 주기 힘들었던 만큼, 효과가 의심스러운 전략이었지만.

파스케스들을 제작하여 넘겨주자 관공서에서 새로운 주문이 밀려들었다. 고대 로마 시대에 집정관의 경호를 담당하는 수행관들은 도끼의 자루 부분을 가느다란 나무 막대들로 둘러싼 파스케스를 들었는데, 이는 수행관들의 권위 및 수행관들이 가할 수 있는 두 가지 유형의 처벌, 하나는 혹독하다면 또 다른 하나는 치명적인 처벌을 상징했다. 역광에서 바라보거나 혹은 그 그림자를 살펴 윤곽만으로도 파스케스임을 알아볼 수 있는데, 나는 바로 그 윤곽만을 살려서 파스케스를 제작했다. 도끼와 막대들 사이에 더는 분명한 구분을 두지 않고 그저 거대한 형체만, 강력하나 차분하여 언제 그 분노가 터질지 예측할 수 없는 권력의 상징만을 담았다. 현대적이라는 말에 뭔가 의미가 있다면, 그 작품이 과감하게 현대적인 나의 유일한 작품이었다. 파스케스들은 건물의 오른쪽에 세워졌다. 그 작품은 찬사와 박수와 칭찬을 받았고, 오늘날, 내가 이 세상을 뜨려고 하는 지금 그것들은 이 세상에 존재하지 않는데, 그것은 순전히 나의 잘못이다. 그로부터 몇 년 뒤, 그 작품을 만든 내가 이번에도 부주의로 인해 그것을 사라지게 했다.

팔레르모에서 돌아오자 오르시니 가문은 **나에게 경의를 표하고자** 만찬을 준비했다. 15년 전 엉덩이를 내놓고 채찍질을 당했던 사내아이의 복수는 완벽했다. 그때부터 프란체스코는 정권의 고위직 인사들이 초대받는 만찬도 포함해 모든 중요한 식사 자리에 참석했다. 결국 두체가 바티칸에 대한 교황의 통치권과 가톨릭을 국교로 인정하면서 비오 11세는 실제로 두체와 화해하였다. 마르코니는 비오 11세에게 교황의 최초 라디오 방송을 선사했고, 덕분에 그의 목소리는 전 세계로 울려 퍼졌다. 나는 최고의 의상을 입고 손목에는 카르티에 시계를 차고 만찬에 갔다. 나는 내가 가진 가장 좋은 것을 착용했는데, 정말이지 절망스럽게도 하나같이 프랑스에서 왔으니, 이 시절만 해도 이탈리아는 유행에 있어서 할 수 있는 게 별로 없었다. 별항과 다투는 일은 거의 없었지만 카르티에 때문에 잠깐 실랑이가 있었는데, 내가 선사한 시계의 호사로움에 그가 당혹스러워해서였다. 별항은 그에게 가장 관심 있는 시간인 나무의 시간은 그런 도구로 잴 수 없는 만큼, 그 시계로 뭘 해야 할지 모르겠다면서 내게 돌려줬다. 나는 별항을 시골뜨기로 취급했다.

캄파나는 만찬에 참석했는데, 허리띠 위로 비어져 나온 배 때문에 식탁과 거리가 생겼다. 푸석한 살이 허물어져 내리는 중인 얼굴은 늘 궁지에 몰린 늑대처럼 광채가 어린 그의 눈빛과도, 입고 있는 최고급 의상과도 대조를 이뤘다. 그는 저녁 내내 자신이 최근에 거둔 성공을 자랑했고, 곧 이탈리아의 셜리 템플이 될 미란다 보난세아라는 여자아이를 발굴했으며 사람들이 이제껏 영화 산업에서 본 건 본 것도 아니라고 말했다. 그는 이제는 자신의 직업인 형사 변호인 일을 거의 하지 않았고, 사람들의 이목을 끄는 소송에서 결과가 보장됐을 때 보여 주기식 효과를 노려 요란하게 등장했다. 결과가 보장되지 못했다면 이거라도 먹여서, 그가 웃으며 엄지와 검지를 비벼 대면서 그렇게 밝혔는데, 그리 되도록 신경 썼다. 비올라는 다른 데 정신을 판 채 예의 바르게 웃었다. 나는 비올라를 마구 흔들어 정신 차리게 하고 싶은 욕망으로 죽을 지경이었다. 캄파나가 스칼라 극장에 자신의 박스 좌석이 있다며, 늦어도 다음 주 전에 그곳으로 자신의 친구 더글러스(페어뱅크스)를 데리고 갈 거라고 말했을 때, 나는 그저 그가 난처해지는 꼴을 보고 싶어서 이런 말을 뱉었다.

「나도 오페라에 가보고 싶군.」

「저도요.」 곧 비올라도 덧붙였다.

캄파나는 어색한 미소를 지었고, 다음 주에 자기 친구 아르투로(토스카니니)가 「투란도트」를 지휘할 때 우리도 오라고 초대하지 않을 수 없었다. 식탁 상석에 있던 후작이 뭐라고 웅얼댔고, 그 알아들을 수 없는 말로 그가 무슨 말을 하고 싶어 하는지는 아무도 몰랐다. 그는 아내와 함께 늘 그런 만찬을 상석에서 주재했는데, 간병인이 그의 입에 넣어 주는 족족 다시 떨어지는 모든 것을 닦아 내고 주워 담으며 옆에서 보살폈다. 지난해에 다시 뇌졸중 발작을 겪으면서 신체 기능이 더욱 저하되었다. 오로지 끊임없이 움직이는 그의 시선만이, 간병인의 드러난 가슴에 종종 가서 꽂히는 시선만이 그렇게 죽어 있는 껍데기 안에 아직 멀쩡한 생명력이 있음을 암시했다.

6일 뒤, 우리는 밀라노에 가 있었다. 캄파나가 친구들을 초대한지라 박스 좌석이 가득 찼다. 그는 비올라와 자신의 비서인 자그마한 금발 머리 여자 사이에 앉았는데, 그 여자가 비서 일만 보는 게 아니라는 것은 그 둘이 거의 숨기지도 않고 추파를 교환하는 것을 보고 즉각 깨달았다. 비올라는 미소로 벽을 치고 똑바로 앞만 보고 있었다. 오페라가 시작되었고, 줄거리가 우스꽝스럽다고 말하는 것은 과장이 아니었다. 중

국의 잔인한 공주, 수수께끼, 자신의 하녀가 자신을 사랑한다
는 사실조차 깨닫지 못하는 한심한 남자. 비올라 뒤에 앉아
있던 나는 몸을 숙여 귀에 속삭였다.

「10분도 못 버티겠는걸.」

정확히 10분 뒤, 류가 칼라프라는 그 멍청이에게 자신의 사
랑을 고백할 때 나는 눈물을 흘렸다. 나는 비올라의 뒤통수만
보고도 그녀 역시 이탈리아의 천재 음악가 앞에서 눈물을 흘
리고 있다는 사실을 알아차릴 수 있을 만큼 비올라를 잘 알았
다. 어둠을 틈타 캄파나는 바로 내 눈앞에서 옆에 앉은 비서
의 엉덩이에 재빨리 손을 갖다 댔다. 무대에서는 칼라프가
「네순 도르마」를 부르고 있었다. 나는 자세를 고쳐 앉는 척하
면서 그의 등을 무릎으로 쳤고 천사 같은 미소로 사과했다.

극장을 나오니 부슬비가 1935년 초반의 날들과 밀라노의
거리를 울적하게 적셨다. 캄파나는 아내에게 피곤해 보인다
고 일깨우며 자신은 마지막 한 잔을 마시며 사업 이야기를 하
러 갈 테니 먼저 귀가하라고 권했다. 내가 데려다주겠다고 제
안했고, 그 제안이 아보카토를 불편하게 하는 것 같지는 않았
다. 그는 나를 위협으로 보지 않았다 — 그 점에 대해 내가 안
도해야 하는 건지 아니면 성을 내야 하는 건지 알지 못했다.

집으로 돌아가던 길에 운전사에게 차를 멈추라고 명령하
고 문을 열었다.

「갑자기 왜 그러는데?」 비올라가 물었다. 「여기가 어딘데?」

「나도 정확히는 몰라. 하지만 분명 제대로 찾아온 걸 거야.」

「뭘 하려고?」

「진탕 마시려고.」

비올라는 과음을 좋아한 적이 없었다. 하지만 나를 따라왔다. 나는 피렌체에서 발달시키고 로마에서 버린 본능을 발휘해 타일 바닥과 양철 카운터로 된 암초를 금방 찾아냈고 그곳에 이 도시의 난파당한 모든 자가 매달려 있었다. 자동차 정비소와 오래전 폐업한 세탁소 사이에 끼어 있는, 셔터를 반쯤 내린 선술집. 비올라는 입술에 묻히는 정도로 찔끔찔끔 한 잔을 마셨고, 두 번째 잔과 세 번째 잔도 내켜하지 않으며 마셨고, 네 번째 잔은 스스로 주문했고, 그 나머지 잔들은 그 밤의 분위기에 속했다. 잠깐 동안 모든 것이 다시 예전처럼, 조각하는 미모와 하늘을 나는 비올라로 돌아갔고, 새벽 3시경에 곤죽이 되도록 취한 비올라가 한 일은 바로 카운터에 올라 단한 번도 바다를 본 적 없는 뱃사람 무리의 폭신한 팔을 향해 몸을 던지는 거였다.

그다음 날 캄파나가 불평을 늘어놓으려고 오르시니 집안 사람들을 불러 모았다. 비올라가 나의 잘못으로 이틀 동안이나 앓았다. 그는 나를 〈퇴화한 난쟁이〉로 취급했고, 이 말은 스테파노가 환한 얼굴로 재빨리 내게 옮겨 줬다. 그 퇴화한 난쟁이는 비웃으며 벌써 다시 출장길에 올랐다. 1935년이 시작되면서 나는 향후 5년은 꽉 채울 주문을 줄줄이 받았다. 파첼리 추기경은 자신과 마찬가지로 역시 추기경인 친구에게 성인상을 선물하고 싶어 했다. 나의 전부를 그이에게 빚지고 있는 만큼 싫다고 답하는 것은 불가능했다. 그는 프란체스코를 통해 어떤 성인을 고를지는 내게 맡기면서 단지 〈감상자의 눈높이에 맞추고〉, 〈너무 실험적인 시도는 자제하라〉고 충고했다. 몇 가지 개인적인 의뢰가 거기에 더해졌고, 로마에 팔라초 델라 치빌타 이탈리아나를 건립하는 일을 맡은 건축가 중 한 명이 1층에 필요한 40여 개의 조각 중 열 개를 내게 주문했다. 여전히 파시스트 정권이 품었던 야망의 상징물로 기능하는 그 건물의 모형에 나는 매혹당했다. 6층짜리 백색의 거대한 정육면체 건물로, 각 층마다 아홉 개의 아치가 뚫려 있었다(베니토Benito라는 이름의 글자 수인 여섯과 무솔리니Mussolini라는 성의 글자 수인 아홉이라는 이야기가 훗날 전설처럼 떠돌게 된다). 나는 즉시 의뢰를 받아들였다. 그 조각들은 완성되지 못하나, 이번에야말로 그 일에 나의 책임은 조금도 없을 터이다. 끝으로 포를리의 항공 학교 정원을 꾸미는 일과 관련하여 주문을 받았다. 아에로피투라[41] 예술의 훌륭한 예시인 그곳 벽을 장식한 모자이크를 볼 때마다 늘 비올라가 생각났다.

봄이 저물어 갈 무렵, 정말이지 모든 재정적 근심을 털어 버리고 나서 피에트라달바로 돌아갔다. 나는 자본주의의 기묘한 방정식을 풀었는데, 그것은 곧 주문을 적게 받아야지 그

---

41 aeropittura. 비행 경험과 회화를 결합한 전위적 회화 운동으로, 1920년대 이탈리아에서 탄생.

것들을 엄청난 가격으로 팔 수 있다는 거였다. 작품을 적게 만들수록 더욱 부유해졌다. 비올라는 이런 식이면 내가 일을 하지 않고서도 돈을 벌 수 있을 거라는 의견을 내놨다. 그 생각은 비올라의 마음에 들었으니, 파시스트들에게 돈을 받고 그 대가로 뭔가를 주지 않아도 되면 내가 그들을 벗겨 먹는 셈일 테니까. 나는 비올라에게 내가 파시스트들만을 위해 일하는 건 아니라고, 게다가 그들은 내게 아무 짓도 하지 않았다고 지적했다. 비올라는 독일 내 유대인 문제를 거론하고 여러 도시들과 사람들의 이름을 읊어 대고 이런저런 장소들과 살인들, 내 눈앞에 있지만 내가 보지 않는 편을 택하고 만 그모든 것에 대해 말했는데, 그로 인해 그 몇 해를 수놓았던 수많은 다툼에 또 다른 다툼을 하나 더 보탰다. 우리의 불만은 훌륭한 우주적 쌍둥이답게 완벽한 대칭을 이뤘다. 비올라는 내가 새로운 세계의 탄생에 참여한다고, 그 세계의 주요 행위자들 가운데 한 명이라고 비난했다. 그리고 나는 비올라가 정확히 그와 반대라서 그녀를 비난했다. 어느 날 관객 앞에서 비틀거렸다는 핑계를 대고 무대를 떠났다고.

1935년 7월, 정확히 1930년대의 중앙에 접어들었을 때 피에트라달바는 여름 아침의 열기를 느끼며 잠에서 깼다. 더위에 바싹 타버린 휴경지, 죽어 가는 오렌지나무들, 돌, 수도 없이 스치는 바람에 돌에 배어 버려서 전보다는 덜하지만 여전히 떠도는 네롤리 향 등 모든 것이 평소와 다름없어 보였다. 그리고 물론, 밀려드는 그 장밋빛도 있었으니, 그것이 없었더라면 피에트라는 결코 달바는 되지 못했으리라.[42] 조밀한 공기가 일렁이며 고약한 여름날의 찌는 듯한 더위를 예고했으니, 모든 움직임이 멈춘 듯하고 우리가 작업하는 대리석조차 그 선선함을 보존하는 데 애를 먹는 그런 시간이었다.

  갑자기 소란이, 우리 마을이 겪어 본 적 없고 앞으로도 겪을 일 없는 그런 왁자지껄함이 터져 나왔다. 감발레 소유의

  ───────────────

  42 피에트라pietra는 돌, 달바d'alba는 새벽이나 동틀 무렵을 의미.

밭을 향해 움직이는 먼지구름, 오르시니 가문의 호수에서 그
들의 소유지에 이르는 2킬로미터 거리에 우글대는 검은 점
들. 다섯 대의 트럭이 차축이 삐걱대는 소리를 내면서 큰길을
지나가는데, 그중 앞쪽 세 대에는 수도관, 코일 보빈, 양철통
이 가득 실려 있었고 나머지 두 대에는 일꾼들과 파시스트 행
동대원들이 타고 있었다. 그들은 무시무시한 소음을 일으키
며 명령과 지시가 난무하는 가운데 도로와 길로 흩어졌다. 군
인이라면 그 누구라도 이 표면적 혼돈 밑에 군사 작전이 존재
함을 간파했으리라.

인내의 몇 해를 보내고 난 뒤, 스테파노 오르시니가 자신의
졸들을 진격시켰다.

3주가 채 걸리지 않아 수도관이 감발레 소유의 밭을 가로
질렀다. 수도관의 한끝은 호수와 연결되고 다른 한끝은 저수
조로 연결되어 그 안으로 물을 쏟아 냈는데, 이 저수조는 물
을 저장할 용도로 오르시니 저택 뒤쪽 숲의 약간 고지대에 만
들어 놓은 터라 경사로를 따라 자연스럽게 밭에 물을 댔다.
파시스트 행동대원들은 작업이 순조롭게 진행되는지 감독했
고 밤이면 보초를 섰는데, 이는 거의 형식에 그쳤다. 스테파
노는 짐승 같은 인간이었지만 내가 생각했던 것처럼 어리석
지는 않았다. 행동대원들은 그가 어떤 사람인지, 그의 뒤에
누가 버티고 있는지를 환기하는 역할만 했다. 메시지는 명확
하게 전달되었다. 감발레 집안에서는 분노했지만 단 한 명도

410

감히 항의하지 못했다. 그 누구도 마테오티 의원처럼, 석간신문에 실린 사진에서마저 악취를 느낄 정도의 모습으로 생을 마감하고 싶어 하지는 않았다. 마지막 주는 호수 근처에 펌프를 설치하고 오르시니 저택에 공급되는 전기를 끌어 쓸 수 있게 해줄 긴 전선을 설치하는 데 쓰였다. 스테파노의 성공은 소박한 것이 아니었다. 그는 밭 한가운데에 분수를 설치하게 했는데, 그저 그 일을 할 능력이 있어서였다. 내 밑의 수습공들이 야코포의 지휘를 받아서 분수대의 조각을 완성했다. 일이 있어 로마에 묶여 있는 프란체스코를 제외한 오르시니 가문의 구성원들과 잠시 그곳에 머물던 친구 몇몇이 모여서 작은 축하연을 열었다. 스테파노는 아버지를 돌보는 젊은 여성 시모나를 손짓으로 내몰고 가장이 탄 휠체어의 손잡이를 손수 잡았다. 65세임에도 후작은 그렇게 늙지는 않았으나, 두 차례 발생한 뇌졸중으로 서서히 무대에서 지워지고 있었다. 스테파노는 저택 쪽으로 휠체어의 방향을 튼 뒤 계단식 정원의 가장 높은 층까지 아버지를 밀고 가, 그곳에서 과수원을 향해 돌려세웠다. 분수가 나무들 사이로 솟아올랐고, 이전에는 돌과 먼지만 가득했던 바로 그곳에서 이제는 황혼 녘의 빛을 받으며 포멜로와 복숭아의 광채가 춤을 췄다.

「비르질리오라 하더라도 이 모든 일을 해내지는 못했겠죠, 안 그래요?」

두 줄기 눈물이 후작의 뺨 위로 흘러내렸다. 그가 우는 이유가 기쁨 때문인지, 만신창이가 되어 세상을 뜬 아들 때문인지, 혹은 그저 더는 눈을 끔뻑거릴 수가 없어서인지는 알 수 없었다. 시모나가 후작의 뺨을 닦아 주면서, 이 나라의 권력자 중 한 명이 쇠락의 순간에 몸을 맡기는 장면이 연출된, 정말이지 거북한 그 사건에 종지부를 찍었다.

9월이 되자, 살아남은 오렌지나무와 레몬나무들이 벌써 새로운 활력의 징후들을 보여 줬다. 제노바의 종묘장에서 적재물이 도착했다. 죽거나 손상되었거나 병든 수백 그루의 나무들이 교체되었다. 은밀한 기쁨이 밭과 고랑과 도랑과 거리를 내달려 마을의 작은 광장에서 소용돌이치며 하루 종일 그걸 들이마신 주민들을 취하게 했다. 자발적인 축제가 여기저기에서 벌어졌다. 우리는 강력한 적인 태양을 상대로, 그리고 어느 정도는 감발레 집안의 그 개자식들을 상대로 전쟁에서 이겼다. 하지만 그 기쁨은 공방에 도달하기도 전에 사라졌다. 추분이 지난 직후, 채석장들을 한 바퀴 돌아보고 왔더니 집에 불이 꺼져 있었고 난로는 차갑게 식은 상태였다. 아무런 소리도 들리지 않았고, 별항을 불러 봐도 대답이 없었다.

담요를 둘러쓰고 공방 한가운데에 앉아 있는 별항을 찾아냈는데, 두 뺨이 며칠 동안 깎지 않은 수염으로 덮여 있었다. 술과 담배가 뒤섞인 냄새를 풍기는 그는 차갑게 식은 파이프를 손에 들고 있었다. 두 눈이 열기로 번뜩였는데, 이마에 진땀이 흐르는 건 아니었다. 깜짝 놀란 나는 즉각 어린아이들을 떠올렸는데, 사실 열두 살과 열 살이니 더는 그렇게 어리지 않았다.

「무슨 일이야? 안나는 어디 있는데?」

「떠났어.」

「떠나? 어디로 떠나?」

「제노바 쪽에 사는 사촌네로.」

「아니, 미리 아무런 말도 안 하고 그렇게 떠났다고?」

안나가 예고도 없이 떠난 건 아니었다. 두 사람은 오랫동안 그 문제에 대해, 사람들이 그 무엇으로도 떼어 놓을 수 없을 거라고 생각했던 두 존재 사이에서 점점 커져 가는 그 구렁에 대해 이야기를 나눠 왔다. 살다 보니 어느 결에 피부밑에 박혔지만 사람들이 무시하는 ― 누가 가시 하나 박혔다고 걱정하는가? ― 가시들, 하지만 어느 날 보면 곪게 하는 그런 가시들에 대해. 안나는 세상이 변하는 걸 보았고 더 많은 것을 원했다. 그녀는 별항이 야망이 없다고 비난했다. 사흘 전에 별항이 이웃 마을에 물건을 가져다주고 돌아와 보니 집이 텅 비어 있었다. 안나가 바로 그날 저녁에 전화로 자신이 어디 있는지 설명했고 두 사람은 땅바닥에 지쳐 쓰러진 전투원들처럼 진이 빠져 아무런 적의도 없이 이야기를 나눴다. 안나로서는 잠시 떨어져 있는 것이, 도시의 활기가 필요했다. 사보나 근처에, 피에트라와는 겨우 한 시간 거리에 숙소를 구할 생각이다. 별항은 마음 내키는 대로 초초와 마리아를 만날 수 있고 그가 원한다면 며칠 동안 아이들을 집으로 데리고 가도 된다……

「너도 내게 야망이 없다고 생각해, 미모? 하지만 난 충분히

413

돈을 버는데. 물론 우리 둘을 비교한다면야 아니겠지만……」

나는 갑자기 내가 입고 있는 운동복 바지와 리넨 윗도리와 손목에 차고 있는 가격을 매길 수 없을 만큼 비싼 손목시계가 원망스러웠다. 그리고 스스로가 원망스러웠기 때문에 안나와 말을 해보려고 제노바로 태워다 달라고 했다. 안나가 나를 맞아 줬는데 그녀는 두 뺨이 평소보다 덜 장밋빛인 반면 초초와 마리아는 반가워서 난리법석을 떨었다. 안나가 아이들을 내쫓고 내게 커피를 내주면서 부엌에, 사람들이 지나다니는 길로 나 있는 작은 공간에 나와 함께 자리 잡았다. 안나에게는 시간이 많지 않았고, 사촌들이 곧 돌아올 테고, 그곳은 그녀의 집이 아니다. 나는 안나의 마음을 돌려놓기 위해서 있는 재주 없는 재주를 몽땅 꺼내어 펼쳐 놓았고, 15년 전에 우리가 함께 했던 모험과 비밀 모임, 아직 젊었던 두 사람의 육체가 서로를 향해 다가가게 했고 모든 밤이 첫날밤 같았던 시절에 별항과의 만남을 떠올리게 했다. 내가 떠들어 댈수록 안나는 입을 굳게 다물었다. 결국 안나가 한숨을 내쉬었다.

「미모, 넌 상류층 친구들과 함께 이 도시에서 저 도시로 오가다가, 우리가 널 필요로 한다는 생각이 들면 돌아와서 조언을 늘어놓잖아. 그게 잘하는 일이라고 생각해서 그런다는 건 알아. 하지만 한 가지는 말해 둘게. 넌 우리에 대해서 아무것도 몰라. 겨울에 피에트라달바에서 보내는 생활에 대해서도. 넌 너무 오래전에 이곳을 떠났지. 난 아이들이 있고, 아이들을 위해서 그곳에 처박힌 삶 말고 다른 것을 원해. 세상은 변하고 있고, 나는 아이들이 그런 변화에서 비켜선 채 살아가게 내버려두지 않을 거야.」

사람들이 나의 성공을 비난할 때마다 그랬듯이 나는 분노가 치밀어 오름을 느꼈다. 나는 돈이 있다, 그래서? 마치 그 돈을 내가 벌지 않기라도 한 것처럼! 마치 내가 그걸 누릴 자격이 없기라도 하다는 듯이! 변한 건 내가 아니고 다른 사람들의 시선이다.

「어쨌든 난 너희 둘을 좀 알잖아.」 뾰로통해진 내가 지적했다.

「아, 그래? 비토리오는 별항이라고 불리는 걸 싫어하면서도 감히 네게 그런 말을 못 했다는 건 알았고?」

패배한 나는 집으로 돌아오면서 다시는 다른 사람들 일에 끼어들지 않겠다고 결심했다. 그러고는 바로 다음 날 또다시 그런 일을 시작했는데, 비올라를 데리고 들판으로 산책 가려고 저택에 들렀다가 몸이 안 좋다는 대답을 듣고서였다. 나는 그다음 날 또 찾아갔고 또 같은 대답을 듣고서는 하녀를 통해 쪽지를 전달했다. **내가 네 방으로 올라가게 하지 마.** 나는 비올라가 거짓말을 할 때마다 알아채곤 했다. 하녀가 몇 분 뒤 다시 나타났다. 그녀는 초록색의 아름다운 글씨체로 적힌 쪽지를 내게 건넸다. **공방으로 갈게.**

비올라는 오후가 한창인 때, 파첼리 추기경에게 보낼 프란체스코 성인상을 마지막으로 다듬고 있을 때 나타났다. 그녀의 형체가 문틀을 배경으로 잠깐 선명히 드러났고, 그러고는 그녀가 지팡이를 짚고서 걸어왔다. 비올라는 지팡이에 점점 덜 의존했지만 추운 날이면 그것 없이 지내기는 힘들었다. 우리는 생일을 일주일 앞두고 있었지만, 비올라는 오래전부터 더 이상 생일을 축하하지 않았다. 그녀는 며칠 지나면 서른 살이 되었다.

비올라는 머리를 비단 스카프로 감쌌고 화장을 했다. 나는 다시 프란체스코 성인을 향하고는 한마디 말도 없이 돋을새 김한 그의 뺨에 연마 작업을 다시 시작했다.

「미모?」

내가 아무런 대답을 하지 않자 비올라가 그늘진 곳 가장자리까지 다가왔다. 내가 작년에 북쪽에 뚫게 한 천창 덕분에 빛의 섬이 생겨났고, 나는 그곳에서 조각을 했다.

「누가 그랬어?」 내가 물었다.

비올라가 소스라치더니 뺨에 손을 갖다 댔다.

「어떻게 알았어?」

「내가 천 번은 얘기했겠다, 비올라. 난 이제 열두 살이 아니야. 그리고 짐승 같은 놈들을 겪어 봤지. 그중 몇 놈은 내 친구이기도 했고.」

비올라가 느릿느릿 스카프를 풀었다. 뺨에 어른거리는 푸른빛은 얼굴에 바른 파운데이션을 뚫고서 여전히 드러났다.

「캄파나지, 안 그래?」

「그이 잘못은 아냐.」

비올라는 들판으로 난 문을 통해 밖으로 나가서, 내 공방

맞은편에 있는 별항의 공방에서 사용하려고 자른 나무의 둥치에 앉았다. 나는 리넨 윗도리를 꿰어 입고서 비올라의 뒤를 따랐다.

「먼저 때린 사람은 나야, 네가 속속들이 알고 싶어 하니까 말할게. 우리는 다퉜어. 그 사람이 정부들을 달고서 대중 앞에 모습을 드러낸다는 건 생각만으로도 참을 수 없어. 그 사람에게 정부가 있는 건 상관없어. 그 사람이 원하는 걸 줄 수 없었다는 걸 잘 알고 있으니까. 하지만 내게도 존중받을 권리는 있어.」

「그 자식 어디 있는데?」

「오늘 아침에 밀라노로 떠났어. 미안해하더라.」

나는 벌떡 일어섰다.

「그 개자식을 죽여 버리겠어.」

비올라의 손이 내 팔을 쥐었는데, 예상하지 못한 힘이었다.

「난 스스로를 방어할 만큼 자랐어.」

비올라는 나를 잡아당겨서 다시 자리에 앉혔다.

「내 말 믿어. 그 사람을 죽이고 싶으면 내가 직접 할 거야.」

「네가 어쩌다 그 지경이 됐는지, 그런 얼간이랑 결혼했는지 이해가 안 가.」

「내가 어쩌다 **그 지경**이 됐냐고?」

비올라의 두 눈이 마치 18년 전에 내가 무엄하게도 뒤도 돌아보지 않고 그녀를 떠났을 때처럼 나를 태워 버렸다. 우리 둘이 꾸준히 다투는 원인은 어쩌면 결국 거기에, 그러니까 우

리 둘이 함께 분노하던 시절에 대한, 기사는 선하고 용은 나
쁘며 사랑은 점잖고 상대방에게 가하는 일격은 매번 숭고한
명분으로 정당화되는 그런 시대에 대한 단순한 향수 속에 있
는지도 몰랐다.

「그래, 미모, 난 그 지경이 됐지. 너, 네가 그런 개자식들을
위해 일하는 지경이 된 것과 정확히 똑같아. 가로등을 세우고
오렌지나무들을 심어야 하니까.」

「하지만 그 작자를 떠날 수도 있잖아.」

「그런 식으로는 일이 되질 않아.」

지금은 내가 신경 써서 비토리오라고 부르는 별항이 헛간
에서 나왔다. 그는 우리를 보고 소스라쳤다가 주저하는 듯하
더니 마침내 나무 등치로 와서 옆에 앉았다. 별항은 안나가
떠난 뒤로 몸무게가 줄었다. 일찍 세어 버린 수염이 너무 무
성하여, 벗어진 앞머리와 오히려 대조를 이루었다.

「수확이 풍성할 것 같아, 호수의 물 덕분에.」 그가 한마디
했다.

비올라는 심각한 표정으로 과수원을 관찰했다.

「스테파노는 얼간이야. 그래, 오늘은 물이 있지, 하지만
1년 뒤엔? 10년 뒤엔?」

「감발레 족속과 논의하는 건 불가능해.」 나는 이 마을이 길
러 낸 아이였고, 그에 걸맞게 발언했다. 「팔을 잡아 비틀든가
나무들을 계속 잃든가라고.」

「누군가와 논의를 하는 건 늘 가능한 일이야. 남자들의 폭

력성은 어디서 오는 걸까?」

「위대한 남자들을 말하는 거야?」

「위대한 남자 같은 건 없어. 너희 모두 일상의 평범한 존재들이니까. 자, 얘기해 봐, 흥미로운 주제니까. 너희들의 폭력성은 어디서 오는 거니? 응?」

비올라는 정말로 대답을 기다린다는 듯이 우리를 응시했다.

「어쩌면 버림을 받았기 때문인가? 하지만 누가 너희들을 버렸는데? 어머니가? 만약 그런 거라면, 대체 왜 세상의 어머니들과 미래의 모든 어머니들을 그렇게 취급하는 건데?」

「넌 여자들은 폭력적이지 않다고 생각해?」 비토리오가 중얼거렸다.

「물론 우리도 그렇지. 그런데 그 폭력은 **우리 자신**을 향해. 누군가를 괴롭히겠다는 생각은 떠오르지 않지만, 우리가 들이마시고 우리를 중독시키는 이 폭력을 어디에선가는 분출해야 할 테니까.」

자동차 바퀴 소리와 그 뒤를 이은 두 번의 경적 소리가 공방 앞에서 들렸다. 비토리오가 벌떡 일어섰다.

「내가 가볼게.」

예전에 토론이 너무 심각해지는 양상을 띠면 그랬듯이 별항이 도망갔다. 그가 헛간 모퉁이를 돌아 나갈 때쯤, 비올라가 나를 바라보지 않고 저 멀리 지평선에 시선을 둔 채 말했다.

「모리셔스섬의 드론테가 뭔지 알아?」

「아니.」

「도도라는 이름으로 더 많이 알려졌다면?」

「오, 새지, 그렇지?」

「사라진 새지. 그리고 날지 못한다는 게 그 특성이고. 나는 도도 새야, 미모. 예전의 내가 아니라고, 무덤에 눕고 허공으로 뛰어내리는 비올라가 아니라고 나를 원망하는 거 알아. 하지만 도도 새는 바로 아무것도 두려워하지 않았기 때문에 사라졌어. 너무 쉬운 먹잇감이었던 거지. 사라지고 싶지 않으면 나 자신을 잘 돌봐야 해.」

「네가 사라지게 절대 내버려두지 않을 거야.」

차 문이 닫히는 소리가 나더니 엔진 소리가 멀어져 갔다. 바로 그 순간 비토리오가 두 눈이 휘둥그레져서 다시 나타났다.

「미모! 미모!」

비토리오가 집을 손가락으로 가리켰다. 예기치 못한 사건이 찾아와 그가 굳은 결심으로 푹 잠겨 있던 우울을 방해라도 한 듯 얼굴이 이상한 표정으로 구겨져 있었다.

「누가 널 찾아왔어!」

발밑에 가방을 내려놓고 부엌 앞에서 기다리고 있었다. 그저 조금 더 닳았지만 내가 잘 아는, 가방 주인보다 먼저 알아본 가방. 노동으로 단련된 몸과 풍성한 검은 머리카락을 자랑하는 40세의 여자에게 편지를 쓰느라고, 비록 열의가 점점 줄

420

기는 했지만 지난 20년을 바쳤다는 말을 하지 않을 수 없다. 내 앞에 서 있는 여자는 60세였고 몸집이 조금 불었다. 머리의 컬과 색깔이 자연스럽지 않았는데, 이제 나는 형편없는 미용사의 솜씨를 알아볼 수 있었다.

어느 겨울밤, 지금은 서로 모셔 가려고 다투는 예술가가 되었다지만 나를, piccolo problema(작은 문제)를, 그런 하찮은 것을 그 거친 돌 위에 던져 놓았던 여자에게 느릿느릿 다가갔다. 그러다가 부끄러움이, 여전히 진지하게 아버지가 나보다 더 재능이 뛰어났다고 생각하는 만큼, 그 누구도 내 아버지에게는 지불한 적 없으나 내가 누리는 그 돈들을 생각하자 부끄러움이 왈칵 치밀었다.

「잘 있었니, 미켈란젤로.」 그녀가 눈을 내리뜬 채 중얼거렸다. 「내가 원할 때 올 수 있다고 그랬잖니, 그래서 생각했지, 이제 과부가 됐으니…….」

거기 서서 말하고 있는 사람은 나의 어머니가 아니었다. 나의 어머니는 그 누구 앞에서든 눈을 내리깐 적이 없었다. 내 앞에 천재를 낳던 여자가, 프라 안젤리코가 프레스코화 「수태 고지」에서 보여 준 성모 마리아가 있었다. 주눅이 들고 자기 자신의 아들을 거의 두려워하는 여자가.

어쩌면 비올라 때문이었을 수도 있는데, 내 입에서 나온 첫 문장은 내가 말하고 싶었던 것은 아니었다.

「왜 저를 버렸어요?」

어머니는 소스라쳤다. 장시간 여행으로 피곤했으니 어쩌

면 그와는 다른 대접을 바랐을 터였다. 어머니가 천천히 눈을 들어 올렸고, 아직도 바래지 않고 활활 타오르는 보랏빛 불길로 내 눈을 삼켜 버렸다.

「삶은 선택의 연속이고, 만약 전부 다 다시 시작할 수 있는 기회가 주어진다면 우리는 다르게 선택할 수도 있겠지, 미모. 네가 단 한 번도 틀리는 법 없이 처음부터 올바른 선택을 할 수 있다면 넌 신인 거야. 네게 품은 그 모든 사랑에도 불구하고, 네가 내 아들이라는 사실에도 불구하고, 나조차 신을 낳았다고는 생각지 않는다.」

처음에 어머니는 우리 집에 머무르기를 거절했다. 어머니는 ⟨폐를 끼치고 싶지⟩ 않았으니까. 비토리오가 집에 여자의 존재를 필요로 한다는 사실을 어머니가 알아차리기까지는 오래 걸리지 않았다. 숙소를 찾을 때까지 머물겠다면서 어머니가 공방의 고삐를 틀어쥐자 비토리오는 다시 생기를 찾은 듯했다. 어머니의 두 번째 남편은, 단 한 푼도 쓰지 않고 상당한 재산을 모았다는 사실을 제외한다면 많은 남자들이 그러듯이, 밭일에 기력을 소진하고 사망했다. 안토넬라 비탈리아니 ─ 혹은 앙투아네트 르 고프, 이제는 그렇게 불리고 있으니까 ─ 는 자신의 생활비를 충당할 수 있었다. 우리는 다시 서로를 알아 가느라 몇 주를 보냈고, 나의 전 존재가 어머니의 존재를 속속들이 아는데도 거북한 침묵과 지나친 조심성과 서로를 향한 짜증이 사라지지는 않았기에 야릇한 기분이

들었다. 상황이 정리된 것은 비토리오가 제페토[43]의 현명함을 발휘하여 내게 이런 설명을 해줬을 때다.

「네가 아무리 많은 돈을 벌었어도, 네가 아무리 성공을 거뒀어도, 네가 밤에 주색에 빠져서 수많은 여자를 더럽혔어도, 네가 엄청난 술을 들이켜고 토해 냈어도, 네가 지금도 수많은 나쁜 짓들을 저지를 준비가 되어 있다 해도, 네 어머니는 늘 네가 여섯 살이라고 생각하셔. 어머니와 관계가 좋은 아들은, 어머니에게 여섯 살이 아니라고 설득하기를 포기한다고.」

비올라와 내가 우연히 마을에서 어머니와 마주쳤을 때 어머니에게 비올라를 소개했고, 어머니는 그 뒤에 곧장 내게 물었다. 「그 젊은 처자에게 무슨 일이 있니? 악마를 통째로 삼켰다니, 속이 편치 않아 보이더구나.」 그리고 나서, 완성된 성 프란체스코가 로마로 배송되는 과정을 곁에서 직접 감독하고 싶었기에 로마로 출발해야 했고, 조각상과 함께 로마에 도착했을 때는 1936년으로 들어선 무렵이었다.

자주색의 사제복을 입게 되었다고 해서 파첼리 예하에게서 바뀐 것은 없었다. 여전히 평생 껴온 둥근 안경을 꼈고, 드물게 미소 짓는 입술과 주먹을 부르는 권투 선수의 턱 혹은 흥청망청 유흥을 부르는 배우의 턱을 떠올리게 하는 관능적인 턱 사이의 야릇한 대조도 여전했다. 추기경은 직접 공방에 와서 성 프란체스코를 살펴봤고, 그러는 동안 전처럼 프란체스코와 나는 그의 판결이 떨어지기를 기다렸다. 제대로 작업

---

43 피노키오의 아버지로, 선량함과 인내심을 발휘하는 인물.

을 한 터였다. 지시에 복종했고, 아니 거의 복종했으니, 이 거의에서 모든 것이 판가름 나리라. 파첼리는 내게 본능을 통제하라고 주문했었다. 나이기를 그만두라고. 하지만 내가 바로 나이기 때문이 아니라면 왜 나를 고용했겠는가? 내가 조각한 프란체스코는 손을 뺨 가까이로 치켜든 모습이고 그 검지에 새가 한 마리 앉아 있다. 거기까지는 특이한 게 전혀 없다. 하지만 내가 엉뚱한 과감성을 발휘한 바람에 웃고 있는 성인의 모습에서, 새의 날개가 바로 조금 전에 목을 살짝 스치면서 그를 간지럽힌 모양이라고 짐작할 수 있었다. 간지럼을 타고 있는 성인이라니, 그 누구도 본 적 없었고, 웃고 있는 성인은 더더욱 그러했다. 어쨌든, 성인 조각상의 경우, 보통은 하나같이 중재 요청에 시달리는 신의 공직자 같은 표정을 만면에 띠고 있으니까.

프란체스코의 앳된 즐거움에 전염된 듯 파첼리가 입가에 살짝 주름이 잡힌 채 우리 둘을 돌아봤는데, 그의 경우 그런 잔주름은 기쁨을 나타냈다.

「나이가 어떻게 됩니까, 비탈리아니 씨?」

「서른두 살입니다, 예하.」

「그렇군, 선생이 지금 나이의 절반이었을 때 내가 그 곰을 봤었지. 그때의 곰에게서 봤던 특성들이 고스란히 보이는군. 움직임에 대한 감각, 동일한 불손함, 거기에 더해 경험만이 가져다줄 수 있는 그 무언가.」

예술가의 생애를 시기별, 단계별, 시대별로 쪼개는 것이 관레인데, 생애를 진열한 매장에 분류 푯말이 없는 매대만 잔뜩 있으면 무척 당황할 구매자를 안심시키기 위한 것일 뿐이다. 그 몇 해 전 마그리트가 파이프가 아닌 파이프로 그들을 조롱했지만 그에 대해 뭔가를 이해한 사람은 아무도 없었는데, 관객은 이해를 못 할수록 더욱 열광했다. 그런데 내가 뭐라고 세상이 굴러가는 방식을 문제 삼겠는가? 시기, 단계, 시대가 존재한다는 사실을 받아들이자.

만약 그렇다면, 파첼리의 평가는 나의 첫 번째 시기가 끝났음을 의미했다.

그날 저녁 술을 마셨다. 많이, 그리고 혼자서. 유흥 친구로 스테파노도, 그의 친구들도, 모두 필요 없었다. 그들은 내게 아무런 해도 끼치지 않았고 모두 친절했지만 비올라의 영향으로 그들이 그 손으로 더러운 일을 했으리라는 의심이 자꾸 들었다. 프란체스코는 내게 축하를 건네며 성 프란체스코 조각상이 파첼리 추기경 친구의 본가를 향해 벌써 길을 떠났음을 알려 줬는데, 이로써 교황 선출의 그날이 오면 옳은 방향으로 투표하게 될 친구가 또 한 명 늘었다.

프란체스코는 내가 평소와 같은 상태가 아님을 물론 알아차렸다. 그와 헤어지기 전, 〈장거리 여행〉 핑계를 댔다. 행동 대원들이라 할지라도 그렇게까지 저급한 곳을 출입하지는 않기에 그 누구도 나를 찾아내지 못할 곳에, 테베레강에서 멀지 않은 을씨년스러운 싸구려 술집에 피신해 있으면서도, 파첼리가 한 말이 머릿속에서 맴돌았다. 파첼리는 나를 칭찬하려는 것이었다. 그러나 내가 들은 말은 열여섯 살 적과 똑같은데, 더 나아졌다는 게 전부였다. **인간**은 어디 있는가? 신들의 비밀에 손끝을 갖다 대는 **인간**은? 그러니까, 이런 건가, 자란다는 건? 돈을 벌고, 돈을 버는 데 성공하면 약간 나아진다는 것? 나는 비올라를 비난했지만, 결국 내가 비올라보다 훨씬 더 멀리 날아간 건 아니었다.

취기에 잠긴 상태였지만 그날 밤 천사가 찾아와서 알려 준 건 없었다. 그 어떤 천사도 하늘에서 내려와 인내하라고 속삭이며 비록 그 일에 10년은 걸릴 테지만 내가 정말로 신들의 비밀을 포착하게 될 거라고 일러 주지 않았다. 10년. 너무 길다. 그때까지 버텨 내지 못했을 거였다. 그게 아니라면, 어쩌면 알려 줬는데 내가 기억하지 못하는 것일 수도 있었다. 깨어나 보니 강가의 관목 숲에 머리를 처박고 있었고, 그 옆에는 내용물로 보아 내 것이 아닌 토사물이 흥건했다. 그렇게 과음을 한 건 정말 오랜만이었다.

봄까지 로마에 머물렀다. 나는 부자들이 스스로를 가난하다고 생각하는 그런 기이한 지점에 도달했는데, 그건 겪어 보아야만 이해할 수 있다. 나는 교수 봉급의 열 배를 벌었고 기업 총수만큼 보수를 받았다. 하지만 직원들을 거느렸고 운전사가 필요했고 취향과 고객을 고려해서 제대로 의복을 갖춰 입어야 했다. 벌어들인 모든 돈을 지출했다. 이런 내리막길에서 넘어지지 않고 균형을 잡으려면 계속 더 벌어야만 했고,

이는 더 많은 지출로 이어졌다. 이 방정식의 성격이 변화하는 것은 오로지 **진정으로** 부자가 될 때뿐이었고, 번 만큼 쓰는 것이 어려워질 때뿐이었는데, 로마에 체류하던 시기에 그런 능력이 뛰어난 인물 몇몇을 만나 보기는 했었다.

나는 정치를 하지 않았고 종교에 귀의하지도 않았다. 그런데 종교는 피하는 게 가능하다면, 정치는 퇴폐적인 애인이라 그 열정에 사로잡히고 만다.

피에트라달바로 돌아가기로 되어 있던 4월 말이 되기 며칠 전, 누군가가 침실 문을 두드렸다. 새벽 4시였다. 근 15년 전부터 나는 반키누오비가 28번지의 똑같은 아파트에 거주했다. 검은 그을음이 낀 똑같은 격자무늬 천장 아래 표류하는 똑같은 침대 — 티에폴로의 걸작 아래서라도 그런 줄도 모르고 잘 수 있었을 거다. 투덜거리며 대답을 하지 않고 있는데, 그 순간 수습공이 나를 흔들어 댔다.

「스승님, 스승님! 사무실로 전화가 왔어요.」

「잔다고, 염병할.」

「오르시니 신부님이에요.」

그런 시각에 프란체스코가 전화를 한 적은 단 한 번도 없었다. 후다닥 바지만 꿰어 입고 계단을 뛰어 내려갔다.

「여보세요?」

「미모, 스테파노 집으로 가줄 수 있어?」

「지금?」

428

「지금.」

나는 정치는 하지 않지만, 전화로 말하는 것이 신중하지 못한 때임을 알아차렸다. 내가 처음 취한 반사적 행동은 데려다 달라고 미카엘을 부른 것이었지만 그는 석 달 전에 떠났다. 이탈리아가 에티오피아를 공격했고, 그는 동족 곁에서 싸우기 위해 고국으로 돌아갔다. 「이제, 우리는 적입니다.」 그가 나를 힘껏 끌어안으며 말했었다. 그다음 날 아침까지도 그의 갑작스러운 출발 때문에 정신이 얼떨떨해 있는데, 경찰이 그에 대해 조사하려고 공방으로 찾아왔다. 보나 마나 동네 술집에서 말다툼이 벌어졌던 모양이고, 인상착의가 미카엘과 부합하는 남자가 거기 무리 지어 있던 선량한 이탈리아인 몇 명에게 달려들었는데, 그들은 그해 대단한 성공을 거둔 노래인, 아비시니아[44]인들을 해방하러 떠난 우리의 군인들, 우리의 농학자, 우리의 기술자를 찬양하는 「파체타 네라」를 목청껏 불렀을 뿐이다.

자그마한 검은 얼굴, 작은 아비시니아 여인이여 / 우리가 그대를 해방한 뒤 로마로 데려가겠소 / 우리의 태양이 그대를 감싸안 겠지 / 그대 역시 검은 셔츠를 입으리라 / 자그마한 검은 얼굴, 그대는 로마 여인이 되리라……

할 수 없이 걸어서 출발했고 머릿속에서 그 멜로디를 내쫓으려고 애를 썼는데, 그 노래는 아주 잘 만든 것이, 자신만만하고 유쾌한 브라스 연주는 지금 당장 에티오피아를 침범하

44 에티오피아의 옛 이름

고 싶은 욕망을 불러일으켰다. 스테파노는 내 집에서 고작 30분 거리에, 러시아 호텔 옆에 거주했다. 동이 터올 무렵 그 건물 입구로 들어섰고, 바로 그 순간 스테파노와 비올라의 남편인 리날도 캄파나가 거기서 나왔다. 캄파나가 평소답지 않게 나와 스쳐 지나가면서 눈을 내리깔았다. 스테파노는 고개를 까딱하며 인사했다.

「걸리버, 올라가 봐. 프란체스코가 자네를 기다려.」

프란체스코는 스테파노의 거실에서 커피를 홀짝이고 있었는데, 입고 있는 수단은 말끔했고 파첼리의 안경과 거의 똑같은 안경이 코끝에 걸려 있었다. 내 의견은 물어보지도 않고 커피를 내주며 앉으라는 시늉을 했다.

「와줘서 고맙네. 우리에게 약간의…… 사정이 생겼어.」

나는 그사이 급하게 커피를 들이마시다가 입술을 데었다.

「우리의 동업자 캄파나가 사업차 로마에 들렀다가 밤에 스테파노와 그 친구들이랑 어울려서 파티를 벌였어. 야밤에 벌이는 그 위험한 짓들에 대해 스테파노를 꾸짖은 게 골백번이건만, 어쨌든 그건 중요한 게 아니고 12시가 되자 그들은 헤어졌지. 캄파나는 묵고 있는 호텔로 돌아가지 않고 술집으로 가서, 그곳에서 만난 젊은 여자와, 어떻게 말해야 할까, 어떤 본능들을 만족시키려고 했다네. 직업여성이라지. 정확히 무슨 일이 일어난 건지 모르고 알고 싶지도 않지만, 일종의…… 장난이 고약하게 변질되면서 여자가 다쳤어. 심하게. 캄파나는 달아났고. 그 얼간이는 호텔에 도착한 다음에야 지갑을 거기 놔두고 왔다는 걸 깨달았지. 즉각 스테파노에게 전화를 했고.」

「그 여자를 죽였대?」

「죽인 건 아닌 것 같아. 그 인간 말로는, 심각하게 망가졌다 더군. 후유증이 남을 수도 있고.」

「그래서? 그 머저리 새끼를 경찰에 넘기면 되잖아.」

「그렇게 부르는 데 반대하는 건 아니지만, 그 머저리가 내 매부일세. 최근 몇 년 동안 오르시니 가문의 재산이 늘어나 고, 조각가로 자네가 승승장구한 것도 간접적으로는 여기서 부터 비롯되었지, 어쨌든 그 재산이 부분적으로는 그 인간의 호주머니에서 나오는 거라서. 그리고 우리 가문에 추문이란 있을 수 없어. 추문은 없을 거야.」

「없다고?」

「그래. 캄파나가 자네와 밤을 보냈으니까.」

나는 천천히 잔을 내려놓았다. 프란체스코가 배 위에 두 손 을 모은 자세로 뚫어져라 내 얼굴을 바라봤다.

「꺼져, 어림도 없어, 프란체스코.」

「캄파나는 자네와 밤을 보낸 거야. 그런데 누군가가 그의 지갑을 훔쳐 냈고, 그런 짓을 한 사람에게 이 모든 일에 대한 책임이 있는 거지. 매춘부의 말은 아무런 가치도 없을 걸세.」

「대체 왜 그 머저리가 자네와는 밤을 보내지 않았을까? 혹 은 스테파노와는?」

「스테파노는 고위 공무원이기 때문이고, 나는 모든 일이 잘 풀린다면 내년에 주교로 승격할 테니까. 게다가 캄파나는 매부니까, 우리 관계는 사람들이 믿어 주기에는 너무 가깝지. 그런데 자네, 자네는 완벽한 알리바이야. 우리 가족과 연관이 있고, 따라서 캄파나가 자네 집에서 저녁 시간을 보냈다 해도 이상하지는 않지. 하지만 자네는 친척 관계로 인한 추문을 걱정할 필요도 없잖은가. 사건은 내일 해결될 걸세.」

「내가 거절하면?」

「거절하지 못할 거야, 미모. 비올라를 보호하기 위해서라도. 소문이 퍼지게 되면 얼마나 큰 모욕일지 생각해 봐. 그리고 또…….」

「그리고 또?」 문장을 맺지 못하는 그에게 물었다.

프란체스코는 일어나 술 선반에서 그라파 한 병을 꺼냈다. 그는 내 잔에 조금 따르고 자기 잔에도 따랐다.

「상스럽게 굴고 싶진 않지만, 미모, 자넨 우리에게 그 정도의 빚은 있어.」

「내가 너희에게 무슨 빚을 졌는데?」

「전부.」

「나도 상스럽게 굴고 싶진 않지만, 사람들이 나를 고용하는 이유는 나의 재능 때문이지.」 내가 빈정거렸다.

「사실이야, 나는 그걸 부인한 적도 없고 앞으로도 결코 그럴 일은 없을 걸세. 하지만 자네는 모든 일이 어떻게 시작되었는지 잊고 있어. 누가 자네를 피렌체로 찾으러 갔었나?」

「치오가 공방을 물려줬다는 소식을 직접 와서 알려 줬기 때문에 자네에게 빚이 있다고? 이동한 값이 비싸군.」

「정말로 그 늙은 주정뱅이가 공방을 물려줬다고 믿었나? 만약 그렇다면 자네는 생각보다 훨씬 순진하군.」

나는 그라파를 한입에 삼켰다. 그러고는 감탄하는 마음으로 이 체스의 대가를 관찰했다. 비올라가 아주 오래전에 말했었다. 〈그 오빠는 높이 올라갈 거야.〉

「치오는 어떻게 됐어?」

「말했잖아. 은퇴해서 따뜻한 곳으로 떠났지. 3년 전에 죽었어.」

「그럼 공방은?」

프란체스코가 술을 한 모금 마셨고, 혀끝으로 입술에 남아 반짝거리는 단맛을 핥고는 잔을 내려놓았다.

「우리가 그에게서 샀어. 치오는 자네에게 되팔지 않을 거라는 맹세를 하라고 했지. 난 그 조항을 지켰어. 팔지 않고 선물했으니까.」

「왜 그랬나?」

「우선, 자네에게는 재능이 있고 그것이 우리에게 도움이 될 거라는 생각을 늘 했으니까. 하지만 특히, 다 털어놓자면, 비올라가 두 사람이 친구라고 병원에서 말했기 때문이지.」

「나도 알고 있네, 알겠지만.」

「자네가 안다는 걸 나도 알아.」 그가 미소를 띠며 대답했다. 「간단히 말하자면, 비올라가 언제고 도움을 필요로 할 거라고, 그리고 손 닿는 곳에 친구를 두는 건 가문에 유리하지 않을까…… 아니, 유리할 거라고 생각했지.」

「비올라를 통제하려고?」

프란체스코가 긴 한숨을 내쉬었다.

「난 내 누이를 사랑해, 미모. 착각하지 마. 하지만 그 애가 복잡한 축에 들긴 해.」

「천만에, 비올라는 아주 단순해.」

「읽는 법을 깨친 뒤로 자신이 읽은 모든 것을 완벽하게 기억한다면, 그리고 세 살이란 나이부터 읽는 법을 알았다면, 자네라면 단순할까? 누군가가 자네를 새벽 4시에 써먹어 보려고 잠자리에서 끌고 나와 서커스의 동물처럼 손님들에게 내보인다면?」

「이 몸을 새벽 4시에 침대에서 **끌어내신** 분이 할 말씀은 아니지.」

「잘난 척 그만하지. 더구나 비올라의 기억력은 문제가 아니야. 문제는 다른 아이들은 인형이니 예쁜 드레스니 하는 것만 생각할 나이에 자신이 읽는 것을 이해했다는 거야. 내 누이는 파첼리 추기경과 더불어 내가 아는 가장 똑똑한 사람일 걸세. 파첼리 추기경은 자신이 쥐고 있는 패를 잘 활용한다면 교황이 될 듯해. 불행히도 비올라는 교황이니 비행사니 혹은 그 애의 미친 생각이 무엇이든지 간에 그런 게 될 수 없다고. 30년, 40년 뒤에도 이 세상에 그 애의 자리가 없을 거라고 말하는 게 아니야. 하지만 지금은 그 애가 우리 가문 안에서 맡은 역할이 있어. 비록 자신이 희망하던 그런 역할은 아닐지언정. 우리 각자는 해야 할 역할이 있지.」

「자네는 대체 뭐가 불만인 거야? 비올라는 훌륭하게 해냈잖아.」

「그렇지. 비올라는 성장했어. 그렇다고 해서 우리가 오늘 자네가 필요하지 않은 건 아니고 비올라가 관련되지 않은 것도 아니야. 캄파나는 출두해서 자네와 함께 있었다고 말할 걸세. 자네는 원하는 대로 해.」

그다음 날 오전이 끝나 갈 무렵 경찰이 사무실 문을 두드렸다. 나는 깜짝 놀란 표정으로 문을 열어 줬다. 전날 내가 무엇을 했느냐고? 「어디 봅시다, 잠깐 생각 좀 해보지요, 그러니까 하루 종일 일을 했고 저녁 시간은 친구 리날도와 함께 보냈네요. 리날도 캄파나, 그래요, 그런데 왜 그러시죠?」 헌병들은 만족한 표정으로 떠났고 우리는 그 사건에 대해 다시는 이야기하지 않았다. 나는 그 개자식을 도운 것을 자책했지만, 비올라를 위해서, 비올라가 또 다른 모욕을 당하지 않게 하려는 것이라고 단 1초도 허비하지 않고 스스로를 설득했다. 사실 내게 들어오는 의뢰가 씨가 마르는 모습을 보게 될까 봐 두려워서 그 일을 해치웠다. 내가 쌓아 올린 모든 것을 지켜내려고. 출세에 너무 많은 비용을 치러야 했던 만큼 그 무엇도 그것을 가로막아서는 안 되니까. 그런 일을 함으로써 가장 광기 어린, 가장 은밀한 나의 꿈을 이루었다. 나는 오르시니 가문의 일원이 되었다.

어, 우선, 그 조각상을 봤고, 물론 무척 아름답다고 생각했는데요, 사실 제가 그 방면에 관해 뭐 아는 게 있겠습니까. 사람들이 떠들어 대기에 보러 갔던 겁니다. 말씀드렸다시피 제가 그쪽에 대해서 아는 게 별로 없으니까요. 하지만 일요일 미사에 참석했겠다, 조각상은 거기 있겠다, 안 볼 이유가 없잖습니까? 그 조각상이 아름답다고 생각했고, 그런데 바라보면 바라볼수록 뭔가가 느껴졌고, 막 더워지기 시작해서 바깥바람을 쐬러 나가야 했습니다. 그때는 그게 조각상 때문이라고 생각하지 않았는데, 신문을 읽다 보니 제가 겪은 것과 같은 이야기들이 실렸더라고요. 그래서 주교님께서 부탁하신 대로, 신부님께 말씀을 드리려고 찾아왔습니다. (1948년 6월 24일, 피렌체에서 니콜라 S.의 증언.)

윌리엄스 교수의 연구서에 따르면 종교 당국은 정확히 217개의, 그러니까 성청(聖廳)의 성의회가 주도하는 공식적

조사가 개시되고 나서 나온 증언의 거의 두 배에 육박하는 증언을 받았다. 비탈리아니의 피에타 앞을 지나갔던 대다수의 관중은 거기서 그저 조각상을 봤을 뿐이라는 사실은 중요하게 강조할 만하다. 하지만 10만의 아무개들, 혹은 심지어 백만의 아무개들이 그에 대해 무감각했다고 해서 어떻게 6백명의 증언을 무시하겠는가? 6백 혹은 그 이상의 사람들이 거의 모두 동일한 증세를 보고하는 마당에. 처음에 느끼는 강렬한 감정, 그다음에 짓누르는 일종의 심리적 압박감, 심장 고동의 이상 급증, 현기증 등. 어떤 증인들은 〈그녀에 대한 꿈〉을 꿨다고 진술하고 다른 증인들은 우울감에 가까운 깊은 슬픔에 사로잡혔다고 증언한다. 그러한 증언들 — 하지만 몇몇 전문가들이 그랬고 지금은 파드레 빈첸초가 그러고 있듯이 그 증언들을 낱낱이 분석해 보아야 한다 — 가운데에서 가장 불안을 자아내는 것은 단 한 명의 증인만, 그러니까 로마의 회계사만 과감하게 진술한 내용에서 읽히는 행간이다. 그는 야릇한 유형의 **흥분**을 느꼈다고 증언한다. 성적 흥분으로 이해되는데, 이러한 직감은 그런 종류의 일들에 대해서 말하지 않던 시절인 만큼 입증하기 어렵다.

비탈리아니의 피에타는 처음에 피렌체의 교구에 전시되었고, 피렌체 교구에서는 미모 비탈리아니가 필리포 메티의 작업장에서 파란만장한 몇 달을 보냈던 만큼 옛 경쟁자들이 헛소문을 지어낸 것이라고 여겼다. 그다음에는 집단 히스테리현상으로 생각했다. 피에타의 전시가 있고 나서 그다음 달에 마흔여 개의 진술서가 제출되자, 피에타를 다른 곳으로 옮기기로 결정이 났다. 뛰어난 작품이어서 바티칸의 소장품이 되었지만, 그곳에서도 몇 주 뒤, 이탈리아어를 말하지 못하기 때문에 피렌체에서 있었던 반응에 대해 알 수가 없었을 외국인 관광객까지 포함하여 진정을 내는 일이 다시 되풀이되었다.

6백여 명의 표본을 놓고 희미하나마 어떤 통계적 경향성을 끌어내는 것은 불가능하다. 표본에 대한 외삽법을 실행하고 나서도, 비탈리아니의 피에타에 의해 영향을 받는가의 여부에 나이나 성별이나 출신 지역이 작용하는 것 같지는 않다.

작품은 바티칸에서 몇 달을 보냈고, 그 뒤 더욱 치밀한 분석이 나올 때까지 수장고로 내려보내졌다. 여러 명의 예술사가, 조각가, 고고학자 그 밖의 전문가들이 그 일을 위임받았고, 그 결과는 윌리엄스 교수에 의해 편집되고 요약되었다. 그러나 스스로 나서서 하는 것만은 못한 법이어서 교권은 또 다른 유형의 전문가에게, 그러니까 바티칸의 공식 구마 사제인 칸디도 아만티니에게도 마찬가지의 도움을 청했다.

Nunc effunde eam virtutem quae a te est(이제, 하느님에게서 나오는 능력을 부어 주소서)······.

1938년 9월 9일.

······principalis spiritus quem dedisti dilecto filio tuo Jesu Chiristo(하느님께서 사랑하시는 성자 예수 그리스도께 주신 다스리시고 이끄시는 성령을)······.

양팔을 옆으로 벌리고 대리석 위에 길게 엎드린 프란체스코. 핏빛 사제복을 입은 파첼리 추기경.

······quod donavit sanctis apostolis qui constituerunt ecclesiam per singula loca sanctificationem tuam(그리스도께서는 거룩한 사도들에게 성령을 보내 주시어 교회를 세우게 하셨으며)······.

그리고 나, 난 흰 머리카락이 한 올 생겼다. 장소가 아무리

웅장해도, 모든 시대를 통틀어서 가장 아름다운 조각상인 미켈란젤로 부오나로티의 피에타가 내게서 몇 미터 떨어진 곳에 존재해도 다른 생각은 할 수가 없다. 멍청한 흰 머리카락. 나는 이제 고작 서른네 살이다. 적어도 그것 정도는 면하게 해주실 수 없었나요, 주님?

……in gloriam et laudem indeficientem nomini tuo(하느님의 이름에 끊임없이 영광과 찬미를 드리는).

파첼리 추기경이 뒤로 물러설 때, 그가 입은 붉은색, 구세주가 쏟은 핏빛 수난의 색깔을 띤 수단에서는 바스락거리는 소리도 거의 나지 않는다. 프란체스코가 다시 일어서고, 셀 수도 없이 많은 고위 성직자들의 안수를 받을 준비를 갖춘다. 주교관이 머리에 얹히고 홀장이 손에 들리고 손가락에는 반지가 끼워진다. 그가 일어나서 고딕식 의자에 앉는다.

1938년 9월 9일, 프란체스코 오르시니는 로마에서 주교로 서품된다. 사보나 교구는 이제 그 고장이 낳은 아이에 의해 인도될 터이다.

저녁이 되자 오르시니 가문이 만찬을 위해 모였다. 이제 오르시니 가문의 일원처럼 사고하고 먹고 생활하는 만큼, 나도 거기 끼었다. 스테파노와 내가 함께 보낸 수도 없이 많은 방탕한 밤이 시작된 곳인 카페 파랄리아는 몇 년 전에 문을 닫았고, 우리는 오르시니 집안 전체가 묵고 있는 호텔 인길테라의 프라이빗 살롱에 다시 모였다. 후작은 건강 상태에도 불구하고, 그가 무언가를 이해하기는 하는지 자신할 수 있는 사람이 없긴 했지만 어쨌든 참석했다. 후작 부인, 스테파노, 프란체스코, 캄파나와 비올라도. 비올라는 하루 종일 로마라는 도시에 경탄의 눈길을 보내던 차였고, 나는 비올라가 밀라노에 가기 위해서 말고는 피에트라달바를 떠난 적이 없었으며, 밀라노에서도 상점가를 거닐기보다는 병원에 있었던 시간이 훨씬 더 길었음을 깨닫고 어안이 벙벙했다.

르네상스가 낳은 딸은 세상에 대해 책에서 얻은 지식만을 갖고 있었다. 오르시니 가문 사람들은 서품식 전날 도착했던 터라, 나는 비올라를 데리고 서품식 앞뒤로 빈 시간을 활용해 가볼 수 있는 모든 곳을 방문했다. 도시 구경을 시작하자마자 곧 우리의 역할은 뒤바뀌었다. 비올라는 이 기념물 혹은 저 기념물을 손가락으로 가리키며 그에 얽힌 역사를 설명했고, 나는 곧 내가 관광객이 가이드를 따라가듯 비올라를 따라가고 있음을 깨달았다. 나는 장서의 힘을 과소평가했지만 사실 장서 덕분에 무지몽매에서 빠져나왔고 심지어 약간의 위안을 누렸었다. 나는 배은망덕했다. 죽도록 취해서는 진정한 삶은 여기, 나를 중심으로 미친 듯이 돌아가는 이 영원의 도시에 있다고 되뇌면서 얼마나 많은 밤 시간을 파티로 흘려보냈던가? 자신의 거처에서 멀리까지 나온 비올라가 새로운 교훈을 내게 줬다 ― 진정한 삶은 책 속에 있었다.

우리는 인길테라 호텔의 살롱에 자리 잡았고, 비올라는 기분이 안 좋다는 것을 여봐란듯이 내보이고 있었다.

「신문 읽었어?」 비올라가 물었다.

「아니. 난 신문은 절대 안 읽어.」

「그렇지, 잊고 있었네. 넌 절대 정치는 안 하지.」

비올라에게서 능란한 술수가 심각할 정도로 부족해지는 드문 영역 가운데 하나, 어쩌면 유일할 영역은 바로 싸움 걸기였다. 비올라는 저돌적인 방식으로, 성난 황소처럼 덤볐다. 나는 미소를 지었는데, 그날 저녁에는 싸우고 싶은 마음이 전혀 없어서였다.

「신문에서 뭐라는데?」

「아무것도 아냐.」 그녀가 대꾸했다. 「정말로 별것 아냐.」

비올라는 야멸찬 태도로 냅킨을 펼쳤다. 스테파노가 모스케티에리 델 두체의, 그러니까 무솔리니의 근위대 역할을 하는 엘리트 조직의 검은색 제복 차림으로 도착했고, 그 광경을 본 비올라의 표정은 더욱 어두워졌다. 그 불길한 근위대원의 직위에 보수는 없었지만, 내무부에서 승진 기회를 노리고 있는 스테파노로서는 전략적으로 체스보드의 말을 옮긴 셈이었다. 이런 분위기임에도 파티는 시작되었다. 아브루초 지역에서는 두 번의 지진을 겪는 사이에도 짬을 내어 훌륭한 포도주를 생산해 낸 만큼, 굽고 튀기고 그릴에 굽는 등 최고급 몬테풀치아노 포도주를 곁들일 수 있는 음식이라면 몽땅 내왔다.

〈그 사건〉 이후로 캄파나는 자신을 덜 드러냈다. 그가 거두는 성공은 보다 소박해졌지만, 그렇다고 해서 더 호감을 주는 건 아니었다. 그는 아내 옆에서 육즙으로 번들거리는 입술로 조용히 음식을 씹었고, 내 시선을 피하다가 잠깐의 부주의로 시선이 마주치면 궁지에 몰린 표정으로 미소를 보냈다. 그는 마치 다른 곳에 가 있어야 하는 것처럼 사이사이 시계를 바라봤다 — 아마도 야간의 불장난을 다시 시작한 모양이었다. 비올라는 스테파노를 응시하느라 거의 먹지 않았다. 나는 비극적 사건이 다가옴을 느끼고 두려웠다. 비올라는 비극에 자신의 창의성을 적용하는 사람이니까.

디저트가 나오기 직전 비올라가 우리 접시를 치우러 온 직원을 불렀다.

「잠시만요. 살짝 억양이 있는 것 같던데. 어디 출신인가요?」

「독일입니다, 부인.」

「독일이구나. 혹시 유대인은 아니시고?」

경악의 침묵이 좌중을 내리덮었다. 당황한 직원이 비올라의 얼굴을 뚫어져라 살폈다.

「아닙니다, 부인.」

「아, 다행이네, 다행이야. 마침 여기 참석한 내 오라버니가 — 비올라는 스테파노를 가리켰다 — 정부의 유력 인사거든요. 그리고 바로 그 정부가 어제 그리고 그저께 반유대인 법령에, 특히 외국 국적 유대인을 상대로 한 법령에 서명을 했답니다. 외국 국적 유대인은 무려 두 가지 결함이 누적된 셈이니까요. 봤죠, 바로 이 정부가 셈족이 우리보다 열등하다고 알려 주고 있네요. 하지만 다 괜찮을 겁니다, 그쪽은 유대인이 아니니까.」

종업원은 여전한 죽음의 침묵 속에서 물러났다. 얼굴이 시뻘게진 스테파노가 벌떡 일어나 문을 닫더니, 누이를 향해 돌진했다.

「뭐에 씌었어?」

그가 비올라의 팔을 움켜쥐자마자 내가 일어섰다. 동시에 프란체스코가 재빨리 그 옆에 가서 섰는데, 평생을 기도에 바친 남자에게서 기대할 법하지 않은 속도였다.

「다시 자리에 앉아, 스테파노. 별거 아냐. 괜찮아.」

그의 형은 턱에 신경질적인 경련을 일으키며 머뭇거리다가 비올라 맞은편의 자기 자리에 가서 앉았다. 그는 커다란 잔으로 포도주를 한 잔 들이켰다.

「별거 아냐, 괜찮아. 아무렴. 저 멍청이는 자기가 무슨 말을 하는지조차 모르는걸.」

「정말?」 비올라가 말했다. 「그 멍청이가 틀린 거라고? 최근 3일 동안 두 가지 법령을 공표하지 않았어? 하나는 **파시스트 학교에서 종족 보호를 위한 조치**, 다른 하나는 **외국 국적 유대인에 관한 조치**. 다른 인종 간의 결혼을 금지하지는 않았고? 〈히브리 민족〉에 속하는 교사들을 해고 조치할 예정은 아니고?」

「그건 그저 정치라고!」

「비올라, 여보.」 캄파나가 달래는 어조로 끼어들었다. 「당신은 정치에 대해서는 아무것도 모르잖아.」

「그건 그저 독일을 향한 입장 표명이라고.」 스테파노가 마치 설득하고 싶은 대상이 아버지인 것처럼, 아버지를 돌아보며 말을 이었다. 「우리는 유대인에 대해 아무런 반감이 없어. 그런 건, 그 모든 건 대세야. 봐, 마르게리타 사르파티, 두체의 이전 애인을 생각해 봐, 그 여자는 유대인이었다고. 그리고 나 역시 아주 기꺼이 유대 여자들과 사귀었다고. 정부로서는 유대인을 공격할 의도는 조금도 없어.」

「거짓말이야.」 비올라가 대꾸했다. 「자신이 거짓말을 한다는 걸 모르고 거짓말하는 걸 수는 있겠지. 여기 모인 사람들 모두 거짓말을 하고 있어.」

비올라가 캄파나를 돌아보며 이 말을 했기 때문에, 의자에 앉아 있던 캄파나가 자세를 바로잡았다.

「나, 내가 거짓말을 한다고?」

비올라가 웃기 시작했다.

「무슨 이야기부터 해야 하나? 미국을 여행하게 해주겠다고 했던 약속은? 15년 전이었죠?」

「그게 당신이 원하는 거야? 미국이라고? 좋아.」

캄파나가 의자를 밀치고 일어나 나가자 모두의 혼란스러움이 배가되었다. 후작이 살짝 음식을 게워 냈고, 그러자 갑자기 그의 건강이, 그가 느끼는 안락함만이 중요해져서 이제 모두 후작만 바라봤고, 그가 오늘 행복한 시간을 보냈을 게 틀림없으며 아들 프란체스코가 자랑스러울 거라고 — 「프란체스코가 자랑스럽지 않으세요?」 — 한 마디씩 해댔고, 모두가 아이에게 말을 건네듯 그에게 말을 건네는 데 앞다퉈 열의를 보였다.

그러다가 캄파나가 돌아와서 자리에 앉더니 비올라를 응시했다.

「이틀 뒤에 떠날 채비를 해. 주말이 되기 전에 당신은 미국의 거리와 빼닮은 거리를 걷게 될 거라고, 내 약속하지.」

비올라는 그러한 반전이 있을 거라고는 예상하지 못했었다. 기쁨의 함성을 지르고 싶던 차에 아슬아슬하게 자신이 화난 상태임을 떠올린 아이처럼, 두 감정 사이의 끝없는 투쟁이 벌어지고 있는 두 눈. 비올라가 거의 공격적이다 싶게 요청했다.

「미모도 가도 되죠? 여행 경비를 댈 수 있을 정도로 부유하니까.」

「미모가 와도 될 뿐만 아니라, 돈 쓸 일은 전혀 없을 거야.」

나는 그날 저녁 이상한 느낌이 들면서 배가 똘똘 뭉친 상태로 귀가했는데, 그 느낌은 앞으로 있을 여행과는 별 상관이 없었다. 나와 헤어지기 전 비올라는 『코리에레』지 1면에서 잘라 낸 기사를 내 손아귀에 쑤셔 넣었다.

나는 침대를 빼면 침실의 유일한 가구인 거울 앞에 섰다. 그날 아침 프란체스코의 서품식에 가기 위해 단장하다가 흰 머리카락 한 올이 생겼다는 사실을 알려 줬던 거울. 옷을 벗다가 그 기사가 호주머니에서 빠져나와 방바닥에 떨어졌다. 기사를 읽을 필요도 없었으니, 제목으로 충분했다. Le leggi per la difesa de la razza approuvate dal consiglio dei ministri. 나는 다시 흰 머리카락을 찾아보다가 두 가닥을 더 찾아냈고, 그에 더해 몸에서도 같은 색깔의 터럭 몇 가닥을 찾아냈다. 나는 나이를 먹으면서 서서히 몸무게가 불어났다. **국무 회의에서 승인받은, 인종 보호를 위한 법령.**

그랬다, 거울에 비친 모습이 마음에 들지 않았다.

이틀 뒤 인길테라 호텔에서 비올라와 만났다. 날이 선선한 것이 딱 좋았다. 운전사가 나를 호텔 입구에 내려 주고 내 여행 가방을, 이전에 이탈리아 전역을 돌아다니며 끌고 다녔던 가방과는 달리 호사스러운 가방을 내려놨다. 인도에 서 있던 비올라는 안달이 나서 발을 구를 판이었다. 이해는 갔다. 나도 고객들을 통해서 콘테 디 사보이아선이나 SS 렉스선의 화려함을 찬양하는 말을 수도 없이 여러 번 들어 왔는데, 몇 년 전, 이 파시스트 정권으로서는 무척이나 만족스럽게도 그 두 유람선이 가장 빠른 대서양 횡단 정기선에 수여하는 블루 리본상을 획득했다. 이탈리아는 바다를 지배했다. 그 두 대형 여객선은 제노바에서 출발했다.

캄파나의 자가용 란치아 아프릴리아가 도착했는데, 번쩍 거리는 새 차였다. 다급한 마음에 비올라는 직접 트렁크에 짐을 실었다.

「네 남편은 어디 있는데?」

「도중에 합류하겠대.」

차에 오르자 차는 즉시 전속력으로 내달렸고, 우리는 사내 애들 무리를 지나쳐 갔다. 열두 살짜리들이, 검은색 제복을 입고 목에 푸른색 스카프를 두른 미래의 파시스트가 될 어린

이들이 작은 광장에 모여 커다란 동작을 취해 가며 체력 단련을 하고 있었다. 빠르게 스쳐 가는 도시의 담장들은 빨간색, 초록색, 그리고 흰색의 기다란 리본처럼 하나로 이어졌지만, 차의 속력이 살짝 줄어들면 리본이 쪼개지면서 국산 애용을 강권하고 민족의 재능을 찬양하는 내용의 선전물들임이 드러났다. 공원에서는 몸을 쓰느라 두 뺨이 빨개진 청소년들이 골문을 대신하는 두 개의 쓰레기통 사이에서 너덜거리는 가죽 공을 찰 특권을 서로 다퉜다 — 몇 달 전, 이탈리아는 지노 콜라우시와 실비오 피올라의 마법의 발 덕분에 이탈리아 축구 역사상 두 번째로 월드컵에서 우승을 차지했다. 나는 차창 밖의 그 모든 풍경에 거의 관심을 두지 못했는데, 우리가 남쪽을 향해 가고 있다는 사실에 더 신경이 쓰였기 때문이었다.

「우리가 어디로 가고 있는지 이해가 잘 안 가는군.」 내가 중얼거렸다.

「미국이지!」 비올라가 외치고는 얼른 입술에 손을 갖다 대며 킥킥거렸다. 「왜 그런 얼굴을 하고 있어? 내가 널 안 뒤로, 미모, 넌 늘 그 표정이야. 스물두 해를 그런 표정이었다고.」 그녀가 인상을 찌푸려 보이며 말했다.

「난 그저 어디에서 출발할 건지를 알고 싶은 거야. 어떤 여객선을 탈 건지, 뭐 그런 것들. 네 남편이 아무 말도 안 해 줬어?」

「응. 인생을 좀 즐기라고!」

그러더니 창문을 내리고는 올빼미 같은 긴 울음소리를 내

448

질렀고, 온갖 돌출 행동에 익숙한 운전사는 못 들은 척했다. 이제 우리는 들판에 있었고, 나는 로마를 여기저기 돌아다녔던 터라 ── 모든 주정뱅이는 훌륭한 지도 제작자이다 ── 우리가 제노바를 향해서도, 바다를 향해서도 가고 있지 않다는 것을 깨달을 정도는 되었다. 캄파나는 내가 모르는 뭔가를 알고 있었다.

  40여 분 뒤, 란치아는 두 개의 들판 사이로 난 흙길로 들어섰다. 길 끝에는 거대한 담이 수평선을 대신하고 있었다. 저 멀리 급수탑 하나만이 담 위로 삐죽 솟아 있었다. 우리는 아무 데도 아닌 곳 한가운데에서 멈췄고, 눈앞에 그 건축물의 유일한 출입구인 금속제 문이 나타났다. 갈아엎은 땅과 담 발치에 남은 도료의 흔적에서 지은 지 얼마 되지 않았음을 짐작할 수 있었다. 운전사가 두드리자 문이 열리며 더러운 작업복을 입은 남자가 모습을 드러냈다. 입술에 손가락을 갖다 대며 따라오라는 손짓을 했다. 비올라는 내게 묻는 듯한 눈길을 던졌지만 나는 어깨를 으쓱했다. 우리가 막 넘어선 담과, 비계와 흡사한 구조물 사이로 좁다란 통로가 나 있었다. 구조물은 오른쪽과 왼쪽으로 1백여 미터에 걸쳐 길게 펼쳐졌다. 목재 외장재로 덮여 있어서 그 너머에 무엇이 숨어 있는지 볼 수는 없었다. 입에 담배를 문 안내인이 강철관들 사이로, 그만이 알고 있는 미로 사이로 들어섰다. 그는 단 한 마디도 입 밖에 내지 않았다. 마침내 그가 외장재에 묻혀 눈에 띄지 않는 문을 살짝 열고 우리에게는 손짓으로 움직이지 말라고 엄명을 한 뒤, 그 안쪽을 신중한 눈으로 들여다보고는 옆으로 비켜서며 우리를 지나가게 했다.

비올라와 나는 금주법이 한창이던 1923년의 로스앤젤레스로 빠져나갔다.

후진으로 거리를 질주하며 포드 T가 우리를 지나쳤는데, 톰프슨 경기관총으로 무장한 갱스터들이 뒷좌석에 천하태평인 모습으로 앉아 있었다. 무거운 모피 외투를 걸친 두 명의 경관이 담배를 피면서 그 뒤를 쫓아갔다. 맞은편에는 〈Grocery Store(식료품점)〉라는 간판이 걸린 상점이 있었고, 박살이 난 그 진열창 앞 보도의 넓게 번진 피 웅덩이에 시체들이 너부러져 있었다. 가방 여러 개를 비스듬히 어깨에 둘러맨 어떤 여자가 내게로 다가왔다.

「무슨 역이죠? 분장 팀을 안 거쳤나요?」

「내 손님들이야, 리지.」

캄파나가 진열창이 박살 난 그 식료품점에서 불쑥 모습을 드러냈다. 그는 앞쪽에 누워 있는 시신들을 성큼성큼 건너다가 부주의로 그중 한 명을 발로 차고서 사과했다. 그 시체는 예의 바르게 답했다. 「괜찮습니다.」 캄파나에 이어 루이지 프레디가 나왔는데, 정부에서 의뢰한 작업 대부분이 이 인물 덕택이었지만, 4년 전 팔레르모에서 팔라초 델레 포스테 개관식이 있은 뒤로는 본 적이 없었다. 프레디가 우리에게 열렬한 인사를 건넸다.

「치네치타에 오신 걸 환영합니다! 미모, 오랜만이오. 다시 뵙게 되어서 기쁩니다, 캄파나 부인. 우리 스튜디오가 어떤 가요?」

루이지 프레디는 성공을 거뒀다. 미국인들과 경쟁하고 싶다던 그의 꿈은 도시 바깥의 이 도시에서, 착시의 예술에 전적으로 바쳐진 이 성채에서 구현되었다. 사람들이 곧 테베레 강 가의 할리우드라고 부르게 될 이곳은 상냥하고 옷 잘 입고 미소가 끊이지 않는 이 상냥한 남자의 정신에서 태어났다. 하지만 착각은 금물이었다. 치네치타는 일종의 무기였다. 정부의 온갖 자산을 동원해 이 계획을 뒷받침했던 두체 그 자신의 말에 따르면, 국가의 가장 강력한 무기.

「이 스튜디오의 부지는 60헥타르에 달합니다. 우리는 지금 여기 계신 캄파나 씨의 팀에게 그러듯이 우리가 관리하는 여러 팀에게 이런저런 거리들을 제공하고 있고요, 그 거리들을 다 합하면 75킬로미터에 달할 겁니다.」 프레디는 우리가 서 있는 대로를 가리키며 설명했다. 「바로 이 거리 끝에서 오른쪽으로 도시면 23세기 전의 로마와 맞닥뜨리게 되죠. 우리는 그곳에서 작년에 〈스키피오 아프리카누스〉를 찍었어요.」

「그래, 어때?」 캄파나가 의기양양해서 외쳤다. 「내 말이 거짓말이야, 아니야? 지금 당신이 있는 이곳이 미국이야, 아니야? 당신은 모두에게 선셋 대로에서 걸어 봤다고 말해도 된다니까. 그리고 이걸 봐!」

그가 인도에 심어 놓은 오렌지나무에 다가가더니 오렌지

451

열매를 하나 따서 내게 던졌다.

「진짜 열매라고! 이곳의 모든 것은 진짜야, 아니 거의 진짜야!」

손에 수첩을 든 어떤 젊은 여자가 다가와서 그의 귀에 뭔가를 속삭였다. 캄파나가 고개를 끄덕였다.

「어쩌지, 배우하고 문제가 생겨서. 배우 없이 영화를 만들수 있다면 천국일 텐데. 잠깐 다녀올게. 마음껏 즐겨, 단 카메라가 돌면 게르하르트의 지시를 따라 주고.」 그가 우리를 접대했던 작업복 차림의 남자를 가리키며 말을 맺었다.

마침내 나는 용감하게 비올라를 바라봤다. 그녀의 두 눈이 번쩍거렸다. 감탄해서도 아니고 흥분해서도 아니었다. 분노였다. 캄파나조차 그 사실을 계속 모를 수는 없었다.

「자, 재미있지, 안 그래? 얼마나 많은 사람이 이곳에 와보기를 꿈꾸는지 알아? 우리는 알 카포네에 관한 영화를 찍고 있어.」

「나를 미국으로 데려갔어야죠.」

「당신은 유머라고는 전혀 없어, 빌어먹을. 당신을 즐겁게 해주기란 불가능해. 내가 종종 그곳에, 미국에 가잖아. 장담하는데, 거기는 여기와 정확히 똑같아. 우리 무대 장치가는 미국인이거든. 피곤하게 여행은 해서 뭐 하게? 뭐, 좋아, 당신이 고집한다면 데려가 주지.」

「언제요?」

「가능한 한 최대한 빨리. 약속해. 뉴욕, 샌프란시스코, 진짜 도시들, 그리고 당신이 원하는 것 전부 다. 코니아일랜드, 그랜드 캐니언, 워너 브라더스 스튜디오들. 아주 떡 벌어지게 한 상 차려 줄게. 됐지, 여보?」

이제는 한참 나온 배가 먼저 나서는 상태이지만, 여전히 매력적인 모습으로 그는 아내의 손을 잡으려고 다가갔다.

「용서한 거지? 용서받았다고 말해 줘.」

비올라가 한숨을 쉬고는 그에게 미소를 선사했다.

「그래요.」

「좋아. 당신은 짐작도 못할걸? 저기 저 작은 길 보여? 저 길 이름을 당신 이름을 따서 다시 붙이려고.」

그가 수첩을 든 젊은 여자를 향해 손가락을 튕겼다.

「소품 담당자 오라고 해요. 이 골목길에 붙일 〈비올라 오르시니가〉라는 표지판을 준비해서 오라고 해요. 감독에게는 아무 말도 하지 말고. 어쨌든 그 얼간이야 눈치조차 못 채겠지만.」

그는 아내의 뺨에 입술을 갖다 대고는 멀어져 갔다. 루이지 프레디는 그런 그의 뒷모습에 회의적인 눈길을 주다가 우리를 데리고 선셋 대로로 올라갔다. 저 끝에 하늘이라고 생각했던 건 색칠한 천에 불과했다. 길을 따라서 눈에 띄지 않는 출입구까지 갔고, 알려 준 대로 기원전 3세기 시대로 들어갔다. 프레디는 고대 로마를 조금 구경시켜 주고는 페니키아의 갤리선이 한 척 떠 있는 인공 호수 앞에서 우리와 헤어졌다.

「다 돌아보고 나면 다시 선셋 대로로 와요.」

오후가 끝나 갈 무렵 운전사가 우리를 다시 호텔로 데려다줬다. 비올라는 살짝 멍해 보였지만 겉으로는 평온했다. 비올라는 가족과 함께 저녁 식사를 했고 — 오르시니 집안은 다같이 이틀 뒤에 귀가할 예정이었다 — 난 관계가 다시 이어진 세르비아의 공주와 저녁을 들었다. 우리는 우리 육체에 다시 기회를 줘봤고, 실제로 쾌락이 느껴져서 둘 다 깜짝 놀랐다. 알렉산드라는 이제 돈은 필요 없었지만 — 1935년에 재력가 노인과 결혼을 했으니까 — 나 말고는 로마에 친구가 없음을 깨달았다. 저녁 식사는 침대에서 끝이 났는데, 그 결과는 이번에도 역시 만족스러웠고, 우리 몸이 다른 만큼 — 알렉산드라는 키가 1미터 83센티미터였다 — 놀라웠다. 내가 애벌레처럼 발가벗고서 9월의 미풍을 맞으며 토스카노 한 대를 피우고 있는데 누군가가 공방 문을 두드렸다. 자정이었다. 캄파나가 또다시 분별없는 짓을 저질렀을까 봐 두려워하면서 어깨에 담요를 두르고 문을 열어 주러 내려갔다. 비올라였다. 비올라는 말없이 나를 바라봤고 나도 호기심을 느끼며 마주 바라봤다. 알렉산드라가 완전히 벌거벗은 채 내 뒤로 모습을 드러냈다.

「누구야, 자기?」 수많은 유부남이 결혼 서약을 저버리게 했던 그 특유의 r 발음, 유난스레 굴리는 발음으로 알렉산드라가 물었다.

「아무도 아니야. 친구야. 침실에서 기다려.」

알렉산드라가 뾰로통해서 올라갔다. 조롱하는 미소가 비

올라의 입술에 나타났다.

「너는 마다하는 게 하나도 없구나.」

「말 한번 잘했네, 공주씩이나 되는데. 그런데 도울 일이라도 있어, 비올라?」

「이런 시각에 방해해서 미안해. 네가…… 바빠 보여서. 하지만 작별 인사를 하고 싶었어. 난 떠나.」

「알아. 이틀 뒤잖아. 다시 볼 시간이 있을 텐데.」

「아니야. 내일 떠나. 아무도 몰라.」

눈썹을 찌푸리며 내가 뒤쪽의 문을 닫았다.

「그게 무슨 말이야, 내일 떠난다니?」

「끝났어, 미모. 그런 삶은. 난 애써 봤어. 캄파나는 절대 변하지 않을 거야. 내 가족도. 난 떠나.」

「어디로?」

「미국으로. 내일 아침에 제노바행 기차를 탈 거야. 3일마다 정기 여객선이 있대.」

「미쳤어?」

「아니, 미모.」 친구가 내 눈을 똑바로 바라보면서 말했다. 「미치지 않았어.」

「하지만…… 무슨 돈으로?」

「돈이 조금 있어. 은행에서 찾을 생각이고.」

「네 이름으로 계좌가 있어?」

「아니.」

그렇게 재빨리 계획을 세워 본 적은 내 평생 단 한 번도 없었다.

「좋아. 같이 가자.」

「네가?」

비올라를 사무실로 들여보내고 잠시 기다리게 한 뒤, 반쯤만 믿는 눈치였지만 집안에 급한 일이 생겼다는 구실을 대면서 알렉산드라를 떼어 냈다. 하지만 공주들은 질투하지 않는 법. 어쩌면 그녀가 진짜 공주라는 증거가 아닐까? 커피를 만들면서 비올라에게 계획을 설명했다. 내게는 돈이 있다. 우리는 첫 번째 여객선을 타고 함께 출발한다. 비올라가 뉴욕에 자리 잡자마자 나는 돌아와서 가족에게 알린다. 그 누구도 비올라를 건드리지는 못할 거다.

「뉴욕…….」 그녀가 중얼거리는데, 그 두 눈에 벌써 마천루가 가득 들어찬 듯했다.

비올라는 한마디 말도 없이 그저 나를 꼭 껴안았는데, 감동한 게 분명했다. 우리는 내일 아침 6시에 호텔에서 만나 곧장 역으로 간다. 짐은 조금만 갖고 여행해야 한다 — 필요한 건 가다가 산다. 나는 비올라가 돌아서려는 순간 붙잡았다.

「제노바에 가기 전에, 어디 잠깐 들렀으면 해. 네게 보여 주고 싶은 게 있거든, 괜찮지?」

비올라가 주저하는 것을 보고 얼른 덧붙였다.

「날 믿어도 돼.」

기차가 우리를 싣고 북쪽으로 향할 때 로마는 위대함을 꿈꾸며 여전히 잠에 빠져 있었다. 일등칸에 오른 뒤, 비올라는 내가 예고한 그 비밀에 싸인 경유지를 알아내려고 나를 괴롭혔다. 굳건히 버티다가 피사에서 비올라를 데리고 열차를 갈아탔다. 피렌체역에서 열차가 멈추고 1, 2분이 지났을 때, 『라 스탐파』를 읽는 시늉을 하고 있다가 좌석에서 벌떡 일어섰다.

「어서! 여기서 내리자!」

비올라가 벌떡 일어났고, 깜짝 놀라 어쩔 줄을 모르다가 가방을 떨어뜨리고는 웃음을 터뜨렸다. 아슬아슬하게 기차에서 내린 순간 우리 뒤에서 기적을 울리며 열차 문이 닫혔다. 비록 우리는 각자 가방 하나씩만 소지했지만, 나는 짐꾼을 소리쳐 불렀고 발리오니 호텔의 주소를 주었다.

이전에 나는 악취를 풍기고 너덜거리고 나와 다른 사람들의 방탕한 생활로 때가 묻은 옷을 입고 입안은 텁텁한 상태로 피렌체를 떠났었다. 이제 정복자로 돌아왔다. 발리오니 호텔 앞의 문지기는 모르는 사람이었지만, 우리를 보자 서둘러 회전문을 돌렸다. 나는 비올라와 내가 각기 묵을 스위트룸 두 개를 청했다.

「지금 남아 있는 스위트룸은 하나밖에 없습니다, 비탈리아니 씨. 하지만 아주 아름다운 객실이 있는데…….」

손짓 한 번으로 안내원의 말을 잘랐다.

「그럴 필요 없어요. 엑셀시오르 호텔로 갈 테니까.」

안내원은 곧 얼굴 표정이 바뀌었다.

「제가 할 수 있는 일이 있을지 좀 보겠습니다, 비탈리아니 씨. 어쩌면 스위트룸을 하나 더 드릴 수 있을 것 같아서요, 저희 쪽에서 조절해 보죠.」

나는 슬쩍 비올라를 팔꿈치로 건드리고는 눈썹을 찌푸렸다.

「이해가 안 가는군. 스위트룸이 있다는 겁니까, 없다는 겁니까? 여기는 발리오니가 맞긴 한가요? 실수로 대실이나 하는 호텔에 들어온 게 아닌가 싶어서. 예전에 발리오니가 있던 바로 그 장소에 있는 호텔이긴 한데.」

안내원은 거북해하면서 억지 미소를 지었다.

「이런 착각을 저지르다니, 죄송합니다, 비탈리아니 씨. 지금 비어 있는 스위트룸 두 개가 확인됐습니다. 이런 불쾌감을 드린 것에 대해서 사과하는 의미로 샴페인 한 병을 제공해도 될까요?」

엘리베이터에서 비올라와 나는 웃음을 터뜨렸다. 그러고 나서 우리는 도시 한복판에 좌초한 대서양 횡단 정기선의 좁은 통로에서 비틀거리듯, 길게 이어지는 통로를 따라갔다. 우리가 빌린 스위트룸은 두 명의 나이 지긋한 중년 부인 같았는데, 어두운 목재 패널과 겨자색 벽지로 마감된 그곳은 저 높은 곳에서 도시를 굽어보고 말없이 시대의 분위기를 지켜보는 증인이었다. 1938년인데도 스위트룸에서는 고색창연한 매력이 풍겼다. 발리오니 호텔은 태어날 때부터 구식이라는 점에서, 어쩌면 존재했던 적 없는 시대의 메아리라는 점에서 유일무이했다.

우리는 서둘렀다 — 다음 날 아침에 제노바행 8시 25분 기차를 타야 했다. 나는 몇 군데 전화를 한 뒤 비올라를 찾으러 갔다. 비올라는 여행복을 벗고 바지로 갈아입었고, 어깨까지 내려오는 머리는 포니테일 스타일로 묶었다. 그녀의 특징을 이루는 그 굴곡이 없었더라면, 빠르게 스쳐 가는 사람들에게는 여자애 같은 남자로 보였을 법했다. 우리는 베키오 다리를 건너 반대편 강가의 동쪽 방향으로, 내가 수도 없이 오갔던 그 길을 걸었다. 비올라는 나의 피렌체 체류 시기에 대해 아는 게 하나도 없었다. 어쨌든, 내가 편지에 적었던 미화되고 가짜인 초상화 말고는.

공방에는 이제 익숙한 얼굴이라고는 하나도 없었다. 부엌 겸 사무실에 틀어박혀 어느 성당의 도면을 들여다보고 있는 메티의 얼굴을 제외하면. 우리가 찾아간다고 미리 알리지 않았다. 잠시 그를, 나의 옛 사부를, 카포레토 전투에서 팔 하나를 잃었던 남자를 지켜보다가 칸막이 문에 노크를 했다. 그는 방해받아서 짜증 난 얼굴로 고개를 들었고 나를 알아보자 두 눈이 휘둥그레졌다. 그가 울음을 터뜨리는 게 아닌가 싶었다.

드디어, 그가 책상을 돌아 나와 나를 꽉 끌어안았다. 15년 세월 동안 그는 몸이 쪼그라들었고, 머리는 완전 백발이 되었다. 55세가 채 안 됐는데도.

「미모, 이렇게 놀라울 데가. 그리고 이분은 비탈리아니 부인인가?」

비올라가 사춘기 여자애처럼 얼굴을 붉혔다.

459

「아니에요, 저는 비올라 오르시니입니다. 친구예요.」

「아, 아마, 그 입원했다던 젊은 여성?」

비올라가 소스라치며 방어 태세를 취하다가, 잠시 그의 얼굴을 찬찬히 살피더니 자신이 환우와, 그러니까 백색으로 칠한 복도와 에테르 냄새에 익숙한 동료와 말을 나누는 것임을 깨달았다.

메티는 피렌체의 최고급 레스토랑에서 우리와 함께 저녁 식사를 했다. 그는 신문을 통해 내가 경력을 쌓아 가는 것을 쭉 지켜봤는데, 신문은 내가 정부에서 의뢰한 작업을 시작하자마자 서둘러 나를 미화한 초상을 그려 댔다. 네리가 산지미냐노 근처에 자신의 작업장을 연 지 몇 년 됐어, 하고 메티가 알려 줬다. 나는 웃음을 터뜨렸다. 탑의 도시라니. 예전에는 탑의 높이로 소유주의 권력을 보여 줬으니, 그 잘난 척하는 얼간이에게 끝내주게 잘 맞는 도시가 아닌가. 대화가 너무 위험하다 싶게 나의 피렌체 시절과 온갖 종류의 방종한 짓으로 흘러가려고 하면, 나는 대화의 방향을 틀었다.

지오토의 종탑에서 11시를 알리는 종이 울렸다. 대리석 건물 전면에 부딪친 청동 종의 소리가 튕겨 나가 또 다른 전면에 부딪히길 거듭하다가 서서히 잦아들었다. 우리는 다시 보자는 약속을 수도 없이 나누고 헤어졌다. 거리로 나서서 몇 걸음 걷다가 메티가 돌아보았다.

「이제는 왜 조각을 하는지 알게 됐나, 미모?」

「아니요, 사부님! 바로 그래서 제가 아직도 사부님이라고 부르는걸요.」

그는 웃었지만 기꺼운 웃음은 아니었고, 짝 잃은 어깨를 흔들며 다시 출발했다. 멀리서 천둥이 울렸고 도시의 대기에는 비 냄새가 감돌았다. 비올라를 데리고 카보우르가를 따라서 걸어갔는데, 한 번밖에 가본 적이 없었지만 거기에서 싸움에 휘말려 피를 조금 흘렸던 터라 완벽하게 기억하는 길이었다. 산마르코 광장에 도착했고, 비올라는 맞은편에 우뚝 서 있는 성당을 마주하자 굳어 버렸다.

「이곳을 아는데…….」

나는 발테르가 나를 바람맞히지 않기를 바랐다. 문을 세 번 두드리니 그가 열어 주었는데, 예전과 똑같이 여전히 작고 수도사 복장이었다. 미리 통화를 할 때 프란체스코 예하의 이름을 들먹였더니, 이 문이 이렇게 열렸다. 발테르와 나는 좌우로 뒤뚱대며 우리의 짧은 다리로 16년 전과 똑같은 그 계단을 올라갔고, 비올라가 우리 뒤를 따랐다. 계단을 다 오르자 발테르가 내게 등잔을 내밀고는 정확히 똑같은 말을 했다.

「한 시간, 그 이상은 안 됩니다. 그리고 특히 소리를 내서는 안 되고요.」

손짓으로 비올라에게 첫 번째 방으로 들어가라고 권했다. 그녀가 문턱을 넘었고, 프라 안젤리코의「수태 고지」앞에서 걸음을 멈추더니 눈물을 흘리기 시작했다. 들썩거림도 없고 슬픔도 없는, 공작새의 날개를 지닌 천사와 세상을 바꿔 놓게 될 천진한 여인 앞에서 흘리는 기쁨의 눈물이었다.

「고마워, 미모.」

뇌우가 터지면서 우리 머리 위 지붕에 세찬 빗방울을 쏟아 부었다. 나는 등잔을 불어 끄고 번개의 빛이 우리를 안내하는 대로 이 방에서 저 방으로 이동했다. 잠시 동안, 청록색과 황금색, 주홍색과 분홍색, 푸른색이 폭풍처럼 휘몰아치는 가운데 우리의 우정이 다시 색채를 띠었다.

자신이 묵는 방문 앞에서 나와 헤어지기 전에, 비올라는 한쪽 무릎을 꿇었다 ― 몇 센티미터의 차이는 있지만 비올라 역시 세르비아의 공주만큼 키가 컸다.

「고마워, 미모. 나는 오늘 밤을 결코 잊지 못할 거야. 미국에는 여기처럼 진짜 역사가 없어. 하지만 난 그런 역사를 품고 갈 테니 그곳에서 독특한 존재가 되겠지. 내일 봐.」

10분 뒤, 나는 다시 호텔에서 나왔다. 비가 억수같이 쏟아졌지만 개의치 않았다. 내 두 발은 예전의 발자취를, 내가 닳게 했던 포석의 미미한 흔적을 되찾아 그 자리에 가서 놓였다. 전차의 선로가 번들거렸고 번개가 칠 때마다 번쩍거리는 길이 드러났다. 두 발이 나를 장마당까지 인도했고, 그곳에는 낡은 서커스단의 천막이, 전보다 더 기운 자국이 많고 더 색이 바랜 천막이 서 있었다. 가장자리의 올이 풀린 비차로 서커스단의 깃발이 폭풍우 속에서 춤을 췄다. 두 대의 트레일러가 거기 그대로 있었는데, 사라의 트레일러는 불이 꺼진 상태였다. 비차로의 창가에서 불빛이 반짝였고, 잠시 어두운 형체가 그 빛을 가렸다. 나는 한참을 망설이다가 돌아섰다. 내 삶의 이 부분은 끝났다. 고통, 가난, 뱃속 깊숙이 쌓이던 그 부재들. 어머니의, 비올라의, 미래의 부재, 내가 이 도시의 싸구려 술집마다 들러 메우려고 시도했던 그 헛헛함들. 두 번 다시는 안 하리라.

접수계 직원은 번개가 치고 비바람이 휘몰아치는 밖에서 머리부터 발끝까지 흠뻑 젖은 모습으로 불쑥 들어오는 나를 보고는 괜찮으시냐고 물었다. 아주 뜨거운 물로 샤워를 하고 호텔에서 제공한 실크 목욕 가운으로 몸을 감싸고 ─ 내가 입으니 옷자락이 길게 끌리는 웨딩드레스가 떠올랐다 ─ 이불을 두 개 덮었다. 당연히 잠이 오지 않았다. 새벽 3시쯤 누군가가 문을 살살 두드리기에 곧장 일어나 열어 줬다. 나와 똑같은 가운 차림의 비올라가 아무런 말도 없이 들어왔다. 그녀는 커다란 침대를 가리켰다.

「괜찮지?」

나는 말없이 다시 자리에 누웠다. 비올라는 한쪽에 몸을 눕히고는 내게 몸을 붙여 왔다. 나는 마지막 숨이 붙어 있을 때까지 이 순간을 기억하리라는 것을 알았다. 내 형제들, 지금 보고 있지 않은가, 내가 틀리지 않았다는 걸.

잠시 뒤, 비올라의 목소리가 거의 감지하기 힘들 정도로, 하지만 열어 놓은 창문으로 올라오는 우르릉거리는 천둥소리를 덮을 정도로는 분명하게 새어 나왔다.

「너, 날 배신했지, 그렇지?」

그 질문은 답을 요구하지 않았으며, 우리 둘 다 답을 알고 있었다. 물론, 나는 **배신하다**라는 동사가 마음에 들지 않았다. 하지만 그 동사의 의미에 관한 논의는 나중에 해도 됐다.

「우리 언제 피에트라달바로 돌아가는 거야?」 비올라가 다시 입을 열었다.

「내일.」

어둠 속에서 그녀가 끄덕이는 것이 느껴졌다. 이상했다. 그 애의 분노가 그리웠고, 그 바람에 변명을 늘어놓았다.

「혼자 미국에 갔더라면 뭘 했겠어? 네 가족이 얌전하게 돈을 보내 줬을 것 같아? 지난 24시간 동안 우리 둘 다 그런 척했지만, 너도 나만큼이나 이건 잠깐 샛길로 빠진 거라는 걸 알았잖아.」

「내가 바랐던 건 혹시…….」

「그건 미친 짓이었어. 다른 해결책들이 있을 거야. 난 네게 이로운 쪽으로 움직였어.」

「맞아, 많은 사람들이 내게 이로운 쪽으로 움직이지, 오래전부터. 누구한테 알렸어? 스테파노?」

「프란체스코. 출발하기 전에. 우리가 피렌체에 하루 머물수 있게 내버려두라고 부탁했어. 좀 자둬, 이제. 나중에 다시 이야기하자.」

우리는 나란히 누워 자는 척하면서 동이 터오기를 기다렸다. 아침 6시경이 되자, 자줏빛 물결이 아르노강 위에서 부서지면서 어젯밤의 역청빛 물을 몰아냈다. 누군가가 문을 두드

464

렸다. 문을 열어 주니 어두운 색깔의 양복을 입은 우락부락한 남자 두 명이 우리를 피에트라달바로 데려가려고 복도에서 기다리고 있었다. 결국 우리에게는 나중에 다시 이야기할 기회가 없었다.

칸디도 아만티니는 서민 문화가 훗날 구마사에 부여하게
될 이미지와 닮은 면이 전혀 없었다. 파드레 빈첸초는 예전에
젊은 사제였을 때 그를 만난 적이 있었는데, 번개를 다루고
악마들을 단칼에 베는 사제라기보다는 커다란 안경을 쓴 온
화한 남자로 기억했다. 하지만 윌리엄스 교수에 의하면 그는
로마 교황청의 종교 재판소가 과학계의 전문가들에 앞서 도
움을 청한 최초의 인물이었다. 보고서를 보면 그는 거의 연속
열두 시간 동안 조각상과 함께 틀어박혀 기도했고, 그러는 동
안 피에타가 보관된 수장고 문 앞에는 두 명의 스위스 근위병
이 보초를 섰으며, 신부가 갖고 들어간 물품이라고는 〈17세
기의 성서, 양초 한 상자, 그리고 흰색 분필 한 상자〉가 전부
였다고 기술되어 있다. 보고서에는 근위병들이 무어라도 보
거나 들은 것이 있는지에 대한 내용은 나와 있지 않다. 칸디

도 아만티니는 마침내 밖으로 나왔고 일주일 뒤 판결문을 제출했다. 조각상은 악마에 들린 게 아니었고, 그 때문에 더더욱 당혹스러울 뿐이었으니, 왜냐하면 그 역시 여러 시간동안 조각상을 응시하고 난 뒤에 그 이상한 **존재**를, 눈앞에서 촛불의 불빛을 받아 흔들거리고 있는 묵직한 대리석 이외의 무엇인가를 감지했기 때문이다. 하지만 그 존재는 악마와 무관하다, 하고 그는 장담한다. 악마라면 구마의 순간에, 마치 낙뢰가 바로 근처에 떨어지기라도 한 듯이 필연적으로 불탄 벌판 냄새나 녹내 혹은 달걀 냄새를 동반하기 마련이니까.

아만티니는 조심스레 설명을 내놓았고, 훗날 라슬로 토스가 비탈리아니의 피에타를 파괴하려고 찾아다니다가 발견하지 못하고 대신 미켈란젤로의 피에타에 덤벼드는 사건이 발생할 때, 어떤 사람들에게 그 설명은 라슬로 토스가 저지른 행위의 이유를 밝혀 주게 된다. 즉 작품이 신성에 접근했다는 것이다. 그 작품이 뭔가에 들린 것은 맞는데, 그 뭔가가 신적 존재라는 것이다. 바로 그런 이유로 그 작품은 위험하다. 신은 가까이 접근하기에는 너무 위대하며, 그렇기에 신은 베드로의 방황에도 불구하고 그에게 중재자로 사용할 단체를, 교회라는 단체를 세우는 임무를 맡기셨다. 만약 누군가가 신성에 직접 접근하여 시스티나 경당 천장에 그려진 아담이 그리하듯이 손가락으로 그를 만질 수 있다면, 그렇다면 교회가 무슨 소용이 있겠는가? 로마 교황청 성청 — 1908년에 종교 재판소를 대체했다 — 에 아만티니가 제출한 권고 사항을 보면

467

그의 입장은 단호하다. 예술적 관점에서 본 피에타상은 걸작이다. 반면에 교리적 관점에서 보면 그 작품은 설명이 불가능하긴 하나 이단이다. 아만티니는 자신이 이 현상을 이해하는 데 실패했다고 고백하면서도, 그 조각상을 다시는 대중에게 노출해서는 안 된다고 권고한다.

각주에서 윌리엄스 교수는 모순적인 지점을 강조한다. 사건을 아만티니 신부에게 위임한 이 때늦은 종교 재판소, 비록 명칭이 변경되었다고는 하나, 이 종교 재판소가 1573년에는 베로네제가 「시몬의 집에서 식사하는 예수님」에 감히…… 난쟁이들을 그려 넣었다는 이유로 그를 출두시켰다. 난쟁이들, 화가가 그린 장면의 성스러운 성격에 반하는 우스꽝스럽고 기괴할 수밖에 없는 인물들. 그로부터 거의 4백 년이 흐른 시점에 바로 그 동일한 종교 재판소가 이번에는 난쟁이에게 **지나치게** 신성하다며 비난을 하게 된다.

그 뒤를 이어 과학과 역사 전문가들이 밀려들었다. 조각상을 상대로 무게를 달고 크기를 재고 엑스레이 촬영을 실시했다. 엑스레이로 초미세 균열조차 없음이 밝혀졌는데, 대리석의 품질이 최고급이라는 의미였다. 조각상이 방사능 물질 혹은 라돈 가스를 발산할 가능성이 제기되었지만, 실험 결과 그런 가정은 파기되었다. 초석을 재보고는, 그 크기가 황금비에 들어맞으며 조각상의 몇몇 지점들을 이으면 신성한 비율이 찾아진다는 사실을 발견했다. 하지만 그로부터 그 어떤 결론이라도 끌어내는 것은 불가능했는데, 그 조각상이 그러한 조화의 법칙에 들어맞는 최초의 작품은 아니었으니까. 가장 우스꽝스러운 이론들 — 대리석에 운석 입자라는 이물질이 들어 있다거나 전리 방사선이 나온다거나 하트만 맥이나 커리 맥 유형의 자기 맥이 증폭된다거나 — 이 언급되다가 기각되었다. 모든 전문가가 아만티니 신부의 결론에 동조했다. **우리는 알아낸 것이 아무것도 없다.**

다른 사람들의 이론을 열거한 뒤 윌리엄스 교수는 드디어 자신의 이론을 내놓는다. 그의 말에 따르면, 종교도 과학도 해답을 발견하지 못할 것이다. 그 전문가들 중 진정으로 조각상을 본 사람은 아무도 없었다. 오래 지켜본 사람이라면 성모의 얼굴과 그 윤곽, 적지 않은 나이가 분명함에도 불구하고 배어 나오는 여성성과 관능성에 매혹될 수밖에 없다, 하고 그는 덧붙인다. 그리스도의 어머니가 되기에는 비정상적으로 젊은 미켈란젤로의 피에타와는 대조적으로 비탈리아니의 피에타는 젊은 여자가 아니다. 삶을 겪어 본 사람이다. 윌리엄스는 이 조각상의 비밀은 조각가와 모델의 관계에 있다는 가설을 조심스레 내놓는다.

조각가는 모델과 아는 사이였고, 그러한 관계의 성격에서 비밀이 탄생한다, 하고 윌리엄스는 말한다.

레너드 B. 윌리엄스는 인생의 마지막 20년을 그 작품 연구에 바치고 나서, 한편으로는 자신이 옳았고 또 한편으로는 자신이 완전히 틀렸다는 사실을 알지 못한 채 1981년에 세상을 떴다.

오르시니 가문은 영예의 절정에 있지만 그렇다는 사실을 모른다. 오렌지나무들은 호수의 물 덕분에 그 어느 때보다도 많은 열매를 맺는다. 잡종 오렌지나무도 마찬가지라서, 이제부터 소출의 상당 부분을 내다 판다.

1939년 2월 10일, 비오 11세가 바티칸에서 심장 마비로 갑자기 사망한다. 몇몇의 말을 따르자면 교황이 파시스트의 통치 방식을 고발하는 연설을 할 참이었기에, 그리고 교황의 주치의가 무솔리니의 가장 최근 애인인 클라라 페타치의 아버지였기에 떠들썩한 소문이 빠르게 퍼져 나간다. 교황이 지나치게 거추장스러워지자 무솔리니가 독살했을 거다.

1939년 3월 2일에 발생한 혼란. 바티칸의 지붕에서 피어오른 연기가 처음에는 검은색을 띤다. 이는 기술적인 문제로, 마침내 흰색으로 바뀌지만, 어쨌든 라디오 바티칸에서 교황이 선출됐음을 확인해 준다.

Habemus papam(교황이 새로 선출됐습니다).

17시 30분, 에우제니오 파첼리는 교황이 된다. 내가 경력을 쌓게 도움을 베푼 사람. 교황명은 비오 12세로, 그는 저녁에 침실로 들어가 자신의 가정부를 돌아보고 교황의 흰색 수단을 벗으며 중얼거린다. 「대체 저들이 나를 갖고 무슨 짓을 했는지 봐요.」

전쟁이 끝나자, 죽음에 대한 말을 듣고 싶어 하는 사람은 아무도 없었다. 1920년대는 삶의 시기, 무서운 속도로 미친 듯이 돌아가는 삶의 시기였고, 온통 툭툭 끊어지고 튀는 이미지들로 이루어진 그 시절의 영화들이 당시 현실을 제대로 포착했다는 생각을 한두 번 한 게 아니었다. 1930년대에는 죽음과 멀어지면서 생겨난 온건한 호기심으로 인해 죽음이 다시 유행한다. 스스로를 과대평가했다 하면 아주 작은 도시일지라도, 약간의 야심이라도 있다 하면 아주 작은 마을이라도, 자신만의 위령 조형물을 가져야 할 의무가 있었다. 나는 썩 내키지 않았지만 피에트라의 위령 조형물을 조각해야만 했는데, 그 위에는 단 한 명의 이름만이 새겨진다는 특이점이 있었다. 군 당국은 이런 외진 골짜기에서까지 징집을 하려는 생각이 없었는데, 혹은 오르시니 가문의 기분을 상하게 하지 않으려고 피해 가고 싶어 했는데, 그 가문의 아들 비르질리오가

먼저 자원하겠다는 잘못된 생각을 함으로써 운명의 근시안
적 시각을 자신에게로 끌어당겼다. 그 때문에라도 결과는 더
더욱 비극적이었는데, 공식적으로 내 오른팔이 된 야코포는
씩씩한 느낌의 회색 묘석을 제작했고, 비 오듯 쏟아지는 총탄
아래서 깃발을 치켜든 제1차 세계 대전 참전 용사를 그 위에
세웠다. 텅 빈 판석 위에서 길을 잃은 그 유일한 이름을 응시
하다 보면, 〈천하에 멍청이일세〉라는 생각을 안 하기란 거의
불가능했다. 애도는 모욕이 되었다. 오르시니 가문은 그 조형
물을 증오했고, 시장도 증오했고, 나 역시 증오했기에, 그걸
부수는 데 전혀 거리낌이 없었다. 나는 다시 팔라초 델라 치
빌타 이탈리아나에 사용될 조각상 작업에 쉬지 않고 매달렸
고, 1930년대가 저물도록 그 일에 시간을 바쳤다.

피렌체에서의 사건 — 내가 그 말을 좋아하든 말든, 나의
배신 — 이후로 비올라는 더 이상 내게 말을 걸지 않았다. 내
가 초대받은 만찬 자리에도 절대 참석하지 않았다. 미사를 보
는 날 — 나는 교회의 유지 보수를 맡았고, 그 일을 직접 하는
것을 명예로 여겼다 — 마을에서 우연히 마주치게 되어도 비
올라는 나를 못 본 척했다. 쉬운 일이었으니, 눈길을 내리지
만 않으면 되는 거니까. 그녀는 똑바로 앞만, 내가 정상적인
신장을 가졌더라면 차지했을 허공만 바라봤고, 내가 그곳에
없으니 나를 모른 척했다. 발송인의 정체를 드러내 배신(그는
나를 보며 당연히 **배신**이라는 말을 강조했다)을 저지르고 싶
어 하지 않는 엠마누엘레를 통해 우표도 붙어 있지 않고 발송

인도 미상인 편지 봉투를, 그리고 그 안에 담긴 오려 낸 신문 기사들을 정기적으로 받지 못했더라면 엄청 기분이 상했을 거다. 첫 번째 기사는 그 이전 해 9월에 수중에 들어왔는데, 수정의 밤[45]에 관한, 제3제국의 유대인 박해에 관한 것이었다. 그다음 기사는 무솔리니가 공표한 법령들의 근거가 되어 준 인종주의 과학자 선언에 대한 것이었다. 그 뒤로는 노벨상 수상자 엔리코 페르미와 가르치는 일을 금지당한 그의 유대인 아내의 망명을 알리는 기사가 배달됐다. 페르미는 다른 국가를 위해 핵융합의 기초를 발전시키게 된다. 전언은 명확했다. 스테파노가 내게 거짓말을 했다는 거였다. 그리고 비올라는 여전히 나를 교화하려고 드는 걸로 보건대, 그녀는 우리의 우정이 완전히 죽어 버린 건 아닐 수도 있음을 알린 셈이었다.

피렌체에서 돌아와 오르시니 형제와 캄파나, 그리고 내가 만난 자리에서 소란이 있었다. 캄파나가 노발대발했다. 그 **미치광이 여편네**에게, **애도 못 낳는 빨래판**에게 질렸다. 프란체스코는 눈짓 한 번으로 움직이지 말라고 내게 엄명했다. 그는 비오 12세의 비서였고, 그가 풍기는 아우라가 어찌나 대단한지 나조차 복종했다. 지난해부터 로마의 의과 대학 교수 두 사람, 체를레티와 비니가 전기 충격에 기반을 둔 치료법을 테스트하는 중인데 효과를 기대할 만하다. 비올라의 가출 시도가 실패로 끝난 뒤 그녀를 상담했던 밀라노의 의사가 정신적

---

45 1938년 11월 9일 밤부터 11월 10일까지 나치당원들이 독일 전역의 유대인 가게를 약탈한 사건.

문제가 있다는 진단을 내린 만큼 비올라는 그 치료의 이상적인 후보다. 정신적 문제라면 전기 충격이 어느 정도 효과가 있다. 돼지들과 몇 명의 인간을 대상으로도 그 치료법의 임상 실험을 성공적으로 마쳤다는 캄파나의 설명이 이어지자 스테파노의 얼굴에 경련이 일었다. 프란체스코가 손가락 한 번 놀리는 것으로 그러한 치료책을 일축해 버렸다. 그리고 정신적 문제에 역시 어느 정도 효과를 보이는 리튬 이야기도 나왔다. 나는 입도 뻥긋하지 않고 있다가 일어섰다.

「리튬도, 전기 충격도 없을 거야. 아무것도 없을 거라고.」

나는 캄파나의 두 눈을 똑바로 쳐다봤다.

「그런데 말이야, 자네는 **미치광이** 이야기를 하고 싶은가 본데, 나야 좋지, 어서 해보자고.」

캄파나는 나가면서 문을 쾅 닫았다. 이 빈약한 승리가 내게 불어넣어 준 생각은, 비올라는 내게 큰 은혜를 입었는데 부당하게 나를 배척한다는 거였다. 사람들은 자신의 양심과 할 수 있는 한 타협하기 마련 아닌가.

그 시기에, 조각하지 않을 때면 나는 시간의 대부분을 어머니를 다시 발견하는 데에 사용했다. 예전의 몸짓들은 더 이상 효력이 없어서, 우리는 서로에 대한 태도나 함께 있는 방식을 새로이 알아내고 한 공간 안에서는 각자의 자리를 다시 찾아내야 했다. 우리는 종종 나란히 걸었고 마주 보는 일은 극히 드물었다. 어머니는 전과 같지는 않지만 나의 어머니였고, 시간이 너무나 많은 것들을 갉아먹어 버렸다. 수줍음이 나의 감

474

정 토로에 제동을 걸었고, 어머니의 인내심은 그것을 받아들였다.

1940년, 전쟁이 다시 시작되었다. 사실 전쟁은 멈춘 적이 없었다. 오려 낸 기사와 녹색 잉크로 베껴 쓴 무솔리니의 발언을 전달받는 일이 점점 더 잦아졌다. 그해가 저물어 갈 무렵, 흙받기에 이탈리아의 소형 삼각기를 설치한 피아트 508 CM 콜로니알레 지프 한 대가 공방 앞에 정차했다. 정장 차림의 공무원이 내렸고, 가까스로 환한 미소를 억누른 스테파노가 그 뒤를 따랐다. 나를 찾아온 그 사람이 편지를 내밀길래 즉각 열어 보았다. 두체의 고향 프레다피오의 중앙 광장에 세울 예정인, **신인간**이라는 이름의 기념비적 군상을 주문하는 내용이었다. 공식적으로는 인민 문화성의 요청으로 되어 있었지만, 높은 곳에서 말씀이 있었다, 하고 그들은 알려 줬다. **아주** 높은 곳에서, 하고 스테파노가 눈을 찡긋하며 덧붙이자 공무원은 드러내 놓고 불쾌해했다. 최소 40만 리라를 보장하며, 조각을 완성할 때까지 연간 10만 리라를 지불한다는 조건이었다. 파크톨루스강[46]이 따로 없었다. 나는 머릿속에서 녹색 잉크는 지워 버리고 얼른 피아트의 흙받기 위에 계약서를 대고 서명했다.

나는 저녁에 식탁에서, 포도주 두 잔과 빈 접시 두 개 사이에서 밑그림을 그렸고, 그러는 동안 비토리오는 접시를 정리

---

46 고대 리디아 왕국(현재의 튀르키예 서부 지역)에 흐르던 강으로 사금이 유명했다.

하고 어머니는 구석에서 뜨개질을 했다. 「신인간」은 높이 3미터로, 초석까지 합치면 5미터쯤 되리라. 총성이 들린 직후 출발하려는 단거리 선수의 모습을 띨 테고, 한 발로만 지탱하게 될 것이다. 기술적 도전, 해부학적 도전. 내가 어머니에게 도안을 보여 드리자, 어머니는 그저 눈길을 한 번 던지더니 다시 뜨개질을 하며 말했다.

「넌 지금 그대로 아주 좋아, 미모.」

「예?」

「네가 만들 거인, 거기 있는 그 근육이 우락부락한 〈신인간〉 말이야, 그건 네가 되고 싶은 걸 표현한 거잖니. 내 말은 넌 지금 그대로 아주 좋다고. 하지만 내가 뭐 예술을 아니, 나야 그저 네 어머니지.」

화가 솟구친 나는 밖으로 나갔고, 달빛을 받아 희게 반짝이는 자갈길을 몇 걸음 걷다가 소스라쳤다. 어두운 색깔의 외투를 걸친 비올라가 나를 기다리고 있었는데, 그 옛날 마을 묘지에서 불쑥 나타나 나를 공포에 질리게 했던 때와 별반 다르지 않았다. 그리고 거기 서 있는 것은 정말이지 유령이었다. 우리 유년기의 유령으로, 야윈 얼굴에 지나치게 커다란 두 눈은 나도 포함된 긴 목록을 이루는 남자들 때문에 벌겋게 타올랐다.

「스테파노에게서 네가 최근에 의뢰를 받았다는 이야기 들었어. 그 의뢰가 어디서 온 건지는 알지?」

비올라가 내게 말을 건 것은 거의 2년 만에 처음이었다. 갑자기 나는 존재하는 사람이 됐는데, 그 이유가 나를 질책하기 위한 거라니. 나는 미친놈처럼 일하여 직원 열 명에게 월급을 줬고, 오르시니 가문은 자신들이 나를 발굴했다고 아무나 들으란 듯이 떠벌렸다. 그리고 나는 제솰도도 카라바조도 아니었다. 나는 아무도 죽이지 않았다. 나의 조각들은 파리 한 마리에게도 해를 끼치지 않았다.

「난 정치에는 관심 없어. 몇 번을 말해.」

「난 네가 이 조각을 맡는 걸 승낙하지 않겠어.」

「**승낙**하지 않는다고?」

「그래.」

「악마에게나 가봐, 비올라.」

비올라는 한마디 말도 없이 발길을 돌려 밤의 어둠 속에 파묻혔다.

그 일이 있고 나서 얼마 안 되어, 1916년의 어느 쌀쌀한 날 떠나온 뒤로 다시 발을 들여놓은 적 없던 프랑스로 출발했다. 점령당한 파리의 이탈리아 대사관에서 열리는 리셉션에 초대받았고, 우리의 아름다운 조국이 재능이 있다고 간주하는 이들 모두가 으스대며 참석할 예정이었다. 혹시 모를 경우를 대비해서, 프란체제들과 허울로라도 친선 관계를 보존하고 싶은 대사는 독일인이라고는 단 한 명도 초대하지 않았다. 바로 그곳에서 자코메티와 나 사이의, 소위 조우가 일어났다. 언젠가 나에 대한, 아니 차라리 나의 피에타에 대한 글을 썼던 그 미국인 교수가 자신의 연구서에 언급한 걸 보면 그 만남에 대해 들은 모양인데, 어떻게 듣게 됐는지는 모르겠다. 끈질긴 전설인 것이, 그때 자코메티와 나는 서로 말을 섞은 적도 없으니까.

파티에 일찍 도착했다. 사교 생활은 사업보다도 더 좋아하지 않았지만, 프란체스코가 그런 모임에서는 어떤 식으로 옮겨 다니며 사교해야 하는지를 알려 줬듯이, 그런 모임에서의 만남이 갖는 가치는 알고 있었다. 엘사 스키아파렐리가 온대? 거기 모인 작은 무리의 입술에서 하나같이 그런 질문이 떠돌았다. 파리 명사들의 스타일리스트는 결국 오지 않았다. 하지만 다른 예술가들, 별 볼 일 없지 않은 예술가들이 모습을 보였다. 나는 브른쿠시를 소개받았다. 숭고한 부랑아를 닮은 나의 동료는 그 이름이 이탈리아인 같은 음조를 띤 덕분에 파티에 늦게까지 눌어붙어 있었다. 우리는 서로의 명성을 들어 알고 있었고, 의례적인 말들을 몇 마디 주고받았다. 나는 그곳에 도착한 뒤로 이상한 한 남자를 곁눈질로 주시하고 있었는데, 폭탄을 맞은 듯한 머리를 한 그는 눈길을 돌리는 것이 나를 피하는 것 같았다. 그 역시 부랑아를 닮았고 목발을 짚고 걸었다. 사교 모임에서 사람들을 자꾸 뒤섞기 마련인 흐름에 따라 우리의 길이 서로 마주칠 위험이 있을 때마다, 그는 휙 몸을 돌려 사람들 속으로 사라져 버렸다.

내게 호감을 갖게 된 브른쿠시는 내 잔을 계속 채웠다. 나는 그를 팔꿈치로 슬쩍 찔렀다.

「이봐, 저기 저 사람 누구지? 다리를 저는 사람. 자꾸 나를 피하는 것 같아.」

「자코메티? 널 싫어하니까. 자, 쭉 마시라고.」

「나를 싫어한다고? 왜?」

브른쿠시는 빈 잔을 바텐더에게 내밀었다.

「저자는 널 찬미하니까 그러겠지.」

「그런 논리가 어디 있어?」

「**아주** 논리적이라고. 자신의 빛을 절대 가리지 않을 사람이라면 왜 미워하겠어? 누군가를 찬미한다는 것, 그건 조금은 그를 싫어한다는 소리이고, 그 역도 성립이 돼. 베토벤은 하이든을 싫어했고, 스키아파렐리는 샤넬을 싫어하고, 헤밍웨이는 포크너를 싫어하지. 따라서 자코메티는 비탈리아니를 싫어하고. 우리가 같은 분야에 있는 한 나도 자네를 싫어하네. 하지만 우리, 루마니아 사람들은 못되게 싫어하지는 않아. 그래서, 뭘 마실 텐가?」

「충분히 마신 것 같아.」

「농담해? 지금 자네가 얼마나 불퉁한 얼굴을 하고 있는지 봤어? 남자가 그런 얼굴을 하고 있을 때면 두 가지 이유가 있지. 첫 번째, 여자.」

「두 번째는?」

「여자.」

우리는 만취한 상태로 파티를 마치고는 바렌가(街)에 세워진 어떤 독일 차에 대고 오줌을 누었다. 내가 정치질을 조금은 한다는 증거랄까. 브른쿠시와 나는 15여 년 뒤 그가 사망할 때까지 편지를 몇 통 주고받았다. 만약 그가 바다를 조각해 달라는 요청을 받았다면, 그는 파도 하나하나를 세밀하게 재현할 수는 없는 노릇이므로 그것들이 공통으로 가진 요소를 조각하는 걸로 충분하다고 단언하며, 네모난 대리석에 윤내기 작업을 했으리라. 그는 광인이나 동물의 눈이, 혹은 망원경이 볼 수 있는 것을 조각했다.

나는 파리를 돌아다니며, 늘 가장 이성적으로는 아니더라도 삶을 즐기며 한 달을 보냈다. 보슈들은 고약한 분위기를 만들어 놓았고, 사람들은 꼼꼼하게 틈새까지 메운 문들 뒤에서 극단적인 방식으로 놀았다. 어느 날 아침 몽마르트르에서 독일인 병사가 나를 멈춰 세워서 겁이 더럭 났는데, 그는 그저 두 눈을 동그랗게 뜨고서 내가 툴루즈 로트레크가 아니냐고 물었다. 나는 「맞아요, 그럼요」라고 답하고는 자필 서명을 해줬다.

1941년 초입에, 엄청나게 추운 저녁에 피에트라달바로 돌아왔다. 뭔가가 이상했는데, 그 사실을 즉각 감지했다. 평소라면 마을은 어둠 속에 잠들어 있고, 몇몇 집에서만 제대로 닫지 않은 덧창 틈으로 가물거리는 불빛이 점점으로 보여야 했다. 거리마다 겨울밤의 근사한 침묵이 가득 메우고 있어야 했다. 하지만 덧창들은 닫혀져 있지 않았다. 바람이 이 비탈에서 저 비탈로 지나가고 골목길을 내달리며 실성한 사람처럼 우우 울어 댔다. 광장에 모여 있던 사람들이 우리가 지나가게 길을 터줬다. 이따금 누군가를 부르는 소리가 울려 퍼졌다.

　나는 차에서 내려 공방으로 달려갔다. 부엌 창가에 등잔 하나만 켜놓은 채로, 모직 숄로 몸을 감싼 어머니가 난롯가에서 두 손 놓고 어슴푸레한 허공을 멍하니 바라보며 나를 기다리고 있었다.

　「문제가 생겼어요?」

　어머니가 일어나서 불 위에 커피 물을 올렸다. 문제가 생겼다.

　비올라가 사라져 버렸다.

캄파냐는 며칠 전 들이닥쳤는데, 누이와 늘 그 옆에 따라다니는 아이들 셋도 함께였다. 그들은 오르시니 저택에서 크리스마스 휴가를 보내러 왔다. 제노바에 잠깐 놀러가기로 즉흥적으로 결정되었지만, 비올라는 참여하기를 거부했다. 나는 스테파노를 통해 비올라와 남편 사이의 관계가 너무나 경색되어서 서로 말도 하지 않는 상태임을 알고 있었다. 비올라에게 그날 저녁 아이들을 봐달라고 맡겨 놓고는 오르시니 집안사람들 전부가 떠났는데, 침을 흘리는 후작까지도 휠체어와 간병인을 대동하고 함께 갔다. 그 대단한 후작은 여러 차례 발작을 겪고 기관지염과 그 밖의 다른 병에 시달리면서도 여전히 삶에 매달렸다.

그다음 날 아침 일찍 오르시니 집안사람들이 돌아와 보니, 아름다운 초록 소파에는 음식물을 흘린 자국이 잔뜩 있었고,

울고 있는 막내를 제외한 아이들은 몸소 살뜰히도 깨부순 물건들에 둘러싸인 채 거실에서 잠들어 있었다. 질문에 답해야 했던 하인들은 오르시니 영애가 아이들을 돌볼 걸로 생각하고 자기들끼리 몰래 파티를 벌였다고 털어놓았다. 내가 돌아왔을 때에는 아무도 비올라를 보지 못한 지 이틀이나 지난 뒤였다.

큰 거실이 사령부로 둔갑했다. 방 한가운데로 밀어 놓은 테이블은 위에 늘어놓은 지도들 무게로 무너질 것 같았다. 나는 옷도 갈아입지 않고 공방에서 곧장 왔다. 캄파나는 뒷짐을 지고 입에는 시가를 문 채 방 안을 성큼성큼 걸어다녔다. 그는 나를 바라보지도 않았다. 지도 위로 수그린 일군의 사냥꾼들이 전문가로서 영애가 갔을지도 모를 길들에 대해 의견을 내놨고, 그러다가 간간히 촉촉이 젖은 눈길로, 특정 지점에서 마주쳐서 자신들이 죽였던 이런저런 근사한 동물에 얽힌 향수 어린 일화에 빠져들었다.

그곳에 없는 오르시니 형제들은 로마에서 작전을 지휘했다. 제노바의 항구들과 선박 회사들에 미리 연락이 갔다. 비올라는 대서양 횡단 정기선에 탈 수 없을 거다. 제노바와 사보나와 밀라노에서 그녀를 찾고 있었다. 이틀 동안 부근의 우물들을 속까지 휘저어 봤지만 베드로 성인의 눈물 — 샘물은 그 어느 때보다도 더 힘차게 흘렀다 — 만 발견되었다. 개들은 아무런 성과도 없이 혀를 빼물고 되돌아왔다. 그 누구도 개들을 탓하지 않았다. 그런 용도로 훈련받지 않았으니까.

후작은 이 난리법석에도 미동도 않고 의자에서 잠들었다.

후작 부인은 소파에 아주 의연하게, 토마토소스 얼룩이 커다랗게 난 자리 바로 옆에 앉아 있었다. 남편이 처음 쓰러진 뒤로 검은색 의복을 입는 딸에게 물려줬듯이 팔다리가 길고 마른 후작 부인은 거미를 연상시켰다. 어느 날 비올라가 빌려준 책에서 열대 지역에 서식하는 거미를 보고 감탄한 적이 있는데, 그녀는 바로 그런 종류의 아름다움 또한 지녔다. 몇 해 전부터 가문의 영예를 위해 일할 책무를 아들 둘에게 넘기고 그녀 자신은 여러 해에 걸쳐서 짜왔던 인맥 유지에 힘썼다. 가끔 혼자서 토리노나 밀라노에 갔는데, 고약한 혀들은 아직 젊은 ─ 거의 예순이 다 된 ─ 그 여자가 이곳에서는 그 누구도 줄 수 없는 종류의 위안을 찾아서 그곳에 간다고 속살거렸다. 혹은 후작이 겉보기만큼 노망이 든 게 아닐 수도 있는 만큼, **감히** 그 누구도 줄 수 없는 위안을 찾아서.

어둠과 추위를 무릅쓰고 여러 무리가 여전히 부근 지역을 수색했고 ─ 엠마누엘레와 비토리오도 거기 끼어 있었다. 나는 그 이상 할 일이 아무것도 없어서 걸어서 집으로 돌아갔다. 우리의 마지막 다툼이 가슴을 무겁게 짓눌렀다. 집에 도착한 나는 갑자기 그 누구도 찾아볼 생각을 하지 않았을 유일한 장소가 생각났다. 당연히, 묘지였다. 그길로 다시 나가서 죽음의 벌판으로 달려갔다. 서른일곱 살이 된 내게 이제 그 장소는 무섭지 않았다. 「지옥에 간 마치스테」에 나오는 악마들로 우글거리는 악몽을 더는 꾸지 않았다. 묘지는 비올라를, 올이 풀리고 수없이 다시 기운 우리의 우정을 생각나게 했다.

그곳은 또 예전의 영화들을 떠오르게 했는데, 무성 영화라고 해서 표현력이 덜한 것은 아니라는 것이 내 생각이다.

오르시니 가문의 가묘 문이 살짝 열려 있었다. 느릿느릿 다가가서 조심스럽게 문을 밀었다. 안에서는 지나간 시간의, 그리고 먼지의 냄새가 풍겼다. 그곳은 비어 있었다. 제단 위에 놓인 꽃들은 완전히 부스러졌다 ── 오래전부터 아무도 발을 들여놓지 않은 거였다. 나는 천천히 묘지를 한 바퀴 돈 뒤, 피리 부는 어린 소년 톰마소 발디의 무덤 앞에서 발을 멈췄다. 세월에 닳은 묘석 앞에 서자 의혹에 사로잡혔고 피가 얼어붙는 듯했다. 만약 비올라도 소문이 무성했던 그 터널의 입구를 발견한 거라면? 사흘 전부터 어둠 속에서 헤매고 있는 거라면? 피리도 없는데, 그녀에게는.

그다음 날, 어머니는 일부러 활기찬 척했지만 나는 일을 할 수 없었다. 비올라가 발견되기를 원하지 않는 이상 우리는 결코 찾아내지 못하리라. 나와 마찬가지로 그녀의 오빠들도 비올라가 피렌체에서 대실패를 겪고 난 만큼 더는 충동적인 방식으로 길을 떠나지는 않으리라는 걸 잘 알고 있음이 분명했다. 비올라가 진짜 이름을 대고 대서양 횡단 정기선에 오르려고 시도하지 않으리라는 걸. 이번에는 자신의 갈 길을 막아설 수도 있을 온갖 장애물의 목록을 작성하고, 우리가 보일 아주 자그마한 반응뿐만 아니라 우리가 아직 보이지 않았던 반응까지 포함해서 전부 다 예상했을 터였다. 우리에게는 승산이 없었다.

저녁이 되자, 오르시니 저택의 분위기는 완전히 바뀌어 있었다. 흥분은 지나가고 피로가 들어섰다. 영웅이 되어 주목을 받겠다는 희망이 수색대 사이에서 점점 줄어들었다. 할퀸 자국이 나고 더러워진 얼굴을 한 남자들에게서 비관이 배어 나왔다. 캄파나는 〈긴급한 사안〉을 핑계로 밀라노로 떠나고 없었다.

아침에 눈을 뜨는데 비올라가 죽었다는 끔찍한 느낌이 들었다. 바로 조금 전, 비올라에게 속한 뭔가가 막 떠났다는 확신이 들었고, 그 확신이 어찌나 강한지 처음에는 숨이 쉬어지지 않아서 일어날 수가 없었다. 마침내 생수터까지 간신히 걸어가서 거기 고인 기적의 샘물에 머리를 통째로 담갔다. 성인은 쓰디쓴 눈물을 흘렸다, 라고 전설로 전해 내려왔다. 그 물이 쓴지는 모르겠지만, 얼음장 같은 것은 분명했다.

또다시 새로운 하루가 지나갔고, 이곳저곳에서 비올라와 비슷한 사람을 봤다는 허위 제보가 있었지만 그것들이 우리에게 희망을 주지는 못했다. 어머니는 내가 어린아이라도 되는 것처럼, 포크를 내려놓으려고 할 때마다 「한 입만 더」를 되뇌며 억지로 저녁을 들게 했다. 그날 밤, 우리는 다시 조금은 어머니와 아들 사이가 되었다.

불가에서도 오한을 느끼며, 우리가 함께 갔던 장소들을 머릿속으로 되짚어 봤다. 묘지 말고는 정말이지 짚이는 데가 없었다. 전혀. 전혀. 전혀.

혹시…….

「어디 가니?」의자에서 벌떡 일어나 튀어 나가는 나를 보고 어머니가 물었다.

나는 이미 달리고 있었다. 보나 마나 엠마누엘레가 버려둔 것일 텐데, 가구 위에서 굴러다니는 낡은 군용 외투 하나만 나오는 길에 낚아챘고, 등잔은 챙기지도 못했다. 구름 — 고적운 — 이 꼈지만, 달이 앞길을 환히 비추며 인도했다. 시커멓고 술렁대는 오솔길들이 할퀴고 발을 걸며 나를 붙잡아 두려고 할 테지만, 목매달린 자들의 떡갈나무에 도착한 나는 전혀 개의치 않고 숲으로 성큼 들어섰다. 이번에는 내가 힘센 자였다. 나는 기적적으로 혹은 신의 섭리에 따라서 숲속 빈터를 다시 찾아냈고, 그 반대편 잡목림을 가로질렀다.

거기 있었다. 동굴에 닿기도 전에 비올라가 보였다. 꼼짝 않고 길게 누워 있는. 미동도 없는 모습에 공포에 질린 나는 비틀거리면서 올라갔다. 드디어 동굴 입구에 다다랐을 때 비올라가 나를 향해 얼굴을 돌렸다. 구름이 홀쭉해진 그녀의 뺨 위로 미끄러지듯 지나갔고, 내가 처음에 시커먼 덩어리로 여겼던 것이 달빛에 정체를 드러냈다. 역시 누워 있는 비안카의 거대한 몸체였다. 비안카에게 몸을 바짝 붙인 비올라는 집에서 보내는 저녁 시간에 어울리는 편안한 복장이었고, 드레스 상태는 민망할 정도였다.

「아침에 죽었어.」그녀가 속삭였다.

나는 비올라 곁에 무릎을 꿇고서 그녀를 일으킨 뒤 꼭 안아 줬다. 비안카의 커다란 머리는 우리를 향하고 있었는데, 눈을 뜬 채로 혀가 조금 빠져나와 있었다. 비올라가 아이들을 고의로 버려 둔 건 아니었다. 아이들과 놀고 있는데, 숲에서 애절한 외침이 들려왔다. 벽이 덜덜 떨릴 정도의 강력한 포효였지만, 나중에 그 사실을 뒷받침해 줄 증인을 찾아내지는 못했다. 죽음이 다가오자 비안카는 어머니이자 자매이자 친구였던 이를 불렀다. 더는 다른 생각을 할 수 없었고 하인들이 아이들을 돌봐 줄 거라고 생각한 비올라는 숲으로 들어갔다. 그러고는 물을 가져다주고 말을 걸고 나란히 자면서 곰 곁에서 나흘을 보낸 거였다. 내가 도착하지 않았더라면 비올라는 비안카를 따라서 그 여행을 함께 했을 거라고 확신한다.

비올라는 다시 몸을 눕히고는 나를 곁으로 끌어 내렸다. 나는 내 외투로 우리 둘을 덮고 함께 별을 올려다봤다.

「비안카는 스물다섯 살이었어.」비올라가 중얼거렸다. 「그만하면 곰치고는 잘 산 셈이지.」

「돌아가야 해. 모두가 너를 찾고 있어.」

「아무도 알아서는 안 돼. 숲에서 소리가 들려서 나갔다가, 캄캄해서 겁이 났고, 길을 잃어버렸고, 며칠 동안 헤맸다고 이야기할래.」

우리 둘 중 누구도 움직이지 않았다. 내가 한숨을 쉬었다.

「우스꽝스러워, 이 모든 일이.」

「뭐가 우스꽝스러워, 미모?」

「너와 나. 우리의 우정이. 하루는 서로 좋아하다가, 그다음 날이면 서로 미워하고……. 우리는 두 개의 자석이야. 서로에게 다가갈수록 서로를 밀어내지.」

「우리는 자석이 아니야. 우리는 심포니야. 그리고 음악조차도 침묵의 순간을 필요로 해.」

비올라가 비안카를 묻어 달라고 부탁하여 그 자리에서 요청을 받아들였지만, 삽을 들고 돌아오자마자 후회가 됐다. 그 책무를 수행하려면 헤라클레스처럼 힘이 장사여야 했다. 게다가 헤라클레스는 키가 1미터 40센티미터가 아니라는 이점이 있었다. 동틀 무렵, 두 손이 피투성이가 된 채 후들거리며 집으로 돌아온 나는 저녁까지 내리 잤다. 비토리오가 나를 깨워 희소식을 알렸다. 비올라는 그저 숲에서 길을 잃었던 거고 다시 길을 찾아내어 돌아왔다. 나는 기뻐하는 시늉을 하고는 다시 잠들었다.

그 일을 겪고 난 비올라는 심신을 추스르느라 꼬박 사흘을 침대에 누워서 지냈다. 나는 여전히 팔다리에 기운이 돌지 않아 그 주 내내 조각을 할 수 없었다. 그다음 주 토요일, 캄파나가 밀라노에서 돌아왔고, 오르시니 형제도 로마에서 도착했다. 나는 저녁 연회에 초대받아 적잖이 기쁜 마음으로 갔다. 우리, 그러니까 비올라와 내가 드디어 다시 말을 하면서 지내게 됐고, 중요한 건 그게 다였다. 오르시니네에서 함께 한 대부분의 저녁 식사가 안 좋게 끝났다는 건 나중에서야 생각이 났는데, 이번도 예외는 아니었다.

캄파나의 시선에서 뭔가가 부글부글 끓고 있었고, 그 사실

을 알아차렸어야 하는 거였다. 우리가 저녁 식사를 기다리면
서 술을 한잔하는 동안 고개를 숙이고 횡보하는 호랑이 같은
그의 태도에서, 움직임의 대가인 나는 더더욱 알아차렸어야
하는 거였다. 호랑이들은 종종 옆으로 공격해 들어온다.

아직도 창백한 비올라가 내게 미소를 건넸다. 나는 전 추기
경 파첼리, 그러니까 비오 12세의 측근으로 새로운 직무를 맡
은 것에 대해 프란체스코에게 축하를 건넸다. 평소처럼 스테
파노는 술잔을 연거푸 비웠다. 비올라의 시누이도 소란스러
운 애들에 둘러싸인 채 거기 있었다. 아이 적에 이 성소에 불
법으로 침입했다가 겁이 나서 덜덜 떤 적이 있었다. 이제는
이곳의 단골이었고, 햇살 속에 황금빛 먼지가 떠도는 공기를
차분하게 호흡했고, 그에 대해 더는 경탄하지 않았다. 종소리
가 울리자 우리는 식당으로 자리를 옮겼다.

저녁 식사는 말 없는 가운데 이루어져서, 치즈가 나올 때까
지는 아이들이 옆방에서 놀며 내는 소리에 아주 미미하게 침
묵이 흔들릴락 말락 했다. 치즈 접시가 한 바퀴 돌고 다시 중
앙에 놓였을 때 캄파나가 손바닥으로 식탁을 내리쳤다. 후작
조차 소스라쳤고, 그러더니 곧 다시 몽롱한 상태로 빠져들
었다.

「더는 이렇게 계속 갈 수는 없어.」

「무엇이 더는 그렇게 계속 갈 수가 없나?」 프란체스코가 정
중하게 물었다.

「저 여자 말이야!」 아보카토가 부들부들 떨리는 손가락으

490

로 비올라를 가리키며 소리쳤다.「저렇게 형편없는 자동차를 샀다면 진즉에 환불받았겠지!」

「내 누이는 자동차가 아닐세.」여전히 상냥하게 프란체스코가 대꾸했다.

비올라는 고개를 숙인 채 아무 말도 안 했다.

「저번에는 피렌체, 그리고 이번에는 숲속에서 이렇게 실종됐는데? 저 여자는 정신이 나갔어, 내가 늘 그렇다고 했잖아. 아이를 가질 수 없다는 사실은 차치하고라도, 아마 그것도 이 집 지붕에서 뛰어내렸기 때문이겠지만, 내가 그 일을 알았더라면 의심을 품었을 거라고 털어놓지 않을 수가 없군.」

캄파나는 분노로 얼굴이 벌게져서는 접시에 침을 튀겨 댔다. 그가 자신의 누이를 가리켰다.

「그리고 엘로이자의 아이들은, 응? 아이들에게 어떤 일이라도 벌어질 수 있었다고! 대체 어떤 종류의 여자면 아이들을 버릴 수 있는데, 빌어먹을! 그리고 또 이건 내가 아직 말조차 안 했지!」

그가 호주머니에서 구겨진 종이를 꺼내더니 비올라의 코밑에서 흔들어 댔고, 그러자 비올라의 얼굴에서 곧장 핏기가 가셨다. 캄파나가 빈정거리듯 웃었다.

「이게 대체 뭐야, 응? 당신이 사라지고 나서 편지나 쪽지라도 있을까 싶어서 당신 방을 뒤지다가 발견했지. 부인께서는 이제 시도 쓰시나 봐?」

그가 종이를 펼치더니 목청을 가다듬었다. 비올라가 그의 눈을 똑바로 쳐다봤다.

「읽지 마요.」

「내가 읽고 싶으면 읽는 거야. 네 가족이 네 머릿속에 무슨 생각이 들었는지 아는 게 좋지 않겠어, 안 그래?」

「오래전에 병원에 입원해 있을 때 쓴 거예요. 옛날 일이야. 개인적인 거라고.」

「나는 우뚝 선 여자다……」 캄파나가 연극적인 떨리는 목소리로 읽기 시작했다.

신경질적인 경련이 비올라의 얼굴을 일그러뜨렸는데, 내가 단 한 번도 본 적 없는 폭력성을 띠고 있었다.

「만약 그걸 읽으면, 당신을 죽이겠어.」 비올라가 조용히 말을 이었다.

「아, 이젠 살인자까지 되시겠다고?」

캄파나는 비올라에게서 멀어지려고 식탁 주위를 돌았다.

「나는 우뚝 선 여자다, 당신들이 일으킨 화염 한가운데에 / 나는 우뚝 선 여자다, 내가 보이는가, 당신들의 화형대, 처형대에 올라간 내가, 당신들의 손가락이 가리키는 내가 / 나는 우뚝 선 여자다, 당신들의 야유가 쏟아질 때 울리라고 생각했는가, 연기처럼 자욱하게 피어나는 / 당신들의 비겁함, 당신들의 화형대, 처형대, 당신들의 지목하는 손가락.」

「됐네.」 프란체스코가 어두운 얼굴로 중얼거렸다.

「좀 기다리게, 친애하는 처남!」 캄파나가 고함을 질렀다. **「아직 안 끝났거든! 그 사과를 깨문 뒤로 뭔가가 나를 부추긴다,**

놀랍지 않은가 / 춤추고 로켓을 발명하고 당신들을 돌보고 싶은 욕구가 / 그런데도 나를 불태우려나, 나를 십자가에 못 박으려나 / 검은 고양이와 구속복, 찢긴 나, 당신들은 내가 미쳤다고, 조금은 마녀 같다고, 혹은 그 둘 다라고 말하리라 / 나는 사과를 깨물었다, 나는 계속 그걸 깨물 테다 각오하라 / 나는 우뚝 선 여자다, 나는 무릎 꿇지 않는다.」

캄파나의 누이는 얼굴을 돌리고 입을 손으로 막고서 웃음을 참고 있었다. 나는 굳어 버렸고 나머지 사람들도 마찬가지였지만, 그 누구도 같은 이유로 그러는 건 아니었다. 내가 죽었다고 생각했던 비올라가 청소년기에 쓴 이 시에 살아서 춤추고 있었다.

「나는 당신들이 일으킨 전쟁 한복판에 우뚝 선 여자다 / 나는 당신들 주위의 모든 것이 무너져 내릴 때 당신들이 부르는 여자다 / 하지만 모든 것이 제대로 돌아가자마자 당신들이 불태울 여자이며 혹시라도 모든 것이 제대로 돌아가지 않는 것을 내가 보게 될까 봐 / 당신들은 나를 재로 만들어 사방에 뿌려 버리리라, 아니, 당신들의 불은 뜨겁지 않고 아무것도 태우지 못하니 당신들은 그저 그런다고 생각할 뿐 / 나는 우뚝 선 여자다, 나는 당신들만큼이나 귀하다.」

캄파나는 기침이 터져 나오는 바람에 켁켁댔고 누이가 내민 물 한 잔을 받아 마시면서 자유로운 나머지 한 손으로 우리에게 기다리라는 손짓을 했다.

「자, 친구들, 제일 좋은 건 마지막일세. 아마도 내가 충분히 시인의 기질이 없어서겠지만 전혀 이해하지 못한 마지막 연일세.」

비올라가 느릿느릿 일어섰는데, 묘지 바닥에서부터 안개가 스멀스멀 피어오르는 듯했다. 거의 들릴락 말락 한 목소리로 비올라가 암송했다.

「아직 태어나지 않은 네게, 상처를 받는 것이 / 예기치 못한 일이 닥쳐 무너졌다 다시 일어서는 것이 무엇인지 아직 모르는 네게 / 그들은 포기하라고, 잠자라고, 누우라고 요구할 텐데 / 네 입을 다물게 하고 널 구슬리고 네 무장을 해제하려고 들 텐데 / 나는 우리보다 앞섰던 다른 많은 여자들처럼 우뚝 선 여자다 / 나는 우뚝 선 여자다, 그리고 너 역시 그러리라.」

죽음의 침묵. 캄파나가 자기 아내에게로 되돌아와 윽박질렀다.

「이 문장은 대체 뭐지? **아직 태어나지 않은 네게**라고? 사산했다는 말은 아니겠지? 아니면 그보다 더 악질적으로 당신이…….」

「사산이라니? 이 글을 쓸 당시에는 당신을 알지도 못했는데. 이 시, 이건 열여섯 살짜리 여자애가 낑낑대며 읽어 낸 작품이에요. 내가 **나에게** 보낸다고 생각하고 쓴 시죠, 당신이 이런 것까지 알고 싶어 하는지는 모르겠지만. 아직 태어나지 않은 너, 그건 곧 나예요. 날지 못한 소녀. 그 소녀가 평행 우주에서 내 말을 듣게 될 지도 모르니까, 내가 내게 쓴 거예요.」

「**평행 우주**라고?」

캄파나는 다시 한번 켁켁거릴 뻔했고, 이번에는 포도주로 목구멍을 씻어 내렸다.

「정말이지 완전히 미쳤군!」

「모두를 위해서……」 프란체스코가 입을 열었다.

비올라가 손짓으로 제지했다. 단 한 번의 섬세한 손짓이었지만, 진군하는 군대나 돌격하는 코끼리도 멈춰 세울 만했다. 두 사람은 그들이 생각하는 것 이상으로 서로 닮았다.

「당신은 늘 상상력이 부족했어, 리날도. 이 모든 게 당신 눈에 보이는 그대로가 아닐지도 모른다는 생각을 단 한 번도 해본 적이 없겠지? 그래요, 평행 세계들이 존재할지도 모른다는? 혹은 이 세계가 존재하지 않을지도 모른다는? 어쩌면 우리는 어떤 곰이 꾸는 꿈속에서만 살아가고 있을지도 모른다는 그런 생각?」

모두가, 웃고 있는 나만 빼고, 입을 헤벌리고 비올라의 얼굴을 뚫어져라 바라봤다. 캄파나는 얼굴이 시뻘겠고 목에 핏대가 섰다. 비올라가 손을 내밀자 그녀의 남편이 거의 반사적으로 비올라의 시를 내밀었다. 비올라는 종이를 접어서 드레스 안에 집어넣더니, 다시금 아보카토와 마주했다.

「내가 경고했죠.」

나는 그 행위가 일어나는 것을 보지 못했다. 찰나의 순간에 비올라는 접시 가장자리에 놓여 있던 가장 가까운 치즈용 나이프를 집어 들어서, 온 힘을 다해 남편에게 꽂았다.

극적인 사건들은 시간을 늘어뜨린다. 비올라가 시간에 관해 아무 말이나 했던 게 아니라는 증거. 정신이 조금 전의 순간에서 굳어 버리고 믿기지 않는 마음이 시간의 톱니바퀴에 들러붙어 운행을 늦추는 바람에 초대객 중 그 누구도 반응하지 못했다. 그러고는 현실이 몰아쳤다. 캄파나는 자신의 어깨에 꽂힌 칼과 피와 오르시니 가문에서 특별히 들여온 맛있는 프랑스산 로크포르 치즈와 페코리노로 보이는 치즈 부스러기로 범벅된 자신의 옷깃을 보았다. 그는 한 걸음 뒤로 물러서고는 울부짖었다. 그의 누이도 그와 같은 행동을 보이고는 기절했다. 옆방에서는 아이들 울음소리가 들려왔다.

반면에 오르시니가 사람들은 그런 상황에 놀라지 않았다. 스테파노는 코를 틀어쥐었다. 그는 비록 살 속 깊이 박힌 치즈 나이프의 칼끝이 양 갈래로 벌어져 있어서 지독하게 아플 테지만 상처가 치명적이지는 않음을 알아보았다. 프란체스코는 차분하게 일어서서 집사를 불렀고, 사람을 보내어 의사를 데려오라고 부탁했다. 비올라는 자기 아버지와 똑같이 무감각한 얼굴로 그 장면을 지켜봤다. 그녀의 어머니는 그 행위가 저질러지자마자 냅킨으로 입을 막고 사라져 버리고 없었다. 비올라가 의도적으로 어깨를 노린 건지 혹은 심장을 빗맞힌 건지 알아내는 건 불가능했다.

두 시간 뒤, 캄파나, 스테파노, 프란체스코, 그리고 내가 여자들을 배제한 채 논의를 위해 거실에 다시 모였다. 의사가 비올라에게 진정제를 먹이고는 잠자리로 보낸 뒤였다. 내가 어쩌다가 마치 진짜 오르시니 가문의 일원인 듯이 이런 가족 문제의 한복판에 끼고 마는지, 사람들이 나의 존재를 잊어버리고 그들의 시선이 저절로 건성으로 내 머리 위로 지나가기 때문에 끼게 되는 건 아닌지, 종종 궁금해졌다. 캄파나는 여전히 피로 얼룩진 셔츠 바람으로 어깨에 붕대를 감고 있었다. 그는 잔에 든 코냑을 빙글빙글 돌리면서 두 형제에게 증오가 득한 시선을 보냈다.

「이번에는 질렸어. 너무 멀리 나아갔지. 애도 못 낳는 그 미친년은 감방에 가야 해. 아니면 정신 병동으로 가든가.」

스테파노가 입술이 일그러진 채 반쯤 몸을 일으켰다. 어쩌면 자존심이나 독점욕 등의 고약한 이유 때문일 수도 있겠지만, 어쨌든 누이의 명예를 방어할 태세였다. 평소처럼 그의 동생이 간단한 손짓으로 그의 육식 동물 같은 격정을 누그러뜨렸다.

「아무도 감옥에 가지 않을 거야.」 프란체스코가 중얼거렸다. 「우리는 자네와 내 누이가 로미오와 줄리엣이 될 거라는 생각을 해본 적은 없다네. 그렇긴 하지만, 두 사람의 길은 이제 갈라져야 할 때이긴 해.」

캄파나의 얼굴이 허옇게 질렸다. 비올라와 결혼하면서 그가 했던 계산이 다음과 같았다는 걸 짐작하기란 어렵지 않았다. 즉 프란체스코가 절대로 아이를 갖지 않으리라는 것, 혹은 공식적으로 그러지 않으리라는 것은 명확하다. 밤의 유흥과 포도주를 지나치게 사랑한 나머지, 통통했지만 매력적이던 예전의 소년은 사라지고 살이 뒤룩뒤룩 찐 공무원이 되어 버린 스테파노 역시 가정을 꾸릴 의사가 있는 것 같지 않았다. 따라서, 캄파나와 비올라의 아이가 작위를 이어받을 가능성이, 미약하나 현실적인 가능성이 있었다. 비올라의 배는 밋밋한 채 이 계획을 좌절시켰다. 하지만 오르시니 가문과의 결합은 여전히 영예의 원천이었고, 그 점에 있어서 캄파나는 횡재를 맞은 거였다. 그는 교황과 직통으로 연결된다고(프란체스코가 문제의 직통선을 연결하고 싶어 한다면, 참말이다), 두체와도 직통으로 연결된다고(스테파노는 무솔리니 앞에서 벌벌 떠는 만큼 거짓말이다) 으스댔다. 암소도 비쩍 마를 궁핍한 시기에도 오르시니 가문의 재산은 부동산만 고려해 보아도 여전히 상당했다. 캄파나로서는 이혼을 한다는 것은 생각도 할 수 없는 일이었다. 바로 그것이 그가 의자에서 펄쩍 뛰어오르면서, 손에 여전히 술잔을 들고서도 격노한 손가락 하나는 우리를 향해 흔들면서 알려 온 의견이었다.

「이혼은 없을 거야, 알아들 들었어? 이 집안에 투자한 게 얼만데. 내가 없으면 너희의 레몬, 너희의 그 빌어먹을 밭, 너희의 그 소중한 오렌지들이 어디에 있을까?」

「이혼은 없을 걸세.」 프란체스코가 확언했다. 「하지만 혼인 무효는 있을 거야. 비올라가 결혼을 받아들였을 당시 그 애는 추락으로 인한 심리적 후유증에서 아직 완전히 회복되지 않은 상태였지. 따라서 혼인을 할 만한 상태가 아니었다네. 결혼은 효력이 없는 셈이지. 혼인 무효는 위쪽에서 알아서 처리할 걸세. 자네는 신경 쓸 게 아무것도 없을 거야. 눈가림용으로 비올라는 몇 달 동안 휴양하러 떠나는 걸로 하지.」

나는 성이 나면 그들 모두가 그러듯이 의자에서 벌떡 일어날 수가 없었다. 하찮긴 하지만 평생 나의 짜증을 돋웠던 일이다. 나는 버르적거리다가 발이 땅에 닿자 벌떡 일어섰다.

「말도 안 되는 소리!」 나는 조금 늦게 소리쳤다.

「이번 한 번은 저 난쟁이가 옳은 소리를 하네.」 캄파나가 말을 받았다. 「말도 안 되는 소리이고, 혼인 무효는 없어.」

이번에는 프란체스코가 일어서서 보라색 허리띠를 두른 검은색 수단의 주름을 폈다. 자기도 모르게 아보카토는 한 발 물러났다.

「미모, 방금 우리 누이와 이야기를 나눴어. 비올라는 좋다고 했고, 심지어 그렇게 해달라고 요구했어. 토스카나에 있

499

는 수도원을 하나 알고 있는데 아주 매력적인 장소지. 자네가 원한다면 직접 가서 확인할 수도 있고. 그리고 자네, 나의 매부…….」

그가 추기경의 모자를 다시 쓰고는 두 손을 모으며 별나게 기도하는 자세를 취했다.

「우리가 자네에게 하라는 것만 정확히 수행하면 돼.」

「어디 두고 보자고.」

캄파나가 돌아섰다. 프란체스코가 목청을 가다듬었다.

「이런 말을 끝으로 헤어지는 말자고. 분노는 나쁜 조언자라네. 자네가 꼭 혼인 무효를 받아들여야 하는 건 아니야.」

「더럽게 옳은 말이야, 신부. 게다가…….」

「그런데 그 일은 일어날 걸세.」 프란체스코가 말을 잘랐다.

「뭐라고?」

「그…… 사건이 있잖은가. 당혹스러웠던. 자네가 몇 년 전에 어떤 젊은 여성을 강간하지 않았나. 그 여성은 눈을 하나 잃었다고 하더군.」

아보카토는 몸이 굳어 버렸고 다시 천천히 다가왔다.

「난 무죄임이 증명됐어.」

「미모가 자네를 위해 증언했기 때문이지. 바로 그 미모가 진술을 번복하고, 자네가 가문의 명예를 지키기 위해서 그렇게 하라고 강요했다고 말할 수도 있지.」

「그러면 위증으로 감옥에 가야 할 거야.」

프란체스코가 웃음을 터뜨렸다.

「한 10분 정도라면 맞는 말이야. 반면에 자네, 자네는 그 이상의 시간을 보내야 할 테고 많은 것을, **많은** 친구를 잃게 되지 않을까 걱정일세. 자네 누이 엘로이자는 어떻게 생각할까? 그리고 자네 가족은? 특히 정신적으로 불안하다는 것을 그렇게나 명백히 보여 주는 증거가 있으니, 우리가 결혼 무효를 받아 내는 일은 보장된 셈이지. 나는 그 책임을 비올라가 감당하게 함으로써 자네에게 합리적인 타협안을 제시했지만, 자네가 거절한다면…….」

비록 10분일지라도 감옥에 가고 싶은 마음이 내게는 조금도 없었다. 하지만 나는 그저 어깨를 으쓱했다. 캄파나의 턱에 경련이 일었다. 살짝 흐릿하고 튀어나온 눈으로, 그는 마치 그 젊은 주교를 처음 본다는 듯이 응시했다.

「결혼 무효는 기정사실이니만큼, 자네는 머리를 꼿꼿이 쳐든 채 나가고 싶은지, 가는 길에 자네의 명성, 사업, 가족 등을 다 내려놓고 나가고 싶은지를 알려 주기만 하면 돼. 우리로서야 결과는 매한가지이니까.」

캄파나는 신경질적인 웃음을 지었다. 무거운 걸음걸이로 문을 향해 걸어갔고, 그러고는 마지막으로 한번 돌아보았다.

「너희 패거리는 정말이지 대단한 개자식들이야.」 그가 말을 뱉었다.

스테파노는 단 한 마디도 하지 않고 있다가 드디어 일어섰다.

「천만에. 우리는 오르시니 가문이야.」

그가 그렇게 말할 때 나도 같은 방에 있었다는 사실이 우스꽝스러울 정도로 만족스러웠다.

최단 기록을 세우며 결혼 무효 판결이 내려졌고, 우리는 리날도 캄파나에 대한 이야기는 더 이상 듣지 못했다. 나는 1950년대 말까지 몇몇 영화의 크레디트에 그의 이름이 들어간 것을 보았고, 그러다가 어느 날 저녁 그가 귀갓길에 사라져 버렸다는 이야기를 들었다. 나중에서야, 몇 차례 사업 실패를 겪으면서 그다지 존경받을 만하지 못한 인물들에게 빚을 지게 된 그가 미국행 배를 탔음을 알게 됐다. 전 아내는 실패한 그 지점에서 그는 성공했다.

비올라는 정말로 휴양소에 보내 달라고 부탁을 한 터였다. 1941년 봄, 내 운전사가 모는 차에 비올라를 태우고 토스카나 언덕에 웅크리고 있는 수도원까지 비올라를 직접 데리고 갔다. 어린 밀이 자라는 경사지 두 필지가 만나 U 자를 이룬 곳에 푸르른 정원에 둘러싸인 수도원 건물이 콕 박혀 있었다. 갓 분홍색으로 칠한 그 건물 양식은 몇몇 부분이 메티의 공방을 떠올리게 했다 ─ 피렌체와는 60킬로미터 거리였다. 수도원장은 대단히 온화한 성품의 40대 여성으로 환한 거실에서 우리를 맞이했고, 몸놀림이 제비처럼 가볍고 재빠른 젊은 수녀들이 우리에게 차를 내왔다. 그곳에서는 회복기의 수녀들, 가장 흔하게는 〈정신의 병〉에 시달리는 수녀들을 수용했다. 그들은 우리에게 방을 구경시켜 주었다. 오라버니인 예하의 요청에 따라서 비올라에게는 남향의 방을 배정했는데, 남향이긴 하지만 어쿠스틱 기타의 목재 향이 느껴지는 암녹색의 사이프러스 한 그루가 햇살을 막아 줬다.

「오르시니 양을 잘 돌볼 겁니다.」온화한 미소를 지으면 원장 수녀가 안심시켰다.「삽시간에 회복될 거예요.」

나는 비올라가 자신의 소지품을 정리하게 놔두고 거실로 돌아갔다. 원장 수녀가 서명을 하라며 서류를 내밀었고, 기계적으로 서명을 해나가다가 우연히 내 눈에 걸린 한 문구 때문에 눈살을 찌푸렸다. **본원에서 치료를 받고 부작용이 생길 경우 어떠한 책임도 지지 않는다.** 나는 원장 수녀에게 문제의 치료가 무엇인지, 그리고 그로부터 발생할 수 있는 부작용이 무엇인지 물었다. 그녀는 즉각 나를 지하실로 데려가서, 둥근 천장 아래의 정비된 공간을 줄곧 미소 띤 얼굴로 보여 줬다. 바닥에서 천장까지 타일이 붙어 있었고, 구불거리는 가압식 살수용 호스들이 우리 발아래 너부러져 있었으며, 습한 냄새가 코를 찔렀다.

「재원자 중 몇 명은 한밤중에 소란을 피우기도 하는데, 그럴 때 아주 차가운 물을 퍼붓습니다. 이 자연의 방식은 전통적인 방식이 실패한 경우에, 육욕을 억누르기 힘들거나 의심에 물어뜯길 때 효과가 기가 막힙니다.」

「그런데 전통적인 방식은 뭔가요?」내가 상냥하게 물었다.

「몇 가지 약물 요법인데, 그 방법에 의존하기 전에 우리는 재원자들에게 제단 앞에서 기도하며 며칠 밤을 지새워 보기를 추천한답니다. 자원봉사를 하시는 수녀님 한 분이 기도자 옆에서 도우며 대나무 지팡이를 사용해서 잠을 못 자게 해주고요. **온갖 꿈들을 경계하는 자는 현명한 자이니라.** 성 요한 클리마쿠스께서도 그런 말씀을 하셨잖아요. 악마는 밤에 나타나, 우리의 이성이 잠든 틈을 타서 자연의 질서에 반하는 행동을 하라고 부추기기 마련이죠. 그러니 불면은 그에 대한 최고의 치료 약이랍니다.」

나는 원장 수녀에게 거실에서 기다려 달라고 부탁했다. 비올라를 찾아 올라갔더니, 그녀는 벽장에 자신의 물품들을 정리해 넣는 중이었다. 나는 비올라에게 통고했다.

「떠나자.」

비올라는 질문하지 않았다. 한숨을 내쉬며 똑같은 동작으로 소지품들을 다시 가방으로 가져갔다. 그리고 우리는 원장 수녀와 만났다.

「제가 어떻게 불러 드려야 하나요?」 내가 물었다. 「수녀님? 실수를 저지르고 싶진 않습니다.」

「원장 수녀님이면 됩니다.」 당사자가 가방을 보고 눈썹을 찌푸리며 대답했다.

「원장 수녀님, 이곳 수녀원은 휴양소가 아니네요.」

「바로 그렇습니다. 이곳은 전쟁터랍니다. 악령이 우리에게 서서히 불어넣는 의혹과 육신의 유혹에 맞서 싸우는 전쟁터요. 하지만 바로 그런 승리로부터 휴식이 생겨나죠.」

「감탄을 자아내는 논리군요, 원장 수녀님. 벽시계의 훌륭한 작동을 지켜보는 느낌입니다. 정교한 장치가 너무나 많아서 그만 시간을 알려 주기를 잊어버린 시계 같네요.」

「무슨 말씀이신지…….」

「비올라는 이곳에 머무르지 않을 겁니다.」

「예?」

「비올라는, 이곳에, 머무르지, 않을 겁니다.」

「잠시만요……. **신사분.**」 수녀가 마치 내가 그런 호칭을 받을 자격이 없다는 듯이 힘줘 발음하며 말했다. 「누구신지는 모르겠지만, 오르시니 가문의 일원 같지는 않군요.」

「오르시니 가문은 키가 커서요?」

그녀는 내 질문을 무시했다.

「바로 그런 이유로, 저는 그쪽에게 지시를 받을 이유가 없군요. 오르시니 예하께서 누이동생을 받아 달라고 부탁했고, 그러니 그와 반대되는 지시는 그분에게서만 받을 겁니다.」

「그가 반대되는 지시를 내리지는 않을 겁니다.」

「좋아요, 그러면 문제는 해결된 셈이네요.」

「완전히는 아니죠. 제가 분명하게 말씀드리죠, 원장 수녀님. 저는 비올라를 놔두고 떠나도 됩니다. 태어나면서부터 주님께 버림받은 저처럼 기형적이고 추한 존재는 교우 관계가 아주 고약하답니다. 그로 인해 속이 상한 건 물론 우선 저죠. 하지만 어쩌겠어요, 사람은 고쳐지지 않더라고요. 그래서 말인데, 제가 비올라를 놔두고 떠난다면, 자, 제가 이제 하는 말을 제 눈을 똑바로 보면서 들으세요. 저는 이틀 뒤에 다시 돌아올 겁니다. 이 수도원에 아무것도 남지 않을 때까지 불을 지를 겁니다. 안심하세요, 원장님의 양 떼들과 원장님 본인에게는 아무 일도 일어나지 않을 겁니다. 물론 의심을 제거해 준다는 그 얼음물 세례를 원장님에게도 해주고 싶은 유혹을 느낄 수는 있겠지만, 제가 짐승 같은 놈은 아니라서요. 한 가지 확실한 건, 쌓아 올린 벽돌 한 장 남지 않게 신경 쓸 거라는 겁니다.」

비올라가 어안이 벙벙해서 나를 뜯어봤는데, 그래도 수녀의 표정에 비할 바는 아니었다. 수녀는 재빨리 정신을 추스르고는 한마디 말도 없이 우리를 문까지 배웅했다.

프란체스코는 원장 수녀에게 공식적인 항의를 받고 나서 평소의 신중함은 내던지고 전화로 내게 소리를 질렀다. 나는 그에게 얼음물 샤워를 해보라는 충고를 해준 뒤 다짜고짜 전화를 끊어 버렸다.

그 이후로 2년간 비올라를 거의 보지 못했다. 내게는 나만의 문제가 있었고, 게다가 수도원에서 돌아온 직후 비올라는 놀라울 만큼 변해 버렸다. 비올라는 겉치레에는 거의 관심이 없었는데, 그랬던 사람이 느닷없이 파리의 저명한 디자이너들이 만든 가장 아름다운 드레스들을 걸쳤다. 비올라는 어머니가 친교를 다지기 위해 친분이 있는 집들을 차례로 돌 때 수행하겠다고 고집했고, 부모가 손님을 맞을 때면 안주인 역할을 하겠다고 나섰다. 곧 젊은 후작 부인에 관한 찬사가 내 귀에도 들어왔다. 매력적인 여성이고, 손님 접대를 할 줄 알며, 어머니의 모든 자질을 이어받았고, 서른일곱 살밖에 안 된 그녀가 결혼하기에 너무 몸이 망가진 것만 아니라면 훌륭한 아내 노릇을 할 터이다.

비올라가 스스로에게서 벗어나기 위해 장착했던 그 모든 병기 가운데서도 이번 병기가 내게는 가장 덜 위험해 보였다. 나는 그에 대해 별로 걱정하지 않았고, 우연히 마주칠 때 친구가 보여 주는 지나치게 부자연스러운 예의범절은 무시했다. 1941년이 다가올수록, 로마에서 개최될 예정이었던 세계박람회가 전쟁으로 인해 열리지 못하리라는 게 더더욱 분명해졌다. 상관없다, 우리는 무기의 강력함 덕분에 모든 전선에서 빛나는 승리를 거두고 있다, 하고 정부는 말했다. 그들에게는 상관없겠지만 나는 아니었다. 박람회가 취소되는 바람에 그것을 위해 건립한 팔라초 델라 치빌타 이탈리아나가 아예 개관을 못 했으니까. 그 웅장하고 텅 빈 껍데기가 여러 해 동안 로마를 굽어봤다. 파시즘은 자신의 영광을 기리는 기념물이 아니라 자신도 모르는 새 자기의 무덤을 건립한 것이었다. 정신 차리고 보니 대금을 받지 못한 열 개의 조각상만이 내 두 팔 가득 남았다 — 원자재를 들이고 수습공들이 동원된 3년의 작업. 근 20년 동안 돈 걱정을 몰랐던 내가, 가난했다는 사실을 잊어버리기까지 했던 내가, 졸지에 직원의 절반을 내보내야만 했다. 그리고 잠재적 고객을 찾아 전국을 누비면서도 현재 의뢰받은 조각들을 내보내기 위해 공방에서는 피

507

치를 올려야 했다. 조각가로서 경력을 쌓기 시작한 뒤 처음으로 유행에서 뒤처진 게 아닌가 싶어서 더럭 겁이 났다. 하지만 내 작품은 여전히 사람들의 마음을 파고들었다. 단지 거기에서 나를 제외한다면. 나야 이미 자신이 서른일곱 살임에도 열여섯 살짜리 조각가에 머물고 있음을 깨달았으니까.

어느 날 저녁, 불안함에 이리 치이고 저리 치이며 침대에서 뒤척이고 있는데, 삐걱거리며 방문이 열렸다. 어머니가 이마에 손을 얹고 **쉿, 쉿, 괜찮다,** 속삭이더니 오래된 노래를 불렀다. 그 노래가 기억나지는 않았지만 아주 먼 옛날에, 사부아에 살던 때 들었던 모양인 게, 편안함이 밀려들었다.

「그렇게 계속 달려야만 하는 건 아니란다.」 어머니가 속삭였다.

그다음 날, 어머니는 아무 일도 없었다는 듯 부엌에서 나를 맞았다. 그 순간 내가 꿈을 꿨던 건지는 여전히 확실하지 않다.

몇 달 뒤 공방의 재정 상태가 안정되었고, 수습공 두 명을 다시 고용할 수 있었다. 전쟁 때문에 어쩔 수 없이 더 이상 민간의 의뢰는 없었고, 「**신인간**」이라는 거대한 조각상만 남았는데, 이 작품을 위해 직접 가서 경탄을 자아낼 만큼 순수한 돌을 골랐다. 나의 경쟁자들과 동료들로서는 유감스럽게도 이제 사람들은 나를 위해 가장 아름다운 대리석을 빼두었다. 나는 원자재 공급자들에게 가차 없이 굴었다. 조각상은 예상보다 작아지겠지만 그 돌을 본 순간 바로 이 돌이어야 한다고 결정했다. 그 돌을 만졌을 때 온몸에 전율이 흘렀다. 돌이 내게 말을 했는데, 그런 일이 일어나지 않은 지 오래였다. 나는 그 돌에 아주 미세한 균열도 없다고 확신했다. 그 돌은 아무런 속셈 없이 자신을 내게 주었다.

그 돌을 놓고 즉시 조각을 시작하지는 않았는데, 살짝 부정직하긴 하지만 시간당 사례를 받기 때문이었다. 게다가 팔라초 델라 치빌타 이탈리아나 건에 대금을 지불하지 않은 사람들보다 더 부정직한 것도 아니었다. 프란체스코는 나의 불손함을 용서하고 독특한 고객을 한 명 소개했는데, 사제였다가 환속해 항공 분야에서 엄청난 재산을 거머쥔 사람이었다. 그 고객은 묘지들의 묘지라고 하는 치미테로 모누멘탈레 디 스탈리에노에, 제노바에서 가장 큰 망자들의 도시에 자신을 위한 찬란한 가묘 건립을 소망했다. 산 자들의 도시에 견줘 손색이 없을 정도로 찬란한 망자들의 도시는 어찌나 아름다운지, 전설에 따르면 어떤 이들은 어서 그곳에 묻히고 싶은 초조한 마음에 죽는 것에 대한 공포를 상실할 정도였다. 그 고객은 조각하는 사람이 정말로 나인지를 다짐받으려 했고, 그가 실제로 그러한지 확인하려고 불시에 종종 들렀기 때문에, 나는 일시적으로 다시 로마에 자리 잡지 않을 수 없었다. 그로부터 몇 달 뒤 그는 자신이 개발한 시제품을 조종하다가 지중해에 추락했고, 그의 시신은 끝내 발견되지 않았다. 가묘는 그의 가족에게 인도되었다. 그걸로 그들이 뭘 했는지는 모른다. 아마 오늘날 스탈리에노에 빈 상태로 혹은 다른 누군가가 들어간 채로 서 있을 듯하다. 하지만 그 조종사는 신의가 있는 사람이어서 내게 미리 대금을 치른 뒤였다.

이상한 느낌이 나를 사로잡은 것은 바로 그 시기, 1942년 성탄절 직전이었다. 압박감이랄까, 시야 가장자리에서 느껴지는 어떤 움직임이랄까. 스테파노에게 이런 이야기를 털어놨다가 놀림을 받았고, 프란체스코는 〈흠〉 한마디로 끝이었다. 전화를 걸었더니 어머니 목소리에 기운이 없었는데도 나는 나에 대해서, 그 이상한 느낌에 대해서만 말했다. 어머니는 일을 너무 많이 하는 게 아닌지를 물었다.

나는 미치지 않았고 일을 너무 하는 것도 아니었다. 그런 느낌이 매일 드는 건 아니어서, 그 현상에 논리나 의미를 부여할 도식을 파악하지는 못했다.

하지만 내가 옳다는 확신이 있었다.

내가 로마의 어디를 가든 누군가가 나를 따라다닌다.

더 빠르게, 계속해서 더 빠르게.

1920년대 초에는 피에트라달바에서 로마까지 가는 데 꼬박 이틀이 걸렸다. 그로부터 10년 뒤에는 하루가, 또 10년 뒤에는 꼭 그 절반이. 로켓은 거리 구석구석에서 날아다녔다. 5년 뒤면 소리의 장벽마저 넘어서리라. **음속의 장벽.** 나는 말과 마차의 시대를 겪었는데, 사람을 밀쳐도 사과를 하는 판에 인류를 느닷없이 소리를 확 밀쳐 버리고서는 아무 일도 아닌 듯 사과도 하는 둥 마는 둥 했다.

누군가가 나를 쫓아다닌다는 느낌은 성탄절을 축하하러 피에트라달바로 돌아가자마자 사라졌다. 돌아가 보니 어머니가 병상에 누워 있었고, 폐 충혈 때문에 말을 시작하자마자 숨을 헐떡거렸다. 의사는 청진 뒤 걱정스러운 표정으로 〈가슴에서 오케스트라가, 실내악 악단이 아니라 오케스트라〉가

들린다고 알렸다. 비토리오가 밤낮으로 어머니를 돌봤으니, 비토리오에게는 두 번째 어머니였고 어머니에게는 두 번째 아들인 셈이었다. 어머니는 6년 전부터 줄곧 공방에서 살면서 잠시도 이곳을 비우지 않았고, 두 사람은 몹시 가까워졌다. 아이들을 데리고 올 때마다 어머니와 만나지 않을 수 없었던 안나마저 어머니에게 애정을 갖게 되었다. 안나와 비토리오는 공식적으로 작년부터 별거에 들어갔다. 포도주를 너무 많이 마신 어느 날 저녁, 비토리오는 한숨을 쉬며 말했다. 「내가 저지른 그 모든 실수를 차곡차곡 쌓아서 몽땅 불태워 버리고 그녀가 사랑했던 남자로 되돌아갈 수만 있다면.」

성탄 전야 파티는 오르시니 저택에서 적은 인원이 모인 가운데 열렸다. 그러니까 그들과 나, 이 가족과 다소간 친족 관계에 있고 귀가 전혀 들리지 않는 지체 높은 집안의 나이 든 과부 둘, 응석받이로 자라 나이 먹도록 혼인을 안 한 사촌 한 명과 같은 처지의 또 다른 사촌 한 명. 비올라는 마치 꿈을 꾸는 듯 두 뺨이 발그레해서는 이 사람에게서 저 사람에게로 옮겨 다니며, 그들의 진부한 농담에 웃음을 터뜨려 가며 젊은 후작 부인 역할을 기가 막히게 해냈다. 벽난로 근처에 선물들이 쌓여 있었고, 비올라는 주황색 다이아몬드 바로 윗부분에 두 개의 에메랄드를 박아 넣어서 그들의 마스코트 과일을 형상화한 브로치를 선물로 받고는 어머니를 끌어 안았다. 나는 스테파노가 선물 꾸러미들 위로 몸을 숙이더니 내 이름이 적힌 봉투를 끄집어내어 내게 던졌을 때 깜짝 놀랐다. 황금색

횃불 두 개가 돋을새김되어 있고 가장자리를 절단기로 말끔히 잘라 낸 카드가 들어 있었다. 1943년 3월 23일에 이탈리아 왕립 아카데미가 개최하는 연회에 와달라는 초대장으로, 스테파노 오르시니의 이름이 적혀 있었다. 나는 웃으면서 돌려줬다.

「이건 자네에게 가는 것 같은데.」

스테파노가 눈썹을 찌푸리고 찬찬히 들여다보더니 어깨를 으쓱했다.

「내가 헷갈린 모양이야.」

그는 주머니를 뒤지는 시늉을 하다가 마침내 또 다른 봉투를 찾아냈고, 두 눈을 반짝거리며 그것을 내밀었다. 심장이 멈췄다. 봉투에는 1942년 12월 21일 자 명령의 복사본이 들어 있었다. **인민 문화부 장관의 개인적 추천을 받아서, 예술 분야에서 이탈리아의 지적 운동에 이바지한 공로를 인정해 조각가 미켈란젤로 비탈리아니를 이탈리아 왕립 아카데미의 정회원 자격으로 받아들인다.**

눈물이 솟았다. 열세 살 적에 바로 이 저택 문간에서 울었을 때처럼, 내게 추스를 시간을 주려고 사람들이 점잖게 시선을 돌렸다. 이런 사회적 환경에서, 여자라면 모를까, 남자는 울지 않았다. 3월 23일에 열릴 그 유명한 연회에서 공식적으로 입회 절차를 밟게 될 거다, 하고 스테파노가 알려 줬다. 사람들이 샴페인병을 땄고, 잔을 들었고, 그러고도 여러 차례 더 건배가 이어졌다. 비올라의 시선을 피했는데, 일부러 나를 찾은 건 비올라로, 그녀는 장갑 낀 손을 내 손목에 가볍게 갖다 댔다.

「축하해. 네게는 잘된 일이라 기뻐.」

저녁 식사 시간에 나이 든 친척 아주머니 두 사람 중 한 사람이 졸다가 깨어나 독일에 대한 교황청의 입장을 대화거리로 던졌다. 샴페인이 효과를 발휘한 덕이었다.

「너, 네가 아무리 주교라지만, 내가 네 기저귀도 갈아 주고 네 카치노도 봤단다.」 그녀가 프란체스코에게 말했다. 「그러니 그곳에서 무슨 일이 일어나고 있는지 우리에게 말 좀 해보렴. 왜냐하면 난, 그 돼지 같은 무솔리니를 지지하지 않고, 그 돼지 같은 히틀러는 더더욱 그렇고, 나는 하느님을 지지하니 그분이 어떻게 생각하시는지 알고 싶단다.」

프란체스코는 평소의 온화한 태도로 교황은 전쟁의 참상으로 근심이 많고 가장 강력한 단호함으로 그런 행위를 단죄한다고 안심시켰다.

「그렇다면 그분은 왜 그렇게 말하지 않는 거지?」

「그렇게 말씀하셨어요, 아주머님.」

「죄인들을 특별히 언급하지는 않았잖니.」

「성하께서는 완전히…… 자유롭게 의견을 말씀하실 수가 없어요.」 프란체스코가 형에게 빈정거리는 눈길을 던지며 강조했다. 「신중한 모습을 보이셔야만 해서요.」

비올라가 몸을 숙이며 나를 축하할 때 그랬듯이 친척 아주머니의 손에 자기 손을 갖다 댔다.

「자, 아주머님, 우리 정치 얘기는 하지 말죠.」

「그러죠.」 스테파노가 화가 나서 벌게진 얼굴로 말을 보탰다.

응석받이가 아닌 사촌이 그 노부인을 챙겼고, 노부인은 곧 식탁에서 다시 졸기 시작했다. 저녁 식사는 살짝 긴장된 침묵 속에서 끝났고, 손님들은 자리에서 물러났다. 스테파노는 담배를 피우러 정원으로 나갔고, 프란체스코는 서신 몇 통을 작성하려고 자기 방으로 갔다. 나는 비올라가 벽난로 앞에 남았기에 뭉그적거렸다. 비올라는 주머니에서 약통을 꺼내어 분홍빛 캡슐 두 알을 물 한 컵으로 삼켰다.

「어디 아파?」

「오, 미모, 아직 있었어? 아니, 아프지 않아. 그저, 피곤할 때 먹으라고 의사가 처방해 준 영양제야.」

「완벽한 어린 후작 부인 노릇을 하려니 피곤하기도 하겠다.」

나는 두 손에 얼굴을 묻고 한숨을 내쉬었다. 나 역시 술을 마신 뒤였다. 비올라는 마음 상한 기색 없이 내게 뚜껑이 열린 약통을 내밀었다.

「하나 먹을래? 먹어 보면 알겠지만 긴장을 풀어 줘.」

「미안. 그런 말을 하려던 건 아니었어.」

「아니었다고? 오히려 바로 그게 네가 하고 싶었던 말이라고 생각하는데.」

「어쩌면. 하지만 그렇게는 아니었어. 조각가로서 내가 행

515

한 선택 중 어떤 것들에는 너도 찬성하지 않는다는 걸 알아. 하지만 아카데미는, 너도 이해하지……. 그건 공식적으로 인정받는 거야.」

「너를 생각하면 아주 기뻐.」

「가짜 비올라는 아주 기쁘겠지. 진짜 비올라는 아마 할 수만 있다면 나를 죽이겠지.」

「진짜 비올라도 가짜 비올라도 존재하지 않아. 그저 내가 있을 뿐이야.」

「내가 무슨 생각 하는지 알아? 네가 오랜 세월 차례차례 걸쳤던 그 온갖 변장들, 그건 나를 화나게 만들고 싶어서라는 생각.」

비올라가 기가 막히다는 듯 짤막하게 웃음을 터뜨리고는 허리에 두 주먹을 갖다 댔다.

「이봐, 미모, 넌 내가 예전에 줬던 책들을 제대로 읽지 못했나 보다. 유감이야. 안 그랬더라면 조르다노 브루노가 이런저런 이단적 주장들 가운데에서도 지구가 너를 중심으로 돌지 않는다는 사상을 옹호한 바람에 죽임을 당했다는 걸 배웠을 텐데.」

그 말을 〈슈우〉 하는 소리가 맞았다. 우리는 소스라쳤다 — 후작이 방구석에 있었는데 아무도 그 사실을 알아차리지 못한 거였다. 거의 즉시 그의 시선이 다시 텅 비었다. 비올라가 종을 울리자 하녀 한 명이 급하게 나타나서는 가장을 거실 밖으로 밀고 나갔다.

「지금 내게 일어난 일을 누릴 자격이 있어, 난.」 우리 둘만 남자 나는 나를 정회원으로 지명한 명령장을 휘두르면서 다시 말을 이었다. 「난 이걸 누릴 자격이 있고, 그 누구도 내게서 그걸 빼앗지 못할 거야.」

「그러고 싶어 하는 사람은 아무도 없어.」

「거짓말을 하는구나, 비올라. 넌 이 정권을 싫어하잖아. 하지만 그 정권이 내게는 잘해 줬거든.」

나는 한 걸음 앞으로 나아갔고, 내 치명적 무기를 사용했다. 손짓으로 내 몸을 가리켰다.

「날 비난하지 마. 넌 내가 된다는 게 어떤 건지 몰라…….」

비올라가 똑같은 동작을 하며 자신을 가리켰다.

「넌 내가 된다는 게 어떤 건지 몰라.」

비올라는 낚싯바늘로 약간 멍청한 물고기를 낚은 뒤 잔챙이 따위로 번거롭기 싫어서 물고기를 다시 강물에 던지는 어부처럼, 만족스러운 듯 입을 삐죽거리며 다시 벽난로의 불을 향해 몸을 돌렸다.

어머니는 건강을 회복했고, 우리 모두 한숨을 놓았고, 나는 다시 로마로 출발할 수 있었다. 영원의 도시에는 눈이 내리고 있었다. 추위가 살을 에었고 특히 난방이 시원찮은 내 아파트에서는 더욱 그랬지만, 그 무엇도 나의 유쾌한 기분을 갉아먹을 수는 없었다. 이 나라의 가장 고귀한 예술 훈장을 받을 날이 석 달이 채 남지 않았다. 거기에 수반될 홍보 효과를 생각하면 새로운 주문은 보장된 터였다.

일주일 뒤, 야릇한 느낌이 느닷없이 다시 돌아왔다. 누군가가 나를 미행하는 게 확실했다. 나는, 갑자기 좁은 골목으로 들어가거나 건물을 가로지르는 등 다양한 수를 써봤는데, 그러면 몇 시간 혹은 며칠 동안 그 느낌이 사라졌다. 나는 내무부에서 높은 직책을 맡은 스테파노를 다시 찾아갔다.

「스스로가 뭐나 된다고 생각하는 거야, 걸리버?」 그가 재미있다는 듯 웃으며 물었다. 「네 뒤에 사람을 붙일 정도로 네가 주요 인사라고 생각하는 거야? 두체가 방금 보상을 내린 사람을 우리가 왜 뒤를 캐게 시키겠어? 정권의 충성스러운 지지자를?」

그는 어쨌든 다시 전화해 주마 약속했고, 바로 그날 저녁 직접 공방으로 찾아와 내가 엉뚱한 생각을 하는 거라고 장담했다. 왕립 아카데미 회원 자격 획득이 예정된 만큼 그 이점을 최대한 활용할 결심을 한 나는 입회식 몇 주 전에 러시아 호텔의 정원을 예약하고, 나 자신에게 경의를 표하기 위한 파티를 준비했다 ― 그 누구도 자신에 의해서보다 더 잘 대접받을 수는 없는 법이다. 프란체스코가 추기경도 몇 명 참석할 거라고 장담했고, 나는 파첼리 교황도 자신의 직무가 허락만 해줬더라면 몸소 왔을 거라는 걸 안다. 얼마 전에 과부가 된 나의 세르비아 공주는 이미 새로운 애인을 찾은 뒤였고, 「좀 더 곁에 있어 주는 누군가야」라고 말했다. 내가 피에트라달바에 빈번하게 머무르는 걸 암시하는 건지 혹은 사랑을 나누면서 점점 더 건성이 되는 걸 암시하는 건지 알지 못했다. 하지만 그녀는 기꺼운 마음으로 자신의 아름다움을 제공했는데, 그녀에게 딸려 온 한 떼거리의 구혼자 중 몇 명은 필요 없는 작품을 내게 주문하는 것까지 포함하여 그녀를 기쁘게 해주기 위해서라면 무엇이든 할 준비가 되어 있었다. 스테파노는 평소처럼 그다지 추천할 만하지 못한 인물들도 포함되었으나 어느 정도의 파티 감각은 인정해 줘야 할 친구들과 함께 들이닥쳤다. 사람들은 섞이지 않고 분명히 구분되어서, 한쪽에 바티칸의 붉은색과 다른 한쪽에 정권의 검은색이 자리한 모양이 꼭 거대한 살롱에서 맞붙은 두 개의 축구 팀을 떠올리게 했다. 하나같이 서로에게 뒤지지 않는 아름다움을 자랑하는 여인들이 빚어낸 스푸마토 기법이 둘 사이의 경계를 흐리며 사교적이고 유연한 자리라는 인상을 부여했지만 실제로는 섞이지 않았다. 샴페인이 넘쳐흘렀고, 다른 술들도 마찬가지였다. 심지어 파시스트 무리에서 약간의 마약이 오가는 것까지 보였다.

알렉산드라 카라페트로비치 공주는 공개적으로 대놓고 내게 추파를 던졌고, 그로 인해 나는 그곳에 있던 몇몇 여성뿐만 아니라 몇몇 남성에게도 잠시 탐나는 존재가 되었다. 저런 사내가 그런 여자를 매혹할 수 있다면, 게다가 왕립 아카데미에서 곧 그를 자기네 품 안에 받아들인다니, 그렇다면 그에게는 뭔가 특별한 것이 있기 때문이다, 하고 사람들은 생각했다. 나는 그러한 관심을 성에 차게 누리지는 못했다. 미행을 당하게 된 뒤로는 항상 경계 태세였다.

　루이지 프레디 역시 젊은 여배우를 데리고 참석했다. 가끔 내 키가 나를 곤혹스럽게 했다. 스테파노는 세상을 보는 나의 유일무이한 관점이라며 여러 차례 찬양했지만, 나로서는 여성의 가슴에 대고 말하는 것을 딱히 높이 사지 않았고, 특히 그 문제의 여배우가 대화할 때 자꾸 나에게 몸을 붙여 오는 경우라면 더더욱 그랬다. 나는 뒤로 물러서고 그 여자는 자꾸 다가왔는데, 자정 조금 전쯤 이렇게 한창 야릇한 춤사위를 보여 주고 있을 때 수위가 나를 찾아왔다.

　「비탈리아니 씨, 어떤 사람이 호텔로 들어오려고 해서 경비원이 가로막았는데요. 선생님과 아는 사이라고 주장하는데 초대장은 없답니다. 불청객이거나, 아니면 기자가 아닐까 의심스럽습니다.」

　「어떻게 생겼나요?」

　수위는 거의 알아차리지 못할 정도로 미세하게 눈살을 찌푸렸다. 하지만 나는 돌에서 표정을 읽는 사람이니, 하물며 인간의 육신에서야……

　「직접 만나 보시는 게 나을 것 같습니다.」

　우리는 2층으로 내려갔다. 수위는 복도의 창문을 가리킨 뒤 커튼을 들어 올렸다. 우리는 입구를 내려다봤다. 아래에서 어떤 남자가 추위에 시달리며 포석에 서서 발을 구르고 손가락에 입김을 호호 불어 가며 기다리고 있었고, 나는 그럴 수밖에 없는 사정이었던 만큼 몇 주 전부터 나를 미행한 사람이 바로 그라는 것을 퍼뜩 깨달았다. 또한 수위에게 그 사람이 어떻게 생겼는지 물어봤을 때 왜 수위가 난감해하는 것처럼 보였는지도. 그 남자는 나와 흡사했다. 비차로였다. 머리가 조금 세고 허리가 살짝 굽었지만, 의심할 여지 없이 비차로였다.

지나치게 궁금해하는 경비원에게 미소를 지어 보이며 2천 년 전의 베드로처럼 단언했다.

「내 평생 저런 사람은 본 적이 없소.」

나는 새벽 3시에 귀가했고, 예상했던 것보다는 술을 훨씬 더 절제했다. 내가 굳이 걷겠다고 해서 운전사는 뒤를 따랐다. 어쩌면 비차로를 추위에 내버려뒀던 것에 대한 참회일까. 2층 창가에서 경비들이 그를 내쫓는 광경을 지켜보았다. 비차로는 그들의 발치에 침을 뱉고는 옷깃에 턱을 파묻고 호주머니에 두 손을 넣은 채 휘몰아치는 눈 폭풍 속으로 멀어져 갔다. 그의 등장은 전혀 좋은 징조가 아니었다. 그는 정상적인 누군가처럼 내 문 앞에 예의 바르게 등장하지 않았다. 그는 나를 미행했다. 그가 나타날 거라고는 생각도 못 했던 파티에 들어오려고 시도했다. 그리고 비차로는 무엇이든, 그러니까 친구를 위해서 산마르코 수도원 문을 열게 하고 바로 그 다음 순간에 그 친구를 난쟁이로 취급하며, 그러고는 파시스트에게 칼을 꽂는 일을 할 수 있는 인물이었다. 어쩌면 그는 나를 상대로 공갈 협박을 저지르려던 걸 수도 있었다. 나는 유복했고, 내 얼굴은 이런저런 신문의 사교계 동향란에 자주 실렸으니까.

한껏 살아 봤노라 주장하려면 그러기 전에, 눈에 덮인 로마를 봤어야 한다. 추위로 인해 냄새가 더 강렬해졌다. 밤의 냄새 ─ 최고급 향수와 땀이 밴 육체 ─ 를 뒤이어 낮의 냄새 ─ 가로등의 금속, 부옇게 김 서린 술집 유리창 뒤에서 내려지는 커피 ─ 가 피어올랐다. 나는 꽁꽁 언 상태로 집에 도착했고 불도 켜지 않고서 옷을 입은 채로 자리에 벌러덩 누워 버렸다. 구석의 난로는 여전히 벌겋게 단 채였다 ─ 출발하기 전에 켜 놓았다. 왜 스스로에게 거짓말을 했을까? 비차로가 불안감을 불러일으켰지만, 내가 그를 모른 척한 것은 두려움 때문이 아니었다. 비올라와 함께 피렌체에 갔을 때 그를 찾아가서도 만나지 않고 그냥 와버렸던 그때의 이유와 똑같았다. 비차로와 사라는 시궁창에 처박힌 내 얼굴을 본 사람들이었다. 내 최악의 모습을 알았던 누군가와 길에서 엇갈렸다가, 그 모습이 나의 **진짜** 모습임을 발견하게 될까 봐 그저 두려워서 그랬을 뿐이었다. 왜냐하면, 만약 그것이 진짜라면, 카르티에의 탱크 시계를 차고 맞춤복을 입는 오늘날의 미모 비탈리아니는 사기꾼에 불과하니까.

몇 시간 뒤에 원자재 공급업자와 약속이 있었다. 자려고 해 봤자 소용없었고, 그러다 선잠에 빠져들었다. 타는 냄새가 아나톨리아 평원에서 불어오는 뜨거운 바람에 실려 내게 도달했다. 먼 곳에서 나는 듯하다가 꿈에서 나는 듯하다가 점점 더 강렬해졌다. 꿈을 꾸는 게 아니었다. 뭔가가 방 안에서 타고 있었다.

「이제 옛 친구끼리 서로 알아보지도 못하는 건가?」

나는 소스라쳤고, 어찌나 심하게 놀랐던지 침대에서 굴러 떨어졌다. 두 눈이 희미한 어둠에 익숙해지니 그가 보였다. 비차로가 방바닥에 앉아 있었는데, 창가에서 멀지 않은 구석 자리였다. 그는 난로 근처에, 난로의 주황색 불빛이 비치는 범위에서 살짝 비껴 나 있었다. 그는 파이프를 피우고 있어서, 빨갛게 단 담배통이 눈동자에 비쳐 그에게 으스스한 모습을 부여했다.

「빌어먹을, 심장 마비 일으킬 뻔했잖아요! 어떻게 들어왔어요?」

「모든 다른 사람처럼, 나도 문으로 들어왔지. 경비가 썩 훌륭하진 않더군.」

나는 정신을 수습했다. 결국 이 모든 건 옛 친구 사이의 장난에 불과했다. 나는 미모 비탈리아니였고 내게는 그 어떤 일도 일어날 수 없었다. 부엌에서 자두주 두 잔을 따라 돌아온 나는 한 잔을 그에게 내밀며 그와 마찬가지로 바닥에 앉았다 ─어쨌든 방 안에 의자라고는 없었다.

「조금 전 일은 미안해요, 하지만 그 파티는…….」

「됐어, 미모. 이해해.」

「정말 오래간만이에요. 어떻게 지내세요?」

그가 웃음을 터뜨렸다.

「정말로 그러고 싶어? 좋았던 옛 시절에 대해서 얘기하고 싶냐고.」

「좋아요. 왜 저를 미행했어요?」

「너를 만나기 전에 네가 누구와 친분이 있는지를 알고 싶었으니까. 나는 네 친구들 중 몇 명은 무섭거든. 검은색 제복을 입는 자들 말이야. 네가 그들과 어느 정도로 한 패거리인지를 알아야 할 필요가 있었어.」

「뭘 원해요?」

「네게 원하는 건 아무것도 없어. 네 도움이 필요할 뿐이야. 아니, 차라리 〈내 누나가〉라고 하는 게 나으려나.」

「누나가 있어요?」

「그래, 누나가 있어, 멍청아. 너도 아주 잘 아는 사람이지, 사라 말이야.」

「사라가 **당신** 누나라고요?」

깜짝 놀란 나는 서커스단에서 보낸 마지막 순간의 죄스럽고 혼란스러운 기억이 떠올라 마음이 심란해서 그를 응시했다. 사라, 그 누구도 해주지 못한 방식으로 나를 위로해 줬던 사라.

「누나라는 말을 한 적 없었잖아요!」

「그 반대라고 말한 적도 없었지.」

비차로는 파이프를 빨았다. 나는 기다렸고, 그는 말을 하지 않았다.

「사라에게 무슨 일이 일어났어요?」

그가 천천히 주머니에서 접힌 종이를 꺼내더니 그걸 내 쪽으로 밀었다. 거의 읽을 수 없는 인쇄물로, 어딘가 붙어 있던 벽보를 뜯어낸 것이 분명했는데 습기와 풀 자국으로 뻣뻣했다.

　「이게 뭔데요?」

　「고시 443/45626호. 네 친구들이 외국 국적의 유대인들과 무국적자 유대인들의 강제 수용을 명령한다는 내용이지. 사라가 체포됐어. 반년 전부터 페라몬티 디 타르시아 수용소에 있어. 남부의 황량하기 짝이 없는 곳인데, 예전에 습지였던 곳 한가운데에 1백여 개의 막사가 들어서 있어. 사라는 운이 좋아, 더한 곳도 있으니까.」

　「두 사람이 유대인인 줄은 몰랐어요.」

　「당연히 우리는 유대인이지. 설마 내 이름이 정말 알폰소 비차로라고 믿었던 건 아니겠지? 나는 톨레도 근처에서 이삭 살티엘이라는 이름으로 태어났어. 문제는 네가 알았더라면 네가 했던 몇 가지 선택들이 뭔가 바뀌었을 거냐를 아는 거지. 이봐, 친구, 난 자네가 조각가로서 경력을 쌓아 나가는 것을 지켜봤어. 어느 날『코리에레』지에 네 사진이 실렸는데, 알아보기 힘들 정도였지. 널 봐, 맞아, 넌 난쟁이가 아니야. 넌 성공했어.」

　「날 모욕하려고 왔어요?」

　그 오래 묵은 호전적 불길이 다시 비차로의 눈길에서 타올랐다. 그 불길은 예전이었더라면 순수 휘발유를 연소하며 활활 탔을 테지만 이제는 그 자리에서 그저 바닥이 탁한 고인 물을 만났을 뿐으로, 곧 꺼져 버렸다. 비차로는 구석에 다시 몸을 부렸다.

「아니.」 그가 중얼거렸다. 「사실 그러고는 싶지. 하지만 원하는 건 네가 사라가 풀려나게 해주는 거야. 넌 연줄이 있잖아. 아니라는 거짓말은 마. 사라가 있는 수용소는 목숨이야 부지하겠지만, 어쨌든 강제 수용소야. 그리고 무엇보다도 거기서 멈추지 않을 거야. 핍박이 더 심해질 테니. 내가 잘 알지, 이미 본 적이 있으니까.」

「그게 무슨 말이에요, 이미 봤다니?」

「난 전부 다 봤어. 나는 방랑하는 유대인이니까, 미모. 내 나이는 2천 살이야. 사람들이 나를 고문하고 나를 부수고 나를 죽인 지 2천 년이야. 침을 맞고 게토에 갇히고 야반도주한 지 2천 년이라고. 나는 베네치아, 오데사, 발파라이소, 세상 어디서든 살았지만 내가 어디 살든 그들은 나를 찾아내지. 날 1천 번도 넘게 죽였지만 난 늘 되살아났고 전부 다 기억해.」

「완전히 미쳤군요.」

「어쩌면, 친구, 어쩌면 그럴지도. 그건 그렇고, 날 도와줄 거지?」

「당신은 왜 체포되지 않았어요?」

「나도 그럴 뻔했어. 우리는 미리 귀띔을 받았지만, 마지막 순간에 사라가 마음을 바꿨어. 더는 달아나고 싶어 하지 않지. 〈올 테면 오라고 해.〉 이게 사라가 한 말이야. 물론 그들은 왔고. 세상 무슨 일이 있어도 그런 걸 그들이 놓칠 리가 없을 테니.」

그가 내 두 눈을 똑바로 바라보면서 마지막으로 파이프를 빨았다. 그러고는 파이프를 뒤집더니 내 마룻바닥은 신경도 쓰지 않고 바닥에 대고 탁탁 두드려 재를 털어 냈다.

「그래서 날 돕겠다는 거야, 말겠다는 거야?」

「거절하면요? 날 협박할 건가요? 모두에게 내가 술에 취한 공룡들과 함께 이리 구르고 저리 굴렀다고 얘기할 건가요? 내게 칼을 꽂을 건가요?」

「오, 칼을 놀리기엔 난 너무 늙었어. 네가 거절하면 나는 쓸쓸히 홀로 떠날 거야. 그저 이 말은 해두지. 아마도 네 양심이 네 손목에 찬 그 시계보다 더 값이 나갈 날이 올 거다. 그리고 그날이 오면, 그것만이 이 세상에서 유일하게 네 전 재산을 동원해도 되살 수 없다는 걸 깨닫게 될 거고.」

내가 하도 소리를 질러 대서 스테파노는 사무실 문을 닫지
않을 수 없었다.

「넌 나한테 거짓말을 했어, 개자식아! 너희의 그 개 같은 수
용소에서 그 여자를 내보내!」

그는 진정하라고 명령하더니 자신은 아무런 나쁜 짓도 하
지 않았다고 단언했는데, 그건 사실이었다. 악의 아름다움은
바로 악이 아무런 노력도 요구하지 않는 것이기에. 그 누구도
결코 나쁜 짓을 저지르지 않는다. 그저 악이 지나가는 것을
바라보기만 하면 된다.

「그건 까다로워, 걸리버. 그 사람이 수용소에 있다면…….」

「내 이름은 미모야.」

「그래, 그래, 미모. 만약 그 사람이 수용소에 있다면…….」

「잘 들어. 너희가 나를 필요로 할 때 난 네 가족을 위해 충

분히 했어. 내가 무슨 말 하는 건지 알겠지?」

스테파노는 눈살을 찌푸렸다. 그의 얼굴 표정이 한층 더 무거워졌다. 위협적으로 보이기는커녕 햇볕 아래 졸고 있는 돼지 같았다.

「이건 협박인가?」

「물론 협박이지. 정말로 바보인 거야, 뭐야?」

그가 펄쩍 뛰었다 — 나는 이제껏 그에게 이런 어조로 말을 한 적이 없었다. 그러고는 숨을 들이쉬었다.

「내가 뭘 할 수 있을지 알아볼게. 이 사람이 범죄를 저지르지 않았다면야…….」

「그 여자는 범죄를 저질렀어. 유대인이라고.」

그가 짜증 나는 표정으로 혀를 찼다.

「과장이 좀 심하다는 느낌 안 들어? 그 수용소들은 네가 생각하는 그런 데가 아니야. 자, 이걸 봐.」

그가 몸을 돌려 가구 위에서 굴러다니는 서류를 집더니 책상으로 끌어다 놨다. 거기에서 사진이 한 장 빠져나왔는데, 무도회에서 춤을 추는 사람들이었다. 모두 남자끼리 짝을 지었다.

「아드리아해에 있는 산도미노섬이야. 1938년에 동성애를 저지른 타락한 놈들 50여 명을 그곳에 가뒀지. 어떻게 됐을까? 그 망할 녀석들이 말썽꾸러기 어린애들처럼 어찌나 즐거워하는지 수용소를 닫아야 했다고. 그것들이 여자 옷을 입고는 사방팔방에서 그 짓을 했다니까……. 그 모든 일을 제 돈

529

한 푼 안 들이고! 그러니 네 유대인 여자 친구도, 내가 아는 한 그렇게 운이 나쁜 건 아니야.」

그가 웃음을 터뜨렸고, 내 표정을 알아차리고는 다시 침울한 표정을 지었다. 그는 살인을 저지를 자를 알아볼 수 있을 정도로 이미 그런 자들과 어우러져 지내 왔다.

「나는 선택을 했어, 미모. 그중 어떤 것도 후회하지 않아. 난 유대인들에 아무런 반감이 없어. 내 말을 믿으라고. 심지어 남자들끼리 그 짓 하는 놈들도, 난 상관없다고. 그들이 내게 아무런 짓도 하지 않았으니까. 하지만 명령은 명령이야. 이탈리아는 우리 자잘한 개개인들보다 훨씬 커. 자기 마음에 드는 건 갖고 마음에 들지 않는 것만 버릴 수는 없어.」

그는 내게 손짓으로 나가라고 했다.

「일이 되면 전화할게.」

1942년 3월 3일, 로마프레네스티나역에 들어온 나폴리발 열차에서 사라가 내렸다. 비차로와 내가 플랫폼에 나가 있었다. 나는 그녀를 보고 충격을 받았다. 페라몬티에서 학대를 당하지는 않았지만, 나의 순결을 깨줬던 예순 살의 여인은 여든 살이 되었다. 그녀는 여전히 아름다웠지만 머리가 하얗게 셌고 체중이 줄었다. 이제 더는 장터의 점쟁이, 남자들에게 위로를 주는 여자가 아니라 여사제였으니, 신비로움과 월계수의 향내에 감싸인 채 저 먼 곳을 응시하며 신탁을 전하는 무녀였다. 그녀는 동생을 포옹했고, 나를 보며 미소 짓더니 내 두 손을 자신의 두 손으로 감싸 쥐었다.

「미모, 넌 하나도 안 변했구나.」

「당신도 그래요.」

우리는 말없이 오래 서로를 바라봤다. 비차로는 목청을 가다듬고는 자신이 들고 온 가방 손잡이를 움켜쥐더니 앞장서서 다른 플랫폼으로 이동했다. 마지막 승객들이 기차에 올라타고 있었고, 그가 누나를 그 열차에 태웠다.

「어디로 가요?」

「우리 모두를 위해 모르는 게 나아.」

1916년에 내가 내렸던 토리노역과는 강렬한 대조를 이루었다. 이제는 기차의 거의 절반 정도가 전기로 움직였다. 연기도 덜 났고 덜 시끄러웠다. 기차의 출발은 예전과는 다르게 훨씬 조용했다. 열차에 오른 여사제가 내게 키스를 날리고는 모습을 감췄다. 비차로는 발판에서 머뭇거렸다. 나는 감사의 말을 하려나 보다 생각했지만, 그는 그저 단순히 이런 말을 했다.

「네 선택을 비난하지 않아, 미모. 내 친구 중 어떤 이들이 말하듯, If you can't beat them, join them. 네가 그들을 쓰러뜨릴 수 없다면, 그들 편에 서라. 넌 아카데미의 그 자리를 차지할 자격이 있어.」

「고마워요.」

우리는 기적이 울릴 때까지, 그리고도 몇 분 더 이야기를 나눴다. 기차는 압축 공기가 빚은 한숨을 내쉬며 몸을 부르르 떨었다. 비차로가 발판에서 꾸물댔고, 나는 그와 나란히 서서 걷다가 종종걸음을 치기 시작했다. 그 기차는 전기로 가는 기차가 아니었다. 1916년도를 떠올리게 하는 끈적이는 시꺼먼 연기가 뿜어져 나오며 우리 사이로 지나갔다. 소리가 점점 커졌다. 기차가 레일 위에서 삐걱대고, 끽끽대고, 덜커덩거렸다. 나는 비차로 옆에 조금 더 머무르려고 거의 달리다시피 했다.

「그런데 말이야.」 그가 외쳤다. 「내가 저번 날 밤에 한, 방랑하는 유대인 이야기는 잊어! 몸을 데우려고 술을 좀 마셨거든!」

플랫폼이 끝나는 지점에서 숨이 턱에 닿은 나는 내 젊은 날의 일부가 구불구불 길게 그을음을 끌며 사라지는 것을 지켜보았다.

2주 뒤, 수많은 인사가 성대한 입회식에 참석하려고 이탈리아 왕립 아카데미의 소재지인 빌라 파르네시나로 밀려들었다. 아직은 일개 예술가이고 평범하며 하찮은 위치였지만, 문간에 서서 참석자들을 일일이 맞아들였다. 한 시간 뒤면 아카데미 회원이 된다. 3천 리라에 달하는 월급과 엠마누엘레가 보면 질투로 하얗게 질릴 만한 제복과 우리의 근사한 이탈리아제 기차 일등칸을 무료로 타고 여행할 권리를 누리게 될 거고, 〈예하〉라는 칭호로 불리게 될 터였다. 나는 비록 몇 가닥 흰 머리카락이 생기긴 했지만 아직 마흔이 채 안 되었다.

오르시니 형제들도 참석했다. 비올라는 아니었다. 여전히 예쁜 여자들에 둘러싸인 루이지 프레디와 내가 알지 못하는 여러 인사가 지나가는 것이 보였다. 놀랍게도, 수여식에 앞선 칵테일파티에서 초대 손님들 사이에 끼어 있는 네리와 마주쳤다. 세련된 옷차림에 각진 턱 그리고 사람을 홀리는 미소를 띤 그는 아주 근사하게 나이가 들었다. 그가 내게 열렬히 축하를 건넸고 우리 사이의 과거는 더 이상 존재하지 않았다. 네리는 잘나가는 조각가였고, 언젠가는 자신도 우리의 저명한 기관에 합류하라는 권유를 받게 되리라는 희망을 품고 그곳에 나타났다. 그가 멀어지려는 순간 내가 그의 소매를 붙잡았다.

「별건 아니지만, 내게 빚진 돈이 있는데.」

「네게 돈을 빚졌다고, 내가?」

「물론이지. 잘 생각해 봐. 피렌체, 1921년. 네 졸개들을 보내서 나를 두들겨 패고 홀라당 벗겨 먹었잖아. 뭐, 나로서는 그 끝이 아주 나쁘지는 않았지만, 문제는 그게 아니니까. 그 봉투 안에는 157리라가 들어 있었어. 인플레까지 더하면 2천이라고 해두지.」

내가 손을 내밀었다. 네리는 믿기지 않는다는 표정으로 내 얼굴을 응시하더니 농담하는 게 아님을 깨달았다. 호기심 어린 시선들이 우리에게 와서 꽂히자, 그가 내 어깨에 손을 올리고는 억지웃음을 띤 채 나를 밀고 다른 곳으로 갔다.

「자, 자, 미모, 우스꽝스럽군. 우리가 애들일 때 일이잖아.」

「2천 리라야.」

그가 이를 악물고는 한숨을 내쉬었다 ─ 그 묵은 분노가 손에 잡힐 듯했다.

「지금 그런 돈을 갖고 있지 않아. 기껏해야 1천 리라뿐

이야.」

「네가 찬 시계 아주 예쁜데.」

「미쳤어? 이건 파네라이라고. 네가 요구하는 돈의 세 배는 나가지.」

「확실히 해두자고, 네리. 지금 갚든가, 아니면 아카데미 회원으로서 내 장담하는데, 너는 절대로 회원이 못 되든가.」

네리는 핏기를 잃었다. 그는 날카로운 단속적 웃음을 터뜨리더니 마침내 시계를 풀었다.

「이제 싹 다 갚은 거지?」

「꼭 그런 건 아니지.」

나는 조심스럽게 그의 시계를 바닥에 놓고 구두 뒷굽으로 여러 번 짓밟았다.

「자, 이제 빚은 청산됐어.」

그러니까, 영혼의 무게를 재야 할 순간, 내가 정정당당히 경기에 임하는 자는 아니라는 사실을 덧붙여야 하리라.

만찬이 시작되었다. 이렇게 신경이 곤두서는 경험은 오랜만이었다. 제복을 입은 아카데미 회원들은 위압적이었다. 정장을 갖춰 입은 문화부의 사람들과, 사교적 강도 행각이 벌어지는 이 위험 장소에서 우리의 안전을 보장하기 위해 와 있는 몇 명의 헌병에 대해서는 말할 것도 없지만. 초대객 무리 중에는 불쑥 솟아오른 어떤 형체가, 나로부터 몇 테이블 건너 루이지 프레디 옆에 앉아 있었다. 음식이 새로 나올 때 나는

535

그에게 다가가 믿기지 않는 심정으로 그의 어깨를 톡톡 두드렸다. 내 인생에서 가장 아름다운 파티였다.

「실례합니다. 마치스테 맞죠? 그러니까 제 말은 바르톨로메오 파가노죠?」

거인은 나를 돌아보며 미소 지었다. 악당들을 창문 너머로 내던져야 해서 그들을 너무 많이 들어 올리느라, 악마들을 너무 많이 지옥으로 보내 버리느라 피로해진 거인이었다. 그가 일어섰다. 그 잠깐 동안, 전국에서 가장 유명한 배우와 조각가 사이의 신장 차이보다 이탈리아 전역을 통틀어서 더 우스꽝스러운 광경은 없었다. 파가노는 살짝 허리를 굽히며 내게 손을 내밀었다. 그가 힘들게 그런 동작을 취한다는 게 보였다.

우리는 몇 마디 예의 바른 말을 주고받았고, 그러고는 내가 물러났다. 나는 거의 떨다시피 하면서 대리석으로 된 화장실에서 거울을 마주한 채 수락 연설을 되뇌었다. 통로 끝에서 박수 소리가 들려왔고 의자 끄는 소리가 들렸다. 이제 내 차례였다. 아카데미 원장이 그곳에 참석한 사람들에게 인사를 하고 몇 가지 재미있는 말로 좌중을 웃겼고, 마침내 오늘의 의사 일정을, 그러니까 나를, 내가 태어났던 진창에서 나를 끄집어 내어 주는 일이 기다리고 있음을 알렸다. 나는 수줍게 얼굴을 붉히며 좌중 사이로 지나갔고, 가는 길에 가볍게 포옹하거나 내 등을 툭툭 치거나 악수를 청하는 사람들에 응하고 무대 위로 올라갔다. 빌라 파르네시나를 고른 이유가 위압감을 주려는 것이었는지는 모르겠지만, 그 건물은 바로 그런 효

536

과를 자아냈다. 연회는 2층의 원근 화법의 방에서 열렸다. 페루치가 트롱프뢰유 기법으로 그린 벽화로 인해 마치 로마를 바라보며 탁 트여 있는 로지아가 양 옆에 자리한 것만 같았다. 그 효과는 놀랍고도 아찔했으니, 실제로는 그 장소에서 바깥의 광경이라고는 조금도 보이지 않았고, 로지아는 말할 것도 없고, 그저 굳건한 벽 두 개가 버티고 있을 뿐인 만큼 더더욱 놀라웠다. 나는 머리가 살짝 어지러웠는데, 아마도 내가 미리 외워 뒀던 연설을 너무 많이 반복한 나머지 그랬으리라. **고맙습니다, 사랑하는 친구들, 고맙습니다. 여러분은 이러한 보상이 무엇을 의미하는지 짐작하실 겁니다……**. 원장이 내게 검푸른 벨벳으로 된 네모난 상자를 내밀었는데, 그 안에 금메달이 있었다. 그가 건네는 말들이 귀에 들어오지 않았고, 마침내 나는 주의 깊게 말없이 지켜보고 있는 청중과 마주했다. 스무해 전이라면 내게 단돈 1리라도 주지 않았을 바로 그 사람들과.

「고맙습니다, 사랑하는 친구들, 고맙습니다. 여러분은 이러한 보상이 무엇을 의미하는지 짐작하실 겁니다. 이곳의 천장이나 화려한 장식과 거리가 먼 곳에서 태어난 저 같은 사내에게 말입니다. 조각은 격렬하고 육체적인 예술입니다. 여러분이 보시다시피, 저는 영광스럽게도 오늘 저녁 오셔서 이 자리를 빛내 주시는 제 젊은 날의 우상 바르톨로메오 파가노 씨 같은 모습으로 깎여서 태어나지 못했답니다. 바로 그런 이유로 제가 언제고 여러분 앞에 도달할 일이 있으리라고는 생각조차 못 해봤던 게 아닐까요.」

박수. 파가노는 절반쯤 몸을 일으켜 조그맣게 손짓을 해 보이고는, 내게 고개를 숙여 감사를 건넸다.

「저는 장황한 연설로 여러분을 지겹게 하지 않으렵니다. 저의 여정을 함께해 주신 모든 분께 감사의 마음은 꼭 표하고 싶습니다. 그 여정은 이곳에서 기림을 받는 다른 모든 예술과 마찬가지로 특이하게도, 우리가 추구하던 것을 찾았다고 생각하는 순간 아무것도 없음을, 추구하던 그것은 슬며시 빠져나가 저만치 앞에 있음을 깨닫는 과정이었습니다. 우리가 그것을 향해 한 걸음 내디디면 그것 역시 한 걸음을 내딛습니다. 언젠가는 그것을 따라잡을 수 있을 거라는 희망을 계속 품어 보려고, 그저 그것의 보폭이 우리 걸음보다 크지 않기를 바랄 뿐입니다. 따라서 하나의 작품은 다음에 올 작품의 밑그림일 뿐입니다. 우선 제가 알고 있는 모든 것을 알려 주신 아버지와 저의 후원자인 오르시니 가문에 감사의 마음을 꼭 전하고 싶습니다. 그리고 제 연설은 오르시니 가문과 그리고 물론 저 자신의 전언이기도 한 친구의 말을 빌려서 매듭을 짓고자 합니다. 〈Ikh darf ayer medalye af kapores……. in ayer tatns tatn arayn!〉 발음은 봐주십시오, 이디시어랍니다. 글자 그대로 옮기면, 〈이 메달, 그것을 당신 아버지의 아버지 안에 집어넣어라.〉 혹은 덜 시적이고 보다 현대적인 이탈리아어로 옮기면 〈당신의 메달을 받아서 똥구멍에 처박아라.〉」

대경실색으로 인한 침묵이 청중 위로 내려앉았다. 그 충격

파가 어찌나 거센지 지구가 축에서 살짝 벗어났던 것 같다. 그러고는 형언할 수 없는 항의와 야유의 천둥이 터져 나왔다. 평온한 표정의 마치스테는 팔짱을 낀 채 놀라 나를 응시했다.

「미모 비탈리아니와 오르시니 가문은 여러분에게 경의를 표합니다, 사랑하는 친구들!」 나는 시끄러운 소리를 누르기 위해 고함을 질렀다. 「우리는 이 암살자들의 정권을 위해 결코 다시는 일하지 않을 겁니다!」

나는 문지방을 넘기도 전에 체포되었다. 곁눈으로 보니 두 명의 남자가 깜짝 놀란 스테파노를 양옆에서 에워싼 채 출구로 끌고 가는 것이 보였다. 나는 그 누구에게도 얻어맞지 않았지만, 그 뒤로는 모든 것이 암흑이 되어 버렸다. 아마도 아주 오랜만에 처음으로, 바로 직전 순간에 내가 환한 빛을 발했기 때문이 아닐까.

그건 비올라의 생각이었다. 내가 전화로 사과를 하고 최근 몇 년 동안 그녀가 옳았던 거라고 인정하면서 아카데미 회원 지명을 거부하겠다고 알리자, 비올라는 전화를 이용한 나의 편달 고행을 차단해 버렸다.

「속죄하고 싶어, 미모? 그러면 행동을 해야지.」

　역사상의 모든 위대한 정치적, 군사적 책략들. 나는 여기에 테르모필레, 트라팔가르, 아우스터리츠 혹은 워털루 전투 ─ 자신이 어느 편이냐에 따라서 ─ 그리고 1940년 6월 18일의 대국민 호소까지 포함시키는데, 그러한 책략들 중에서도 비올라의 책략이, 그것이 비록 군인이나 카리스마 넘치는 지도자가 아니라 골절되었던 다리가 원래대로 돌아가지 못한 젊은 여성에게서 나온 것이긴 하지만, 가장 천재적이지 않을까? 이제는 드러내 놓고 수중에 들어오는 신문들을 전부 섭렵하던 비올라는 연합국이 아프리카에서 우리에게 안겨 준 패배로 보건데, 곧 그들이 이탈리아에 상륙할 것이라는 설명을 해줬다. 그때에도 파시스트로 있어서야 좋을 게 없었다. 비올라는 스테파노에게 그러한 사실을 설명하려고 애썼지만, 헛수고였다.

「스테파노는 어려서부터 어리석음에 절어 있어.」비올라가 투덜거렸다. 「나이가 들면서 심지어 시어졌다고. 예전에는 오이였어. 지금은 오이피클이야.」

나는 특히 그 오이피클이 예전에 모두의 희망을 받는 기대 주었던 형제, 그러니까 장남의 죽음으로 생긴 커다란 구렁을 메워 보려고 평생을 바쳤다고 생각하는데, 비올라라고 해서 그 사실이 보이지 않을 리가 없었다. 어찌 됐든 결론은 똑같았다. 스테파노의 팔을 비틀어야만 한다.

비올라는 오르시니 가문의 이름으로 의견 표명을 해달라고 당부했다. 물론 스테파노는 체포될 테고, 나도 마찬가지일 거다. 프란체스코, 그를 건드릴 수는 없다. 장남은 감옥에 오래 박혀 있지는 않을 거다. 프란체스코가 영향력을 최대한 발휘할 테니까.

「네 경우는, 미모, 다를 거야. 정권은 너를 이용했어. 너는 그들의 식탁에서 함께 식사했다고. 그들은 네가 그렇게 쉽게 빠져나가게 내버려두지 않을 거야. 그래서 네게 강요는 못 하겠어.」

군인들은 치명상을 입힐 뿐이지 덩치만 큰 아이들이다.

1943년 2월에 허스키 작전이, 시칠리아 상륙 준비 작전이 시작되었다. 그해 6월에 본격적 침공인 래드브로크 작전이 개시되었다. 까딱하다가 그 사내들은 오줌을 누러 가는 일에도 작전명을 지어 줄 판이다. 하지만 모든 것이, 비올라가 예상했던 모든 것이 그대로 벌어졌고, 오르시니 가문은 그녀 덕분에 살아남았다. 1943년 9월, 베이타운 작전. 이탈리아 남부 전역이 연합군에 의해 점령당했고, 무솔리니는 권좌에서 쫓겨나 수감되었다가 북쪽에서부터 로마로 진격하며 밀고 들어온 독일군에 의해 풀려났다.

나라가 삼분되었는데, 그러한 자세한 사실이 내 기억에 새겨진 것은 감옥 안의 우리에게는 그런 사실들을 되새김질하는 것 말고는 별다른 할 일이 없어서였다. 해방된 남부는, 일부는 연합국이 직접 통치를 하고 또 다른 일부는 연합국이 전후를 염두에 두고 브린디시에 본거지를 둔 새로운 정부를 통해 간접 통치를 했다. 북부는 독일의 지지를 받는 무솔리니가 자신의 가장 최신 이념인 이탈리아 사회 공화국을 세워 통제하게 됐는데, 이 공화국은 절묘하게도 프랑스어로는 개자식이라는 의미를 갖게 되는 살로 공화국이라는 이칭을 가진다. 그러고 나서야 모두가 누려 마땅한 휴식기를 갖는 데 합의했다.

나의 빛나는 전격 작전이 펼쳐졌던 바로 그날 저녁, 스테파노와 나는 로마에 소재한 가장 커다란 수용소이자 옛 수도원인 레지나 코엘리에 수감되었다. 하늘의 여왕. 감옥치고는 상당히 예쁜 이름이다. 오르시니 집안사람들은 독일에 의해 자택에 연금되었다. 프란체스코는 로마에 머물렀고, 납작 엎드려 때를 기다리며 자신에게 유리하게 미래의 톱니바퀴가 움직이도록 조용히 영향력을 발휘했다. 스테파노가 체포되자마자 감발레 집안이 재등장했는데, 돌 밑에서 자다가 봄이 시작되자마자 다시 기어 나오는 벌레 같았다. 하룻밤 새에 수로가 파괴되었다. 어떤 이들은 밭에 생겨난 거대한 물웅덩이가 동이 트면서 붉게 타오르는 광경을 보고 오렌지나무들이 피를 흘린다고 말했다. 곧 땅이 물을 흡수했고 수로의 잔해 위에서 풀들이 자라나고 담쟁이덩굴이 양수 펌프 위로 기어올라 갔는데, 그 상태로 방치되었다. 감발레 집안은 거기서 더 나갈 엄두까지는 내지 못했으니, 비올라가 예상한 대로 스테파노가 고작 석 달 후에 풀려났기 때문이었다. 아주 마침맞게, 그는 용맹한 반파시스트주의자라는 명성을 후광처럼 두르고 피에트라달바로 돌아왔다.

「처음에는 그 사상이 근사해 보였어.」그는 아무나 들으라고 이야기해 댔다.「그러더니, 그 모든 끔찍한 일들을…… 나의 영혼과 양심 때문에 입을 다물고 있을 수가 없었지. 오르시니 가문이 그러는 법은 없으니까.」

사람들은 먹이를 주던 손을 감히 물었다며 나를 하나의 본보기로 삼았다. 나는 다시 프란체제가, 항상 이탈리아 민족을 파괴하려 드는 자들을 섬기는 외국인 스파이가 되었다. 나의 조각 작품들, 어쨌든 정부가 손에 넣을 수 있었던 조각들은 모두 다 파괴되거나 해체되거나 내가 모르는 곳에 몰래 팔아 넘겨졌다. 팔레르모의 팔라초 델레 포스테의 측면에서는 더 이상 내가 만든 파스케스를 볼 수 없다 — 그것들은 사진으로만 남아 있다. 로마와 피에트라달바, 두 곳에 있던 나의 공방에서는 도둑질과 약탈이 자행되었다. 비토리오와 엠마누엘레 그리고 어머니는 폭도 한 무리가 그곳을 파괴하고 벽에 오줌을 갈기고 페인트를 집어 던지는 모습을 지켜봤다. 나는 아카데미에 연설을 하러 가기 전에 직원들 모두에게 반년치 봉급을 지불했고, 이제 「신인간」은 존재하지 않을 터이니 그 작품을 위해 내가 골랐던 최상급 대리석 원자재를 안전한 장소에 보관하도록 미리 조치를 취해 뒀다. 또한 비토리오에게는 상당한 금액의 현금을 맡겨 뒀다. 그 돈이면 출소한 뒤 소박하게 몇 년은 살아갈 수 있을 터였다. 투옥된 뒤 일주일이 지나자 그 돈 말고 내게 남은 것은 아무것도 없었다. 20년간 쌓아 온 경력이 일거에 사라져 버렸으니, 내가 내린 결정의 타당성을 재검토해 볼 만도 했지만 나는 결코 그러지 않았다. 아주 오래전에 나의 길을 선택했기에, 가던 길을 뒤돌아오지는 못한다. 만약 그 길이 불타는 숲을 지나간다 해도 그 숲을 통과해야 하리라.

　고작 연설을 했을 뿐인 내 죄에 비해서 엄청난 징역형을 살았지만, 다행스럽게도 레지나 코엘리에서 혹독한 꼴을 겪지는 않았다. 이미 다음 수를 짜놓은 프란체스코가 원거리에서 나를 보호했다. 독일군은 테러가 벌어지자 그에 대한 보복으로 아르데아티네 채석장에서 2백 명 이상의 이탈리아인들을 학살할 목적으로 우리 가운데에서 대상자를 찾으러 왔고, 나는 경찰청장인 피에트로 카루소가 골라낸 무리에 들어가지 않았다. 사실 카루소에게는 나를 빼내어 줄 이유가 없었다. 하지만 나중에 가서야, 누군가가 경찰청장에 관한 〈서류〉를 쥐고 있고 그래서 그가 그 서류가 공개되지 않도록 양순하게 군 것이었다는 생각이 들었다.

사방 벽으로 막힌 감방에서 종종 비차로를 생각했다. 나는 독수리처럼 먼 곳의 길 위를 떠돌았다. 사람들이 그를 발견하지 못할, 하지만 어쨌든 그를 찾아내게 될 그런 장소를 찾아서 그는 어느 고장을 누비고 있는가? 그가 제대로 봤던 거였다. 독일군의 침공 이후 수용소들은 가혹하게 바뀌었다. 트리에스테에 있는 리지에라 디 산사바나 슈탈라크 339는 폴란드의 최악의 수용소에 비해 조금도 뒤지지 않았다. 그곳에서는 자동차 배기가스를 이용해 유대인을 학살했다. 내가 그런 인간들을 위해 일했다. 악이 지나가도 모른 척 눈감았다. 나중에 가서야 징징거리며 자신들은 아무 짓도 저지르지 않았다고 주장하는 그 모든 사람들보다 내가 더 낫다면, 그건 바로 내가 징징거리지 않았다는 것, 그 어떤 변명도 내세우지 않았다는 것이다.

거기서 보낸 3년 동안 판크라티우스 파이퍼의 방문을 여러 차례 받았다. 그는 구세주회 소속으로 〈로마의 천사〉라는 별명으로 불렸던 독일인 신부였다. 파이퍼는 헝클어진 흰 머리카락이 왕관을 쓴 듯했고, 파첼리나 프란체스코가 쓴 것과 똑같은 둥근 테 안경을 쓰고 있었다 — 그들 모두 같은 안경점에서 구매했다고 해도 믿을 판이었다. 그는 내게 이런저런 이야기를 해주는 선에서 그쳤지만 그의 목소리는 일주일 동안 나를 훈훈하게 했다. 그는 나를 보러 와서는 내가 느끼는 죄책감을 조금씩 조금씩 점점 더 많이 덜어 갔는데, 어느 날 잠에서 깨어나 보니 더는 죄책감이 남아 있지 않음을 깨달았다. 물론 그 찌꺼기, 잔 바닥에 조금 남아 있는 침전물은 있었지만, 죄책감 때문에 나의 꿈들이 핏빛 하늘 아래서 소용돌이치는 일이 더는 없었다. 판크라티우스는 죄수 여럿이 풀려나도록 협상을 벌였고, 그 시절에 수많은 유대인을 구해 냈다. 나중에 사람들은 비오 12세가 바티칸의 중립에 너무 집착한 나머지 유대인들을 충분히 방어하지 못했다고 비난했지만, 나는 그 시기를 그 비극의 한복판에서, 그리고 교황청과 멀리 떨어지지 않은 곳에서 겪어 낸 사람으로서, 파첼리가 막후에서 최대한 많은 수의 희생자를 구해 내려고 활발하게 움직였다고 생각한다. 유대인 피난민들에게 카스텔 간돌포에 있는 자기 자신의 공간을 내줄 교황은 거의 없지 않았을까. 하지만 바로 그런 사실에 대해 파첼리는 단 한 번도 본인 입으로 말한 적이 없었다.

비올라는 단 한 번도 면회를 오지 않았다. 나는 그 점이 고마웠다. 비올라가 입원해 있으면서 왜 나를 멀리했는지 그제야 이해했다. 이제 그 시기에 대해서는 더 이상 아무 말도 하지 않으련다. 모든 감옥은 다 거기서 거기이니까. 수감자들 역시 동일한 죄를 저질렀다. 즉, 존재하지 않는 세상을 믿었다가 존재하지 않는다는 사실을 깨닫고 화를 냈다는 죄.

비탈리아니의 피에타는 1951년 하반기 6개월 중 알려지지 않은 어느 날짜에 사크라 수도원으로 이송되었다. 사크라 수도원은 외딴곳에 있고 당시만 해도 방문객 수가 무시해도 될 정도여서 — 상황이 많이 바뀌었군, 하고 파드레 빈첸초는 생각했다 — 선택되었다. 피에타상은 삼중으로 궤에 넣어졌는데, 제일 바깥 궤는 금속이고 안쪽 두 개는 목재였다. 그 시끄러운 사건에도 불구하고, 어쩌면 바로 그 사건 때문에 더욱 그랬겠지만, 작가가 골치 아픈 사건들을 일으키는 데 있어서 거의 초자연적 능력을 발휘했음에도 불구하고 피에타상은 살아남은 몇 안 되는 작품들 가운데 하나였고, 대단한 가치를 가졌다.

대리석 조각상을 운반할 때의 위험은 아주 미세한 균열이 숨어 있다면 충격을 받았을 때 조각상이 쪼개질 수도 있다는 것이다. 그 시절에는 작품을 이동하는 일이 거의 없었다. 게다가 이동하다가 손상을 입는 일이 드물지 않았다. 피에타상을 보호할 수 있는 최상의 방법을 확정하기 위한 연구 용역이 발주됐고, 미국 회사 쿠퍼스가 〈발포 폴리스티렌〉으로 불리는 물질의 시제품을 제공했다. 이 이송 방식은 1964년 뉴욕에서 개최된 만국 박람회에 또 다른 피에타상, 그러니까 미켈란젤로 부오나로티의 작품을 보낼 때 다시 사용될 터였다.

1951년의 어느 날, 비탈리아니의 작품을 안치한 뒤 지하 저장고의 문을 닫았고, 이야기는 거기서 멈춘다. 이후로는 그 작품이 거기 있다는 소문이 돎에 따라서 점점 더 엄격해지는 일련의 보안 조치들이 생겨날 뿐이다. 라슬로 토스의 사건 이후에는 첨단 경보 시스템이 설치되었다.

파드레 빈첸초는 마지막 서류들을 정리하여 안전장치가 장착된 수납장 안에 다시 갖다 두고 잠근다. 톱니바퀴가 조용히 돌아가며 실린더와 볼트가 작동한다. 그 오래된 가루는 다시금 평범한 낡은 수납장처럼 보인다. 빈첸초는 열쇠를 매단 끈을 다시 목에 걸고 창문을 돌아보다가 살짝 부르르 떤다. 어느 결에 밤이 됐다. 그의 사무실은 몹시 추웠다. 그가 난방이라는 이름에 값할 만한 장치를 요구하면 늘 예산 부족을 이유로 거부당하는데, 그때마다 짜증이 샘솟는다. 신앙으로 몸을 덥히기는 하지만 거기에도 한계는 있다.

빈첸초는 불을 끄고 망자들의 계단을 다시 내려간다. 벽 뒤에서는 아무런 소리도 나면 안 될 테지만 늘 끽끽대고 삐거덕

거리고 씽씽 바람 부는 소리가 들린다. 어쩌면 망자들이 코를 고는 것일까. 빈첸초는 계속 계단을 내려가 미로처럼 얽힌 통로들을 수월하게 지나, 조금 더 낮은 아치문을 지날 때면 반사적으로 고개를 숙여 충돌을 피하고 마침내 임종의 방으로 들어갔다.

여전히 네 명의 수도사가 미모 비탈리아니의 곁을 지키고 있다. 의사도 아직 거기 있다가 그를 손짓으로 불러 무성한 백발 아래 감겨 있는 조각가의 눈꺼풀을 들어 올린다. 의사는 동공에 불빛을 겨눈다 — 동공에는 아무런 움직임이 없다.

「더는 오래 버티지 못할 겁니다.」

「오늘 아침에도 같은 말을 했잖소.」

빈첸초는 필요 이상으로 살짝 쌀쌀맞게 대꾸했다 — 그리고 그에 대해 사과의 동작을 취한다. 뼈에 피부를 발라 놓은 듯한 얼굴과 살짝 일그러진 입술과 입술을 뜨겁게 달구어 갈라지게 만드는 그 단속적 호흡을 보면서, 파드레 빈첸초는 어서 이 일이 끝나기를 바라기 때문이다. 결국, 미모 비탈리아니는 그에게 친구 이상으로 가까운 무엇일지도 모른다.

그는 수도사들을 돌아보며 이제는 자신이 알아서 하겠다는 의사를 표한다. 수도사들은 반대한다. 「파드레, 지금 버티고 있는 걸 보면 밤새 계속될 수도 있습니다.」 하지만 그는 미소로 그들을 내보낸다. 미모 비탈리아니는 떠날 때가 되면 떠나리라. 조금 너무 넓다 싶은 그 머릿속에서 무슨 일이 벌어지고 있는지 누가 알까. 심지어 무슨 일인가가 벌어지기는 하는 건지 누가 알까.

파드레 빈첸초는 침대 가까이에 자리를 잡고 조각가의 불
타는 손을 쥐고서 기다린다.

나는 공식적으로는 1945년 4월 말에 풀려났다. 무솔리니는 막 체포되어 처형됐고, 그의 시신은 밀라노의 어떤 주유소 마당에 거꾸로 매달렸는데, 1년 전에는 파시스트들에게 총살당한 빨치산 시신 열다섯 구가 대중에게 전시되었던 바로 그 장소였다. 나는 실제로는 한 달 뒤에 출소했는데, 필요한 모든 서류를 엉망진창이 된 나라에서 발급받는 데 걸린 시간이다. 프란체스코가 검은색 리무진에 탄 채 감옥 앞에서 기다리고 있었다. 그가 걸친 수단에는 붉은색 단추가 달렸고, 사파이어가 박힌 황금 반지가 그의 오른손을 장식했다. 두 차례 폭격이 있었고, 그사이에 그는 추기경이 되었다. 그는 나를 바티칸의 직원용 아파트 하나에 잠시 묵게 했는데, 그곳은 부속 예배당의 지붕과 면해 있어서 정오가 되면 양철 지붕에 반사하는 햇빛 때문에 화덕으로 변했다. 감방에 있다가 나온 내게 그곳은 거대해 보였다. 나는 그새 체중이 15킬로그램 줄었다. 어떤 짓궂은 사람들은 감옥이 최소한 그런 도움은 줬다는 의견을 내놨다.

전쟁이 끝났어도 국내 상황은 긴장으로 팽팽했다. 파시즘 반대파가 거침없이 숙청을 진행했고, 사람들은 파시스트 당원들을 색출해 함부로 처형했다. 온건한 파시즘 반대자들은 비공식적으로 벌어지는 이 시민 전쟁이 공산주의 혁명으로 변질될까 봐 두려워했다. 그러한 위험을 미연에 방지하고자 국민에게 다시 투표권이 부여되었다. 1921년 이래로 자유 선거를 치른 적이 없었는데 1946년 6월 2일이 국민 투표일로 정해졌다. 마침내 국회가 국가의 고삐를 다시 쥐게 된다. 그 투표에서 이탈리아 국민은 군주정과 공화정 사이에서 선택하도록 요청받는다. 나는 양철 지붕에서 튀어 오르는 햇살에 눈부셔하며, 그 모든 혼란을 무심하게 지켜봤다. 독재 정치가 무너진 이상 나는 정말이지 더 이상 정치에 관여하지 않아도 되었다. 어쨌든, 그렇게 믿었다.

아주 여러 달 동안 칩거 생활을 했다. 모든 것이 내게는 너무 거대하고 시끄러웠다. 차츰차츰 옛 친구들이 나를 억지로 밖으로 끌어냈다. 「그렇게 살 거면 감옥에 그냥 있으면 됐지.」 스스로에게서 또 다른 모습을 찾아내어 이번에는 전쟁 사진가로 변신한 세르비아 공주가 톡 쏘아붙였다. 자유를 잃는 것보다 더 고약한 게 있었으니, 바로 자유에 대한 의욕을 잃는 거였다. 세르비아 공주는 내켜하지 않는 나를 중요한 파티들에 데리고 다녔다. 그곳에서 더는 즐겁지 않았다 하더라도, 동은 터오고 도시는 아직 잠든 순간의 여명의 향기, 그 맛은 다시 느끼게 되었다. 또한 꺼졌다고 생각했던 나의 별이 그 어느 때보다도 더 뜨겁게 빛을 내고 있음을 확인할 수 있었다. 나는 반파시즘의 화신이었다. 사람들은 내게 의견을 구했다. 특히 나의 주문 수첩에 아직 빈 자리가 있는지 물었다. 나는 주문이 꽉 찼다는 거짓말을 했다. 조각을 하고 싶은 생각이 더는 없었다.

충분히 기운을 되찾자 다시는 마을을 떠나지 않겠다는 결심을 하며 피에트라달바로 돌아갔다. 1946년 3월에, 허리둘레는 30년 전과 똑같지만 머리는 잿빛이 된 모습으로 그곳에 도착했다. 내가 돌아올 때마다 그랬듯이 비토리오가 자갈이 깔린 앞마당에서 나를 맞아 줬다. 비토리오는 45세라는 나이를 잘 넘기고 있었고, 안나가 떠나면서 줄어든 몸무게가 다시 불지 않은 채였다. 반면에 머리카락은 거의 다 빠져 버렸는데 그 모습이 썩 나쁘지는 않았다. 어머니는 73세의 나이에도 여전히 씩씩했지만 쉽게 피로를 느끼는 듯했다. 우리가 나눈 말은 많지 않았다.

공방은 내 친구가 공을 들여 완전히 새 단장을 해놓은 상태였다. 사람들이 공방에 저질러 놓은 모욕의 흔적은 조금도 남아있지 않았다. 유리창을 갈고 〈볼셰비키주의자〉, 〈유대인의 친구〉라는 글자가 적혀 있던 벽은 새로 회칠을 했다.

귀갓길로 인해 나는 녹초가 되었다. 오르시니가 사람들을

보러 가고, 엠마누엘레와 쌍둥이의 어머니와 돈 안셀모에게
도 인사하러 가야 하리라 ― 이 모든 일은 나중에 해도 될 것
이었다. 나는 어서 내 침대에 들어가기만을 꿈꿨다. 하지만
내가 돌아온다는 소식이 나를 앞섰거나 혹은 도화선이 타들
어 가듯 퍼져 나간 모양이었다. 그날 저녁, 내 너무 짧은 두 팔
로 덧창을 닫아야 할 때마다 늘 그랬듯이, 거의 떨어질 지경
까지 창밖으로 몸을 내놓다가 오르시니 저택에서 반짝거리
는 붉은 불빛을 보았다. 내가 스무 살 이래로 본 적이 없었고
마지막으로 본 게 언제인지도 기억나지 않는 따뜻하고 환대
하는 불빛.

　감옥에서 나는 혼잣말하는 법을 익혔고, 그래서 중얼거렸다.
「금방 갈게.」

　그루터기에는 갈겨쓴 단 한 줄의 문장이 적힌 찢어 낸 종이
가 들어 있었다. **너를 기다리고 있어.**

　나는 묘지로 가는 길을 전보다는 약간 덜 민첩한 걸음으로
올라갔다. 감옥 안에서 움직일 수 없는 상황에 빙글빙글 돌면
서 최대한 맞서고 감방 동료들의 온갖 충고를 다 따라 봤지만
소용이 없었고, 예전의 민첩성을, 아니 마흔두 살의 내가 그
민첩성에서 남아 있는 것을 되찾으려면 여러 달이 필요할 터
였다.

　평소처럼 ― 정말이지 아주 오래전부터 가지 않았던 길인
데도, **평소**라는 말을 떠올렸던 게 기억난다 ― 내가 먼저 도

착했다. 저녁의 대기는 온화했고 봄이 가까이에 와 있었다. 비밀스러운 기쁨과 짓궂은 농담과 더 늦게 사그라드는 빛으로 가득한 밤이었다. 5분 뒤 그녀가 나타났다. 나를 사로잡았던 감정, 그 감정을 묘사하기란 불가능하다. 숲에서 나온 비올라는 새처럼 날아 보겠다는 꿈이 전나무 발치에서 부서져 버린 소녀가 아니었다. 아보카토 캄파나의 유순한 아내가 아니었다. 완벽한 오르시니 후작 영애는 더더욱 아니었다.

그냥 **그녀**였다. 비올라.

그녀가 걷는 방식에서, 나보다 더 많이 알고 있음을 알려 주는 그 빈정대는 웃음에서, 비난을 담아 누군가를 꼿꼿이 겨누거나 즐거움을 담아 미래를 가리킬 기회를 노리며 잠시도 가만있지 못하고 노름꾼처럼 끊임없이 움직거리는 손가락에서, 그 사실이 읽혔다. 그녀는 걸어와서 장갑 낀 손을 내 뺨에 갖다 댔다. 나는 비올라를 한참 응시했다. 검은 머리카락에 몇 가닥 섞인 흰 머리카락. 전에는 보이지 않던 눈가의 잔주름. 광대뼈는 더 튀어나왔고, 턱은 뾰족해졌다. 첫 번째 말이 평범할지 거창할지 알지 못한 채 우리는 먼저 말을 꺼내기를 자제했는데, 그 맛을 보는 즐거움을 가능한 한 늦추기 위해서였다. 그녀의 손이 내 팔을 따라 미끄러져 내 손에 닿았고, 나를 무덤으로 이끌었다. 나는 우리가 어디로 가는지 알았다. 한마디 말도 없이 우리는 톰마소 발디의 무덤 위에 누웠고, 맹세컨대, 피리 부는 그 어린 소년이 만족스러운 한숨을 내쉬는 소리를 들었다.

「바르톨로메오 파가노를 만났어.」내가 말했다.

「어땠어?」

「크더라.」

우리 머리 위로 은하수가 게으르게 흘러갔다. 어른이 되면 묘지만 제외하고 모든 것이 보다 작아 보인다. 예전에는 휴한 지였던 서쪽 땅에 새로운 묘들이 여기저기 들어섰다. 사이프러스들이 높이 자라나서, 우리의 뒤집어진 세상에서는 마치 별밭에 심어 놓은 거대한 초록 당근처럼 보였다.

「난 늘 시간 때문에 애를 먹어.」비올라가 중얼거렸다.

「그게, 시간이 네게 뭘 어쨌다고? 여전히 매력적인데, 뭘.」

비올라는 고맙다는 말을 건넬 생각도 안 했다. 비올라는 칭찬에 무심하지는 않았지만 아름답다는 것에는 관심이 없었다. 하지만 그녀는 아름다웠고, 아니 좀 더 정확하게 말하자면, 그렇다는 인상을 주었다. 곰으로 변신할 때 보여 줬던 그 오래된 마술 같은 거였다 — 마술사가 원하는 지점에 시선을 묶어 두기. 나는 곰만 뚫어져라 쳐다보느라 곰이 같은 드레스를 입고 있지 않다는 사실을 못 알아차리지 않았던가. 비올라를 바라보는 사람은 그녀의 눈만 보게 되고, 아버지를 닮아 살짝 길다 싶은 얼굴과 살짝 얇다 싶은 입술은 잊고 생각하게 된다. **얼마나 아름다운가!**

「어제는 오빠 비르질리오와 포옹했어. 전장으로 떠나는 군복 차림의 잘생긴 남자였지.」비올라가 말을 이었다.「오빠에게서는 용연향과 비누 향이 났어. 오늘 저녁엔 오빠가 먼지를 풀풀 풍기는 제복 차림의 해골이더라. 어제가 25년 전이었던 거야. 시간은 사방에서 같은 속도로 흐르지 않아. 아인슈타인이 옳은 거지.」

「그 사람에게 그 말을 해줘. 무척 좋아할걸.」

「그럴까?」 비올라가 세상 진지하게 물었다.

나는 터져 나오는 웃음을 참을 수 없었고, 비올라는 잠깐 동안 뾰로통한 표정을 지었다. 그러다 마침내, 몸을 일으켜 잔가지들과 마른 꽃잎들이 들러붙은 드레스를 탈탈 털었다.

「내일 저녁 먹으러 올래?」

「오, 싫어.」내가 툴툴거렸다. 「또 무슨 일이 벌어지라고?」

「아무 일도 안 일어날 거야, 미모. 그냥 저녁 식사라고.」

「너희 식구들이랑은, **그냥** 저녁 식사가 절대 아니잖아.」

「어리석게 굴지 마. 저택까지 데려다줄래? 요새는 길이 안전하지 않아서.」

가는 길에 비올라는 최근 사건들에 대해 알려 줬다. 길이 안전하지 않다는 말은 과장이 아니었고, 비올라가 미리 그 말을 해줬더라면, 난 덜 대담한 모습을 보였을 거다. 밤이 되면 굶주린 자들, 파시스트를 추격한다는 자칭 파르티잔들의 다양한 무리가 우글거렸다. 실제로는 대부분이 선거를 치르기 전까지 강력한 중앙 권력이 부재한 틈을 타서 약탈하고 돈을 뜯어 그날그날 살아가는 강도들이었다. 사람들은 감발레 집안이 그런 무리 중 일부와 어울린다고 속삭였다. 그들은 자신들은 아무 연관도 없는 일이고 강도들의 소행이라고 주장하면서도, 기회가 닿으면 오르시니 가문 소유의 나무 몇 그루를 베거나 불태우는 일을 꺼리지 않았다. 그러면 이번에는 스테파노가 주먹다짐을 좋아하는 무리를 이끌고 감발레 집안이 자리한 계곡으로 가서 어슬렁거리다가 그 집안의 아무나 붙잡아서 서슴없이 두들겨 팼다. 그러고는 자기 수하의 사람들은 그 일과 아무런 관련이 없고, 그들은 그 감발레가 사람을 강도로 착각했던 거라고 주장했다.

밤이지만, 수로가 파괴된 뒤로 오렌지나무 재배지가 그 화려함의 상당 부분을 상실했음이 보였다. 재배지는 1920년대에 가뭄이 계속되어서 방치되었을 때와는 거리가 멀어서, 손질은 말끔하게 되어 있었다. 하지만 소출은 하락세였다. 비올라는 오렌지 가격의 하락을 내다봤고, 그 예측이 맞다면 상황은 좋아지지 않을 터였는데, 비올라는 늘 옳지 않았던가.

헤어지는 순간 비올라가 나를 돌아봤다.

「Sit felix occursus, optime Leo, nam totos tres anni te non vidi. 잘 자, 미모. 내가 무슨 말을 하는지 이해하지 못할 때 네가 짓는 표정이 난 정말 좋아.」

비올라는 어깨를 숄로 꼭 감싸고 저택을 향해 걸음을 옮겼다. 1월의 밤에 절뚝거리며 가는 우아하고 가슴을 에는 그 형체.

「비올라!」

「응?」

「**친애하는 사자여, 만나서 정말 행복하군. 꼬박 3년을 자네를**

559

보지 못했으니까. 네가 사자와 곰이 대화를 나누는, 에라스무스의 책을 억지로 읽게 했잖아. 내게 라틴어를 가르쳐야겠다는 결심을 했었잖아.」

비올라가 놀라서 나를 바라봤다.

「저런, 기억이 안 나네…….」

비올라는 예전의 그 웃음을, 고개를 젖히고 달을 향해 발사하는 웃음을 터뜨리며 걸음을 옮겨 작은 샛문으로 사라져 버렸다. 나이가 들어 몸의 유연성을 잃고 흰 머리카락이 생기고 마침내, 마침내, 무언가를 **망각**할 수 있게 되어서 은밀한 기쁨을 느끼며.

아침에 부엌으로 내려간 나는 스무 살가량의 어떤 청년과 맞닥뜨렸는데, 수염을 기르고 헤라클레스처럼 체격이 늠름했다. 그는 나를 다정하게 응시하더니 내가 놀라서 가만히 있자 웃음을 터뜨렸다.

「저예요, 미모 삼촌. 초초!」

비토리오와 안나의 아들을 보지 못한 지 고작 오륙 년이 될까 말까 했지만 아이에서 어른이 되면서 일어난 변모는 볼 만했다. 그러니까 그런 일이 바로 내게도 일어났던 거였다. 내가 처음 생긴 흰 머리카락에 충격을 받았던 이유가 그것이었다. 그러한 변화는 천천히 진행되면서 교활하게도 당신의 귀에 대고 아무것도 변한 게 없다고 속살거리지만, 그러다 보면 돌이킬 수 없는 때가 닥친다.

이제 초초는 공방에서 아버지를 도왔다. 그는 어머니를 보러 제노바에 갔다가 밤늦게 돌아온 터였다. 그는 어머니를 빼닮아서, 통통한 뺨과 눈에서 남실거리는 유쾌함까지 똑같았다. 비록 안나에게서는 이제 그 유쾌함이 많이 줄긴 했지만.

예의상 방문해야 할 사람들을 전부 방문하고서 마지막으로 안셀모 신부를 보러 갔다. 일흔이 넘은 나이에도 여전히 기운찼지만, 내가 이곳에 처음 도착해서 만났던, 살짝 위압적이기까지 하던 그 열정적인 신부는 어디 있는가? 신부는 피부에 갈색 반점이 여기저기 돋았고 손을 살짝 떨었다. 눈을 깜빡했을 뿐인데 그들 모두 늙어 버렸다.

「난 이 가여운 성당과 같아.」 그는 둥근 천장을 향해 시선을 들어 올리며 말했는데, 그곳에 그려 놓은 프레스코화는 칠이 다 일어나 있었다. 「여기저기에 바람이 들었어.」

저녁이 되어 나는 오르시니 저택으로 갔다. 식사 자리에는 후작 부처와 스테파노, 비올라, 그리고 나만 참석했다. 휠체어 신세를 지게 되면서 다시는 일어나지 못하게 된 뒤로, 그리고 마지막으로 완벽하게 알아들을 수 있었던 **저기 온다, 저기 와**를 말한 뒤로, 후작만이 변한 게 없는 유일한 사람이었다. 그 독특한 윤곽, 늘 높이 빗어 올리는 헤어스타일 때문에라도 더 길어 보이는 그 얼굴은 세월의 흐름에도 끄떡없었다. 시선만은 텅 비어 버렸는데, 그래도 아주 어쩌다가는 다시 빛이 켜지기도 했다. 우리는 정치에 대해, 여성에게 부여된 투표권 ─「그러고 또 뭐가 있대?」 스테파노가 비웃었다. 「곧 말

들도 투표할 수 있게 될걸.」── 과 감발레의 아들 하나가 다음
번 선거에 입후보한다는 사실에 대해 이야기를 나눴다. 후작
부인은 뜻밖에도 진보주의를 내보이면서 스테파노를 핀잔했
다. 그녀 스스로도 자신이 투표하는 모습이 잘 그려지지 않는
다. 대부분의 여성과 마찬가지로 정치에 대해 아무것도 이해
하지 못하니까. 하지만 특별히 교육받은 여성이라면 투표를
할 수 있다는 점에 대해서는 반대하지 않는다. 결국, 여자가
남자보다 더 멍청한 것은 아니지 않은가.

「특히 그 남자가 오빠라면.」 비올라가 이가 다 드러나게 활
짝 웃으며 강조했다.

스테파노가 뭔가 웅얼댔고, 자신의 짜증을 포도주로 삼켜
버렸다. 그러고는 다 같이 과수원의 발전에 영원한 걸림돌인
감발레 집안에 저주를 퍼부었다.

나는 그 저녁 식사가 정상적으로 진행될 거고 나의 삶은 마
침내 평범해지리라고 정말로, 진지하게 믿었다. 하지만 시칠
리아의 저택에서부터 제노바의 오두막에 이르기까지 이탈리
아 어디에서나 마찬가지일 텐데, 오르시니 집안에서도 식사
자리는 역시 단순한 식사 자리 이상이었다. 그것은 하나의 무
대였다. 사람들은 그곳에서 비극을 익살극처럼 연기했다. 이
야기가 심각해질수록, 더 우스꽝스러워졌다.

디저트가 나오기 직전, 비올라가 통고했다.

「제헌 의회 선거에 나가려고 해. 당선된다면, 내가 국회에
서 여러분을 대표하게 되겠지.」

사크리판티나를 두 조각째 먹으면서 그에 곁들여 디저트 와인을 마시던 스테파노는 그만 사례가 들렸고, 수습을 하려고 애쓰면서 얼굴이 시뻘게져서는 가슴을 주먹으로 쾅쾅 쳤다.

「그거 농담이지?」

「입법령 74호를 따른다면, 아니야. 내게는 입후보할 권리가 있고, 그걸 행사하려고 해.」

어마어마한 언쟁이 벌어졌다. 좀 전의 진보주의가 동이 난 후작 부인은 정신이 나갔다며 딸을 비난했다. 이런 혈통을 타고났는데 그런 모욕, 아니 그 이상인 선거라는 천박함에 몸을 담가서는 안 된다. 스테파노는 말을 못 할 지경이었고, 어떻게, 그것도 자기 여동생이 공직에 나가겠다고 나설 수 있는지 이해하지 못했다.

「네겐 그 어떤 정치적 경력도 없잖아, 빌어먹을!」 그가 소리를 질렀다. 「말도 안 되는 소릴!」

「오빠가 몇 살이지?」 비올라가 차분하게 물었다.

「뭐? 마흔여덟. 제길, 이 이야기에 대체 왜 내 나이가⋯⋯.」

「48년 동안 오빠는 두 차례 전쟁을 겪었고, 그 두 번은 다 우리네 정치인 중 소수 엘리트라는 남자들이 시작해 치르게 된 거였어. 그러니까 경험이라는 것이 그런 거라면 내가 다른 것을 시도하고 싶어 해도 그냥 가만히 있어.」

다시 고함 소리가 거세게 일었다. 후작 부인이 고래고래 소리를 질렀고, 스테파노도 마찬가지였다. 이 난리법석 한가운데에서 비올라는 프라 안젤리코의 붓끝에서 탄생한 성모 마리아에 버금가게 평화로운 표정으로, 꿈쩍도 않고 보일락 말락 한 미소를 띠고 있었다. 이제 그 어떤 폭풍이 몰아쳐도 그녀의 운명의 흐름을 바꿔 놓을 수 없으리라. 비올라는 그날 저녁 그러한 사실을 이해시키려고 나를 저녁 식사에 초대했던 거였다.

그다음 날, 우리는 길 위에서 시간을 보냈다. 내 삶의 최근 3년은 느린 속도로 흘러갔는데 갑자기 모든 것이 어찌나 빨리 나아가는지 벽들이 떨어져 내리고 바람이 두 눈을 찔러 눈물이 흐를 지경이었다. 전날, 여동생의 입후보로 그때까지 경쟁을 몰랐던 감발레 집안에서는 짜증을 낼 거라는 점을 내가 지적하자 그제야 스테파노는 조금 가라앉았다. 그는 이런 결론을 내렸다. 「어쨌든, 저 변덕스러운 생각도 금방 지나가겠지.」그러고는 담배를 피우러 밖으로 나갔다.

비토리오의 아들 초초가 우리의 운전사 노릇을 해줬다. 우리는 지역을 누비며 집집마다 문을 두드렸다. 사실 비올라가 입후보 소식을 알렸을 때 나도 스테파노와 똑같이 회의적이었다는 죄를 털어놓는다. 정도는 보다 약하기는 했지만. 왜냐하면 그 여동생이 못 하는 게 없다는 걸 알고 있었으니까. 날기 위해서는 날기를 원하는 것만으로는 충분하지 않더라는 경험을 떠올리며, 우정을 발휘해 비올라와 함께 다녔다.

한 달 뒤, 나는 비올라의 승리를 확신했다. 정치라고는 단

한 번도 해본 적 없던 비올라가 그 고장에 교훈을 줬다. 그곳 토박이들은 정신을 못 차릴 정도로 놀랐다. 누군가가 그들에게 그들에 대해, 그들의 자녀들에 대해 말을 했으니까. 더욱 놀라운 점은 부자들이나 누리는 신비로운 것, 바로 미래에 대해 이야기한다는 것이었다. 충분히 누리지 못하고 요람에서 무덤으로 직행하는 삶이 아니라 대도시에서 교육받을 가능성에 대해서, 여행할 수 있는 가능성에 대해서. 처음에는 빼꼼히 열린 문틈으로 의심 가득한 얼굴들이 내다봤는데, 어느샌가 우리가 출발하려면 붙잡는 일이 자주 발생했다. 선거 운동이라고는 아침에 일어나서 사타구니나 긁어 대는 게 다였던 감발레의 아들은 역정을 냈다. 그는 정치적 야심이라고는 조금도 가져 본 적이 없었고, 그저 어느 날 고위직 인사들이 찾아와 그 지역에 선거에 나갈 인물이 없다면서 입후보를 부탁했기에 그렇게 했을 뿐이었다. 하지만 그에게도 자부심이 있었고, 자신이 패배할지도 모른다는 사실을 깨닫자 그 자부심에 타격을 입었다. 자칭 파르티잔들의 급습이 더욱 맹렬해졌다. 롬바르디아를 향해 가는 중이었던 어떤 부부가 약탈을 당했고, 그 아내는 강간을 당했다. 경찰이 현장에 직접 나왔지만 범인들을 찾을 수 없다는 게 결론이었다.

하루가 끝나 갈 때 비올라와 나는 종종 그저 눈길을 주고받았다. 우리는 비올라가 지붕에서 뛰어내렸던 1920년 11월의 어느 저녁에 우리의 삶이 멈춰 버렸다고 생각했었다. 하지만 비올라의 꿈은 그 주인과 마찬가지로 온갖 시련에도 굳건했다.

「트라몬타나, 시로코, 리베치오, 포넨테, 미스트랄. 어쨌든 그렇게 어렵지는 않잖아!」 비올라가 역정을 냈다. 「이곳에 부는 바람은 다섯 개뿐이라고.」

「트라몬타나, 시로코, 리베치오…… 포넨테, 그리고 미스트랄.」

「한 번 더.」

「트라몬타나, 시로코, 리베치오, 포넨테, 미스트랄.」

불행히도 그만 「바람이 부네」라고 말하는 바람에 이 사달이 났다. 짜증이 난 비올라는 내 어깨를 한 대 때렸었다.

「말에는 의미가 있어, 미모. 명칭을 불러 주는 건 그걸 이해한다는 거야. 〈바람이 부네〉, 그건 아무 의미도 없다고. 죽음을 몰고 오는 바람인가? 파종의 바람인가? 수확하기도 전에 식물을 얼려 죽이거나 태워 죽이는 바람인가? 만약 말들에 의미가 없다면 내가 어떤 의원 노릇을 할까? 다른 의원들과 다를 게 하나도 없겠지.」

「됐어, 됐다고, 이해했어.」

「그러면 한 번 더 말해 봐.」

「트라몬타나, 시로코, 리베치오, 포넨테, 미스트랄.」

이동 중에는 할 일이 없어서일지언정 기꺼이 비올라의 변덕에 장단을 맞춰 줬다. 그날, 초초는 우리를 이웃 계곡 ─ 감발레가의 계곡 ─ 의 마을로 데려가는 중이었다. 그날 아침부터 어떤 남자가 비올라를 찾아왔는데, 양손으로 모자를 비틀면서 난처한 표정을 짓고 있었다. 그는 그라파를 약간 마시고 나서야 긴장이 풀려 용기를 내어 입을 열었고, 그러기까지는 반 시간이나 걸렸다. 모두들 그녀가 의원으로 선출되어 저기 로마에 가서 지역을 대표하게 될 거라고 장담하고, 자기가 사는 계곡 마을에서는 사람들이 자신의 밭을 지나가게 될 고속 도로 건설 계획에 대한 이야기를 하는데 자기는 원하지 않아서 그녀를 보러 온 거다. 한 시간 뒤, 우리는 그가 사는 마을로 가기 위해 길을 나섰다.

그 노인이 가축 몰이 개만큼이나 유능하게 마을 주민 상당수를 모아 놓았고 비올라는 그 한가운데에 자리 잡았다. 비올라는 자신은 그들을 지지한다고 안심시켰고, 고속 도로가 그들이 사는 계곡을 지나가지 않을 거라고 약속했고, 그 뒤로도 남아서 그들과 한참 악수를 나눴다. 돌아오는 길에 우리는 촌락마다 멈춰 섰는데, 그중에는 감발레가 있는 마을도 있었다. 쇠스랑에 기댄 채 토론에 참가한 어떤 남자가 심술궂은 어조로 의견을 말하자 긴박감이 감도는 상황이 생겨났다.

「고속 도로, 그건 발전이오! 당신은 발전에 반대한다는 건가, 그런 건가?」

그 뒤를 이어 생겨난 소란을 비올라는 손짓 한 번으로 잠재웠다.

「고속 도로, 그건 발전의 반대예요. 그래요, 모든 것이 훨씬 더 빨리 가겠죠. 그런데 모든 것은 **다른 곳으로** 빨리 갈 겁니다. 이 계곡의 마을들은 교각 아래 던져 놓은 네모난 돌덩어리들로 바뀔 테니까요. 그 누구도 더는 이곳에 멈춰 서지 않을 겁니다.」

그 논리는 정곡을 찔렀고, 쇠스랑은 투덜거리면서 자리를 떴다. 그날 저녁 잠자리에 들면서 나는 그 뒤로 벗어나지 못할 습관을, 아마도 미신적일 버릇을 하나 들였는데, 어둠과 망각으로 빠져들기 전에 **트라몬타나, 시로코, 리베치오, 포넨테, 미스트랄**을 외우는 거였다.

그들이 엠마누엘레를 죽였어! 그들이 엠마누엘레를 죽였어!

정오가 됐을 때였다. 우리는 제노바로 가서 비올라의 입후보를 공식적으로 확정한 뒤 돌아오는 길이었다. 그 단순한 여정에서도 비올라는 열 가지의 새로운 아이디어를 떠올렸고, 그중에는 교통 요충지 여러 곳의 도로 확장과 제노바, 사보나, 그리고 피에트라달바 사이의 일상적 연결도 들어 있었다. 당시 그 지역으로 가려는 사람은 누구든 이 사람 혹은 저 사람의 차를 빌려 타야만 했고, 어쩌다가 앞에 짐수레를 끌고 가는 당나귀라도 만나게 되면 한 시간을 허비하기가 예사였다.

그들이 엠마누엘레를 죽였어! 그들이 엠마누엘레를 죽였어!

마을에 도착하기 직전, 차 한 대가 우리와 반대 방향으로 전속력으로 달려갔다. 여러 사람이 뒷좌석에 다닥다닥 앉아 있었는데, 길게 누운 형체를 얼핏 본 것도 같았다. 우리가 마을 광장에 겨우 멈춰 섰나 싶을 때, 쌍둥이의 어머니가 차바퀴 아래로 몸을 던지다시피 뛰어들었다. 산발에 얼이 빠져 버린 그녀는 미친 여자 같았다. 그녀는 자동차를 돌아 나와 온 힘을 다해 차창을 두드렸다.

그들이 엠마누엘레를 죽였어! 그들이 엠마누엘레를 죽였어!

피에트라달바에서만 자라는 송로의 일종인 버섯이 있는데, 크기가 작고 쫀득한 늦품종으로 향이 어찌나 강렬한지 채취할 때 개의 도움도 필요 없다고들 했다. 외진 곳에 사는 농부 한 명이 목매달린 자들의 떡갈나무 근처에서 송로버섯을 찾고 있는데 비명이 들려왔다. 다시 조용해지자 그는 용기를 내어 숲에서 나와 봤다. 경기병 제복을 입은 엠마누엘레가 떡갈나무의 가장 굵은 가지에 매달려 버둥거리고 있었다. 그의 목에 걸어 놓은 팻말에는 엉터리 철자법으로 〈파시스트〉라고 적혀 있었다. 그곳에 엠마누엘레를 매달았던 자칭 파르티잔들은 그가 입고 있는 제복을 보고서는 앞뒤 재지 않고 그를 붙잡아 재판하고 처형했다. 공포에 질린 엠마누엘레가 알아들을 수 없는 말로 스스로를 변호했을 게 분명했지만, 그는 임시로 구성된 그 법정에 대고서 자신이 입고 있는 제복은 1백 년도 더 된 것이고, 지역을 돌면서 우편물 배달을 미처 마치지 못했으니 자신을 매달아서는 안 된다고 제대로 설명할 수 없었다.

그들이 내 아들을 죽였어! 그들이 내 아들을 죽였어!

하지만 엠마누엘레는 그저 엠마누엘레가 아니었다. 엠마누엘레는 하나의 **관념**이었다. 조금은 나와 마찬가지로, 하나의 어긋남, 비정상이랄까. 혹은 아직 도래한 적 없는 정상성의 표현, 다른 세상을 알리는 선구자로서, 그 세상에서는 엠마누엘레와 같은 사람들이 목소리를 내고 그들이 저지르는 나쁜 짓이라고는 지나치게 열렬하게 상대방을 끌어안는 것뿐이다. 그리고 하나의 관념을 죽이지 못한다는 것은 잘 알려져 있다. 따라서 그들은 엠마누엘레를 죽이지 못했다.

어쩌면 태어나면서 아이의 생명 줄이어야 하는 탯줄에 목이 졸렸을 때 미량의 산소로 만족하는 법을 배웠기 때문인지, 어쩌면 그 주변을 지나던 농부가 범죄 직후 재빨리 발견하여 목에 감긴 줄을 풀어 주었기 때문인지, 엠마누엘레는 살아남았다. 그는 일주일 뒤 제노바의 병원에서 돌아왔다. 그저 살짝 더 얼이 빠진 표정이었지만 전과 다르지 않았다. 비토리오만이 변화를 겪었다 — 이제 동생의 말을 알아듣기가 어려웠다.

사람들은 경찰을 부르지도 않았다. 이번에는 마을 남자들이 무장하고 열흘 동안 숲을 수색했고, 마침내 황혼 무렵 그 지역을 지나가던 중이라고 주장하는 굶주린 — 그리고 무장도 한 — 남자 네 명과 맞닥뜨렸다. 아니, 그런 비극적 사건에 대한 이야기는 듣지 못했다며 그들은 동정을 표하고 성호를 그었다. 단지 그들 중 한 명이 여봐란듯이 근사한 훈장을 달고 있었는데, 엠마누엘레가 자신의 경기병 제복과 함께 착용하기를 좋아한 철관 훈장이지 뭔가. 그 남자는 오솔길을 지나다가 땅에 떨어진 것을 발견했노라 맹세했다. 산에서 총소리가 몇 차례 들려왔다. 마을 사람들이 훈장을 갖고 돌아왔고, 무슨 일이 있었는지는 한마디 말도 하지 않았다. 그 훈장에는 **신께서 내게 이것을 주셨으니, 이것에 손을 대려는 자 조심하길**이라는 경구가 새겨져 있었다. 엠마누엘레는 사람들이 훈장을 돌려주자 울음을 터뜨렸다. 계속 그의 마음을 아프게 한 유일한 점은 우편 행낭을 되찾지 못했다는 거였다. 그를 공격한 자들이 그 안에 값나가는 게 하나도 없음을 확인하고서 숲속 어딘가에 내버린 거였다.

훈장이 돌아온 그 주 일요일에 돈 안셀모가 강단에 올랐다. 신부는 세상에 만연하고 마침내 피에트라달바까지 감염시키고 만 폭력을 비난했다. 그는 인간의 시선에서 벗어나고 신의 시선에서도 벗어나서 스스로 정의를 실현한 패거리를 호되게 꾸짖었다. 항의의 웅성거림이 솟구쳤고, 또 다른 사람들은 그런 항의에 항의했고, 신부는 그런 웅성거림을 누르기 위해 목소리를 더욱 높여 계속 설교를 이어 갔다. 그러다가 비올라가 일어섰고, 침묵이 자리 잡았다. 비올라는 예전보다도 더 신을 믿지 않았지만, 언제라도 아버지에게 도움의 손길을 제공하려고 부모와 함께 미사에 참석했다.

「돈 안셀모가 옳습니다.」 그녀가 단호한 목소리로 말했다. 「만약 그 사람들에게 죄가 없다면, 그건 범죄입니다.」

「그 작자들이 엠마누엘레에 대해서는 무죄일지 몰라도 아

마 다른 나쁜 짓을 저질렀을 게요!」 누군가가 말을 뱉자 몇몇
이 박수를 쳤다.

강단에 선 돈 안셀모는 질서를 잡아 보려고 애를 썼다. 비
올라가 나중에 그 광경을 이야기해 줬는데, 그날 나는 거기
없었기 때문이었다.

「그들이 죄를 지었다면, 처벌할 제도가 있어요.」 비올라가
대꾸했다. 「우리가 구약의 세계에 살지 않은 지 벌써 2천 년
이랍니다. 1년 전부터는 독재 치하에서 살아가는 것도 아니
고요.」

몇몇이 회개하듯 고개를 떨구었지만, 논쟁은 한층 더 심하
게 일었다. 상황이 자신의 통제를 벗어나고 독재를 구약에 비
교하는 바람에 살짝 마음이 상한 돈 안셀모는 샐쭉한 표정이
었다. 그러다 그 일이 일어났다. 처음에, 우지끈하는 소리가
성당 전체에 울려 퍼지자 그곳에 있던 신도들 모두 입을 다물
었다. 눈을 들어 방금 산피에트로 델레 라크리메 성당 천장에
균열이 생겼음을 겨우 확인하려는 차에 벌써 돌덩어리 하나
가 그곳에서 떨어져 나왔다. 그 돌은 가로 회랑과 세로 회랑
이 만나는 중앙 교차부로 곧장 떨어져 내가 수도 없이 연구했
던 피에타상을 산산조각 내었다. 놀라움이 지나가자 모두 비
명을 지르며 밖으로 뛰쳐나갔다. 다행스럽게도 그 돌에 다친
사람은 아무도 없었다.

돈 안셀모는 순식간에 젊음을 되찾았다. 먼지를 잔뜩 뒤집
어쓴 신부가 입술이 일그러진 채 주먹을 흔들어 대며 성당에

서 빠져나왔다. 사보나롤라[47]가 피렌체의 풍습이 문란하다며 그자들을 격렬히 꾸짖었듯이, 열의로 불타는 안셀모 신부는 너무 놀라 얼어붙은 마을 사람들에게 하느님께서 방금 자신에게 신호를, 그분이 노여워하신다는 신호를 보낸 거라고 알렸다. 주님께서는 인간들이 저지르는 전쟁과 죄악에 질리신 나머지 당신 자신의 집을 후려쳐서 그러한 사실을 알리셨다. 속죄의 시간이 되었다. 이번에는 감히 그 누구도 항의하지 못했다.

돈 안셀모는 마치 망아지경에서 깨어난 듯이 눈을 깜박이며, 사제 생활 50년 만에 처음으로 자신의 말에 귀를 기울이는 사람들을 살짝 놀란 눈으로 응시했다.

그 소식이 어떻게 퍼져 나갔는지 아무도 몰랐지만, 두 차례의 전쟁은 수백만의 인간 이외에도 느긋함의 잔재마저 말살해 버렸다. 바로 그다음 날로 제노바에서 기자들이 들이닥쳤다. 또 그다음 날에는 밀라노, 그리고 로마에서. 곧이어 프란체스코도 도착했다. 바티칸은 기적이 일어난 것일 수도 있으니 조사단을 파견할 생각을 잠깐 했다가, 돈 안셀모가 성당과 경계를 이루는 부지에 발생한 경미한 지반 침하로 인한 보강 공사에 필요한 추가 예산을 요청한(그리고 거부당한) 적이 여

47 지롤라모 사보나롤라Girolamo Savonarola(1452~1498). 전제 군주들과 부패한 성직자들에 맞서 1494년, 피렌체에 그리스도교 공화국을 세운 종교 개혁가.

러 번 있음을 뒤늦게 찾아냈다. 기적은 지질 문제였을 뿐이지만, 그렇다고 해서 하나의 징조일지도 모른다는 가능성이 배제되지는 않았다. 종전 직후의 홍보 작전은 나쁜 생각이 아니라는 징조. 전화 몇 통을 돌리자 이스티투토 페르 레 오페레 디 레기조네, 즉 바티칸 교회의 은행에 산피에트로 델레 라크리메 명의의 마이너스 통장이 개설되었다.

사고 발생 사흘 뒤, 프란체스코 오르시니 추기경이 거의 1센티미터 폭의 균열이 생긴 성당 천장 아래로 기자들을 불러 모았다. 가련한 피에타상은 박살이 나버렸다.

「친애하는 여러분, 저는 이곳에 남자로, 신부로, 그리고 피에트라달바의 아이로 와 있습니다. 주님께서는 우리에게 신호를 보내셨습니다. 하지만 주님께서는 위협하지 않습니다. 주님께서는 노여움이 아니시니까요. 그분이 우리에게 보낸 것은 화해하라는 당부이십니다. 따라서 저는 여러분께 비오 12세 성하의 요청에 따라서 바티칸 당국이 천장 복원 및 필요한 모든 보강 공사를 책임진다는 사실을 알려 드립니다. 또한 우리는 우리 가족을 위해서, 그리고 우리나라를 위해서 파시스트 독재에 맞서며 자신의 자유를 희생하기까지 한 조각가, 그러니까 미켈란젤로 비탈리아니에게 우리 성당을 위해서 새로운 피에타상을 조각해 달라고 부탁드렸음을 알려 드립니다.」

나도 거기 군중 틈에 끼어 있었는데, 놀라움을 감출 수 없었다. 비올라가 내 발을 밟으며 입 닥치라는 손짓을 했다. 사람들이 내 주위로 밀려들면서 찬사를 보내 왔다. 분명 프란체스코는 내게 아무것도 부탁하지 않았고 나는 아무것도 수락하지 않았지만, 화해의 열망으로 가득한 마을 사람들에게 그런 소소한 사실은 거의 중요하지 않았다. 나는 기자들을 따돌리는 데 성공했지만, 그들은 그 사실로부터 내가 벌써 작업에 들어가 한창 창작 중이며 방해받기를 원하지 않는다는 추측성 기사를 신문에 찍어 낼 정도로 알아서 잘 헤쳐 나갔다. 한시간 뒤, 나는 비올라와 오르시니가의 형제와 돈 안셀모가 나를 기다리고 있는 제의실로 급히 들어갔다. 기쁨의 함성이 성당 앞뜰에서 솟아올랐고, 허공에 대고 쏘는 총소리가 연이었다. 「화해!」 마을 주민들의 입에서 나오는 말은 그것뿐이었다. 「화해!」 그들은 서로 얼싸안았다. 그들이 막 겪어 낸 세월을 생각하면, 그런다고 그들을 원망하기도 힘들었다. 그렇다고 해서 내가 프란체스코에게 덤벼들지 못하는 건 아니었다.

「내 의견을 물을 수는 있었잖아, 안 그래?」

「미안하네. 자네가 이 성당 복원에 기여할 수 있다면 좋아할 거라고 생각했어.」

「너희가 수년간 잊고 있던 성당이지? 네 야심에 도움이 되지 않으니까.」

「자, 자, 미모, 분노는 길을 잃게 하지. 아니, 피로인가. 자네가 왜 화를 내는지 모르겠거든.」

「내가 원숭이가 아니기 때문에 화가 나는 거라고. 난 주문이 들어온다고 조각하지 않아.」

「주문을 받고서 수도 없이 조각하지 않았던가, 최근 몇 년 동안. 지금 야심 이야기를 하니까 말인데.」

돈 안셀모가 두 손을 들어 올려 우리 어깨 위에 내려놓았다. 우리 둘 다, 추기경 프란체스코와 예술가 미모는, 잘못하다 걸린 두 아이처럼 눈을 내리깔았다.

「자, 형제들, 우리 모두 같은 일을 위해 힘쓰고 있잖나. 누가 무얼 했고 무얼 하지 않았는지는 잊어버리자고. 화해, 그건 미래로 나아가기 위해 과거를 잊는 거라네. 미모, 넌 어렸을 때 그 피에타를 그렇게 흠잡았잖니, 기억하지? 팔이 너무 길다나 뭐 그런 얘기를 했었지. 우리에게 또 다른 피에타상을 안겨 줄 사람으로 이 고장의 아이이고 엄청난 재능을 가진 예술가인 너보다 더 뛰어난 사람이 누가 있겠니?」

「보수도 대단할 거야.」 스테파노가 한쪽 눈썹을 들어 올리며 덧붙였다. 「바티칸 은행은 돈이 넘쳐 흐른다고.」

「내 확신하는데, 미모가 돈 때문에 그 일을 하지는 않을 거야.」 프란체스코가 말을 받았다. 「물론 자네 재능에 걸맞은 수준으로 보수를 받게 되리라는 건 정확한 얘기이긴 하지만.」

「나는 오르시니 가문을 충분히 도왔다고 생각하는데. 이제 우린 서로 빚진 게 없어. 나를 가만히 내버려둬.」

나는 출구를 향해 걸음을 옮겼다.

「미모.」

비올라가 한 발 앞으로 내디뎠다. 그러더니 신부를 돌아봤다.

「돈 안셀모, 우리에게 잠깐 시간을 주시겠어요?」

「얼마든지.」

신부는 자신의 제의실을 나가면서 나를 한 집안의 형제자매에게 내줬다. 비올라가 자기 오빠들을 바라봤다.

「순진한 척도, 후원자 노릇도 그만해. 두 사람이 관심 갖는 건 가문의 영광이 전부잖아. 어쩌면, 프란체스코, 오빠가 섬기는 비오 12세의 영광이기도 하겠지만. 그래, 미모, 네가 옳아. 내 오빠들은 특히 자기들 생각을 하지. 하지만 나 역시도 네게 이 주문을 받아들이라고 부탁할게. 내가 변화를 일으키려면 우선 선출되어야만 하니까. 사람들은 우리가 아주 가까운 사이라는 걸 알아. 만약 네가 수락한다면 내가 그 혜택을 보게 되겠지. 내 평생을 통틀어서 처음으로, 오르시니 가문에 이익이 되는 일이 내게도 이익이 될 거야.」

두 형제는 비올라가 방금 그린 자신들의 초상에 대해 화를 내지 못했다. 그러기에 스테파노는 동생의 논리에 너무 놀랐다. 비올라가 자신만큼이나 논리 정연하다는 것을 제대로 알고 있던 프란체스코는 이 판을 이겼다는 것을 알고 흡족했다. 나는 비올라의 말이라면 아무것도 거절하지 못하니까.

「좋아.」 내가 대답했다. 「내가 너희의 〈피에타〉를 만들지.」

「대리석이 필요할 텐데.」 프란체스코가 중얼거렸다. 「이름값을 제대로 하는 돌이. 우리가 직접⋯⋯.」

「돌은 이미 준비되어 있어.」

그들은 활기차게 떠났다. 스테파노는 집으로, 프란체스코는 로마로 돌아갔고, 비올라는 아직도 앞뜰을 떠나지 못하고 꾸물거리던 사람들에 섞여 들었다. 몇 분 뒤 돈 안셀모가 등장했고, 내가 나무 궤짝 위에 앉아 두 손에 얼굴을 묻고 있는 모습을 발견했다.

「오르시니 추기경이 내게 소식을 알려 줬다. 고맙구나, 미모.」

그러더니 눈살을 찌푸렸다.

「어째 표정이 편안해 보이지 않네.」

「괜찮아요, 돈 안셀모. 다 괜찮아요.」

이제는 돌을 보아도 그 너머가 보이지 않는다고 그에게 털어놓는 나의 모습이 그려지지 않았다.

17시 56분 기차를 타고 이틀 뒤 피렌체에 도착했다. 치오가 나를 팔아넘겼을 때와 거의 같은 시각. 이제는 겨울이 아니라 봄이기는 했지만, 기차에서 내리면서 받은 인상은 그때와 완전히 달랐다. 도시는 사람을 농락하며 수줍음을 가장했다. 자신을 내보이고 싶어 하지 않는 척하면서도 황혼, 살짝 열린 문 등 미묘한 표시를 통해 자신이 품고 있는 거리로 섞여 들라고 권했다. 나는 피렌체를 사랑했다. 프랑스어로는 도시와 여자 사이에 철자 하나 차이밖에 없다.

메티는 역에 나와 기다리고 있었다. 우리는 거의 아무런 말도 나누지 않고 예전의 그 길을 변함없이 걸어서 갔다. 그는 작업장 구석으로 가더니 방수포를 잡아당겼고, 그러자 내가 맡겨 놓았던 카라라산 원석, 「신인간」을 위해 구해 뒀던 원석이 드러났다. 메티는 내가 아카데미에서 연설을 하기 직전에 원석을 맡아 숨겨 주었다.

원석의 측면에 손을 가져다 댔다. 돌이 내게 말을 했다. 이 돌은 아름다움과 유일무이한 밀도를 갖췄다. 나의 본능이 그 돌은 완벽하다고, 숨겨진 균열이 조각가의 작업을 망치게 될 일은 결코 없을 거라고 속삭였다. 그 조각가는 내가 아니리라. 그 돌을 바라봐 봤자, 아무것도 보이지 않기 때문이었다. 아니 차라리 과거만이, 내가 이미 조각했던 10여 개의 조각들만이 보였다.

「보이질 않는구나, 그렇지?」 등 뒤에서 메티의 부드러운 목소리가 들려왔다.

원석에 손을 올린 채 나는 돌아보지 않았다.

「예.」

「전쟁에서 돌아왔을 때 내게도 그런 일이 벌어졌다. 팔 하나만 갖고서도 헤쳐 나갈 방법을, 조각할 수 있는 다른 방식을 찾아낼 수 있었을 거야. 하지만 더는 아무것도 보이지 않았지. 안에 아무것도 품고 있지 않은 돌덩어리일 뿐이었어.」

「안에 아무것도 품고 있지 않은 돌덩어리들만 보인 게 벌써 10년이에요. 보세요, 그렇다고 해서 조각을 못 하는 건 아닙니다.」

「하지만 이 작품은 하지 않을 거 아니냐.」

「그래요. 거짓말은 이미 충분히 했어요.」

「이제 다시는 조각을 안 하려는 거지, 그렇지?」

나는 마침내 돌아봤다. 그리고 그 말을 입 밖으로 냈는데, 생각했던 것보다는 덜 두려웠다.

「예.」

「그 〈피에타〉상은 어쩌려고 그러는데? 기사에서는 벌써부터 오르시니의 〈피에타〉라고 부르던데.」

「야코포에게 비밀리에 맡아 달라고 부탁하려고요.」

「야코포?」

「예전에 제 밑에 있던 조수예요. 지금은 토리노에서 일하고 있지만 받아들일 겁니다. 야코포가 그 일을 마치는 데 1년이 넘게 걸릴 텐데, 그때쯤이면 사람들은 누가 그것을 만들었는지에는 관심이 없을 거예요. 야코포가 여기로 일하러 와도 될까요?」

「물론이지.」

내 왼손으로 그의 손을 잡고 악수했다.

「고맙습니다. 또 올게요, 사부님.」

「또 보자, 미모.」

피렌체에서 일주일을 보내면서, 프란체스코에게 전화를 하여 원석의 초벌 다듬기를 시작했다고 알렸다. 만약 그가 사실 확인을 위해 사람을 보낸다 해도, 프란체스코는 그런 일을 하고도 남을 인물이었는데, 어쨌든 보고서는 내 말이 맞다고 확인해 줄 터였다. 원석을 구입했을 당시 실제로 로마의 조수들이 초벌 다듬기를 해둔 상태였다. 모서리들을 깎아 내어 전

581

반적으로 삼각형 모양으로 다듬어 놓았다. 피에타상에 완벽하게 들어맞을 터였다.

마을로 돌아가는 기차를 타기 전에 장터 쪽으로 한 바퀴 돌아봤다. 이제 장터는 없었고 대신 9층짜리 건물이 올라가는 중이었는데, 콘크리트로 된 그 평행 육면체에 온통 작은 창들을 뚫어 놓아 그 창들은 그만큼의 심술궂은 눈농자들 같았다.

선거일까지 고작 한 달이 남았다. 마을 사람들의 약식 재판은 적어도 한 가지의 긍정적인 결과를 낳았다. 강도들의 급습이 그치면서 길이 다시 안전해졌다. 아마도 제거당한 자들이 진짜 범죄자였던 모양이었다. 혹은 이처럼 평온한 고장에서는 몹시 뜻밖이었던, 그런 행위를 저지른 자들에게조차 뜻밖이었던 폭력성에 나머지 강도들이 그런 짓을 그만두었던가.

비올라는 그러한 상황을 활용하여 길을 누비고 다니며 선거구의 가장 외진 곳들까지 샅샅이 훑었다. 여름이 다가오면서 하루가 길어지고 나른함이 감돌았다. 이처럼 오렌지 향 가득한 밤에 생긴 아이들이 폭발적으로 태어날 터였다.

나는 비올라에게 투시력이 사라졌다는 이야기는 한마디도 하지 않았다. 선거가 지나간 뒤 조각을 시작할 거라고 둘러댔다. 나중에 설명할 테고, 그러면 비올라가 이해하리라는 걸 알고 있었다. 끝없이 펼쳐진 즐거운 길들이 우리를 불러 댔다. 우리는 초초의 세심한 주의력을 전적으로 신뢰하여, 종종 자동차 뒷좌석에서 서로에게 기댄 채 잠을 잤다. 우리는 아침 일찍 출발해서 저녁 늦게 돌아왔다. 그러니까 우리는 5월의 한 주 동안 오렌지와 레몬이 고원의 먼지로 덮이는 것을 봤다. 트라몬타나, 시로코, 리베치오, 포넨테, 미스트랄, 이런 바람이 일으킨 먼지가 아니라 하루에도 여러 차례 오르시니 저택에 들어왔다 나가는 피아트 2800이 일으킨 먼지였다.

산피에트로 델레 라크리메 성당의 둥근 천장에 균열이 생긴 뒤로 후작은 더는 전과 같지 않았다. 일요일 미사에 데려다 놓으면 매번 긴 비명을 지르고 아직 유일하게 움직이는 한쪽 팔을 지옥과 천국 사이가 담긴 손상된 천장화를 향해 내두르며 휠체어에서 버르적거렸다. 그는 거기에서 무엇을 보는가? 자신을 기다리는 여행? 예전 젊었던 시절에 수도 없이 응시했던 그 말끔했던 둥근 천장과 그곳의 프레스코화? 한없이 긴 성사를 보는 동안 꾸벅꾸벅 졸고 후작 부인과 결혼하고 아이들에게 세례를 주고 장남의 장례를 치르는 그를 내려다봤던 그 말끔했던 둥근 천정과 그곳의 프레스코화? 길게 뻗어나간 시커먼 균열 때문에 볼썽사납게 된 그 둥근 천장과 그곳의 프레스코화?

보수 공사는 이미 시작된 상태였다. 전문가들은 자신만만하게 장담했다. 복원은 거의 흔적을 남기지 않을 거다. 비계가 가로 회랑과 세로 회랑이 교차되는 중앙부를 차지하는 바람에, 인원을 미처 다 수용하지 못하는 부속 예배당에서 임시로 미사를 올렸다. 후작의 입에서 나오는 트림 같은 소리에 미사가 자꾸 끊기는 일이 연속해서 두 차례 발생하자 더는 후작을 성당으로 데려가지 않기로 결정했다. 돈 안셀모가 매주 오르시니 저택으로 와서 그에게 영성체를 주었다.

선거가 보름 남았을 무렵, 비올라의 기분이 급작스럽게 변했다. 비올라가 불안한 상태로 빠져드는 것을 자주 목격했던 만큼 걱정이 되었다. 비올라는 괜찮다고 주장했지만 선거 운동을 하러 길에 나섰을 때 그녀의 시선은 풍경 위로 떠다녔다. 비올라는 더는 내게 말을 하지 않았다. 반면에, 〈미래의 피통치자들〉이라고 부르는 사람들과 함께할 때면 그녀는 다시 자신이, 그러니까 유쾌하고 사려 깊은 사람이 되었다. 비올라가 악수하면 표가 하나 생겼다. 그리고 돌아오는 길에는 다시 우울한 상태로 빠져들었다. 어느 날 아침, 비올라를 데리러 갔다가 비올라가 지팡이에 기댄 모습을 보았다. 나는 집 안에 뭔가를 두고 온 척하면서 스테파노를 보러 갔고, 그에게 내 근심을 알렸다. 그가 어깨를 으쓱했다.

「뭐, 다달이 겪는 제일 힘든 순간이겠지. 내가 무슨 말 하려는지 알지.」

선거가 다가올수록, 마을을 누비며 집집마다 방문을 마치고 나와 보면, 누군가가 계란을 던져서 더럽힌 범퍼나 혹은 더 곤란하게도 구멍을 내놓은 자동차 바퀴와 맞닥뜨리는 일이 점점 더 잦아졌다. 초초는 우리에게 소중한 도움을 제공했는데, 그런 일이 벌어져도 어김없이 우리를 태우고 다시 도로를 누볐다. 피에트라달바는 숨을 죽인 채 기다림의 분위기 속에 옹크렸다. 도로 양옆의 들판에서는 움직임이 잦아들곤 했다. 노동자들은 쇠스랑에 몸을 기댄 채 생각에 잠긴 표정으로 우리가 지나가는 것을 지켜봤다. 아마도 자신들이 공화정보다는 왕 — 아들 움베르토가 선왕 비토리오-엠마누엘레의 뒤를 이었다 — 을 더 선호하는지 곰곰이 생각하는 것이리라. 왜냐하면 선거일에 정치 체제 선택도 함께 해야 하니까.

작업장으로 돌아오니, 비토리오가 제노바에 가서 두 주를 보낼 예정이고 다시 피에트라달바로 오기 전에 투표만 하기 위해 잠깐 들를 거라고 알렸다. 안나와 비토리오는 아이들을, 이제는 아이들도 아니지만, 그들을 서로에게 데려다주느라고 자주 만날 수밖에 없었고, 그 바람에 함께 오래 산책하는 습관이 붙게 되었다. 헤어져야 하는 순간이 되면 늘 잠깐 당혹스러움이 스쳐 갔고, 결코 입 밖에 내서 말한 적 없는 〈그런데 혹시〉가 입안에서 맴돌았다. 비토리오는 이번 여행을 이용해 이제는 둘도 없는 친구가 된 나의 어머니와 자신의 아내를 잠깐 피에트라달바에서 벗어나게 해주려는 생각이었다. 반만 털어놓은 그의 목적은 할 수만 있다면 안나의 마음을 다시 사로잡는 거였다. 여행과 애정 둘 다가 걸린 이 모험에 엠마누엘레가 끼어들었다. 그는 거의 매일 밤마다 얼굴 없는 한 무리의 남자들이 자신의 목을 매달려고 하는 꿈을 꾸었기 때문에 혼자 남는 것을 무서워했다. 마을의 어떤 젊은이가 그가 없는 동안 우편 배달을 맡아 주기로 했다.

어머니는 1916년 당시 나를 기차에 태워 보낼 때처럼 떠나면서 울었고, 자수정빛 눈물을 쏟았다. 나는 어머니에게 고작 보름간 떠나 있는 거고 한 시간 거리일 뿐이라고 다시 일깨워 줘야만 했는데, 이탈리아에서는 어떤 여행이든지 여행이라면 전부 다 잠재적으로 기념비적인 사건에 맞먹는다. 비토리오는 가는 길에 성당 앞에 나를 내려 줬는데, 해체할 필요까지는 없는 정문의 조각을 잠깐 손봐 주겠다고 돈 안셀모에게 약속했기 때문이었다. 어쨌든, 비올라는 지역구를 도는 선거운동은 중단한 상태였다. 선거가 일주일 앞으로 다가왔다. 주사위는 이미 던져졌다.

나는 걸어서 공방으로 돌아갔다. 등나무와 재스민이 주위에 없는 곳에서도 대기에서 그것들의 향이 감도는 근사한 봄밤이었다. 막 마을을 벗어나 고원으로 내려가려는 차에 차가 한 대 와서 멈춰 섰다. 뒷문이 열리자 프란체스코가 모습을 드러냈다.

「타게.」

「로마에 있는 거 아니었어?」

「타게, 미모.」

나는 그가 내 속내를 알아차렸다고 생각하여 그 말에 복종했다. 내가 자신의 피에타상을 조각하지 않으리라는 것을, 나

대신에 다른 조각가를 시키기로 결정했다는 사실을 안 거다. 하지만 그는 가는 내내 아무런 말도 하지 않고서 그저 창밖만 내다봤다. 운전사가 교차로에서 우회전을 했고 오르시니 저택 입구에 우리를 내려 줬다. 또 다른 자동차, 피아트 2800이 해 질 녘의 자주색 대기에 잠긴 채 거기 주차되어 있었다. 프란체스코가 추기경의 모자를 쓰고는 앞장서서 식당으로 갔다.

깜짝 놀란 나는 문간에 멈춰 섰다. 여러 사람이 테이블 주위에서 기다리고 있었는데, 저녁 식사를 위한 상차림이 아니었다. 후작, 후작 부인, 스테파노가 자리했고, 그들을 마주 보고 감발레 영감이 아들 둘을 양옆에 거느리고 앉아 있었다. 프란체스코는 형 곁에 자리를 잡으면서 내게는 테이블 끝 좌석을 가리켰다.

「우리의 〈피에타〉상은 잘되어 가지?」 그가 정중하게 물었다.

「진척이 있어.」

나는 경계를 늦추지 않고 자리에 앉은 뒤 말없이 그들의 얼굴을 살폈다. 방 안에서는 밀랍 초 타는 내가 났다. 땀내도 섞여 났는데, 하루 종일 화훼 재배지에서 일한 감발레 집안사람들이 풍기는 거였다. 후작 부인은 가끔씩 손수건에 코를 박았다. 하지만 또 다른 냄새, 보다 톡 쏘는 냄새가 있었으니, 바로 최종 막이 올랐음을 알리는 냄새였다.

「우리가 자네를 오라고 한 건, 중요한 정보를 공유하기 위해서네.」 드디어 프란체스코가 말했다. 「오르시니 가문과 감발레 집안은 드디어 화해했어. 새 시대가 열리려는 마당에 엄청난 상징적 사건이지.」

감발레 집안사람들이 행위도 감정도 절제하는 산악 지대 사람들답게 고개만 까딱했다.

「축하합니다. 여러분이 도대체 왜 싸우는지 한 번도 이해한 적은 없었지만, 어쨌든 여러분을 생각하면 기쁘군요.」

살짝 거북스러워하는 침묵이 길게 이어지다가 감발레 영감이 그 거친 목소리로 한마디 던졌다.

「어쨌든 그럴 만한 이유가 있었소.」

「감발레 집안은 고맙게도, 우리 소유의 호수와 우리 재배지 사이에 있는 토지를 양도하기로 했네. 따라서 우리는 수로를 다시 짓고 재배지에 마음껏 물을 댈 뿐만 아니라 양도받은 밭의 절반을 사용하여 사계성 레몬나무와 발렌시아 레이트 수종의 오렌지나무를 심을 수 있을 거고, 그 덕분에 수확량이 60퍼센트 정도 늘어날 걸세. 나머지 절반에다가는 베르가모트를 심을 텐데, 그러면 수익성이 아주 좋은 향수 시장에 진출할 수 있게 되지.」

「그 대가는?」 내가 물었다.

「그 대가로, 비올라가 선거에 불출마해야 해.」 스테파노가 몸을 앞으로 숙이며 끼어들었다.

나는 그 즉시 벌떡 일어섰다. 프란체스코가 형을 노려보고는 내게 진정하라는 손짓을 했다. 나는 씩씩거리며 다시 의자

589

에 앉았다.

「문제가 있어, 미모. 지금 여기 앉아 있는 오라치오가 ─ 그는 감발레의 장남을 가리켰다 ─ 입헌 선거에 나갔잖아. 입후보한 이유가, 어떤 컨소시엄…… 그러니까 이웃 계곡에 고속도로를 설치하려는 투자자 컨소시엄이 그가 의회에서 자신들의 계획을 지지해 줄 걸로 기대하고 있어서야.」

「그리고 비올라는 그 계획에 반대하지.」 내가 중얼거렸다. 「그리고 비올라가 승리할 거고.」

오라치오가 뭔지 모를 말을 웅얼대며 수염 난 볼을 긁었다. 그는 산 도적 같은 얼굴을 하고 있었고 실제로도 그랬지만, 교활해 보이는 두 눈은 영리하게 반짝거렸다.

「비올라는 승리하지 못할 거야. 오라치오를 위해 입후보를 철회할 테니까.」 프란체스코가 내 말을 정정했다. 「우리 두 가문은 이 협약으로 맺음으로써 각자 더 힘을 키우는 쪽으로 이 사태에서 빠져나오게 될 거고.」

「당사자는 뭐라고 생각하는데?」

스테파노는 빈정대고 그 동생은 한숨을 쉬었다.

「자네도 그 애를 잘 알잖아. 일주일 전에 비올라와 지금과 똑같은 이야기를 나눠 봤어. 꿈쩍도 안 해. 우리가 가진 유일한 기회는 자네가 나서서 그 애의 의견을 바꾸는 거지.」

「내가? 내가 왜 비올라의 의견을 바꾸겠나?」

머뭇거리는 시선들이 다시 이리저리 옮겨 다녔다. 스테파노가 입을 열었지만 프란체스코가 그를 앞질렀다. 나는 그의 입에서 무슨 말이 나올지 이미 짐작했던 듯하다.

「그 문제의 투자자들이 우리가 성질을 돋워도 될 그런 사람들이 아니기 때문이지. 우리가 살아가는 시대는 혼란의 시대일 뿐만 아니라 열광의 시대이기도 해. 세상이 바뀌는 중이지. 그 누구도 그에 맞설 수 없어. 이 변화와 함께 가야만 해.」

「잠깐, 자네가 하려는 말을 내가 제대로 이해한 건가?」

「협박이 있었네.」 프란체스코가 인정했다.

처음으로 오라치오가 말을 꺼냈다.

「그저 협박이 아닙니다. 만약 여동생분이 선출된다면…….」

그는 손가락으로 목을 긋는 시늉을 했다. 충격으로 가득한 침묵이 다시 내려앉았고, 그 자신도 당혹스러운 듯했다.

「우리가 그와 아무런 관련이 없다는 건 알아 두셔야 합니다.」 감발레 영감이 덧붙였다. 「우리는 그저 우리 사업에 상당한 액수를 투자하기에 오라치오가 입후보하는 일을 받아들였을 뿐이니까요. 로마에서 여자도 정치를 할 수 있다는 급작스러운 결정을 내린 거나 여동생분이 입후보한 건 우리 잘못이 아닙니다. 우리는 그분께 나쁜 짓을 하고 싶지 않고 손대는 일도 결코 없을 거예요. 원칙이라는 게 있잖습니까. 하지만 그 작자들은…….」

그는 고개를 저었다. 나는 순진하지 않았고, 고작 70년쯤 된 국가가 통합을 강행하는 과정에서 실망하는 사람들이 많을 수밖에 없다는 것 정도는 알고 있었다. 또한 이런저런 조직들이 그러한 실망을 이용하기 위해 생겨난다는 것도. 전쟁과 전후는 그런 조직들에게 엄청난 부를 쌓을 수많은 기회를 제공한다는 것도.

「캄파나가 옳았어, 결국. 너희는 정말이지 끝내주는 개자식들 패거리야.」

「그건 공정하지 못한 비난인데. 우리는 누이를 사랑하고 그 애를 보호할 거야. 하지만 상황은 복잡한 데 비해 해결책은 단순하지.」

내가 웃음을 터뜨렸다.

「난 네가 아마 여덟 살 적부터, 이런 식으로든 아니든 간에, 이 한 방을 계획했을 거라고 확신해. 어디 하나만 말해 봐, 프란체스코, 하느님을 믿긴 믿는 거야?」

둥근 안경 뒤에서 프란체스코의 시선이 슬쩍 비껴갔다. 비겁해서가 아니라 벌써 우리 가운데 그 누구보다도 더 멀리까지 내다보고 있어서였다.

「나는 교회를 믿어, 그 말이 그 말이긴 하지만. 정권이나 독재자와는 반대로 교회는 사라지지 않아.」

「그거야 교회의 약속이 지켜졌는지 아닌지를 말해 주러 다시 살아 돌아온 사람이 이제껏 한 명도 없었으니까. 그런데 너희가 이걸 알까? 미치광이들 천지인 너희 가족은 정말이지 신물이 나는 것 이상이야.」

그러고는, 오르시니 집안사람들과 30년 동안 교류하면서 상황을 자신에게 유리하게 바꾸는 법을 조금이나마 배웠기 때문에, 이렇게 말을 이었다.

「너희가 부탁한 〈피에타〉상은 만들지 않겠어. 다른 조각가를 찾아봐.」

미모 비탈리아니와 30년 동안 교류했던 프란체스코는 내가 어떤 사람인지를 파악하고 있었기에 이렇게 대꾸했다.

「비올라는 자기 방에 있으니까, 거기 가면 만날 수 있어.」

비올라 방의 문은 열려 있었다. 비올라는 책상 앞에 앉아서 독서에 빠져 있다가 나를 보고는 책을 덮었다. 비올라는 내가 이제껏 본 적 없는 타원형의 뿔테 안경을 쓰고 있었다.

「독서할 때 안경이 필요한지는 몰랐네.」 내가 안경을 들어 올리면서 한마디 했다.

비올라는 아무런 대답 없이 그저 호기심 어린 표정으로 내 얼굴을 살피기만 했다. 나는 책 겉표지 위에 안경을 다시 내려놓았는데, 가족의 서재에서 나온 그 책은 가죽 장정에 영어로 된 제목이 금박으로 박혀 있었다. 존 로크의 『인간 오성론』. 램프가 방 안의 유일한 불빛이었고, 비올라는 그 아래서 책을 읽고 있었다. 어둠이 벽을 타고 기어오르며 녹색과 종이꽃들과 커튼의 장식 술을 슬금슬금 잡아먹었는데, 그 번잡스레 화려한 세계는 어느 모로 봐도 비올라와 닮지 않았고, 내가 이 방에 요란하게 처음 뛰어들었던 이래로 전혀 변화가 없었다.

「너를 언제 올려 보낼지 궁금했어.」 드디어 비올라가 중얼거렸다.

「비올라, 네가 뭐라고 대답할지 알아……..」

「내 대답을 안다면 우리 시간 버리지 말자. 내려가서 실패했다고 말해.」

그러더니 다시 책을 열었다.

「네가 제대로 몰라서 그래. 그들이 널 죽일 거야. 아니면 네게 엄청난 고통을 주어서 포기하게 만들든가. 이 모든 일의 이면에 엄청난 돈이 걸려 있어. 자, 어쩌면 다른 해결책이 있을지도 몰라. 예를 들어, 후보 자격은 유지하면서도, 그 작자들이 그 빌어먹을 고속 도로를 놓게 내버려둔다든가.」

비올라가 한쪽 눈썹을 들어 올린 채 내 얼굴을 찬찬히 들여다봤다. 나는 화가 났다.

「가만히 앉아서 그런 꼴을 당하지는 않을 거야. 그런 일은 견디지 못할 테니까. 놈들은 최악의 일도 저지를 수 있다고.」

비올라는 한마디 말도 없이 계속 나를 바라봤다. 너무 화가 난 나는 쿵 발을 굴렀고, 그 진동이 침대까지 전해졌다.

「빌어먹을, 넌 정상적일 순 없는 거야? 네 평생 단 한 번만이라도, 그저 정상적인 거 말이야.」

분노가 밀려들며 비올라의 표정이 잠깐 흔들렸지만, 곧 그 자리를 슬픔의 잔주름이 대신했다.

「미안해. 그런 얘기를 하려던 게 아니었어.」

「아니야, 미모. 그 말이 맞아. 내 평생, 정상적이기 위해서 네가 필요했어. 그런 노력을 할 때 넌 내 구심점 노릇을 하니까. 그래서 네가 늘 유쾌한 존재일 수는 없는 거지. 하지만 내 안에는 아무리 너라도 절대 고치지 못할 비정상성이 있어. 그

건 내가 여자이기 때문이고 그 점에 관한 한 내가 할 수 있는 게 아무것도 없기 때문이지.」

비올라는 내게서 빠져나갔고, 나는 그걸 느꼈는데, 비올라는 이제껏 늘 내게서 빠져나갔었다. 나는 비올라를 붙잡기 위해 손을 잡았다.

「떠나자, 비올라. 난 이런 폭력에 신물이 나.」

「떠난다고 바뀌는 건 아무것도 없어. 최악의 폭력, 그건 관습이지. 나 같은 여자, 똑똑한 여자, 난 내가 똑똑하다고 생각해, 그런 여자가 독자적으로 행동하지 못하게 만드는 관습. 그런 말을 하도 듣다 보니 그들은 내가 모르는 뭔가를 알고 있다고, 뭔가 비밀이 있나 보다라고 생각했어. 그 유일한 비밀이라는 건 그들이 아무것도 모른다는 거더라. 내 오빠들, 그리고 감발레네 사람, 그리고 다른 모든 사람이 보호하려고 애쓰는 건 바로 그거야.」

비올라는 두 뺨이 분홍빛이 되어 살짝 가쁜 숨을 쉬었는데, 마치 자신의 논리를 준비하는 것 같았다 — 그리고 아니나 다를까, 실제로 그랬다.

「놈들이 널 죽인다면, 그게 다 무슨 소용이지?」

「그 누구도 나에 대해 아무 짓도 할 수 없어. 난 모든 걸 겪었어. 누가 나를 가장 아프게 한 줄 알아? 나야. 나도 그들 식으로 해보려고 애쓰다가, 그들이 옳다고 스스로를 설득하다가. 내가 지붕에서 뛰어내렸을 때, 미모, 내 추락은 고작 몇 초가 아니었어. 그건 26년 동안 계속됐지. 이제야 그게 끝나는 거야.」

비올라는 몸을 일으켰고, 웃으면서 덧붙였다.

「나는 우뚝 선 여자야. 내가 아주 잘 알았던 어떤 여자애라면 그렇게 말하겠지.」

그런 말을 하는 그녀가 이제는 나를 재미있게 해주지 못했다. 전혀 그러지 못했다. 그리고 이제는 내게서 감탄을 자아내지도 못했다. 그 순간, 공포만이 남았다.

「비올라, 내 말 잘 들어. 저들이 너를 해치는 걸 견딜 수 없다고 말한 건 농담이 아니야. 할 수만 있다면 망설이지 않고 너 대신 총에 맞을 거야. 하지만 그게 무슨 소용이겠어? 그다음 차례는 네가 될 텐데. 내가 부탁하는 건…… 아니, 내가 간청하는 건, 이번 한 번은 제발 포기해. 이성적으로 생각해. 훗날 해결책을 찾게 될 거야. 늘 그래 왔잖아.」

「만약 거절하면?」

「난 떠날 거야. 오늘 밤에. 나 진지해. 넌 다시는 날 보지 못할 거야.」

비올라는 천천히 고개를 끄덕였다. 그러더니 읽고 있던 책에서 내가 처음에 갈피표라고 여겼던 것을 꺼내더니 내게 내밀었다. 봉해진 봉투였다.

「내게 무슨 일이 일어나면 그걸 읽기 바라. 그 전에는 안돼. 맹세해.」

「비올라…….」

「진지하다며? 정말로 떠날 거지?」

「그래, 네가 의견을 바꾸지 않는 한.」

「그렇다면 맹세해.」

승부에서 지고, 나는 편지를 받았다.

「맹세해.」

비올라는 더 이상 내게 신경 쓰지 않고 다시 책을 읽기 시작했다. 로마에 체류하던 시절, 종종 도박판에 출입했는데, 많이 잃었지만 또한 왕창 따기도 했다. 죽으려고 작정했을 때, 그 어떤 것도 두려워하지 않을 때 땄다. 도박판 한가운데로 판돈을 밀어 놓을 때면, 이미 다른 생각을 하고 있다는 듯이, 이기는 건 별로 중요하지 않다는 듯이 무심하게 그 일을 해야 했다. 수많은 단련된 도박꾼들이 나의 블러핑 앞에서 체면을 구겼다.

「영원한 이별이네, 비올라.」

나는 발걸음을 돌렸다. 나가려는 순간 비올라의 목소리가 나를 멈춰 세웠다.

「미모?」

비올라는 인사 대신 손가락 두 개를 관자놀이에 갖다 댔다.

「So long(잘 가), 프란체제.」

스테파노와 프란체스코가 1층, 녹색 대리석을 붙인 입구에서 나를 기다리고 있었다. 나는 그들을 휙 지나쳤다.

「둘 다 꺼져.」

얼굴이 어두워진 프란체스코가 밖에서 자신을 기다리는 자동차로 발걸음을 옮겼다. 1분 뒤, 내가 큰길을 향해 걸어가는데, 프란체스코를 태운 자동차가 먼지구름을 일으키며 나를 추월하여 로마로 가는 도로를 탔다.

공방에 도착한 나는 1초도 망설이지 않았다.
「우리는 떠난다.」내가 초초에게 알렸다.
「떠난다고요? 그런데 어디로요?」
「나도 몰라. 아무 데로나 가자.」
「전 밀라노에 한 번도 못 가봤어요…….」
내가 자동차 뒷좌석에 여행 가방을 던져 넣었을 때에는 어둠이 내리고 있었다. 우리 머리 위로 하늘은 시커먼 배를 내놓은 먹구름들로 어지러웠고, 간간히 터지는 빛이 구름 새로 번쩍거렸다. 우리는 북쪽을 향했다. 뇌우가, 여름이 끝나기 전에 찾아오곤 하는 그런 뇌우가 죽음과 쌉싸름한 오렌지 향으로 부글대다가 곧 터져 나올 터였다. 나는 옷을 갈아입지 않아서 입고 있던 옷 그대로였다. 비올라가 준 봉투가 가방 옆에 던져 둔 윗도리 안주머니에서 삐죽 빠져나와 있었다. 봉투를 꺼내어 무게를 가늠해 보고 종이를 뚫고 비치는 글자를 읽으려고도 해봤지만 어두워서 불가능한 일이었다. 스스로와 한참을 싸우다가 봉투를 다시 주머니에 집어넣었다. 그러다가 다시 봉투를 꺼내어 개봉했다. 두 번 접은 종이에 초록색 잉크로 몇 줄의 문장이 적혀 있었다.

나의 사랑하는 미모, 네가 오래 버티지 못하리라는 걸, 네가 한 약속에도 불구하고 이 편지를 열어 보리라는 걸 알았지. 나는 그저 내가 알고 있다는 이야기를 하고 싶었어. 피렌체에서, 그리고 내게 포기하라고 부탁하면서 오늘 저녁에 또 한 번, 그러고는 이 편지를 열어 보면서, 이렇게 매번 나를 배신할 때마다 늘 애정으로 그랬다는 걸 알아. 난 결코 너를 원망하지 않았어, 진심으로 그런 적은 없어. 너의 사랑하는 친구, 비올라.

나는 웃음을 터뜨렸는데, 신경질적인 웃음이라서 초초가 백미러를 통해 불안한 눈길로 나를 흘깃 봤다. 폰틴브레아에 막 도착한 참이었다. 뇌우 속에서 여인숙의 주황색 불빛이 따뜻하게 맞아 줄 듯 반짝거렸다.

「저기에 세워라.」

「여기요? 아니 왜요?」

「한잔 마시려고.」

초초는 여인숙 앞 광장에 서 있는 플라타너스 아래에 차를 세웠다. 여인숙까지는 고작 20여 미터 거리였는데도 우리는 흠뻑 젖어서 도착했다. 맥주 두 잔을 주문했고, 내 몫의 맥주를 벌컥벌컥 들이켰다. 고작 한 시간 전만 해도 나의 분노는 화강암 덩어리였다. 검게 번들거리며 모가 난. 하지만 그것은 환영으로, 비올라가 거는 그런 마법에 속했다. 우리가 피에트라에서 멀어질수록 주술은 약해져 나의 화강암 덩어리는 진짜 모습으로, 단순한 모래 더미인 걸로 드러났다. 분노를 붙잡아 두려고 갖은 애를 써봤자 허사였고, 손가락 사이로 빠져

599

나갔다. 두 번째 잔을 들이켜고 나니 아무것도 남아 있지 않았다.

「우리 밀라노로 가는 거 아니죠, 그렇죠?」

나는 초초와 그 아이의 실망한 표정을 보며 미소를 지었다.

「맞아.」

「지금 당장 다시 모셔다 드릴까요?」

「오늘은 여기서 자자. 춥고 피곤해. 내일 아침 돌아가지, 뭐. 그러니까 한 잔 더 마시렴.」

우리는 둘 다 제법 취한 상태로 자정을 넘기자마자, 1946년 6월 1일이 되자마자, 자러 올라갔다. 여인숙 건물은 잿빛 돌을 쌓아 올린 옛 방앗간 건물로, 강을 굽어보고 있었다. 초초가 침대 하나를 차지했고, 내가 또 다른 침대를 썼다. 이제는 그때 꾸었던 꿈이 기억나지 않지만 무겁게 짓누르는 끈적이는 꿈으로, 그 속에서 나는 불분명한 어떤 위험으로부터 벗어나려고 애를 썼다. 총이 발사됐다. 아니, 폭탄 터지는 소리였나.

눈을 떴는데 캄캄한 밤이었다. 침대 안이 아니었고, 방 한가운데였다. 땅바닥에 얼굴을 대고 있었고, 입안에는 흙먼지가 한가득이었다. 손에서는 피가 흘렀다. 초초가 내 옆에 납작 엎드린 채 콜록콜록 기침을 했다. 그는 무슨 말인가를 하려고 했으나, 고개를 흔들고는 다시 기침을 했다. 공기가 회반죽처럼 뻑뻑했다. 환기를 해야 했다. 나가야 했다. 피가 눈으로 흘러들었다. 창을 향해 몸을 돌렸다.

이제 거기에는 창이 없었고 벽도 없었고, 그저 시꺼먼 밤이 거대하게 펼쳐져 있었다.

메르칼리 진도 등급

1. 감지 불가능한: 측정 도구에 의해서만 탐지됨.

2. 아주 경미한: 소수의 사람이 감지에 유리한 자세로 있을 때에만 느끼는 진동.

3. 경미한: 소수의 사람이 감지하는 진동으로, 소형 트럭이 지나갈 때처럼 물건들이 들썩이고 떨린다. 사람들은 그 원인이 지진인 것을 모를 수도 있다.

4. 보통의: 수많은 사람이 감지하는 진동으로, 대형 트럭이 지나갈 때처럼 조명 기구가 흔들리고 벽에 걸린 물체들이 경미하게 흔들린다.

5. 제법 센: 잠자고 있던 사람들이 깨고 물건이 떨어지고 액체가 넘치며 문이 열리거나 닫힌다.

6. 센: 건물에 가벼운 손상이 생기고 창이 깨지며 나무와 관목이 움직이고 작은 종들이 울리기 시작한다.

7. 거센: 균형을 잡기 어렵고 굴뚝이 무너지고 건물이 손상을 입으며 고여 있던 물이 흔들리고 커다란 종이 울리기 시작한다.

8. 강력한: 몇몇 건물이 부분적으로 파괴되고 조각상은 초석에서 떨어지고 개별적으로 희생자가 발생한다.

9. 파괴적: 몇몇 건물이 완전히 파괴되고 수많은 다른 건물이 상당한 손상을 입으며 지하 송수관이 갈라지고 산발적이나 수많은 희생자가 발생한다.

10. 붕괴의: 수많은 건물이 완전히 붕괴하고 희생자가 수없이 발생하며, 땅이 갈라지고 다리가 무너지며, 댐에 손상이 생기고 철로가 휜다.

11. 재난의: 도시가 파괴되고 엄청난 희생자가 발생한다. 땅이 꺼지고, 구렁이 생기며, 해일이 밀려오고 댐이 무너지고 교통이 두절된다.

12. 천재지변의: 모든 구조물이 파괴되고 풍경이 바뀌고 지표가 파동치고 지각이 움직이며, 생존자가 거의 없다.

1946년 6월 1일 3시 42분, 메르칼리 등급 기준으로 11등급의 지진이 피에트라달바와 주변 지역을 후려쳤다. 우리가 묵었던 여인숙에서는 희생자가 발생하지 않았는데, 우리 둘이 그 여인숙의 유일한 손님이었다. 강에 면해 있던 건물 전면이 무너졌고, 그 바람에 앞을 터놓은 인형의 집처럼 보였다. 히스테리에 빠진 여인숙 주인은 길바닥에서 비명을 질러 댔다. 우리는 최선을 다해 그녀를 진정시켰고, 그러고는 초초가 차를 출발시켰다. 5시에 우리는 피에트라달바로 향했다. 비는 어느새 그쳤다.

도로는 군데군데 균열이나 흙더미로 끊긴 상태였지만 이런저런 노력 끝에 지나갈 수 있었다. 피에트라를 10킬로미터 남겨 놓은 지점에서, 도로가 20여 미터 정도 유실되어 길이 없었다. 차를 버리지 않을 수 없었다. 강바닥으로 내려가서 반대편으로 올라가야만 했다. 우리는 아무 말 없이 걸었다. 밤에 지나가다 보았던 오두막 앞을 다시 지나갔다. 깨끗이 파괴되어 있었다. 아무런 소리도 들리지 않았고 암탉 한 마리만 살아서 폐허 위를 뛰어다녔다. 오후가 한창일 때, 여진이 우리를 땅바닥에 내동댕이쳤다. 길 저편 산에서 갈색의 진흙 더미가 쏟아져 내리면서 숲에 긴 흙길을 내놨다. 전나무들이 성냥개비처럼 부러져 나갔다.

우리는 해가 지기 직전에 피에트라달바에 도착했다. 더럽고 기진맥진하고 말라붙은 흙과 피가 여기저기 묻은 상태로. 고원으로 빠져나왔을 때, 초초가 울기 시작했다. 대기 중에는 달궈진 돌의 냄새가 떠돌았다. 마을은 이제 존재하지 않았다. 성당 끄트머리를 제외하면 아무것도. 지형 전체가 바뀌어 버렸다. 고원은 혹이 난 듯 울퉁불퉁했고, 기운 듯 보였다. 나는 달리기 시작했다. 끊어진 길 위를 숨이 턱에 닿도록 달렸고, 들판을 가로지르다 발목을 접질려 주저앉았다가도 아무런 고통도 느끼지 못하고 다시 일어섰다. 우리는 공방을 지나갔다. 헛간은 널빤지 더미가 되었고 집의 절반이 무너졌는데, 한가운데, 예전에 생수터가 있던 자리에서는 기적의 샘물이 간헐 온천처럼 솟구쳤다. 나는 멈춰 서지 않았고 ― 비토리오와 어머니는 제노바에 있었다 ― 어느 미친 신이 손을 휘저어 갈아엎어 버린 들판을 따라서 오르시니 저택까지 계속 달렸다. 나를 맞아 준 건 내가 열여섯 살 때 비올라를 위해 조각했던 곰이었다. 저택의 정문 근처 땅바닥에 내동댕이쳐진 곰은 두 동강이 나 있었다.

오르시니 저택과 초록의 아름다운 커튼들, 오르시니 저택과 하늘거리는 아름다운 천들과 내가 예전에 감히 내 피로 더럽혔던 목재를 깐 마루는 더 이상 존재하지 않았다. 그 폐허의 절반 정도는 서로 뒤섞인 진흙과 나무로 뒤덮였다. 산사태가 일어나는 바람에 저택 뒤쪽의 숲은 하늘을 향해 쩍 벌어진 상처를 내보였는데, 채석장을 떠올리지 않을 수 없는 풍경이었다. 1백여 그루의 오렌지나무만이 남아서 꼿꼿이 서 있었다.

폐허에 달려들어 내 힘으로 들어 올릴 수 있는 돌들을 치웠고 꿈쩍도 하지 않는 대들보와 씨름을 했다. 초초의 손이 내 어깨에 와서 놓이는 것을 느꼈지만 그의 손을 뿌리치고 다시 힘을 쓰다 결국 나가떨어졌다. 반쯤 정신이 나간 상태로 잔해 더미를 내달리다가 이마가 찢겼다. 초초가 윗도리를 벗어서 내 어깨를 덮었다.

「미모……. 그래 봤자 아무 소용도 없어요. 구조대가 오기를 기다려야 해요.」

그들이 도착하기까지 얼마나 시간이 걸렸는지, 그들이 어떻게 도착했는지 모른다. 갈 곳이라고는 그 어디에도 없었고, 초초와 나는 널빤지 몇 장을 돌로 괴어 임시 오두막을 만들고 서로 다붙어 밤을 지샜다. 내가 이 고원에 도착한 뒤로 절대적 침묵은 처음이었다. 새 한 마리도 벌레 한 마리도 울지 않았다. 폐허에는 아무런 소리도 존재하지 않았다. 밤에 소나기가 내렸다. 그리고 갑자기 거기에 그들이 있었다. 소리 질러 명령하는 제복 입은 남자들 한 무리가 우리를 보자 기쁨의 외침을 내질렀고, 여명의 불길이 타오르는 가운데 우리 어깨에 두툼한 모직 담요를 둘러 줬다. 고원은 그날 아침 그 어느 때보다도 장밋빛이었는데, 마치 부서지고 조각이 난 돌이 마지막 숨 대신 그리도 오랫동안 품고 있던 색채를 흘러보내는 듯했다.

정오가 되기 전에 가장 먼저 비올라를 발견했다. 비올라의 침실은 토사 더미에 파묻히지 않은 쪽 마지막 층에 있었다. 나는 붙잡는 손들을 뿌리치고서 외침을 듣자마자 뛰어갔다. 공병 한 명이 폐허 더미 약간 아래쪽에 있던 또 다른 공병에게 비올라를 넘겼다. 그 두 번째 공병이 두 팔에 비올라를 받아 안고서 바닥에 눕히려고 막 쭈그려 앉은 참이었다. 비올라는 벌거벗었고 먼지로 뒤덮였다. 나는 그녀 곁에 무릎을 꿇고서 그녀의 얼굴을 만졌고 그곳에 굴러다니던 찢어진 커튼을 끌어다가 몸을 가려 줬다. 오르시니 가문은 죽음과 이상한 협약을 맺었다. 그들을 훼손하지 않고서 데려간다는 협약. 비올라는 산산조각이 난 기차 옆에서 발견된 오빠 비르질리오처럼 말끔했다. 몇 군데 긁힌 상처와, 하늘을 난 지 30년이 지난 지금까지도 다리와 팔과 상반신에 남아 있는, 나는 결코 본 적 없는 엄청난 흉터를 제외한다면. 나는 무수한 봉합 자국을 보고 나서야 비올라가 견뎌야만 했던 것이 무엇인지를 비로소 가늠하게 됐다. 오른쪽 다리가 무릎 아래에서 살짝 어긋나 있었다. 하지만 내게 충격을 준 것은 그 얼굴이었다. 비올라는 입술이 살짝 얇다고 늘 생각했었는데, 내가 틀린 거였다. 더 이상 이를 악물어야 할 필요가 없는 지금, 원래 모습 그대로 통통한 입술은 부드럽게 둥근 미소로 벌어졌다. 흘러내린 몇 가닥 머리카락이 얼굴을 가리고 있어서 손가락으로 치워 줬다. 나의 부서진 비올라. 초초가 나 대신 울었다.

스테파노와 그의 어머니는 날이 저물어 갈 무렵에 실비오, 저택에서 일하는 하인들과 함께 잔해 속에서 발굴되었다. 놀랍게도 후작은 끝내 발견되지 않았다. 초초와 나는 제노바로 갔고, 비토리오와 안나, 그리고 각자의 어머니가 넋이 나간 채 우리를 맞았다. 머리에 난 상처 때문에 경과를 지켜봐야 한대서 나는 억지로 하룻밤을 병원에서 보냈다. 그다음 날이 되자마자 나는 기다리지 않고, 옷을 챙겨 입은 뒤 접수계 앞을 지나 역까지 걸어갔다.

필리포 메티는 그날 밤 내가 이마에 붕대를 감고서 공방을 가로질러 오는 모습에 놀랐지만 내색은 하지 않았다. 나는 곧장 내가 맡겨 뒀던 대리석으로 다가가서 덮어 뒀던 방수포를 단박에 벗겨 내고는 손에 잡히는 대로 끌과 망치를 움켜쥐고 온 힘을 다해 돌을 쪼기 시작했다. 그날 밤, 돌이 부서져 나갈 때 마침내 울었다. 자정쯤에 수프 한 접시를 내와서 대강 삼켰다. 그러고는 다시 조각을 시작했다. 한 시간 뒤, 이제 겨우 조각이 시작됐을 뿐인데 나는 대리석에 기대어 무너졌다.

손들이 나를 일으켰고 목소리들이 속삭였다. 계단을 올랐고, 문이 삐걱댔다. 그러더니 나를 침대에 눕혔다. 메말랐으나 부드러운 손이 이마 위에 놓였고, 그러고는 발소리들이 멀어졌다. 다시 투시력을 되찾아 나의 피에타를 응시하게 된 지금, 사흘간 거의 잠을 자지 못했던 나는 예전 스승의 집에서 1년 이상 머무는 동안 내 차지가 될 침실에서, 마침내 내게 주어진 최초의 망각에 빠져들었다.

지진으로 472명의 희생자가 발생했다. 피에트라달바의 주민 수와 거의 맞먹지만, 1908년에 메시나에서 지진이 일어나 10만 명으로 추산되는 희생자가 발생했고, 1915년에 아브루초의 마르시카에서 메르칼리 진도 등급상 마찬가지로 11등급에 해당하는 지진이 일어나서 3만 명으로 추산되는 희생자가 발생했던 것에 비하면 물 한 방울에 불과했다. 쌍둥이들과 그들의 어머니와 나의 어머니는 제노바로 여행을 간 덕분에 목숨을 구했다. 오르시니 가문은 그날 저녁에 곧바로 다시 로마로 떠났던 프란체스코를 제외하고는 전멸이었다. 돈 안셀모와 그 밖의 다른 사람들은 자신들의 탄생을 지켜봤으나 이제는 갈아엎어진 그 고원에 목숨을 돌려줬다. 전문가들은 산 피에트로 델레 라크리메 성당의 둥근 천장에 생겼던 균열이 천재지변의 전조였다며, 조심했어야 했다고 설명했다. 후작만이 그렇다는 것을 이해했지만 누구도 그의 말을 알아듣지 못했던 것이다. 몇 달 뒤에, 우리 성당에 생긴 균열에 대한 기사를 읽고 나서 어떤 과학자가 주민들에게 경고하려고 마을 시장에게 편지를 보낸 적이 있다는 사실을 신문을 통해 알게 되었고, 나는 그로 인해 몹시 심란했다. 그 과학자는 답장을 받지 못했다. 나의 한 부분은, 가장 시적이고 가장 어둠에 싸인 부분은, 혹시라도 그 편지가 엠마누엘레가 나무에 매달려지기 전에 도둑맞았던 행낭에 들어 있었던 게 아닐지 지금까지도 궁금해한다. 아마도 어느 날 누군가가 숲속에서 쩍쩍 갈라진 가죽 행낭 안에 들어 있던 바싹 말라 버린 편지를 발견하여 거기 적힌 가소로운 경고를 읽게 되지 않을까.

그 지진으로 인해 바로 우리 마을 밑에 있던, 우리의 기억에는 남아 있지 않지만 13세기경에 있었던 유사 사건으로 인해 파괴되었을 또 다른 마을의 잔해가 드러났다. 비올라가 믿었던 것처럼 백금 궁전이나 백색증에 걸린 주민은 없었고, 대신 감탄을 자아낼 정도로 잘 보존된 지하 도로망은 있어서, 5백 년 뒤에 어린 톰마소 발디가 피리를 든 채 그곳에서 길을 잃고 헤매리라. 운명의 아이러니인 게, 피에트라의 묘지는 유일하게 지진이 비껴간 장소였다. 마그마보다도 더 강력한 힘이 존재한다.

다른 입후보자가 없어서 오라치오 감발레가 지진을 면한 다른 마을 주민들에 의해 선출되었다. 하지만 고속 도로 건설 계획은 피에트라의 지진 이후로 폐기되었다 ── 그토록 위험한 계곡에 도로를 건설한다면 그건 어리석은 짓일 터. 1960년에 고속 도로 A6가 훨씬 더 서쪽으로 지나가게 된다.

1946년 6월 2일, 내 나라 사람들은 공화정에 찬성표를 던졌다. 움베르토 2세는 망명지로 떠났고, 스물한 명의 여성이 처음으로 이탈리아의 국회에 입성했다.

1년이 넘도록 피렌체에 머물렀다. 낮에 작업을 했고 가끔씩은 밤에도 했으며, 메티 말고는 그 누구의 도움도 받지 않았다. 어느 날 아침 메티가 거기 나와 있었고, 한 손으로 할 수 있는 작업이라면 꼬박꼬박 나를 도왔다. 우리는 그저 서로 고개를 끄덕여 보였다. 성모 마리아가 내가 그 모습을 봤던 그대로 돌에서부터 서서히 모습을 드러냈고, 그 아들이 뒤를 이었다. 그들의 흐릿하던 존재가 점점 또렷해지고 정교해졌고, 윤내기 작업이 이어졌다. 1947년의 어느 겨울날, 나는 작품을 제대로 보려고 한 걸음 뒤로 물러났다. 바깥은 얼음이 얼 정도의 날씨였지만, 실내에는 난로를 켜놓지 않았는데도 나는 셔츠 바람에 땀범벅이었다. 메티가 공방으로 들어왔는데, 손에는 가방을 들었고 길을 잃은 것처럼 보이는 열두어 살 나보이는 소년 — 새로운 수습공 — 을 데리고 들어왔다. 아이의 어깨에 손을 얹은 채 그가 침묵을 지키며 다가왔다.

몇 달 전부터 윤을 내기 위해 사용했던 샌딩 블록이 뻣뻣한 손가락에서 떨어졌다. 메티가 작품 주위를 한 바퀴 돌았다. 그는 마리아의 얼굴을, 내가 알았던 그 무한한 온화함을 쓰다듬었고, 그러고는 아들의 얼굴을 쓰다듬더니, 천천히 여러 번 고개를 끄덕였다. 그의 왼손이 존재하지 않는 오른팔을 향해 움직였지만, 좌절될 행위였다.

「털고 일어설 수 없는 부재들이 있지.」

나의 피에타를 봤던 모든 사람 가운데 메티가 유일하게 작품을 이해했다고 생각한다. 어린 수습공은 고개를 쳐들고 입을 헤벌린 채 작품을 뚫어져라 바라봤다.

「이걸 만든 분이세요?」 그가 겁먹은 목소리로 물었다.

그 아이는 예전의 나를 떠올리게 했다 — 게다가 우리는 키가 똑같았다.

「언젠가 너도 똑같이 하게 될 거다.」 내가 그에게 약속했다.

「오, 아니에요, 제가 어떻게 그렇게 할 수 있겠어요?」

나는 메티와 시선을 교환했다. 그러고는 내 끌을 소년의 손에 쥐여 줬다.

「잘 들어라. 조각한다는 건 아주 간단한 거야. 우리 모두, 너와 나 그리고 이 도시 그리고 나라 전체와 관련된 이야기, 훼손하지 않고서는 더 이상 축소할 수 없는 그 이야기에 가닿을 때까지 켜켜이 덮인 사소한 이야기나 일화들을, 불필요한 것들을 걷어 내는 거란다. 그 이야기에 가닿은 바로 그 순간 돌을 쪼는 일을 멈춰야만 해. 이해하겠니?」

「아니요, 어르신.」

「〈어르신〉 말고.」 메티가 고쳐 줬다. 「〈사부님〉이라고 부르거라.」

나의 피에타는 처음에 피렌체에서, 바로 두오모 성당에서 전시되었다. 프란체스코가 축하의 말을 하러 왔다. 그는 더 근엄해 보였다. 지진이 그에게서 경쾌함을 앗아 갔으니, 나는 예전에는 그에게 경쾌함이 있는 줄도 몰랐다. 처음에는 아무런 일도 일어나지 않았다. 나는 언론을 피했고, 내가 마지막으로 찍었던 사진이 지역 신문에 실렸다. 그러고는 초기의 반응들이 생겨났고 퍼져 나갔다. 나의 피에타는 바티칸으로 옮겨졌는데, 사태가 더 악화되었다. 그 뒷이야기, 그건 모두 알고 있다. 물론, 말이 그렇다는 거다. 그 일에 정통한 몇몇 사람만 알고 있고, 바티칸은 그 사건을 조용히 무마했다.

그들이 피에타상을 숨겨 놓은 사크라 수도원에서, 그녀 곁에서 살아도 된다는 특혜가 내게 주어졌다. 이미 오만가지 인생을 살아 본 나는 거기에 더해 또 다른 삶을 살아 보고 싶은 마음이 없었다. 나는 수도원에서 내 삶의 마지막 40년을 보냈다. 오로지 수도사로서는 아니었음을 고백한다. 가끔 수도원을 떠나 어머니와 친구들을, 가끔은 나의 세르비아 공주마저도 만났다. 우리는 서로의 품에 안겨서 우리의 늙어 가는 육신을 잊으려고 노력했고, 이는 얼마간 성공적이었다.

나의 어머니, 간헐적으로 어머니 노릇을 했던 그분은 1971년에 가슴에서 요란한 합주 소리가 나는 가운데 숨을 거뒀다. 어머니의 눈 색깔은 흐려져 있었다. 이제는 황혼 녘을 물들이는 그 거대한 연보랏빛이 더는 아니고 물망초꽃이었다. 나는 제때 병원에 도착했다. 어머니는 나의 뺨에 손을 갖다 대면서 중얼거렸다. 「나의 큰아이.」

비토리오와 안나, 노인이 된 두 사람은 여전히 제노바 지역에서 엠마누엘레를 데리고 살았다. 대지가 뒤틀린 뒤에야 그 둘은 마침내 다시 가까워지고 서로를 향해 굴러가갈 수 있었다. 초초는 63세고, 그 둘의 딸 마리아는 그보다 두 살이 적다. 그들 모두 파드레 빈첸초의 전화를 받으면 슬퍼할 것이다. **여러분의 친구 미모에 관한 일로⋯⋯.**

오르시니 가문의 이름과 돌이킬 수 없이 얽혀 있는 나의 피에타가 물의를 빚는 바람에 프란체스코로서는 손해를 봤다. 1958년에 비오 12세가 선종했을 때, 프란체스코를 제치고 론칼리 추기경이 선출되었고, 그다음에 교황을 선출하게 됐을 때도 그는 마찬가지로 운이 없었다. 그 뒤로는 공의회와 교황 선거 회의에 나타나는 붉은색 추기경 의복을 걸친 등이 굽은 그림자로 지낸다. 하지만 나는 결국 그가 그 상황을 달게 받아들인다고 생각한다.

메티를 제외하고는 그 누구도 이해하지 못했다. 나는 하나같이 우스꽝스러운 보고서와 전문가의 감정서와 광신적 과학자들의 헛소리를 읽어 봤다. 그중에서는 그래도 나의 피에타에 관한 글을 쓴 그 교수가 마리아가 내가 알았던 여자라고 주장함으로써 자신만의 방식으로 진실에 근접했다. 그건 사실이니까. 하지만 그도 다른 사람들과 마찬가지로, 비올라가 곰으로 변하면서 내게 알려 줬던 가장 멋진 마술에 속아 넘어간 희생자였다.

　　마술사가 보여 주고 싶은 곳을 보게 할 것. 마리아는 비올라가 아니다. 마리아로 나는 안나의 얼굴을, 피에트라달바라고 불렸던 마을에서 가장 순수한 감미로움을 담고 있는 그 표정을 활용했다.

　　그리스도를 제대로 보아야만 한다. 비올라를 보아야만 한다. 나는 그날 폐허에서 봤던 그녀를, 살짝 어긋난 다리와 눕혀 놓았기에 더욱더 납작해져 존재하지 않는 가슴과 얼굴에 흘러내린 머리카락까지 망가진 모습 그대로 숭고한 육신을 조각했다. 하지만 거기 누워 있는 건 아무리 양성적으로 보인다 하더라도 분명 여자로서, 여자의 쇄골과 여자의 가슴과 여자의 엉덩이를 지니고 있다. 눈이 남자를 기대하면 남자가 보이겠지만, 감상자의 온 감각이 담아 내는 것은 눈에 거의 보이지 않고 은밀한 만큼 더욱더 폭발적인 여성성, 맹신자들의 박해로 단절되었다가 분출하는 여성성이다. 어떤 관객들은 그것을 있는 그대로 받아들이며 그저 어깨를 으쓱하고 만다. 극도로 민감한 다른 사람들에게서는 격렬한 반응이 터져 나오고, 그러한 반응은 이해하지 못한 자들, 결국 모두에게서 엉뚱하고 설명할 길 없는 욕망으로까지 나아간다. 그들은 악마와 과학과 기타 등등을 찾아다녔지만, 사실 비올라만 존재했다. 본의 아니게, 베드로 성인도 울고 갈 정도로 나 스스로 보기 좋게 배신했고 부인했던 비올라.

　　그랬다, 나의 형제들. 그날 폐허 속에서, 나는 깨달았고 나는 보았다. 당신들은 내게 화해를 위한 피에타상을 주문했었다. 그리스도의 망가진 육신을 안고 눈물 흘리는 성모 마리아를. 하지만 봐라. 만약 그리스도가 고통이라면, 그렇다면 당신들에게는 아무리 고깝더라도 그리스도는 여자가 아니겠는가.

그 일이 어떻게 벌어질지 알고 싶다. 문턱을 넘어서기, 마지막으로 내쉴 숨. 시작한 문장을 미처 맺지 못하고 떠나게 되는 걸까? 허공에 걸린 말들, 그러고는 더는 아무것도 없고 아름다운 침묵, 뒤따르는 안도? 아니면 내 육신으로부터 나의 영혼을 빼내어 가는 동안 침대에 가만히 누워 있어야 하는 걸까?

트라몬타나, 시로코, 리베치오, 포넨테, 미스트랄. 나는 이 모든 바람의 이름으로 너를 부른다.

나는 나의 삶을, 겁쟁이와 배신자와 예술가의 삶을 사랑했고, 비올라가 내게 가르쳐 줬듯이 우리는 사랑하는 어떤 것을 돌아보지 않고서는 그것과 이별하지 않는 법이다. 누군가가 나의 손을 쥐는 게 느껴진다. 어떤 수도사, 어쩌면 그 선량한 빈첸초 본인일 수도.

트라몬타나, 시로코, 리베치오, 포넨테, 미스트랄 나는 이 모든 바람의 이름으로 너를 부른다.

아, 코르누토, 코르누토! 우리에게 출발에 대해 말해 줘. 다 같이 노래 한 곡 뽑자고!

번개가 칠 때 그 빛에 드러나는 프라 안젤리코의 그림들을 꼭 보기를……

빈첸초는 피에몬테의 차가운 새벽 기운에 몸을 떨며 고개를 든다. 처음에 그는 동이 터서 자신이 깼다고 생각하지만, 유리창에 약간의 장밋빛이 어렸을 뿐 여명은 아직 보일까 말까 하다. 그러다가 깨닫는다. 그가 곁을 지킨 남자의 손이 자신의 손을 열에 들뜬 듯 거머쥔다. 그의 호흡이 짧게 끊어지고 두 눈이 활짝 열렸다 ─ 그 눈은 더 이상 보지 못한다.

기계적으로 빈첸초는 목에 두른 열쇠를 쓰다듬는다. 나중에 그는 피에타를 보러 다시 돌아갈 거다. 그러고 나서도 이해할 때까지 보고 또 보리라. 아마도 조각가가 떠나기 전에 그에게 하려던 말이 그것일지도 모른다. **보고 또 봐라.** 어쩌면 사소한 것을, 정말로 별것 아니지만 모이면 혁명을 만들어 내는 그런 작은 뭔가를 놓쳤을지도 몰랐다.

그의 손에 느껴지던 악력이 서서히 풀어진다. 시계추의 마지막 움직임, 마지막 째깍째깍, 추시계가 곧 멈추려고 한다. 멀리서 알프스산맥이 지평선에서부터 떨어져 나온다. 아직 어두운 하늘에서는 빛나는 한 점이 께느른하게 궤도를 그린다.

하늘에 새들이 날던 시절 태어났던 미모 비탈리아니는 위성이 지켜보는 가운데 숨을 거뒀다.

내가 지붕에 올라가게 도와줬던 알렉시아 라자르파주에게, 미모사의 폭발과 45년간의 우정에 대해 델핀 뷔르통에게, 그녀가 비춘 빛에 대해 사만타 보르데에게 고마움을 전한다.

라틴어 강의와 첫 부분의 장면들과 눈에 덮인 로마에 대해서 R. 바로니와 J. 구니에게 감사를 전한다.

옮긴이 **정혜용** 서울대학교 불어불문학과와 동 대학원을 졸업하고 파리 3대학 통번역 대학원(ESIT)에서 번역학 박사 학위를 받았다. 현재 번역 출판 기획 네트워크 〈사이에〉위원으로 활동 중이다. 지은 책으로『번역 논쟁』이 있고, 옮긴 책으로 아니 에르노의『밖의 삶』,『바깥 일기』,『한 여자』,『집착』,『카사노바 호텔』,『그들의 말 혹은 침묵』, 조나탕 베르베르의『심령들이 잠들지 않는 그곳에서』, 마일리스 드 케랑갈의『살아 있는 자를 수선하기』,『식탁의 길』, 레몽 크노의『연푸른 꽃』,『지하철 소녀 쟈지』, 마리즈 콩데의『세구: 흙의 장벽』전2권,『나, 티투바, 세일럼의 검은 마녀』,『울고 웃는 마음』, 바네사 스프링고라의『동의』, 발레리 라르보의『성 히에로니무스의 가호 아래』, 앙드레 고르스의『에콜로지카』, 에두아르 루이의『에디의 끝』, 쥘리마로의『파란색은 따뜻하다』등이 있다.

그녀를 지키다

발행일   2025년 3월 20일 초판 1쇄
         2025년 5월 30일 초판 4쇄

지은이   장바티스트 앙드레아
옮긴이   정혜용
발행인   홍예빈
발행처   주식회사 열린책들

경기도 파주시 문발로 253 파주출판도시
전화 031-955-4000 팩스 031-955-4004
홈페이지 www.openbooks.co.kr 이메일 literature@openbooks.co.kr

Copyright (C) 주식회사 열린책들, 2025, *Printed in Korea.*
ISBN 978-89-329-2498-4 03860